1950-2010

MUQINHE

母亲河

何振基 著

作家出版社

谨以此书献给我的母亲我的故乡

青山遮不住　毕竟东流去

——读何振基长篇小说《母亲河》

王　蓬

　　读完何振基先生这部长达四十余万字的长篇小说《母亲河》，给我留下至深印象和强烈感受的是作品透过复杂纷纭、五彩斑斓的各类场景、各色人物、艺术画面背后的思想力量。无论生活多么复杂、现实如何严峻，包括人际关系的变幻莫测、爱情亲情的暧昧纠葛、官场争斗的水火难容、市场变化的出人意料、人生命运的起伏跌宕……审视和展示这些生活，对作者来说是严峻的考验。但凡亲历过这几十年生活的人，无论执笔为文，或者是在饭局酒桌，任谁讲述几段生动而又荒诞的故事都不是难事，关键是谁能避开简单化、表面化的图解，进入事物的深部，给人令人信服的解答。

　　这部长篇小说纵贯了上自二十世纪五十年代下至本世纪前十年整整六十年的历史时段，而这正是共和国艰难曲折地茁壮成长、发生巨大变化的时代，正是执政党领航弄潮、艰难前行、走向未来的时代，也是整整两代人生生不息、搏击风云、追逐命运的时代。可喜的是《母亲河》没有回避历史的沉重、改革的艰难、生活的复杂乃至丑恶，而是直面社会、直面人生、直逼现实，以生动的生活图景描绘出真实的社会"倒影"；不随波逐流，不踯躅于"迷宫"，艺术地展示了这个时代的生活画面，展现出"青山遮不住，毕竟东流去"的历史趋势。

　　作者以对祖国大地和用"母亲河"象征的故乡故土的无比热爱、对中国执政党的无比忠诚和充分信赖、对改革开放取得成就的由衷自豪和十足的信心，艺术地刻画了两代人几个家庭的坎坷生涯，把家族命运与民族命运紧紧相连，较为成功地展示了一幅中国当代生活的缩略图。这部小说甚至在努力地探求着淹没在当今世风下的精神家园和民族文化传承，应当是当今为数不多、涉及面广、散发着正能量的可贵作品。

一个历史悠久、出现过强汉盛唐、创造过四大发明、曾在世界上领先一千多年的民族，却在晚清以降，积贫积弱，沦为列强觊觎的殖民地半殖民地。十月革命的一声炮响伴着一九一九年的五四运动，中国共产党诞生，几十年浴血奋斗，几百万烈士牺牲，新中国终于得以创建。然而，由于国际国内的多种原因，几十年间，运动和斗争、理论和口号占据了中心，改变了许多人的命运，也拉开了《母亲河》沉重的帷幕，开启了本书两代人三个家庭的悲欢离合。第一代人物：贺文雍、赵凌芬、秦光明等陆续登场，却无不以悲剧结束人生，展示了历史的曲折与生活的沉重。几十年阶级斗争让国家一穷二白，让人民备感压抑。粉碎"四人帮"，改革开放，犹如打开水闸或尘封的魔匣，五花八门的思潮、形形色色的理论、摸着石头过河、土地承包、国企改制、大学扩招、房价飞涨、股票下跌、集体上访、房地产、暴发户、小三二奶、跑官卖官、纸醉金迷、奸情凶杀……神州大地呈现出让人眼花缭乱、万花筒般的社会万象。

正是在这种改革不断透出生机又举步维艰、目标始终坚定却复杂曲折的社会大背景下，小说的主要人物，也就是三个家庭的第二代：贺庆生、周秀琴、秦岚、贺玲、国强、赵春月，以及黎明、柯明、王志中等纷纷登场亮相，成为社会与生活的主角，在政坛与商界、台前与幕后展开各式各样的拼搏争斗，惊险曲折，惊心动魄，一波未平一波又起，上演了当今中国社会异彩纷呈的活剧。

一部长篇小说，当时代背景与整体框架确定之后，塑造人物就成为头等大事。换句话说，人物尤其是主人公塑造刻画得成功与否，决定着小说的成败。从这个意义上说，贺庆生、周秀琴便是贯穿作品始终、也是作者极力塑造的主人公了。按说，贺庆生出生在一个既有传统道德文化又不乏革命先烈的大家族，父母又是新中国第一代知识分子、大西北最早的建设者和革命者，那么，他应该有幸福的童年和朝霞般灿烂的前程。岂料，父亲贺文雍，一个对党无比忠诚、对祖国充满挚爱、自愿放弃大城市优裕生活、去荒凉的青海高原开发建设的热血青年干部，仅仅因为心直口快、爱讲真话，被打成右派，流放农场劳改，屈死荒原。母亲被迫改嫁，不料却走入更深的灾难，家庭一落千丈，堕入底层。贺庆生自少年起便遭受歧视、经受苦难、忍饥挨饿，中学毕业回乡务农，成了中国社会底层的农民。他必然要经历三种选择：要么顺其自然，随波逐流；要么自暴自弃，走上邪路；再就是经受历练，浴火重生。贺庆生显然选择了后者，而且愈发清醒自觉，这其中有父母的教诲影响，亦有年轻人的自尊自强。他与母亲相依为命，正派做人，诚实劳动，不仅赢得村人敬重，也赢得不止一位乡村姑娘的爱慕，他听从自己心灵的感应与召唤，选择了一位有着"黑黢黢的眼睛，白净整齐的牙齿，身材适中，并不嫌自己家贫"的乡村姑娘周秀琴，成为终生相濡以沫的伴侣。

贺庆生命运的根本转变是与共和国同步的，粉碎"四人帮"后父亲错案平反，母亲恢复工作，贺庆生毅然选择了继承父亲遗志，大学毕业再上高原，弃文从政，在石油基地调研、调解牧民纠纷中初现才华，崭露头角。经过高原历练，贺庆生重返家乡，主政东江鼎力革新，坐镇纪委坚决查处腐败，稳妥处理烟厂集体上访。尤其是当上市长后，他尊重实际，锐意进取，大刀阔斧，除旧布新；政治对手却处处设防，利用钢厂凶杀案件，布下坑井，制造伪证，致使险情丛生、迷雾重重。但是不管生活如何眼花缭乱，官场如何复杂多变，金钱美女，充满诱惑，贺庆生却坚守为官做人的原则，不亢不卑，既坚守原则，又不乏灵活；既对上级负责，又为群众尽力，在其身上体现着实事求是的精神，释放出令人信服的正能量。作品步步为营、循序渐进，以父母的教诲、少年时即开始的苦难、艰苦劳动的历练和底层人民给予的真挚感情为铺垫，使贺庆生这个人物显得血肉丰满、真实可信。

《母亲河》还塑造了周秀琴、秦岚、贺玲、春月、雨晴等一批女性，无一不绘声绘色、活灵活现，各有特点，呼之欲出，给人留下难忘的印象。周秀琴在苦难岁月中与贺庆生相识相知，算得上是患难夫妻。她是位标准的传统女性，相夫教子、吃苦耐劳、任劳任怨、安分守己；但当丈夫一路高升，反差拉大，她又本能地对丈夫接近其他女性心存戒备，有时小心得过分，让人忍俊不禁，但又对她爱得真挚无畏心生敬意。

人是社会的产物，亦是社会关系的总和，人们的理想追求无不与时代息息相关。而秦岚则是由于家族家庭，更由于性格的影响，经历起伏曲折，颇具传奇色彩。她流落海外，却不流于媚俗。一生痴情，对庆生深爱不移，最后遁入佛门。让人叹息之余，却又庆幸：这也是一位执着女子的最好归宿了。

相比之下，赵春月则是改革开放的最大受益者。当然，她首先受益于性格：

青山遮不住 毕竟东流去

生性活泼、热情开朗、敢作敢为、泼辣直率。从经营歌舞厅、卖家电到承包钢厂，从戏班学徒到公务员下海再到私营小业主最后到现代企业家，发生在赵春月身上的一系列故事，形象生动地展现了国企改革的艰难和民营经济发展的进程。而赵国强的发迹，则恰是一部当代中国农民荡涤改革开放的活剧。

作品中几位负面人物如柯明、王志中、黎明等人的塑造没有简单化，没有脱离生活实际，又有一定的提炼与概括，对人物性格、身份、所作所为亦把握得较为准确。这样，也使小说整体迈上了新台阶。由于作者从政多年，对行政部门熟悉了解，深谙其中三昧，每每于朴素真切的描写、精当精彩的评述议论中，让人对"官场"有了真切的了解、真实的感受。这与那些流行的所谓"官场小说"不可同日而语。

作者说他有意识地模仿雨果，在他认为有必要的时候，进行了大段的政论性评说，这在当今小说中已不多见，虽然可能有失精当，但精辟的议论和思想性却使作品更加厚重。

诚如作者在封底对全书所作的概括：故事在真实和虚构中徘徊前行，一片挚爱献给母亲、故乡和祖国。读完作品，觉得就此而言，作品已经完全做到。而且，给读者提供的远不止此。伴着阅读的愉悦，让人切实感受到：《母亲河》汇纳百川，波涛涟漪，无限风光；滋红润绿，惠泽故乡，风流儿女，谱写华章。

王蓬，当代作家，系国务院特殊津贴专家，陕西省有突出贡献专家，曾任陕西省作协副主席，汉中市文联主席、作协主席。

2013 年 10 月

目 录

母亲河

引　子

　　多年以后的一天下午，贺庆生坐最后一班缆车，再徒步好几公里，一口气健步登上了高耸入云的天柱山。此时，他站在巨大突兀的山巅岩石之上，眺望着西边天空，突然想起自己出生前的那个落霞时分：瓦蓝瓦蓝的天空，没有一丝粘连的一轮太阳把天空染得飞霞万里犹如彩练长舞。俄尔，瓦蓝开始变化，一条金色的血红的河流终于迎接了落日的归来。

　　他出生时天已经快亮了。父亲贺文雍从省城赶回家里，见到已经入殓的奶奶缩小了的身子和干瘪的脸，不由得泪水潸然，跪在灵前对母亲说：

　　"儿子忠孝不能两全，愧对母亲，还盼母亲在天之灵保佑儿孙强于前人！"

　　黎明时分，一声洪亮的哭声宣告了一个新生命入世。母亲接过父亲递过来的毛巾，擦了一把脸，把孩子搂进怀里。父亲笑了，看一眼床里边熟睡的女儿，摸了摸孩子的脸，对母亲说：

　　"声音好大，不定将来是个杨六郎！"

　　儿子不哭了，仿佛在听父亲的话。母亲习惯地把奶头塞进儿子嘴里，又听父亲说：

　　"芬，给儿子起个名儿吧，就叫庆生，庆祝元旦的庆！"

　　母亲点头说好。

　　这是一九五三年元旦节，一个喜庆的日子。

　　奶奶死了，孙子生了，死死生生，就像今天送走了昨天，就像昨天的太阳今天又将在东边升起。

　　第三天葬了奶奶，奶奶的坟就在屋后不远处的几棵老柏树下。

父亲要走了。他简单地安置了一下家里，又拉着母亲的手深情地说：

"父母都过去了，家里两个孩子，辛苦你了！"

"家里有我。"母亲说，"你好好工作，不要牵挂家里！"

父亲只在家短短地停留了三天。临走，他在奶奶坟头哭了三声，又看着母亲怀里包裹得严严实实的孩子笑了三声，就匆匆走了。

这一走，就永远再没有回来。

……

此刻，天边的夕阳放射的光芒显示出淡淡的橘红。而脚下已渐渐生出些飘绕的白雾，欲刺青天的天柱峰和掩映在青松翠柏中的天竺寺俨然已是仙境。贺庆生终于收回目光，在天竺寺前天然的打坐石上坐下来盘腿闭目，心里又想着刚才给他解说天竺寺来历的眉清目秀的年轻尼姑，一时间记不起在哪里见过。

天色将暮，天柱山雾岚缥缈，一片神秘降临。贺庆生忽然间懵懵懂懂，心中仿佛钻出一片佛来。仔细一看却是父亲、母亲、妻子和妹妹，好像还有堂姐、东北汉子和黑塔排长等。再看时却又全都模糊。

他睁开眼极目远眺，依然看得见山下那条蜿蜒如蛇行、时而闪耀着星光的河……

第一章　彩色梦幻

1 一九五七年。夏天还没走秋天就来了。

老人说"早上立了秋晚上凉啾啾",话真不假,何况秋老虎也已经过了许久。可是汉江边上的周南县仍然花红柳绿桂树飘香气候宜人。高高的天穹,一派青碧如洗。太阳刚刚升起来,播撒着舔舐婴儿般的温柔的吻,大地上所有的生物都开始了新的一天。江边小洲里,鹤们伸着长腿和白的黑的长脖子悠闲地捕捉着鱼虾,天上偶有雁阵或野鸭飞过。江岸两边如海的芦苇雪白的芦花在如浪般地轻柔柔地招手。远处,如黛的逶迤群山在阳光下闪耀着七彩的宁静和安谧。

五岁的贺庆生天一亮就自己起了床,因为今天要去鑫州府照相,他有些睡不着,昨夜里就梦见了爸爸。外婆说这是专门给爸爸妈妈照的,一大家子人去城里,必须赶早。外婆把小庆生好好打扮一番,穿上花格子衬衫、新蓝裤子、黑灯芯绒单鞋,还把他鸡窝般的头发梳得光光。吃点干粮,就叫上姐姐搭了过汉江的渡船向州城走去。

周南县与鑫州城虽是一江之隔,但却因交通不便,出门都得步行。坐渡船过江后,婆孙三人边走边看,抄近道的田畴里水稻早已收割,已种上的油菜苗绿油油的一片水灵,土黄色蛇一样的小路倒也平整,两边花草丛生。太阳已升得很高了,江岸边一棵碗口粗细的榆树上几只秋蝉在争先恐后地鸣唱。小庆生心痒痒的,溜在外婆后面脱了鞋悄悄爬上树,猛一把就抓住了一只蝉子。外婆不见了孙子,正要着急时,却见庆生已经从树上溜下来,手里的蝉仍哇呜哇呜地叫着。外婆说你个小猴子差点吓死我！小庆生却问外婆：

"外婆，我爸爸长的啥样子？我见过他吗？"

"见过，你刚生下来就见过。以后还见过一次。"外婆说，"只是你那时还太小。"

外婆还说，你爸爸一个长方脸大高个子，走路爱低着个头，却脾气急。那天天刚亮时爸爸赶到家里，奶奶已经断气你偏偏撵着出生，就靠我和你小舅母经管，幸亏生得顺当。头天天气好啊，落日头时满天红霞。都说你个碎崽娃有福气！你爸妈在远处工作，想你们啊才跟家里要张照片。外婆边说边催：快走快走，甭让舅舅他们久等。

小庆生认真地听着外婆并不啰唆的话接着说了句：

"外婆那我们把照片寄去，爸爸就不用回来了?！"

······

庆生和姐姐的童年都在阳光和梦幻里飘游，做着许多五彩的梦。姐弟俩加上小舅家的三个孩子年岁递次，姐姐为大，下来是小舅的大儿子，庆生排第三，后面是两个弟妹。舅舅调市八中教书，就把家从周南县城搬到汉江边这个叫江坎的镇子上。姐弟几个热热闹闹，玩什么红军捉土匪老鹰叼小鸡小猫钓鱼司马光砸缸等游戏，吵吵嚷嚷一片童心乐趣。偶尔闹点小矛盾了舅舅便将姊妹几个叫到一起问清缘由，让打别扭的娃娃自己趴到一条大板凳上说打几下，你说打十下打到八下时如果哭了又从头打起。孩子们还真怕这招，据说小舅是从大舅云松那里学来的，大舅当过国民党团长，军阀作风。但听说恰恰如此，才让妈妈和小舅两个弟妹上了学，有了点出息。庆生第一次挨打时偏不趴下，说我爸才能打我，你不能打我。小舅说加打一板。结果加到第五板时庆生害怕还是趴下了。要哭也只能下来在外婆怀里偷偷地哭，外婆向着他姐弟俩，毕竟父母不在跟前啊。其实庆生倒是挺喜欢小舅的，小舅给他买了好多小人书，有《西游记》《七侠五义》《望娘滩》《山海经》等等等等，还常常亲自给小外甥讲些故事。小舅也不偏心，到过年时，每个娃娃都是发十个或二十个五分钱的崭新硬币。

中午，三路照相大军汇集相馆。其实只用不到半小时照相就结束了。

照片是以外婆为核心的小舅一家、大姨一家、大舅一家共三个家庭组合的全家福。最前排是四个小孩，分别由在中间坐成一排的外婆、大舅母、大姨、小舅母抱着，西边站着大姨的儿子界生和骑木马的小舅的儿子国兴，东边站着庆生；第三排是大舅云松、小舅云峰站在两边，中间夹着大表姐逢秋、二表姐春月，姐姐珍珍脚下垫了两块砖站在最中间，比表姐矮半个头的一张小脸满是灿烂的傻笑。

照片十分清晰，大人们神态安详，小孩们各具情态穿着整齐时鲜，看得出来这是一个幸福家庭。是因为小蝉子终于死了还是什么缘由吧，庆生照相时有些忧郁之态写在了脸上。后来小舅云峰在照片背面给姐姐姐夫写了几句话，说一大家子独缺你俩十分遗憾权且留作纪念吧。

也许冥冥之中真有宿命存在，此后的岁月里贺庆生与不熟悉的父亲就永远地再也没有机会见面，而这张照片中一个家族的未来，也便随着岁月的风雨颠簸动荡，沉沉浮浮起来。

2 汉江边上古老的周南县已经有两千多年的历史了。

这是个被汉王刘邦称为"鬼地方"的地方。巍峨的秦岭锁北，逶迤的巴山屏南，四周群山闭锁豺狼出没。当年刘邦被封王于此，娶了戚氏夫人，曾一度心灰意冷想过老婆娃娃热炕头的日子，却不料张良、萧何、韩信一帮臣子出谋划策，明修栈道暗度陈仓，击败项羽夺得江山。遂思汉地建汉朝，改华夏为汉族，称语言为汉语。只是后来戚氏夫人被大老婆吕雉剁成肉酱让后人唏嘘！

三国时代蜀汉之争，魏王曹操鞭指褒河之水，御造出"衮雪"二字。他跟杨修说这里是"鸡肋"食之无味弃之可惜，却不料诸葛亮八年屯兵六出祁山演绎出一部三国鼎立的故事。当然啦，还有一个周幽王的爱妃褒姒，一笑失天下，兀自落得个一世冤枉。

到了一千八百年前，古人修栈道凿石门，才使得千里秦巴勾连，把中原和蜀地连结；到了民国二十六年，宝汉公路开通，这里便日渐开化起来。

周南县地处汉江盆地，北依秦岭南屏巴山，四山峻险固若金汤，一条清江蜿蜒曲折三千里在武汉汇入长江。它听惯了千年的汉江号子，看惯了百年的潮起潮落，总是在历史的天空里偶尔像一颗流星一般划过。欢乐也罢悲伤也罢灾祸也罢，都一天天流走，就像这条江水永远摧枯拉朽把满江的故事不断地冲向那似乎虚无缥缈的远方。

到了当代，周南县出了几个有影响的人物。一个是贺湾的贺拔贡，加入过同盟会，后来儿子贺立挺到上海上大学投笔从戎参加了北伐军，上了井冈山，黄洋界一战中显示了卓越的指挥才能，深为毛泽东赏识。不料战斗负伤英年早逝，虽未成功却终于带出一门家风。于是就成了有很大影响力的户族和村子。新中国成立后，贺家也还出了好几个官员和教授。

另一个是地处周南县城的赵家，父亲当红四军地下党，后被国民党抓去活埋，但儿子却当了国民党，上了黄埔军校，后来做了国民党团长，也成了县上的显赫人物。传说赵家父亲一九三五年当共产党地下交通员被活埋后，家里顿失顶梁之柱，三十四岁的寡妻拖着五个儿女，守着一个小商铺苦苦度日，几次被当地保长把头按在地上，或倒提着腿拖上街门。后来大约是一九四零年前后，当国民党团长的儿子带着一班人回到县城，把保长打个半死，从此乡绅恶物们才知道马王爷三只眼，再不敢惹了赵家。也从此赵家的几个孩子才开始上学读书，有了些文化。

一九四八年，贺湾的贺文雍和县城赵家的二女儿赵凌芬在一次学生游行中相识，文雍因挑头闹学运动被国民党政府抓去鑫州府号子里关了四十天，幸得凌芬多方奔走疏通，加上大哥赵云松的相助，文雍很快出狱，两个人更加相知相爱。后来还是大哥看中文雍，支持凌芬，不久，成就了美满婚姻。

贺文雍在家排行老二，哥哥当红军作战死了。文雍靠着父亲留下的十多亩土地出租收入，一边教书一边供自己上学。他年轻时就崇拜法国的拿破仑，也想从奴隶到将军。一九四八年报考了西北大学政治系，参加过几次学潮。文雍家境并不宽裕，但他学业刻苦，十分喜欢哲学和历史，经常给妻子说拿破仑的话：人生原是奋斗史。由于受了贺湾家风影响，又学过哲学经济学，教过书，所以还是野心勃勃，总想着要强于父母出人头地。凌芬上小学时十二岁了，小学里连跳两级，后来在女子师范上到毕业却因生下第一个女儿无奈在家。其时，婆家公爹已故，只留个眼睛半瞎的婆婆，上有老下有小，只能在家里行孝和抚养女儿，同时还要支持丈夫完成学业。好在不到一年，终于迎来解放，丈夫是新中国成立后的第一代大学生，国家急需人才，旋即就被分配到西北首脑机关军政委员会。一对新人以无比的激情迎来胜利，文雍意气风发，凌芬温文尔雅，在周南县一时传为佳话。

那年道经陕南留侯祠，看了这座绿树森森、云雾缭绕的张良庙宇，贺文雍在镌刻着"知止"两个大字的巨石前沉思良久，对身边的同学兼同事张万德说："人之知止在于功成名就，人的奋斗在于不知息止，中华文化可叹啊！"

张万德听后点了头又摇了头，终于什么都没说出来。

一九五四年六月西北大区撤销。满怀激情的贺文雍放弃留在西北局机关的条件，偏偏选择了大西北的青海。他给妻子说，要干就干他个天翻地覆，那里艰苦正可以施展抱负，妻子说你到哪里我就跟你到哪里。于是西北局一纸调令，夫妻俩便将一双儿女交给母亲，一同踏上了茫茫的青藏高原。

贺文雍和凌芬到了青海，文雍原想可以留在省委机关，那么要不了太多时日，他的才华便可显露，便有了用武之地。但他初来乍到，只能等待分配，只能等待命运的安排。

半个月后，他和妻子被分配到了青海省干校当教员。

贺文雍一腔热血骤冷，好几个夜晚睡不着觉。凌芬就劝文雍，"既然来了就先干着吧，好在我们在一起啊。"文雍也只好权居应对。半年时间，身边竟然聚集起了十数个男女青年干部学员，经常谈天说地，也觉自由。凌芬觉得很好，可文雍夜里却常常不安，怕青春在岁月中荒废，怕一颗雄心被废弃在故纸堆里。

十一月，听说省委要下派一个工委去开发柴达木，贺文雍又积极报名。不久，一个长征老红军做了书记，组成了中共青海省柴格木工委。贺文雍夫妇便随同一路先遣人马，向着茫茫的西部大草原，沿着戈壁滩上有路没路的目标前行。大家豪情满怀，一路风尘一路歌。白天迎风雪，夜宿土窝子。把帐篷扎牢，把汽车用绳索拴在地桩上怕被风刮跑。那一天车过了鱼卡，才发现已经走过了目的地，于是大伙停在大戈壁上，在大车边一行十三人照了一张黑白照，个个棉衣大裤头戴毛帽，一派英姿飒爽生机勃勃的样子，没有丝毫的气馁。

这张黑白照就成了历史的见证，一直保存到现在。

3 苍茫的青藏高原，茫茫戈壁滩上，白茫茫的盐碱地被太阳炙烤得闷热和惨白，一簇簇芨芨草扬着倔强的头颅在刮起的大风中摇曳；偶尔一股昏黄的龙卷风冲天而起，所到之处天昏地暗；大湖边上，大如蚂蚁般的蚊子追着人跑；目之所及，遥远的地平线被雪白的大山阻断。夜里，气温骤降大地宁静，偶尔听到野狼尖细的长啸。如果有一片绿灯闪烁，你一定会想到那是一群狼的眼睛或是鬼火。

贺文雍被分配在农牧办公室，他喜欢广袤无垠的草原戈壁，羡慕骑马放牧的牧民。其实，这个在艰苦日子里闯荡出来的年轻干部，心中一多半还是激情和遐想。凌芬担任工委收报员，在无线电台前收录发报，天天把新闻刻写成小报，练就了一手漂亮的钢笔字。文雍被组织看重，凌芬也已是工委宣传部的骨干，他们踌躇满志、雄心勃勃，尽管艰苦，但心里还是充满着对未来甜蜜的幻想。几年后，建设宏图正在变成现实，房子起了一排又一排，有了会议室，有了大餐厅，有了电影院，有了孩子们，人们黑红的脸上多了笑容。

那晚，妻子凌芬刚要睡下时丈夫回来了，凌芬赶紧倒热水给文雍洗脸洗脚。文雍的脸晒得黑红黑红，胡子都快要包住嘴唇了，他早已没有了原来的书生形象，已经像个牧马人了，只是骑马的水平还差些。这一次他又是出差下去十几天，今夜刚赶回来。几年里他已先后组建起了一批畜牧合作社和几个小煤矿，他发奋努力一心要在自己选定的地方干出一番事业。夫妻俩在一起，苦累也就不觉得，但还是常常想着远方的儿女。

凌芬忽然发现文雍的毡靴底子又已被磨穿，这已经是第五双被磨破的靴子了，眼里不由得充满泪水，说：

"辛苦你了文雍，真想不到这里如此艰苦！"

文雍看着妻子伤心，却有些不以为然地说："这些苦我能吃。靴子坏了换双新的就是。我们今天苦些，就是为了儿女们以后不苦啊！"

说到儿女，凌芬又牵肠挂肚起来。文雍说给家里写封信吧，让照张相片给寄来。凌芬说好，我明天就写。

赵凌芬终于见到全家福照片、终于见到儿女的身影时，把照片贴在心头泪流满面。离家几年，文雍忙于工作脱不开身，他被派青海前就是科长，目前工作势头不错，或许能升任局长，他兢兢业业总想着干个衣锦还乡。这期间凌芬回过一次家，是在儿子三岁时。儿子庆生已不认得母亲，看见她随手扔来一个锄烟的小镢头，说："你不是我妈妈，我没有妈妈！"凌芬流着泪好不容易终于将儿子抱在怀里说：妈妈对不起你们，我走时你姐也小你才刚断奶啊！摸一把儿子流泪的脸，更是泪眼婆娑。

然而此时，凌芬却只敢让泪水静静流淌而不能大声哭泣了。

此时，她后悔万分，悔不该来到青海，悔不能劝阻自己的丈夫。此时，丈夫贺文雍已经被作为重点批斗对象天天交代问题隔离审查一个月了。因为贺文雍除有过右派言论外，档案中记载他曾经加入过国民党的三青团，还坐过四十天国民党的监狱，必须审查清楚。

秋季刚刚开始，中国政治的天空风云突变。急风骤雨让人始料不及，就像川剧中的"变脸"，头一甩红脸就变成了黑脸。政治的魔盒一旦开启，草原的天地也便天昏地暗，明镜般的大湖也在泛起浑浊的波澜。

一时间，许多大学生干部和青年知识分子，昨天还在意气风发地大鸣大放，帮助共产党整风，倏忽间却被推上了批判的舞台，承担了莫名其妙的"向党和社会主义进攻"的罪名。一顶顶右派帽子按指标分配、按任务下达，多少年轻学者、知识分子被打倒、批斗，一时间乱云飞渡，雷声滚滚。

后来听说这叫"阳谋"。"阳谋"是领袖级的策略。你开始陷入时还觉得浑身暖洋洋的，而当你感到寒冷时却发现自己根本就没穿衣服。

大鸣大放中，贺文雍自恃当过教员学过哲学便有些滔滔宏论，特别顽固地坚持说马克思学说是要发展的，哲学就是批判和超越，说不定哪天也会有马克思主义批判的书。他甚至罗列了黑格尔、费尔巴哈以及柏拉图的理论，把同志们听得糊里糊涂，一致认为这是诡辩，是他最反动的观点。晚上，夫妻俩躺在床上，凌芬就好劝歹劝说，病从口入祸从口出，你已经不是党校教员了，别给人家上那些听不懂的课。文雍说真理不怕辩驳，我没有私心只是为党好啊，我还要给书记的军阀作风提意见呐。原来那时建设刚刚开始，工委规定凡是干部夫妇也只能一周相聚一次，一位张姓和刘姓的夫妇有几次偷偷住在一起还说规定不人道跟书记争执起来。当了大半辈子兵的书记一怒之下让人把这对夫妇捆绑起来，使得工委的几个大学生干部十分不满，后来贺文雍相约几人一起告到视察青海的国家副总理那里使书记挨了批。这事已经过去两年，凌芬一再劝不要提他偏不听，还说我敬重书记的拼命精神，但提点中肯意见就是为了事业、为了工作。

整风运动风起风落，刮掉的差不多都是出头的椽子。

贺文雍在鸣放中不停地雄辩、争论，把凌芬劝他的话置之脑后。他就相信毛主席说的"知无不言，言无不尽"，就认为自己爱党爱国。就这样越放越糟越辩越黑，后来被归结为八条罪状。再往后看见风雷滚滚，中国反右运动一浪高过一浪，这才不敢再做争辩，逐渐缄口；接着开始检讨，最后勉强认罪。至于参加三青团和坐牢的事，一是当时年轻属于学生集体加入，二是反国民党政府坐牢还有点光荣没有叛变投敌，就没有深作追究。

贺文雍八条罪状虽全是言论，但均可上纲上线，青海大报刊登出大批判文章——《揭开柴达木盆地的大毒蛇贺文雍的右派真面目》轰动一时，报纸甚至流传到了故乡周南，知道他的人们都觉触目惊心。

贺文雍这个有野心的年轻知识分子、共产党的热血追随者短暂的政治命运终结了——一九五八年三月五日柴格木工委整风"反右"办公室下结论："定为右派，劳动教养，保留公职，以观后效。"

4 贺文雍见到妻子凌芬拿来照片时已经失去了自由。他总算见到了自己的亲人自己的儿女，尤其是那个刚出生时见过一面现在已经六岁的儿子，不由得热泪横流。贺文雍深深后悔起自己的无知，后悔没有听妻子的劝告。但在此时，他在内心还是认为自己忠诚得就像一条家犬，自己说的是真话良心话，就像给妈妈说话一样。

终于后悔了，可去哪里买后悔药呢？

在这之前的两个月，贺文雍已被押送到了自己曾呕心沥血建设起来、后来改作劳改用的农场——戈壁农场监督劳动。

妻子凌芬因文雍被批斗不再适合做党委工作，就被下放到州新华书店。文雍被定为右派送劳改农场后，凌芬又被以"清理队伍，下放冗员"为名，在青海大上马的高潮中被下放了。凌芬从故乡出来才五年，她温柔能吃苦，手指因刻钢板生出了厚茧；待同志真诚，从不张扬的性格博得了大家的爱戴和赞扬。但从此，高原的风霜掩不住的那张秀丽的脸就没有了笑容。她饱含热泪和留恋，离开了刚刚建设的柴达木，离开了她不得不离开的丈夫。

临别那天，天空刮起大风，凌芬好不容易经批准去农场与丈夫告别。两人相见已是欲哭无泪。文雍说：

"芬，我对不起你，你回老家吧，一定把孩子养大成人。"

凌芬忍住的泪又滚落下来。

"我记着了，你一个人，千万保重身体！"

……

凌芬强忍住与丈夫的离别之痛，回到宿舍打理好行李第三天就搭便车走了。没有人给她送行，因为书店的同志都还不熟悉她。她也没去向工委的同志们告别，她更怕给人难堪。运动中人人自危，文雍的那个摇头又点头的同学兼同事张万德也没能幸免，甚至那个把文雍打成右派的整风办公室主任后来也成了右派。

凌芬好久以后才知道工委书记弓耕曾向人问过她，却不知她到哪儿去了。

一九五八年底，凌芬怀着对一双儿女深深的思念和对工作的恋恋不舍，悲痛地离开高原回到了故乡周南县。这一回就是整整二十年！

一九六零年十二月，丈夫贺文雍在戈壁农场患肺水肿病去世，其实说是吃了高原上的红果"救兵粮"拉不下屎憋死的。年仅三十八岁。凌芬说，文雍崇拜拿破仑是有野心的，但他是一个忠诚于国家的人，是一个有知识有文化的人，是她的好丈夫。

至今，贺文雍写给妻子的信还被保存着，信中写道：

> "我对不起妻子儿女，对不起培养我成材的共产党。我要努力改造，如果能活着，我一定争取恢复工作……如果我死了，就埋在戈壁滩上，栽上红柳。
>
> 孩子长大了，千万不要告诉他们我在劳改，也绝不能让他们再来青海……"

二十年后的一天，儿子贺庆生手拿父亲遗留的几封信，终于发出撕心裂肺般的发问：父亲有什么罪啊？他把青春的热血抛洒在了茫茫的戈壁高原，却让妻子和儿女们为他承担了几十年的苦难！他像后羿射日一般追逐太阳的光芒，却留给了后人多么沉重的念想！

贺文雍以自己短暂的生命之光给子孙照亮，用他无畏的追求维护着人的思维的尊严，从而捍卫着这个民族最强大的生命基因，他有什么罪啊！

历史是悲壮的，它能树立起丰碑，饱蘸着民族的血液；历史又是弯曲的，它从不直线奔跑，而总是迂回曲折；历史也有误区，就像宇宙中的行星也有冲撞，就像美丽的江河湖海也会掀起惊天般的毁灭性波澜！

有天灾，就有人祸。天灾在于宇宙风雨，而人祸，却是深藏于这个社会的肌体之中，深藏于我们民族的血液之中。只是，它们总在等待一个适当的机会。

天灾不可违，可躲。然而人祸呢？恐怕还是常常上演着人间悲剧。

这，就是历史。

第二章　悠悠清江

5 汉江从秦巴山间无数的褶皱中流出，千百条细小涓流汇入，到了周南这个地方，已经生成了"江"的概念。洪水季节，江流汹涌澎湃、摧枯拉朽，把一些沿江的田庄和农舍无情地冲走，江中黄水滚滚，漂流着尚未散架的房梁、冲得肿胀的猪牛，甚至还有人坐在漂流着的屋顶呼天抢地地喊着救命。

不几天水退了，一江水慢慢变清，就成了一条清江，极像娴静的淑女。

太阳刚刚出来，汉江两岸水雾濛濛，沿江绿树与庄稼相映成画；浅山逶迤缠绵，农家炊烟袅袅；江流似练，缠绕着重重青山。牧童骑着水牛在江洲上吃着青青的草，清悠悠的水中鱼儿穿梭，孩子们在江里游泳、抓鱼或戏水。夏天晚上，天气炎热，一群群小孩在大人带领下来到江边，男女娃儿们赤身裸体脱光了衣服蹲在水里，凉爽一下子沁入心扉。大点儿的娃娃用奶奶的筛子蒙上白布，白布中间挖一拳头大的小洞，并抹上麸皮面，用几块石头压在清亮亮的河水下面，一会儿就可捞出十数条钻进洞中的小鱼，叫"白条子"，晒干就是特好的下酒菜。

这时候，贺庆生已经八岁了，就在江坎小学上学。

庆生妈妈凌芬从青海被下放回到故乡周南县时，老家的房子因多年无人居住，已被一九五八年的"共产风"刮走，拆了修了大队部。舅舅多次找到村里交涉，后来给了一百二十元钱算是补偿。无奈之下，三间瓦房的补偿款舅舅只能领了。凌芬回乡只好住在娘家，好在云峰在外教书，家里房子还算宽裕，住就住吧，姐弟俩从小关系也亲密，姐姐回来弟弟也高兴，就这样暂且安顿。

凌芬是典型的淑女形象，较高个头，一头秀发齐耳，五官周正，嘴唇略大略厚。穿一身四个兜兜的蓝制服，显示出清秀的干部模样。此时她才三十岁，正是风华岁月。为了不给家人留下一个不顺当的印象，她刚到鑫州府时就烫了头发，恰到好处。说是为了经管两个儿女就自愿回家了。那时吃食堂，队里看她有文化就让她当会计，没多久食堂垮了，大锅饭终于吃不起了，也就没再干了。大人们吃两餐稀饭还可以，孩子们却饿得可怜，凌芬只好把积蓄的钱一点点往外拿，给孩子们买点米糠饼子、红薯馍馍填填肚子。

也就是靠着她带回来的一点积蓄，又要给孩子补补，还要给弟媳那边贴点平衡关系，日子紧张不说，还要挂牵着高原的丈夫。凌芬常常暗自流泪，一次抱着儿子庆生，她泪流不止，摸一把儿子的脸，也是泪水涟涟，母子俩哭成一团。

儿子说："我没有妈妈，外婆就是妈妈。"

凌芬无言，只是任泪水汹涌如潮。

凌芬大哥赵云松小的时候，他只知道父亲是小杂货铺的主人，见人低三下四，母亲是小脚女人，勤俭持家。一天夜里父亲突然失踪，他和母亲到处打听，一年后才听说父亲跟着红四军走了，从此杳无音讯。母亲哭了一场又一场，家里五个儿女怎么办？当年，十七岁的云松便投奔了阎锡山的队伍，他好学上进，人也机敏，被阎锡山的一个老舅子的女儿看上，二十岁结了婚。兼有文化，从排长当到营长，后又考入了黄埔军校。一毕业就升任副团长，后又升任团长，跟阎锡山的步兵旅与日本鬼子在临汾战役中打过一仗，在退守山西过黄河时，夫人不幸落水淹死，给了云松十分沉重的打击。而后，极度悲痛的云松心灰意冷，回故乡看望憔悴的母亲，知其被保长欺辱，一怒之下带人将保长打个半死，一条街都轰动了，乡邻们才知道赵家出了个大官，不敢惹。后来又娶一董姓女子。十数年来，云松看着国民党一步步衰落共产党一步步壮大，就脱离了国民党正规军，在故乡出任了鑫州府警备司令部团参谋长，参加过几次小的"剿共"战斗。

一九四六年前后，赵云松眼见国共两党在日寇投降后定会再起战端，自己得趁着年轻打算未来，便多次称病，最后于深秋季节辞去职务，隐居于巴山深处，逍遥度日。一九四八年，重又潜回鑫州府，在一汉剧团谋得编剧一职，从文写作直到新中国成立。他三个女儿一个儿子，两个女儿七八岁时就被送入戏班从艺，大女儿后来成为了剧团主演，曾因出演《江姐》而风靡市县。二女儿性格泼辣，风风火火，自由恋爱，嫁了一个军转干部，后来索性下海经商，闯荡了一番事业，这是后话。

那天日暮时分，云松兄妹三人又在故乡聚在一起百感交集，散步于汉江坐在江堤树林边的人行石阶上，谈到人静夜深。

云松问起凌芬丈夫目前的情况，凌芬顿觉喉咙发紧，强忍眼泪说："还在劳改农场，听说身体已经垮了。"

小弟云峰主张姐姐前去探望，凌芬长叹一声：

"一想到那里心就发抖，我哪有勇气再踏上那块土地啊！"

云松家日子也很艰难，那段国民党的历史是早已交代了的，好在抗战胜利，他就脱离了军队，没有跟共产党打内战，身上也没有大的血债，特别是五八年共产党中央在核查红四军牺牲干部时，核清了父亲赵林塾是中共地下党员，被国民党地方武装活埋杀害，中央发了烈士证，毛泽东签字：永垂不朽。他这才虽次次地心惊胆战，又次次地没有被大批斗。云松还不时地记起二弟云儒，自从老蒋把青年军带走后，二弟只给家里寄来一张戴着船型国民党军帽的照片。至此，再无下落。

这时候，他告诉两个弟妹说：

"我看中了文雍，成全了你们夫妇，现在的悲剧我却无法为妹妹分担，惭愧！"

凌芬和弟弟云峰都流出了眼泪说："不是大哥，我们就没有今天，感谢大哥让我们上学读书，教了我们做人！"

云松摸着妹妹的头说：

"坚强起来，再苦再难，也要把孩子培养成人！"

凌芬默默点头，眼泪还是不止。

6　云峰比姐姐凌芬小两岁，父亲被抓走失踪时，姐姐虚岁八岁，他六岁，姐弟俩跟母亲相依为命，大哥云松当兵出走，更让他们失去依托。要不是母亲的辛劳和舅舅家的帮助，他们是活不下来的。后来，大哥让他们上学时，姐姐十二岁，他也十岁了，姐弟俩从小相好，一块儿挖野菜，一块儿帮妈妈干活，照料小店铺。一件小衣服姐姐舍不得穿总让弟弟穿，一个麦子馍姐弟俩分着吃。姐姐嫁给贺文雍时弟弟舍不得，还是大哥给租来一台花轿，姐姐硬是不坐，却紧紧拉着弟弟的手走了三里地。姐姐上了女子师范，弟弟也上了中学，全靠着大哥帮助和母亲劳作，慢慢日子有了改观，但也还是省吃俭用。

　　姐姐去高原临走时，把两个孩子托付给母亲也托付给了弟弟，他放心弟弟，弟弟也把珍珍和庆生当成自己的孩子，他很少给自己的孩子买书，但却从来不忘给庆生买连环画小人书。那些书后来伴着庆生走州过县走了几千公里，被当作宝贝留存着。

　　姐姐工作时每月都给他们寄四十元钱，既是两个孩子的抚养费，也是对家里的一点小帮补。那时青海工资高些，但四十元钱也是个不小的数目了。姐姐回到故乡后，云峰除了同情外，也自是高兴，姐弟俩又可以互诉衷肠。但云峰似乎有个预感，姐夫心高气傲，怕经不起劳改农场的折磨，或者逃跑会被抓回折磨致死，或者会过不了那种日子而自杀。云峰看着姐姐为姐夫难受哭泣，却也无以为计，只能陪着姐姐说姐夫是好人，待他们好，工作了还见过面，学识深厚，却不料说得姐姐更加悲伤。

　　云峰原来在小学教书时有一个同事，常常一块儿打篮球，俩人颇有默契，是运动场上的两个明星。这个人叫秦光明，排行老大，也算是个大户人家，祖上曾有点渊源，后来家道中落，逐渐沦为农村破落地主，新中国成立前父辈把百十亩地卖掉，土改时被划了个富农成分。老二在县教育局工作，光明沾了点光被招为民办教师，在一个小学教体育。因人高马大、长得帅气，被学校青年女教师吹捧，但因家中有媒妁之言的配偶，并有一子一女而不敢放纵。他去云峰家和凌芬见第一面时，就被她征服了，在心里说还没见过如此清丽漂亮的女人。在他们矜持的交谈中，他知道她毕业于女师，爱人在青海，两个孩子。他试图深问，但凌芬却缄默或巧妙地避开了。

7　　秦光明总在窥测着凌芬潜藏的秘密。

　　他一步步地挖掘线索：为什么凌芬漂亮的脸上常常隐含着忧愁？为什么一说到丈夫就故意避开？而且也从她弟弟云峰那里听到过一点信息，说姐夫犯了点错误。于是秦光明借机去赵家的次数多了，言语间也知道凌芬急着找个工作。于是就对凌芬说：

　　"凌芬啊，我看你总是忧愁满面，如果你相信我，我可以通过我二弟帮你解决民办教师指标。"

凌芬深深感谢这个雪中送炭的人，她望一眼光明那诚挚的眼神，一边又保持着自身的矜持。说：

"能如愿当老师那太好了，但成与不成我都感谢你！"秦光明说不用客气我会竭尽全力的。

一个月后，凌芬就被聘为与秦光明同一所小学的民办教师，因为凌芬是中师毕业，学校也正缺语文教师，所以没费多大的事就办成了。当然，秦光明不是这样说的，说是他跟弟弟求情，弟弟又跟教育局长交换条件，教育局才最终同意的，费了不少心。

教书工作使得凌芬暂时忘却了痛苦和对丈夫的思念。凌芬此时由衷感激，在心理天平上为这个朋友添加了一颗砝码。

一九六一年元月，冬日的寒冷对于汉江边上的周南县影响不大，温度仍然在零上四五度，只是秋风落叶树枝凋零，田野里显露着昏黄和杂乱，县城里也是暗淡阴冷。家里不生火，人们穿的棉袄不厚，都把手抄在袖筒里。这里的冷，不像高原的干冷，而是湿冷，给人的感觉是寒气很重，似乎沁入骨髓。但人只要一活动就不冷了，小伙子竟然有不穿棉袄就过冬的。

这一天是周五，凌芬下完课一见秦光明有些异样，又像痛苦，又像有点高兴，总是拿眼深深地看着凌芬。凌芬突然感到窒息，感到天寒无比，感到天阴得可怕，心里发毛。这几天总是噩梦不断，在梦中被人追赶得无处可逃，起来是一身冷汗。她由此想到丈夫，是不是他身体有问题，是不是又被加码劳动，或被批斗。自然灾害农村歉收，亲戚中已有饿死的人，自己脸失红晕，孩子脸色青黄。丈夫的工资早已不再寄发，这些都可以撑住，自己有了一份工资，可以负担孩子们的吃饭和上学。她最担心的是丈夫的身体，已经半年多没有来信了，让人揪心啊！

凌芬惴惴不安地问：

"秦老师，你有事请一定告诉我！"

秦光明一脸的悲苦相，终于说道：

"凌芬啊！过几天告诉你吧！"

果真有事，凌芬急了：

"你必须告诉我，否则我跟你发急！"

秦光明这时迫不得已，才将一纸邮寄包裹通知单拿出来说：

"怕你伤心，我已经让学校盖章帮你取了！"

凌芬只匆忙瞅了一眼单子，见是来自青海戈壁农场的丈夫贺文雍的遗物清单，便天旋地转站立不稳，秦光明赶紧上前一把扶住，连抱带拖挪回凌芬宿舍，此时凌芬已经双目紧闭，脸无血色，只有一息微弱的呼吸了。

光明把凌芬平放在床上，心中一阵窃喜，他深情地看着凌芬那张失去血色但依然美丽的脸，就想乘机亲吻一下，但他克制住了。他给凌芬拉开被子，盖好，把凌芬的手焐住，仿佛要用他的温暖去焐热她那冰冷的手和冰冷的心。

他在心里说："我一定要得到她！"

8 一晃半年，凌芬也悲痛和麻木过了，日子总得一天天过。突然有一天，秦光明的妻子病故了，听说是患了心脏病，又说是什么不治之症，反正是死了。究竟是怎么死的，未来的几十年中，一直成了凌芬想知而不得知的谜，但也与己无关，就没挂在心上。

云峰深深为姐姐担忧，后来在介绍光明和姐姐的接触中，他感到他们虽然友好，但又总是互不深交。一个心机重，一个藏得深，好像在相互算计。前些日子，姐夫噩耗传来，姐姐痛不欲生，云峰也跟着流了些眼泪。看着姐姐日渐消瘦、日渐无色的脸，他只能叹气，有时也就劝姐姐想开些。偶尔也想着姐姐该重新嫁人，再找一个合适的，也可以帮着养育两个孩子，而不至于让姐姐负担太重。

秦光明妻子的死让云峰心里活动起来，就极力向姐姐推荐秦光明，说这人老实，身体好，是个可依靠的男人。姐姐心里一惊：是弟弟怕我占住房屋想扫地出门，还是真心想为我分担苦难？凌芬听人说别看姐弟亲，其实到了利益面前，有时兄弟姐妹不如外人。真是这样吗？凌芬陷入了又一个新的痛苦，如果在娘家不能久居，今后该怎么办？

秦光明的前任妻子凌芬没见过面，听说人高马大，浓眉大眼，能吃能睡，性格暴躁一些。她要求男人服从于她，有气的时候可以和男人对着打，她给秦光明生了一儿一女，应该说也是一个幸福的家庭。她管不住男人，男人身强力壮，性生活上她就有些吃不消，她不管男人外面的花花草草，只要男人在她面前骂不还口打不还手。秦光明最咽不了这口气，但骂又骂不过，打又怕人笑话，只好忍气吞声，阳奉阴违。却没料这女人不经活，生下女儿后就患病不起，身体每况愈下，后来便笑脸面对男人，而光明此刻早已不把心放在她身上，巴不得她早死。常常几个礼拜不回家，就把媳妇和一双儿女扔在家里不闻不问，没过几个月，女人已是元气大伤，病入膏肓。秦光明回家带她治疗，也领到县医院住院，但就是越治越重，眼看着不久于人世。

女人把秦光明叫到床前说：

"我不行了，你要看在给你生了两个娃的份上，死了给我装个棺材！"

秦光明眼里含着泪，不住地点头说：

"我记住了，你要好好活着！"

半年后，秦光明的妻子死了。死的时候眼睛不闭，瞪得吓人。秦光明以一副薄棺入殓，他没有太多的悲哀，他预想着会有这么一天，但老婆一死，儿女悲切的哭声也使他流出了两颗热泪。

自从妻子死后，秦光明便加大了正常追求凌芬的步子，甚至有些死皮赖脸。前不久，在凌芬家，秦光明乘凌芬外出无意间看见皮箱打开着，就把一件蓝色华达尼中山服套在自己身上，还把箱子里的一块手表也戴在手上。凌芬回屋一看，猛地傻眼，接着就怒火中烧——那是她丈夫的遗物啊！

"你给我脱下来，滚出去！"

秦光明猛然红了脸，说："我只是试试看穿上像不像文雍，我这就脱这就脱。"说完赶快脱下了衣服手表，讪讪地离开了房间。

这以后的日子里，他们多见面少招嘴。凌芬再也不愿见到这个无理的人，但秦光明却毫不在意，依然亲切如故，殷勤如故。

又过了半年，弟弟找到凌芬说，现在家庭进入困难阶段，县上又要拆迁街上门面房，他很为难，让姐姐谅解。过一个月，又传来一个信息，民办教师要整顿精简，这让凌芬寝食难安，焦虑万分。

秦光明不失时机地登门，他向凌芬保证，一定要二弟从中帮忙，确保她不被精简。而且不遗余力地为凌芬操持一切：从扫地到饮食，从起居到生病，从孩子到家人，样样周到入微，样样顺着心意。凌芬本来就温顺，那点倔强也慢慢被秦光明的温柔和恭顺所融化。从根子上说，她对秦光明并无恶意，只是嫌他私下去取了邮包，又私自穿戴起文雍的中山装和手表，她感到不被尊重。但她看到光明穿着时的英武和一直以来的恭顺，她心软了，丈夫已经在千里之外死去，弟弟又催着腾房，何去何从？该怎么办啊？

那是个月光朦胧的夜晚。凌芬与秦光明在校外的田野上走了很长一段时间，走了好几公里的路。秦光明说出了他与妻子相处时的心酸和无奈，说出了对凌芬那么多深深的爱慕和同情。回到房间，秦光明并没有想要离去，头深深地低下，表示着哀伤和痛苦。凌芬最怕的是男人伤痛，就轻抚了一下秦光明低着的头，想要劝慰几句，光明却乘势抓住凌芬的手，把一个热乎乎的肉体揽在了怀里……

一九六二年年初，秦光明如愿以偿地与凌芬结婚了。

凌芬被俘虏了。她被迫于几重挤压，败倒在感情面前，她选择了最现实的道路。凌芬没有错。

那个时候，不是没有向她表达意向的人，曾经有一个省城的某单位领导从她过去青海的同事口中得知了她，专程从省城来周南住了一周。她同他谈了条件，但最后没有谈拢，人家只接纳一个孩子，而她坚决要求带两个孩子，最后礼貌地道别了。对秦光明好，一是他不嫌儿女，孩子各姓各的姓，二是他身体好，三是他家有房，四是待她温柔。有了这几条，凌芬也自感足矣。她甚至不敢想，一个右派的老婆还能挑些什么。更重要的是，她要补偿对一双儿女的亏欠，补偿一个母亲应该做的一切。她为儿女想得太多，也为秦光明的一片痴情所感动。

婚后岁月，凌芬满足了情爱上的需求，秦光明体内充分的爱意渐渐恢复了她的容颜，她才三十岁过点，精神的恢复促生了美丽的再现。秦光明更满足了，终于将年轻漂亮的凌芬弄到手，他的家族高兴，满村子投来羡慕和妒忌的眼光。温柔且有文化的新妻让他癫狂，让他沉醉，让他性情勃发，当然秦光明也正年轻着。他背对村里那些嫉妒他的人说：

"你们淌涎水去吧！别小瞧我秦光明！"

……

人说日子怕天天过。一家六口人，两个大人四个孩子的日子却并非如风般舒展。刚开始孩子小家里人帮忙还算凑合，后来日子都紧张也就各顾各了。孩子们大了，吃喝拉撒费心费事，常常揪扯着凌芬的心。刚开始还能够硬着头皮应付，一年多后却顾了这头丢了那头，工作忙不说，家庭琐事拖累得凌芬就有些焦头烂额。后来凌芬想，既然当了母亲，就竭尽全力管好这个家吧，干脆别教书了。于是便主动提出来辞了工作，回乡务农。秦光明也感到收入不济难以养家，更多是怕累着了妻子，也便要求一同返乡。

一九六四年年底，凌芬和光明双双回到了阳坝村，开始了男耕女织的劳动生涯。

9 如果没有社教运动和"文化大革命"，也许这个半路组合的家庭还能维持到今天。因为这个家庭有它存在的合理性：政治地位相同，人员组合配称，而且夫妻都是有文化的人。然而，上帝总是爱跟人开玩笑，总想让人们在得而复失的泥淖里淹没，在幸福和悲伤的旋涡中深陷，而历史也往往走进一片黑洞洞的时空。

农村是一块阵地，而且是一块最重要的阵地，中国革命就是从这里走出的。经历了"大跃进"人民公社化后，一度萎缩的农村生产力刚刚有所恢复，资本主义复辟的问题却日益显露，有的地方偷偷搞"三自一包"，甚至一些地方的政权已不在我们手中。中央发布二十三条通知，在全国农村全面开展社会主义教育运动。

这其实只是"文化大革命"的一个序曲。

生活的重压、大人和大人、大人和孩子，以及孩子们之间的矛盾和摩擦越来越多。但是凌芬和秦光明除了发愁于生计，却对来自于政治的风云一无所知。

初回村里的两年中，秦光明舍得力气干活，一年挣三千多个工分，加上凌芬的一千多个工分，四千多个工分全年能分红一百八十元钱，这已经很不错了。然而一家六口人的口粮钱就得二三百元，年年努力却年年是"缺粮户"。秦光明终于不安生了，给凌芬诉苦说，把你的那点钱给我吧，为了生活，我得去做点生意。凌芬答应了就给了他几十块钱。几次以后凌芬便不敢再给了，凌芬留点钱是有道理的，她想无论如何也要供儿女上个学校，不为自己也得为儿女着想啊，况且就是把几百块钱全拿出来也只能管管当年解决不了根本问题啊。秦光明却死皮赖脸、好脸相求、恶语相加、千方百计总是想把钱全部挖干。无奈，凌芬只好再给光明拿出几块钱，支持他外出贩卖山货，结果几个月下来却是血本无归，农村的活没干上，秦光明还病倒了几次。两人矛盾多起来，说话更少，秦光明的无赖毛病却似乎日益加剧，他要把凌芬的钱全部挤出来。凌芬实在忍不住了，说：

"我们分手吧！"

这时，光明痛哭流涕地说："我不争气我该死！连个老婆孩子也养不起啊！"说着用手打自己的脸，凌芬只好罢了。后来凌芬又给光明三十元钱，光明去贩些山货刚赚点钱，却不小心被市管会抓住，说你大忙天不在生产队干活，搞投机倒把，货物全部没收。秦光明又气又累又病，害得凌芬叫苦不迭。凌芬苦劝光明好好在队里干活劳动，说人家农民不照样养家糊口吗？我们就好好劳动慢慢改变环境吧。但光明哪里肯听，依旧东逛西逛舍不得力气干活，却就是盯着凌芬那剩余的一点可怜的钱。

晚上了，凌芬气不过要回娘家，秦光明把住大门不让凌芬外出，家里顿生紧张气氛。凌芬只好忍住心疼，也就作罢。

孩子们有点小矛盾，但不影响姊妹感情。凌芬善待秦光明的两个孩子，视作亲生，四个孩子相伴上学，上山割柴，倒也无事。特别是秦光明的女儿红艳对大她四五岁的庆生依赖得如亲哥哥一般。玩耍中，庆生处处顾着她，有一次晚上她俩趴在一个红薯地沟里玩红军捉土匪，她听见了哥哥心口咚咚的心跳声，哥哥把她的头揽住，仿佛要抱在怀里。庆生也突然感到了异样，嗅到了妹妹头上的草腥味。

孩子们的和谐倒也让凌芬感到了一丝欣慰。

社教开始后，先搞"四清"，把一批干部赶"上楼"一个个交代。盛夏中，会场上蚊子飞扑，往"四不清"干部身上腿上袭去，群众的口号声中，一个个"四不清"任凭蚊虫叮咬低头弯腰接受批斗。在工作队安排下，庆生、红艳和一帮大小孩子们面对着这些"四不清"唱道：

> 贪污分子你睁开眼，
> 社教运动大开展，
> 反对贪污反对浪费，
> 不许多吃不许多占，
> 想想吧，看你站在哪一边！

庆生、红艳姊妹们几次混在娃娃中唱歌，还有点小小的自豪，但没过多久，秦光明也被揪了出来，罪名是"投机倒把""挖社会主义墙角"。工作队也就把庆生几姊妹从儿童队伍中清除了。

在阳坝，庆生姊妹几个就再也没有唱歌的机会了。

这期间，姐姐珍儿出嫁了。

日子艰难得过不下去，饭锅里时常是黑压压的毛苕子尖和着些星星点点的白色米粒。秦光明几次提出把姐姐珍儿早点嫁出去，凌芬跟光明吵了几架，秦光明说那你看是要她活还是要我活，又反复劝说："女儿家迟早是要嫁人的，家里负担重，迟嫁不如早嫁，嫁出去还能拿回点彩礼！"凌芬说："女儿才小学毕业呀！哪有十四五岁就出嫁的？"光明说："旧社会十三岁的姑娘早嫁人了！"

小小珍儿最终还是被嫁了出去。可怜的姐姐刚刚懂点事还不到十五岁，忍住心酸离别生母，嫁给了一个大她好几岁的张姓青年。还好，是个高中生，但成分是地主。珍儿的远嫁加重了凌芬心灵深处的负罪感，好像一只小船在湖心漂荡不能靠岸，好像一个精疲力竭的人在水中就要沉没。女儿的走，更让凌芬一蹶不振，精神有些垮了。

那天，凌芬又与秦光明斗嘴，庆生不满继父对母亲的凌辱，悄声嘀咕说秦光明"没出息"，秦光明偏偏听见就要打庆生，庆生抱住秦光明的腿要咬，被秦光明一拳打去，庆生眼一黑，手脚发麻，哭不出声来。凌芬见儿子被打，就与光明撕扯在一起，接着一横心向着不远处的池塘跑去要跳，被光明死死抱住。

凌芬在这样屈辱的生活中，方才感到一个女人的悲哀和无助。她上山割柴草，晒干后供烧柴，在家洗洗浆浆，操持着一切家务，早已没有了知识分子的矜持。手粗糙得割人，脸上过早地生出了皱纹，漂亮失去风采不再。日子越过越艰难，艰难中矛盾越来越复杂。秦光明有些破罐子破摔，更好像是固有的一种厚颜无耻。在挨生产队群众批斗后，在凌芬不能满足他要钱的时候，就常常露出狰狞的面目软硬兼施。而当凌芬要与他分开时他却又死死不放，重又变得温顺善良。凌芬心疼女儿又想着儿子，儿子虽然表面温顺但内心却积郁着对秦光明的不满。儿子特别憎恶的是秦光明的那副无耻相：厚着脸跟母亲要钱，翻着脸跟母亲吵架，涎着脸堵住门不让母亲外出。十四五岁的孩子已经懂点事了，每逢星期天他就回家，不是陪着母亲上山割柴，就是在队里挣六七个工分。而继父却推说在外做生意，一回来就躺在床上说病了。姐姐珍珍被早早嫁出，更激起了他对这个继父的不满，说你连个家都养不起不如死了。久而久之，一种鄙视乃至仇恨便在一颗幼稚的心灵中慢慢滋长。而这些却让凌芬心中更加不安，她夹在矛盾之中，活不抻展死不瞑目，灵魂被撕扯身体遭蹂躏，感到自己成了新时代的祥林嫂。

10 凌芬此时想到了贺湾。自她离开贺湾婆家出去工作后就很少回去了，但她毕竟是贺门媳妇，与贺湾的亲戚还多少有些联系。只是贺家几门至亲早已离散，也就是偶尔打听点情况。而这时，她甚至想让儿子庆生回到贺门中去。

贺湾村这些年倒是相对平静。先烈贺立挺的故居被政府雇的一个庄稼人守着，这个庄稼人也是贺姓的，人老实，有一个老婆，没有儿女，后来老婆在自然灾害时期死了，这个老人就一直默默地守着这个日渐破败、被经年日久的雨水冲刷得摇摇欲坠的烈士故居。

传说贺湾村在很早的时候叫"韩村"而非"贺湾"，先人们说这些村民是在秦始皇统一中国的吞噬战争中将韩国人打败，一些韩民们跋山涉水远走他乡，逃亡到秦岭以南的山地里，逐渐形成了村落，叫"韩村"。而后又由于其中有几个曾做过韩国将军的后裔被追杀，村民们商议把"韩"改"贺"以躲避灾难，防止官府追杀。于是"贺湾"就沿用至今了。也有一说是将"韩"改"贺"，韩是贺姓的归宗。历史已久，不好追溯，但贺湾村却就是贺姓四个家族为主，极少有韩姓人氏。

这四户贺氏门中，老大即为户族之主叫"根存"，老二叫"梁生"，老三曰"正保"，老四名"修云"。四个老兄弟，取字各有不同，但后来人们把这些名字聚起来分析，才发现这个起贺氏名录的老先人惊人的智慧，"根""梁""正""修"，似乎寓意了老人对子孙后代们的一片期冀和希望，也透露出了这个老者的昔日风光。只是年代久远，历史残缺，且是民间烟云，也便无人问津了。

又过了几代人，这个村落已有人口近千，但近百年来积弱积贫，面貌依旧，一个村落分散在几槽几垯，看似山青水秀，但老百姓却是吃穿皆愁。贺氏根存门中，就老大老三家境还算富裕，先后出了几个举子秀才。老二家因出了个红军时代的大人物贺立挺而雄居户族，可惜立挺英年早逝，未成气候，但英雄豪气带出一门门风，受到人们敬仰。其二弟贺亚新留学海外，新中国成立后做了北京师大副校长；三弟两男一女，一个儿子在临解放时被蒋经国招入青年师，随军逃往台湾，成了国民党的团级军官。多少年杳无音信，人们早已认定其死亡，谁知几十年后突然从台湾回来认祖归宗，回到贺湾时已是满目疏离，根本找不到心里印记的地方，后来终于找到四伯之子贺玉宁——已是年过半百的大学校长，唏嘘长夜，感慨万千，只是两岸隔海，天涯肠断，只能在心里祈祷着两岸团圆。

贺庆生是贺湾村最小一门贺修云二儿子的儿子，于是成了晚辈中的高辈。贺庆生上两辈人都飘零在外，贺湾里已经没有了至亲。

贺家几族在外的人南北飘零各不相识，数年后在香港举办的贺氏宗谱聚会上，贺湾的后人们才有了些相交相识。

第三章 红色记忆

11 一九六六年秋，阳坝村的社教工作队刚一撤出，"文化大革命"的烈火便熊熊燃烧起来。中学里的红卫兵来到村里，所有门庭上的雕饰都作为四旧被打掉了，墙上贴了满篇的标语和揭露走资派的大字报。少数的工作队员被红卫兵捉回村里批斗，因为他们在村子社教时违反纪律，跟姑娘和女人睡觉，一个工作队员干脆把看上的姑娘领跑了。

贺庆生已是中学生了。刚上初中二年级，"文化大革命"便开始了，高中部的大学生被派到初中部当辅导员，组织宣传队。老师们不少已被大字报揭露为"封资修"的代言人，有的被停职反省，有的被学生管制批斗，校长、教务主任更没幸免，被挂牌游街，与县长县委书记们成一串黑头黑脸的"黑帮"被押在汽车上，推到舞台上。

一九六七年春季后就没学上了，全校"停课闹革命"，"斗、批、改"一浪高过一浪，"红卫兵"中学生已经是中国的"栋梁"，他们指点江山，激扬文字，挥斥方遒，一时间把中国变成了红色海洋。他们串联起全国的造反派，先夺了单位走资派的权，让他们靠边站，又夺了省、市、县委的权，还要夺了军队的武器，向对立派架起机关枪、开去装甲车，一时间，武汉工总司、四川"八·一八"、上海工总司、北航红旗全国联动，掀起了全国规模的夺权运动。

机关瘫痪了，政府停转了，县委摘牌了，工厂停产了……

只有红色运动的指挥中心，还在掀起一个又一个的红色浪潮，似乎要将全中国冲个洪水滔天、冲个乾坤倒转……

只是太阳照晒雨照下，农民依然种着庄稼。

……

庆生在懵懂中参加，在沉默中思考。

他突然感到：自己罪恶的父亲是敌人，继父是帮凶，自己是"黑五类""黑七类"。他无颜面对红色运动。同学们去了北京，受到毛主席接见，他不能去。他想加入红卫兵，但红卫兵只要"红五类"。他给班里红卫兵的头头说，父亲、舅舅是国民党，但外爷和大伯是共产党。但是，他还是没有被接纳。直到多少年后，在箱底翻出的"红卫兵"袖章和毛主席像章前，他仍然充满了一种莫名的崇拜和向往。

庆生长得太像母亲了，妈妈也说他长得不像父亲。一双大眼睛明亮神气，略厚的嘴唇配着一张似方似圆的脸，显得自然而庄重。十五六岁，已经长到了近一米七，只是身材单薄，显得有点瘦弱。在"文化大革命"中，眼看着人家当红卫兵自己当不上，看着小舅的儿子去北京天安门被毛主席接见，自己想都别想，看着同学们去北京串联自己不能去，庆生内心便对自己的出身充满了仇恨。社会上风传：龙生龙，凤生凤，老鼠的儿子会打洞。他想，那我算什么呢？外爷是共产党，大伯也是共产党，但大舅是国民党，父亲是右派，听说右派比国民党还坏，属于"地富反坏右"一类，加上走资派、牛鬼蛇神，叫"黑七类"，与"红五类"泾渭不可混。也偶尔听妈妈说父亲的点滴，什么一边教书一边供自己上学呀，什么信奉拿破仑呀，什么西北视察呀、高原奋斗呀，什么在奶奶坟前哭三声笑三声呀，什么跟大舅大姨谈得来呀，等等。小学毕业时他还不清楚爸爸是什么人，光听说已经死了。上中学后才逐步弄清楚了一些事实。尤其是见妈妈偶尔看一封信时流泪，一次就在妈妈不在家时偷偷翻出了压在箱底的那封信，看后方知自己是右派的后代。从此，一种忧郁便逐渐形成了性格之中的一部分，就像一块红着的烙铁搁在了心上。

妹妹红艳是小学生中的高年级，也卷入了运动，这个天真无邪的姑娘，也变得风风火火，一身凛然之气，自己组织成立了"红小兵"战斗队，破"四旧"立"四新"风光地回村闹革命，也着实让人们吃了一惊：秦家的幺女还真不简单！

这个毛丫头在两三年间不经意地长大了，红红的鹅蛋脸，恰到好处的眉眼，嘴角略有点上翘，显示出一种倔强和顽皮。她学习自如而且成绩优异，就在班里成了老师和同学们心中的"白雪公主"，自然地产生了很强的号召力，而且变得大胆泼辣。她心里唯一存念着的、不时想念的还是朝夕相处、护着她、爱着她的庆生哥哥。想着庆生哥哥雨天给她斗篷自己挨雨淋，想着庆生哥哥冬天给她揉冻脚、夏天背着她过小河，想着他们玩红军捉土匪的夜里趴在红薯地里，想着一块儿长大的两小无猜和分享的愉悦。在她心中，这个哥哥除了神情总是有些忧郁之外，什么都好，人诚实，长得也好，性格好，学习好。总之心中的他是亲哥哥、好哥哥。

"文化大革命"的风暴席卷而来，学校停课闹革命，红卫兵大串联，受毛主席在北京天安门的八次大接见，全国变成了红海洋，中学贴满了揭批学校走资派的大字报，学校李中华校长、教务处刘培周主任都挂起了铁丝绳吊起的黑牌子。庆生看到校长主任低头弯腰被批斗，汗珠滴滴答答往下流，心里说不出是啥滋味，就悄悄溜了出来。他想找宋佳说说自己的苦闷，他想找到一条可以自己走的路。虽然他不是红卫兵，但还是要革命的啊。

宋佳和庆生是同班同学，宋佳爸爸是县委组织部部长，"文革"开始时由东北调来，正好少了被批斗的理由。宋佳家租住的房子与庆生舅舅家房挨房。那天，庆生在房后池塘里钓鱼，池塘里碧水清清，水草中鱼儿荡起涟漪。庆生却被手里拿着的小说《钢铁是怎样炼成的》吸引，进入了保尔与冬妮娅恋爱的情节。此时忽然感到脖子痒痒，正回头时却见身后坡边的宋佳笑吟吟地说：

"庆生你好自在，看什么那么入迷？"

庆生生怕宋佳看到他此刻的内心，说我看《钢铁是怎样炼成的》，有点入迷。宋佳说我看见了，你是看保尔和那个叫冬妮娅的女孩子谈恋爱吧！说着自己的脸红在了阳光里，庆生也不好意思起来。他想起那次参观地主庄园，借来舅舅的裤子长出五寸，眼看着同学马上要走，正情急时宋佳拿来针线把长出的部分窝进去用针线缝好，然后俩人赶着上了汽车。在车上，他们手拉着手，防止站立不稳，一股电流便传遍全身。从此，庆生就对宋佳更加有好感起来，心里有事就想跟宋佳说说。

后来，庆生在宋佳等同学的支持下，成立了中学里的"毛泽东思想宣传队"，大多数学生都是县里干部的子女。庆生被推任副队长，妹妹红艳也跟着当了跑

第三章 红色记忆

龙套的小队员。宣传队多次深入到十几里外的工厂和农村演出宣传，他们的节目充满了激情和火热，《毛主席的光辉》《翻身农奴把歌唱》《逛新城》等剧目得到工人和贫下中农们的高度称赞。贺庆生才从文艺宣传中找到了自己的位置，也越来越显示出了组织才能。在一次近百人的同学聚会上，他竟然做了一次演讲——《当前的形势和我们的任务》，运用毛泽东思想分析了运动对学生思想的影响和学生应该对祖国未来承担的责任，明显影响了一批学生，也使宋佳更对他另眼相看。

但在庆生心里，宋佳就是冬妮娅，她爸爸是林务官，他们中间始终隔着层次。

那天他和宋佳坐在江边草地上说话，庆生忽然看见一缕夕阳映照出一幅漂亮的画面：宋佳有点宽大的黄军装恰到好处地套在身上，齐耳短发下一圈金色轮廓的长圆脸，扑闪闪的睫毛半开的嘴，半边脸上明显的小酒窝。他又想起那天钓鱼时的情形，突然心里一阵紧张！他好想亲一下宋佳，他看见宋佳好像有些期待的眼神，自己却坐着一动没动，只是深深地把宋佳又看了一眼，他想把这一刻记在心里。

没想到妹妹红艳悄悄地不知从哪儿钻了出来，一脸的不高兴。庆生却没反应，就跟红艳说我们一起回吧，三个人在落日的余晖中一个拉着一个爬上汉江江堤走回家去。

后来，中学毕业了，正当该上学的时候，却一个个响应号召上山下乡。毛主席一挥手，百万知青赴东北、奔延安、到云南、去青海，哪里艰苦哪里去，哪里艰苦哪安家。庆生下乡了，宋佳也下乡了。庆生是返乡，回到了阳坝；宋佳是插队，到了一个青山绿水的山村。但一年后宋佳被招了工，而庆生却下乡五年，差点就扎根农村了。

再见面时，已是十多年后，一对朦胧初恋的同学见面还脸红，相互之间仍是深深怀念的。

12 庆生的大姨凌茹，是一城市贫民，这个时候已经四十大几了，长得也算秀气，特别是两眼有些虎气，有时就有了点杀气，加上说狠话骂人时牙关一咬眼睛一瞪，不熟悉的人真就有些害怕发憷。其实呐，大姨是个顶好的人，俗话说就是刀子嘴豆腐心，外表看是天不怕地不怕，一九六七年时就说"我看林彪是个奸贼"，庆生听到后都为她害怕。那次凌茹骂自己的亲生女儿，"小心我把你碎×剁了！"吓得十四五岁的女儿惠惠哭不敢哭跑不敢跑。庆生脸都发红，从此对这个大姨就有了些怕。可大姨待庆生很真，那时最缺的是饭，庆生去鑫州大姨家哪怕再晚再没钱大姨也要拉着他去赊个两毛钱的肉夹馍看着他吃完。姨说："庆生娃，你爸那时候跟我可好，我俩谝得到一块儿，投缘。你爸那年闹学运被关进号子，还是我送了四十天的饭，后来才把他保释出来。你爸跟我像亲姊妹一样。"庆生就越敬畏起这个姨妈，后来从妈妈嘴里才慢慢知道了大姨更多的故事。

大姨十岁时就失去父亲，在家里是大女儿，必须靠着她干很多的零碎活。庆生外婆苦，大姨也苦，除了做一些家务外还要带自己的一个妹妹一个弟弟，充当了半个母亲的角色，也就养成了刚强的个性。后来自己做主嫁给了一个国民党连长，四川人，姓刘，生下一男孩起名界生，说是在川陕交界的那个地方生的。刘连长对凌茹百依百顺，只是常年奉调奔波，曾编入国民党第五战区在山东打日本，抗战胜利后升任营长，却在一九四八年的国共战场上被共产党军队击毙。凌茹抹了一把眼泪，拖着不满周岁的孩子界生，在鑫州城里打帮工，做小工，当老妈子用人，一九四九年新中国成立后被定为"城市贫民"。后来又嫁给了砖瓦厂工人王宽林，两口子打打闹闹，又生一女孩叫王惠，儿子刘界生改名赵界生。

凌茹处事干脆利落，不识几个字，但说话掷地有声，加上又是工人家属，就被东关街道办任命为莫家巷小街办主任，她风风火火，把一个小街道治理得顺顺当当。

"文化大革命"一开始，凌茹就产生了一种天然的激情，她说无产阶级就是要当彻底的革命派，她什么都没有，要向欺压她的那些当权派斗争夺权。她联络了十来个街道男女，去鑫州大学红卫兵总部联络取经，得到了鼎力支持，回去就扯块红布黄布赶制出一面大旗："鑫州市东关东方红革命造反临时指挥部"，大家就拥护她当了主任。没多久她就夺了东关办的权，联合了大中学校的几支红卫兵组织，大举造反，揪出了市上的走资派康文西，挂黑板抹黑脸搞批斗，风起云涌。后来凌茹被造反派推举为鑫州市革命造反总部常委，专门负责各基层群众组织的联络工作。凌茹威严且热心，学生们尊称她为"凌妈妈"。

不久，北京大学聂元梓派了一位女将来北大鑫州分校策动革命，武汉、成都工总司、新学联总部也都联络起来，组建了鑫州办事处。因在"革"与"保"上，各路的革命造反派们很快形成了"统派革命造反总指挥部"和"联派革命造反总指挥部"两大造反阵营。为抢夺武器、抢夺走资派，统派占据了鑫州一中，联派占据了鑫州四中，还在天主教堂顶上架起大喇叭，你方唱罢我登场，相互谩骂攻击。一时间鑫州府上下乱哄哄，各县人武部被抢，市军分区被冲击，子弟兵不愿向人民开枪，造反派正好利用这个机会有计划地抢劫人武部。遂即武斗起来了，统派炸毁了鑫州运输公司大楼，炸毁了市中心几百年的钟鼓楼，烧掉了南大街，造成几百人伤亡的武斗惨剧。联派指挥部退守江南周南县，扼守住通车一年的江汉大桥，也策划了几次小的"聚歼"行动，拔了鱼渡统派据点，消灭了集川镇上的统派窝子，这一仗捉到统派学生领袖几人，双方打死数十人横尸郊野。于是形成了以鑫州府为统派控制和周南县由联派控制的划江而治的格局。

后来，大乱终于大治，那些武斗分子最终受到历史的惩罚已是几年后的事了。

几十年后，庆生与已经年老体衰、病重待毙的大姨凌茹谈起当年，说大姨你那时当统派幸亏没抓人杀人，幸亏那次跟您辩论时也没把我抓了，否则我今天不定还见不上您呐。大姨在病床上露出微笑，说你个联新娃娃，我当时不是想着你父亲走得早，真想把你抓起来。那今天也就没你这个共产党的县委书记了！事后庆生分析，老大姨后来再未发展到大红大紫的造反程度，一是与大姨毕竟心地善良、一生贫穷、文化程度不高有关；二是她那个国民党丈夫的身份，是压在心上的一块石头，担心别人抖搂出来；三是一双儿女吃喝穿戴上学念书总要拿出很大一部分精力。庆生那时想：大姨如念点书，或是新中国成立前加入共产党，说不定还是个贺子珍呢！

13 云峰在姐姐搬出家门之后，心里就老是有一种负疚感，一想到自己和凌芬多年的相处和姐姐的温柔大度，心里就感到对不起姐姐，不该把姐姐推出家门。更没想到的是把姐姐又推向了火坑，推向了苦难的深渊。看到姐姐与光明有矛盾他也劝过，但他不明白事情的发展怎么总是越来越不顺当。

云峰还有一点自责：他的确曾担心姐姐如果不再嫁人离家，恐怕要跟他分父亲留下的一点家产。他们家由于父母守着几亩地和两间街面小杂铺，土改时被划为"小土地出租"，又常常被叫为"小地主"。新中国成立后日子过得也不宽裕，好在有烈士父亲的招牌，政府给年迈的母亲每年有些补助，自己教书拿着三十几块钱的工资，日子总的来说在街坊邻居眼里还是相当可以的。他的确有点怕姐姐分了他的家产，因为姐姐住的一间房子是她回来后收拾过的，如果她占久了，将来也怕不好说。妻子也不时在耳边吹风，所以他就加大了劝说姐姐跟秦光明成婚的力度，从主观和客观来说他也没感到有错，但后来姐姐的状况倒引发了他心里的愧疚。

云峰风流倜傥，旧社会在洋州上了高中、师范，新中国成立后即当了小学教员，到了二十世纪六十年代初，因教学有水平、业余打篮球好被上司喜欢，就调到了鑫州市第八中学教书。逐渐地就有了一些派头，背分头，高鼻梁，一米八五的个头，在运动场上出风头，在女教师和一些大龄的女学生心目中被爱慕和神往。一位很有风韵的女教师程茜，也教中学数学。她是正牌大学生，但经常在备课时遇到不解之题就去找云峰，云峰也不推辞，尽其所能一一解答。没想到中师生竟然比大学生还行，一些方程式在他手里不费吹灰之力解了出来。程茜心存感激，对他更加敬爱有加。但程茜的爱人是八中的校长，一位个头不高但是很有威仪的人，平常少言寡语，一双眼睛流露的是机敏和睿智，把学校管理得有条不紊的。他最不放心的是自己比妻子矮一头还多，虽不似武大郎那么粗壮反而细挑得有点孱弱，但妻子却是丰满俊俏，引得学校的人们有些侧目和窃窃私语。妻子有意无意地说起云峰，越来越多地往云峰那里跑，他心里更加留意，更密切地注视着这一切。

"文革"开始后校长便有了更多的担心。

14 母亲凌芬这个时候风华已逝，四十岁的人虽明显苍老，已是农村人说的人老珠黄的岁月了。但是凌芬依然青丝如旧，还保持了些许知识人的矜持和模样，温文尔雅，一口白牙，对谁都一样好，和谁也不结怨，村里人当面都一口一句"芬嫂"，还没有听到过几许背耳之言。总之，她已经融入这块地方了，已经是一个最普通不过的老百姓了。她最大的希望是生活平静儿女健康，最大的向往是能吃饱肚子。

但生活中的屈辱却像影子般老是跟着她。那天凌芬走在房后的水渠上，五六个七八岁的小孩在水渠洗澡，一见凌芬就齐声喊叫：

"秦光明赵凌芬，王八占了妖精的坑！"

一个大些的孩子精身光屁股四仰八叉地横睡在堤坎上有意挡住凌芬的去路，

小牛牛翘翘地向着天空不肯让道。凌芬知道孩子们无恶意肯定是大人教的,便忍着屈辱弯下身子给光屁股小孩说:"婶子不怪你们也不打你们,等你们长大了婶子给你们说个好媳妇!"说得一伙小孩子服帖起来,向凌芬投来羞赧的眼光。

这样的情形有时就让凌芬心头发悸欲忍不能。

凌芬上坡割柴草,回家扒锅灶,干活不偷懒,对村民谦和热心,大的称婶叫叔小的亲切自然,村子里只要有人找到她帮忙她都尽心尽力,对光明的一双子女视如己出,对光明的父母姊妹大度亲柔。几年下来,村民们终于认可了她。其实村民们是最实际的,他们最会看人,他们靠感觉认人,他们尊重瞧得起他们的人。

如果不是"文化大革命"的风暴,如果不是为了儿子庆生,凌芬就是苦死也不会走出这个村子,就是冤死累死也不会走出秦光明家门一步的。她就是这样的女人,性格中有倔强的一面,但更多的是善良和逆来顺受。

"文革"时候,好像社会就只有两大阵营:无产阶级和资产阶级。人与人的关系壁垒分明,认阶级不认亲。中国几千年的家族文化被连根拔起,被打了个稀里哗啦!

阳坝村人心的变化从社教就开始了。

虽然"四不清"被赶上"楼",被批斗"喂蚊子",但最后还是"下楼"了。特别是解放军工作队员待人真诚,那位姓李的工作队干部是部队的营教导员,很有政策水平,既依靠贫下中农,但对地富子女也还是苦口婆心,几次把凌芬叫去问她的经历,要她跟地富家庭划清界限,帮助秦光明改过,说你们是地富子女,是可以改造和争取的一代。凌芬很多的委屈说不出口,她想说父亲是烈士,可丈夫却是右派,她想说自己也为革命出过一份力,可是她又被下放了。几次欲说却缄口无言,都是以泪洗面。李工作队好言相劝,似乎从未另眼相看,这才让人感到了一点人世间的温暖。

"文革"开始后,原本就已不太平静的村子开始躁动了,特别是秦光明女儿红艳带着一帮红小兵回村造反,砸了好几家门头的雕饰,显露出一派风光后,村子的几个老大不小的后生也不安生起来,有个佃中农(即下中农)出身、上过几年小学叫胡宪娃的老小伙子,就纠集了村里三五个不好干农活的青年男子,开始造反。他们先是冲进村大队部,要揪斗大队支部书记焦永勤,但因为声势太小,没开得起会,就又杀回到所在的生产队阳坝成立贫下中农协会,夺了阳坝队队长刘高成的权，后来胡宪娃又当上了队革命领导小组组长。为了显示工作成绩，胡宪娃就开始收集整理阳坝村阶级斗争的历史资料，清理斗争对象和问题，要彻底揭开阳坝阶级斗争的盖子，把一批"阶级敌人"彻底暴露在光天化日之下。

秦光明又一次被揪斗了，揪斗他的罪状一是搞资本主义复辟、投机倒把；二是窝藏右派分子的女人，臭气相通。秦光明还有点肉头劲，叫低头就低头，你喊"打倒秦光明"，他也跟着喊"打倒秦光明"！但就是不承认复辟资本主义、窝藏右派女人。批斗多次后，也就没多少新料了。

没想到三个月后的一天，胡宪娃在一次新的批斗大会上爆料：秦光明与右派分子老婆赵凌芬早有勾结，合谋设计害死了秦的老婆，然后结婚，回农村后反攻倒算，搞投机倒把，打击贫下中农，这正是阶级敌人相互勾结、试图复辟资本主义、破坏社会主义的铁证。

这一爆料在阳坝村炸了锅：没想到一个表面和善的女人竟如此恶毒，竟敢谋杀害人；没想到阶级斗争如此复杂，怪不得秦光明女儿红艳还想混入革命队伍，打砸我们贫下中农。人心乱了，说啥的都有，一时间，凌芬出门总感到有人在背后指指戳戳，原先很好的相识，一见就低头，假装没看见。

终于有一天，胡宪娃以革命领导小组的名义把凌芬和秦光明一起押进会场。三大间装粮食的库房早已空了，屋子里坐满了男女老少，烟雾缭绕浑浊一片。凌芬两口子一进屋，胡宪娃立即带头高呼口号：

"打倒复辟资本主义的地富反坏秦光明！"

"坚决揪出右派女人赵凌芬！"

人群中一片杂乱的嗡嗡声，口号声并不响亮。

接着胡宪娃当众宣布了秦光明投机倒把不在农村好好干活、梦想复辟资本主义、过富农生活的事实。秦光明此时已规矩多了，低头认错说他为了生活，的确跑到山里贩过核桃板栗，这就是投机倒把，这就是资本主义。可是当胡宪娃宣布他勾结凌芬谋害前妻时，秦光明却说啥都不承认，他想着自己虽然对前妻有愧对之处，但他的确没有谋害过啊，更何况如果承认了那就等于把凌芬也害了，无论如何他也不能承认。胡宪娃一伙人呼了半天口号，拍打着秦光明的头，但他还是不认。胡宪娃无奈只好向凌芬逼供，一阵乱哄哄的口号声中，凌芬神经快崩溃了，一听呼喊口号就全身发冷、心头发颤，她绝没想到自己十多年后竟然落到与丈夫贺文雍一样的下场，绝没想到她也会被揪斗到生产队的批斗舞台上。

第三章 红色记忆

但当胡宪娃宣布了她与秦光明勾结杀害前妻的事时，她的心反而不颤抖了，因为压根儿就没这个事实，她怎么会违心承认呢！这样的批斗会，她在五七年反右运动中已见识过了。乱哄哄的秩序，胡宪娃毫无依据的胡咋呼，反倒使凌芬充满了气愤和豁出来的心情。这时的屈辱已经麻木，而激愤之感冲上脑门，平时温顺的凌芬一反常态，对着胡宪娃大声说道：

"毛主席教导我们：'政策和策略是党的生命'，实事求是是党的原则。你说我勾结秦光明害死他前妻，有何证据？这么天大的事你无凭无据冤枉人，你就是没有执行党的政策！"

胡宪娃一时语塞，他本来想以大批斗的方式先吓唬住凌芬，然后再逐个突破，虽然他手里没有证据，但他分析秦光明肯定是与凌芬合谋的。被凌芬这么一反驳，胡宪娃脸上一阵白一阵红，口里支吾着无言以对。正好夜幕降临，屋子里已经黑了下来，人们看不清了，只是眼看着无法收场，胡宪娃又喊起了口号：

"坚决打倒右派女人的嚣张气焰！"

"敌人不投降，就叫他灭亡！"

然而人群中的呼声分明稀稀拉拉少了许多，好像有一半多的人都把头耷拉了下来。也许是凌芬的善良让他们根本就无法相信有这等事，胡宪娃又说不出个所以然，大家的情绪无法燃烧起来。也许是胡宪娃的权威还没有达到让所有群众一呼百应的程度，总之这个批斗会的热烈程度远未达到胡宪娃的预想。还是刘高成老队长说天黑了算了吧。于是批斗会只好草草收场。往回走的路上，几个原来气势汹汹的民兵也不再押解凌芬，他们只顾自己走了。

一回到家，凌芬头疼欲裂，心脏剧烈跳动，大汗淋淋，明显出现虚脱症状。秦光明一见极为紧张，赶紧喂水擦汗，又让女儿马上烧了些姜汤给凌芬喝下。凌芬这才缓过气来，已是泪流簌簌，接着捶胸顿足：我是前世造了啥孽啊？丢人现眼！我还怎么去见村上的人，怎么去见母亲和兄弟姐妹啊？不如死了算了！秦光明又忙着好言相劝，说是我拖累了你，我不该拖累你，我该死我该死啊！光明也流出了几滴泪水，凌芬见状，心又软了下来，就在光明的怀中迷迷糊糊地睡去。

15 云峰在市八中教书本来很顺利，课教得好不说，学校对外的篮球比赛更少不了他，程茜是云峰赛场上最卖力的啦啦队员，每到云峰比赛，程茜总是领着几个学校里的女教师和一伙男女学生们，早早等候。云峰在球场穿梭，一个个漂亮的过人动作和远距离侧投球，把程茜看得如痴如醉，大声呼喊加油，一把把为险球捏汗，云峰看见更是浑身来劲。一场球赛结束，云峰光着膀子提着衣服刚走进宿舍，程茜就笑眯眯地推门而入。

"你真棒！"

"没你的啦啦队加油，我发挥不了这么好，真谢谢你啦！"

云峰向程茜投去深情的一瞥，与程茜目光正好撞上，程茜脸红了，说快脱下湿透的背心吧，我给你洗了。说着就伸手给云峰往下脱背心，没想到云峰却突然抱住了程茜，程茜没感到突然，其实她好像知道迟早会有这么一天，于是也紧紧把云峰抱住，没过一会儿，两张热切的嘴唇咬在了一起。云峰扒下背心，顺势将程茜抱起放在床上，又是一阵香甜的吻，正要深入进行时，程茜突然打住，推开云峰说："不行，今天老陈在！"一句话熄灭了云峰此刻的激情，说："那要等到啥时候？"程茜揪了一把云峰的鼻子，"下个月吧。"

幸亏程茜的清醒，她刚进屋，当校长的老公那双锐利的眼光就发现了她脸上的异常，校长问：

"今天有喜事？"

程茜一惊，完了立即回答：

"是啊，班里数学比赛今天全校第一，我高兴。"

"还有啥高兴的吗？"陈校长再问。

"有啊，那是以后，肯定还有很多高兴的事！"

两口子有点唇枪舌剑，校长严肃敏锐，明察秋毫，有种天然的戒备。程茜冰雪聪明，绝无破绽，总是滴水不漏。程茜洗了把脸，就走进灶房，天黑多时了，他们还都没吃晚饭。

夏日火热的季节里，自那日云峰程茜各自表明心意后，感情就起了变化，但迫于学校的环境和校长的威严，他们只是在炎热的夏天里保持了逐日上升的温度，却始终没有达到燃点。暑假期间，云峰邀程茜一起去了姐姐凌芬家，凌芬很热情地接待了他们，做了红薯米饭鸡蛋汤，虽显窘迫，但云峰也知道来之不易。临走时，云峰给了姐姐三十元钱，告诉凌芬一定要保重自己，凌芬眼泪盈眶，但是坚决不收弟弟的钱，说你一大家子的人，手头紧张，我日子能过，你把钱拿回去给妈买点好吃的吧，妈老了，需要我们多操心。临走悄悄告诉弟弟：你可千万注意和小程的关系，小心惹麻烦！弟弟云峰只是点头，什么也没说。

十月末的一个星期六，秋高气爽，晚上八点多，夜幕已降临，月亮刚从东天升起。云峰已经有好几个周末没回家了，他在想心事。家里的媳妇是明媒正娶的，贤惠且漂亮，已经给他生了三个孩子。但就是与婆婆关系紧张，幸得婆婆是个极能吃苦极能忍让的老人，就这样也还常常为孩子、为琐事产生矛盾。见不上便罢，一旦云峰见了就要责备妻子，甚至动手打她，妻子无业，既得经管小孩，又要伺候老人，一肚子委屈没处诉，还遭男人斥责打骂，窝着一肚子火，两口子差点闹到离婚的地步，只是为了孩子、为了脸面还凑合着过。云峰后来遇上了知识女性程茜，才觉得找到了知音，比起不识字的老婆一个天上一个地下，云峰悔恨当初的封建婚姻，说媒人只让他们隔着门缝看了一眼，十来岁的人婚就这么定了。后来才知门缝里看的是姐姐，后来娶的却是妹妹，心里还感到没吃亏时，才发现没有文化的妹妹也不是个好妹妹，但木已成舟，生米做成熟饭，只好如此。

云峰思前想后，理不出个头绪。看了会儿书刚刚迷糊睡着，忽然听到窗户有轻轻的敲击声，立即一咕噜起床，他知道是程茜来了。

一个白色的影子飘进门来，两团温热的肉体迅速黏在了一起，两片嘴唇毫不犹豫地紧紧亲吻着。过了一会儿，程茜腾出嘴说：

"老陈开会去了，我想你！"

这一夜的翻云覆雨，激荡起两个渴求的灵魂赤裸裸地疯狂进入，像大海的波涛一浪高过一浪，又似夏日的惊雷，轰隆隆由远及近，好像经历了几千年的冲刷，礁石历经惊涛骇浪卧于海中，黄沙被海水细细地吻舐。

海浪终于落潮，两个紧紧缠绕的肉体终于分开，仿佛身上的水分已被吸干，只剩下两具干尸……

再严密再好的墙也会漏水。风传有了，新闻多了，云峰和程茜不得已开始了离婚运作，云峰这头当然不说，程茜那边却遇到了顽强抵抗，陈校长坚决不离，并威胁说要不惜脸面发动校教职工揭发批斗赵云峰，坚决开除他！校长的举措遏制了一对情人关系的深度发展，也阻止了云峰与妻子的离婚进程。随后，云峰被调离到小学部任教，理由是他才中师毕业，教中学是勉为其难。这且事小，更要紧的是程茜从此被校长招米的小保姆牢牢监视，校长表示如要离婚，便将她和云峰告上法庭，诉云峰破坏家庭罪。无奈之下，程茜与云峰接触日渐稀少，甚至连通信也受到控制。云峰咽不下这口气，就申请辞职，未等批复下来，便自行回乡了。

这是一九六八年年末的事。恰是由于没有上级批复自行辞职，十多年以后的二十世纪八十年代初，平反冤假错案中云峰得到申诉，并恢复公职办理退休，也算是一例当代婚外恋的好结局了。

16 同一个时代，贺湾村在北京的一支根脉——贺亚新一家亦惨遭变故，立门之柱轰然倒下。

贺庆生的同堂叔辈贺亚新因为新中国成立前在上海求学时与一位女子有一面之交，这位女子后来已是一位呼风唤雨、倾国倾城的领袖人物。皆因亚新后来在京师教学生涯中有一句关于这位女子的狂言：

"我曾观之，尔非等闲之辈。或飞黄腾达，或祸国殃民！"

"文革"中不料这句国文教授曾经的自评之语被学生揭露，接着就是上纲上线，被列为师大现行反革命惨遭批斗，这个"立柱"（乳名）终于不支，在一个深夜里静悄悄地投湖而死。于是这桩事非便化作一缕青烟散去。贺亚新了却了尘缘，却把一个家庭的责任无情地甩给了三个儿女，因为此时他夫人也没有更多的时间了。

新的一代，与共和国同龄的人，差不多都遭受过坎坷和创伤。这是执着、敬业、守成的一代，他们担负着承上启下的责任，因而也就承担起了不同于前人的苦难和哀伤。

贺亚新的二女贺玲，生于一九五〇年，前头还有一个姐姐，是父亲前妻留下的，早已成婚成家，拖儿带女一大家子，在京一家研究机构工作，很少回家。父亲的去世让一家人顿时失去了依靠，贺玲不仅要照顾年老体弱的母亲，还要带好弟弟妹妹，锻炼出了一套立说立办、雷厉风行的治家本领。那年毛主席一声令下，老三届贺玲就背上黄背包，随着整整一火车的知青，去了有人向往有人愁的"北大荒"。

弟弟贺晋，十四岁上初一就遇上"文化大革命"。却因家境不好，父亲自杀，不敢也不愿去参加运动，就当"逍遥派"。姐姐走后第二年，报名去了陕北插队，

第三章 红色记忆

后来终于回城居家，虽则父亲冤案平反，但因自己学业荒废、没有文凭，只好在父亲所在学院当临时工烧锅炉。

小妹贺英生于大跃进年代，姐姐哥哥先后下乡时母亲就只好留下最小的女儿在身边陪伴。因为姐姐哥哥大了不能在城里吃闲饭必须积极响应毛主席号召上山下乡。母亲懂这个理，支持两个儿女先后离京，拖着病弱之躯与小女为伴。贺英后来考了个大专，随后便与哥哥陕北时代的好友郭鹏结婚，落户广东番禺，在镇中学做了一名教师，二十世纪八十年代后进入香港华人投资兴建的禺东中学任教，一生都在追补学业，终于在二十一世纪拿到了硕士文凭，成为一位年近花甲的中学高级教师。

那一年，伟大领袖毛主席发出号召，"知识青年到农村去，接受贫下中农再教育"，全中国掀起了百万知青下乡的又一次红色浪潮。中国农村的汪洋，很快将这批红色的种子融入了大海，淹没在了土地和人民之中。一代知青们，却在这荒芜、贫瘠、愚昧的大地上演绎着一幕幕的人间悲喜剧，经历了一次炼狱般的洗礼。知青下乡成为中国社会史、中国青年史上浓重的一笔，成为中国当代知青最多地接触中国最贫困落后的生活、最深地了解中国农民和农村的一次重大实践。一大批知青成为后来的治党治国治军的领军人物，甚至连中国当代党和国家的最高领袖，也都是经历过了那么一段艰难岁月的打磨，从而为其奠定了人民血脉的根基。

这批人，在后来的"回城"运动中几乎一个不剩地走了，但直到今天，也还有极为少数的知青还流落在北大荒、陕北高原以及云贵山区，成为了历史的活化石。不同的境遇和经历，都在这同一个时代走过。

贺玲一生都记着爸爸常常说过的古人孟子的话："天将降大任于斯人也，必先苦其心志，劳其筋骨，饿其体肤，空乏其身……困于心，衡于虑，而后作……然后知生于忧患，而死于安乐也。"

告别年迈的母亲，贺玲走上人生苦旅的当日，北京古城墙上，夜里朔风鸣咽。第二天，最后的树叶已经掉光，只剩下些干枯的枝杈，仰望着阴沉沉的天空……

算起来，贺玲姐弟三人，与贺庆生应是堂姊妹的，虽然庆生曾经听母亲说起过这一点，但这时竟谁也不认识谁。

17 风暴是威严的，有时是毁灭性的，但风暴的中心却常有纹丝不动、毫发无损的地方。大自然的奇特在人类生活中一如既往地重复着它的动人之处。

就在凌芬受批斗不久，公社革委会要修建办公大楼，其实也就是座三层八九个开间的小楼。但由于钱少，就征发了一批地富反坏右五类九种人去搬砖运石。革命领导小组组长胡宪娃终于有了出气的借口，他命令赵凌芬也一同去公社集中劳动。凌芬对劳动并不怕，但最怕的是见人，每次排着队伍走过街道时她从不抬头，好在人们早已司空见惯，很少有人十分留意夹在这群杂牌军中的她。

已经是腊月三十了，那天她心里老觉得要出事，眼皮不停地跳，就蹲到厕所里，把还在上学的儿子写给她的信拿出来看，那信她已经看过几次了，但儿子说的话滴血啊！儿子说：妈妈难道你眼看着儿子永无翻身之日吗？离开秦光明吧，他带给我们的除了屈辱就是灾难。离开了他，我们母子生活，我的外公毕竟是地下党员，我们母子洗心革面，也要求得一点光明呀！儿子求你了！

凌芬的心也在滴血，她心地善良，原本想过一种平凡安静的日子，甘愿嫁给一个民办教师秦光明，甘愿吃苦受累，甘愿跟着秦光明回到阳坝村，烧火做饭，上山割柴，上工干活，手上已是老茧加裂口，精神压迫引发的心绞痛不时折磨着自己，几次想到生不如死，想到自己命不好，前后两个男人都挨批挨斗，生活过得越来越紧巴，家务矛盾常常闹得欲罢不休，欲哭无泪。但为了儿子、为了贺文雍留下的一双儿女，她必须活着。更何况秦光明待她还算体贴，产生冲突后的死皮赖脸一是性格使然，更多是无奈，这点凌芬自己是体会得到的。所以她才以一躯弱身尽力维持着整个家庭，把秦光明的儿女视为己出，浆洗缝补一一照顾。特别是看到儿子庆生跟女儿红艳亲同一母时，心中总是充溢了温情。然而儿子已经长大，难道就让他永远劳苦乡下？当她发现儿子柔中带刚的性格和对学习的执着时，就感到儿子像他的爸爸，就想着他将来可能有点出息。心里慢慢动了离婚的念头，于是就在一个夜里平静地向秦光明提了出来，然而秦光明除了把她抱得更紧之外，就是永远的不答应。

胡宪娃送凌芬去公社服劳役，加剧了凌芬离开秦光明的决心，除了对秦光明失望外，她不知道待在秦家还将有什么不可知的噩运等待她。所以她终于勇敢地

第三章 红色记忆

走出第一步：先离开秦光明家。后来在几个好心人帮助下，她终于在村子里一个远房亲戚家的偏房暂且安顿了下来。

到公社劳动已经两个月了，凌芬已经适应了这屈辱却不算十分艰苦的劳动。但今天是腊月三十了，她还想着儿子冷冰冰的年该怎么过的时候，又想起儿子的信，就偷偷在厕所里又看了一遍，然后每次搬砖时多加一块，以弥补蹲厕所欠下的劳动量。凌芬是这样的女人：老想着对不住别人，宁愿对自己苛刻。她这种传统的意识或许已经渗透到血液中了。而正是这种传统的东西长久地影响着中国人的文化和塑造着中国人正直善良的品格，以至它并不会因为"文革"而中断。

就在这时，公社来人传凌芬，原来是黑塔般的民兵排长革新专程来传凌芬回队去接受批斗，说是要大批大干三百六十五天！凌芬的预感竟然很准，她老觉着今天会有什么事发生，原来如此！她的心又一次颤抖起来，回去的路上，她想着排长那冲她一笑的鬼脸，更加剧了她的害怕！

离家的路越来越近，天越来越黑，凌芬的脚步却越来越重，足有一个小时，她总算走完了三公里多点的路。天是黑下来了，冬天的雾气充盈着乡村，弯曲的路像一条白蛇朦朦胧胧。凌芬跌跌撞撞地回到家时惊呆了：儿子正在家里和排长说着话。排长一下子没了往日的威严，好像把儿子当成小弟弟。儿子说："妈，幸亏革新叔叔叫我去他们家吃了年夜饭。这不，他还给我们拿了米浆馍（陕南糯米做的年糕），说是他妈做的，要让我们也吃点过年的馍。"

排长革新此时只是憨憨地傻笑着，看着凌芬一脸的不解，才说：

"眼看着要过年了，我编了个谎，说是传你回队批斗，是想让你娘儿俩在家里团个圆。这馍是我妈做的，见你们娘儿俩刚出来，没有多的粮食，这几块米浆馍就过年吃吧。"

凌芬这才恍然大悟，难怪看排长冲她诡秘地笑，她还以为又要变着法子批斗呢，却原来人间竟也有好人，一时间眼泪扑簌簌流了下来，只是不断地说："感谢张家婶子，感谢排长！"排长显得局促不安，悄声说："不说了不说了，我还要去大队办事。明天你们母子一起过个年吧！"说完一阵风走出门，消失在夜幕中。

屋里，凌芬擦干泪水给儿子说：

"记住，天底下还是有好人的，今后不能忘了他们！"

这是一九七〇年大年三十的事。

屋外，天空墨黑墨黑。茫茫夜空中，远处的天边悠悠地划过一道流星。

凌芬母子久久地站在田埂上，望着前面排长走过的路，似乎仍在流星照射下发出微微的光亮……

第四章 人生的路

18 一年后贺庆生返乡回到了阳坝村。

这个村子基本是平田平地，算是平坝中条件最好的小村子（生产小队）。村里的土地分布在几个沟坝缓坡上，一条县级公路从村子中间穿过。三百来号人八十多户就分散在坡坡坎坎和坝子中，差不多都是散庄户人家，只有秦、刘、张几家大户族才围成一个院子。村里自然条件算是不错，土地也算肥沃，可就是不长庄稼，稻麦一年两熟，一亩水稻平均收三四百斤，一亩小麦平均收二三百斤，一个劳动工日三五毛钱，一天挣工分十分算一个工，一年干下来挣三百六十个工日，天天都不缺工才行，一般情况下男人挣三百个，女人挣两百四十个。折合工钱一百五十到一百八十元钱。口粮分红时每斤稻谷差不多一毛钱，人均口粮四百斤稻谷，折合四十元钱。假如一家五口人，就分两千斤口粮，收二百元钱。你的总工分是五百工日往高里算折合二百五十元钱，扣除口粮款两百元，你就是"余粮户"，生产队给你发余粮款五十元；如果你的工日款只有一百八十元，就是"缺粮户"缺二十元。四百斤毛粮可打粗米二百六十斤，那时人们吃饭全靠粮食，一人一顿随便吃一斤米，因为吃肉少，肚里没油，所以吃米面就特凶。年年不够吃，到了腊月里就得向队里借"储备粮"，过年时就是靠"储备粮"了。这还算是好的生产队，那些差的，年工日两毛钱一个，分口粮两百斤一人，那就惨了。但奇怪的是往往两毛钱一个工日的地方老百姓日子过得比五毛钱的地方还好，这个情况庆生后来结婚后才知道，原因是越穷的地方自由更多些，老百姓连偷带赖哄上级，而那些"学大寨"的地方，就靠死干活干死活，凭工分吃饭，为"革命"干活，所以越干越穷，阳坝就是这样的典型。一个姓张的泥水匠被人请去当了三天大工，回村后即被撤销"贫协小组长"帽子，所挣十元钱交队改记工日，自己还被生产队"斗私批修"一次，以后就再也没有出去干过了。

庆生回到阳坝村正值冬天，气温也在零上五六度，庆生穿单裤就过冬了。那个时候，村里还保留着千百年来的生产习惯，稻麦两料用地有别：种水稻的田始终是水田，而种小麦的是旱地。汉江边上至今也还在一些山沟沟里保留着"冬水田"。

也算是遇上了，也算是一次人生考试，庆生接到的第一个生产队派工，就是犁冬水田。

庆生并没感到这是没人愿干的活，更没觉得是谁故意收拾他。他把单裤挽至大腿，把母亲留给他的一件半旧麻麻色的中山装棉衣用布绳一扎，套着牛就下水了，刚一下水，浑身就起了鸡皮疙瘩，刺骨地冷啊！牛一下田，拉着犁头就往前奔，犁头就在水面上跑，庆生就跟着跑，结果稻田的土地就没有被翻过。水一清看出作弊就得挨批，而犁头一扎深，牛拉不动就停下了，打也不走。庆生不冷了，浑身由冷到热，泡在水里的腿也开始适应了，半截小腿扎入泥里后倒还有点温热的感觉。他只是着急咋样才能既要把水下的土面翻过又要使牛拉得动走得起来。就这样急了一天，才犁了四五分田。

老队长刘高成在第一天时出现在田坎，看着庆生那副认真和有些笨拙的样子，把旱烟锅从嘴里拔出来说：

"力用在手上，扎好犁头尺寸，两天就会！"

其实到了第二天时，庆生已经从中摸索出了一些道理，关键在于左手要把犁把掌稳，不深不浅，让牛能拉动，犁头扎深五寸，平稳向前，就能加快速度。第二天庆生犁了八分田。一口气，他坚持了七天，越来越顺，最后一天犁一亩半还多。庆生觉得，一咬牙就过来了，人冷在于不活动，活动开了，浑身发热。

收工后，庆生就下到村子边静静流淌的一条小河里，在小桥边水稍微深些的地方，把腿上的水锈用小石片从上到下一一刮掉，把两条腿打磨得红红的，用清清的河水洗净然后回家。

这里，也就成为了日后春夏秋冬他常常光顾的地方，河中的石头、河边的石条，一年到头汩汩流淌的清流，就永远地停留在他心中。甚至与后来一生相伴的妻子多少次的小河洗濯，以及那个秋天小河话别的情景，也都永远地镌刻在庆生心中，成为永久的记忆。

千百年来，不管社会如何动乱，总是还要有人种田。农民默默地躬耕陇亩，日出而作日落而息，以万斛血泪维持自身生存并满足着社会需求。农民是社会的最底层，贬了职的官员被发配流放，是到最边远贫穷的地方，得靠务农图存；犯了法的囚犯被押解到边远的劳改农场，以劳动来改造灵魂；"文革"中走资派被遣派到"五七"干校，更是拉牛犁田打耙务农。

土地是根农民是本，土地是母农民是父。农民趴在土地上，是社会三十三层天的最底一层。庆生当了农民，才真正知道了什么是苦和累，也才产生出了同这些底层人们一样的感受。多年后，他都不能忘记那赤脚抠着陡滑的山路、淋着大雨、背着百十斤青草、饿着肚子一步步挪向阳坝公房的情景。

19 "文革"的重压，使得庆生几年里在精神上一直深深压抑。在学校，他为自己不能和其他同学一样加入共青团当上红卫兵而懊恼，但对"龙生龙凤生凤，老鼠生儿会打洞"的血统论充满疑问：那么恩格斯、周恩来出身富贵却怎么也投身革命呢？在学校"复课闹革命"的两年中，他一面谨慎地参与着学校的"斗、批、改"，一面悄悄先后向班主任老师借来了《联共（布）党史》、列宁的《国家与革命》等政治书籍，并大量阅读了《青春之歌》《红岩》《烈火金刚》《创业史》《吕梁英雄传》以及《家》《春》《秋》等小说，接受了不少革命英雄主义文学的教育。慢慢地，庆生把生存的屈辱归结到了出身和环境上，他决心要走革命的道路，改造自己，坚决站在贫下中农一边。

后来，他竭力支持和鼓励母亲离开秦光明，他感到自己长大了，可以养活母亲了。更要命的是说不定哪天他也将和父母一样被拉上批斗会。一九七一年冬，贺庆生正式回到阳坝后就开始了母子俩相依为命的生活。

庆生把一间房子从中隔开，后半间支起两张木板床，一张给母亲住，一张自己用；把前半间一半做灶台，一半做了个小小的供桌，在上面精心地裁剪下毛主席接见红卫兵的侧画像，用几十条红纸贴成太阳的光芒，下面是他自己书写的不算很差的大字："敬祝伟大领袖毛主席万寿无疆！"

这时，贺庆生个头长到了一米七二，浓眉大眼，略方的脸庞透露些红，牙齿白亮，胸肌已经开始悄悄隆起。由于母亲凌芬的教育和影响，庆生神情忧郁但不失热情和机敏，穿着虽极为普通，但总是干净整洁。回到阳坝后，经历了七日冬水田犁田考验，夏天收小麦脱粒时燥热的耐磨，劳动已经过关了。七月里收割水稻时，庆生肩挑一百五十斤水谷子，脚趾抠着泥路挑往生产队公房院场，担子压在肩上一个劲往肉里抠，脚下稍有打滑便会摔跤。有个社员跟他说："这小伙不错，担打不抢，搁下换肩。"刚一听以为是表扬，细一想却是揶揄。

但一直到离开生产队，庆生还的确没锻炼到百斤担子左右换肩不停不歇。可是历经了犁田、打坝、种麦、插秧、打场收割、上山割草、拾粪、下茅坑起粪角子等一系列艰苦劳动锻炼后，庆生的身体结实多了，胳膊腿粗了，脸色也红了，阳坝村民们对这个后生的看法越来越好，说这娃有礼貌、能吃苦、见人也亲热。村子里有几个姑娘也暗中喜欢他，特别是队长刘高成的女儿秀秀，就在几次接触中暗示过爱慕之情，只是庆生自知出身，从不敢妄自张狂，没有过一点表示。

贺庆生继承了母亲的长处，待人热情谦谨，跟谁都友好相处。老队长刘高成很赏识他，后来让他当了队里的记工员。记个大寨工，满工十分，分成了上中下午"三、四、三"三个时段工分值，缺勤的、晚到的，都按规定扣分，庆生到了快收工前一小时就跑遍各干活点记工分唱工，记得准确快捷。老队长称赞不已，说以前记工员要整整半天，庆生才一个小时多。过了两年，老队长又推荐庆生当了生产队的出纳，那时管理的钱很少，全队交公购粮收入的钱给社员们一找补，账上就剩千把块钱了，但庆生做到了日清月结，从没有过失误。

庆生逐渐融入这里的群众，他坚定地站在贫下中农一边，努力地与秦光明划清界限。在又一次的批斗会上，当他控诉秦光明死皮赖脸纠缠母亲时，秦光明面露微笑，说那是我跟你妈的事！庆生就见不得秦光明那副嘴脸，一下子回忆起了那个晚上秦光明厚颜无耻地把大门把住，涎笑着对母亲说："进了我家的门，就是我的女人，想要随便走人，没门！"母亲气得拿头撞去，却碰在门框上，头破血流被秦光明又赶紧抱住，从墙角扯下一网蜘蛛敷在额头上扎住，硬是把母亲按在床上盖上被子。想到这里，贺庆生恶向胆边生，伸手就给了秦光明一个耳光，骂一声：

"打死你个不要脸的癞皮狗！"

"啪"的一声！秦光明冷不防被庆生实实拍了一个巴掌，他先是一怔，接着又厚颜地笑了，悄声说："你打得好！"话没说完，在群众一片怂恿的喊打声中，秦光明显示出了无比的沮丧。

而此刻，贺庆生的心里却"咯噔"一下，后悔已晚。

秦光明的女儿红艳因了庆生这一巴掌，一下子改变了对哥哥庆生的印象。毕竟是你的继父啊，毕竟在一起度过了十年啊，你怎么那么狠心呢？还有，你也不去想想你的妹妹心里会怎么想啊？全然没顾我们父女之情啊！红艳当时没有在场，是后来爸爸告诉她的，红艳一听就站起身说，我找他算账去。还是秦光明拦住了她，说算了吧，不要影响到你们的兄妹感情吧。话是这么说，但秦光明把这事多少有些添油加醋地告诉了女儿，他好像有意让女儿恨庆生，但又害怕女儿真的恨了庆生，人就这么奇怪，能怪谁呢？

上学的红艳星期六回家，专门找到庆生的新家非要他出来说话。庆生明显哆嗦着，不想出去。他知道红艳为的什么，他怕红艳伤心难过，怪只怪自己当时怒火中烧，忘乎所以，当时连红艳都一点没有想起。这会红艳找来了，他才想到了人家毕竟是亲生父女啊，更何况秦光明家他最留恋的就是这个小妹妹。红艳跟庆生两小无猜，玩老鹰捉小鸡，庆生当抱母鸡时，红艳总是紧紧牵着哥哥的衣服，在游戏场中左躲右闪，不让老鹰叼住，而庆生总是左右腾挪，前后扑救，紧紧地保护着红艳。雨季里上学要过一道河，庆生背着妹妹，红艳趴在哥哥背上，眯了眼想着哥哥的好处。过了河还趴在背上不下来，哥哥叫了，红艳这才清醒，连忙给哥哥说哥哥受累了，说着在哥哥的脸上亲一下，哥哥就高高兴兴地吹起口哨，两人手拉着手跑到学校。尤其是"文革"的第三年，大辩论中红艳勇往直前，把对方那一派的娃娃们辩得哑口无言，几个小伙伴竟然叫来一伙中学生反对派围困红艳，有几个年纪大点的动手动脚，要把红艳拉走。正在危急时候，哥哥庆生突然赶到，与几个学生撕扯起来，不料被人一拳打得鼻血长流，红艳吓得要哭，庆生把血一抹，大吼一声：有种的上，我今天豁出去了！那几个学生一看庆生满脸是血，吓慌了神，就嚷嚷着开溜了。红艳赶紧拿出手帕，给哥哥擦去脸上的血迹，回去的路上又在河里用水撩着给哥哥洗干净。红艳说：哥哥亏了你，要不我今天还不知咋样呢！庆生说：我就知道你爱往前冲，小小年纪天不怕地不怕，这回知道了吧！要不是同学来报信，你今天是非吃亏了的。红艳"扑哧"笑了，心里对哥哥的崇敬又添了几分。临到一九七一年哥哥离开家，那晚红艳紧紧拉着哥哥的手不放，只是眼泪不停地流，她不知该怎么劝哥哥，又看着家里父母被批斗，也想着让妈和哥哥能躲过劫难，但是割舍不掉几年的兄妹情感。这时红艳已经十四岁了，十三四岁的姑娘家虽生活差点、脸色黄点，但还是掩不住青春气息，身子已显现出了线条。哥哥庆生也舍不得妹妹，只是为了前途、为了划清界限，他摸着妹妹止不住泪的脸庞说：别伤心红艳，我永远记着你是个好妹妹！红艳只是双手紧抓着哥哥的手不松，把头紧贴着哥哥的胸，呜咽着，喃喃着。

此时，在房后的小坡梁上，还是哥哥和妹妹，却似乎已经没有了温情。哥哥扯了把稻草说：坐下吧，你就说吧、骂我吧！红艳一肚子的火气，一见哥哥庆生却发不出来了，顿了好一阵子才说：

"哥，你受委屈了，但你不该打爸！"

庆生语塞，一时找不出理由。末了却说：

"我知道我们兄妹情分断了，你还我一巴掌吧，我该打！"

红艳听罢怒火冲出，"你该打！"她伸出巴掌，却在空中停住了。

庆生一动不动，准备迎接那重重的巴掌，却没了动静，抬头望去，却见红艳飒飒抖动的身子和举起来的一只手掌。庆生忍不住了，他抓着红艳的手往自己脸上抢去，但红艳却一下子扑到哥哥怀里，哽咽着说：

"哥哥，我不会打你，我会恨你一辈子！"

庆生眼泪也流了出来，滴在了妹妹脸上，两个人抱在了一起。

此刻，太阳快落山了，夕阳西下的余晖露出一抹彩霞，竟然把兄妹俩的身影镀出了一道暗红色的圈子。

中国的人伦在"文革"中被遗忘，有的是因为政治，有的是因为历史，有的是因为爱情，有的是因为仇恨。而这些原因，都深深地隐藏在生活之中，人们没有也来不及去思索和回味，只有那些苦思冥想的人有时才会悟出一点道理。

为了这一巴掌，贺庆生算报了秦光明侮辱母亲的仇，报了秦光明打了他一拳头的恨。但这一巴掌，却使一个年轻的心灵欠下了永恒的债，忏悔了一生一世。多年以后秦光明死了，贺庆生回到秦光明的坟头鞠了一躬，叩了三个头，算做了负疚的忏悔和对秦光明的告慰。

20 当贺庆生已经融入这个小山村时，他也深深感到了，红色运动不是能让所有角落的人都积极参与的，总有些迟疑的人们和沉淀的思想，他们或者不

第四章 人生的路

47

愿跟着，或者跟不上运动的步伐。于是就在社会的风暴中躲在某些安静的角落，仍然平静地面对一切，保持着几千年流传下来的传统。他们说，不管啥人，不害人就是好人。不管红爷绿爷，能给老百姓饭吃的就是好爷。庆生原以为老百姓都是像胡宪娃一般的人，而后来发现还有许多老百姓并不买胡宪娃之流的账。他们看人看事，总会以实际为准，而不是看你说得咋样。

庆生竭心尽力地为大家记工、当出纳员，努力地发挥着自己的写字和表演节目的才能，在大队演出时，他与一个知青合演了自己编写的双人相声《农民和土地》，受到好评，后被公社、县上调演选入，更激发了庆生革命的热情和劲头。这一年，庆生作为"可教育好的子女"被光荣地接收加入了共青团。

恋爱的故事差不多都一样，而不同境遇的恋爱却是不同的酸甜苦辣。

庆生劳动好爱干净，讲礼貌，又有文化，村里的好几个女子暗中看上他了，但一说起家境就都摇头，没有了爱的勇气。而庆生也知道自己的处境，从不做非分之想。

冬季，国家为了三线建设需要，要在甘肃和湖北之间修建一条铁路，既接应西南西北，又连通江南广东，这段铁路其实就是条连接线。但这条铁路要跨越秦岭巴山，山大沟深，地质复杂。困难再大也要上，毛主席说没有路骑毛驴去，三线建设要加快！全省征发了几十万民工，全线开工，民工们以师、团、营、连建制编入，以县为师，辖区为团，公社为营，大队为连，各级均设师团营连长和政委教导员。一时间几千公里的地面上数个工段同时开工，一场人民战争的铁路大会战如火如荼。民工们住在茅草盖顶的工棚里，一个排一处房，男女分住，虽四处漏风但几十个青年人挤睡在一起，倒不感到太冷。工地上红旗招展，车来车往，拉土的架子车、男女民兵们你追我赶的气氛充满了山沟。炮声轰隆，打几十米深井填装成吨的炸药把一座座山头连根拔起。这支农民队伍一旦整编，却也显示出了排山倒海的力量，他们硬是靠着镢头、铁镐和拉土车，靠着钢钎雷管和炸药，使铁路路基不断向前延伸。好几次，成营连的民兵拉起架子车从百里以外的县城拉运水泥，星夜兼程，一路上红旗引路歌声起伏，年轻的男女民兵一夜间跑八九十里路不在话下。好在二十世纪七十年代生产毕竟发展了，民兵们一个月四十五斤粮食，每天一斤半，每顿一个大蒸馍一碗烩菜，油星少点但大锅菜还真香！

庆生第二批应征入编，与阳坝村几十个男女青年一齐上了铁路工地。那是一个秦岭山区县的深山里，师部设在当地的区公所，团部设在离工地十多里的公社，营连就在山里。庆生所在的营部在一所山村小学，连部就在一户村民家里。十冬腊月，滴水成冰，山里更冷。

铁路路基遇到沟壑时必须先建涵洞，把水路打通。工地上，民兵们脱掉棉衣干活并不觉冷，庆生打着光脚下到水中清淤，大家用铁锹一铲铲把脚下的淤泥铲出运走，然后用石头和水泥砌起三米多宽的基槽，再打木拱圈梁水泥封顶，一般三十多米的涵洞，大约一个月就完成了。

队长刘高成的女儿秀秀也当了铁路民兵，其实与其说她是上铁路当工人，还不如说是冲着庆生来的。她心里早有了庆生的影子，在生产队干活时总想和庆生挨在一块儿，看着庆生母亲挨批斗时总为庆生担忧，听到父亲偶尔说起庆生是个好娃时心里就充满甜意，要不是庆生出身不好，也许她早就主动向庆生坦露心声了。

后来庆生和母亲独立生活了，让她看到了更大的希望。本来她可以不来的，但她硬是说通了父亲，与庆生一起乘坐一辆大篷汽车后半夜出发，迷迷糊糊天快亮时被拉到了这个叫木竹沟的山里。虽然劳动累些，但她精神饱满浑身有劲。那天她也赤了脚下到水里，不觉有些刺骨，但她还是坚持干了大半个小时。工歇时正好和庆生坐在一起，就问庆生冷吗。庆生说不冷，干一会儿就热了！秀秀说：我的脚冻起疙瘩了，痒得很。你帮我看看。他们一问一答着。庆生望了一眼秀秀，看她脸色绯红，说：

"自己揉揉就好了，把血脉揉开！"

秀秀仍红着脸说："我揉不动，你帮我揉！"

庆生说："那你把脚伸过来。"

虽然是二十世纪七十年代，但那时的男女还是比较保守的。农村反倒好些，农民开起玩笑来，说话粗野玩笑粗俗，但事后想来农民的话竟是那么传神，甚至把男女之间的事也露骨地骂了出来。什么"挨屎的""坏尿""杂种""狗日的"等。

秀秀说："这狗日的还真痒！"

庆生笑了，边笑边把秀秀的脚后跟由轻到重地揉搓了几遍，偷偷用眼光扫视一下周围，生怕被人看见。突然间秀秀悄声跟庆生说：

"晚上我找你，房后坡弯见，有事！"

庆生一怔，好一阵子没回话，最后说了句：

"有话改天说吧。"

后来又有过两三次类似的接触，秀秀步步紧逼，试图要庆生表明态度，但庆生却圈来绕去，从不正面回应。过了两个月，庆生被营长看上，抽调去当了营部宣传员，因为前两任宣传员不仅不会写画，甚至连个喇叭宣传的功底都没有。自庆生去后，在工地现场办起了生动的宣传栏，里边有表扬有批评，不少人都去看了。一个营几百号人，庆生站在全营队伍前面教唱《英雄赞歌》"风烟滚滚唱英雄"，毫不怯场。在工地现场庆生组织了各连宣传员，一会儿唱歌一会儿说快板，一会儿鼓励，干得风生水起得心应手。晚上，营里干部们都睡下了，庆生还在四十瓦的电灯泡下写文章编简报办专栏，常常忙到深夜，有两次竟然整整干了一个通宵。

当庆生知道秀秀私自回家而且不再回归连队后心里充满内疚，几日里也觉得无精打采，偶尔还到秀秀相约去过的三连后坡弯上一个人坐在那里发一阵呆。他也是喜欢秀秀的，但他不敢去爱人家。一段朦胧的故事就这样告终了。后来秀秀死心了，很快就嫁了一个复员退伍军人，因性格不合经常打架，偶尔回娘家时只要见到庆生就泪眼花花，庆生就感到自己对不起秀秀。

秦岭南坡的山就是冬天也还有长青的松柏，寒梅在腊月里怒放，红的白的花朵装点着庄户人家的簇簇竹林，袅袅炊烟缭绕，使得山间田野笼罩着一层恬静和神秘。其实，在民兵连队，虽是荒野山沟，由于有了女人，特别是年轻女人，这生活也便充满了情趣。

21 转眼间，庆生已在农村三年了。

农村整组运动开始时，区委把一些农村好苗子都纳入名单，庆生被选拔派往安坪乡工作组。区委把通知介绍信发给他了，庆生眼前出现一片亮光，只要有了这个机会，说不定就可走出阳坝。他赶紧回到队里报告了老队长刘高成，老队长很高兴但说他现在不管事，要给队里革命领导小组组长胡宪娃报告。庆生只好硬着头皮去找了胡宪娃，胡宪娃笑了笑说：先把介绍信放这儿，我们研究一下吧。

第二天天还没亮，胡宪娃就赶早去了区上，找到区委领导说我们贫下中农子女那么多为啥派个右派儿子去？我们革命领导小组研究了，坚决不答应！区委领导说既然基层有意见那就不去了吧。

庆生的一腔热情变凉了，他找胡宪娃理论，胡宪娃满脸堆笑说：庆生你工作很好，村子里离不开你呀。你别出去了，以后还有机会的。好吗？

庆生无语。从当铁路民兵，到营部当宣传员到后来又调入团部当宣传员，可以说庆生发挥到了较为自如的地步，他刻写的战报多次被师部报纸选用，仿宋体整齐圆润，连毛主席头像他也能用钢板刻写得相当逼真。因此，团政委李培林在正需要人的时候发现了他就把他调到团里去，庆生如鱼得水，兢兢业业，勤奋努力，赢得了团里营里的好评。这才在铁路修通、民兵连撤回后记起来用他。

但庆生还是没能跳出胡宪娃的手板心，他被软搁了。

回村后庆生依然白天干活晚上看书，村子里电灯刚通但供电不足且限时使用，煤油灯还离不了。夜里看书第二天起来，一鼻腔黑烟。庆生却顾不了这些，他孜孜以求，阅读了马克思的《马克思主义原理》《贫困的哲学》《反杜林论》，恩格斯的《家庭、私有制和国家的起源》等著作，或囫囵吞枣，或潜心琢磨，总算在物质第一或意识第一的哲学分野中站在了唯物主义阵营，而且越发自觉。特别是看了弗梅林所著的《马克思传》，尤为马克思与大他四岁的将军女儿燕妮的结合而心生崇拜，甚至为马克思给三岁儿子买一块棺板都困难而心酸，更为马克思一生转战欧洲、论敌无数，但却没有一个私敌的精神所倾倒。庆生从《马克思传》中、从看过的书中似乎找到了一线光明和前途。"不去就不去，我总有出去的一天！"庆生在心底发出反抗。

不顺利的事还在发生。一次社员会上，一个"反革命分子"的儿子、大家都叫"小诸葛"的年轻人张抗揭发贺庆生攻击大队革委会，说发奖状是发"先人牌牌"，而且是亲耳所听有人作证。这个揭发，顿时让社员大会充满紧张气氛，贺庆生当下差不多成了批斗对象。攻击革委会就是坏人，攻击革委会就是攻击"文化大革命"！贺庆生发蒙，他没有也绝不可能说这样的话。但小诸葛言之凿凿，证人是女青年刘茹。庆生举起右手发誓一般地说："我如说过这话，我就是现行反革命！"刘茹当场没有作证也没有反驳，只是下来见了庆生悄悄说：庆生你要小心啊，我没听见你说这样的话。庆生疑惑地想：一个反革命的儿子跟我命运相同，为啥要诬陷我呢？后来才发现，原来出纳是有利益的工作，胡宪娃的兄弟暗中觊觎，就在下面做些手脚，利用他和小诸葛之间的亲属关系制造事端，目的是要大家相信同类揭发的真实度。但就是这样，非但把贺庆生当月的大寨工分（学大寨记工分方法）由每天十分扣为了八分，而且还在整组运动中解除了他的出纳职务，庆生不干后这出纳职务自然地落在了胡宪娃的兄弟身上。这个小小的村落里，利益也被看好和争夺，更何况庆生记工认真，革命领导小组组长胡宪娃常常被扣掉一分二分工的事也积怨已久了。后来，大队小学缺一个代课教师选中庆生，他去教了三个月书后也被阳坝队里要了回去。

这个时候，贺庆生只能在书本里寻找出路和看到一点迷蒙的光亮；在现实中他无路可去，除了一天的劳动，上山给牛割青草，上坡拾牛粪，春种秋收，他别无希望。农村的一应活儿早已习惯，但前途和出路却早已断绝。

这时，贺庆生朝思暮想的，就是能有一间房子，自己的房子，不再寄人篱下。

多少次，去大队部的路上，看见一间厕所，是瓦盖的，不大，他就想如果我能有这一间也就够了，起码可以有个自己的容身之所啊！多少次，他看着别人家的茅屋时，心想我何不从茅草房打算，花不了太多的钱吧？

就这样，贺庆生默默地计算了半年多。

几个寒暑过往，贺庆生已是一个新的庄稼汉了，他脸很干净，红中透着些白；穿着粗糙，但干干净净。这是母亲的安排。厚嘴唇方圆脸，不算宽的肩膀厚实了，胸肌开始隆了起来。

春天里周南县到处鲜绿青翠，树发新芽，山花烂漫，是最美的季节。过些天树叶变大颜色变深，油菜花谢了，小麦开始变黄。

夏天送走了春天，阳坝村麦浪滚滚，一片金黄，四月下旬收割麦子，接着五月初就要插秧，农活一天紧过一天。秧苗返青后，田里是青油油的，但地块是黄的，公房的麦垛是黄的，青黄杂陈，是这个地方农时转换的季节。

晚上七点了，天还没黑下来，庆生跳进门前的池塘洗完澡，把一天的暑热冲凉些。刚踏进门，贺家堂弟玉坤笑盈盈地装着神秘样，趴在庆生耳边说：哥，你有喜事了！

"瞎说，哥何来喜事，不是倒霉就好！"庆生不信。

"真的，狗子骗你！"

"别卖关子，咋回事？"

"给你说媳妇了！"

哈，庆生笑了，你这不是开玩笑吗？看上我的害怕我穷，我喜欢的不敢去想，罢了，说笑一回！可玉坤却不依不饶，非要庆生跟他去街上家里见面，说人家认识你，想见见你，你就别摆臭架子了，好赖跟我走一趟吧。庆生想了想就说谁认识我的，我就去见见吧。

到了街上玉坤家，在靠街门面堂伯家的房子里，庆生眼睛一亮：穿白衬衣着白凉鞋的姑娘亮眸一笑，望着庆生说："我早就认得你，你在铁路上。你当宣传员时，我在七连。"

庆生一见那双眸子一闪就觉得似曾相识，这一说起倒确曾见过。那次是她领着一个姑娘来营部要开水，见庆生正忙就扯了几句，说这个妹子是你们阳坝二队的，想见你，我们就借水喝来了。一次是在七连工地上，那个黑眸子闪亮地与他对视片刻，一闪而过。虽两年了，但刚才一看，"哗"的记忆打开了，就是她！黑眸子姑娘！好像叫周琴？周秀琴？

庆生显然欣喜，但心无所动。他说：

"我们家就母子俩，无房无产，精身子光人！"

他估计一个姑娘家特别是头脑清醒的姑娘会表现出吃惊或是惋惜，但庆生分明听到的是：

"我知道，我靠劳动吃饭。只要人好！"

接下来庆生才明白，这个姑娘跟他大伯父死后改嫁的大妈吴氏在同一个村，属同一个乡管理，大妈的女儿惠萍与她同龄，上铁路时在一个连队。只是几十年前大伯随红四军走了，打仗死后被追认成烈士，但媳妇改嫁后就再也没有了联系，那时惠萍也不知道这个关系，还是后来周秀琴盘根问底，把这一情况搞了个清白，又拉着惠萍一同来见庆生。她要给自己找一个对象，也想先试试庆生的态度。当四目相对的瞬间，她就坚定了信心：

"我找的就是他，选的就是他！"

他们后来约定，等到下月堂哥绍成从宁夏回来时就在大妈家正式与父母见面，商定订婚日期。

那是好难等的一个月啊！庆生自打一见那黑黝黝的眼睛，一旦把记忆连贯起来，就发现自己喜爱上了这个姑娘。她身材适中，大约一米六的个头，留着一种叫"包包菜"的短发，鹅蛋脸上配着一双黑亮黑亮的眸子，白净整齐的牙齿，可称作是明眸皓齿；穿着朴素淡雅而不失青春风采，语言不多但语气坚定。特别是不嫌庆生家贫，说人少负担轻，只要人心齐，黄土变成金。

一想到这些，庆生心中就荡起滚滚热流。这样好的姑娘就是打着灯笼也难找啊！于是就加紧了建一间房屋的准备，他把这计划写信告诉了大舅，说要建自己的"根据地"，云松、云峰兄弟都支持了庆生的这一决定，小舅云峰此时已是农民，平日里给公社帮忙写写画画，闲了去江河塘库打点小鱼，几个子女长成大人，大儿子学了泥水匠手艺，正好可以帮上忙。

但要修起一间茅草房没有百十元钱可是不行的！庆生心中有底，与母亲商量把珍藏着的父亲的一块瑞士手表卖给在剧团当演员的表姐，给了一百一十元，那可是一笔不小的款子，那时粮食一毛三分八一斤，猪肉才六毛五分钱一斤。庆生计划用三十元钱买木料和做椽子用的斑竹，然后再买十来担稻草花点钱。缺的门窗姐夫答应把自家的旧料拿来。最缺的是修房的土坯，起码得两千块左右，这是需要下工夫自己和泥巴脱的。

庆生决心已定，就像当年红军建立根据地一样，他也要建立一个安身立命之所。建一间茅屋，从这里起步，从这里真正走入人生的征程。

第五章　恋情深深

22 一九七四年时，贺庆生只想修起一间草房，能早一点与黑眼睛姑娘结婚团圆。

庆生与秀琴父母见面顺利而愉快，秀琴爸妈是庄稼人，见女儿眼光不错，未来女婿要人才有人才，要文化有文化，甚是喜欢，没有深问就表示同意，商定八月十五日到庆生家里正式订婚。

在其后的日子里，庆生一门心思只是建房，周秀琴给了他足够多的支持，随他一同去山区镇子上买四五根原木和三十多根斑竹、两百多根押毛杆（细竹子），这些建房用的主要材料准备好了，剩下的最大问题就是土坯了。

庆生有的是力气，趁着天热，土坯晒干得快，就起早贪黑，利用饭前饭后和晚上收工后的时间，在附近的水田里捞些泥，在后坡梁上沟沟湾湾里刮些连草带泥的土用水一和，一天就能脱出来一百多块土坯。当地人叫"胡基"，用一个长一尺二宽八寸的木制模子，把和好的泥糊三脚两下踩进去抹平，再四面用带水的模板一插，模子一拔，一个长方形的"泥土模特儿"就蹲在田坎上了。最多三天土坯基本晒干，然后用篾条夹子夹好，或两手各提一个，或一肩挑起两个，往房后屋沿下雨淋不到的地方一码，月把天气就可使用了。农村的土坯房都是这样用胡基一块块码起来的，一管十年、三五十年，甚至有管一二百年的。当然这只能用于建低矮的土房子，是比较原始的盖房用料了。

脱"胡基"不要什么技术，要的是汗水。庆生的红背心湿了干干了湿，洇出

55

了许多汗渍的地图。这时候，他已忘记了妹妹红艳，心里只有秀琴，闭着眼就能看见一双黑黢黢的眸子，离他那么近，那么动人心魄。庆生就不累了，平添出浑身力气。当他看着自己脱出的几百个敦实整齐的土模特儿不断增加时，心里涌出更多的是甜蜜。

晚上，头一挨枕，想一下黑眼睛，便酣然入梦，一觉天光。

此时，秦光明的女儿红艳正在云南上师范大学外语系。

完全是由于红艳二伯喜明的帮助，以其身在教育战线的优势和关系将红艳送到边远的云南，成为了一名工农兵学员。红艳离开周南、离开家人、离别故土，不免时时有思乡之念，想父亲也恨他不争气，想后妈凌芬却不知现在咋样了，想哥哥庆生心中隐隐作痛。于是更加发奋，又成了学习尖子，红艳决心要给父母和哥哥争一口气。

红艳从小学习就好，脑子灵，记忆力超强，英语单词一背就会，一会儿就记住了。"文革"中风光一回，领了红卫兵回村砸了四旧，结果却成了"可教子女"受了不少屈辱。尤其中学时期荒芜了学业，在阳坝村的斗争风云里陷落，就差没有跟着父母一起挨批斗。眼看着一个家庭离散，不忍心与哥哥庆生分离，可又仇恨起庆生竟然与父动手，让红艳欲恨不能欲罢不休。这时有了一个学习环境，红艳暂时忘记家庭烦恼，致力学习，决心要活出个样子来。

不知何故，后来已经三十岁的红艳仍未出嫁，改革开放后先到香港后入台湾，一说是外逃入台，一说是派遣入台，究其如何，到了多年后才弄得明白了些。但有些事，恐怕到了坟墓中也是秘密。

23 周秀琴家所在的村落不叫周家湾却叫泉湾，周南县地方村名多以大户为名，什么张坝、王坪、刘集等。秀琴的村里，周姓是一个大些的家族，全村人亲戚相连，称爷叫婶，本该是叫周家湾的。这里的村人都是由几户姓周的衍生发展起来的，据说祖先们是从湖北迁入，依旱山北坡而居，山青水秀，一条小河水流潺潺终年不断。水质甘甜清澈，养育出的女子天生丽质，聪颖漂亮，男娃却个性憨直，兼有凶悍。但家家户户人丁兴旺，在不到一百年中就繁衍出了一个千把户的大村。这中间也出了几个有点名气的人物，最大的就数周秀琴堂伯家的老大周浩之，一九四八年时已经是蒋介石青年师的飞行中尉，老蒋溃逃台湾时随同飞赴台湾。舍不下年轻的妻子和一岁儿子，就千方百计求着长官，长官托着长官，据说一位飞行长官见了浩之妻子一下子被其美貌所掳，竟然开恩让浩之带着妻儿飞逃至台。虽然后来付出了妻子的身子，但浩之却官升团长，后以副师长退休。在台又生两子，三个儿子几十年后成了台湾国军中的海陆空三个团营级干部，但在几十年里不敢回乡，且害得兄弟周浩成一家几十年中抬不起头，次次运动都以"通台"家属被看管批斗。

另外也还出过几个新中国的教授，在京城和省城大学做学问。由是，有文化的人寻根求源，认为村里人喝的水是龙泉水，是旱山半腰中叫"黑龙泉"的水。传说汉王刘邦当年曾在这里驻足饮马亲口喝了泉水，于是龙泉水千年不竭，养育出了如此优秀的儿女，这个村便叫了"泉湾"。

然而秀琴家祖辈为农，爷爷是"赶脚"的，就是挑夫，专给人做雇工。饥荒岁月里用挑子把儿女从楚地挑到周南，一到泉湾也便人丁兴旺起来，但还是以农为生。周秀琴父亲秉清是土改时的民兵队长，解放后才识得几个字。当民兵队长主要是传人开会，批斗地主，才开始风光一阵，就跟浩之本家结下世仇，分了周家的田地，斗了周家的爹娘，还把周家的女子娶来给哥哥当了老婆。本是同根生，相煎何太急。只是那个年月里，亲人反目的事太多，虽则也都姓周，但祖宗是五百年前了，出五服就不亲了，这时又娶了周家的女子，亲是近了，但仇恨却深了。后来，经历了合作化、高级社、人民公社，周秀琴父亲秉清只忙了工作，忘了自己，三十多岁还没顾上结婚，到当了共产党的大队支部书记时，哥哥死了，他才在人们的撮合之下与嫂子结婚圆房。

"圆房"风俗古已有之，也有人说秉清原先就跟嫂子好所以才一直没顾上结婚，猪嘴挣得住（"挣"，捆的意思，方言）人嘴挣不住由他说去吧。但秉清却侍夫人沈氏情感真挚，亲爱有加，非但把沈氏前面生的一儿也就是哥哥的儿子视为己出，而且后来还努力地协调两个周家亲戚间的矛盾，这也才知道原来沈氏是周家拾来的逃荒女，长大后出落成了俊俏女子。社教中，人们把秉清推到人群中批斗，让他交代怎么勾搭嫂子谋害亲哥，秉清泪流满面说：你们冤死我了，也冤枉嫂子了，我哪会谋害我的亲哥呢？秉清满腿上趴满了蚊子，想搽不敢搽，就麻木了。十岁多点的女儿小琴子拿着一把棕叶就蹲在他身后，不时地驱赶着蚊虫。批斗后回家的路上，父女俩在黑夜中往家走去，爸爸把小琴子背背上在走坑洼不平的路上，小琴子一会儿就溜下背来，跟爸爸说：

"天黑，我拉着爸爸走！"

秀琴就在这样的家庭环境中长大，上初中时正逢"文革"，就在大队学校混了两年算是毕业。虽然初中没学好，但小学是上完整了的。加上天资聪颖，秀琴算数特别好，买东西时一口报价，比计算器算得还快。她是秉清与嫂子结合后生下的第一个孩子，从小勤劳知事，帮妈妈干很多零活，还照管年迈的奶奶。她从小就跟奶奶睡一个被窝，给奶奶洗衣服听奶奶摆龙门阵，听奶奶扯筋。奶奶临死时是冬天，琴儿懂事地把奶奶的衣服脱下来拿去小河里洗干净，又烧起草木火把衣服烘干给奶奶穿上，等把这一切做完时，奶奶还没断气，忽然清醒地说："琴儿，你日后要嫁个好人，嫁个骑洋马马（自行车）的！"说完眼一闭就去了。

琴儿趴在奶奶身上哭号，爸妈听到哭声才进屋，这才赶忙安排后事，请人送葬。

几十年后秀琴说："我的今天是奶奶临死时吩嘱得好啊！"秀琴说，老人临终的话多半是灵验的。儿女一生千万莫让老人活着时伤心，千万莫让老人临终时诅咒啊！

秀琴母亲沈氏聪明过人，男人因患病死时她才三十三岁，正是风华年龄，本是怕人耻笑守不住男人，却偏偏兄弟秉清那份真情又割舍不下。秉清精明心细，性格温柔，向来对嫂子相敬如宾，嫂子也相信兄弟的真心，拿自家亲兄弟一样看待使唤。丈夫去世前见到兄弟没相上亲，就心想着在娘家给物色一个，可秉清就是不开口，要么就说自己条件太差配人家不上，要么说过两年再说，家里现在负担重，总是油盐不进。后来嫂子就再不介绍了，但总觉得兄弟待她太好无以为报。直到有一天她在家里洗澡后正换一件小背心时，没闩住的门突然被打开，她大吃一惊，急忙找衣服遮盖袒露的胸脯时，却只见兄弟秉清满脸通红手足无措，走也不好不走也难。秉清说：

"嫂子，我找你说件事，对不住啊！"

"嫂子没怪你。"

"我没想到……对不起了嫂子！"

这时嫂子沈氏已经穿好了背心还披上了一件红色的短袖衫，脸上满是红霞，一迭声地留兄弟坐下，秉清仍红着脸不肯落座。沈氏见状，以无所谓的口气劝秉清道：

"看见就看见了，一家人啥不得了！人家还说兄弟跟着嫂子好，摸沟子不计较哩，没事！"

秉清这才又望了嫂子一眼，但看到的又是嫂子那背心下高耸的两个小山，又喏喏着说：

"嫂子，我哥的病，能不能到地区医院再查一下？"

"你哥的病恐怕是没救了！只是拖个日子。县医院确诊为胃癌，怕也不会错。"

"我必须把哥拉去地区医院再复查一下。"

嫂子脸上的红色早已褪去，露出的是满脸愁容。听了兄弟的话，知道他们是兄弟情深，叹了口气说："那好吧！"

第二天一早，秉清就用架子车拉着哥哥跑了二十里地去了地区医院。下午，医生告诉他："不出两周了，准备后事吧！"秉清这才抹着泪眼把哥哥连夜拉回到泉湾。

这时，嫂子沈氏也就横了心，让外人说去吧，嫁给兄弟心里踏实！

后来，他们结婚了，兄弟把被子抱到嫂子床上，就盖到了一起。再后来，他们又生了两女一男，两口子勤俭持家，秉清当了支部书记，家里日子慢慢好得多了。修起了四间大瓦房，一家人也算幸福。大女琴儿长大了也该说婆家，但没想到人家自己物色了庆生。

24 庆生的背和胳膊晒得通红皮掉了几层，一脱红背心身上就显出一整个的白色的背心印痕。脱皮掉肉心甘情愿，庆生一想到秀琴来家几次每次都汗流浃背地跟他一块脱胡基，心里就充满了感激和温情。秀琴脱胡基手脚麻利，动作准确，丝毫不亚于庆生，这让庆生暗自赞叹。看着秀琴一脸的汗水，庆生赶紧洗把手，把准备好的毛巾递上。秀琴说你先擦，庆生说你先擦，终究还是秀琴给庆生把脖子和脸擦了一把然后才给自己擦擦脸。庆生问累吧，秀琴说累啥，我要有时间一天保证脱两百块。两个人一块儿干活，顿觉浑身有劲，再苦再累也就不在乎了，更何况两个青春年华的恋人呢！两千块左右的胡基大约用了一个月时间就完成了。加上办手续选地基，又花了近一月，其实最后修房子仅用了三天，一间

第
五
章

恋
情
深
深

茅草房就修好了。

这间房是不规则形，房子进深短，开间长，长约五米，宽四米多。长是尽原木之长，宽是按协调设计，虽不规则，但比当地的"丈零八"房间还是大几尺的。房子建设得太顺利了，小舅云峰是设计师，云峰大儿子是泥工，队里一帮男青年运送胡基稻草，好像呼啦一下，一间房子就在阳坝村的一面黄土坡下建成了。庆生在房屋后栽上几排铁八毛（芦苇），这种植物耐旱性极强，见水就活，根须发达见土就扎，一周后就吐出嫩芽，固土且植绿，几株金瓜南瓜蔓子很快爬满了后坡。门前院子里，庆生专门栽了一棵一人高的冬青树，就像个刚刚离娘的孩子，孤零零地站在院里。门上，是庆生写的对联：

上联是"茅屋一间寄深情"，下联是"永世不忘父母恩"。

横联是"下里巴人"。

村子的人看不懂什么是"下里巴人"，但对不忘父母恩他们是有感知的，几个大婶子还抹把泪说：唉，庆生是个可怜娃，但是个有志气的娃啊！庆生呢，想着我也就一辈子当农民吧，只要身边有了秀琴，我什么都不怕，什么都满足了。

庆生建好了一间属于自己的房子。不久，八月十五订婚的日子就到了。这天天气还是热，还是"秋老虎"的时候，树上的蝉子"哇鸣哇鸣"地叫，田野里稻谷早已经收割完毕，显出灰黄和杂乱。房子里却布置得干净整洁，屋顶用报纸裱糊得严严实实。母亲和庆生各睡一张床，中间用一个祖传的深红色衣柜做挡墙，母亲的床南北向，庆生的床东西向，一个小小间，竟还安放了一张老式的条桌，这是母亲结婚的陪嫁，两个大小皮箱被恰到好处地叠放在一块儿，显示出这个家庭曾经有过的荣耀。就这样，外面是茅草房，屋里却落落大方，显露出一派别有的温馨。母亲叫来小舅母文英，两个人蒸、炸、煮、炖，整整一个通宵过去，准备好了尽可能丰盛的宴席，单等亲家上门。

上午十点左右，秀琴父母一行六人光临寒舍，有秀琴爸妈和小弟，另两人是媒人大妈和惠萍，没有一个多余的闲人，可能是秀琴安排好了的。当这拨人走进院子尚没落座时，庆生才从门前的池塘里洗完双腿和泥脚，穿着一双已经很旧的塑料凉鞋迎了上来。他落落大方地领着未来的岳父岳母简单地看了一下自己盖起的茅屋和室内环境，又到房后的半坡，此时，满簇的南瓜金瓜叶子爬满了后坡，显得一派勃勃生机，铁八毛已经整齐成排，像站立的绿色哨兵。两位老人略一搭眼便看出未来女婿的确有过人之处。能把这么个茅草棚子弄得如此舒适真还不容易。席间吃饭，喝几杯酒平稳顺溜，小舅云峰和舅母文英为主陪，秀琴父母看到庆生一家人不同于普通农家农民，也感到欣慰高兴，也就不再计较庆生给出的那点寒碜的订婚礼物：一截蓝色凡尔丁布料，一件府绸女衬衫，一双尼龙袜子和一双平绒布女鞋。这样的订婚礼物在当时虽不算太过穷酸，但样数太少，且档次低。这些秀琴父母都没意见，他们都是穷苦人出身，虽有些想法但也都表示赞同。秀琴心里感到高兴，只要爹妈看得过眼，这事就成了一半，心想今天虽然贫穷但将来会让你们看到我的幸福！

天黑时分，庆生和母亲把周秀琴父母几人送上回家的大路，相互道别时，秀琴悄悄给庆生说：别忘了三天后来我家。庆生一一记下。

25 订婚过后的第三天，庆生一大早吃过饭，就一阵风刮过几里路的田坎，赶着去了未来的岳父秉清家。他着急去看订婚后的结局。

周家的房子是用土坯建起来的瓦房，坐东朝西一溜四大间，中间是堂屋即客厅，侧北头一间是秀琴的卧房（前半间），西头一间是父母的卧房，后半间是儿子的卧房，剩下的一间是半间灶房半间仓储房。知道了庆生当天要来家秀琴略微穿得整齐了些，白衬衣黑裤子，白的衬衣是府绸的，黑的裤子却隐约可以看到有字样，原来是那时农村流行的一种时髦裤，用日本化肥尿素尼龙袋子染成黑色，穿起来又凉快又上档次，只是洗两水过后就隐约可以看到印刷的字体。那时流行着一句话："泉湾村的女干部，腿上穿的抖抖裤，前面看着是日本，后面写的是尿素。"

秀琴平时还是舍不得拿出来穿的，为了见庆生，这才穿了，不留心的话看起来还真是不错，加上一双白色凉鞋，给人一种纤巧利索之感，朴素又大方。

周秀琴接待了庆生，脸上显示出忧郁的神色，几次欲言又止。庆生问父母呢，秀琴说赶集去了。庆生好想问父母回家后说了些什么、想法如何，但看了几次秀琴的神情似乎就已经知道了预想的结果，便有些痛苦地说：

"感谢你秀琴，能有这一面之交我就满足了。"

秀琴看着沉思的庆生，顿然间嗓子像塞满了棉花，黑漆漆的眼睛里闪过一层涟漪。她好想告诉庆生，回来的路上，父母谈论的话题和第二天晚上一家人对她苦口婆心的劝告。爸妈说，娃是好娃，只是家境太差了，住茅草屋，还听说父母有历史问题。我们都是穷苦人出身，穷倒不怕，怕是怕你跟了去一辈子抬不起头，做不起人啊！父母思忖许久还是要把女儿嫁给先前已经来提几次婚的一个工人。

周秀琴知道是村里有人打破嘴爸妈听了闲话。但秀琴是有主见的人，她认准的事几头牛也拉不回。她跟父母辩论说，你们几辈人都有啥？还不是等米下锅啊！我要嫁的是庆生与他父母何干？父亲秉清尚还犹豫，但母亲沈氏却坚决不允，说：除非我不在了，你别想嫁给他！双方相持不下，父母一气之下，决定不见庆生，只把订婚的礼品如数交给女儿：

"明天退给他，就说算了！"

庆生见秀琴欲言又止，眼中闪过泪光，心里一阵难过，但随之也就释然：在这个世界上，有哪个姑娘能看上我一无家当二无房产，且父母有罪责的人呢？这就是命啊。

但在心底他却似乎仍对秀琴抱有一种固执的幻想：她应该不会拒绝！

庆生想缓和一下压抑的气氛，与秀琴说起了吴妈女儿惠萍的婚事。周秀琴和惠萍情同姐妹，一同上学，一同上铁路，一同在队干活，早不见晚见，见面说话不断，秀琴后来见过云峰舅舅的大儿子国兴，觉得他一表人才，暗中想把惠萍说给他，只是一时找不到机会。两人这么一说，庆生倒忘了自己的忧愁，一口答应说他看合适，秀琴也高兴起来。两个人谈得热火，相互感到想的更加认同，好像反倒走近了一点。

秀琴留庆生吃晌午饭。庆生一回过神来，一种无言的悲切重又涌上心头，断然表示要马上回去。这时候，周秀琴把庆生的订婚礼早已用一个书包装好，缓慢而郑重地双手捧着给庆生说：

"拿回去吧，就当我收了。放你那里更好！"

说着黑眼睛里却闪出一缕火星，庆生敏捷地捕捉到了这颗闪动的火星，在脑海里停留片刻。听到秀琴接下来说：

"书包里有一封信，你拿回家有空看看。"

庆生头顶着炙热的太阳往回走时，他的心才剧烈地疼痛。眼泪扑簌簌地往下流，一头大汗顺着脖颈流入脊背又流经双脚渗入泥土。为了省下这双半新的棕色青年鞋，庆生干脆脱了鞋光着脚在崎岖的田埂上行走，一点没感到那黄土路雨后晒过如钢刀一样坚硬的钝锋刺疼。

他和周秀琴的几次接触刹那间在脑海里上映，秀琴专程多次到家帮他脱胡基，到山里买木料和竹子一起用架子车拉回家，抢着把自己和母亲的脏衣洗干净，她已经把一颗心融入未来的家庭之中，把一颗心托付给了未来的丈夫啊。然而一个弱女子能抗得住父母之意吗？能抗得住一个村乃至一个乡的舆论压力吗？庆生本来想着把信拿出来看一下，但他又想，周秀琴说让回家后看，况且看与不看，庆生已猜到了十之八九，肯定是周秀琴委婉地倾诉衷肠和表示遗憾。在村里有个当支书的爸爸和当战士的哥哥，是多受人看重和眼红啊，况且秀琴有特点而出众的人才正是多少人梦寐以求的啊。

想到这里，贺庆生再一次地怨恨起自己的出身，他甚至希望能重新投胎一次。父母啊，你们既然把我带到人间，为何偏偏给我留下一条满是荆棘的路呢！

一回到家，庆生往灶房地上的稻草上一躺，发一声长叹，就迷迷糊糊地睡着了。他好像梦到了可怜的姐姐正在向他招手。

26 庆生的姐姐珍珍已经出嫁十年了，她嫁给了母亲当年的同学和朋友张秀岚的弟弟张文新，虽然是地主出身，但起码有三四间老瓦屋，土木结构，足有几十年历史。张文新是老高中生，比珍珍大七八岁，格外疼爱珍珍，也算是不幸之中的大幸。珍珍在十五岁被迫出嫁，还没来得及过一个孩子应有的青少年生活，就已经成为人妻。珍珍暗自哭过几次，怨自己命苦，也怨母亲偏心，怨来怨去几年过去了，孩子也大了。做了母亲后她才知道了母亲的艰难，才原谅了母亲。好在丈夫懂事，知热知冷，有了家庭的许多温暖，刚开始时她害怕男人，变成女人后才渐渐体会男人女人的事。珍珍脾气刚烈一点儿，好些时候由着性子行事，男人却都一一容忍，一边过日子，一边把珍珍当小孩子教着捧着。珍珍连续几年生儿育女，还要服侍年迈的公公婆婆，与丈夫共同支撑起家务，管几个孩子，常常为生活琐事和男人闹些意见但很快雨过天晴云开雾散，人说：天上下雨地下流，男人女人热炕头，白天吃的一锅饭，晚上睡的一个枕头。这个家庭就是这样，吵吵不断但不离不散，幸得了一个地主出身又上满了高中的张文新。后来把老人先后送上山（发葬），家里只剩下小两口和三个孩子时，吵声闹声日少，叹气声却日盛，养儿女的苦累胜于养父母啊。

此时，珍珍也日渐成熟，日渐丰满。一天晚上开社员会后回家的路上，猛地被人从后面抱住，珍珍急着推开，黑暗中知道是大队支书满成，珍珍不顾羞辱，出手就是一巴掌掴在脸上，满成冷不丁被打个正着，"啪"的一声，火辣辣地有些疼，满成恼羞成怒说："好你个婆娘，看我不收拾你！"珍珍这才惊醒过来，急急回到家一头扎进文新怀里大哭起来，文新安慰半天问清情况，拿着镢头就要上门去找满成打架，珍珍却死活拉住，说谁让我们是地主呢？以后我们还要做人哩！

虽有文化但却无用武之地的张文新连个生产队的会计出纳都没干过，一次队里选会计，大家推举文新，但报大队后，还是未被通过，说这么重要的工作只能是贫下中农干，不能把印把子交给地富子女。后来公社要搞文艺汇演，大队才只好把珍珍两口子拉去，给记每天十分工，赶排半个月，珍珍两口成功地表演了《老两口学毛选》，在公社获了奖。支书满成只好把口水往肚子里咽，偶遇机会，竟在珍珍屁股蛋上捏上一把，算是过瘾。

珍珍出嫁给母亲凌芬减轻了压力，但母亲也从此落下了一生的负疚，不仅没能把女儿供出个学校，而且在十四五岁就嫁了出去。后来一见到女儿就泪流满面无地自容，女儿怨恨她，多少年的不能理解，也让凌芬心头郁结的疙瘩越来越重，一有毛病就心头绞痛，多年不能治愈。

多年以后，把一腔积存的愿望报在了外孙身上。

27 庆生一觉醒来已经日暮迟迟，天黑下来。母亲凌芬在庆生订婚后感到重担将卸，心里有了一丝快慰，趁着庆生去泉湾的时候，回到县城娘家去找兄弟云峰，这时还未回来。庆生自己烧火做饭，想等母亲回来吃一顿自己做的米饭。他把红薯洗干净切块，放在锅底，然后加水，让水不多不少刚好能与米一块煮熟成饭，这叫"连水干"。待这一切做好后，就只需往火堆添些火。这时，他记起秀琴的话，赶紧从衣物夹层里取出信，灯光下，一页工整的钢笔字映进眼帘：

> 庆生你好！当你看这封信时我同样难受无比。父母让我退婚我只好把东西退给你。但请你和妈妈放心，我不是一个嫌贫爱富的女子，我选上的人我看上，就不变心。东西放你那里，就当我收下了。祝好！
> 周秀琴，1974 年 8 月 16 日。

庆生看着信，心中颤抖起来，多好的女子、多好的姑娘啊！原以为秀琴会抗不过父母而委婉拒绝，原以为她会嫌自己家贫而终于割舍，却不料她话中有话，坚定不变，尤其是将母亲称为妈妈，这还不够明显吗？还要更清楚的表白吗？此刻，周秀琴那眼中闪过的一团火星在庆生脑际清晰重现，噢，原来那时她就已经告诉我了啊，庆生你个笨猪，怎么就体会不到一个女子的复杂心情和欲说不能的羞涩呢？只要人家姑娘不变，我庆生有什么理由舍去追求呢？虽然秀琴没有提到今后怎么办，但只要心不变，就会有再见的一天，只要心不变，就会有希望的明天！庆生的心燃起了火焰，为了这份真挚，为了这份情感，他什么都可以抛弃，什么都可以不顾。他不敢想也不会说那就是爱情，他只是顿觉天地宽广，顿觉心胸舒畅，浑身一下子充满气力，他捏紧拳头，暗自告诫自己，此生，我一定要对秀琴付出最真挚的感情。

庆生忽然闻到焦煳味，坏了，他只顾高兴只顾烧火，已经将饭烧煳了。他赶快揭开锅盖，好在下面是红薯，一锅子饭没全部烧焦。

庆生又想去给大表姐逢秋说说秀琴的事，让表姐帮他出出主意。

云松的大女儿逢秋聪颖腼腆，长相温柔大方，虽有口吃，但勤学苦练，上了戏台子说唱台词却流利顺畅，根本看不出有口吃结巴的毛病。那时大舅云松家境不好，两个女儿逢秋和春月在刚解放不久才七八岁时候，就被赋闲在家当编剧的爸爸赶出家门，送入戏班子学艺了。

大姑娘逢秋打小喜欢二姑、姑父，就跟二姑凌芬走得亲近。不管二姑遭遇如何，总是放在心里，只要有机会便去看望。尤其是凌芬最遭罪的岁月里，逢秋也悄悄把她接到家里做点好吃的。

逢秋后来在演出中逐渐成了县剧团的台柱子，演过《红岩》里的江姐，"文革"时演过样板戏《沙家浜》里的阿庆嫂，一时间走红地区，求婚者纷至沓来，只是逢秋一不见官员二不见商人，最后选中了一名抗美援朝战场归来的军转技术干部。听说是那位年轻的援朝战士虔诚坚定，不怕冷面，不愠不火，给逢秋洗脚时逢秋发火一脚踢翻了洗脚盆，他却笑着说，你的脚真好看，我还要给你洗三遍，弄得逢秋哭笑不得，觉得战士可亲可靠，就把终生托付给他了。但父亲云松却硬让逢秋当红转业，去了《鑫州日报》，做排字和印刷工。逢秋哭了好几次，直到好几年后剧团日趋艰难无工资可发，而报社却天雨不愁稳吃官银时，才理解了父亲那老辣的眼光和用心。几十年后逢秋和老战士双双退休，仍然相携相惜，每天一起散步一起锻炼，天天不间断。战士给逢秋说，在外我永远忠于毛泽东，在家永远忠于你！逢秋身体好于战士，对老伴照顾有加。老两口自得其乐，一双儿女后来成人，儿子到了企业，女儿做了地方官员。

　　庆生天黑时去县城找到表姐家给表姐说了秀琴的事，还把秀琴的信给表姐看了。逢秋给庆生说这个姑娘好，有主见，值得你追求。我也见过，她回头率很高。就等你的好消息吧。

第六章　相濡以沫

28 接下来的一年日子过得飞快，又一个寒暑交替、春催桃李、杏黄麦熟的季节到了。

　　周秀琴决心已定。这个女子是有心计有魄力的，父母在日久天长的生活中赋予她的遗传基因被她优秀地继承了，而其主见和固执却"回报"给了父母。不仅是父母越来越坚决地反对他们的婚事，而且全村子不少人都投来怀疑的目光。有人说这么好的姑娘好婆家不嫁非找个穷娃？更有些多事的或别有用心的人则造谣说庆生母亲和庆生本人的流言和坏话。周秀琴却非常坚定，母亲越是反对，母女越是对立，和解难度越大。母亲沈清梅本来就有病的身体更差了，一月里总要住院一半次，人越来越瘦，脸色青中带黄，偶尔发火，就狠着劲骂女儿不要脸、想男人，有时什么难听就拣什么骂。周秀琴则苦苦地劝慰母亲，说你们不也苦过吗？你们不也是自由选择的婚姻吗？为啥非要我选择财富而不是人呢？有时看到母亲那病势沉重的样子她也伤心落泪。一次她通过惠萍叫上庆生说了这些情况，庆生也无计可施，只是劝秀琴想开些。过了几日，庆生给周秀琴送去了一百元钱，说给母亲治病吧。其实这钱是庆生干了两个月临时工加上跟姐夫和舅舅借来的，为了解决难处，庆生雪中送炭，还真对母亲起到些情绪缓解的作用。心情好点时，母亲让秀琴把手放在自己肚子上，说这里面有疙瘩都是你气的，我这都是为你好啊，我不骂你你自己想想，光人好有啥用？能当吃的穿的？见秀琴脸上泪水静静地流淌，母亲心也软了，说，我也不行了，我走了，你的事由你去吧。其实这个时候，母亲的病已经被确诊为癌症晚期。不过尚瞒着她罢了，父女俩眼看着无以救治，除了安慰别无他法。母亲后来也知道自己将不久于人世，才让女儿把庆生在一个晚上叫进家门。那晚秀琴弟弟周坤怒气冲天，说母亲的病是由庆生引起的要打庆生，被几个房叔哥嫂拉开。母亲在昏暗的电灯下睁开眼，把手伸了出来，庆生忙上前拉住手说：伯母您要保重！母亲拉住了庆生的手，一阵战栗后说：

"庆生娃，你要好好待承秀琴，不要负她！"

庆生不由得泪水夺眶，紧紧握住她的手，连连地说："您放心吧，我一定记住你的话！"

一个月后，母亲沈清梅带着巨大的遗憾离开了人世，作为父母，她在生命的最后关头把女儿交给庆生，终于有了同意的微笑。

母亲过世后，秀琴有了更多一点的自由，与庆生见面的机会也多了些。随着悲痛的流逝，秀琴与庆生开始计划起未来的生活。他们重又一起披星戴月地脱胡基、备材料，决心要以一间新房来完成婚礼。又是几个月过后，一间新的土坯茅草屋紧贴着老房子建成了。从山墙上打开一道门，两个屋子便连到了一起。然后再沿着屋侧前面盖起了一个小半间瓦屋作为灶房，这样，最简陋情况下的结婚条件算是差不多了。剩下的，就只是择良日请亲朋了。

八月十八日，距去年订婚一年后三天，庆生和秀琴举行了婚礼。

一共三桌客人，两桌双方亲戚，一桌大小队干部，花了不到二百元钱。夜里，待客人散尽收拾好锅碗瓢盆后，庆生和秀琴躺在散发着清新稻草味的婚床上久久不能入睡。拉熄了电灯，庆生看着秀琴，只见两只眼睛在黑暗中依然闪光，四目相视良久，秀琴温柔地钻进庆生怀里说：

"我们终于结婚了！"

"感谢你！没有你这辈子恐怕没人愿意跟我！"庆生真挚地说。

秀琴说："要说没人看上你是假，多少姑娘喜欢你；要说真正敢跟你结婚的人不多，但我一眼就看上你，你就是我要的骑洋马马的人！"

庆生轻轻地把秀琴放平，只在耳边的脸颊上轻轻吻了几下，然后伸出一只手来从躺着的肉体上摸到了结实的乳峰，摸到了光滑的小腹，摸到了下面热乎乎的丛林时，忍不住跃上秀琴的身体，但情急火燎，竟找不到入门的路子，秀琴亦是只将庆生紧紧抱住就感到了无限满足。

　　没有多久，公鸡啼鸣，东方显出了晨曦，方格子窗口透入了自然的光亮，新婚的一夜就过去了。

29 经历了农村清理阶级队伍时的批斗和一九七四年的社会主义教育、农村整顿组织的又几次运动的洗礼和锻炼，秦光明也慢慢学乖了。他本来就是阳坝村人，村里亲戚串着亲戚，总有些根根绊绊，村上批斗他最凶的人其实是他平日里最瞧不起的叔叔辈分中的人，人家当了贫协主席，你平常瞧不上人家，不来往不送礼，人家批斗你的时候当然也就没有了亲戚间的牵绊，该狠就狠。这多年的教育和批斗，让秦光明越来越深刻地体悟到，说到底是自己人缘不好，自己的最大缺陷是还有点小知识分子的清高，瞧不起农民，不愿与人为伍，身边也就没有几个贴心的哥儿们，没有人为你说句好话。寒来暑往，你也不去串串门走走亲，也不给干部们送点礼什么的，那么一遇运动，就总会找些问题来收拾你，甚至连国际上有些风吹草动，也要联系到最底层，说你跟"帝修反"遥相呼应，随时想动摇红色社会主义，复辟资本主义。光明想，我也是新中国培养起来的学生，也教过几年书，对社会主义也没有反动过啊，再说做点投机倒把的小生意，那是为了生活，总不能让我一家人饿死吧！其实村上人斗他还有一个说不出口的问题，是他弟弟还当着县教育局的什么科长，一个月拿几十块钱的工资，一回到村还骑着洋马自行车，老婆劳动少，年年是缺粮户，虽是缺粮户，付口粮钱却容易，家里的日子过得还不差，村里人眼红着呢。还有一个大罪名就是说他害死自己的老婆，勾结包庇右派女人，对这一点，秦光明从来就没认过罪，他深知当时是他千方百计追求凌芬而凌芬是无辜受过的，他也真的没有想害死妻子，如果妻子不是得病死亡他就是怎么着也不会跟凌芬结婚的。他虽然想着凌芬也是因为妻子不解人意把他当作牛马性格不好，使他产生心理不平。但妻子死口无对，客观上存在疑点，跳进黄河也洗不清。自从凌芬离家后，光明精神一落千丈，头发开始发白，本来直直的腰板也开始弯了下去。女儿红艳出去念书成年到头也不给他写两封信，女儿也对他怀着不满和怨怼，嫌他不争气害苦了后母凌芬，也害得她跟哥哥分离，要不是父母亲生，连女儿也会成为自己的敌人。秦光明思来想去，痛定思痛，方感到自己思想深处的确有害怕艰苦好吃懒做的一面，也有感情上的

第六章　相濡以沫

油滑和不负责任的一面，否则妻子不会很快死亡，凌芬也不会离他而去。当然，他最终把这种遭遇归结到家中不合上来，认为是队上干部拆散了他的家庭，而家庭中凌芬和儿子与他的矛盾又是队干部们入手的有利条件。他恨凌芬离他而去，更恨贺庆生没有良心。

秦光明没有也不会站在更高的角度去认识和看待问题，就像身在峡谷头顶只见一线天光。他更认识不到社会主义或资本主义究竟是些什么，因为他在学校时也就是教教体育。但通过秦光明之口还是说了几句有用的话，比方说："共产党好还是国民党好，关键是看谁让老百姓吃饱肚子。不管红爷绿爷，让百姓有饭吃就是好爷。"这些话，有时听来倒还是有些学者意味。其实最让秦光明不能忘情的还是凌芬，他认为凌芬对他有真情、倚重他，也满足了他的虚荣心和生理需要，他对凌芬也还是一心向往的，他相信如果不是村里的运动他不会跟凌芬分手。虽然现在凌芬单独过了，但夫妻关系还未解除，说不定仍有恢复的可能。所以他总是千方百计地见凌芬，或嬉皮笑脸地提出要求，或不无威胁地说你现在还是我的女人，小心我毁了你！不时露出一副无赖的嘴脸，却更加剧了凌芬与他的裂痕和坚定的离婚决心。

在女儿上学后他和儿子相依为命，儿子憨厚老实，闷不吭声，许多事听他的。女儿一来信就有点教训意味地希望他改正自己善待他人。秦光明便慢慢开始与贫协主席走得近了一些，叔短叔长，有点好吃的也去送点，一来二去，这些叔叔伯伯们也看他是只死老虎不再格外关注于他。同时，这些叔伯们也还想用他牵住凌芬，不让他们离婚，名义上说是不让右派女人再逃离人们的监督视线。蹂躏一个孤独无靠的女人，这是正大光明的理由。秦光明正好以此为借口，多次要求凌芬搬回家去。庆生结婚以后，秦光明更加频繁地纠缠凌芬，说你儿子已结婚，你就应当知趣离开。他全然不知凌芬与儿子在共同命运中结成的牢不可破的母子深情，而他与凌芬却像相交之后的两条直线越走越远。

30 庆生婚后的日子是幸福和艰辛的。由于有母亲的操持，家务被安排得井井有条，又由于妻子的勤劳，小两口全年劳动六七百个工日一年就成了余粮户，加上节俭度日，借上二百斤就接上新粮了。一年中，妻子显示出吃苦耐劳、能干精细的长处。收割水稻时挑一百四五十斤的担子不弯腰，苦活累活尽量抢着干，想心疼下庆生。天刚麻麻亮，小夫妻已经在旱山的山腰里攀登，还常常半夜里上山给生产队的耕牛割青草，天亮时分又赶回来上一天工，就等于一天挣了两天的工。扁担挑断过两根，山坡上踏满了夫妻俩的脚印。迎晨曦，送晚霞，夫妻俩无暇顾看朝阳的灿烂和晚霞的壮美。割草，捡粪，砍柴，渴了喝一口山泉水，饿了啃几口红薯和干粮，他们同甘共苦。当背上背着大山般的重负，脚下是雨后泥泞陡滑的山路时，庆生心想，哪天日子好过了，无论如何也不能忘了今天！

回到家里，秀琴除忙着帮母亲打理一些家务外，总把庆生的身体看顾得十分贴心。晚上端来洗脚水，早上把刷牙的牙膏挤好，把杯子里的水倒满，这个习惯延续了一生。尤其是当牙膏已经挤没了时，秀琴还用剪刀剪开牙膏皮，再用三天，这个精细的习惯，一直到后来庆生当了官，秀琴成了"官太太"后都没改过来。

一年后，庆生因写作和文艺演出的特长被公社看中，以"可教子女"的典型被选调至机关担任了广播放大站广播员。

有可靠的母亲和能干的媳妇操持家里，庆生一门心思工作，从早到晚工作十个小时，从不知累。而且写作水平更为提升，写的一些通讯报道常常被省市报刊采用，靠着这些稿费，庆生买了一辆旧自行车，来往于公社和家庭之间。接着不久，儿子顺利出生了，眼看着儿子一点点长大，夫妻俩心里的甜蜜日愈增加。孩子一岁多些，就能自己走路过田坎，跟着妈妈在生产队的地里捡拾红薯洋芋；用小手一颗颗地捡拾麻雀叼食从草屋上掉落到地上的草节；爸爸回家住了，第二天早早走到茅草屋边的小路旁，用稚嫩的声音喊：

"爸爸，妈妈叫你晚上回来！"

其实，这是小儿子的妈妈教的。秀琴这时一心奋斗拼着力气要改变家庭面貌。有了庆生这样一个自己选定的丈夫，又新生了儿子，母亲贴心贴肺地给家里操持，她感到了满足。她想，家里尽管贫穷，但人口少，负担小，而且身体都好，庆生又到了公社，就凭我两口的勤劳和辛苦，要不了几年，我们的日子就会好起来。苦干十年，我要修起几间大瓦房，到时让父亲和村里人看看！秀琴充满激情，青春的身体充溢着力气和光彩。自从家里有了自行车庆生来回方便后，她恨不得庆生每天晚上都回到家里，一家人聚在一起，小两口睡在一起，日后的梦做在一起。她正年轻，激情似火，对庆生的喜欢，甚至充满了肉欲。但她从不声张，从不显示，只教可爱的儿子天天给爸爸传话。

第六章　相濡以沫

但庆生却不理会,他一门心思都在工作上,他太珍惜这份工作了,早晨六点开广播,早饭后一气跑十几个大队,收集生产进度,采访典型人事,爬坡上岭,晚上回到机关赶紧撰写广播稿件,等中央、省、市、县四级广播结束后才播报当日公社新闻,忙而紧张,忙而有序。在这期间,庆生把全公社的插队知青和返乡知青中有写作爱好的都鼓动起来,组织他们采写稿件,帮着他们改稿送稿,不少男女知青的稿件上了《鑫州日报》,庆生更加充满信心。一年后,一支五六十人的通讯员队伍形成了,庆生提出了"一年跨江、两年达省、三年进京"的上稿目标口号,自己一年中给报社投稿达百篇以上。一批插队知青和返乡知青在庆生周围聚集起来,公社的宣传力量开始显示出作用。公社书记暗中观察,心里高兴,一天把庆生叫到办公室说:庆生你工作不错,不要背家庭包袱,我们党的政策历来是讲出身重表现,好好努力一定有前途!

当年底,贺庆生在全县广播通讯会议上第一个发言,介绍了发展通讯队伍搞好宣传报道的经验。第二年,又光荣地出席了鑫州市宣传工作会议并介绍了经验。组织一旦给了这个平台,贺庆生就迅速地展示了自己较强的组织才能和文字功底,加上他肯吃苦埋头工作,对机关上下的领导和同志们都尊敬有加,既不畏缩也不唯唯诺诺。他把自己的精力投入到基层村队工作和知青通讯员中,从而获得了众多的通讯素材,他采写的两千多字的通讯稿《实事求是的榜样》《埋藏在人们心底的话》被省报头版头条刊用,正像是他在大山拾牛粪累了歇气时,登高远望莽莽群山,心头豁然舒展一般。

倒是小舅云峰的大儿子国兴遇上了好事。庆生和秀琴婚后第二年,秀琴就有意约了好友惠萍与国兴一块儿看戏,舞台上就是表姐逄秋主演的《沙家浜》。秀琴就告诉了惠萍庆生表姊妹们的关系,并特别介绍了国兴的特长和单身情况,说得两人都脸红心跳,而后便再未过问。直到又一个新年过后,接到国兴惠萍结婚的邀请,这才知道自己当了一次红娘,成就了一桩婚姻。

31 一九七六年九月九日,这是中国所有老百姓都不会忘记的日子。中华人民共和国的开国领袖毛泽东逝世,举国哀痛,亿万人民齐声恸哭,仿佛天塌地陷,地球将不再转动。

庆生坐在广播前听着中央广播电台播音员沉痛的声音，头"嗡"的一声，身子顿成了雕塑。等到了机关院子时，已经是哭声一片。老书记张成业不停地用手抹着眼泪，妇委会主任李文和团干小牛抱头大哭。人们自动聚集到机关会议室，集体向着毛主席老人家的头像鞠躬再鞠躬，几位女同志已经哭得站不起身了。

　　当夜，庆生一个人爬上机关楼顶，面向着东方天空，看着黑沉沉的夜空，静静地让泪水无声地流淌。他无缘在"文革"中去北京受毛主席接见，更无法听到毛主席讲话的亲切的声音，但却对毛主席老人家充满了无比的崇拜。庆生学过《联共（布）党史》，背诵过毛主席的《为人民服务》《纪念白求恩》，也读过毛主席抗日战争时的名篇《论持久战》和哲学著作《实践论》《矛盾论》，甚至把毛主席的数十篇诗词背诵得滚瓜烂熟，他尤其喜欢的是毛泽东的《沁园春·雪》、《念奴娇·昆仑》，和年青时代创作的《沁园春·长沙》，曾多少次地高声朗诵、多少次地激情澎湃！毛泽东就是德国的马克思、苏联的列宁、新中国的缔造者，就是他心中的神！

　　他不知道父亲的"右派"是毛泽东的"阳谋"所陷，家庭的变故是社会政治斗争的牺牲品，他甚至根本就不知道中国的"右派"是什么。他荣耀于自己的外爷是共产党的地下党，大伯是红军，但却怨恨着父亲是"右派"，继父是"地富反坏"。从苏联党史中他看到的右派，就是二十八个半布尔什维克开会，因为坐在右边，从此就叫了"右派"或"孟什维克"，就与真正的布尔什维克走向了两个方向（其实是他把中俄的史实搞混了）。那么中国的"右派"呢？想必是共产党的反对派吧，一句话，反党反社会主义，那就是不共戴天的敌人！

　　人世间的事物就是这样，儿子往往走向老子的反面。无神论者造神，造的神又被造神者打翻。中国一九七六年三大巨星的离世，特别是毛泽东离世后全国的悲痛和哀悼，在几千年的中国历史上是没有过的。它只存在于中国的那个时代。如果你认为那是过分的荒唐和愚昧，那就是对中国的无知或者亵渎！

　　天塌地陷是有预兆的。那一年，天降陨石，唐山大地震，几十万条生命瞬间毁灭；千万条蛇行拦道，巨蟒死亡；出血热病流行，学生游行；高原发洪水，黄河咆哮；龙卷风犹如黑色天柱，飞沙走石……

　　村里一个盲人老汉对庆生说：

　　"天生异象，巨星陨落，世道恐变啊！"

32 前面说到的贺亚新的二女儿贺玲，是姊妹中下乡最早、吃苦最多的。她在黑龙江北大荒整整熬过了八年时光，经历了北大荒农垦兵团最困难最黑暗的岁月。这时她与贺庆生谁也不知道谁。

"文革"初起时，贺玲已上初中三年级，在风起云涌的红卫兵浪潮中，贺玲与其他高干子女一样充满了热情和冲劲，他们出身优越，血管里流着高贵的血，受到毛主席亲切接见。正当他们把红色的火种播撒给中国大地时，革命的风雷却已经把他们的家庭卷入到了风暴的中央。父母被批斗，兄弟姐妹的优越感一夜之间失去了，有的甚至无家可归，流浪街头。

红色的出身不再高贵，血管里流出的血已不再是红色。

在最黑暗的岁月里，疯狂、绝望和沉沦伴随着他们。贺玲深深地自问：这个世界怎么了？我们的父母为什么成了牛鬼蛇神走资派？我们还能跟随毛主席老人家将革命进行到底吗？

北大荒的黑土地太大、太平坦了，来自长白山和大兴安岭的雪水汇成了黑龙江和松花江，润泽着这块地方，它又叫"松辽平原"。沃野千里，人口稀少，"鹿茸、貂皮、乌拉草"东北三宝，千古流传。只是这里气候寒冷，冬天零下三四十度，天寒地冻，上厕所小便慢了就已结成冰柱那可是真的。然而到了夏天，却是春色连绵千里，青纱帐一望无边，绵延起伏的丘陵与平原绿色相连。原始东北松与白桦林相生相伴，好一派北国风光！

家庭良好的教育和家事变故，一下子使贺玲外向的性格变得内向，与她高大的身材、宽大的脸庞显得不相协调。凭着毅力和忍耐，贺玲早已度过了劳动的艰辛考验和兵团生活的艰难；她最难以忍受的，是周围那种世俗的眼光和明显的歧视。她努力劳动，肩上因挑担长起了肉疙瘩，手上长起了老茧，但却总是评不上先进；她以为不懈努力、好好表现能加入青年团，但每次总是受阻，不是指标太少就是家庭背景不好。加上贺玲长相一般，身材也不像苗条姑娘那么受看，连队里的男知青也少有跟她私下交朋友的。

慢慢地，贺玲孤僻起来，不愿在人多处待，不愿跟人凑热闹，更不愿结交男女朋友，一有时间，就偷偷看些书本。人物传记、历史传奇的书家里被抄后还是留了一些，她几乎都搜罗过来看完了。父亲当教授时丰富的藏书她过去没当回事，现在只要能找到的，她都不放过。当然，红色书籍是不受限制的，她甚至把马克思《资本论》的几卷也生吞活剥地浏览了一遍，对内容几乎没了什么记忆，但对马克思四十年写《资本论》的精神充却满了崇拜。在兵团最黑暗的时期，大批促大干，一年战斗三百六十五天，白天干活，晚上开会，批斗知青，请愿绝食，知青自杀，甚至连里女知青被逼疯的岁月里，她都以无比的坚韧度过，她苦苦地在书写的文字和历史的语言中寻找着自己未来的路。

后来，一场真挚的爱情之火燃烧了她，她与当地屯子里的一位返乡知青结了婚。因为她既没有了回城的希望，家庭遭遇也看不到一点亮光，她深深感谢的是东北汉子的救命之恩，感动于那里土地和人民给予她的终生难忘的情怀。

那是一九七六年的冬天。

白天的劳累和严寒的冬季终于把贺玲这个坚强的姑娘撂倒了。她开始头重脚轻坚持不了劳动，但还是一声不吭地扛着。一次差点晕倒，她扶住一个同事站了一会儿又投入了劳动。几天以来，头疼欲裂，全身疼痛，呕吐、腹胀症状剧烈，终于被连里同伴们紧急送往十几里外的团部卫生院。那时的卫生院说来稀罕，十来个医生护士中据说没有一个上过医科大学，大半以上来自"红医班"培训，大约就相当于农村的赤脚医生或是医学中专生水平，且医疗设备极差，连一台手术无影灯也没有，消毒就是红汞碘酒，诊病就是听疗器，药品紧缺，就靠青链霉素抗菌消炎和一大把的中药治病。那位给贺玲接诊的医生还算是资深一些的，一看贺玲的病症，就说：感冒发烧，阿司匹林一包，今天吃了，明天就好！就匆匆开药方，打青霉素。没想到半夜里病情加剧，贺玲出现高热寒战，一时竟然昏厥过去。医生急了，赶紧叫来几个大夫会诊，结果确诊为"急性伤寒"。这才调整急救方案：一面注射强心针，同时刺内关、神门穴位；一边紧急电话求救师部医院，立即转院治疗。

连夜，团卫生院用唯一的救护车紧急起程，睡眼蒙眬的司机嘟哝着尚且不说，谁去护送都成了难题，因被诊断为伤寒，人人自危，那可是传染病啊，而且十之九死。几个护理人员也都吭哧着推说有公务或家事。眼看着东推西拖，护送贺玲的两位女生中的同班女生朱茜实在不忍，大声给院长说："毛主席说救死扶伤是我们的责任，你们害怕传染，我去！但主治大夫必须一同去，只有他能说清病情！"那位资深大夫也迸发出了一点人道主义激情说：好，我跟着去。

于是，救护车在凌晨三点十分上路，师部医院在五十公里以外的县城。

救护车在颠簸不平的泥路上急急驰行，十多个晴日晒化了路上的冰雪，车还是走得不快，却苦了两位救护人员，车里温度也在零下十几度吧，总之尚能不被冻僵但要不停地活动。朱茜这才对团卫生院有了一点了解：医疗人才紧缺，常常延误病情，建院以来，光从这里拉出去死亡的知青，少说也有上十个人。别说一个"可教子女"，就是一个兵团干部的子女也有救治不活的。

"就看你命大命小，命大就活，命小就死，就这么简单！"

那位资深大夫不无真挚地告诉着朱茜，他是看着这个姑娘身材苗条，眉目清秀，要不他才不想说呢！甚至，他还借着车身摇晃故意挨着了朱茜的脸，摸了一把朱茜厚厚的棉裤腰。

车在黑夜中前行，车灯前面能看见一片惨白的路径。突然一声惊叫：

"哎呀！不得了了，玲姐没气了！"

呼喊声惊醒了还在遐想的资深大夫。大夫一摸，贺玲果然没有了呼吸，脸上的温热也在急速退去。

车戛然而停，四望一片黑暗。

还是朱茜眼尖，终于看到一盏模糊的灯光。这个平日里胆小的姑娘竟然抹了一把涌出眼角的泪水，疯狂地向着灯光跑去。

当她终于把一位穿着翻羊皮大衣的年轻人带到车跟前时，看见资深大夫已经浑身发抖，一迭声地说："倒霉，倒霉！"他告诉朱茜：我可能被感染了，浑身寒冷，我坚持不住了，你送你的战友吧，说着竟也哭了起来。

朱茜却见那位大哥三两下从车上拖下来贺玲，朱茜帮着他背了起来，那青年说：

"身上热着，可能有救！"

随即就与朱茜消失在黑沉沉的夜幕中。

身后，留下来的资深大夫告诉司机：

"我们赶紧回吧，任务完成了，半路已死，回去交差。"

33 又一年七月，红艳从云南师大外语系英语专业毕业了，她以优异的成绩、较为流畅的英文口语、娇美的外形赢得了尊重，更赢得了校长的青睐。她留校了，成为了外语系中唯一一位美丽年轻的英语助教。红艳小费了一些周折，改名秦岚，去掉了带有浓重时代特点且有点旧俗的又红又艳，而新名字似保留着她那与生俱来的火辣性格，寓意是山中的风，一个"岚"字，在她身上，竟配合得天衣巧成。

留校后的日子是快乐的，秦岚虽然远离父母，她已没有了母亲，要说她心中的母亲，竟然是后母凌芬，凌芬俨然取代了她的生母且占据了她心间的很大一块位置。三年多的学生生涯中，她只给生父秦光明写过不足五六封信，而给继母凌芬却写过不下三十封信，告诉母亲她的学校生活、云南的天光水色、她的老师和同学、她对母亲的思念以及随着凌芬一起爬坡上岭割柴挖菜的细节，还有一些对家乡的怀念和偶尔说几句对哥哥庆生的问候话。秦岚信中写道：妈妈就是您，您的温柔、贤淑、美丽、端庄让我钦佩。更有对我的热忱和真挚，我永远不会忘却。我穿的衣服虽是老布，但干净整洁，与哥哥的一样；冬天我的脚冻成疙瘩，是你给我烧热水洗用手抚揉，使我不再痛痒。你晚上把我搂在怀里，我多少次地亲过妈妈的脸。我和哥哥有了小矛盾时，你又总是批评哥哥还说得让我心服口服；你从不打我骂我，跟我的生母形成那么鲜明的对比。什么是亲？真就是亲，爱就是亲。您就是我亲亲的妈。哥哥也就是我的亲哥哥。

三年中秦岚只在一九七五年暑假时匆匆回家过一次，那次回家的三天里终于见到了凌芬妈妈，整整与她耳鬓厮磨了一天一夜。秦岚不是不想回，一是学习紧张，二是路途遥遥，三是她不想回到少年时的屈辱地，那里是魔鬼的天下，她甚至永远也不想回到故乡。

其实，她心里并没有忘记庆生这个哥哥，少年时代朝夕相伴的情景历历在目，她远离故乡，就分外地爱想些那时候的情景，慢慢大些了，总感到心里常常有庆生的影子。这当然还不是爱的影子，只是情的幻影。哥哥此刻生活如何，她却是从凌芬妈妈那一封封回信中知道的。她记恨着庆生，自己走后庆生只给她写过三五封信，她记恨庆生已经把她忘记了。更记恨的是庆生恋爱和结婚的事，都从不告诉她也不跟她商量或听取她的几句意见。从凌芬妈妈处得知了庆生恋爱的情形，她想从中阻挠，但见木已成舟，就啥也不说只红着脸给庆生祝福两句，第二天就匆匆离别了。

她决心不理庆生了，也就不再给他写信，慢慢地在给母亲凌芬的信上也不提及哥哥了。凌芬想，女儿忙学习，庆生也大了。庆生想，妹妹已经长大了，第一是学习，第二要有好工作，我们还会见面。慢慢地，妹妹在他心中也就淡了一些。自从与周秀琴谈恋爱后，再就很少梦到过她。

秦岚留校的消息是凌芬最早知道的，她高兴极了，回信鼓励女儿为父母争气，好好教书育人。不久，秦光明知道了，就找着凌芬要看信，还说要准备点钱，自己去云南看女儿。凌芬说那是你的权利，但要跟女儿说好。后来秦岚坚决地拒绝了父亲的探望，大概是担心父亲可能带去的影响，也包含了一些对父亲的不敬。

一个出色的女孩，真正难以度过的是生活里的花朵和感情纠葛，以及那些无知的和有知的陷阱。对于才貌出众的秦岚来说，能坚守三年学业的稳成乃至于留校后相当一段时间的清净，全出于那时政治环境的压力、社会氛围的清明和自身守拙的毅力，这些秦岚都做到了。

同班同学中的班长曾向她抛出过玫瑰，但她压根儿就没看上他的虚骄和俗气。倒是中文系里的一位男生，常常与她在晨读的树林中相逢。第一次，她往男生那里瞥了一眼，男生没有看见；第二次，男生抛过来清澈透明的一眼，她突然感觉好像见了庆生；后来几次相逢读书，也就相互从朗读中知道了对方的专业。她知道他是中文系大三的，家住昆明，他还隐隐约约地告诉她，家住军区大院。

秦岚临毕业时，那位男生终于约了她去家里。他们一路骑车，经过了戒备森严的门岗，又经过同样森严的门卫，这才在树木葱茏、花团锦簇的一个独栋小楼中走进了家门。

尽管书房中的陈设不很豪华，但充满了古色古香的庄严，有一把古铜色的长剑平放在写字台左侧的剑架上，深红色的地板和同样深红的写字台和书柜给人沉重和威严的感觉。唯一显眼的是那一幅长方形的字画挂在写字台后的中央，毛泽东的手书体《庐山仙人洞照》：

> 暮色苍茫看劲松，乱云飞渡仍从容。
> 天生一个仙人洞，无限风光在险峰。

字画装裱严整，更显示手书体的飞扬潇洒、飘逸和雄健。

秦岚一个小女子，初入森严的豪宅大家，坐立都无所适从。好在同学的爸爸没穿戎装，白衣蓝裤，手执蒲扇，态度和蔼。从写字台上抬起头，狠狠瞄了秦岚几眼，随意地问了问姓什么叫什么、老家哪里、跟儿子一个系吗等，就说我有事出去，你们聊，可以随便走走、看看，就披上衣服出去了。

秦岗正发怔时，那中文系同学在她腰上捅了一下，"你想什么呢？"她这才惊醒过来，脸上飞过一片红云。

"没想什么，你们家这么大！"

"吓着了吧？"

"才不怕！"

"你连我的名字都不知道，就跟我到家来，我还真佩服呢！"中文系同学说。

"你哪个班的知道就行。今天碰巧没事，就想进城看看。没想到竟闯进大观园了！"接着秦岚放小声量说：

"你爸是大官啊？"

中文系同学点点头，郑重地自我介绍：

"本人黎明，黎明的黎，明天的明。爸爸是军区政委，妈妈是军区后勤部的。一个姐姐，两个弟妹。介绍完毕，敬礼！"

秦岚和黎明都笑了。

屋子里顿时凉爽起来。秦岚紧紧捏着的手放开了，手心的汗水还没干，她下意识地看了黎明一眼。心里想，不愧是学中文的，既鬼头，又幽默，比我哥滑头多了。

这天正是夏季气温最高的时候，但云南地处高原，确有"春城"的美丽和宜人。温度不是很热，凉爽也恰到好处。两位年轻同学竟然谈得发热，一晃两三个小时过去了，秦岚有点不甘心地说要回去了，接着站起身告辞。黎明却一把将秦岚推坐在原地，"不许走！吃完晚饭我送你回学校！"

秦岚心里一阵热浪涌起，但还是坚决要求立即返回，她绝不愿意第一次拜访就在别人家里吃饭。见秦岚执意要走，黎明只好写下一个字条，告诉她是家里的电话号码，如在必要或紧急时，可以直接拨打。黎明起身紧紧握着秦岚的手，清澈的眼中飘过一丝乌云。

"路不远，你不用送。"秦岚说。

"好吧，哪天再见？"

"再见！"秦岚好像没听清黎明的问话，在通过岗亭、走向军区大门的林荫道上，秦岚回答了送她出门的黎明。

那一夜秦岚有点失眠，眼睁着时是两双有区别的清澈的眼睛，迷糊中是两个清晰的男人：庆生和黎明。醒来就想，天壤之别啊！一个是高官公子，一个是草民小子。假若可以互换，我愿黎明是庆生。只可惜人生最怕投错胎，再有能耐投生成猪八戒，生来也是猪啊！自己是一介草民女子，怎么能存非分之想呢？从对黎明的感觉上，看得出黎明的一些举动暧昧，猛不丁想到黎明爸爸那狠狠地看她的眼神，心中兀地生出许多畏惧。

她想，自己是山鸡，还是在山地里自由，进了城，就只能被关进鸟笼子了。这么一想，就彻底进入了梦乡。

34 在中国的历史上，王侯将相本无种，草头王亦可以产生一个时代。在中国宫庭史中，所谓帝妃篡位外戚专权、女皇嬗位的记载不绝如缕。汉代的吕雉、清朝的慈禧，尤其是唐女皇武则天，她们或者祸乱朝纲，培植党羽，屠掳功臣，大开杀戒，招致朝野不满，终聚而歼之；或者大权独揽，君临天下，淫威并举，则也推进了历史。史学家们不承认男女只承认统治，文明史也从未说过女人不能当政。中国文化史上对女当权者多有贬词亦未必不失公正，就是对武则天这样的千古女皇也还是贬多于褒，可见中国人男权思想之重。只是不管谁当权执政，只要推动社会前行、顺着百姓意愿的，都应受到肯定。但凡逆历史潮流而动、被老百姓所不齿的，总是有些短命厄运。

一九七六年是中国大地上巨大转折的前夜，巨星陨落让中国人民彻悲彻悟，天象和人象都给一个新的时代敲响了警世大钟。如果说对于伟大人物周恩来的送行已经显示出民心的预兆，那么对毛泽东去世的举国悲哀则是对国家民族未来的深深担忧。仅仅二十七天，当人们尚未从失去伟大领袖的悲情中完全走出来时，那位从上海滩上走出来的"女皇"，却连同她的追随者们一并走向了末日。

中国大地上的风雷响起，多少人们包括乡下老百姓都在欢呼。十月的北京，蓝色的天空下，人们依旧穿着夏日的盛装，姑娘们还穿着短裙。

阳坝村的盲人预见到了这些，但是他死了。庆生后来才知道，这位老人竟然还上过中条山战场，被打瞎一只眼，另一只眼是被儿子气瞎的。

一九七七年恢复高考，书写了中国历史上光彩的一页。

自一九六六年"文革"以来的十年，中国高等学府的大门终于又开始收取进门证。"工农兵学员"也就是历史的终结了。其实，真正高兴和拥护这一制度的，多数是那些被打倒在地的五类九种人及他们的儿女们，他们总算可以看到一点黑暗中透出的光亮、一缕天亮前的晨曦、一根大海中初露的桅杆！多少人摩拳擦掌，要拿生命一博！

贺庆生一边在公社工作一边复习功课，晚上熬过几个通宵，凭着年轻力壮，凭着一种朦胧的渴望，更凭着妻子秀琴坚定的支持，他也决心一拼。

那晚，妻子在被窝里给庆生说："你去，能考上，我拼上骨头做纽子，也支持你上学，家里有我，你放心！"

每到太困的时候，她的这番话就涌在心头。庆生看着渐渐苍老的母亲，摸着她那双粗糙的手，暗下决心：我一定要考上，给她们争一口气！庆生的文化基础还好，加上这些年的文字锻炼和学习，已经把文化课补回来了不少。但他的学习短腿是数理化，那些功课他一见就头痛，但也得学，他毕竟工作了两年，掌握了一些方法，就选择了数学中的几何猛攻一阵，确保数学不得零分。但在语文政治和史地方面，他却具有报考文科的长项。白天工作晚上复习，两头不见亮；星期天不休息，雨天不能外出正是最好时光。日复一日，贺庆生付出了超常的代价，他要与命运一博。

就在贺庆生感到快要失望的时候，急切的等待中高考成绩终于发出了，庆生考了总分二百七十四分，超出初录线三十二分。全靠语文史地好，语文政治得了一百五十多分，历史地理一百多分，数学仅十九分。贺庆生成功了！

第二年春天，贺庆生揣着红色的录取通知书，坐火车到了省城，成为了省师范大学中文系的一名学员，一名已经结婚且当了爸爸的学员。

35 凌芬这个早晨睡到七点才起床，这是不常有的情况，她基本上都是凌晨五点醒来，五点半就起床。这一段日子她有点兴奋，儿媳秀琴顺利生了个孙子已一岁多了，跟奶奶那么亲，儿子庆生竟考上了大学，似乎让凌芬又看到了几十年前丈夫贺文雍的影子。虽然儿子走后家里多了一些困难，看着儿媳秀琴忙里忙外，那些苦累的活她插不上手，心里很过意不去。儿媳能干，也还孝敬，就是不常跟她拉家常，更少与母亲谝闲传。凌芬倒不是那种小气的婆婆，只是看着儿媳忙得心疼，但媳妇就是不想让她多干活，就埋着头一样样地自己干，有时太累了，脸上就没有了笑容，母亲心里也觉着难受。

最让凌芬不安的是秦光明不时的骚扰。秦光明这几年日子稍稍好过了一些，基本上不挨批斗了，天天在队挣"大寨工"，乐得力气还用不完。家里一个儿子到了娶媳妇的年龄，只是一时没找上对象，爷儿俩家里就缺个女人。秦光明并未对凌芬死心，只要凌芬一出工他看见就故意往一块儿挤挨着干活，引得村里的小青年们交头接耳，不时传出哄然的笑声。一个刘姓的大男人，自己死了女人，没留下一男半女，在村里声名狼藉，但一张臭嘴却油滑八方，一见光明凌芬挨到一处，就挤到跟前说：

"我说光明老哥吧，白天挨得再紧尿不顶，晚上搂到一块儿那才叫本事呢！"还加上一句挑衅的话："你们说对吧？"

人们一片笑声。凌芬只低了头干活，秦光明却伸直腰板，手拄着锄把跟大刘说：

"你有本事是实，只是天天夜里抱枕头，鸡巴痒了就给床板使劲！"又是一阵哄然大笑。

偶尔这种情形让秀琴碰上，一回家脸色就格外阴沉。终于有一天她给凌芬说：

"妈，你别再去上工了，以后就在家干点活儿吧，我能养活你！"

凌芬顿时眼泪哗哗，心里像针扎一般。她知道这是媳妇嫌她丢人，心里也憋屈。从此在生产队干集体活时就基本不见了凌芬的影子。儿子走后，家里就剩下两女人一个小孩，夜里生怕有点响动，幸亏那个时代社会治安尚好，杀人、奸淫的事村里还从来没有过。

那个傍晚天还未黑，媳妇秀琴还在公房干活未归，秦光明竟又潜入家门，拉拉扯扯想要发泄，凌芬又要顾及孙儿，又怕院落邻居笑话，就好言劝慰光明，说：你人也老了，世事也经历了多半辈子了，该放的放手，救人一把，胜过烧香万千。我们虽未离婚，只是你赖着不离，但你没有权利不给我人身自由啊！秦光明仍是厚着脸皮，"一天没离婚你就还是我老婆，我想要你就得给！"

就在一个强欲发泄一个坚辞不给的紧急关头，门被一脚踢开。秀琴双手提着扁担指着秦光明说：

"你给我滚出去，这里不是你家，我妈怕你老子可不怕你！"

说着，举起的扁担离秦光明的头只有一巴掌了，秦光明真的怕了。

"我走我走！"说着秦光明赶忙溜出屋子快速逃上路坎，悄声嘀咕：

"倒霉！碰上只母老虎！"

屋里，凌芬紧紧抱着孙子，给媳妇一个感激的目光，深深叹一口气说：

"给儿子媳妇丢人现眼，不是看着孙子，我真没活头了！"

秀琴听了，心里一软，末了却抛出一句话：

"人活脸树活皮。为了儿子，再孬也得活！"

凌芬一夜没睡好，先想自己的一生，总感到对不住儿子媳妇，自己走错一步路，让儿女们蒙受耻辱，虽然已离开秦光明七年多了，但婚姻关系却一直没有解除。刚开始时她难以开口，想拖拖看看。再后来提出离婚后，大队、公社、区公所层层名义上调解，实则拖延。结果名声越来越臭，秦光明千方百计到处活动阻挠，使得离婚旷日持久，凌芬在秦光明数次骚扰的极度屈辱下，才决心向县人民法院提起离婚诉讼。

她的屈辱无法向儿女们诉说，一个女人千万不能死了男人，就是死了男人也千万不能改嫁。但这不是旧社会的"三从四德"吗？她也不明白自己究竟错在哪里，她只是深感善良和懦弱让她成为任人宰杀的羔羊，深感一个女人为了儿女忍受的屈辱和悲凉。

这晚刚一睡着就是噩梦连着噩梦，被秦光明追得无路可逃；还梦见丈夫贺文雍浑身是血地站在跟前，脸上分明却是笑脸。惊醒时方才觉得睡过了头，头还有些隐隐作痛，但精神已经恢复。心里想着梦境，又想着会不会是法院有消息了呢，总之会有点事。

一周刚过，法院果然发来判决，因夫妻关系破裂、长期分居准予判决离婚。

当这个文书送达时，凌芬又是泪流满面，总算给了儿女一个交代，也算是给死去的丈夫贺文雍送去一个慰藉。为了文雍留下的一双儿女，凌芬含垢忍辱，吃苦受累，由一个小知识分子变为一个地道的农妇，她真心地对待着秦光明及其儿女，更赢得了秦家一双儿女的尊重与爱戴，特别视红艳如亲生。她善待村子里每一个人但却总是遭受屈辱甚至批斗。她付出的是近二十年的年华和心血，得到的却是一封撕碎了心的判决书。

拿着这份判决书，她也就对秦光明释然了，她既感激秦光明那份曾经给予她的火热和真情，但也痛心于秦光明与生俱来的赖皮和无耻。她释然了，秦光明对她的感情十多年没变啊！他又错在了哪里？虽然是一对半路夫妻，但他们毕竟是有真感情的呀！十多年的辛苦劳作十多年的屈辱坎坷，凌芬的心上压着十几年的重负。这封判决书给了她自由，但却又在重负上添加了砝码，凌芬没有高兴。不到五十岁的她，除了腰板尚直外，白头发开始显露，脸颊陷了下去，皮肤失去了光泽，显示出无奈的粗糙，一双手筋骨棱棱是劳动留给的纪念。

凌芬把这个消息写信告诉了远在云南的女儿红艳。

36 贺玲几天后醒来，也是在一个早晨。

窗外，太阳把白雪照得格外耀眼，有公鸡的啼鸣和狗的吠声；屋子里，却温暖如春。

"醒了！母亲，醒了！"

分明一个浑正的男中音在语无伦次地喊着。

一屋子人很快聚齐了：两位慈祥的老人，笑意从满是褶皱的红色脸庞上溢出；穿着运动衣的小伙子，一脸惊喜；高兴得手舞足蹈的朱茜，满面春光！四个人一下子围着火炕上的贺玲，个个眼泪哗哗地一起往下流淌。

四天前的黎明，贺玲被穿皮大袄的年轻汉子背回屋内，朱茜帮着手轻轻将贺玲放在温暖的土炕上，拉来两床被子盖好，朱茜不放心地又摸摸她身子，似有似无的一点呼吸让朱茜一惊：她没有死！赶紧又把手伸进被子里贺玲衣服下的心口，好像还有心跳。朱茜给青年说：

"大哥，你听听，好像还有救！"

朱茜是想让青年人好好听下贺玲的心脏是否还在跳动。年轻汉子没有将手伸进胸口，而是从被窝里拉出了贺玲的右臂，在手腕上用几个指头，静静地搭脉。一会儿，脸上现出红色的光芒——

"有救！还有轻微的脉动！"

"赶紧烧点姜汤！"青年急着给母亲说道。

天亮时分，贺玲被撬开嘴唇，一点一滴地灌入了一碗姜汤。十多分钟后那张惨白的嘴唇开始嚅动了一下，青年又听到，贺玲肚子里竟有了几声咕咕的回响。他又给母亲交代："再熬半锅麻黄、柴胡汤。"母亲应声去了。

也是贺玲命不该绝，也是遇上了这位年轻的救星。或许，那晚贺玲如送到师部医院，可能就已经是一具尸体了！

救了贺玲的年轻人叫皇浦一清，二十五岁，是个老三届初中生。辍学后即回到屯子里劳动，春夏种苞谷大豆，秋冬季狩猎打渔。在小山坳里打狍子，一次竟然活捉到一只小野熊，抓回家放进笼子里，还喂一些从松花江的冰窟窿里弄回来的鲜鱼肉。两个月后，那熊见了他就嗷嗷叫唤，摇头摆臀，已经跟青年有了些感情，但青年从父辈那里就知道，老虎甚至可以养家，但至今熊是养不了家的。待春天将要来临的时候，青年把那只幼年的野熊放回山上，那只野熊却一步一回头，迟迟不肯离去，还让小伙子有点于心不忍。

村子叫皇姑屯，传说是清代哪位皇家姑子落难至此，后来为了纪念这里，就叫了皇姑屯。一清是返乡青年，但生性聪颖好学，看到屯子远离城镇，人畜得病很难救治，便自己找了医学书籍，连啃带嚼，又热心给屯子里的人畜打个防疫针什么的，天长日久，积累了一些医疗知识，自己成了个"赤脚医生"。他还读过李时珍的《本草纲目》，记了一些药材名字和用途。看到人们伤风感冒多，就专门去县书店买回一本东汉孙仲景的《伤寒杂病论》仔细阅读，知道了伤寒症的各种症状、分类及治疗的一些知识，也知道有的伤寒病症传染厉害，如果流行，"死者三分有二，伤寒居其七。"所以当他把贺玲背回炕上，做过脉测和目测，问过朱茜病人一周病状反应后，便立即起用了姜汤解表，麻黄、柴胡医内的治疗办法，尽起一个赤脚医生的责任。

人世间，冥冥之中，姻缘似有天定。当第四天贺玲终于醒了过来时，一清这才放下了一颗悬着的心。他知道，一旦能扛过来，一旦能走过这个病的周期出现生命转机，伤寒危险便会过去。接着就是调理肠胃，加强营养，恢复体力，这就是比较容易的事了。

一周后，贺玲基本走出了生命危险。

一个月后，贺玲竟然重又恢复了生机和活力。

而这个期间，朱茜已在半月前回到了连队，接着也病了一场，幸亏有了经验，及早治疗，也就再未发生贺玲那样的危险。但连队认为，伤寒病可能传染，所以贺玲就暂不接回来，只是派几个同志前去探望一次，告诉贺玲，为了连队安全，让她在屯子里多待一段时间。贺玲答应了。

第六章 相濡以沫

一能下床，贺玲立即帮助一清家里干起力所能及的轻活，她一天也闲不住，帮助一清父母拆洗过冬的棉衣和被子，洗干净缝好，帮一清把家里整理得清亮整洁。每天一清一回来，就有热水喝就有热饭吃，一清没想到一个城市娃会这样能干。一天晚饭后一清小心问起贺玲的家庭情况，却不料贺玲一下子泪水涟涟，此后一清便不再提及。在一清眼里，贺玲仿佛就是一个电影里的七仙女，那么漂亮、心地善良、勤劳勇敢。他不觉得自己救了贺玲一命，反倒觉得贺玲帮了那么多忙自己却无以报答。

贺玲那里，却是心有万丈巨澜。自己在兵团受人歧视，家中母亲和弟妹孤苦伶仃，自己又差点命丧黄泉，若不是遇到皇姑屯的一家人，遇到一清这个救命恩人，就是十个贺玲也是死定了的。在那个年代，一条知青的命甚至值不了几百元钱。在强权者手里，在严酷的冬天，在繁重的体力劳动面前，生命显得那么的脆弱、那么的渺小、那么的微不足道，这并非虚构而是一个时代的事实。想到这里，贺玲不由感到一清深深的善良和真挚，一清仿佛就没有与她正视过，但她分明感受到那专注、火热、没有一丝杂质的清澈的眸子里的力量。

在一个月光皎白的晚上，在贺玲住的房子里，她主动向皇甫一清讲述了自己的家世、处境以及深深的感恩之情。一清被她的家世深深吸引，又那么真挚地同情起贺玲的遭遇和不幸。许久，一清终于坚定地抓住了贺玲的手，说：

"留下吧，让我们一起度过苦难！"

贺玲并没有感到惊奇，她觉得迟早她也会这样说给一清的，她看中的是一清那颗金子般透亮的心，看重的是生命之交中如此珍贵的情谊！两个在严寒之中、在黎明到来之前结成友谊的灵魂碰出了火花。他们在月光下相互依偎着、拥抱着，但是没有接吻，更没有肉体间的火光燃烧。

后来，那位"资深大夫"为舆论所迫受到谴责，团里处分：开除留用，以观后效。给他留了点后路，是因为那大夫是一位团后勤处长的小舅子。

共和国知青史上的一页很快被历史所淡忘了。要不是后来研究一个香港同志为什么嫁给一个农村青年这些资料，这段真实的知青生存史早已被淹没在了世事的海洋里。

第七章　春风吹拂

37 师大中文系，有一栋独立的"｜＿＿＿｜"形的四层灰楼，坐北向南，还是二十世纪五十年代苏联老大哥帮助建造的，风格大方，经久耐用。中间是教室，一侧是中文系老师办公处，另一侧是图书阅览室和一个内部电影放映室。院落北边是不算大的小花园，随季节变化种着花草和雪松，赏心悦目。靠西边是一个不小的山包，上边绿树成荫、遮天蔽日、小径通幽，几处台阶及鹅卵石路面点缀相映成画。这里是学生晨读的地方，也是三三两两的男女学生幽会的去处。总之这是一个读书的最佳地方也是师大少数几个系独占的一块宝地。因为这个系解放前就出过有名气的文学大师，解放后也出过几个作家和文化名人，是全校文化思想的资源地和核心区。整个学院占地一千余亩，全校郁郁葱葱、林荫覆盖，各类设施齐备，中国老祖宗把教育和文化看得很高，舍得本钱。

庆生一头扎进书海，在文学的大海里遨游。他要把时间追回来，要把一天当作两天用，尽可能地争分夺秒。一米七几的人，体重却只有一百一十斤，人瘦下去一截。只是精神很好，眼睛里露出渴求和无畏的光。

从希腊神话里的卡俄斯、该亚到宙斯；从阿芙罗蒂特、雅典娜到战神阿瑞斯；从《旧约》《新约》到托罗斯神殿；从《荷马史诗》到但丁《神曲》；从罗马斗兽场到圣彼得大教堂……庆生沉浸于古希腊罗马文学的海洋。他把中国神话与希腊神话做了精细的对比，发现西方人具有大海般汹涌的性格而中国人具有高山般沉稳的气质。所谓"智者乐水，仁者乐山"应是中国人的观念。中国神话中的山海经、大禹治水、后羿射日、女娲造人、精卫填海、共工撞不周山等，这些神话传说似乎缺乏系统性。中西方文化各有特色，西方文明也许并不亚于东方文明。

庆生对中国文学的了解，得益于小舅云峰给他买的许多本连环画小人书，虽是浮光掠影地看但也了解了一个大概，加上"文革"中对那段革命英雄主义文学的学习和对中国古典文学四大名著的喜爱，他是有文学基础的，更多需要补充的是中国古典文学和十九世纪以来的现代文学修养。他选读了《中国文学概论》《西方文学概论》《史记》，选读了巴金、曹禺、茅盾、沈从文乃至鲁迅等一批文学家的作品。庆生感到内心充实了，才体会到自己是要从文学的流向走源，然后从源到流再归大海，这个世界文学海洋真是深奥莫测。

他从作品入手，研究了这些作品产生的时代背景、作家的写作特色，尤其对外国作家歌德、莎士比亚、巴尔扎克、托尔斯泰、雨果、司汤达乃至玛格丽特、马尔克斯等，无不充满神往。他反复阅读了《悲惨世界》《红与黑》，为芳汀和柯赛特的悲惨命运流泪，为索黑尔·于连叫不平。这才对东西方文学史和文艺理论有了一些粗浅的感受。他要走在时间前面，决心用两年的时间完成四年本科学习的课程。

庆生透过文学这个窗口，逐步对中外历史发展的过程和曲折有了一些理解，原来文学就是社会发展历史阶段的产物。历史老人走到哪里，哪里便会有文学跟随，便会有一支神秘的大军、一支不拿枪的军队。它们或者为历史的前行呐喊与鼓噪，或者沉溺于那些古老而珍贵的情怀不愿舍弃。总之它们的后面都有一群人顶礼膜拜，都想在这个殿堂里找到一席之地。从这时起，庆生就想着这一代代人的命运和悲欢，产生了一个朦胧的文学梦。

寒来暑往。几个假期里，庆生每逢节假必回，带给母亲和妻子以温暖，带回最新的时政动态。看着母亲的焦虑和妻子的辛苦，他却高兴地说：右派和"地富反坏"开始摘帽，我们伸直腰板的日子不会很远了！他抓紧一切时间帮助家里干农活，与秀琴一起忙碌一起抱着儿子上街。晚上，在仍然不很明亮的电灯下苦苦读书，以至于与妻子的谈话少了。秀琴隐约地感到庆生有些变了。究竟变在哪里，她也没搞清楚。但仍是每天给庆生吃一个鸡蛋，补补他的确很瘦的身子。

冬季里，一个令庆生心灵震憾并撼动一家人的好消息传来：远在西部高原的西海州委关于改正父亲贺文雍错划右派分子并予平反昭雪的文件发到了公社，并由公社送来了家里。

全家人彻夜未眠，流泪加拥抱，把不满四岁的小儿子看得跟着哭笑。这个春节是最幸福的节日，一家人去周南县城的照相馆拍下一张三代的合影照，这是贺庆生自一九七一年冬天回村以来的第二张家庭照片，第一张是跟秀琴照的黑白结婚照。

正月末，母亲背着几十斤大米，带着儿子准备好的十余斤粮票和三十元钱，踏上了冰天雪地的高原首府西宁，踏上了那块二十多年不敢想的心酸之地。因为西海州方面也来了通知，拟收回她的公职和家人户口，而且更幸运的是在二十年后的高原首府，见到了年逾古稀离休在家的当年的柴格木工委书记弓耕。极尽亲热的长聊，颇为内疚的叹息，末了，弓书记亲笔写给西海州委组织部的一纸信函说："赵凌芬是位好同志，在反右运动中受丈夫株连被遣送回原籍应予纠正，建议恢复工作。"

这一天是一九七九年的二月二十八日。

一个月后，凌芬恢复了公职，鉴于原单位撤销了和本人有教书的履历，安排在西海州第二中学教书。凌芬重新站上了讲台，本来就笔挺的腰身更直，脸上放射出年轻时代的光芒。她仿佛又回到了二十年前，猛一看只不过四十刚过，那个远去的知识分子慢慢复活了。

38 由于秀琴牵线，云峰的大儿子国兴跟秀琴的女友惠萍结婚，也是成就了一桩美满姻缘。国兴憨厚老沉性格柔和，语言不多，但办事认真。惠萍亦性格和顺，秀外慧中。两人可以说是一见钟情定终身。本应是一段美好姻缘，但在几年以后，夫妻俩矛盾越来越多。

惠萍嫁到县城的云峰家做儿媳，一是等于进了县城，这点在当时是多少农村姑娘都挤破脑袋的，二是国兴人老实待她好，总之都很满意。后来惠萍做了村妇委会主任，在外接触人多了，虽然干部很小，但是县城里的村子，偶尔也还能见上一些乡镇乃至县上的领导。有一次县上妇联在村里开了一个座谈会，惠萍发言还引起妇联主任的好感。又有一次县农业局搞一个调研，开座谈会，惠萍较为出众的容颜和发言也让局长注意到她，后来就留了电话号码，告诉她有事可以直接去找他。几年以后因城市改造，云峰家房子又一次被迁到城郊，但全家却转为商

第七章 春风吹拂

母亲河

品粮户口，惠萍就转为了街道办妇委主任，兼街道幼儿园园长。

改革开放的春风，恰似吹开了桃李芬芳、百花争艳、枯木逢春的春天。街上人们的衣着开始五光十色起来，商铺也如雨后春笋般开张。惠萍家不远一条街上，大约隔五十米一百米，就开一家美容店洗脚房，一个粉红色半开小屋，几位美丽迷人的短裙小姐在门口笑眯眯地招徕顾客，一些年轻人或是好色的官员见了都蠢蠢欲动。一个店面招牌上写着"周南县长春药店"，让人们迷惑和传为笑谈。有的说那是县长开的，要不为啥叫"县长春药店"。老一些的人说：胡说，那叫县里开了个"长春药店"，前面是县名后面是店名，现代年轻人不懂一字多音不懂断句，瞎胡闹！也的确有不少干部群众说，现在都忙着挣钱，这么多洗脚房发廊就跟国外红灯区差不多了，也不见有人管管！

好景不长，公安的扫黄行动开始了，一大批的发廊洗脚房关闭了，一条街上的西施美女一夜之间消失殆尽，一些人叫好，一些人叹息，也有的官员说：这是关系到改革开放的大事，环境这么差，谁还敢来这里发展？但事实却是，村子里一些做过歌舞厅招待的、做过发廊小姐的，很快家里发展起来，盖起了两层小楼。人们有些揶揄地把小姐称为"油妹"，乃至很长一段时间里商场营业员服务员们都不愿被人称为"小姐"，轻则瞪眼重则骂你。

惠萍被这样的香风刮得晕头转向了，就特别地注意起打扮梳妆，一天照镜子不下十次，国兴就看不习惯，媳妇晚上回来晚了，国兴就盘问半天，一见媳妇嘴里支吾，就气不打一处来。这时候儿子已经八九岁了，经常见到爸爸妈妈吵架，只好抹眼泪哭泣，国兴一见恨不能上去给惠萍一个耳光，但咬咬牙忍了。惠萍却逐渐地心野起来，果然有一天去了农业局长办公室，一直到晚上八点才回来，而后又一次竟然晚上十一点才回家，两口子打了一架，半个月不说话，当然，惠萍总是有很多理由搪塞。

"女人会撒谎，连测谎仪都失灵的。"后来国兴这样说。

云峰二子国强，高中毕业后当兵四年，复员回家，被政府安排在县玻璃厂工作，但说是安排，却一年上不了班，要上班还得去给厂长送礼走门子才能等着排队进厂。一怒之下，国强去民政局领了三万元安置费，就拉起一辆毛驴车，专门从事运输买卖，一年下来，也能挣上三五万元，觉得比干厂里工人更神气。几年后家里房子也翻修成了小楼房，积累起了十来万元的家底，也还是那个注意到嫂子惠萍的县妇联主任丁主任，竟把自己仍在农村的亲妹子丁楠嫁给了国强。小两口奋力打拼，全家日子一天天好起来。

云峰在二十世纪九十年代初去世后，留下了一生跟着他颠沛流离、受尽了委屈、差点被他离婚的结发妻子蒋文英，儿女们更加孝敬，她活了个越来越精神、越来越长寿。

39 表哥界生在二十岁那年被招了工，一直在鑫西钢铁厂，从铁矿选厂到炼钢车间，从一个班组长一直干到车间主任、厂调度科科长，把一辈子奉献给了钢厂，一辈子为祖国的钢铁事业奋斗奉献。他是有功于厂有劳于家、有苦于国的，但一生中真正的快乐的确不多。

界生二十七八岁才结婚，妻子也是一个厂的工人，她姓上官，单名一个好字。父母为给女儿起名也是费了心的，也是有文化的人。界生虽然只是初中毕业，但学习刻苦认真，一手字写得很流畅。学习冶炼技术一看就懂一学就会，来厂三年就当了班长，五年当上了年轻的车间主任。

在一次铁矿全体大会上，界生的发言引起了上官好的关注和好感，而后几次的有意接触中，更产生了某种微妙的感觉：脸红、心跳。而界生却是有意无意地躲闪，总是避免正面深入，这就加剧了姑娘的好奇。

后来她知道了界生的身世，也知道了界生的母亲和妹妹小慧，一种同情感便被怜悯所加深。上官好的爷爷曾经做过七品县令被贬死后便家道中落，到了父母一辈仅是个邮局职工，但算是工人阶级。那时钢铁企业还是响当当的，知青以能当上工人为自豪，父母也就让她继承父业，到了钢铁厂坐办公室当保管，后来，做了档案管理员。

终于在一个春天里，界生和上官好在野花盛开的山坡里，各自敞开了心扉。界生并非不喜欢上官好，上官好也不是看不上界生，而是缺少了一个媒介，缺少了一些深入了解的场合和机会。这天是周末，两个人相约来到离厂大约三公里的山坳里，从学校谈到了同学和读书，从家庭谈到父母和兄妹，越谈越觉得有那么多相似之处，越谈越觉得心里有了些冲动。界生这人，平日里说话好像不急不慌，但一旦内心确定了，却是挺勇敢的。

眼看着西边的太阳就要落山时，界生内心已定，他看中这个上官了，就伸出手说：

"让我们在太阳落山前结束今天吧！"

上官也伸出手说：

"好，让我们在明天太阳升起前记住今天！"

四目相撞，拉着的手好像不想松开，界生好像用了点力，上官就一下子钻入了界生的怀抱。

先是短暂的停留，两颗心都在预热，接下来，嘴唇慢慢寻找，终于咬在了一起。

这是一九七八年春天的事。

再过一年，中国的大地上就响起春雷，中国一位同毛泽东一样伟大的老人邓小平，终于将国门打开，吹响了改革开放的号角。偌大的中国一经苏醒，就绘制出一幅幅洪流滚滚惊天动地的雄浑画卷。

40 二十世纪八十年代初，中国恰如一位大病初愈的巨人，步履蹒跚，目光迷离，思维恍惚，四肢不灵。但毕竟病根已除，身体逐渐地协调灵活起来，目标日愈清晰，步伐日益坚定，眼光日愈凝重和深远起来。

从农村开始的土地承包责任制，冲去了几十年的公社化、大集体，忽然间爆发了巨大的生产力，农村粮食生产迅猛回升，人们不再为吃不饱饭担忧。公社改为了乡镇，大集体劳动变成了一家一户的单独耕作，农民开始成了庄稼的主人，干部不再催种催收。农村开始把剩余的粮食给城里人送去，或者在集市上公开出售。农村改革的成果被运用到了城市，工业企业也开始了第一轮的改革：承包制。一批最初的法人和老板诞生了。中国大地上正在悄悄发生着巨大的变化。

云峰大儿子国兴与惠萍婚后本是很幸福的，但自从惠萍当上妇联主任心野了之后，两口子就开始有了心结，肚子里长出些疙瘩。三天两晌总爱吵架斗嘴，甚至动肝火打了人。国兴明明看出惠萍一天光打扮就花一个小时，就看着不对劲，也曾偷偷跟踪过，但总是无功而返。县城人多，看住这头跑了那头，况且你抓不到现场又能把人咋样呢？

国兴气不过，吃饭时摔碗摔碟子，骂起了难听话：

"日他妈，我吃软饭还硌牙！滚你妈的蛋！"

惠萍知是骂她，气也不打一处来，马上针尖对麦芒：

"要骂你就骂清楚些，别自己给自己戴绿帽子！"

"人家说了，有本事的搞大别人的肚子，没本事的搞大自己的肚子。"惠萍悠着劲还说，"你气得肚子胀大了顶个尿用！"

国兴顺手就是一巴掌掴到了惠萍下巴上，女人就扑上前来撕扯，两口子厮打起来，上小学的儿子吓得哭了起来。幸好国兴母亲闻讯赶过来，一顿臭骂，国兴两口子这才收手。一顿饭没吃成，一家人不欢而散。

惠萍于是回了娘家。国兴在家，又是照顾家务，又是儿子上学吃饭，一下子乱成一团。母亲说你这没根没据的事能把人家咋样？况且媳妇也算听说听教，顾着这家，你还嫌咋？爱打扮是女人的天性，又不是农村女人家，也算个城里人，又是管女人的干部，你不让人家打扮能行吗？一串子的开导分析，眼下家里的乱象，也让国兴难以应付，在母亲面前，国兴低下头不说话了。

过了几天，国兴去乡下把惠萍接了回来。从此，也就懒得再去跟踪监督，也就控制了摔碟子骂娘。惠萍呢，倒也更加注意起来。

表面上的相安无事，掩盖了这个时代家庭中最普遍的现象：偷情。

国兴母亲蒋文英后来给儿子说：

"世事变了，我们那个时候是你爸在外花心，这个时候是你媳妇在外花心。反过来了。""这个世道啊，男人女人的事，谁也说不清哟……"

赶毛驴车的老三国强却逐年发达起来。不爱了那个民政局安排的玻璃厂工人身份，靠毛驴车专业运输，修起来小楼房，娶了县妇联主席的亲妹子丁楠，但是国强没有感到满意。国强在北京当过几年兵，见识过一点大风景和场面，这点成功，还不足以遮住前面的视野。生下了一儿一女后，也必须得创造更多财富才能养儿育女和维持家里开销。更要紧的是，毛驴车运输已被发展起来的拖拉机运输、汽车运输所取代，如果不改变生产方式，就会被社会淘汰。

夜里，两口子商量起来，国强主张把家底盘空买一辆卡车仍然运送沙石楼板，老婆说搞了十来年，太辛苦太累，危险性也大，主张买个汽车跑的，一年下来也能挣个三五万元，国强说那还不够养娃儿。想来想去没个好主意。睡了一

第七章　春风吹拂

觉，天快亮的时候，国强突然闪过一个大胆的念头：家底做本，抵押贷款，不干算尿，要干大干！贷款二三百万，大哥就是泥水匠，再拉几个哥儿们，请几个设计人员，凑钱办起个乡镇建筑公司，现在农民肚子饱了都在翻盖新房屋，应该是个好市场啊！老婆丁楠想了想，高兴地拍国强一掌说：

"好！咱农民也要想大点！贷款问题，找农信社我姐可以帮忙！"

又说："我们豁出去，也来个摸着石头过河！"

两口子遂达成了一致意见，精神一下子来了，国强搂着媳妇，搞了一次黎明前的突击。天亮了，两口子才又沉沉睡去。

一个时代的转折，总会搅动起久已成规的社会秩序和观念，让人们一时迷糊起来。春风吹拂了神州，鑫州市的大街上，红黄白绿青蓝紫杂色斑驳，再也没有了"文革"时色彩的单调和枯燥。就连周南县城里，昔日昏黄的路灯也被替换成了带玻璃罩的圆疙瘩灯，尤其姑娘们夏天的连衣裙和冬天的喇叭裤率先扰乱着视野，让人们感到了男人和女人的区别竟是那么明显。久不见了的老人脸上爬着的皱纹竟然舒展，久不见了的孩子忽地变成了大人。农村人的面色开始红润，并向城里人送去大米白面，城市里开始拆迁改造，道路在加宽，楼房开始增多。一批批的农村人开始拥向城市。

南来北往的列车上，人挨人挤，水泄不通。接轨处的通道，座位的下面，满是躺卧着的人，一列巨大的火车开始负重启程。

中国的大作家王蒙在火车上写道：

"'咣喤'一声，春天到来了！"

41 秦岚接到母亲凌芬的信时正在云南顺风顺水如沐春风。

留校任教一晃四年，助教的工作一路凯歌，三年后她就正式上了讲台，如今她已是师大英语系讲师了。年轻、漂亮、工作顺利，秦岚踌躇满志，在书海中深入，在学生窝里浅出，外语功底明显厚实，也在一大批学生心目中成为了偶像。

留校后的第二年里，父亲秦光明终于还是思女心切，成就了一次短短三天的探女旅行。当然路费是女儿出的。这次探视，秦光明忽然从女儿身上看到了一个新的世界。他发现女儿丰满了一些，还敏锐地感到女儿那清澈的眸子看人时有一种穿透的光芒，秦光明甚至还产生了些微的寒冷，他开始害怕跟女儿的目光对视，哪怕是很短的对视。他在女儿卧室里低着头不敢乱看。女儿领他去一次昆明湖公园他仍然低头弓腰，嘴里却说着好、好，别耽误女儿的时间，说见了面就足够了。他害怕女儿提起凌芬、提起庆生，所以也绝口不谈过去的岁月，只说这几年日子好过些了，就是想女儿。其实，秦岚对家中情况大体知晓，许多情况是在跟凌芬的通信中知道的，也知道了哥哥庆生考上中文系的事。在庆生上学时，秦岚已经毕业工作了，几年中，她差不多每年都要给庆生寄几十元钱去，但庆生却总是千方百计地给她退回或者转寄给她父亲秦光明，后来秦岚也就不寄了，但内心却对庆生的硬气充满敬佩。特别是后来庆生临近毕业时，秦岚给庆生写了一封信，坚定地鼓励和支持庆生走向高原。

在那封信里秦岚调皮地用英语写道：

"我在高原，你在高原；不在高原崛起，就在高原灭亡！"

秦岚竟然那么深挚地相信着后母凌芬，而对生父秦光明抱有怨愤；那么真情地用心祝福着非亲生哥哥庆生，常常压抑着一种奇妙的感情，却老有一种情无所动的感觉。她疯狂地投入于书海和课堂，而无暇顾及那么多惊羡、轻柔或者阴暗的目光。

一些资深的教授说：

"学问会毁了她。"

但更多的男教师们则说：

"一位有生理缺陷的美女教师。白活了！"

送走了父亲，秦岚把这些写信告诉了此时也在另一个高原上的母亲凌芬，她更期待的是日后能与后母相聚，那时，她将毫无保留地向母亲诉说她内心的渴望和梦想。

但这个愿望，若干年后在母亲的灵柩边也没有实现。

也就是在庆生决定走向高原的第二个春天，昆明以她的惊艳和美丽迎接着全省第一届招商引资预热会议。一批来自欧美的专家学者和世界知名企业的少数老总，被云贵高原的奇丽召唤，要一睹如画春城的风采，亲眼见识一下滇池，感受一下千年古城丽江和神奇的高原石林；当然也是要打探一下中国改革开放后的新

第七章　春风吹拂

景象，试探一下中国对外开放的勇气和信心。一下子，外语人才成为了香饽饽，省外办从高校中搜罗一批外语教师充当临时翻译，秦岚被一眼看中。在随后的一周工作中，秦岚以高度的责任心和较为快捷而准确的口语翻译，为改革开放和招徕客商搭桥引线。秦岚的大方和一丝不苟，引起不少外籍学者客人的佳评；她朴素的仪表和恰到好处的妩媚和静翘，竟然让几位老外神情失常。香港虹天集团公司老总褚迪先生介绍完公司业绩时突然语塞，紧急转向秦岚用英语问："小姐，我讲到哪里了？"秦岚皓齿微露，非常认真地提醒：

"先生，您已经差不多介绍结束了。"

省外办郓主任内心激动，感到自己不仅为招商办好了服务，而且还发现了几位优秀人才。一周后他给师大校长说要调秦岚到外办任职，他给校长半开玩笑地说：

"送我一个二乔吧，我将奉还给你一个世界！"

省上是大拇指，校长终于还是忍痛割爱。

不久，秦岚就到了省外办。

一扇天窗，在秦岚的视野中缓缓打开。

她突然发现，她将要展开翅膀在高空飞行时，身边竟没有一只鸟儿相伴，她越飞越高，彩虹已被踩在脚下，可她却越来越感到了寒冷……

第八章　走向高原

42 一九八一年，党的十一届六中全会召开，这次会议的历史功绩是把中国共产党建党以来的六十年和新中国成立以来的三十年成就和问题作一次历史的总清算。对过去的路和未来的路作了分析和选择，对中国当代若干历史问题作了一个精深、透彻的分析和了断。继承和扬弃，否定之否定，使理论的体系更加充实完备，给中国的现在和未来规划出一条新的道路。

毛泽东第一次走下了神坛，他的这个领袖集体也从此走向了现代。

中国大地上，刮起了中世纪文艺复兴般的热流，"两上凡是"被实践的盾牌挡在了门口，人们终于有了可以开门自由呼吸空气的机会，终于迎接到了一个真正令人欢欣鼓舞的时代。

来自远处的雷声正在轰隆隆地迫近，远处的地平线上，热气蒸腾，好像千军万马在呼啸着前行。

秋天，贺庆生毕业了。

他以中文系高材生的成绩站在毕业生的前列，也在学习的最后一个年份里光荣地加入了中国共产党。学校征求他留校的意见被他婉言拒绝了。甚至在班里和他谈得最投机的女副班长亲密的挽留与劝导他都不予理会。庆生决心已下，他要在二十年后，再次沿着父亲的脚步，踏上西去的列车到父母曾经向往曾经为之痛苦曾经为之奋斗和曾经留下无数悲壮的地方去：

97

走向高原！

母亲记起了丈夫临别时的话：千万不能让孩子再来这里！庆生笑着回答母亲：你不是又去了吗？母亲终于在信中告诉庆生：

"我相信儿子的选择！"

夜幕降临的晚上，天空月明星稀，田野里万籁俱寂，只有青蛙在静夜中鸣唱。

庆生和秀琴放下熟睡的儿子，下意识地走向门前不远处的小河。小河的水是从黑龙泉眼里流出，到了阳坝时已经是流水潺潺、溪水弯弯，大潭小潭，大小水满。就是旱季，这条小河也从来没有断过流，人们也就看着它永远没有停歇地蜿蜒向前。只有少数人知道，它流过了上百里后汇入汉江，又最终归入了大海。

庆生和秀琴在两块十分光滑的青石上坐下来，在夜幕下还能看见秀琴两只黑黝黝的眼睛在闪光，语言中却充满着忧郁和无奈：

"我跟着你，到哪儿都跟着你！"秀琴接着深深叹口气：

"你也不要太冲动了，本来可以不去的！"

秀琴的叹气，并不是怕西部的苦累和高原的风霜，这些她从来不惧，况且也想它难道能苦过今天？也并不是舍不得故乡的山水和兄弟姐妹。她可能有点担心的，是自己的男人现在心大了，心里想的跟她不太一样了。

庆生告诉秀琴，父母当年一腔热血选择高原，是当代的崇高追求。他们的际遇是历史的不公。如果说他们当年还带有更多的朦胧和幼稚，那么今天自己的选择就已经是一种深沉的清醒和自觉。时过境迁，三十年后，那里的中国需要人才，更需要一代又一代人的坚韧和奉献。况且，母亲已经回去了。更况且，父亲长眠于那里，那里有父亲的未竟事业和孤魂驻守，他需要也应当看到：正是他们当年的风华，已经在儿女身上展示；正是他们当年的追求和向往，在呼唤着后人的到来！

庆生在心里多少次地冥想：这个自己曾无数次地洗刷泥垢、无数次地浸泡身子、无数次与爱妻在这里清洗蔬菜和淘洗猪草、无数次与生产队的青年男女嬉戏泼水打仗的小小河流，它为什么终年不涸，永远流淌？这条曾记录着他无数梦想和希望的小河为什么蜿蜒入江东归大海？这是因为它的责任就是要润泽沃野，是因为它不断加入的细流和东归大海的雄心！我没有理由停留，没有理由不向往奔腾！

秀琴只是静静地听着男人的话，没有流泪。

周南的雨，盆泼瓦倒，一点一个泡。八月是雨的季节，雨，就像人的心情，有些阴沉，绵绵不断。

火车站的站台上，秀琴拉着小儿子给庆生送行，她不无忧虑但绝对坚定，想着前晚小河边的长叙，想着庆生给予她的深情和留恋。她忍住欲出的泪水，只是深情地给男人说：

"自己保重！我等你！"

秀琴要等到庆生报道后回家接她的那一天。

宋佳也来了，她在一家国防工厂工作近十年，已经是孩子的母亲了，但仍然保持着苗条的身材和美丽的笑容。她告诉庆生：

"也许你会后悔，那时再告诉我！"

两位朦胧的初恋情人，好像总是十年一见，但在后面的十年再见面时，宋佳却是自己后悔了。

蓦地，秦岚的影子在庆生脑子里闪现，他记起了秦岚的那句高原崛起的英语。

西去的列车"哐嘡、哐嘡"地开动了，"哞"的一声长鸣，带着满车的留恋，缓缓加速，越来越快……

43 秦岚调外办后，工作如鱼得水，她那圆润的嗓音被有的专家称为"美式声"，待人接物方面的得体大方，不卑不亢的风格，得到了上司和外宾的称赞，让想入非非的人不敢对她轻举妄动。秦岚好像一改过去风火的个性，显得沉稳起来，偶尔才露出点锋芒。她那似方似圆的脸配上一头短发，更显示出干练和冷静。她有了更多更好的舞台展示自己；更有了接触领导、偶尔陪首长外出访问的机会，她不愿在这样宝贵的时间里让年华轻易流逝，而这种环境也不允许她更多地考虑个人私事。

秦岚已经二十好几了，但她真正的恋爱好像还未开头。那个中文系黎明，曾给予过她心灵的冲击，但她终于不能也不敢把一颗心托付给他。因为秦岚心里太清楚了，她外表的冷静和沉稳，是深深扎根在自己出身不好、家庭情况复杂这个背景上的，因此内心深处的自卑还是会时时袭来。她时刻告诫自己，对上司不卑不亢是女孩子必须做好的功课，对同志既要真诚同时要有防人之心，也是一个女孩处世的借鉴。就在黎明引着秦岚去他家后，秦岚对黎明产生了一些好感，黎明聪明、热情、大方、开朗，给秦岚留下了深刻的印象，但她总又感到不能与其深交，夜里睡不着时就仔细分析回忆：慢慢才觉察到黎明有些好为人师，有些矫情和盛气凌人。例如在他家秦岚要离开时被他一把按在沙发上说："不准走！"例如好几次的接触中绝口不问你姓甚名谁。说起文学来，则是口若悬河，给秦岚留下的口头禅是"你听我说""我告诉你"。因此，秦岚始终跟黎明保持了一种若即若离，或者说是一种暧昧关系。直到双方毕业，也没有深入发展。秦岚知道以黎明的条件身边不缺追求者，她更知道要总结父辈们的教训，轻易不要把自己交给别人。

又一个春暖花开的季节到了，其实云南的春天就没有停过，不过是树木换上些新的叶子，鲜花不断地交替开放而已。

上午刚刚上班一会儿，秦岚还在整理办公室，打好开水打扫卫生。突然敲门声响起：

"请问秦岚同志在吗？"

"我就是。您有事？"

秦岚抬起头望一眼，瞬间一怔随即高兴地叫起来：

"黎明啊！你怎么冒出来了？你不是在滇西吗？是不是调回省上了？"

秦岚高兴地一连串地问询着，起身给黎明倒水让座。

正如她所料，黎明新近调回省里，而且是给一位副省长当秘书。他是从滇西州委选调上来的，先后在乡镇和县上干过，虽时间都不长，但工作努力，深得领导器重，七八年时间已从一般科员擢升为镇长、副县长、州委办副主任。最近正好被一位领导看中，旋即调省做了秘书，职位却仍是副处级。也有些观察家说是他军队的老爸起的作用，但各方面领导反映都好也是事实。自己不努力，再好的背景怕也不行吧，人们都这么说。

得知秦岚也调到外办，黎明别提有多高兴了。这个黎明，大概先后谈的对象也不下三个五个，而且当副县长那年跟文工团某女演员十分暧昧，常常幽会，有过几次同出同入一起看电影进歌厅的情形。后来还听说跟那位演员偷偷住过几夜，外面没人知道，还是那演员一次酒醉后主动告诉了朋友，于是小道消息流传开来。可能正由于此，黎明果断了却情缘，快刀斩乱麻，不知给那演员怎么许诺就再不纠缠。那时，黎明已即将调回省里，他心里早已升腾起了一幅全新的生活图景，一个女人算得了啥？黎明绝不可能为了一个戏子误了前程，哪怕你就是天仙一般漂亮。

当然黎明不会把这一段情缘告诉秦岚的，这是秦岚后来才听到的传说。这次差不多半天的接触，秦岚明显感觉到黎明变化不小，他年轻老成，思想敏锐，谈吐幽默而谨慎，真是士别三日当刮目相看。第二次的相逢留给了秦岚一个很好的印象。

当黎明亦知秦岚未婚时，又燃起了昔日已经忘却的欲望。

44 就是那么一个瞬间，贺庆生突然感到伸直了腰板。他举起拳头在党旗下宣誓："为共产主义事业奋斗终生，永不叛变！"他是绝对真诚的。那一刻，他脑子里真的闪过了摩尔人马克思、矮个子列宁、清瘦的毛泽东的影子，贺庆生用信念跟定了他们。接着也闪过了父亲在西大上学的照片和母亲在老家池塘边与他和姐姐的全家照，脑子清醒而冷静。

他感到自己真正长大了，感到自己正在燃烧起希望的火焰！

他走向了父亲的反面，然而他却仍然选择了高原！

贺庆生拿着省人事厅的介绍信，搭乘驻省办的一辆货车，向西海州进发。

八月的高原，天空万里无云，地上万紫千红，起伏的草原被野花铺成精妙的地毯，群群的牛羊在绿色地毯上装点着白色和黑色；远山如黛，却能看得见白雪皑皑。大货车开到了青海湖，湖面水天一色，远看白帆几点，司机说那是试射鱼雷的军舰。岸边成千上万亩的油菜花海金黄一片，在蓝天和太阳下格外耀眼。

庆生真想停下，在那草滩上趴着歇一下，在湖边和清流中掬一捧雪水。但司机没有停下，他见得太多太多。但他告诉庆生，那个叫黑水河的地方路边有个小店，开店的年轻寡妇是藏汉混血的美妞，三十多岁，藏族丈夫在一次车祸中丧生，留下一个几岁的女儿，脸黑牙白，叫人心疼。这个司机一见不忘，往返多了，次次在中途留宿一夜，风流得感情溢满情怀。庆生听了就想着这个司机是个骗子，吹牛去吧。

但几百公里的路上，过了青海湖，翻过象鼻山又是另外一派风景，戈壁连着戈壁，荒漠连着昏黄的山峦，山眼看着很近，但车行了一个小时还到不了跟前。要不是偶尔掠过车窗的羊群，尤其是那一片片火红火红的骆驼草，人早已恹恹欲睡。高原的路特别直，一眼望到头的笔直。上了一个坡再向前望去，又是到天边的笔直的路。

"眼睛睁着！这路随时会翻车！"

庆生心里一个疙瘩。

司机说，因为路直最容易眼睛疲劳，人一困车就跑一边去了。不过运气好的话车翻个滚爬起来还可以再跑，因为高原平坦，公路两边落差小，车出点小侧翻问题不大，不会轻易丢了性命。看着庆生有些紧张，司机对庆生说自己在这条路上跑车三十年，至少睡过七八个路边店的女人。庆生又问起那个汉藏寡妇后来咋样了，司机深叹几口气说：

"那些年，一年跑几次，什么时候跑，都捉摸不定，又没有联系方法。女人的心啊，一不留意就跟了别人。那女子后来挣了些家当，听说还是跟了个藏族小伙子跑了。"

庆生听信起来，想到这荒凉大漠中的情缘，就像无水的庄稼，干涸是再正常不过的了。只是这个司机的率真和不隐讳，让庆生多年不解。

许多年后庆生才释然：多少人把青春年华献给了高原，如果没有了那份爱，这片荒袤的土地上哪里还有今天的繁荣和文化？

后来的三年里，贺庆生在西海民族师范教语文，他精益求精，把自己的知识积累都投入到与学生的相处和教学中，显示出游刃有余的自豪，所带的汉族和少数民族学生都亲切地称他"小贺老师"。因为学校还有一位年长的贺老师，单名为"虎"。夏季假日里，庆生还带着学生一起到野山郊游，到白水河草滩上野餐，到藏族和蒙古族老师家或牧区帐篷里做客采风。庆生慢慢地学会了喝奶茶、马奶子酒，吃手抓羊最肥的屁股肉，吃带血的血肠。后来，他把这些写入了散文《飘花的草原》，还写过一篇带点写实性的小说《没有父姓的门巴》。

45 二表姐春月小时跟庆生见过几面，相互留下了很好的印象，但多年来或因生活困顿或因各自忙碌互不往来。二十世纪八十年代后，表姊妹们才开始互通信息。春月小时候教庆生唱过戏，没想到未来岁月中竟还有许多戏剧般的相逢。

春月生性活泼，小时长得圆眉画眼，逗人喜欢。就是学戏不上心，多少年没大长进，一直都在戏台上跑龙套，就只好改行做了工厂工人。没想到当了工人反而如鱼得水，她那泼辣直率的性格特被工人姐妹们喜欢。大家有事没事跟她拉拉话，找点小事帮帮忙，她都热情周到，从不推辞。偶尔，也还跟大家吼上两嗓子样板戏，扭摆几下子古戏，没过两年就当上了厂妇代会副主任、主任，这下子跳得更欢，东家娶西家嫁的，她忙活着张罗，后来厂里一军转就看上了她，死活要追她。她给那军转说："我脾气不好，爱发火，还训人！"军转说："我就喜欢爽快人，我也喜欢你火气大。"她说："那好，我考验你半年。"

有次，她一个很熟的朋友生了小孩后妻子奶水不足，跟春月说起来，没想到春月竟说："我那儿正好有两桶奶粉，你拿去先吃着吧。"那家人当然千恩万谢，后来军转知道了，说那是我托部队战友从南方买的进口奶粉，你怎么那么轻易地就给了别人呢？春月看军转那股心疼劲，一下子火气上来：

"让你那首长再帮买几罐，我双倍还你！你啬皮啥？给了我就是我的了，我想给谁你管得着吗？"

军转赶紧解释说不是那个意思，是为了春月着想。春月更火了：

"你不配做一个军人，小气鬼！吝啬鬼！"

军转有些不好接受，但毕竟是做过多年政治工作的人，只给春月一个不算灿烂的微笑说：

"接受春月同志批评，学习春月大公无私的革命风格！"

春月气就消了。接着军转也熟悉和掌握了春月的心理，刀子嘴豆腐心，只要你说得好，哪怕她把裤子脱下来给你也不能让你没裤子穿！后来更加喜欢上了春月，更加注意引导和调教春月，终于比较顺利地把春月娶到手。军转不愧是老政工，算是我党的优秀思想政治工作者。

结婚后军转任了厂里党委副书记，工作不算重。十多年里为企业东奔西跑，做大量的群众工作和党的思想政治工作，在厂也有较高的群众威信。只是到了二十世纪八十年代，企业改革的浪潮步步推进，才感到了工作危机和生存危机。

实行厂长承包制后。思想政治工作不灵了，厂长经理说了算，党务靠边站且不说，三个女儿上学、就业就犯熬煎。两口子拼了命为孩子，孩子也争气，三个女儿都考上了大学，先后毕业工作。春月脑子不笨有闯劲，借着军工厂与当地政府的关系和军转丈夫的努力，从工厂调出到县劳动服务局工作。春月人活络，待人又仗义，三年工夫就任了局里管劳动就业科的科长。在这个岗位上，春月接触了县上一批政界领导和中层干部，为他们家属子女的工作安排排忧解难，还靠着人缘好结识了一拨朋友。春月就是靠着这样的"混世本领"越来越红火，而军转却跟不上改革形势日渐消沉，一家人的日子还是过得不舒展。

突然有一天，春月给军转说：

"老公，你就干你的干部吧，我要下海干个体户啦！"

军转吃了一惊，说你是嫌我拖累你，你干不好工作，才要下海？春月拍了军转一巴掌说：

"榆木脑瓜，你没见人家下海一年就是万元户，十年就是十万元，你挣一辈子能挣下吗？"

军转这方面的确脑瓜不灵，他就是能忍着，想着一个月五六十块不算低了的工资，不想也不敢想挣那么多钱。穷日子天天过，富日子也是天天过，咱不眼红。军转穷日子过惯了觉着还可以，但老婆春月却野心勃勃起来。

春月说干就干，给单位写了停薪留职报告，正好响应了县委鼓励干部下海创业经商的号召，很快被光荣批准。不上两月，竟然就在厂区附近的小街上开起了一个歌舞厅。这儿离县城还有一段距离，这个军工企业不少男女青年随着改革开放的春风，也需要有新的娱乐方式和晚上活动，小街上的歌厅其实只是投入了千把块钱买了些音响设备，安了几个镭射灯就开业了。房租说好有利润时年交二千元，这几间房是以往职工的文化活动室，后来办了几天商店现在逐年清闲起来平日不用，放着也是放着，不如租出还能有点收入。

一年过后，春月的歌厅装饰一新，添置了镭射激光、投影视频，还开了一个可以卖饮料啤酒的小吧台。门上挂出了一幅红底黄字的牌匾"春月歌厅"。

三年后，春月买断了几间房的产权，从此一发而不可收，竟然把厂子里的一块半坡地买下修起了一栋上下两层、四个开间的小别墅，歌舞厅又重新装修一次，房间扩大到六间，又办起了茶座和小包间。这个军工企业的第一个"十万元户"就此产生了，而且以后就变成了"百万元户"。

再后来，女儿王戈把一个台湾女婿引进家门时，春月家的歌厅就早已不办了，取而代之的是春月创业有限责任公司，经营的项目涉及商业、外贸和房地产。

云松没有想到，他原以为演不出好戏的二女儿春月除了讨人喜欢外不会有多大出息，却没料想春月竟然赶上了时代春风，悄然起步，如今已是市县的政协委员、有了相当名气的民营企业家了。但他看重的大女儿逢秋却销声匿迹，悄悄地过着鑫州府的平民生活。

几个亲戚中混得最差的，便是大姨家了。

在"文革"后期清理三种人时，凌茹姨妈被街道革委会做为"打砸抢"分子清了出来，挨了几次批斗后，但到底也没找出过凌茹打砸抢了谁家、打砸抢了什么人的证据，也便无可奈何。她国民党丈夫的事一死百了，且第二任丈夫是地道的工人阶级，造砖工人，根红苗正，找不出问题。最后终于不了了之，也没定什么性，只是受了些冤枉气。大姨凌茹说："这就叫拉大旗做虎皮。旧社会里当了几天国民党小官太太没人敢惹我，解放后找个工人谁也把我没咋！不过要说呢，我赵凌茹还是有错的，那年两派武斗哇，我让那么多老婆子给他们烧火做饭，供他们吃饱，一个小伙子多好哇，早上还是水灵灵的，晚上就被打死了。是我上午给他端的肉和馒头啊，这是我的罪过。可是他们竟没人追问这些。罢罢，一场混乱啊，我老婆子早就知道林彪是奸贼，你们谁问过我了！"

凌茹老了以后，也没有搞清"文革"究竟是怎么回事，她拥护毛主席老人家，也支持造反派夺权。因为她穷啊，她们一家四口人，就老王头那点工资，老王头一死就没有生活来源了。儿子界生好赖供到了上了初中，女儿小慧连小学都没读完，城里的饥荒和苦日子她们过够了，那会真想到农村去种田，有几亩田就不会挨饿啊。但那时农村也不分田，那么多的人，都还想着咋样跳出农门哩。

二十世纪七十年代，界生被政府照顾，招工到了钢厂当工人，家里的日子才算稍微好过了一点，但没过几年，界生找对象娶媳妇生孩子，就只能顾一头，家里母亲和妹妹的生活重又紧张起来。小慧由于缺少良好的家庭教育，小学毕业后就失学了，整天跟着街道男女青年瞎混，不时还能给家补贴一点零用钱。凌茹重新给人家当了"老妈子"，给人家做饭洗衣看孩子。虽然混口饭吃，但却管不上小慧，等于放任了小慧在社会上闯荡。没过两年，小慧就堕胎两次，气得凌茹见了就骂。俗话说打不出状元骂不出淑女，越挨骂小慧越不回家。一气之下，凌茹逼着小慧硬是嫁给了一个大十多岁的盲哑学校老师巩某，这个巩某反倒还嫌小慧没文化作风不检点，两口子三天吵两天吵，但凌茹坚决不让小慧离婚。闹了十年小慧终于离婚，只身带着一个耳朵有缺陷的"没耳子"小儿，又开始了混社会底层的悲苦日子。而这时，凌茹已是患病卧床几年，人也年过花甲，只想着早点了结了生命，到阴间去找刘连长团聚。

46 秀琴在庆生走后的日子里是舒展而又惆怅的。庆生工作的第一个月里，就寄回了四十元钱，信里告诉她说给儿子买点糖果，给自己买一件新衣。秀琴一一应承，但却是把钱存起来一分未动。在家养一个孩子，没有了其他负担，在她来说就叫"喝稀饭""小轻松"。只是那三四百个日日夜夜的思念却叫她心如火燎。

半年后，村子里起了一股流言，说庆生远走高原，是母亲在那里又给找上了对象，说庆生毕竟是城里人，现在城里的知青个个都走了，有的扔下了在农村娶下的老婆，有的不要了下乡时的相好或恋人。庆生也会变心的，就跟秀琴家里答应了又变卦一样，说不定在外又已经找上了一个城里的姑娘。

秀琴对这些流言不屑一顾，她那么坚定地相信着庆生，相信着她选定的丈夫。她凭的是直觉，她的直觉往往是判断事情的依据。庆生的信，几乎是一月一封，一写三大篇。信中充满着对秀琴的眷恋思念之情，以及在阳坝村里的若干回忆，从他那里了解到老队长刘高成、黑塔排长革新，以及胡宪娃等人的情况。偶尔也提及到秦光明，秀琴知道他提到他是极不情愿的，那段屈辱的生活给他留下了永生的心悸！秀琴知道，庆生是个苦苗苗，他没有城里那些学生的"洋气"，他对她是真挚的，他们牢不可破的爱情是扎根在那座茅草屋子里的，是扎根在七八年的农耕生活和相互支持中的，她心稳如磐。

然而，一年的日子眼看就要过去，庆生还说没有一个固定的家，不便接她们母子来高原。

真实情况也就是如此，凌芬恢复工作后，一直住着学校分给的半间单身宿舍，仅能安下一张床和一个备课桌。庆生去西海州后也教书，虽是所中等师范学校，但由于他是青年教员，又只能跟另一青年教师同住一屋。故而无法建立起一个像样的家。但庆生随时准备着，一旦有了条件，就要把妻儿接来。

这期间，秀琴在村里遭遇到一次不小的打击。

深秋的夜天黑得早，不到晚上八点秀琴母子就已经就寝了。过了一会儿，隐约听到有人轻轻地敲门，秀琴屏住气仔细听却没有了。正在睡意蒙眬时窗户外却明明响起一个小声音：

"秀琴嫂子，你把门开下，我有事找你！"

"你是谁？这么晚了，我们睡下了！"

"我，胡三，真有事，请开门说话。"

秀琴看一眼小闹钟，才不到九点，真是还早，就穿衣起来，拉亮了灯，开门让座。

胡三，外号"胡汉三"，是胡宪娃的三弟，就是那个接过庆生出纳的中学生。人长得不赖，一口白牙，说话一说一笑，跟村里妇女称姐叫嫂。二十七八岁尚未娶妻，但听说在其他村已有说媒，每每不成，倒有许多的不清不楚，听说还把一名女子领出半月，惹得女子家里人上门找人，双方骂了一仗，差点打了起来。

夜里来访，胡三安什么心？秀琴心里已有了些不安，但由于是本村乡邻，又是村上干部不好得罪，还是开门接待。胡三坐下后并不说事情，秀琴也只好端来一杯开水，胡三赶紧上前抓住秀琴的手接过水杯，一连声"谢谢嫂子"！过一会儿秀琴见他仍没说个正经话，就说没了你就回吧。胡三见主人已下逐客令，忙着站起身说：

"庆生哥哥不在，怕嫂子孤单想来陪你说说话。嫂子你有什么困难、有什么事尽管吩咐，包在我胡三身上！"

说着话竟将身体靠向秀琴，秀琴转过身欲开门送客，冷不防被胡三从身后一把抱住。

"好嫂子，让我亲亲。空着也是空着，拔萝卜眼眼儿在，给兄弟一回吧！"

胡三急促而又亲切地给秀琴说着，不停用嘴想往脸上贴，秀琴被胡三紧紧抱住不得脱身，情急中一弓身朝着胡三的腿就是一脚。大约是秀琴的鞋是钉过铁掌后跟的，也是胡三还穿着单裤，小腿杆猛被鞋后跟踢着，"哎呀"一声，松开了紧紧抱着的温热肉体的手。

"放你妈的屁！你妈正守着空房，正好回去给你妈拔萝卜！跟老子耍流氓，没门！"

胡三原想着一般女人家，一旦被男人抱住，反抗的力气就没有了，甚至有的女人还巴不得你找上门来呢！没想到庆生这个女人还这么厉害，只好忍住腿疼跨出门去，慌忙中丢下一句回头话：

"你凶！咱往后走着瞧！"

胡三逃走后，秀琴一身冷汗，她也没想到情急之下哪来那么大的力气。又想假若自己真被凌辱，那还有什么颜面去见庆生？这狗日的是故意想要我的好看欺负咱，还是受谁指使想坏我名声？还不知这流氓又将怎样纠缠？秀琴想着想着，便对自己的处境担忧起来，暗自流下几滴眼泪，睡也睡不着了。就又想起庆生，有庆生在，她就不怕谁来欺负，庆生这一远走他乡，丢下她母子两个孤苦伶仃也不知他是怎么想的啊！思来想去没个头绪，秀琴只在心里狠狠地说：

"就是拼了命，也不能对不起庆生，胡三再敢来，老子用菜刀剁他！"

秀琴一生中只爱过一个人，那就是庆生。她守身如玉，固守贞洁，就是在以后的漫长岁月里，她仍然只把身心交给一个人，那还是庆生。在这点上，她从未负过庆生。

第九章　瀚海晴空

47 这本是个死亡的世界，地壳的挤压运动，把大海横空隆起，多少生物变成了化石，大地一片沙砾。也不知过了多少岁月，这里才开始有了牛羊，有了牧人，有了家庭。几千万年过后的今天，大漠孤烟，长云暗雪，水肥草美，牛羊成群，伴着荒漠戈壁、人迹罕至、长河落日的景观。

西海州，位于世界屋脊青藏高原，昆仑山横亘于南，祁连山纵锁于北，西边是阿尔金山，东部是阶梯而下的一个豁口，西高东低，平均海拔四千公尺。长江黄河在这里发源，流经七千公里，汇成了滔滔江海。经由此地南入西藏，曾是唐蕃古道。当年松赞干布接文成公主进藏的驿道尚存，传说文成公主一路流泪思乡，西去之路留下一条河流曰"倒淌河"，河水向西，消失于沙漠之中，因而得名，但与文成公主的眼泪连在一起，就成了人们传说中的美谈。这里既充满着神秘的向往，也考验着人的决心与毅力。

贺庆生的教书生活是单调的，家庭、学校、课堂三点一线；学生、老师、校长各为一行。庆生却充满了兴趣，备语文课教案，他总要反复阅读课文，在课文的主题思想和作品背景上下工夫钻研，再结合教学和思想教育的需要，穿插相关的历史典故及文学故事，尽可能地做到让学生爱听易懂，能被他的教学感染和吸引。庆生做过宣传员，口齿清楚善于鼓动，又当过编辑记者，常常把所需材料有机地剪辑合成，把每一课都讲得精彩纷呈。他成功了，他在带的几个班级中普遍受到好评。他自己也逐渐重温过去学到的语言和文化知识，更专注地将其运用于教学之中。一首首唐诗宋词随口吟出，李白的浪漫主义代表作《梦游天姥吟留别》被他熟记于心，几十年后，仍背得滚瓜烂熟。

校长很赏识这位平时话语不多、工作热情吃苦、与同事和谐相处的年轻教师，又给他安排了一些本应是办公室秘书干的事情，他同样以最快的效率完成了。不久，年轻教师们推举庆生担任了校团委书记，他还光荣地出席了共青团西海州第四次代表大会。

母亲终于以老干部的身份解决了全家渴盼的一小套住房，一间半不足四十平方米的房屋。里屋半间母亲居住当作卧室，外屋一间放一张床后空出一大半，正好可以放置一张书桌甚至够安置一个沙发。不管如何终于有了一个完整的家，另外侧面还有一个偏流水的柴房，可以用来作为灶房和放置其他杂物。

"太谢谢妈了！没你的努力我们什么时候才有一套房子啊！"

"这是一个老同志腾出来的房间，同情我们母子，组织上就给我们了。安顿好后我们去感谢人家！"

"那是，太感谢了！"

庆生母子在搬进旧房之前用白粉把房子全部粉刷一遍，虽然外边看起来是六七十年代的老砖房，但屋内雪白透亮，一下子充满了阳光。

一个月后庆生给母亲说起了接秀琴母子的心事。他原以为，母亲会有点嫌他过于着急，也许还会为在老家时偶尔的不快记恨在心，但庆生错了。母亲说：我前几天已经给秀琴发了信，征询她的意见，如果她想来西海，我们一家人就团聚了，这也是你死去的父亲的心愿啊！庆生眼睛湿润了，多好的母亲啊！你一辈子含辛茹苦，什么事情都为儿女们着想，儿子打心底感谢母亲！便赶紧张罗着接秀琴母子。

秀琴喜出望外，她先接到母亲的信，心里久久不能平静。她是善良而又通情理的女子，偶尔为母亲和秦光明的事受屈受辱心里也憋着气，她想做女人一定要与一个男人一生相守不离不弃，万一男人不在了也绝不改嫁，就在内心对母亲略有微词。但在有人欺负母亲时，她会立即痛加回击，维护母亲的尊严。她那一张嘴，虽然话不多，但句句切中对方要害，让其噎个半死，所以村里人对这个黑眼睛媳妇还是佩服的，要不是庆生家出身不好，她早当上村里妇女主任了。

这时秀琴完全理解了母亲凌芬。没想到庆生还未写信时母亲已写信征求她的意见。待一周后收到庆生的来信，更暗暗为自己终于实现梦想而高兴。于是，她按照庆生的吩咐把家里仅有的几件像样的东西打理了：凌芬的嫁妆旧衣柜和一个老式桌子送给了姐姐珍珍，把一架她和庆生结婚时做的床头柜和床给了父亲秉清家，其余的零星东西一概送给邻居，人家给个十斤八斤大米她也收下，把这个居住了七八年的茅草屋换了一百斤大米。那个邻居看上的不是这个茅草屋，而是这块屋基上的"风水"。办完这些事，秀琴母子就在冬季里动身，在姐夫张文新的帮助下，提了几件常用的换洗衣服，托运了自己省吃俭用和茅草屋换回的两三百斤大米，星夜兼程，在十二月底的一个寒冷的凌晨五时，来到了阔别两年的爱人身边。

当庆生拉着一辆架子车从火车站接到秀琴母子和姐夫时，秀琴把包裹得严严实实的儿子拉着说：

"欣儿，快叫爸爸！叫爸爸！"

黎明的晨曦慢慢在高原上升起一层红晕，一层薄薄的浅雾显示着严寒，大地还没有醒来。一列火车"哞"的一声长啸，风驰电掣地向西开去。

跟爸爸似曾相识的儿子冻得哭了。

"爸爸！"

庆生的眼泪悄悄爬上脸庞，他摸着儿子的头说：

"不哭，到家了，跟爸爸回家！"

48

贺玲此时正在中国最高学府北京大学法律系读书。

她永远忘不了的是东北那个小小屯子的岁月，学习之余，夜深人静，她的心、她的梦，都会回到那里……

贺玲在皇姑屯住了三个月，总算死里逃生，连队里最初接到的信息是她患急性伤寒在转院途中不幸病故。至于人死了怎么处理，都因为怕伤寒病传染而暂时搁置起来，连队也曾打算派人前往处理后事，但由于是团里派人护送责任清楚也就未作更多追究，只说情况弄清楚后给贺玲家里发死亡通知，加上连里事多，也就没把一个可教知青的死放在多高的位置。待朱茜归队后又听说贺玲尚未死亡，接着朱茜又大病一场，这事一晃竟是几月。

贺玲终于病愈，她写信告知连队仍需请假治病，连里也就高兴地批准同意，这个已经死过的人对于连队来说就已经打了豁账。这让贺玲竟然在严酷的北大荒赢得了一段相对轻松的时光。作为一个差点死去的人，贺玲深深为皇姑屯的人民，尤其是对一清一家感恩至深。一清父母的慈祥善良，一清的真挚和深情，让这个病愈的北京知青的心灵受到了一次洗涤，她更深地感到了自己父母曾经教诲她的"大爱在人间，真爱在民间"。她想到家世的变迁、心灵遭受的重大创伤，想到此刻孤立无援的母亲和弟妹，不由得暗自悲伤。而贺玲每一点情绪的细微变化都没有逃出一清那双明亮的眼睛，他总是小心谨慎温柔细致地为贺玲排解忧愁、调节情绪。

皇甫一清虽然是农村青年，但格外好学，贺玲发现一清学问竟比她强了不少，包括政治、文学、医学甚至数学方面，许多知识都他知晓，好些事都有见解，贺玲逐步被这个东北青年所吸引，慢慢产生了一种年轻姑娘心头的爱慕冲动。自从那次月下诉说身世两人相拥相依终于敞开心扉，贺玲就已经暗自下了决心。有一天，贺玲跟一清说：

"假如那天我死在这里，你该咋办？"

"我从家里出去和从车上背你下来的时候，就坚定地相信你不会死，你会活着！"一清从来都没有丧失过信心。

"我妈说生与死都是命中注定的，我能被你救活，应该就是命中注定的缘分。假如我跟了你，会不会影响到你将来的前程？"

一清把这个北京知青看得很神圣的，特别是贺玲宽大的脸让人感到善良绵和的慈善，有点像电影上观世音菩萨的那种神情，时时让一清心里荡起涟漪，但一清从不作非分之想，此时听了贺玲的话，内心就涌起了激情和波澜：

"我是一个农村孩子，能得到你的肯定我已经满足，如果命运能让我们结合，我一定拿一生的忠诚和热情待你……"

以后的几个月里，一清不断地给贺玲找书看和传递外面的信息。当有一天把恢复高考的信息告诉贺玲时，贺玲眼中放出了异样的光。

几天以后，贺玲告诉一清：

"一清，我跟你商量个事，目前是个机会，我想复习一下功课，想试试高考！"

"好！我马上给你找些复习的书籍和资料，全力支持你报考！"

接下来的几个月里，一清几乎包揽了贺玲平日所干的一切细活，让她专心致志地复习功课。并且上市、县找同学，购买和借来一批复习资料和参考书目。甚至在深夜里还和贺玲一起讨论，一起做题。

于是，在中国东北的皇姑屯，在一个普通的农民家里，一位最底层的知青，在这里展开了生命的另一次追逐和博弈。

贺玲沉入了一次战斗前的充分准备中。

一九七八年，恢复高考的第二年，贺玲终于以三百九十一分的绝对高分，被北京大学法律系录取。这个时候贺玲已经回到了兵团连队，人们谁也不相信，一个起死回生、默默无闻的女知青贺玲竟然考上了北京大学！而更令人惊奇的是：就在即将离开连队回京报到的前两周，贺玲竟然宣布要与皇姑屯的农村青年、救命恩人皇甫一清结婚！

这一不算重磅的信息在兵团不胫而走，大家纷纷热议和评论：

"好女子啊，一颗金子一样的心！"

也有的说，恐怕是治病期间两人早就生米做成熟饭，只好如此了。还有人说，结婚是现在，未来是新的悲哀。

结婚的大喜日子里，连队的十多个知青从头天起就赶几十里路到了屯子，皇姑屯村民们都赶来祝贺，孩子们放起了鞭炮。大家与村里亲邻们热热闹闹地为一清小两口举行了简单的婚礼。

那一夜，直到凌晨之时，客人散尽，拾掇好家中一切后，一清与贺玲方才上炕。新婚之日，却又是离别之时，两个年轻的灵魂终于燃烧，说不完的惜别情话，表不完的爱恋情深。当夜，一对新婚夫妻竟然只顾了说话，一会儿雄鸡啼鸣天将拂晓，他们才紧紧拥抱，肌肤相亲。

一清像一个雄健的猎手，一会儿翻山越岭，一会儿匍匐草丛，一会儿穿过溪水，终于把一只麋鹿缚住，沉浸在胜利的喜悦之中。此时仍然兴奋的贺玲依偎着一清说：

"我会跟你一辈子的！一生不变！"

"我要做你永远的好丈夫，一生不变！"

"我上学之后，你好好照顾父母，有机会了你来北京看我，我也让你去见见我妈妈！"

"你放心去。好好学习，一有时间我就去看你和母亲。"

"想我的时候你咋办？"贺玲问。

"我就回忆今夜的一切！"一清答。

后面的一周里，一清为贺玲准备好了一切行李和请她代交给母亲的东北土特产。缠绵一周，高兴一周，说话一周。贺玲告别了父母，又乘拖拉机、乘汽车，与一清赶到通往北京的省城火车站。贺玲没让一清送到北京，是因为她还没有来得及征求母亲的意见，但她相信，母亲知道了这一切，也是会同意她的决定的。贺玲怀着一颗依依不舍的心，告别一清，告别了曾经战斗八年的北大荒，告别了这块给了她欢乐、悲哀、痛苦和希望的青春的故乡。

这是贺玲永远不能忘怀的知青情结。

此时贺玲想，或许正是北大荒的生死缘，才激起她愤起高考的决心，坚定了自己的追求。或许正是北大荒的苦难和磨砺，才使她对人民群众有了更深的情怀。或许正是一清的淳朴和真挚，才成就了她一生的幸福和美满。

几十年后，贺玲发达了，从内地到台湾，从贫困到富有，都能不忘忧，都能不改变。

49 远在云南高原的秦岚与黎明第二次邂逅，持续了两年的时间，两年的恋情，却给秦岚留下了心灵的深深创伤，甚至改变了她一生的追求和信念。

秦岚从母亲凌芬身上看到了一种悲哀，一个女人假若轻易地委身于人，或者是迫于困境而委身于人，都将留下终身的遗憾。尤其是，当你身处弱势，会失去许多主动和选择，一个女人的命运往往由此种下悲剧的种子。所以，她十分谨慎、更十分机警地面对着周围，特别是来自于周围的爱慕、嫉妒和情爱。

黎明当了首长秘书，本来是十分繁忙的。要接电话；应付首长分管各方面的部门领导的来访、汇报；更要为少数特殊来访者安排约见的时间和方式；还要为首长的工作行程上下联络转承；还要为首长交办的少量的文字材料检查清校；更重要的，是要长眼色，看首长的脸色和喜恶处事；为首长的上车、回家，乃至于休息和外出把握时间，开关车门以及端茶递水。这是一个需要忘我、需要奉献、需要责任和服从的差事，不具备这些素质的人，是当不好首长秘书的。好在黎明所跟的副省长是位好首长，多次告诉黎明：你跟着我跑要留心学习基层同志的工作方法工作经验，学会观察事物的发展和特色，提高自己，千万不要做只是开车门倒开水当随从接电话的跟班！而且首长讲话，一般都是让部门提前写好，很少让黎明动笔。这样，黎明就基本具备了各方面的要素，倒也做得较为自如。当然偶尔心里还是有点小委屈的：这当首长秘书就是个跟屁虫啊，哪有什么尊严！怪不得父亲的勤务员还哭鼻子呢。

秦岚与黎明见面，往往只能是在晚上九点以后，这个时候一天的工作已经结束，首长也大都回到自己家里休息。这个时候，黎明是最自由的时候，正因为此，他们总是提前约好，在某个茶座或是某个歌厅小包间，绝少到秦岚的单身宿舍去。黎明和秦岚也都是快三十的人了。秦岚愈是谨慎和保守，就越加剧了黎明追求的热度。差不多每周都给秦岚写一封火辣辣的信，而秦岚却几乎从不回信，偶尔只在电话上说几句谢谢。秦岚这个期间由于庆生婚后工作稳定与她通信渐多就常常给远在天边的庆生写几封信，诉说一下遥远的思念和孤寂。她把一半的热情，寄存在一个半封闭的记忆之中。她在毫无希望的自我情怀中追逐着一线微微的天光，在现实的感情中却深藏着一种与生俱来的畏惧和动荡。

在一个文化沙龙的包间里，当若明若暗的灯光摇曳时，黎明几次跃跃欲试，企图搂抱一下秦岚，秦岚不是说要上洗手间就是说屋子里太热，总是巧妙地躲开。黎明憋红了眼睛，真想吃了她或顺手给她一耳光，心里说：妈的，你以为老子没见过女人，美女见得多了，没见过你这种土包子，不开窍！但脸上还是堆着笑，装着急迫而又含情脉脉的样子，显示出一点可怜相来。而正是这个时候，秦岚才最容易放下武器。

机会终于来了。

窗外桃红柳绿，花团锦簇，昆明的七月，风景如画。这天，秦岚班里五六个同学聚在了一起，说不完的离别话，道不尽的同学情，都说这世道变了，生活好了，肚子填饱了，衣服穿靓了，但现在人们的观念却变得让人越来越糊涂了。什么贫穷羞耻、地富翻身、卖淫可致富、承包变大款，乃至于性开放已在东南沿海司空见惯等。同学们分成两派争论起来，一派认为这是改革开放的新景象，要欢呼和支持；一派则认为传统的好东西丢失得太可惜，不能在泼水的时候把孩子也泼了出去，应当有选择地批判和继承。同学们友好地交流和善意地争论，并不妨碍大家见面的真挚和亲热。后来，六七个同学竟然喝了两瓶白酒和两瓶红酒。

已经是夜里十一点了，黎明却神秘地出现了，秦岚今天高兴，几位同学中有两个是特别相好的女友，相见就兴奋，竟然也喝了几杯白酒，虽然又苦又辣，但更觉酣畅。黎明到来之时秦岚有些意外但更高兴，七个同学中竟然只有她是独身了，黎明的到来缓解了自己心理上的压力，黎明一表人才，潇洒自如的行为和得体的语言，让同学们顿生敬意。秦岚也便大方地介绍说：这是我男朋友，黎明，在政府办公厅工作。说完主动邀请黎明端起酒杯一一向同学们敬酒。这一切黎明自然做得得体，且不动声色地向秦岚两位女友表示了殷勤，又大方地与秦岚一起端杯，俨然以东道主身份向各位同学轮敬一番酒。大家你来我往，酒逢知己千杯少，不觉间又把两瓶酒喝去了一多半。此时，已是深夜一点，同学们面带微微酒意各自散去，大家知趣地把秦岚交给了黎明。此时的秦岚，已经如坠云雾，只听黎明摆布了。

黎明轻而易举地把秦岚用小车接回了家里，小心翼翼地把秦岚放在床上，脱掉鞋袜，用温水轻轻地洗那一双白皙的脚。秦岚坐了起来，突然清醒，说："这在哪里？"黎明说："已回到家了。"让秦岚再喝一杯水放心睡觉，秦岚下意识里已经允许，接着就迷迷糊糊地睡去。

不知过了多少时候，秦岚感觉自己身上好像压了一个磨盘，有点喘不过气来，嘴里有些甜味。她意识到好像是黎明的身体压在自己身上但自己心甘情愿。其实这个时候，正是黎明色胆正旺的时候。黎明是有酒量的，半斤酒下肚照样清醒，更何况美女佳人在前，酒壮色胆。他轻轻脱下了秦岚的上衣和裙子，一具雪白的山丘平原和沟壑便一览无余地置于眼底。黎明已经顾不了许多，他知道，由于秦岚已喝下了他倒在开水杯中融化了的安眠药，一时是不会醒来的。于是，便粗略地翻了翻书，决心撕破秦岚的贞操，让她没有退路。

黎明施行了暴力，终于满足了自己多年梦寐以求的愿望。但却不知自己种下了一颗仇恨的种子。

当清晨八点的阳光照进那个宽大的卧室，秦岚猛地从梦中醒来，一骨碌爬起身，竟看到赤身裸体的自己，摸到黏糊糊的下身，遂惊出了一身大汗。一瞬间她隐隐约约想起了梦中的一点情景，想起走出酒店时黎明的搀扶。她突然明白了后果。只是不见了黎明，秦岚急忙起身穿好衣裙，开门一看，卧室门外的客厅里，一位威严的老者、黎明的父亲身着白色短袖和黄色军裤，正和蔼地坐在沙发上，手里端着茶杯，面容沉静。见到秦岚开门出来，老者立即起身，微笑而不失威严地问：

"小秦啊，昨晚睡得可好？黎明七点钟就上班去了，我见你睡得熟就没叫你啊！"

秦岚失语地问："你看见我了？"

老者不失幽默地答：

"一幅油画，没有断臂的维纳斯！"

秦岚一转身，手上的刷牙缸子连同半杯水"啪"的一声摔在了油光光的地砖上，她顾不了嘴里和脸上的牙膏白沫，哭着跑出了客厅，跌跌撞撞地消失在林荫道的尽头。

后面，没有人跟上来。除了天上的太阳金灿灿地照着，周围什么都没有……

50 贺庆生的三年教书生涯，既是对已学知识的巩固和实践，同时又是不停地追赶着未来的过程。几年中，他把中国当代文学名篇读了个遍，尤其是那些伤痕文学名著，像王蒙的《春之声》、卢新华的《伤痕》、刘心武的《班主任》、丛维熙的《大墙下的红玉兰》《雪落黄河静无声》、张贤亮的《男人的一半是女人》《绿化树》《灵与肉》、刘宾雁的《人妖之间》，以及叶辛的《孽债》、古华的《爬满青藤的木屋》《芙蓉镇》、张璇的《被爱情遗忘的角落》，等等，庆生如饥似渴地读，跟着主人公的心跳感动和流泪，跟着主人公走过那长长的岁月。

庆生不止一次地想，中国的伤痕文学，不仅是对那个时代的悲剧深刻的思考和揭露，亦是那个特定历史时代中千千万万悲苦灵魂的呐喊，是一次中国当代文学史上的启蒙，是可以和中世纪文艺复兴相提并论的中国文化史。而后面接着的"开拓文学""改革文学"，至今达不到伤痕文学揭示生活的深度，难以引起读者共鸣的原因恐怕与作者没有经历过那样的苦难有关。

文学的涵养丰富了庆生，他开始了业余写作，先后写了散文《冬夜》《难忘的红杜鹃》以及中篇小说《逝去的梦》。他更加努力的，是对时代历史的探求，对文学现象的历史探求。他开始把家庭的遭遇与中国的历史进程和历史现象联系起来，试图从中找出清晰的答案。

当一些散文和诗歌开始在西海州文学期刊《西海潮》发表的时候，西海州委宣传部一位部长敏锐地感到了一阵欣喜，他发现了一个新的苗子。后来一经了解，知道庆生是一位师范教师时，心里就萌动了一点念头，想与这位教师聊上

第九章 瀚海晴空

一次。

庆生怀揣一颗惴惴不安的心，终于见到了部长。他原想这位部长一定是位老人，但却不是。他原想这位部长一定威严如山，但更不是。

那是一个周五的下午，接到部长爱人的电话，他顾不得整理一下身上的粉笔灰，赶紧回办公室拿上一个自己写的书稿，就匆匆去见了部长的爱人柳明卫，她与庆生是同事，在校做会计工作，他们在发工资时认识，因为是四川老乡，就慢慢熟悉起来。柳大姐告诉庆生说她爱人金部长有点事找他让庆生快去。庆生就骑上自行车一溜烟去了一公里外的西海州委宣传部。部长刚同几个干部谈完工作，知道庆生来了，就先起身亲自倒了一杯茶水：

"贺庆生同志，我们认识，是在《西海潮》上。"

"谢谢部长，请您多多指正！"

部长亲切地问起来庆生的家世，问起他的所学专业和教书情况，问庆生母亲近况。末了告诉贺庆生说，原来他就在庆生父亲所在的中共柴格木工委工作过，记得见过他父亲几面，他父亲高高的个子，那时他还是工委通讯员、十来岁的上海知青。还说："如果你真想到《西海潮》我可以帮忙，因为我是部长，管着他们。"临走，庆生把自己写的中篇小说底稿《永远的红杜鹃》（由《难忘的红杜鹃》改稿），交给了部长请他指点。

一个月后，部长夫人告诉庆生，部长调任州委组织部一把手，已经报到了。部长对庆生印象很好，说愿意帮忙把他调入文联。

又过一周，部长夫人给庆生说：小贺，部长说想调你去组织部，他们那里调人容易，打个招呼就行。如果你将来不适应，过一年半载再去文联也很顺的。庆生内心感激不尽，虽然他还不知道组织部是干什么的，但他冲着这么好的部长，冲着这份知遇之恩，也必须去。他当下给部长夫人表态：

"遇着好部长我感恩不尽，一定更加努力，为部长争气！"

贺庆生清晰地记得他去报道的那天，部长热情地向同事们介绍了这位组织部新来的年轻人，末了发一声感慨：

"艰难困苦，玉汝于成。相信贺庆生同志不会辜负组织和同志们的期望，茁壮成长！"

部长的话他记了一生，若干年后与部长在上海重逢时，那位当年的组织部长、后来的上海浦东某大学党委副书记金永仁高兴地说：

"是啊，古人的话是金玉良言，我们都曾吃过那么多的苦！做组织工作，就是要慧眼识珠啊！"

由于人才的紧缺，更由于庆生对文字、行政工作的熟悉，半年后，干部科孙科长因年龄调离，任了西海州驻省干休所所长，庆生就任了副科长。一年后就转正任了干部科科长。

命运在这里转了一个弯。从此，年轻的贺庆生意外地走上了仕途。这一走，就是三十年。

干部科科长，是中国最低一级的行政官阶，相当于古代的九品"芝麻官"。在中国，但凡是做干部工作带长的，都是令人钦佩羡慕的。在西海州，这样的组织部科长被称为"管大官的小官"，意思是那些比他大的正副处级官员常常是由他考察的，他有较多的话语权；甚至那些推荐到省的正副厅级官员也要经他手整理和上报材料，这可不是一个轻担子。

能任干部科科长，是部长金永仁的大胆决策，并不是当时没有人选或者没有人竞争，竞争还是较为激烈的。当时干部科六七名干部中，成熟的就有两人，其他科室也还有科长想要调整到干部科，然而部长选中了庆生。理由是充分的，一是大学学历，当时还是不多的；二是过去曾有过基层工作经历；三是有作品，文字功底好。有这几条，就压倒了其他几位竞争者，当然，金部长心里更清楚的，是他有过与贺庆生相同的坎坷经历，有过颠沛流离的痛苦和坚韧奋斗的感受。这些，都是从庆生《永远的红杜鹃》这个中篇小说中读出的情怀，他在读这篇小说时就相信了这个庆生。

也许正是这点，展现了一位中国共产党人、一个基层组织部长的识人眼光和用人胆魄。

贺庆生没有辜负组织，更没有辜负部长。多少次的干部考察，他日夜兼程，白天谈话记录晚上撰写材料；多少个夜晚，他加班到十一二点，甚至妻子端来的鸡蛋醪糟放凉了，他还顾不上吃。庆生有使不完的力气，显示出年轻干部朝气蓬勃的精神风貌、执着的工作和学习的悟性。那次考察某县县级干部后备梯队时，他让被谈话干部分析县上经济发展的优劣条件，并大胆评价县委政府总体工作和书记县长，着实让被考察的干部汗流涔涔，也有人被问得张口结舌、被考得如坠云雾。他说就是要敢于透过这些关键点看一个干部分析认识问题的能力和水平，这支后备队伍才有质量。在提任县市领导干部的考察中，庆生细致看笔记，找下属，查问题，听取各方面反映，认真仔细绝不走过场。每次的考察材料，都能写得有骨肉有特点，在陪同部长给常委会汇报拟提任干部人选时，总能简明扼要，画龙点睛，恰到好处。包括对缺点的把握也能较好地一分为二，评判得形象清晰。

一九八六年贺庆生撰写的《西海州干部工作问题及干部制度改革构想》被全省评选为组织工作论文一等奖，尤其大胆地提出了打破干部委任制，把"考任制"作为改革突破口，敞开仕途，扩大视野，破除干部工作神秘化，广纳各类人才等观点，显示出贺庆生敏锐的时代感和执着的探求精神，真是难能可贵。

一支西海州后备干部队伍在庆生具体的努力工作下建立起来。接着，一批大学选调生在西海州苗壮成长。贺庆生在这些工作中洒下了心血和汗水，积累了干部工作的知识和实践经验，也结识了上至州县下至镇乡单位和部门的一批现任干部和青年干部。

贺庆生的工作表现让推荐他的部长由衷地高兴，也在分管书记心中留下了良好印象。

51 庆生母亲在一九八六年底退休了。她提前退休是为了让儿媳秀琴能顶替招工。当儿子进入组织部当了干部科长后，秀琴母子的户口问题也得到了解决，庆生说那为什么自己毕业后来西海要求给家属报户口却一直未能解决，派出所长说那时没有政策况且有政策也得排队，因户口名额有限，你现在已是科长，当然更得照顾了。贺庆生心想我如不当干部科长，就光有个大学生文凭，当教师还不知得排到哪天呢！

秀琴母子安顿好了，孩子已经上了四年级。母亲在家里照顾家庭，妻子把家里整理得井井有条，连地砖都是用水拖得粉红带光。现在，一个温暖舒适的家庭算是惬意了。庆生那十分消瘦的身子才开始恢复起来，脸色红润了，身体开始壮实起来。偶尔，庆生攥起拳头，感到充满力量，仿佛命运已经掌握在了自己手中。

他和秀琴的感情也更加浓烈，等到夜深人静，两口子常常回忆起农村时的艰苦岁月，那顶星星撑月亮、脚印踏遍故乡山山水水的情景，那被人踏在脚下、被歧视侮辱的人生辛酸，以至两人婚姻的坎坷和坚定。末了，庆生紧紧抱住妻子，在她脸上嘴上一遍遍地亲吻。突然间，妻子突发痉挛，呼吸急促起来。但她从不呻吟，也从无其他更暧昧的表示，只是将身子紧紧贴进庆生的怀里，任由他的手在挺拔的岗峦上和茂密的森林里自由地游走。

那么坚强的女子，竟能在最难抑制的时候自如地控制自己而不迷失，显示出了一种磐石般的性格。当然，她已经十分满足了。

秀琴被招工了，被安置在母亲凌芬所在的学校，因无文凭，只能在校当图书管理员，却正好满足了秀琴操持家务的需要。秀琴深深爱着庆生，为自己无悔的选择和坚定庆幸，也为自己丈夫工作的努力和成功而骄傲，她精心侍奉丈夫，耐心照顾母亲，细心照料孩子，全心全意扑在了这个家庭上面。

母亲的无私和对秀琴的真挚，也让秀琴感到温暖和感激。从那个艰难的岁月里走进庆生的家庭开始，这么些年，秀琴从未跟婆婆凌芬红过脸动过口舌。婆婆凌芬有倔强的一面，但苦难使她变得逆来顺受，而且对这个在最困难的时期将真挚和爱交给儿子的媳妇有着由衷的祝福，她以十倍的小心和大度呵护着这个新生的家，呵护着儿孙们的成长和进步，奉献着一个母亲的余生。

等到庆生和妻儿团聚后，凌芬经州委统战部安排，带着一家人乘着一辆北京吉普去了丈夫贺文雍劳教并最终葬身的戈壁农场，又经由场队部安排，找出已经在农场就业几十年的当事人李老头，将一家人领到了当年埋葬贺文雍的地方。

这里，已是沙丘一片，丛丛红柳疙瘩像一片燃烧的火焰，远处是茫茫的戈壁滩。哪里还有个坟头啊！李老头介绍说这些个坟头被几十年来的若干次洪水冲过，根本分不清哪个是贺文雍了。当初是给每个死亡的人都扎下过一个木牌，有的甚至是一块刻有名字的砖块，可是已经过了二十年，哪里还能分辨得出啊。但这一片坟地是真实存在过的，这里，埋下的有北大的教授、外省和省内的重刑人犯和劳教者，他们中有罪犯有右派，有小偷强盗，乃至于"盲流"。这些年，才开始有人记起来这个地方，也开始有少数人来这里祭奠亡灵。

骨瘦嶙峋的李老头双颊高耸一脸黑红，却像戈壁的苍鹰一样，双眼锐利行动不失矫健。他竟然认识贺文雍，说那个大个子性硬，跟管教处得不好，管教克扣伙食，否则是不会吃救兵粮充饥的……

凌芬已经哭倒在地，庆生和秀琴止不住热泪长流，七岁的孩子看着大人哭泣，自己也觉不能兴奋而有些悲伤。

母亲说："文雍，你安息吧，我对不住你，今天终于把一家人给你带来了。"

庆生在心里默默地说："爸爸，我们来看您了，你的儿子还是回到了你曾经建设过的地方，你放心吧，我们会把这块地方建设得更好！"

秀琴止住了泪水。

欣欣用手在沙丘下挖了一个洞，给爷爷说：

"爷爷，我给你留两张电影票，你回来跟我们一起看电影！"

欣欣的话，又让几个大人流下簌簌的热泪。

万里碧空的瀚海，一碧如洗的蓝天。

车回的路上，看着那一丛丛红柳和火红的骆驼草，庆生心中升腾起莫名的悲壮之感。正是这一代又一代人的牺牲和奋斗，才改变着脚下这块不毛之地的今天和未来。在这一点上，父亲的足迹跟他今天的选择，竟然又是那么地一致。

第十章　风云一代

52 秦岚从黎明家里冲出，一路流着泪回到机关不远处的单身宿舍，浑身再也没有了力气。她一连两天未上班，外办主任打发同事来看她，她仍卧床没起来，让同事代为请假。

两天中，她几乎没吃一口饭，就是喝开水，也喝出了泪水的咸味。

第三天，秦岚上班了，她的表情看不出有任何变化，只是细心的主任还是在谈话时发现了一丝隐隐的悲伤和不经意的一点杀气。

秦岚知道自己失身给黎明或许是迟早的事，但她绝不答应被欺骗。通过咨询和读了些医学的书籍，再加记起那个晚上自己有重压的感觉接着又失去记忆的过程，以及第二天早上赤身裸体的状况，她开始怀疑是黎明有预谋有计划地要占有她、控制她的感情。那么，为什么清晨他竟不辞而别，而其父亲竟出现在客厅？她绝对不相信一个已经年过半百的父亲会对她欲行不轨，绝对不相信一个威严的部队首长竟会说出那样露骨的文学双关语！她又想，假若黎明占有她尚有让她死心的欲念，那么他父亲呢？会不会，是黎明占有了她之后父亲又占有了她呢？秦岚不寒而栗。如果那样，她将无脸再站立人前，无颜面对哪怕是黎明！随着后来她钻研医学，知道了安眠药能在酒精作用下让人深度昏睡后，她就越发怀疑黎明给她服用了药物。

解开了秦岚心中之谜并让她从此产生刻骨仇恨的，是一周后黎明无耻嘴脸的暴露。

那天，秦岚约了黎明，说在市儿童公园见面，黎明也说早就想见只是忙些，也想等秦岚约他的时候再见。

风和日丽，万木碧绿，美如油画。儿童公园里游人不多。他们坐在湖边一个树荫下的条椅上。秦岚劈头就问：

"黎明你必须告诉我真实情况，否则我会杀了你！"

黎明一惊，没想到秦岚表现如此刚烈，没想到事情弄到如此地步，便有些沮丧地说：

"秦岚啊，请你千万原谅我的酒后失态，不过我是真心爱你，才那么想得到你啊！"

"我只相信真话。其他不需解释！"

黎明只好承认了自己醉酒、想借酒占有秦岚的事实。但没有承认下药的事。

秦岚切齿地骂道：

"混蛋王八！这就是你所说的爱情、所表白的真挚吗？你以为占有了我就能让我顺从你的意志，甘当你的女人？你是狗眼看人低！休想！"

秦岚骂着刻薄的话，让黎明的自尊心受到很大的创伤：我何时受到过这样的辱骂啊，秦岚你高估了自己，别给脸不要脸，我倒要看看你有多大本事能逃离我的手掌心！黎明这样想着，口气便强硬起来：

"实话告诉你吧秦岚，占有你就是对你骄傲自大的惩罚。我早就想好了的，让你没有退路！"接着又说："你不是也配合得不错吗？你没感受到美妙的滋味吗？"

秦岚把恶心咽了下去对黎明说："噢，这么说你早有预谋，那，你给我服了什么蒙汗药？"

"不是蒙汗药，是安眠药！"

秦岚向前靠了一步：

"什么药？我没听清！"

黎明还未说完，秦岚伸手就是狠狠一巴掌打在了黎明的脸上。

黎明竟然无耻地抱住秦岚说：

"我给你打个痛快！但你从此别再想骄傲神气，因为在你身上，可能已经躺过了两个男人！劝你多想想吧，识时务者为俊杰，你有本事能逃出如来佛的手掌心？"

秦岚已经疯了，又一记清响的耳光："啪！"

黎明望着秦岚眼中的火焰，突然感到一阵胆寒。他没有也不敢还手，但接着就镇定下来，扔下一句话径自走了——我等着你，不要让我像扔掉一只破鞋一样！

　　三个月后的一次公务出访中，秦岚作为随团翻译到了香港，赴港任务完成后第二天将要离港时，秦岚突然失踪了。代表团立即启动纪律程序，向驻港办留下专题追人的报告，并迅速向上级通报了秦岚的失踪情况。

53

此时的贺庆生，正在高原风生水起。州委书记辛鸣陪同省委书记西巡，点名带上了干部科长贺庆生，这不禁让庆生有点受宠若惊又惴惴不安。但他没有胆怯，他准备好了西部矿区的一些基本资料，矿区石油开采现状、未来发展探讨及城市镇区配套等，想尽量做到有问必答，以应对书记突然的考问。其实在一路的七天中，辛鸣书记很少有工夫问他，他们只见了三五面。书记忙着安排沿途各县镇的接待方案，细致到看什么、说什么、反映什么问题和提出什么要求都一一部署。另外就是每天的食谱菜谱书记也要过目以防疏漏。特别是要求所看的点必须有气氛，要有战场有进度，绝不允许冷冷清清。这一切都安排妥帖了，书记才告诉庆生说，省委书记是石油局老书记，熟悉工业，对西部发展极为关注，这次西巡，一是促发展二是回老家，意义重大。你这一路，要多看多想，回去给我写一份随同考察的报告来。

　　于是，庆生一路就有了担子。他天天紧跟，一面看现场听指导，一面走访一些干部群众，并收集了大量相关资料。第六天，庆生的一篇通讯草稿拟好了，题目是《西部之光——记西海州石油开发的过去和未来》。第七天，在这个通讯稿基础上进一步提炼的考察报告已经拟就，只等回去修改润色了。

　　回州不久，庆生便被州委任命为西海市（州府所在县级市）市委副书记，分管组织工作。

　　贺庆生肩负组织的重托和希望，更加勤奋，更加努力。他深入机关单位、学校矿山、乡镇村组，了解情况，了解干部；与牧民一起喝奶茶，吃手抓肉，住帐篷；与干部们一起分析当地的地情和未来的发展。渐渐地，庆生的脸晒红了，面颊上起了两块明显的晕斑，吃羊肉喝酒，也使原来清瘦的身材变得粗壮起来。

　　在牧民放牧的山坡上，庆生与藏族县长一块儿来到缓坡地带扎下的帐篷，孩子指着庆生问妈妈：

第十章　风云一代

"阿妈，戈日根，阿妈，戈日根！"

庆生不解地问孩子说的什么，当县长的孩子爸爸告诉庆生：

"他说你是老师。"

庆生高兴地抱起孩子，手搭凉篷向天边看去，前面的原野一望无际，遥远的地平线上，是黛青色的苍茫和明亮的湖泊，好像一个城市正在生长。

八月的草原，绿草盈盈，小河蜿蜒，秋高气爽，正是宜人的季节。旺尕湖边却是两支荷枪实弹的蒙古族藏族队伍，他们在为草原的边界纠纷而争斗。

此前，旺尕湖边已有牧民为争夺草场放牧，斗殴双方各打伤了几个人。蒙古族牧民说我们多少年都在这里放牧，藏族牧民说我爷爷奶奶的爷爷奶奶就在这里放牧牛羊。先是几家后是家族群众便打了起来，加之语言不通又没有中间的沟通和协调，两个部族的几十名青年牧民组织起来，把民兵的枪支集中一块儿，剑拔弩张地对峙着。

小河两边扎起了几十个帐篷，清清河水中漂浮起宰杀牛羊的血肉和内脏等乱七八糟的漂浮物。眼看着一场草原上的血性械斗随时可能发生，州委州政府急忙调集了武警和公安，试图以大兵压境之势威慑这群民众各自罢兵。却不料更加剧了事态的严重性，两边的人群以河为界，逐步聚集起近千名人群，一大片帐篷安营扎寨，大群的男女老幼在两边助威，而且有人挑动说州上公安要镇压和抓人，一时间紧张气氛骤然升温。

庆生被市委派往旺尕湖协助配合州里的具体工作。庆生分析了两方争斗草场的原因是历史上就没划清楚地界，而且冲突原因比较单纯，就为边界放牧之争斗殴而其他因素不多。他极力主张不要轻易动用武装力量，极力主张协调两边的领导人和群众。他以已经掌握的一些情况向州市领导汇报，终于获得同意竭尽全力和平解决，但务必控制局面尽早平息草原纠纷。

庆生来过这里，他教过的好几个学生就生活在这片草原。庆生凭着他对这个区域中牧民群众的熟悉和感情，只带一个秘书就去了河的两边，那天他意外地见到了在戈壁农场结识的李老头，还很快找到了自己颇为熟悉的藏族青年阿齐布和蒙古族青年彭措，这才知道李老头的女儿嫁给了一个藏族小伙子而他正是这次草原纠纷的挑头人之一。便跟着李老头到了藏族帐篷，与李老头的藏族女婿丹增见面。

丹增高大健硕黑红脸膛，见了庆生并不说话，端起一碗满满的酒，这才用很不流畅的汉语说：

"你阿爸，我阿爸，认识。我相信你。先喝这碗酒！"

庆生知道，这是藏族群众表示欢迎的一种礼节，你如果不喝这碗酒，就不仅影响信任而且关系到事情的成败。好个庆生，端起酒碗一饮而尽，然后才述说起父辈们在这块土地上曾经的际遇和命运，讲党的民族政策，民族团结、友好相处的事例，讲他了解的这段草原纠纷的历史和现状。庆生告诉大家说：蒙藏两族在这片草原多年相处为什么相安无事？并不是相互没有过越界放牧而是因为相互谅解。和则万事顺，斗则两俱伤，蒙藏两族没有根本的利害冲突，千万不要上当受骗，干出亲者痛仇者快的傻事。还讲了几个州上草原纠纷处理的结局：挑事者逃亡闹事者被抓，牧民自己受损失甚或家破人亡。丹增也在岳父的叙述里了解了庆生，也为庆生两代人的高原情结所感动，心里逐渐敞亮起来。

丹增用不流畅的汉语给庆生说：

"我被你感动了，我可以不打了！"

庆生又说服了好几位自己教过的蒙、藏族姑娘去分头做自己丈夫、朋友乃至情人的工作，领着他从好几个地方邀约聚合起来的五名蒙古族、藏族学生穿梭于小河两岸，以蒙汉、藏汉语言双方劝解沟通，反复劝说，言明利害。庆生保证：只要能和解不发生械斗流血，州市就只教育疏导，绝不随便抓人。随后又将双方骨干人员分别约请到州上见领导，讲明政策晓以利害，并针对双方被打伤人员提出具体解决的处理办法。

待到终于见到双方和解曙光的那个夜晚，贺庆生豁出去在小河两边喝了三场酒，他喝下了蒙藏两族多少的大碗酒吃下了多少牛羊肉哦！他知道这是牧民群众对他的一片真情，不喝牧民的青稞酒不吃牧民的牛羊肉你的工作就只做了一半！幸亏有几个学生的保护，庆生仍然保持了高度的清醒并没有耽误工作。

五天之后，旺尕湖边蒙藏双方的队伍撤离了，一场火药味极浓的械斗避免了，受伤牧民被妥善安置，草原边界维持历史现状，牧区的越界放牧，出现个别情况时，共同协商解决办法，但绝不诉诸武力。一场一触即发的流血冲突以和解告终。

事后有记者问庆生，你当时为什么不怕？庆生说：

"人民是我们的父母，哪有儿子怕父母的？"

第十章　风云一代

记者把这句话写进了报道。

54 贺庆生的表哥赵界生和上官好的婚后生活是幸福的。春天的到来和改革开放的脚步同时走向了界生和每个家庭，带来了春天和煦的阳光。界生已经当上了矿调度科科长，穿上了灰色工装。家就在矿山，与办公地不到一公里，一双儿女接踵而至，可喜女儿为大。

改革让农民吃饱了肚子。改革进入到了城市和企业，却没有收到农村那样立竿见影的效果。改革，就是要改掉那些不合时宜的清规戒律，就是要破除人们思想上的许多陈旧观念。但是怎么改、改到什么方向、达到什么目的，人们却往往是含混的，只能"摸着石头过河"。

企业的改革也从责任承包开始了。班组承包了，车间承包了，矿山承包了，工厂承包了，最后企业也承包了。谁来承包？干部、厂长、工人，甚至外来企业家，都行。但一是要具备承包人的基本资质，而且要预付一定的风险保证金。班组长质押金三百元，车间长六百元，矿长三千元，厂长三万元，这当然只是个推想，可能比这多，也可能还少，得看具体情况。总之吧，这个承包就搞起来了。界生的矿长不知从哪儿弄来了几万元，又具有资质，再拉上几个相好的哥儿们，就成立了一个竞选班子，结果就旗开得胜，顺利当选承包。一年后，上交国家税款二百万，给职工发奖金一百万，矿山亏损五百万，大家都说矿长有本事。三年后，矿长辞职了，说我其实没有本事，就是亏了点国家，肥了点大家，赚了点自家，个人让贤，能人再上吧。后来，这个企业终于资不抵债，只能破产、兼并或拍卖。结果是，一些厂长调走了，一些厂长升职了，一些厂长跑掉了。但，中国不少企业家们却赚到了创业的第一桶金，资本的原始积累就这样完成了。

界生拿不出承包的资本金，当然也就没有那份承包的雄心壮志。他只能希望矿山越来越好，自己家里的日子能更好一点。不料想好景不长，承包第二年企业出现下坡趋势，第三年就负债沉重，眼看着矿山行将倒闭，上级这才果断换人，并注入新的银行贷款，这才使得这一鑫州市重点企业苟延残喘，勉强为工人发下工资，维持了生产。

几年过后，银行贷款被赖掉一块，企业资产被收购一块，破产重组的钱被用于安排工人、偿还债务、买断工龄，一年三千块，十年工龄的人可拿三万元。罢罢，这点钱可以做点小生意，一年赚下个万元户。只苦了那些老实巴交的工人，他们只能在家省吃俭用，饥饿度日，有的回去给农民当了临时工。

国家、集体的资产大幅缩水，一个过亿资产的厂子只要几百上千万就可买断，一批批淘金者破土而出，以极低的资本大量扩张，于是一个个千万级的富翁源源不断地冒出来。资本增值像滚雪球一般越滚越大。而为了得到利益，资本迅速寻找权力、侵蚀权力，权力自被资本利用，就一夜之间身价百倍，甘愿当资本的佣人和帮凶。资本与权力的结合，使得中国大地上从此充满了物欲，仿佛泱泱洪流，要把这个共和国连根拔起冲进太平洋。

受苦的是工人阶级。这个阶级以生命的代价打下了政权，被尊称为"老大哥"，而今，却过起窘迫的生活。工人编了顺口溜：

"老大靠了边，老二肚儿圆，老八老九翻了天。"

原始的、工厂式的工人阶级从此改变了命运，他们中的弱者走上了遥遥无期的上访维权之路，而强者，却在酝酿新时代的变革和反抗。

界生属于弱者。眼看着矿山一步步地走下坡路，工资越来越没有保障，生活越来越充满危机。两个孩子陆续进入中小学，吃喝尚不成问题，麻烦的是学习费用、穿戴杂用捉襟见肘，界生和上官好两口子除了节衣缩食外一筹莫展。

上官好被裁员了，因为厂里已经不需要什么资料保管员，每月只发百分之四十的工资，大约五六十元，够买几十斤大米。上官好另辟蹊径，在房后斜坡上开了一块荒地，种上蔬菜、洋芋，还确实填补了不少生活所需。

被承包后的厂里，一切法人说了算，党组织和群团组织基本停摆；人事上，厂长法人基本上一锅端。大姨子、小舅子都被启用到了重要岗位，一个小的工厂基本上变成了法人老板的"家天下"。

界生一肚子火没地方发泄，调度工作也就出现了失误，已经挨了矿上老板几次剋，说如再不改进，"只好请你拜拜"。

严重的调度问题还是发生了。铁精粉生产车间的矿料不足，眼看着球磨机停工待料，矿石却几近无供。界生联系矿山处回答说矿石矿车充足，保证无忧，但就是等米下锅无料。界生紧急调查，原来是矿山与农民利益纠纷导致矿山道路被挖断，几十辆矿车停工待运，而运输的要道却被十多名小伙子控制切断，双方吵闹打架，发生砸伤人员事件，一时解决不了。界生撂下手头工作赶往现场，苦口婆心终于做通农民工作，一批车辆方才通过，但第二天又被阻断。界生最后才知道，竟是矿长妻妹的老公恃强要价，非要让补偿青苗损失费三万元，否则坚决不让放行车辆。界生回厂给矿长做了汇报，矿长竟然说：

"要你这窝囊废有尿用，我打断他的腿看他还敢挡道！"

界生被厂长骂得狗血淋头，一怒之下辞去了调度职务。后来，矛盾果然化解，矿长小舅子担任了调度科长。界生气得大病一场，从此身体每况愈下。

后来，界生便与几名矿里被革职的干部聚集起来，去北京工业部告状。见到了规模宏大的学潮，一时心潮起伏就毫不犹豫地加入游行队伍，幸而天安门广场戒严时他们没能进入，算是免去了一场大的灾难。

55 春月的大女儿王戈一毕业，就被分配去了深圳的一家电子工厂。因为学的是通讯专业，跟制造电子材料的工业还是有许多专业上的鸿沟，于是跳槽进入了一家台资企业，做信号与信息处理部助理，却偏偏与信息部部长一见钟情。小伙子一表人才，喜欢王戈快人快语和拼搏的精神。当然王戈虽不如有些姑娘纤细苗条，但身材匀称，给人一种健康活力的感觉。两人同处一个部门，王戈是助手，就好像被有意安排的天作之合。一年后王戈告诉母亲春月她准备与台湾人结婚，春月先是吃了一惊，接着倒也释然。王戈很怕母亲反对她的婚事，因为母亲在她心中是很厉害的人，她若不同意就麻烦了。王戈小心地告诉母亲说，我已跟台湾青年恋爱了请你支持。春月说，你了解他和他的家庭吗？王戈说，台湾青年人很单纯，对她真挚，从不强人所难，一块儿很谈得来，至于家庭情况，只听说企业中有他父亲的股份，别的就不太清楚了。

春月想到女儿和她一样有眼光，就欣然表示同意。但要求是须与台湾青年的父母见上一面方可商谈婚恋之事。王戈没料到台湾方面高兴地答应，而且表示邀请春月赴台一次，双方见面商定孩子的婚事。

春月半年后终于到了台北，见到了未来女婿一家人时，才知道这家也姓王，老家是山西晋中，早年家道中落，一个偶然机会流落台湾，吃千般苦做人下人，逐步又发展起来，成为了台北一个县小有名气的通信企业家。又趁着中国改革开放的东风，第一拨到深圳投资办厂，两三年便赚一把，目前已开始研发移动通讯系统。

春月好高兴，宣传一通家乡的美景和招商政策，说是天作之美，正巧都姓了王，天下王姓是一家，干事创业当大王，竭力鼓动亲家到内地办厂，提前占领发展高地。春月张开臂膀拥抱了亲家，说：

"欢迎台湾亲家到一个王者辈出的圣地！我能预见到您的成功！"

台湾亲家年事稍高一些，但听了春月的介绍，想到对那块土地的了解，凭着对这位大陆企业家的直觉和信任，当即明确地表态：

"谢谢！我相信您会看到一个小小的王者归来！"

两年后的一九九二年，一个以台资为主的股份制企业在春月所在的市挂牌，公司名称是"戈华电子设备有限责任公司"。"戈"是取王戈名字之意，"华"即台湾青年王华。大陆和台湾两个王家，以子女的名字创办了一个新的公司，并把一份企业发展的担子，逐步移交给了下一代的创业者。

春月借着在台一周多的时间，竟然广结人缘，结识了大陆去台的乡党周天佑夫妇，知道了天佑兄弟姊妹四人在台的情况，以及其他乡朋，结起了一张两岸民间关系图网。

56 贺庆生一路春风，任副书记三年后就升任了西海市市长，那年庆生已经三十七岁了。不算是一个成功者的年龄，但对于庆生这样一个没有任何靠山，更无一点关系朋友网络的人来说，也算是一帆风顺了。

西海市是个有十多万人口的西部高原小市，又是通往西藏首府拉萨的重镇。所以，差不多三分之一的人都穿军装，除海军之外，几个兵种齐全，都有驻军，二炮有一个师部驻防，陆军和武警均有几个师团驻防，故而又曰"兵城"。军政、军民关系就成了市里一项至关重要的工作。在庆生的工作内容里，至少有五分之一是这项工作。庆生的日记中这样写道：

"兵城，说明了军政、军民关系必须时刻放在心上，兵稳则城稳，部队发展亦带动地方发展，忽视这一点，就不是一位合格的领导者。作为分管经济工作的领导，这一点更要十分清醒。"

对于抓经济，庆生并不是强项。他只对农业熟悉一些，但那也仅是江边的农业。对于高原农业，则相对比较简单些，春种秋收，一年一熟的小麦，生长期长达半年，由于高原光照充足，早晚温差大，小麦颗粒饱满，差不多亩产都过千斤，而农场实验田却产出世界最高产：亩产二千二百斤。别以为高原不产粮食，其实只要有水，青海高原上有多少亿亩的可耕作农田啊！农场里种的大豆、蚕豆、豌豆、青皮萝卜、大头包菜，可以说全是一流，亩产高品质好。所以在农业发展上，庆生的着眼点就是水，他与农业技术人员和干部一起商讨，规划了一个颇为宏伟的引水蓄水、河流和地下水兼顾的开发蓝图，以及渠道引水机井抽水、喷灌节水的实际思路。庆生认为：随着社会的发展和西部开发的实践，青海农业足足可以养活一千万人口，而只要有了人，这个荒原就会变成一片片的绿洲，就会成为适宜人居的"夏都"。

对于工业，庆生纯粹是门外汉。但他不耻下问不断地学习和钻研，也便渐渐地不说门外话了。他研究了柴达木盆地的地理史和开发史，明白了这个地方是国家矿藏资源的"聚宝盆"，金、银、铝、锌、钾、钠、镁，石油天然气以及储量巨大的盐湖，足以让这个地区在未来发展中站在高地，具有无比巨大的开发前景和灿烂的发展未来，所以必须在基础建设、交通通信和城市建设上着眼长远、科学规划，为未来发展做基础性工作和不懈奋斗。在全市干部大会上，他激动地说：

"高原的地下，是鱼类和森林死亡给我们留下的巨大宝藏，以石油、天然气和煤为代表；高原的地上，是广袤的土地资源和可供世界人口吃用几千年的原盐……我们可以预见，一个新的充满生机活力的高原正在苏醒，一个飞速发展、欣欣向荣的伟大时代正在来临！这里最需要的，是一代代人的奋斗和牺牲，是一代代人用生命和热情写出的辉煌历史！"

庆生这些话，曾深深激励过自己，也激起了为这块土地奉献和牺牲的两代柴达木人心灵的涟漪和呼唤。这不是空话和套话，更不是政治说教，而是他和父辈们已经付出和正在付出的青春写照！

庆生的足迹，到达了昆仑山麓的无人区可可西里，踏过了数十条河流和几十个湖泊，走进了上百家的蒙藏族同胞的帐篷，走访过全市几十所中小学校乃至于帐篷小学。

更重要的，是他与子弟兵部队结下的情谊。在昆仑山发大水的岁月里，庆生协调调集部队官兵几千人一起战斗，疏通水道救护牧民，日夜坚守通报汛情，这时候庆生就是一个不穿军装的士兵。不管是团营领导或是高于自己的师旅首长，庆生只要能见到的，他都一小时一小时地长谈，征求他们对地方工作的意见，了解部队可能存在的困难，拉老乡认朋友，吃手抓肉喝碗酒，并保持经常性的联系。庆生以兄弟般的情分待官兵，以真挚和诚实交朋友，以不卑不亢的风格待首长，受到西海市驻军的尊敬。

忙碌，使贺庆生忘记了家庭也忘记了秦岚，他满心满眼全是工作。

57

秦岚在香港失踪半个月后，省外办、省纪委均收到了来自香港的控诉信：控告黎明父子设陷阱，放纵其子黎明奸污秦岚。

省纪委接到的是署名举报，而且是一位知识女性的亲自举报，就基本确定了事件的真实性。但接下来怎么办呢？对军方首长的调查没有权力且不说，弄不好会影响军政关系。况且秦岚与黎明确系恋人，就是查实又能怎么处理？如秦岚告其强奸，那就应向司法部门申诉，但举报信却寄给了纪委；对于干部管理，黎明属于省纪委管辖受理之列。纪委分管书记反复思量，并与外办主任交换了意见，感到是一块烫手山芋，吃吧太烫吃不下，不管吧，署名举报需要回复。反复商酌，还是外办拿出一个意见：暂不追究秦岚滞留不归，且以省贸促会名义，允许秦岚暂留在港招商。对案情暂时保密，对黎明作训示谈话。

原则意义上的一桩强奸案，就在特定情况下被巧妙地化解和处理了。但是秦岚暂时获得了自由。

秦岚在港露面，已经是一个月后的事了。

这一个月中，秦岚混迹于车站、码头和边远旅店，甚至也去了歌舞厅和红灯区。刚开始她最怕的是遭到稽查或追踪，后来却未见到异常情况，就想或许是那封举报信起了作用。但为了生存，她得非常节俭地计算着花钱，吃最简单的盒饭，住最便宜的旅馆，还给餐厅洗过碗碟挣几百港币。这个来自农村的苦孩子，展示出了很强的生存能力。其实在港时，她多半时间就在离内地深圳罗湖口岸最近的上水、荃湾一带，河对面就是内地，就是她工作的地方。但她已不敢回去，更无颜面对自己的同事、领导和师长同学。

几个月的创痛已经麻木，此时，秦岚决心破釜沉舟与命运一搏。她相信凭着自己几年从事外事工作的经验和英语熟练程度，在香港能谋到一份职业，能够生存下去。每当想起在军区黎明家的一幕，秦岚就满腔屈辱和悲愤，也就陡然产生更大的勇气。"天无绝人之路"，秦岚一想到继母凌芬时常教导的话，就鼓起更大勇气，也便勾起了对亲人的思念，对母亲凌芬、对哥哥庆生、对父亲光明和哥哥柱子的想念。她想着此刻在高原的哥哥庆生，如果能在身边，一定会贴心贴肺地想着妹妹，给她当后台，给她出主意，当她的保护神。

秦岚一边想着一边暗自流泪。突然看见前方不远处有一堆破败房子，国民党的青天白日旗帜在房子顶上迎风乱舞，大小不一的青天白日旗仿佛把人带向电影中那个烽火连天的抗战岁月。秦岚正在遐想，冷不防一个黑乎乎的老人挡住了她的脚步：

"不许再走！前面是禁区！"

秦岚停下脚步，观察一下老人：一身黄色呢制服装颜色模糊，带点古铜色的脸上一双深沉而机警的眼睛，仇恨而又悲凉地注视着她，脚上却穿着一双半新的布鞋。老人大概六十多岁，虽然说话口吻冰凉，但神情并不凶恶，让秦岚有点放心。

"大爷，您是这里的人吧？怎么这边房顶上还插着过时的旗子呢？"

老人这才看清眼前是一位衣着近似男子但却眉清目秀的姑娘，眼里固有的慈祥之色逐渐满溢。老人说我们已经在这里住三四年了，这个地方属上水管辖，这里荒地多，可以开垦来种，就在这里定居了。那些旗帜嘛，是我们国民党老兵的荣誉。姑娘你如果想知道更多的故事，就在这里住上几天。只是我怕你没那胆量！

秦岚又仔细观察了一下周围：一片斜坡下，大约有一二百亩的地盘上，全是无序无规的临时建筑，有火车皮，有砖房，有木板房，还有帐篷。街不像街，村不像村，但几乎每个房顶都有一面旗帜飘扬。看着目光慈祥的老人，听着他的介绍，秦岚想，抗战都过去四十多年了，这批国民党老兵怎么会生活在这种地方？他们是怎么生活的？

秦岚是个女侠，她要冒一次险，深入"敌占区"，看一下香港土地上国民党老兵的生活。于是她随老人去了"禁区"。

"禁区"其实只是一个约定概念。一九四九年，国民党败退大陆逃往台湾时，据说有上百万官兵，其中四十万老兵二十世纪八十年代先后在台湾掀起"寻根""祭祖"运动，曾组织过上千老兵在台湾总统府请愿，但由于蒋经国总统坚持其父的"三不"政策：与共产党"不接触""不谈判""不妥协"，使得几十万家在大陆的老兵夜夜梦中想，夜夜泪湿枕。就有了一批老兵先后以难民身份从台湾流落到香港，找到一块离内地最近、与深圳罗湖一河之隔的上水，这就是所谓的"禁区"。实际上是香港政府感到这批"难民"难管，就给了他们一块荒僻的聚集地，与香港的垃圾处理场在同一个地方。这些"难民"聚合在一起，或想着偷渡海关，或想着等待时日，他们把于右任将军的《望大陆》挂在墙上：

> 葬我于高山之上兮，望我大陆；
> 大陆不可见兮，只有痛哭。

> 葬我于高山之上兮，望我故乡；
> 故乡不可见兮，永不能忘。

> 天苍苍，野茫茫，
> 山之上，国有殇！

这首催人泪下的望乡诗篇，是几十万台湾老兵的思乡情怀和悲伤欲绝的感情波澜。这首诗写于一九六二年一月二十四日，至今又过了二十多年，这些老兵们有的已悲愤离世，有的望眼欲穿，他们有爷娘父母的不能认宗，妻室儿女仍在大陆的，就跟于老先生一样，天天唱着"国有殇"，梦想着团聚的一天。

老人二十一岁时随国民党青年师入台，三十八年已经过去，已是花甲之人，但外表看上去似乎更老。他一生未曾娶亲，年轻时正值娶亲临近，却被整编入伍，只给家里留下一张头戴美式帆船帽的军照就一去不返。三十多年中，他在台湾修铁路，打穿山隧道。修台东太鲁阁国家公园时，他一失脚掉下悬崖，幸得一树枝攀挂留得一条性命，但落下半身残疾，也就死了成家的心。后来虽享受"荣军"待遇，但孑然一身的病残之躯，使他深感无颜面见江东父老。只有夜深时分思念那未成婚的妻子凤儿，仍有刀割般心疼，又想此生残存，死也要回去见亲人一面。

禁区老军人叫赵云儒，竟然与秦岚同为一县人，因脑部受伤，记忆时而清晰时而模糊，说他母亲叫赵黄氏，有个姐姐叫茹儿，还有个妹妹。秦岚忽然想到继母赵家，不知是否与此老人有些关联？但从未听说过这方面的情况，秦岚待要深问时，那位老兵已经酣然入梦，仿佛他已经见到了亲人一般。

一夜的"禁区"入住以及与老兵长谈，让秦岚触景生情，一方面为如此多的台湾老兵担忧，一方面也为自己身处异地、吉凶未卜而深深忧虑和不安。她此刻想的最多的人，倒不是父母，而是已经结了婚的庆生哥哥。她在心里祝愿哥哥一帆风顺，愿哥哥不要忘了这个身处异地他乡的妹妹。

第十一章　爱的流年

58 高原上庆生风华初显，跃马扬鞭。他此时任西海市市长，工作上一帆风顺，家庭生活却复杂起来。

贺庆生自上大学后，就有了较多的时间跟妹妹通信，在他心里，秦岚虽然是仇父秦光明的女儿，但他俩两小无猜，一起起床上学，一起上山割柴，一起玩耍嬉戏。他始终以兄长身份呵护着秦岚，虽偶有异性灵动，但从无非分之想。但秦岚去云南上学早他工作，从几次给予他资助和数十封真情实意的火辣辣的信里，庆生感到了妹妹对他寄予的挚爱和信任，他当然不能相信这是爱情的流露，仍把她作为兄妹情深来看待。所以在与秀琴的婚恋上就几乎没有受到影响。庆生对秦岚感情上的愚钝是有道理的，他们不是一母同胞，但却是异性兄妹，兄妹情深是正常的，但兄妹相恋却是违背社会伦理的，况且还有老一辈人的恩恩怨怨。

母亲与秀琴的婆媳矛盾在新的环境下时有发生，常常烦扰着庆生。母亲退休后身体还好，总想给家里多操点心，给家里做了几顿饭，媳妇秀琴却感到这是她的责任不让母亲做。母亲想可能媳妇嫌自己不卫生就有点想不通。媳妇说妈你出去跑跑吧别老待在家里，母亲却感到媳妇嫌她碍着了手脚。母亲多么想就像和儿子一样地跟媳妇多聊聊，但媳妇却忙得根本没时间也顾不上多聊。日子一长，母亲给儿子说也不好说也不好，就伤心起来。母亲伤心庆生就难受，庆生伤心秀琴就难受，一家人都不舒服。庆生只好两边劝说两边平衡，乃至于两边批评两边协调，但总是不能像干工作一样得心应手。

母亲给庆生说:"花喜鹊尾巴长,娶了媳妇忘了娘。千古一样。"

秀琴给庆生说:"我知道你们母子情深,我的话你常常当耳旁风。"

弄得急了还扔出一句更难听的话:

"你妈是大家闺秀,又是知识分子,当然比我好!"能把庆生噎得喘不过气。

这个时候,庆生真的想起过秦岚,两相对比,秦岚的影子更加清晰。

后来突然接到了秦岚来自香港的信。秦岚在信中说:"庆生哥:当你接到我的这封信时,我已是流亡香港的逃犯。但我无罪过,只是流亡的理由我无法诉说,只能期盼着哪日与哥哥重逢,我会把一切告诉你。妹妹坚信,我们总会有相聚的一天!"落款是:妹妹秦岚,于香港上水贫民区。

秦岚的这封信犹如一颗重磅炸弹,炸得庆生的灵魂没有了片刻安宁。妹妹为何出走?是生活中的不幸还是婚姻中的坎坷?是为什么具体事件出走?许许多多的疑问和假设一有空闲便在脑子里盘桓不去。写信吧,地址不详,更无电话通讯;打电话问秦岚单位吧,又怕白惹出许多麻烦和事端。咋办?只好待以时日,苦苦思索,让秦岚的影子在自己心中无数次地反复上映。

庆生没敢把这些情况告诉妻子,只是给母亲凌芬说了,母亲除了和他一样着急外想不出任何办法。庆生的忧愁偶尔挂在脸上,秀琴最了解庆生,说你一定有事,你瞒不了我的。庆生只好说工作上有难处,想办法解决就是。但到后来几个月里情绪的变化,已使秀琴产生了深深的怀疑:是庆生工作忙还是在变心?为什么以往许多事都告诉我而这几个月的心事竟撇开我不说?秀琴甚至还从夫妻性生活规律上找其中的缘由。

终于一个夜里,秀琴醒来又揉了揉庆生:

"庆生,我对不起你,我对妈有些意见你不要放心里去,我会照顾好她老人家的,你不要想得太多了!"

庆生其实也醒了,听到妻子的话知道是和他想岔了,也就正好借汤下面:

"妈辛苦一生,晚年我们一定要照顾好她!多困难的日子都过来了,现在都好起来了,我们不能忘了过去的苦日子,也不能忘了过去日子里的同舟共济!"

一说到苦日子,秀琴的精神就上来了。苦日子里相亲相爱不觉得苦,苦日子里天天劳动也不累,苦日子那么漫长但人有劲,苦日子里家务繁重但不吵闹。还是苦日子好,那时好!一说这些,秀琴眼睛甚至有些潮湿;一说这些,庆生就觉着两口子回到了从前。

第十一章 爱的流年

激情燃起了欲望的火花，庆生翻身抱住了媳妇，在她脖子和脸上激情地吻着。秀琴忽然有些忍不住地呻吟起来，这第一次的呻吟更加刺激了庆生，庆生激情地放马草原，纵横驰骋，在青青的草地上憩息，在临波的湖水中洗浴，放马到天边寻找，把羊群赶到溪边饮水……

秀琴敞开胸襟接纳丈夫的雄浑，让身心沉醉于无边的白云和远处的雪山，悠远的平静伴着疾驰而来的蹄声，如梦似幻，如天堂般的温暖，如魔鬼驱赶的牧鞭……

一阵狂风暴雨来了，两个赤裸裸的灵魂交合在一起，终于又随着海潮静静地退去。

天亮了，庆生把秦岚的遭遇告诉了秀琴，一是他要对妻子忠诚，二是他知道妻子也会同情妹妹的。秀琴静静地听完庆生的叙说，为秦岚的遭遇叹息几声，末了却说出一句话来：

"善恶自有报应，我知道你还想着她！"

59 天有不测风云，人有旦夕祸福。

一九八九年清明节一大早，贺庆生一个人骑了自行车来到附近的宗巴乡，他要看看这个乡黑水河上小水电站的建设进展，顺便去乡镇小学看一个自己教过的学生，返回时已是中午。庆生正骑车往机关走时，突然发现一辆载货大汽车迎面冲来，其实他已经看见前方有两个同骑一辆自行车的女孩从斜坡上快速冲向公路，眼看着会出事故，急行的汽车以至少六十迈的速度紧急避让向左逼来，而贺庆生已在公路右边挨着路边酒店的铁护栏，眼看着没有了退路，贺庆生未及思索便踩一脚车子迎了上去。

"嘭"的一声，自行车被撞出二十多米，贺庆生被撞飞翻落在地失去知觉，醒来时已在州医院的病床上。

州市惊动了。市公安扣留了司机，怀疑受人指使。听说肇事者是个体司机，几个年轻人要去打司机。州里也要求公安机关抓人，庆生忍住疼痛说：

"千万不要为这事抓人，更不能打人！我当时看见司机是为了躲避从右边斜坡上猛冲下来的两个骑自行车的女娃，才被迫向左冲来，没想到正好碰上迎头骑车的我。"

他说："我不要紧，只要留下生命就还能为大家服务。"

一周多时间里，州市书记、干部同事、市民学生，那么多人前来看望。医院里，一批批的人被隔在病室外面。

贺庆生因车祸住院七十九天。

六月里，庆生在病床上听闻北京的动乱游行，除了跟书记交换意见、维护好市里正常的工作秩序外，还专门给前来看望的部队首长及私交很熟的军队领导沟通，请他们务要保持部队稳定，带动和维护全市稳定。并要求全市各单位特别是学校做好工作，坚决防止学生上街游行。后来还是有几千人的队伍上街了，但由于准备工作做得扎实，西海市没有出现打砸抢烧事件，总体是有序平稳的，后来受到省州的肯定。

病床上，他深深为北京的动乱忧虑和思考。住院使他有了很多看书的时间，庆生看了马克思的《关于费尔巴哈的提纲》《青年在选择职业时的思考》，重读了恩格斯《家庭私有制和国家的起源》；看了文学书籍罗曼·罗兰的《约翰·克利斯朵夫》、俄国陀思妥耶夫斯基的《罪与罚》等，对人生命运有了深入思考。

庆生原本以为他根本就没有了活的希望，当他见到大汽车迎面而来时已经躲避不及了，就把自行车猛踩一脚迎了上去。在迎向死亡的一刹那，他突然想到了秦岚，似乎有了一种解脱。而当他躺在州医院病床上时，竟然是除双腿下肢骨折之外，全身再无任何创伤。同志们分析说，如果那个时候稍有犹豫没有这置之度外的一脚，他说不定就见马克思了。

庆生这个时候，想得更多的是他才任市长不久一大堆事还没办。他也想到了父亲，或许是父亲在天之灵保佑了这个不该再上高原的儿子。

当灵魂刚刚回归肉体时，贺庆生思维异常活跃，滔滔不绝地向大家解说当时的情况，述说电站工作，甚至产生了一些惊奇的人生想法。当他第二次醒过来时，竟好像从地狱归来，再也没有了澎湃的思绪和激情。

冥冥之中，他看见了自己出生时父亲微笑的脸、母亲那永远的忧愁，以及秀琴和秦岚……

60 贺玲在北大一口气读完四年书，法律专业毕业在即，母亲却去世了。母亲终于在一九八一年年底盼来了父亲贺亚新平反昭雪的一天。母亲已经七十岁了，耳朵不好使。当贺玲告诉她这个消息时，只能连说带比划，老人明白了，有些浑浊的眼睛里竟然落下两颗亮晶晶的泪水。母亲说：

"我盼了十多年啊，终于盼到了平反昭雪，亚新啊，你在地下也可以瞑目了！"又说："儿女们现在虽是苦点，但也慢慢地好过了些，你就放心吧！"

父亲平反昭雪后，母亲身体却越来越差，原先总在希望和期盼中绷紧的神经一下子放松了，吃苦受累时积存的毛病日愈发作，没有等到女儿贺玲毕业，老人就走了。临别时，贺玲从学校赶回家里，母亲已是弥留之际，贺玲回到母亲身边，母亲睁开眼睛，以微弱的声音说："玲子，我看一清是个好人，你们要好好过一辈子！"说完就断气了。后来一清到京奔丧怨贺玲不及时告知于他，没有听到母亲的吩咐。之后忙着料理后事，在京待了一个多月，直到贺玲毕业分配，方才依依不舍地回到关外。

贺玲分配的单位很好，在北京北边的一个区人民法院的民商庭工作，接触大量的民事和商务诉讼，这对四年科班出身的法律专业高材生来说，正是一个最好的实习深造基地。贺玲如鱼得水，显示出了较强的理论功底和实践能力，经她之手的案例，效率之快，办结率之高，均受到了院领导和同事们的一致赞扬。在办案实践中，贺玲深深感到了社会矛盾的复杂、老百姓的无助和哀痛，对法律在社会发展中所具有的稳定协调作用有了新的理解，这使她想到了法国思想家卢梭在《论人类不平等的根源和基础》《社会契约论》中的论述，想到了中国法律体系的年轻和成长，深感中国老百姓的淳朴善良和法律知识的贫乏。所以她特别注意办案中的公平公正，绝不徇私枉法。她高度推崇卢梭的观点：私有制和国家的出现是人类不平等的根源。她还认为，法律其实就是那个时代统治阶级意志的代名词。因此，世界上没有绝对的平等，而法律却往往把这些不平等固化起来。例如，资本主义的法律保护私有制，而私有制本身就是不平等的。而中国法律保护社会主义公有制，贺玲就非常赞同。总之，她就是在社会这个大课堂里自觉地深入体会和探索，并没有因为是一个"科班"法律毕业生而满足。

生活稳定后，贺玲打算把皇甫一清接来北京团聚。这时，小弟已经工作，小妹也出嫁了，家里没有了负担，她最需要的是有个家庭。唯一的障碍就是北京户口不好办理，加上知青回城，北京人满为患，想得到北京户口比登天还难。

这个时候，一清已经在皇姑屯成了小有名气的"医士"专家。人们为了区别大夫的地位，把医生称为"医士、医师、主治医师、主任医师"。又为了区别"医士"和"医师","士"和"师"音同，就把医士称作"医土"。就是说，一清已经是一名农村的医疗专家了。一清有了自己的事业，也想着能早日与妻子团聚，但又怕进城成"黑人黑户"，反倒成为贺玲的拖累，所以迟迟不能决定。贺玲几次去信解释说她不会嫌弃一清拖累自己，先进城后再慢慢谋一份职业，自己也年过三十需要生育等。但一清还是顾虑重重，觉得北京离自己那么遥远、那么不可企及。生怕离开了皇姑屯他就会寄人篱下，会无法生存，会像一个乞丐，总是说再等等再等等。当然家里还有年过半百的双亲，一清姐姐已出嫁，就靠着他守着父母，这也是一清放不下的一块心病，也是孝心可嘉。贺玲有时这么一想也就只好暂且放置。于是就把全副身心投入工作，投入到法律的社会实践和学术钻研之中。

在区法院工作两年后，贺玲接办中央有关方面转办的一件涉外民商诉讼案：一位香港投资商向西北某县投入两千万元港币联办一座食品加工厂，主营饮料、罐头等食品加工，投入资金中设备占一千五百万元。结果厂没办起来钱就花光了，设备搁置三年成了废铁。港商诉中方厂家不讲信用、投入不足，导致无法建成投产；中方反诉港商以次充好，投入一千五百万元设备根本无法使用导致企业不能投产，而且贷款利息重，欲将企业拍卖抵押。因涉外投资事关中国形象，必须维护国家改革开放的形象，要求必须从快从严查处报结。贺玲接手这一案件后调集大量证据，反复分析。她亲自深入现场查看了解厂区情况和设备情况，对复杂性有了较深入的了解：一是港商设备确实有超值估价，港商通过虚报价值已获取部分利益；二是中方只是以土地投入，亦有虚高定价；三是预算不足，中方贷款额度超出而港方不予承认；四是即或按期投产，由于设备落后产品质量和销售市场仍存在大量亏损的因素。

官司一打四五年，港方委托律师反复申诉，内地法院一审已经判决：合同缺乏合理支撑，设备过时落后，企业无法建成投产。鉴于涉外因素，由中方企业拍卖资产偿还贷款并偿还港方一半投入。后来港商和中方均不履行裁定，使这个案子一再拖延。如今厂子已经拍卖，法人已经转行，只剩一个破烂厂址杂草丛生，机器锈迹斑斑停在那里。港商等着中方履行偿还了却心事，而中方却说我卖了家当已无钱偿付，就此又起官司。

贺玲认为：一审判决基本符合事实，港方也已基本接受，中方就应坚决执行。如果二审，仍应维持原判，终结此案。但在审务会上，另一种声音却主张继续拖下去。理由是无法执行，中方除去安置工人、清偿股份（中方）、偿还集体债务（征地款）外，只剩下很少量的资金，既无法清偿港方债务，又不够清偿银行贷款。只能实事求是，以保护中方利益为重。争论结果，二审难以通过，只好发由一审重新审理，又把皮球踢给了基层法院，使这个案子又一次搁置。

后来才知道，中方厂家是本地人，有些头面，还有点靠山，他压根儿就没想着要把厂子办起来，而是要借改革开放之机玩"洋人"一把，关门打狗，最后让人血本无归。过关斩将，就靠着地头蛇的门面，更靠着"钱能通神"推诿扯皮一拖了之。一个精明的中国农民，竟然也在开放的浪潮中玩了一把。玩输了港商，挖到了原始积累的"第一桶金"。据说这人后来又当了更大的老板，这个案子是否了结，反正对这个老板已不重要，至于中国改革开放的形象嘛，奇事怪事多了，这只是小菜一碟，不足挂齿了！

一九八六年，贺玲以优异的成绩考上母校北大法律专业的研究生。没等研究生毕业，就随着班里的一拨同学，汇集到了北京大学的红旗下，走进长安街学子游行的洪流。当贺玲从天安门广场的包围圈中被清理回校后，噩运又找上门来，她被作为"动乱"积极分子或"重点对象"遭到清理，并被"缓发毕业证""缓予分配"。贺玲虽然压根儿就没参与什么地下活动，但在学术讨论和争鸣时，她的一篇演讲稿《试论中国当代法制的缺陷》，对人治和人权提出针砭，深刻揭露了当代司法腐败导致社会诚信缺失社会公平严重失衡的问题，既引起了师生们的热议和赞许，也引起了反对和担忧。可能是这个演说和论题，贺玲被列为了"重点对象"。

61

秦岚在上水贫民区的一夜长谈，等于给她补上了一节长长的历史课，仿佛给她的灵魂扎起了沉重的十字架，更让秦岚对人间的不平和悲剧充满了的愤怒。她为台湾老兵悲哀，更联想到自己，本可以在学院再深造做教授，本可以好好在外办当公务员，却不料一次陷阱让自己失身，又因自己的倔强和冒失竟然流落香港，居无定所，尽失颜面。又想到远在故乡的父亲和哥哥，更想到远在高原的继母和庆生，心想为什么人间这么复杂，老天这么不公，好人受欺侮，坏人长志气，尤其是那些表面上是人民公仆而实际上是污秽肮脏的官僚蛀虫，就气胀了肚皮，头脑冷静不下来。

第二天，她本想着多去看看两户老兵人家，了解更多的故事，却没想到有两三个脏乎乎油乎乎的青壮年男人跟上了她，如果不是那位赵姓的老兵一直陪护她上了城铁，真不知会有什么后果。结果秦岚只好离开"禁地"，留下许多的神秘和遗憾，心想我哪天还会再来访的。

两个月后，从《香港日报》上，秦岚竟然发现了通知她去省驻港办报到、担任临时驻港商务助理的广告文字。秦岚不敢相信但又不得不信，白纸黑字，清清楚楚，如果有诈，她可做证据向当局告发。另外，她想如此变化的唯一理由，可能就是那一封寄回的控告信起了作用，要么正在调查黎明父子，要么暂时将事搁置，也给秦岚一条路息事宁人。秦岚想冒险一试，无非你把我抓了，但我何罪之有？

秦岚把这则广告连同报纸收拾好，专程去找了香港中文大学英语学院的罗莎女教授，因为过去外事活动中曾有接触，留有通讯地址。就把这份报纸交罗教授收藏，秦岚给女教授说：如果我被抓去或受到迫害，请你为我伸张正义，因为我是无辜的，我相信您对宗教的虔诚！当然，秦岚把经过告诉了一个信仰宗教的外籍教授，也是对她深深的崇拜和信任。女教授欣然受之并资助了秦岚五百港币，秦岚推辞不过只好千恩万谢。

省驻港办，只是内地自己的说法，那时内地一些省份以各种名义在港设了一些办事处，云南地处边陲对外交往多些，也就在港租下几间不大的门面设了一个商务窗口，承办内地和省里的一些往来商函业务，对外是商务，对内是驻港办事处。秦岚倒没费太大的事，就在九龙区的一个稍偏僻的小街上找到了。接待她的正好也是一位女士，听她说已经来港快十年了，姓古。古女士把这位"不速之客"从上到下狠狠打量几遍，看得秦岚都有些发毛。但古女士口吻却十分亲切：

"十分欢迎的啦，我这里又多了一位姐妹啦！您先稍事休整一下，钟主任一回来，我们就具体给您安排住所、工作啦，您先熟悉一下情况再说啦！"

秦岚从她口吻中感到这还算是一位较热情而认真的女同事，又是从内地来的，就有了亲切感。

古女士看了秦岚的工作证和已经过期的护照，看了看秦岚不十分理想的衣着，随后又说：过一会儿我陪你去买身衣服，理个发，打扮一下，你还是个美人胚子的啦！秦岚脸红了，这才发现古女士戴着黄金项链和铂金钻戒，也还算得上一个人才，瓜子脸上还有个迷人的小酒窝，小巧窈窕的身材，各方面挺搭配的。从她嘴里才知道通知已到两周多了，一下子找不着秦岚，就只好以广告形式通知，没想到刚刚三天，她就来了。她只隐约地知道秦岚赴港未归，其他不知所以。两人姐妹般的一阵热聊，秦岚两个多月来紧张的身心放松了。秦岚见天色不早了，就给古女士告辞说明早一准来。两人依依不舍地分别了。

这天晚上，秦岚在附近找了一家稍好点的旅馆，洗了一个热水澡，头一挨枕，就进入了沉沉的梦乡。

黎明时分，秦岚忽然看见东边天空出现一团火球，火球朝着她越飞越近，眼看就要将她吞噬，秦岚大叫起来：

"庆生哥哥，救我，救我呀！"

一声大叫，一头冷汗，惊醒了秦岚，原来是做梦了。梦中的叫声还那么清晰，秦岚不由得想：庆生哥哥，你此刻想我吗？是不是见到我几周前从贫民窟里发出的信正在为我着急？又想：为什么黎明那么热切地追求而我仍心有保留，仅仅是因为对官宦人家的一种天然警惕吗？还是心里总有庆生的影子？这么说来，黎明的急迫和失当似乎自己也有的责任。

起床后，秦岚决定，一旦工作落实，即给庆生去信告知一切，免得哥哥心中不安和挂念。

62 庆生的妻子秀琴工作了，任务不重，每天打扫一下图书室，打好开水，把图书排整齐，就等着老师学生们来阅览和借书。早上九点半开门，下午四点半就关门，一天上四五个小时的班。这点活儿在秀琴手上不算个啥，不几天工夫，图书室就被收拾得窗明几净，老师同学们来看几次都说图书室大变样了，跟原来不一样了，其实也就是窗子亮堂桌子干净而已，书还是那些书。大家满意了秀琴也高兴。她还能有较多时间料理家务，照管庆生和孩子，虽是忙点，但秀琴辛苦惯了，又正值年轻，心情也好，这些都不在话下。只是凌芬母亲退休后闲下来，也想为家出点力，帮媳妇干点力所能及的活，却插不上手，帮不上忙。有时候帮着淘米洗菜，却不料吃饭时吃出沙粒，凌芬脸上就挂不住，心想人老没用，连米都洗不干净了。秀琴有时一忙，说话也就急些：

"妈，你以后就歇着吧！还急得帮倒忙！"

凌芬发挥不了作用，使不上力，反而碍了媳妇的脚，除了尴尬外还想是否儿媳对她有意见。后来儿子上学后秀琴更加忙，要接送上学，还要做两餐饭，又觉得母亲不主动了，不会给她分担一些家务，婆媳俩就在这样的生活矛盾中慢慢有了冲突。秀琴忙得有意见，凌芬闲得有意见。秀琴偶尔气来了，也就打几下孩子，骂几句儿子。凌芬竟然感到她是有意跟自己过不去，在指桑骂槐，同时还护着孙子不让秀琴打。但性情刚烈的秀琴哪里听，一次还差点误打到凌芬身上。婆媳性格上的矛盾在新环境中慢慢显现，凌芬平常逆来顺受，但一旦忍不下去时也有一份倔强，或者就想一个人单独过吧，或者赌气出走，要不就是不吃饭，母亲不吃饭了秀琴也就吃不下去，害得庆生两头劝两头受气。

庆生出车祸后，母亲极度悲伤，儿子差一点出大危险，凌芬不敢想象，上天已经把丈夫埋葬在这里，难道第二代人仍然逃不出噩运？想到家务矛盾，肯定也影响到了庆生，想到媳妇秀琴的厉害，她也心存怨气。一次有意地说：

"夫贤妻不失光彩，妻贤夫不遭横祸！"

秀琴听了哪里肯依，知道婆婆说自己为妻不贤，但我一颗心扑在家庭，一颗心给了庆生，我哪里不贤哪里不孝？哪里做错哪里说错？老娘竟然说我这样的话？

于是家里又啼哭一场。凌芬哭，秀琴哭，小儿哭，庆生挠着头皮，想这是怎么了，日子过得好些了，一家人反倒不和睦了，那些年在农村的穷日子怎么能相安无事呢？母亲没有错，妻子也没有错，错就错在双方性格的差异上，婆婆柔弱但不失倔强，媳妇刚烈但竭尽真诚。要说，母亲一生受罪了，不能让母亲再受委屈；妻子毕竟浅薄一些，难免不理解婆婆。庆生说好了母亲又说妻子，几天之后，倒也都过去了。

此时秀琴性格的另一面，开始显现出不足：她孝敬母亲但觉着母亲管得太多；她心疼着庆生但又恨他迁就母亲。再苦再累都能忍受，但心里不畅快比什么都难受。只是她几乎从来认识不到自己也有缺点。她只是在庆生反复讲过道理之后，尤其是庆生搂着她温存的时候，她才默默地表示认过。

秀琴这一生中就把真心真情给了一个人，一生中也以这个人对她是否真心真情作为判断的标准。这也许是秀琴一生最真实、最根本、最厉害的地方。

庆生的腿伤已经痊愈。忽然接到秦岚来信，说好想再见见他。秦岚并不知道哥哥受伤，但庆生此时正急于知道秦岚去港的缘由，就赶紧约好去了北京见秦岚。两兄妹见面，秦岚趴在庆生怀里，哭诉了遭遇，终于讲出了与黎明的爱情与仇恨。庆生几番劝慰，告诉秦岚独身一人流落香港很艰难，说万一不行你回青海来吧，我会想办法接收你。但秦岚说我已没脸面再回内地，好马不吃回头草，既然走出了这一步，就必须闯出个样子。庆生苦劝无用，也知道秦岚的倔强和坚强，只能由她去吧。庆生给秦岚几百元钱，秦岚执意不要，只说下次不知何时见面，哥哥你多抱我一会儿好吗？庆生眼泪就出来了，就与秦岚长久地相拥。

后来，秀琴还是从庆生口中知道了这一切，就说你骑车想秦岚走神出车祸，这会儿伤刚好又想秦岚，便又跟庆生吵了几句。庆生知道秀琴爱他容不得别人，也就原谅了夫人。

63 飞速发展的社会展示着万花筒般的奇妙，就像高空的烟火，辉煌灿烂而又迷迷蒙蒙；就像大海的漩涡，深藏于汹涌的波涛下面不知深浅。知识不再被看重，大胆也可发财；贞操已不重要，情色开始泛滥；诚信受到嘲讽，陷阱越来越多；权利倍受青睐，官风民风日衰。你如果不仔细看，那河里似乎漂流的全是肮脏和污秽。

在丁楠姐姐、县妇联主任丁靖的帮助下，县信用联社同意以质押方式给国强贷款五十万元，但必须用于农发项目，养猪养牛、绿色产业等都行，但不能贷款给工业或商业项目，这些国强欣然答应，他想自己已经有了鱼塘等农业项目，至于贷款最终用到哪里，他有办法调整变通。

但到了办理手续时，却几天见不上帮忙的信用社殷副主任，国强心急火燎，找到妻姐丁靖，丁靖说也可能是主任忙着没工夫，也可能是要回扣的门槛，你们不行再想法找找看，我这里有他家的住址。国强和媳妇晚上九点敲开了殷主任家的门，寒暄一阵提出要求能否这两天办好手续，便将一个随身携带的礼品盒放在桌上使个眼色说一点心意请主任务必帮忙。殷主任只是扫了一眼，面露笑容说不用客气，我会尽力的。

回到家里国强媳妇说："款还未贷上就先丢了三万元，打了水漂咋办？"国强说不会吧，现在有权者的胃口越来越大，三万元算个啥！结果第三天就接到通知，国强以二十几万元的质押贷的五十万元顺利到手。国强心里只是一半高兴，丢了三万元换来五十万，如果我丢六万元那就可以换来一百万啊！这个生意能做，这些官员心还不算太黑，太黑心的听说给了钱还办不成事呢！

这条路一旦畅通，国强就又邀请了几个兄弟哥儿们，三凑六合凑了近一百万元资本。看着这一大笔资金，国强有点吃惊，但他马上想到北京当兵时的那几个老乡战友，据说资本几千万元，坐的是宝马车呢。再一想，离开办公司注册资本一千万元还相差太远，又愁肠百结。

嫂子惠萍知道了兄弟的难处，灵机一动说："我帮你忙，你将来给我算股一百万元，只要行，我差不多一月内帮你把公司注册成。"国强心花怒放，说嫂子我们是一家人，只要办到，股份算你一百万没问题。

不到一个月，国强以千万注册资金的资质，由工商局颁发了企业执照：周南县国强房屋建筑有限责任公司，但其实只交了三百万。后来嫂子惠萍神秘地告诉兄弟：两个领导帮了忙，一个是你们知道的农业局长，还有一个是县农行行长。支出二十万，换回二百万，实际注资也没一千万，他们说你这就可以了，有的注资不到百分之二十也就过关了。这中间蹊跷多了，你们慢慢就知道了。最后严肃地给兄弟说：

"我股权一百万不能少，要知道我是付出了代价的！"

国强连连点头，晚上在被窝里媳妇丁楠说：你知道嫂子的代价是什么吗？国强似有不解，丁楠说：

"女人的屁股！"

两口子相视而笑，国强不禁为哥哥的羞辱感到内疚，但为了发展也就顾不了许多了。

两年后，国强房屋建筑公司的产值达到了三千万，交清税金，还清了所有贷款，还有纯利润近三百万，国强果然给了嫂子惠萍分股一百万，给几个哥儿们入股人分股一百万，自己留下一百万。分配完毕后，又作为各三分之一股权记入，仍以三百万的资金启动了新一轮的房地产竞争。

由于国强的大度，使得这个公司内部凝聚力大大提升，声名鹊起，很快跻身于县里十大建筑商家。国强被县里评为优秀农民企业家，奖励小汽车一辆。国强的成功给了云峰无比的荣光，也给整个家庭带来荣耀和财富。哥哥国兴虽然蒙羞，但也无可奈何，而且对巨大的收益十分满意，也就不十分追究媳妇惠萍的不检点行为了。农村承包责任制后，大家不在一块儿干活儿吃大锅饭了，乡邻们除了忙天偶尔相互帮忙收割外，基本上互不来往，一些蜚短流长的闲话传播反而慢了下来，而且家家只顾发财谁还管人家闲事。人们看到哪家变化大，楼房修得早，不是在外做生意，就是有女娃在外"打工"，有的竟然一年两年就盖起一座楼房。人们心里明白嘴上不说，后来就总结出来一个道理：

"十年前的人笑娼不笑贫，十年后的人笑贫不笑娼。"

村里老人们说："这跟旧社会时差不多了哩。那时候妓女卖身在青楼，如今小姐卖淫是开房。"

64 界生被下岗后，只能拿百分之四十的工资，加上后来上官好的工资又调整，一家人收入不足一百五十元钱。四口之家，孩子上学，使得本就紧张的家更加捉襟见肘。两口子只好在房后的荒坡上开垦出几片地来，加起来也没有两分。但一年下来，辣椒茄子西红柿、土豆红薯大南瓜随季节收获，还真起了作用。两口子有时还将这些土产品送点给同事也被大家称赞，都说现在世道变了，老大不如老二，工人反过来给农民打工，真是三十年河东三十年河西啊！但为了生活，工人当当农民也是可以的，工人农民本来就是一家嘛，要不为啥党旗上是镰刀斧头呢！

上官好也是个好女人，她打骨子里就没有骄矜之气，文化不高，待人纯朴，个头适中，相貌平和，给人一种娴静温柔的感觉。她发现了界生，看上了界生，爱上了界生，界生才敢喜欢和爱上她。她曾多次劝告界生，处事不要太过认真，对承包制后的老总要支持配合，但界生总是左耳进右耳出，总说是企业今不如昔，尤其对老总用人唯亲、广纳亲戚占据要岗意见很大，总是反对。界生说：承包制是共产党的天下还是老总的天下？是工人说了算还是老总一人说了算？工人阶级还算不算领导阶级？工厂还要不要党领导？界生越说越气愤，上官好也理论不过，只好叹口气说："为了这个家，为了孩子，该低头时你得低头啊！"

后来界生与几个战友一起去北京上访，上官好就一再拦阻，但终于未能挡住界生，恰夹赶上北京学潮，界生加入游行队伍喊了一阵口号，但未能进入天安门广场，也就没有感受到广场上的腥风血雨，回到家里还给上官好说："我如果去了天安门广场，就和学生一样豁出去了！"上官说："当时我看电视上那游行的场面惊心动魄，就在画面中找你，心里念叨着千万莫出事啊！"

话虽这么说，但界生还是想着养家糊口是第一位的，老婆孩子的嘴不能挂着啊。他从未做过农活，但一两年的实践已使他成为了一个种蔬菜的能手；他多想能有个一二十亩地，自己耕种自己吃用，只要能过上丰衣足食的日子，就是这工人不当也罢，工资不拿也罢。"三十亩地一头牛，老婆孩子热炕头！"这是过去批判的小农思想，现在却成了界生这个产业工人的心头之愿。但他却没有一点可能得到的土地，他是城市人，父母一代就是城市人，农村农民也不可能接纳压根儿就沾不上边的人来瓜分自己的利益，所以想归想，也只能想想罢了。

另一让界生挠头的事，是母亲凌茹。凌茹六十多岁了，一个人孤零零地独居街巷，起居无人管，吃饭自己做，冷暖无人问，还不如孩子小的时候，一家人穷在一起，也还有个热闹的时候，现在想打想骂连个对象都没有。而且她身体越来越差，常常有卧床不起的情况。这个时候，才托人捎书带信，女儿小慧回家看望母亲，好的话，住下来照料两天。也是到了这个时候，凌茹才感到了一丝温暖，想到自己一生颠沛流离，终于养了一双儿女长大成人，不管成龙成凤，总算够着了饭碗，儿子娶了媳妇，女儿有了婆家，自己总算歇心了。见到女儿回家看她，毕竟是母女连心，说到伤心处，相拥着流下泪水。母亲说：

"我不会连累你们姊妹俩，死了往火葬场一送，留把骨灰也行，不留往地里河里一撒也行。只是希望你们好好生活，把你们的后代教育成人！"

小慧说："我不争气，给妈丢脸了，但是我又有什么办法呢！这就是命啊！妈你不是也说'人的命天注定'吗？就认命吧！"说着又流下许多羞愧、无奈和悲伤的眼泪。凌茹一见，反而又恢复了坚强：

"哭你娘的腿！用拳头把眼泪打回去，吃苦受累往人前混，混好了才算是娘的女儿！"

凌茹的坚强性格，决定了她不会去跟任何一个儿女一起生活而要独立到老，也就决定了她晚年生活的凄凉。

三年以后，当她病卧不起、生命垂危之际，她的外甥庆生来到床前看望，此时的庆生，已是中国西部一个县的县委书记。他心里始终惦记着这个与父亲合得来的大姨，在她弥留之际前来送行，但凌茹还是一眼就认出了他：

"你是庆生！让大姨摸下你的脸！"

母亲河

庆生看着已经脱了形的大姨和一只干枯的手，把脸伸了过去。泪水滴在了凌茹的手上。

"不准流眼泪！男儿流血不流泪！姨看见你，就看见了文雍，见了你，我就闭眼了！"

半个月后，接到凌茹死讯时，庆生正在参加一个重要会议，他即拟发一份唁电传出：

界生兄及小慧妹：

惊悉茹姨去世，不胜悲痛！因公务不能亲临送葬，特表深切哀悼！我等皆须不负前人，努力工作，谨以此诚向一位中国最平凡的母亲致哀！大姨千古！

贺庆生于 1991 年 9 月 21 日

第十二章　高山湖海

65 十年，是一个不短的岁月，但又不长。十年，一个人能成长为少年、青年、壮年，乃至老年；十年，能使一个家庭发展，村子变化、社会富裕。然而历史长河中的十年，仅仅是那么小的沧海一粟、高山一木。在中国，却好像每过十年，便是一个里程碑，是一个历史的转折，是一次飞跃的起步，也往往是历史上辉煌的一页。

二十世纪八十年代末的"北京学潮"，将在中国史册上留下沉重的一笔。北大、清华等校一批知识精英们，发动学潮打出了"要民主反官僚反腐败"的旗帜，加上国内外各种因素，引发百万人的大游行乃至打砸抢烧杀，造成社会政局的严重动荡。一支强有力的曾经拿枪的手，依托强大的军队和政权的力量迅速平息了动乱。从此，中国走上了大发展的二十年。

时过境迁，今天一些学者问道：假如当初不平息动乱，中国能赢得二十年平稳发展的时间吗？另有学者说：如果当初支持了学潮，中国哪里会有今天官僚腐败的高发和积累的社会风险？假设是有趣的，甚至是美好的，但却是无用的。

高山仰止，大海扬波。历史不承认假设只承认事实。但历史的结论又常常被后人改写。让后人评说去吧，中国二十年发展和巨变的史实却是一座永远的丰碑！

中国共产党以它的成熟和光辉，带领着这个民族以辉煌和振兴的姿态跨入了新的世纪！

二十世纪九十年代初，贺庆生从西部高原调回了故乡鑫州市东江县。

这里在地理上已经属于南方，但实际上却还在巨大而横亘的秦岭山中，县内平原丘陵交织，高中低山缠水绕，雨量充沛，气候宜人，农业发达，交通却相对闭塞。这儿又与庆生出生的汉江同属一条水系，只是在水之东，故曰"东江"，千里流淌最终汇入长江。这里距鑫州市一百八十公里，基本地理气候环境相同，但人口规模和发展状况却与鑫州市的平川县相差很多。

庆生交流调动的一个很大因素是车祸。他在西海市干得顺畅，风生水起，在副书记任上因平息草原纠纷声誉大起，任西海市长后又因发展交通、开发工业受到好评，本可以在西海州展翅扬帆，却不料一场车祸，把他的雄心壮志撞了个虎落平阳。刚在医院清醒过来时，他仍是激情滚滚，思绪万千。只是从又一次昏迷中醒来后，才感觉到自己已从天国回到了地上，脑子里成了一片空白，激情不再燃烧。人从地狱归来，仿佛已经走了长长的路，很累很累，需要的是平静和休息。又仿佛带回了地狱之门的阴沉，他开始变得宁静，而不再激烈和狂放。

庆生一待伤情稳定，就拄着拐杖参加会议，出席河西三桥的典礼仪式，开始新的走路锻炼和工作谋划，而此时的调动正在进行。母亲凌芬出面找了过去的老领导，说我不能让父子俩都扔在这西海州。也是组织同情，恰好有东西部干部交流的机遇，就同意了庆生内调。而东江县恰因县委书记空缺，就接纳了这位年仅三十八岁的年轻同志。市里主管书记谈话时庆生还要求继续做县长而不当县委书记呢！

一上任，庆生的激情和责任又恢复了，他一口气跑遍了二十多个乡镇，爬了无数个坡岭，查看地形地貌，了解历史和发展现状，细察一座座水库和一条条河流，分析农作物的品种、长势和收获，吃的农家饭住的农家床。这一气儿就跑了近两个月，回到县城时，头发长长衣服发黄，胡子拉碴一脸红光，老婆和孩子一下子没认出他来。

有一张照片，贺庆生与一农家五口人在核桃树下拉家常，两只黄狗静卧在脚旁，背后是大山和一溜半瓦半草的房。可能是秘书照下的，几年后才被发现。一段山民的语言，表达了农民群众的褒扬：

"年轻书记能吃苦，敢睡我们的青枫床！"

"书记没架子，跟我们说话不外行！"

"这个书记好，就是跟有些官员不一样！"

三个月后，一篇调研报告《关于东江县域经济发展的调研与思考》在《东江通讯》发表。

以此为依托，贺庆生在干部大会上做了第一次讲话《东江经济发展的现状和展望》。这次演讲，既是一次在全县干部中的公开亮相，又是三个月调研与思考的总结与提升，一下子抓住了干部的心，鼓起了工作干劲，从思想上扬起了不发达山区改革开放和发展经济的风帆。

后来，在县委八届三次会议上，"解放思想迎开放，科技教育促发展，依托资源办工业，突破多经活农业，务实苦干比作风，三年变个大模样"的思路、方针和举措被全会通过，作为指导思想在全县贯彻执行。庆生的第一步工作思路得以顺利推行。

这成功的第一步，让东江县的群众似乎看到了希望。接下来，却是颇为棘手的干部人事了。这个期间，庆生带着母亲和妻儿从市里搬进了山区，他决心给人们留下一个真实的印象，决心在一个新环境中再写一页人生的辉煌。

66 进入二十世纪九十年代，中国民营企业旗帜高扬，很快占据了半壁江山。春月的公司改名了，她觉得以个人名字作公司名似有招风之嫌，而且公司已经有了大小股东二十余位，完全是一个股份制企业，"春月"就显得名实有别了，因她占有百分之五十多的绝对控股权，所以改名还是她说了算。于是春月征求了女婿的意见，征求了老公和公司几个大股东的意见后毅然决定更名为"合众股份有限集团公司"。这时公司业务已经涉及房地产、餐饮、娱乐、酒店等几个行业，并正式将"戈华电子公司"并入，进一步扩展了业务范围，增强了资本实力，发展成一个拥有三个亿注册资金的有限责任公司。春月成了正式的老板董事长，老公自愿当了顾问，台湾的女婿王华任总经理。女儿王戈赴加拿大攻读博士，其余两个女儿也都先后大学毕业，一个当了公务员，一个当了中学教师。

那天晚上晚餐后看电视，教书的三女儿问春月说：

"妈，你现在觉着还缺啥？"

春月白了三女儿一眼，"妈什么都不缺了，就缺你们姐妹们孝敬的心眼儿！"

女儿笑了，说："我们三个女儿想孝敬您都不知道该咋做呢！妈吃喝不愁，穿得洋洋活活，用的洋房小车，出门上车有人管，省市开会首长见。您什么都不缺啊！要说缺嘛，我看您是缺少了跟老爸当年的那种亲热劲儿，把我老爸扔到一边，老爸可能有意见呐！"

春月伸手在三女儿头上轻轻拍了一下：

"你个三女子，操闲心，自己二十五六了不嫁人，还嫌你妈不好好对你爸！你知道你爸这会儿多快活：吃饭好，身体棒，睡觉香，见了美女眼放光。你以为他闲着？我还得把他看紧呢！"

一屋子人笑起来。老爸说美女好，谁不想多看几眼，你妈年轻时多少小伙子追着看，却没我有福气，还是我看得准啊！

三女儿一个不经意的逗笑乐了大家。笑过之后，几个人沉思一会儿，好像都在想：人富起来了，现在缺少啥？

云松的大女儿逢秋改行到了鑫州日报社，就再也没有了艺术的环境和条件，没有了靓装与舞台，有的只是领导们的批件、编辑们的文章和内稿。逢秋文化程度低，只好当了印刷车间的班长，成天跟印刷机打交道，耳朵里是一片片的"咔哒"声。后来设备不断改进，自动化程度大为提高，逢秋这才有了一点工作的乐趣。

逢秋一儿一女。儿子当了厂工，先学技术后跑销售，忙着外省外市猛跑，顾不得家里妻子女儿，更照顾不了老父老母。女儿师范毕业先教书，后遇机遇调入县教育局当了公务员。逢秋一家人生活虽辛苦，但总算波澜不惊，平平安安。儿子结婚分开后，家里就靠了女儿媛媛，她吃住在家温暖着两老双亲的心。女儿聪明伶俐，文静秀气，深为两位老人心疼，被视若"贴身背心"。女儿也孝顺听话，工作顺心顺意，很是满足。但看着已是二十四五的姑娘，说了几个对象都因看不上做罢，成为了逢秋两口子的一块心病。

春暖花开了，那天女儿媛媛领着父母到江堤上观景，忽然遇上了师范毕业时的院长贺玉宁，女儿毕竟已是公务员，长了见识，就上前见过并自我介绍说是某某级某某系毕业生，多次听过院长报告，就是没有这么近见过。今日一见，弟子倍感荣幸！并介绍了自己父母。言谈中却知道院长亦是周南人氏，并是贺湾贺家，系贺湾村第一大门贺根生一门，与逢秋的姑父贺文雍竟是一个家门，一下子亲热几倍。拉起家常，方知媛媛尚未婚嫁。院长心中一喜，欲言又止，只说已经认识了，常来常往，我家儿子交通大学毕业后亦留校工作，有机会你们年轻人见面聊聊，都是老乡嘛。

一次春游，遇到有亲戚关系的老乡院长，逢秋两口子心里充满了春色。看着爸妈高兴，女儿也兴奋不已，逢秋看着女儿的高兴，一丝滋味涌上心头，轻轻叹口气说：

"媛儿啊，你最让爸妈高兴的事还没影子呐！"

女儿说："我就不急。你们不是说婚姻是缘分，缘分一到，山水都挡不住吗？"

67 云峰的三子国强十年间崛起于农村，其实是个必然。

国强的爷爷奶奶一辈，就从商经营小本买卖小杂货店，置办了几十亩田地，要不是大哥云松早年为养家糊口和供几个弟妹上学，把田地大多卖出，那被划为地主就绰绰有余了，就因到解放时家里只剩下几亩田地出租，便被划为"小土地出租"成分，然而当地农民也还是把他们叫"小地主"的。这种遗传的商业基因，使得周南县的赵家因商而起，因商而落，因商而发，在一个新的时代中演绎着基因的强大。加上国强在北京当兵开阔了视野，与丁楠家联姻有了一些背景，尤其是虽为农村，但其实是县城之中，有着发展的地理优势。于是，从二十世纪八十年代初开始，一个赶毛驴的车夫就变成了二十多年后县里数一数二、市里有名气的房地产开发老板：国强房屋建筑有限责任公司董事长兼总经理，已经拥有了一个多亿的固定资产和三千多万元的流动资金。国强这个农村的泥娃儿，终于可以扬眉吐气了。

丁楠也发生了巨大的变化：出门奥迪车，进门脱皮鞋，头发打旋涡，嘴巴红艳艳，腕带白玉镯，脖子金项链，冬穿毛大衣，夏天裙子短，夜里打麻将，早晨睡到十一点。经济巨变促使生活方式发生巨变，生活方式巨变也拉着思维和观念向前。

人间悲喜剧好像有着规律：贫穷时由悲转喜，富贵时由喜转悲。很多家庭没有跳出这个圈圈。

国强太忙。企业涉足的领域在拓展：建筑业，已经由建农民的小楼房转向建几千万、上亿元的大楼房；矿山业，要把赚来的钱投入到铁矿铅锌矿；服务业，公司办公楼的管理和部分酒店用房的经营等，仅这三大产业门类就够他忙的了。他花高薪雇了十来个建筑业骨干和大学生，花低薪雇用了几十个本地年轻姑娘，公司员工达到了百人以上，要培训要管理要吃饭要效益。白天不是市县跑关系就是跑工地，晚上连电视都少看，回到家里媳妇不在，好在保姆已把一切都打点停当，吃完饭洗个澡，看一眼电视就呼呼睡去，多少次都是保姆把他搀回到床上。

丁楠闲得无聊。除了吃喝打扮、逛商店看电视，剩下的就是交友打麻将。儿女都上中学了，只需安排给钱，其他也管不上啥。丁楠好不自由自在，想着为老公的事业自己也付出了努力和心血，前几年亲自掌管财务，跟着一块上市县打通关节，疏通贷款，总算心没白操劲没白使，现在这个家业至少有她一半！自家亲戚们的三亲六姑的也拉扯了七八个挣钱养家，丁家父母也已去世，几个哥哥姐姐们环境也都可以，县里当妇联主任的姐姐已经升任了常委宣传部长，就这也还有时拉扯着让妹妹妹夫请客送礼，自己白捡便宜，妹妹记着姐姐的好处，当然什么也不说。

那天嫂子惠萍来约，说县上新开一家镭射厅，老板给了两张票，放内部电影，咱一块儿去看。丁楠一口答应，她正愁着没处消遣呢！晚上八点，放映厅终于开映，能容六七十人的放映厅里只落座三分之一不到，全是大人，男人居多，女人只五六个，没有一个小孩。怪不得是内部发票呢，不知放什么电影。过一会儿，电影片名出来了：《乱世佳人》，美国片。电影过程冗长，许多镜头是黑白的美国农场景象，偶尔也有几个拥抱接吻的镜头，都已经不新鲜了。电影放到九点过后，场子里有点乱起来，有人说外国人说话听不懂，字幕有时看不清，有人说电影名字好听，那个斯嘉丽的疯疯癫癫不如中国女人，不看了吧，有人说放个刺激的片子吧。放映的人说就怕你们不敢看！这其中有一个干部模样的人说："别多说了，放就放呗！"

几分钟后，中国差不多人人皆知的《潘金莲》徐徐上映。从潘金莲送人为奴入虎口，到西门庆偷情潘金莲，一直到武二郎狮子楼怒杀西门庆，故事引人入胜，尤其是那赤裸裸的性动作，看得人心旌摇动。丁楠好几次低下头，但又忍不住去看反复出现的情色镜头，直看得心惊肉跳，几次想要离开，但却见惠萍毫不动摇，只好硬着头皮看到终场。

结束时已经十一点多了，丁楠待要看清一下来的男人时，几个有风度的已被老板领进里屋。

丁楠问惠萍："这种电影不能看。谁给你的票？"

"看把你吓的！不就是搂抱着床上滚地下滚嘛，你看见人家什么了？"惠萍不在乎地接着说："听说还有真刀真枪的，什么都能看见！就是老板不敢放！"

丁楠知道惠萍有跟县上几个部门的领导熟悉的神通，又问："是那个农业局长民政局长给的票吗？人家为啥不看？"

惠萍说："你别打破砂锅问到底，人家看得多了，说有几张票浪费了就送了我。你没见那个叫老板改放刺激电影的男人？我记得好像是哪个局的什么领导。管他呢！现在改革开放了，人家美国都性开放了，我们连看个搂抱的电影还蒙着眼睛，其实男人女人哪个不是那回事！"

惠萍嫂子一席话，缓解了丁楠的紧张情绪，心里好像有一股奇怪的水流声在咕噜，叫声嫂子：你放得开啊，以后多教教我！

惠萍说："改革就是开放，放开才叫解放思想！你还高中生呢，连这都不懂！"

回到家里时，国强正好不在，丁楠一夜翻翻腾腾，脑子里潘金莲西门庆的镜头挥之不去，总感到有种莫名的激动。身下燥热起来，丁楠伸手摸摸，下身里一片湿热……

天亮时分，丁楠才睡着。

68

钢厂的承包并未现出新的生机，企业以新的债务归还旧的贷款，设备无力改造，产品质量低劣市场萎缩，承包人无力回天卷资逃匿，党的工作削弱，工厂人心涣散。企业生存，唯有靠财政救助或银行输血。钢厂里，差不多到处是粉尘和泥泞，炼钢炉、传送带锈迹斑斑，连厂部门前的几排香樟树都是灰尘蒙面，耷拉着蔫萎的头颅。

界生兄妹，走入了更深的低谷。

上官好又下岗了，界生两口子一个月生活费这时总共三百元，这还是后来涨过几次工资后的待遇。但两个学生一年交学费就得一千元，占去年收入的三分之一，剩下两千元怎么维持生计？

你也可以买断工龄，算下来二十年工龄可以拿上三五万元钱，但这点钱就买断了一个工人阶级的今天和未来啊，界生上官都不愿走这条路。

上官去向父母寻求帮助，但不可能多次开口啊，子女不能孝敬老人，反而向老人要钱度日，简直羞于启齿！界生有冶炼技术，会调度生产，但却没有用武之地，整天愁眉不展叹声连连。日子过得不如农民，一天紧似一天。

"好，你在家撑着吧，我得外出打工！"界生说。

上官好眼睛红了起来。不出去日子没法过，出去吧家里就一个妇道人家加上两个孩子，短日子支应尚可，长久下来却怎么过得去啊！真没想到改革开放这么些年，工人的日子越过越心酸。不由得泪流满面，界生心软了，算了吧，再苦再累，夫妻在一起，总是有依靠。

熬着吧，天无绝人之路！

界生在厂里把丢弃了的角铁、钢丝、螺杆等，凡是可以拾到的都偷偷用麻袋收拾起来，用自行车推到废品站卖点钱。或者在街头的临工点上，等雇主叫去打谷子帮忙，一天能挣十块钱还管饭，没有人知道他是工人阶级而且是调度科长，只看他埋头干活，一天很少说几句话。

那天回来很晚，见妻子上官也背着一麻袋东西，打开一看，竟然是一包白菜、青菜帮子。上官说这是蔬菜市场收工时扔下的废菜，我看着可惜就拾回来了，好几个女人拾呢，要不还能多拾点。界生看着脸色渐渐菜黄的妻子，看着她那过早爬上眼角的皱纹，握着妻子过分粗糙的手，把妻子揽在怀里，泪水扑簌簌地流下来。

一个月后，界生突然失踪。上官好见了留下的一张字条：

"好，我不忍心看着你日渐消瘦和憔悴，怪只怪我没有本事。我外出打工，要挣钱。我不会死，你也要坚强，管好孩子！"

界生忘了在这个条子上写日期，想是因为不知哪天能走。上官好却牢牢记着这一天是一九九五年六月十一日。此后，她把这张条子保存了十几年，一直到后来界生又成为钢铁厂总工时，她才把这个字条交给界生。

界生买了一张站台票，从车窗爬上火车，就一下子溜入硬座底下，连同衣裤躺在了开往大上海的火车。他身上只带了十多元钱，只够吃几天饭。敢于以这种方式乘火车，是因为界生年轻时就有过这种经历。乘警一般发现不了，就是发现了也就是叫你补票。只要不影响乘客，就是一个睡觉的好地方。天热但车上还有空调，躺在火车座位底下其实不失为穷汉的一种选择。车到郑州时，一路平安的界生刚刚睡醒。乘警查票时他不是在厕所就是在车厢的连结处。总之，界生竟然一分钱没花直达了大上海，演绎了一段真实的"三毛流浪记"。

界生的胞妹小慧此时已跟那个盲哑学校教师离婚了，盲哑学校教师把孩子留给了小慧，说他不管这孽种，意思很清楚，他不承认这个本是他亲生的儿子。因为他压根儿就不相信小慧是纯洁的，在他心中，小慧就是一个新时代的妓女。这个人民教师给予小慧的，除了醉酒后禽兽般的性折磨外，就只有深深的心灵创伤。

小慧坚强地活着，她没有工作，只能在城市给人当保姆干临工。她到货场拾煤渣烧饭，到菜市场拾菜叶子做汤，给饭店洗碟子，给老板搬运杂物，甚至到医院厕所干掏粪工。小慧要坚强地活下去，就因为，她生了一个儿子，她有盼头，再苦再累，也要把儿子养大！

后来儿子十五岁了，就开始谋生，弄了一架弹子游戏机走街串巷，竟然跑到三百里外的东江县城找到了表叔庆生，庆生给了三百元钱，打发他离开了东江。再次见到这个小表侄时，已经三十年过去了。

第十二章　高山湖海

第十三章　野火春风

69 二十世纪末叶的十年，中国国企大改革、大分化、大动荡、大变革。国退民进，抓大放小，租赁拍卖，兼并破产。一轮比农村改革更深入、更艰难、更伟大、更复杂的改革实践，深深地影响和改变着中国。

发达的南方省份，广东、江苏和浙江，中央的特区城市深圳、厦门、珠海，凭借着天时地利，捷足先登经济高点，民营企业如雨后春笋早已占据半壁江山。一时间，中国大地上由东南向西北的国企改革浪潮此起彼伏，成为时尚的风景线。中部学习东南，让利配股搞重组；西部对沿海开放，学习赶超"陈卖光"。东南沿海的私营业主们闻风而动，低成本扩张；国企垄断行业依托优势，不断地壮大着地盘；连国外财团和资本都看着中国这块淘金地的无限风光。

中国大地春风拂动野火绵延，就像一个巨神，虽有无穷的神力但却被甲胄紧扣难于施展，改革真正触及体制障碍，一大批国企奄奄一息，民企却野火燎原。中国改革何去何从？未来经济如何发展？执政的共产党人如何抉择？

许多事物在悄悄地发生，许多观念在悄悄地改变，连同潜藏于这个民族肌体中的文化积淀，都在蝼蚁之穴般地空蚀和溃塌。以至于当我们猛一回头时，却发现已经走出了很远很远。

庆生关于东江县的发展思路和举措，以及他务实苦干的精神作风，不胫而走，在县里引起了巨大反响，已经聚合起了一股向上的力量。但是在中国的政坛上，伴随官员终身的，始终是那种似有似无、似强似弱、有形无形、形神不定的力量。庆生感觉到的，那就是上级、同事和下级。

按庆生的心态和习惯，他从不想动任何一个部门领导，而只是希望下级在工作中表现出敬业和责任就行了，他会认贤而任，助其发挥和成长。他从不揽权，也不会用权，只想着更好地给老百姓办点事。在这点上，可以说庆生还对官场规则了解太浅或者叫太过稚嫩，但也许正是因为这点，才被看中，上级领导认为庆生是一位忠诚、正直、可靠的共产党干部。三十八岁的年轻市长、四十岁不到的县委书记，应当说也具备了一定的官场经验，熟悉了一些仕途之道吧，但庆生却不一样，他从来不去也不愿思考那么多的为官之道而只是想着借这个机会为百姓办几件实事，因为他常常想着过去吃过的苦，感到今天的满足，自家的事考虑得越来越少。

等到几个月后妻子母亲到了山里，安顿好了家里，庆生也把县里的基本情况熟悉了个大概，对干部情况也从群众口中了解了一些，心中有了底。

有了家就有了客人，而且有的是拦不住的，你告诉他说明天上班在办公室见，他说我已经在你门口了，请首长能见一面，无奈只好开门。一见提着烟酒礼品就赶紧拒绝，但来人态度坚决说只是表达一点心意，又不是行贿请书记一定给个面子。然后就寒暄几句迅速离去，说不定一会儿又有了敲门声。那个时代，走门子寻领导，基本上都还不兴拿"红包"，提两瓶"五粮液"两条"红塔山"，就是很重的礼品了。不收吧，确实为难；收了吧，形象不好而且庆生压根儿就不想要不义之财。庆生终于还是老办法，把烟酒让办公室主任登记后拿回县委办保管，用于县委的接待应酬，登记造册，但情况暂不公开，只主任一人知道，严格保密。

来人的意图很快就清楚了：大多数是上门表示关切问候联络感情，少数的，一部分是说一些县上的干部情况，表达一下自己的认识和愿望，一部分则是说我对东江做了多少多少贡献，应该考虑有个提升，无非如此。这后面的一段时间里，庆生又专门拿出一个月，召开十多个座谈会，各部门领导汇报工作，谈新的工作思路和打算。庆生当场提出一些明确要求，说我一个月过后要见效果的。

庆生的干部工作思路是这样的：在工作中识人，允许人思想转弯，但不允许不干工作，特别要防那些不干工作倒弄事非的干部。绝大多数干部都是好的和比较好的，同样的队伍关键看怎么带。一个半月后，庆生召集县委会议，安排开展重点工作检查，分工业、农业、基础建设三大块，庆生亲自率队检查基础建设这块，重点工程主要有三个：一个六千千瓦的水力发电站，一个十万吨的水泥厂，一个县城河堤堤防工程。在发电站，庆生沿着上游山上的电站入水口走了六公里路，其中有三点五公里的穿山隧洞，县委办林主任劝他不要走了，但庆生硬是坚持着穿了一双深筒胶鞋走了近三个小时，终于把隧道走通。沿途细细查看隧洞工程质量，了解电站落差，然后又沿着二百米高的入水管一步步几乎垂直着走到机房，汗水哗哗地流，但当他看到三台各两千千瓦发电机组均已安装到位，听了厂长关于电站建设的经过和工人们的辛苦攻关，查看了电站施工日进度和关键技术要求册子，询问了一些不懂的技术和管理后，在现场召集了一个会议，让本组回来的五位部局长们各抒已见各谈体会。部局长们累得气喘吁吁，说自己从来没有徒步走过隧道，今天一见进度和质量都大加赞扬感触很深。庆生当即鼓励了建设的干部和工人们，要求在下次的全县会议上介绍经验。庆生十分激动地说：

"我代表县委政府，感谢电厂工人同志们和领导的辛勤劳动！我们一定要把这种艰苦奋斗的精神学习好，带回去，为建设东江而奋斗！"

工人们看到书记那一身的泥巴和满脸汗渍，心里早就服气了，他们议论说，这可是一位好书记，很少见呢！其实他们谁也不知道庆生一年多前还拄着拐杖走路呢！

在检查水泥厂的时候，庆生被通知回市里开半天会。第三天，当他出现在县城堤防工程工地现场时，人们看到的竟是一位怒火冲天、大发雷霆的汉子：

"这是谁家的承包商？偷工减料，不负责任！这是不是豆腐渣工程？是不是王八蛋工程？"

县委书记贺庆生脸色铁青，嘴唇发紫，怒骂着眼前的城建局长。

城建局长周祖文被骂得狗血喷头，一迭声说："我们重弄我们重弄，坚决返工！"

原来昨天会议一完，庆生就赶着下午返回了县里，知道明天是河堤堤防工程检查，就有意识下到河堤上把那已经凝固的沙石扳扳，没想到竟然连续扳下几块来，而且石上的水泥能用手捏碎，这一下庆生火冒三丈，这样的质量能经得起洪水冲刷吗？这不是拿人民的血汗钱打水漂吗？简直是王八蛋！第二天清早他就让县委办林主任通知城建局长，务必到工地现场，同时叫来了县监察局局长。贺庆生一通雷霆般的指责，也把这位周局长吓了个够，老实说，自他把工程承包给建设商后，他天天派工程人员去监工，但怎么就没监督好呢？他自己倒是很少到工地，去了也是走马观花，从没发现什么。这天的会开成了质量分析会作风整顿会，也让人们看到了这个年轻书记厉害的一面。

第四天，县监察局即派出调查组，从工程质量入手倒查责任，一百多万的堤防工程如果都是这样的质量，后果不堪设想，这就是对人民犯罪！这里面有没有幕后交易？有没有行贿受贿？要用调查结果给群众一个交代。

与此同时，城建局、水利局几位工程技术人员全面检查已建好的全部堤防，如有类似情况，一律返工！

仅仅两周，承包商没向政府另外要钱，重新加固的百米堤坝竣工，验收合格。而城建局分管工程的副局长却因有受贿嫌疑被纪委"双规"。

在一周后的检查汇报会上，县委书记贺庆生高度赞扬了水电站建设者们的负责精神和苦干作风，严厉批评了城建局堤防质量是极为严重的不负责任，是对事业和老百姓的犯罪！也对汇报中谈到的农业发展中多种经营项目进展不力提出了质询，并就工业上反映的几个事项进行了安排。

又是半个月过去，城建局长周祖文被降职，农业局局长被林业局局长代替，农业局长任县农工部副部长，县委农工部副部长任林业局局长。

一个小小的调整，被庆生做得胸有成竹，雷厉风行。社会舆论却风平浪静，群众说早就该这样整，否则一个个都是小官僚了，这事业还怎么干？尤其是豆腐渣工程在县电视台曝光后老百姓开始说：

"看来县上来了个硬杠子领导，敢整事，咱老百姓有盼头了！"

但也有人说：

"哪个当官的上台不咋呼几下子，敢真处理才算邪呢！"

后来知道局长被降、副局长被"规"起来，这才相信县委动了真格的。

个别干部却私下说："别嚷嚷太早，那周局长就这么算了？人家台柱子硬着呢！搁几天还整好的位置呢！"

70 正当四月，周南县大地一片葱绿和金黄相映，碧绿的树木青青，金黄的油菜花香。蜜蜂正是最辛苦的季节，以繁忙和辛勤劳作酿造着甜蜜。大地万物苏醒，都争相展示最美的青春。

上午十时，正当国强忙着与外来几位客商商谈生意时，县检察院三个干部拿着传票带走了国强。几位客商莫名其妙，但知道可能有什么事了，要不检察院会找上门来？于是纷纷开道离去。正好这天丁楠去了鑫州市逛商场，直到晚上七点才回来，打电话叫国强回家吃饭但电话已经不通。丁楠想国强的电话从来都有人值守，他不在时也有人接听，而今天任你再打几遍，电话只是传来"嘟嘟"的声音。丁楠突然预感不好，这几天眼皮老跳，她就感觉有点不对劲。昨夜里也梦着一位标致的帅哥追着自己不放，追得她无处躲藏，吓醒时还在想这个梦。这时一想不好吧，赶紧找人问问。一问公司，方知国强已让检察院叫去，秘书小吴后来也被叫去还未回来，检察院已通知传讯国强，让公司告知家属，但公司一时慌乱只想等她回来再告知。

丁楠一屁股坐在了弹力很好的沙发上，自己把自己吓了一跳。怎么会有事呢？我们从来没有违法经营啊，也没有得罪过哪位领导，为什么传讯国强呢？难道是，我与马经理的事出岔了？丁楠心中一紧，马经理被国强称作"白面虎"，是否是他做鬼？但又一想，马经理虽然与自己暧昧一年有余，但从未被国强发觉，而且她也并非想离开国强，她跟马经理的事很大程度上是被动的。更何况是检察院传讯，也与马无关啊！丁楠凭着自己的分析能力，在脑子里拼命地划着问号，自己纠结着，但是一整夜，她都没有得出一个较为清晰的结论。

丁楠刚开始打麻将时，只是和嫂子等其他几个女人一块儿玩，时间一长就有些腻歪，因为女人们打牌点子都很小，一般就是一两块三五块，一个晚上输赢也就百十来块钱，没多大刺激，特别是丁楠手气好，牌技不错，赢多输少。她倒不是想赢多少钱，她有钱花。但她如果哪晚上赢回来一二百块钱，她就半夜睡不安稳，老是心里激动，老是没有睡意，老是想着下次玩大点，刺激更大些。

牌友余佳的男人也是经理，从业电器营销，仪表堂堂，白面书生般儒雅，名叫马魁。马魁第一次找媳妇余佳，一见丁楠，四目相对，便有了一种灵犀之感。余佳是个马大哈，还只管介绍说这是国强老总夫人如何如何。有了第一印象和第六感觉，后来又有了几次相遇，马魁给丁楠留下了好感。不久他们相约在县里的光明商厦见面，马魁的营销部就在那里。营业厅里电视、音响、空调一应俱全，看来经营规模不小。马经理热情地欢迎着丁楠，殷勤地介绍着各种电器的功能特点，说愿为夫人服务，您尽可以放心购买，一切从优。

"马经理资产不少哇，是大老板！"

"哪里哪里，比起丁姐您差得远了！我这些货都是厂家的，我销售提成，厂家供货。"

"哈，好事，那你把货拉跑了呢？"

"这你就外行了，当然要有足够的保证金和信誉啊，没有天上掉馅饼的事！"

电视机播放着漂亮的画面。他们两人愉快地聊着，但丁楠再没有正面看马魁一眼，倒是那马魁不时偷偷看丁楠几眼。丁楠想去看一眼马魁的办公室，马魁高兴极了，说你不要笑话啊，比强哥的差远了。丁楠说不要客气，参观一下。

马魁让丁楠坐在了自己的办公皮椅上，说您来趟不容易，人又漂亮，我给您照几张相吧，说着就取出索尼相机"咔哒"了几下。丁楠干脆就摆了几个姿势，让马魁摄了几张。一转眼看到马魁开了一半的抽屉里竟有一张裸露着双乳和身体的碟片，让丁楠一下子想起了那晚看的镭射电影，脸上飞起一片红霞，竟然有些失神遐想的样子。马魁敏锐地发现了丁楠的变化，走到丁楠身后，看见了半开抽屉中的碟片，似乎一下子明白。突然，他从后面抱住了丁楠的脸亲了两下，丁楠没有回声，眼睛闭了起来，马魁见状，立即把一张热烘烘的嘴唇贴了上去，两片嘴唇便贪婪地吸吮起来……

此后，国强的有次出差，马魁就神不知鬼不觉地钻进了丁楠的被窝，两具活力充足的动物，便做起了相互愉悦翻云覆雨的事……

一整夜，丁楠都在过往的激情回忆和灵魂的拷问中度过。

第二天下午两时许，国强却意外地自己回到了家里。一家人像见了救星一样把他迎进门，又是一连串的渴盼已久的发问，引得这么多年都没有流过眼泪的国强感动起来，他终于抹了一把尚未流出的泪水，给母亲和妻子说：

"有人举报我们虚报注册资金，这是犯罪行为，我已如实给检察院交代了，就等着处理吧！"他这时是跟检察院的人一起回到家里，是要从家中密码箱里找几个证据。

母亲蒙了，丁楠蒙了，一家人都蒙了。什么叫虚报注册资金啊？我们从来没有听说过还有这罪。

一阵深深的沉默之后，丁楠说："我们一没偷二没抢，三没反对共产党，资金注册多少不说，我们把企业办起来了，我们给县里创造了财富，给县里争了光，看他们能把咱吃了！"

国强说："不说了，就这么大个事，有我担着。就是不知道是哪个瞎怂背后恶人，也不知安的什么心！"

丁楠无语。她在心里想，莫非真与白面虎有关？

71 界生混到上海时天还没亮，他好不容易爬越过几列停在站台的火车，钻到其他道口时却碰上一位扳道工人，扳道工人警惕地说：

"站住，你干什么的？"

模糊的灯光下，只见界生黑乎乎脏兮兮的。工人说你从哪里来要干什么去？界生一时语塞，心一横说老师傅您抬个手，我是下岗工人，没钱买车票，从河南混到这里，是要找个亲戚找份打工的活。扳道工迟疑一会儿说不行，我没看见你就算了，你现在跟我走，去东站派出所吧，我得尽责任。

界生一听心里咯噔一下，心想这可麻烦了，一千多里路都过来了，咋一下子让扳道工给卡住了呢。一交派出所麻烦不说，把我遣送回去咋办？心里一横，说那就去吧，看能把咱个老百姓杀了！走了一大截子路了，扳道工问：家里有老婆孩子？界生答有！界生说我是瞒着老婆跑出来的，不知老婆现在伤心成啥样呢。扳道工停下了，顿了顿给界生说："跟我走，顺着铁路往前走，边上有个煤料场，有门，你去吧！"末了又加一句："记住，我们都是工人，家里都有老母亲和妻儿，我为她们放你！"

界生这一生念念不忘的，就是这样一位铁路扳道工，他多想把这个人找到叫一声大哥，或者老爹都行。但那时他却忘记了问人家姓名，也没看清楚是什么长相。记忆中，那是一位中等个头、稍显壮实宽大的人，扳道工，又像锅炉工。但这件事，已是刻骨铭心永生不忘了。

界生从小就是城市贫民，在他所在的城市火车站捡煤渣拾柴火，被赶出来多次，也从车站混出来过多次，这个本事界生有些与生俱来。他后来还想，人被逼得走投无路时，什么事都敢干，什么路都敢走，什么奇迹也都可能发生。

界生在上海扛麻袋，拉架子车，往汽车上装卸货物，帮城里人往楼上搬家具送水，一个月下来竟然能净挣四五百块钱。他留下几十块钱，剩下的赶紧寄回给上官好，他在信中说，他没有死，能挣钱养活家人，让上官放心。有一天上官来信说贺庆生曾到矿山看过她们母子，告诉了通讯地址，并说万一有困难需要帮助时，可写信告知。界生想我虽穷但人穷志不穷，不能让表弟笑话，况且人不当官都一般，一当官，天下乌鸦一般黑，都黑心了，不求他！

后来，上官好的又一封信中说表弟不错，给过小慧儿子三百元钱，人家还记着大姨对他父亲的那份情义。这时，界生才算想通了。就在给庆生的信中简单述说了几年来企业的艰难和上海两个多月的生活状况。一周过后，表弟庆生来信，说他可以帮界生说说，因为他是有技术的人，可去找上海宝钢里的同学，还亲笔写好了一纸推荐信。

半个月过后，界生接到喜讯，由庆生的同学帮助，厂里同意聘界生为冶炼车间技术员，临时月工资三百元外加计件奖。

终于，这位历经四年生活坎坷的工人阶级，在自己的生命旅途中出现了重大的转折。多少年后，界生、庆生两老弟兄均退休了，说起当年的际遇，两位老人都眼含热泪。最后都欣慰地笑了，说：

"这种日子过去了，就永远不会回来！但愿我们的儿孙不要忘记我们曾经经历的这一天！"

72 逢秋的女儿媛媛自那日在江边与贺玉宁见面后，在贺院长心中留下了一点冲动，是为儿子的。儿子毕业于交通大学，学机械制造专业，本应分配去某大机床厂，但由于贺玉宁与交大校长是老同学，就以机械系教师缺乏为由将已是硕士生的贺涛留校当了教员，结果贺涛反而觉得无用武之地，书本教学与机械实践总是脱节，要么是教学乏力，要么是先进机械总是超前，于是枯燥的机械原理总是讲得不能如愿。差不多是落后的原始机床和制造工具，偶见一先进制造产品，却很难与所学原理挂钩，使得贺涛郁郁寡欢、心情不畅，快三十的人了连对象也没谈上。玉宁一见媛媛，心中忽然想她能成为儿媳，该有多好。又知是与贺家有亲戚世交，更觉可行。至于门户，就显得媛媛的父母文化条件差些，但女儿是大学本科又不是找父母。

那日回到家里说起当天的事，玉宁就给夫人透露了这一想法，夫人与他一拍即合，非常赞同提亲，只是儿子那边不知顺与不顺。得给儿女们创造一个接触的机会，这样一想，就决定五一节放假时让儿子先见一面，看情况再说。

玉宁说：现在的娃，二十四五不谈恋爱，三十岁了不想结婚，与我们那时大不一样啊！老婆说：我们这代人那时吃的虽然差些，但却是无毒的，现在这代人啊，吃得膀大腰圆，但化学成分多，可能是伤着哪块神经了，不想谈恋爱也不会谈恋爱。玉宁说：那可不准，学校里学生早恋的情况多着哩。老婆说：那怪谁呢？玉宁没词了，最后竟咕噜一句：

"恋爱啊，可能与父母基因有关！"

老婆瞪玉宁一眼，"难怪你那么聪明，二十岁上就什么都知道！"玉宁想了想认真地说：

"是你教的！"

五一节中，贺玉宁夫妇在家准备了一桌酒菜，专门邀请逢秋一家三口来家做客。其实通过几次电话逢秋已知道了院长的意思，她心里也很热火，巴不得赶快确定媛媛的婚事也早省这份心。这天刚一进门见到玉宁夫妻的热情接待很过意不去。但总算让孩子们见面了，两个娃娃先在贺涛房里看了会儿电脑，不知说了些啥，便又去了屋外阳台的小院子里看盆景映山红和花去了。两对老两口心中会意便不干扰，只在客厅里摆起家谱，说了不少贺家和赵家几辈子的事。

晚饭后，媛媛和父母离开院长家返回。院长玉宁认真问儿子贺涛，你对媛媛印象怎样？贺涛说好着哩！玉宁说你感觉媛媛对你如何？贺涛摸了摸后脑勺说：

"说不来，好像没啥感觉！"

"爸妈是先结婚才有感觉，你们还没结婚能有什么感觉？"

"爸你不懂，我们这代人恋爱啊，就是找感觉！"

贺玉宁要不是有院长的涵养，早就骂儿子一顿了，但儿子已大了，工作了，你就不好再骂娘了。玉宁只好忍下一肚子气：

"好吧，那你们就找感觉吧，三十岁过了，你就会感觉到悲哀了！"

媛媛回到家里，爸妈也着急地询问她的态度，印象如何感觉如何？谈得来吗？一句话，急得恨不能自己当家。女儿媛媛想了想回答："不怎么样。"接着又说："还可以吧！"

妈妈逢秋看得出女儿的矛盾心理，说我看着人挺老实的，找对象人品第一，千万不能把终身托付给靠不住的人。爸爸还未开口，媛媛又说："我说不怎么样是看他有点书呆子气，有些木讷；我说还可以，是感觉他待人诚实，不说大话。"

爸爸说："那你究竟看上看不上？这事可来不得半点牵强，是你们一辈子的事啊！"

媛媛看了看父母认真而焦虑的神色，自己先笑起来：

"看您二老紧张的，好像是给自己挑对象！"

顿了一下又说：

"爸妈你们放心，我有谱着哩！我这叫欲擒故纵！"

逢秋笑了，"鬼丫头，心计还挺多！"

第十四章　沉浮岁月

73 国强以"虚报注册资金罪"被批捕，使得一家人顿时陷入极度的恐慌混乱之中，公司经营顿失客户，且被查封。

原因其实倒不复杂。县检察院连续接到十余封举报信件，其中具体列举了国强房屋建筑有限责任公司注资一千万，但实际只出资三百万，并侵吞股东利益，强占资金一百万，工程质量低劣，自己挥霍无度等事实。分管检察长见所反映情况较为具体，就向检察长口头汇报后批示：请转县公安局，建议调查。县公安局分管经济侦察科的吴兴礼也收到过这方面的信件，并说有县里有关领导关注此案。随即抽调人员组织调查取证，结果证实：国强一九九二年以三百万资金注册了一千万的有限责任公司，工商局颁发了营业执照。按当时规定，本应在两年内再补足百分之二十的注资但至今未补，存在涉嫌经济犯罪，建议拘捕查处。随后检察院也接到县里有关领导的指示，于是批准将国强逮捕。

此案让县里炸锅了，不少人包括部分民营企业家纷纷叫好，说这个公司早就该查处了，就是女人厉害，上面有腿，所以没人敢动，这下可出一口气了。但也有知情者说，国强公司虽为民营企业，但由小到大，为县域经济发展做出了贡献，也未发现有大的偷税漏税或违法经营，这之中说不定存在猫腻。

国强被捕后，丁楠不思茶饭，三天后形容枯槁，仿佛老了十岁。她百思不解，我们诚实守法，辛苦经营，刚刚有了些成就，怎么一下子就成了罪犯呢？我们也没得罪什么人啊，怎么就有人举报呢？思来想去，她又想到了马魁。马魁在与她的接触和亲热中，总是喜欢问国强公司的历史，每次只要涉及这个话题就十分仔细，还惊诧地表示："你们太了不得了！太不容易了！我要好好学习！"丁楠也不以为然，曾向马魁说起家底：

"总有一两千万吧！一二十年的心血啊！"

"难怪我们楠妹子越活越年轻！"马魁一见丁楠就有些按捺不住，说到高兴处就冷不防亲上一口。

是不是马魁这狗日的暗中使招，占有了我还想占有公司？

突然闪了一个念头，让丁楠深深一个激灵！马魁说过，如果他有钱了，会让丁楠变得更美更阔。但在丁楠内心，马魁充其量只不过是个宠物罢了。她无意间得到马魁，其实是马魁强占先机；但就是在激情中，她也总是还有应付仍有保留而不能达到默契。愈是这样，愈加剧了马魁的欲望。他想要占有丁楠，已经谋划多时了。

国强被拘捕第三天，马魁就前往丁楠家，他看着丁楠枯槁的面容，心里一惊：这女人，心装两个男人！但面儿上还是充满同情和悲哀，一再劝慰丁楠要想开些，一再声称要通过各种关系给予帮助，还给丁楠吹嘘说在公安和检察院均有朋友，你的事就是我的事，万难不辞！

丁楠泪眼蒙眬中只见到马魁两片红红的嘴唇在不停地翻动，一只热乎乎的手不止一次地碰触到自己冰冷的手。但听到马魁的关系，有些心动起来，脸上现出昔日的活力，让马魁差点又激荡起来。

丁楠说："真有关系？能帮我忙？"

马魁答："我会骗你？为你我赴汤蹈火在所不惜！"

"好！先谢谢你。如有可能，请你把国强犯些什么罪帮我搞清楚。再者，能让检察院不要捆绑和殴打国强。"

马魁一一答应。临走，在丁楠脸上深深吻了一下。

74 春月与周天佑在台湾曾吃过一次饭，且互相留了通讯号码。

周天佑与春月年龄相当，父亲周浩之随同老蒋逃台时他尚在襁褓中。当年，为了能与丈夫一起赴台，天佑母亲不惜以身体作为代价。去台湾后，天佑父亲虽有升擢，但却留下心病，他怨自己无能，也怨妻子不能虚与委蛇而失身于团长。但作为妻子，夫妻如果天各一方，哪年哪月才能相逢，让她寸断肝肠。这才忍着在逃亡准备中终于睡在了团长身下的耻辱跟紧了丈夫，但团长却真的说到办到，让丈夫带着她们母子一并飞往了台湾。后来才知道，蒋介石当时有令，在可能情况下，要带一批家眷子女赴台，尤其是年轻女子。这样一是稳定队伍，二是到了台湾也不至于"饥荒"过度。早知如此何必当初！天佑母亲还落下了臭名，浩之两口子暗自垂泪像吃下了苍蝇。

几十年过去，如今浩之已经是国民党空军某师副师长，天佑与后来在台出生的两个弟弟也都分别是陆、海、空军的三个军官，偶尔回家，就听父母讲起对故乡的神往和对大陆亲戚们的牵念。碰巧两年后春月到台，适逢乡党聚餐，见到春月，还很为春月那样的神情和口才所迷恋和倾倒，想大陆姐儿竟也是不一般，就有了好感互留了电话号码。

但此后的几年里，却并没有与大陆通话的自由。这几年，台湾老兵一再发起运动，寻根认祖，请愿示威，政策稍稍有了些松动。其实在天佑内心，他对大陆的感受还是恐惧多于怀念，什么共产党计划生育上房揭瓦拉猪拉羊、什么共产党收税逼死农民，等等，真正感到想念的，还就是大陆的亲人。但从这几年看，大陆变化大，社会发展快，人民的日子好过多了。这几年大陆人衣着华丽不差台湾，手头阔绰胜过台湾。但在台湾人眼中，被妖魔化的共产党形象还是根植于民众之中，一说到两岸统一，台湾人摇头的多点头的少。

春月去信邀请天佑三兄弟访问大陆，回县省亲，并说我们是亲戚啦，我姑父的儿媳是你的姑姑，你们回来就可见啦。天佑知道在大陆他有个大伯叫周浩成，听说过得很苦，"文革"中差点因台湾关系被批斗致死。这几年，大陆对台开放，才使得台湾人敢于投入资金到大陆从商。大伯家的日子有了一些改善，社会地位反比以前高了，"台属"成了金字招牌。于是便想着真的哪天回去省亲一趟，也见见各位亲戚们。

只要有了念想，梦想就能成真。

十月金秋里，受春月之邀，周天佑省亲终于成行。

春月领着女儿女婿前往西安机场接站，但这次只回来了老大天佑、老三天齐，老二因故没能如愿。

在回周南县的途中，春月带着女儿王戈，派出一辆白色丰田面包车送天佑兄弟俩，让天佑兄弟深感温暖，没想到一回大陆就遇亲人，而春月也放下公司业务，母女俩亲自送他们回周南省亲，兄弟俩觉得过意不去，一再推辞。春月看着台湾兄弟的认真劲儿，说：我母女也回个娘家，去奶奶坟上烧个香，去看一眼二爸云峰，也是顺便。天佑兄弟这才同意，一车人向着秦岭山中驰去。

金秋十月的秦岭，簇簇红叶点缀着青松翠柏，像一簇簇燃烧的火焰。天高云淡，莽莽苍苍群山逶迤，远远望去，真是风景无限。

天佑看得激动起来，竟然背出几句唐诗：

远上寒山石径斜，
白云生处有人家；
停车坐爱枫林晚，
霜叶红于二月花。

王戈亦被这秋日的景色所陶醉，说从未看过秦岭的秋天，竟是赤橙黄绿青蓝紫，胜似一幅山水画。听了天佑吟诗，兴趣更浓，说我们也在山里来个"停车坐爱"吧。母亲应允，于是就在山里平坦之处停下车来，一行人下车深深吸了几口山中的空气。

天佑说好甜的空气啊！老三也说秦岭真美！

近处，河里流水汩汩，繁芜斑驳的树影婆娑，黑色的柏油路伸向前方的深处；远看，苍山如黛，白云飘过，红叶深处，竟还有白墙红瓦的民居星星点点，点缀出一幅南山悠然的农耕美图。

美景深深打动着天佑兄弟，心内激情涌动着，想在台湾也有阿里山，也有太平洋，但怎么就不会有回到出生的故土、回到亲人身边见到景致的感慨和冲动呢？天佑想着，什么时候一定要把尚在病中的老人带回故土，让父亲再看一眼家乡的山水后瞑目吧。

一路畅快，半天时间不觉就到鑫州，又过了江，在漫天红霞的夕阳里，天佑回到了阔别四十多年的故乡泉湾村。几串鞭炮和一群大人孩子在天佑的伯父周浩成的院子里迎接这两位客人。

春月回到老家周南便来到二爸云峰家里，见到一家人一脸的不祥之气，就感到有些不对。晚饭之后，春月对重病在床的二爸云峰问长问短，二爸方才说出了国强的事，春月大吃一惊说就没听说啊，二妈蒋文英悲伤地说："不光彩啊！你们离得远，就不添麻烦了！"

春月毕竟生意做得大，见的世面也多，说着嗓门儿也就提高了：

"水来土掩，兵来将挡！不怕！"

顿了顿又说："得想办法弄清情况，争取把人保释出来。这样吧，我帮你们请律师！另外，能否把情况写信告诉庆生表弟，他也可能会想想办法！"

云峰支撑起病弱之躯，颤声说了几句：

"人怕出名猪怕壮。这几年国强夫妇也张扬了些。人要倒霉，一是利益争夺二是女人纠葛，这里头准能找得出原因啊！"

春月连连点头说，我听着哩听着哩，您老就保重身体，别管那么多，我们会弄清楚的。国强的媳妇丁楠脸上一阵红一阵白，心里抽紧，生怕老爹说出更不中听的话来，就打岔把春月母女拉到二楼的卧室，叙说了事情的缘由。说已经托人搞清楚情况了并疏通了检察院，防止国强在看守所吃亏。末了请春月务必帮忙找好律师准备材料，查找证据。也同意写信告诉表哥庆生，请他帮助做些工作。

春月一腔兴致被国强的案件冲得没了精神，第二天去奶奶坟头烧纸敬香，此时奶奶已经去世二十六年，这是春月第三次看望奶奶。

次日，她没等台湾两兄弟，带着女儿回了自己家。

后来，庆生的夫人周秀琴专门宴请了台湾两兄弟。

75 界生到宝钢是生命中的重大转折，虽然是临时聘用，但却使他大开了眼界，接受了宝钢严苛的管理和技术熏陶，看到了一个国家级大型钢铁企业宏伟的蓝图和神奇。宝钢在中共十一届三中全会刚召开时，就在长江边上打下第一根桩，十多年过去，已经成为了中国最大的钢铁企业，并已跻身世界五百强之列。宝钢人的拼搏奋斗和牺牲精神，让界生有了新的境界；宝钢严苛的企业管理和技术规范，更让界生受到了教育和升华。界生去了宝钢冶炼车间，从最细小的环节学起，对用料选择、配比，对冶炼高炉的入料和温控，以及对出胚的各种型钢质量和瑕疵鉴别，他都一一重学，认真把握，并不因为他曾是车间主任而马虎。他自觉地把自己当成了主人公，而且有一种回到岗位的自豪感。半年中，他除了每月给家里寄三百元钱之外，很少说劳动苦累的事。每封信上，他都说现在很好，给国营钢铁厂打工，又是一个钢铁工人了！

只是到了周末的晚上，界生才有了孤独和寂寞的感觉，想起家里的妻子和儿女们。他感到欠妻子太多，一个女人家独自在家支撑，而自己外出打工，虽然挣钱养家，但家里的那份劳累可想而知。尤其是睡醒之后，一想起上官好那哀怨的眼神，界生就内疚得无法入睡。他的工作虽然得到了领导的赞扬和肯定，但他还是有一种自卑感，感到自己不配在这样的大企业工作，感到自己过去几年中的有些行为已经不是一个工人阶级应有的作为，感到自己没有为企业尽到最大力量反而约人去北京上访的荒唐和幼稚。看到大上海的日新月异，就想到自己那个山沟沟里那片灰蒙蒙的天和不能饱腹的孩子们，心里隐隐地痛。自己对改革过程的艰难缺乏理解和支持，对改善企业现状缺乏主人公意识，进而走向消极反对改革，这也对不起党组织对不起政府啊！作为工人阶级，你在新的历史时代怎么承担责任？怎么走在时代潮流的前面？反躬自问，界生在思想上发现着不足，似乎对以前的事有了一点新的认识，思想境界有了些提升。

一件事情刺激了他。

那天，冶炼车间评半年奖金发放，那时候发放奖金还是要评一下的，厂里发给的奖金不能平均分配。车间几十名职工都同意给界生按最高奖金发放，唯有车间主任有不同意见，在做结论时他说：界生同志工作踏实认真，吃苦耐劳，这都没问题。但是界生同志是介绍过来的临时工，如发最高奖，可能厂部那边不会批准，我的意见是少发百分之十，界生同志没意见吧？

界生像吃下了一颗酸杏，咽不下去又吐不出来，只好说："给我发奖金已经是很大照顾了，人要知足，我没意见。"

事情过去后，界生心里多少有点疙瘩，就那几百块钱的超产奖，还因为临时工身份而被扣去百分之十，钱多少不说，这种歧视让人心里憋气。想来思去，界生原本打算长期干下去的思想动摇了，而离去的念头又强烈起来。但在厂的每一天，界生都没有偷懒，他还借下班和工休时间，仔细地学习察看宝钢生产的飞机汽车型材、家用电器型材的制造技术和工艺流程，到图书馆借阅技术书籍潜心研究。慢慢地，一个改造故乡钢铁厂生产技术的构思在脑子里形成，而且，离家愈久，愈是思念妻子儿女。终于，在界生入宝钢两年零七个月后，他婉言拒绝了厂里的挽留和希望他通过调动进入宝钢的盛情，决定回到自己的故乡钢厂，还是想

第十四章　沉浮岁月

从那个地方爬起来，进行一番人生拼搏。

界生回去了。这次他不用溜车底了，而是坐上了干净明亮的直达火车返回了故乡。

76 秦岚暂时留在香港。后来在北京终于见了哥哥，兄妹俩痛苦缠绵，秦岚没有答应哥哥回去的要求，反而进一步坚定了闯荡的决心。

秦岚是个要强的女子。一旦工作稳定，便又通过中文大学英语教授罗莎的帮助，考上了英语系硕士研究生，她一边工作，一边上学，既辛苦又充实，慢慢压在心头的屈辱也就不那么烙心了，就慢慢淡忘了。睡不着觉时就想前想后，偶尔一个人悄悄流几滴眼泪。她已经基本上给庆生说清楚了与黎明的情况，只是省略了一些过程，她想庆生就是再笨也会猜出来的，但她始终无法把黎明的肮脏用语言表述，她是怕伤了庆生哥哥的心。而且她竟那么坚定地相信，总有一天，她也会在香港见到哥哥。当她知道庆生仕途顺遂，此时已经由副书记提升为市长时，内心激动和高兴，认为自己没有看错庆生，哥哥肯定是位优秀人才，一旦给他一个舞台，他就会演出一出威武雄壮的活剧。秦岚用哥哥的喜悦不断地冲洗着心灵的伤痕，同时把庆生与她小时候的故事一幕幕在脑海里一遍遍播放。为什么明明知道庆生已经结婚，而且自己是妹妹，但就那么地不能忘怀呢？秦岚有时也问自己，她逐步明白了，原来就在十四五岁时的那个阶段，庆生就已经成了她心中的偶像，她就朦胧地想过，庆生是异母哥哥，如果能成一家人那将是对后母凌芬的一种补偿、一种安慰。老人说男孩二十不懂事，女孩十三啥都晓，女孩比男娃知事，还真有道理。

就在这个时候，内地爆发了一九八九年的"六四"学潮，香港中文大学学生会亦组织了学生游行声援，并致电北大清华，在校学生们纷纷签名声讨中共腐败，以各种方式向内地施压并鼎力支持学潮，一时间香港各大报纸摇旗呐喊，鼓噪不已。

秦岚坐不住了，她把对黎明父子的仇恨连同内地的官场现状连在一起，越发冲动，就积极地串联中文大学的内地留学生，致信致电给内地大学，并在一块"要民主，反腐败，坚决与你们站在一起"的白色横幅上以血书签名寄往北京。

秦岚好像又回到了"文革"时期，意气风发热血沸腾。她给哥哥写信描述了香港的事态，展示了自己的亢奋。她坚信"学生运动始终正确"是真理。她希望哥哥庆生也跟她想到一起。

随着事态的发展变化，开始出现打砸抢烧，局面混乱。学生静坐在天安门广场，中共总书记赵紫阳面对学生无奈地说："我老了，你们还年轻，要为未来着想！"秦岚眼睛湿润了。紧接着军队戒严，大批解放军进入北京，天安门广场清场开始。夜幕中，一批批青年学生手挽着手反对离去，但更多人被解放军战士连劝带拖，迅速带离了现场。

"血洗天安门"的录像带在香港地下流传，秦岚又一次流下悲伤的泪水，自己的拳头仿佛都要捏碎。

又是半年，内地动乱已过，一切归于平静之后，对事件的总结和处置开始有条不紊地进行。

秦岚被检查通报在香港中文大学策动学生支持北京学潮，签名血书证据确凿，责令云南省外办调查处理并上报结果。

秦岚又一次被卷进了政治旋涡。

好在调查结果显示，她除了与其他几十名中文大学师生共同签名外，并未与国内动乱有任何实质性接触，不能定为动乱分子。但须从严处理，视检讨认识态度予以行政处分。秦岚配合组织讲清了事件原委，说我是光明正大地支持学生，并没有参与支持任何动乱，你们也不用处分我了，我自己辞职吧。秦岚凭她在港掌握的情况和熟练的英语，相信能找一份工作，能吃一碗养活自己的饭。

于是，秦岚辞去了保留在云南的职务，很快在港一家旅游公司谋到一份翻译工作。

到了贺庆生回到中国中部的东江县任县委书记一职时，秦岚已从香港辗转到了台湾，一面继续做导游翻译，一面开始了受聘记者的流浪生涯。

77 贺庆生在东江县先后免职了四位局级领导：一个城建局局长，一个教育局副局长，一个商业局局长，一个扶贫办主任。他们都是因为失职或是受贿被调查而先后解职。那个教育局副局长是被一个小老板举报的，说他收钱不办事，拿出了送钱当场的暗中录音，藏在口袋里的录音机录下送、收贿赂的所有对话。县检察院反贪局以此为线索一举攻克这一受贿案，这个局长先被免职，后被开除党籍保留公职。此外还先后调整了不下二十名干部，主要是县委和政府少数部门领导的调整，也包括了对免职干部的任用调整和几名人大、政协的干部调整。

干部调整总体顺利，但也遇到几个棘手事情：一是某单位一个牛气的领导拒不接收派去的党支部书记；一是一个部门的局长被下派至乡镇任党委书记但执意不去。书记贺庆生让组织部把两位领导请来亲自谈话，讲清干部调整的情况和理由，最后严肃地说：

"这是组织决定，不讲价钱，不能更改。如果不接受或不愿下去，则同样就地免职！"

紧接着县委发出文件，规定三十五岁以下的科部级局长凡没有基层乡镇或基层工作经历的原则上不予提拔，已提拔的要实行基层经历补课，交流下派；今后提拔干部重点从乡镇和基层工作领导岗位提拔；并拿出共青团书记、组织部副部长、农工部副部长、城建局副局长等部局六个岗位进行公开竞争竞岗。县委书记贺庆生此刻运用的是自己当干部科长时深入调研进行过早期探索的一些思路和做法，这在二十世纪九十年代初期的中西部，也还是少有的。贺庆生相信，只要自己无私，方法细致，在一个县是可以成功的。

结果是可喜的。所有干部任免均按方案落实到位，一批年轻干部包括现任的几位部局长纷纷向组织申请要求去基层或到艰苦乡镇锻炼，共青团书记等六名部局长顺利竞岗到位。全县干部工作风气大为提振，一股干事创业的聚合力越来越浓。

一年中，贺庆生跑遍了全县所有乡镇、企业事业、学校机关，对全县农业、工业、基础建设现状有了更深的把握，对县情的认识更为深化。春节前，县委政府安排，群团带头，组织了一场精彩纷呈的文艺汇演，庆生请来了市委宣传部部长、市文化局局长来县观摩指导，得到了高度评价。

回到内地后的连续两个春节，庆生全家都在东江度过。

第二个年头中，东江的干部群众中流传出一种说法，说县委书记贺庆生思路清晰干劲大，是上面培养的苗子，肯定有后台背景，到东江来就是镀金，一年半载的就离开了。人们半信半疑，但有些分析头头是道，令人不得不信。

庆生从夫人秀琴嘴里最先听到，夫人被调入县文化馆工作，接触下面闲杂人员多些，从图书阅览室到文化活动室，能听到来自多方面的消息。秀琴听到后想没有啊，我们刚来一年多，怎么就会调走呢，就回家告诉了庆生。庆生其实也从个别干部口中有所耳闻但没太在意，经夫人秀琴一说，他倒分析起来，估计有两个可能：一是一些人看到县里干部作风变化和县里发展产生了一种好意的臆测和推断；二是可能在干部任免中伤及个别干部利益，故意放出口风，或者扰乱视线或者动摇一下自己。无非这些缘由。庆生这个人，遇事不设防不愿把事往坏处想、往小处想，心里也不存事，一想就过。我自岿然不动，由他说去吧！

没想到这股风竟然越传越劲，有的竟说得有鼻子有眼好像他马上就要调到市里任什么职务了。庆生这才想怕是有人想挤着他离开东江，于是便在一次常委会上公开表示：

"我郑重地告诉同志们，我曾向市委表过态，最少在东江干五年，组织需要我干多久，我就在东江干多久！"又说："县上风传我要调走，我想这是组织的事，也不是我们谁能说走就走吧！"

县委常委、常务副县长孟鸣笑着说："我们巴不得贺书记在这里干十年哩，谁盼书记走啊！"其他常委们也都说：别听社会上瞎传，我们坚决支持书记工作。庆生听了后接着以说笑的口吻说：

"那好，我就自己给自己再加五年，干他十年不离东江！"

这以后，传言竟很快消失了。

这时候，社会上的"段子"文化广为盛行。在一次接待上级来人的饭桌上，气氛很活跃，还是那位常务副县长先说起笑料。说大家知道吧，山里一户人家母猪下了一窝小猪崽，却不料一睁开眼睛猪妈妈刚舔干皮毛却一个个翻墙逃跑了。这家人十分奇怪，老公问媳妇你咋养的母猪？媳妇正气着呢，说："谁让你成天说改革开放，那肯定是野猪强奸了咱家的母猪，下了一窝子野杂种！"男人被噎着了，转眼一想就给媳妇说："那你说野猪跟人一样？"逗得大家哄堂大笑。大家都说起了当下时髦的"段子"。平时很少言笑的组织部长说了一个"七女上访"的段子。内容是这样的，说起来词语押韵，朗朗上口：

"某天，县长办公室来了七个女工要申报自谋职业。第一个女工说：一不偷二不抢坚决拥护共产党。二女说：不征地不盖房，上班只需床一张。三女说：不冒烟不污染，有了垃圾自己捡。四女说：不生女不生男，不用为难计生办。五女说：不偷税不漏税，公安税务减一半。六女说：咱不贪咱不占，不给纪委惹麻烦。最后第七女说: 原则国策都符合, 县长同意咱就办!

"县长怎么表态呢? 面对七女上访, 县长回答得干脆果断: 只要能够谋发展, 咋样来钱咋样干!"

大家笑得前仰后合, 北京来的领导说: "赶紧给我写下来!"

大家又是一阵热闹, 要北京领导说个段子, 北京领导推辞不说, 后来见大家一致要求, 就说了一个比较雅的段子。

当代中国, 民间"段子"曾在二十世纪九十年代一浪高过一浪, 人们只顾着热闹, 可能很多人没有想到, 正是这些"段子"在起着"蝼蚁之穴"的作用, 在慢慢地瓦解着中国人的文化传承, 在很大程度上起着涣散人心的作用。

后来听得多了, 贺庆生便感到有些问题, 尤其是可能影响到领导干部的作风形象。加上确有个别县级领导晚上打麻将打扑克很晚, 第二天开会打瞌睡, 干部群众私下有不少议论。庆生敏锐地察觉到, 如果这种涣散的作风不能被有效遏止, 将会极大地影响到工作任务的落实, 带坏干部作风, 带坏社会风气。于是他一方面研究制发了县委《关于警惕社会庸俗风气, 努力改进干部作风的九条规定》, 明确规定县科级以上领导如果参与赌博, 一经查实, 先予免职; 另一方面组织了机关党委演讲比赛, 安排机关党委和群团组织围绕社会民间文化及民间"段子", 围绕"接待是生产力吗?""麻将赌博与健康娱乐"等话题开展群众性的讨论系列活动和文化活动。自己在党员干部大会上做了《关于当前干部思想作风几个问题的思考》的辅导报告, 力求从理论上提高认识, 在实践中端正作风。东江县的几位"老江", 看着庆生无私无畏, 务实努力, 也都暗自佩服, 也便放弃了干扰计划, 较为积极地工作起来, 庆生对这些老同志, 格外尊重但又不失原则, 看见可喜的转化, 心里也觉高兴。

78 这期间, 逢秋女儿与贺玉宁的儿子贺涛结婚了。新一代的贺赵联姻发生在了二十世纪九十年代, 距当初民国时代贺文雍和赵凌芬结合, 已经走过了五十个年头。

媛媛跟母亲逢秋母女心气相通, 她性格温柔中含着谨慎, 故调入行政部门后施展自如, 既得领导喜欢, 又受同事赞赏, 不到三年就已被提升为科长, 二十七八的女子, 成为了机关的香饽饽, 好几个部局长托人提亲, 但媛媛总是婉拒，问的多了，她就说："那得等等啊，我现在还不急呢！"

人家背后说："别年轻着俏，成了老姑娘还没人要！"

媛媛不急，她心里有底。那次去贺玉宁家跟他儿子见面后，虽然感到贺涛有些迂，但她或许正是看上了这种迂，所以心动。但表面上，她不动声色，只给贺涛说请告诉我你的电话号码好吗？贺涛一见媛媛心中自是一喜，又知是世交，便多加一颗砝码。但见媛媛不卑不亢，热情但有分寸，矜持又有柔情，把握不住对自己究竟印象如何，便在父亲面前说没有感觉到怎样。而过后一周，媛媛却主动打来电话，问贺涛忙得怎样，让他常回家看看父母。贺涛又才感觉好像媛媛对他还有那么点意思，毕竟是有知识的人，贺涛把这些接触细细分析，感到自己对媛媛有点一见不忘，思索一番，过了几天就又通电话，约媛媛十一长假期间来交大校园看看，顺便给父母采购一点礼品。媛媛接到电话就心热，看来贺涛表面木讷一点但还是懂得她的心。要不是贺涛回话邀请，可能媛媛对他的印象还会打点折扣，这一邀请，媛媛倒还真想实地考察一下贺涛呢。

好不容易盼到"十一"。

这期间的三个多月里，贺涛又给媛媛写过一封信，那个时候已开始有了手机和BB机，但一部手机要上万元，只好多用BB机联系，贺涛写信，已经是年轻人手写情书的"泰坦尼克号"了。

贺涛的手写情书，又一次点燃了媛媛心中爱的火焰。媛媛后来一生都没有忘记的几句话是：

"你如果认为爱是永远的激情，你如果认为爱就是吸引，那就错了。在我的心里，爱是一种执着，是一种付出，是一种理解和支持，更是一生的责任！"

媛媛九月三十日便从鑫州坐车赶到了坐落于省会城市的交通大学，到达时已是晚上八点，贺涛将媛媛接到学校宾馆住下，吃完晚饭已经十点半了。贺涛和媛媛回到房间，却是谈兴正浓，因为媛媛坐火车已经睡足了觉，此刻毫无睡意，而贺涛正因女友的到来激动无比也正兴奋。于是两人便从所学专业开始，进行着异同分析的碰撞和沟通，又从年轻人当代认识与父母的"代沟"谈到父母一代的人生和两个家庭的邂逅，又从教育和行政工作的不同特点谈到各自的追求和努力方向。总之，时间过得太快，转眼间三个小时竟已过去，夜深人静，校园宾馆万籁俱寂。还是媛媛说：贺涛，你睡会儿吧，明天还有事。贺涛说：媛媛你睡，我就

第十四章 沉浮岁月

在这里看着你睡吧！两人你推我让都不肯妥协，媛媛灵机一动，说：

"这样吧，我们各睡各的，一张床一人半边，看谁先睡着！"

贺涛说要不我回宿舍去吧。媛媛说不行，这么晚了，你住得还远，"睡吧，书呆子，别封建呐！"

两个年轻人，终于和衣而卧，果然各占半边。但中间已经没有楚河汉界，刚开始的拘谨逐步变成了平静，而平静下来的身体里却是流动着的滚烫欲望。一个小时过去了，他们谁也没睡着。突然，媛媛翻过身，一下子抱住了贺涛，在他脸上亲吻一下。贺涛用嘴封住了媛媛的嘴，两个嘴唇紧紧咬在了一起。媛媛大口地喘着气，眼睛没有睁开，开始有些呢喃。贺涛的手准备伸向那片危险的高地时，两个人几乎同时坐了起来。

媛媛说："亲爱的，我们必须等待！"

贺涛说："坚守到最甜蜜的时候！"

爱的欲火一经退却，困倦袭来，他们终于迷糊了两个小时。清晨七点，媛媛的生物钟叫醒了她，看一眼此刻熟睡的贺涛，平静安详的脸上有着幸福的笑意。她没叫醒他，想让他多睡一会儿，就悄悄地起身去了卫生间。

第二天，媛媛在几公里外的交大住宿区贺涛的小房间里，看了他整齐的书架和凌乱的床铺，看到了贺涛几个月来所写的"爱情笔记"，也浏览了贺涛的教案和阅改的学生习作。虽然不懂，但她也当过老师，知道基本规程，看着玻璃板下压着的贺涛与一伙儿学生爬山的照片，其中有几位很秀颀的女生，媛媛开玩笑说："你可以在学生中找个伴侣啊！"贺涛脸一红说："有过想法，也有年岁相当的学生，但总觉得我是老师，影响学生那是犯罪，就没再想了。"媛媛心中又给贺涛加了一次分。

当他们手牵着手走在校园中充满斑驳阳光的已经是红叶的法国梧桐林荫道上，媛媛深情地看着贺涛说：

"秋天是收获的季节，我们照张相吧，祝贺爱的收获！"

贺涛一脸灿烂的阳光，用随身携带的小相机请来一位不远处的女生帮忙，"咔哒"一声轻快的快门声，他们两只手相互搭在肩上和一脸甜蜜的傻笑就成了永恒。

这时，贺涛悄悄问媛媛：

"我们什么时间可以采摘苹果？"

媛媛眨了眨眼，狡猾地说：

"等到伊甸园的苹果熟了！"

贺涛一怔：

"你要让我偷吃禁果啊！"

　　这年春节，贺涛和媛媛结婚了，婚礼简朴而隆重，贺玉宁夫妇、逢秋夫妇特意邀请了庆生夫妇，庆生代表亲属和来宾，向一对新婚夫妻作了热情洋溢又语重心长的致辞。亲朋们欢聚一堂，畅谈了这些年家乡的巨大变化，叙说着各自家庭变迁的感慨。贺涛和媛媛这第三代人的婚礼，竟也凝聚了周南县贺赵两个家族的不少亲朋。

第十四章　沉浮岁月

第十五章　好女勿忘

79 国强的媳妇丁楠想好了计谋，决心要从马魁身上找到遭举报的线索。因为她把马魁与她接触中的许多细节联系起来，感到马魁的嫌疑最大。

一周以后，丁楠终于约上了马魁。她已经约了几次，但马魁一直说忙，这更让丁楠疑心。国强刚一出事，马魁第二天就来看望丁楠，而两周后丁楠却几次约不上他，其实丁楠通过马魁的老婆已经知道他并非很忙，要不为啥还是常常打牌？越是躲避，丁楠就越是怀疑。

这天马魁一见丁楠，发现她已经没有那么憔悴那么苍老。丁楠穿一件很少穿过的紧身旗袍，展示出身材的凹凸有致，墨绿色旗袍衬托着有些失血的脸，更显白得如玉。高挑的身材配上半高跟的白色凉皮鞋，窈窈窕窕，婀娜多姿。少妇的风韵，一下子让马魁眼睛发绿起来。他想丁楠正是这种妇人，男人一出事，悲伤一过就原形毕露，这正好是我下手的良机啊！

不等丁楠请他坐下，马魁扑上去一把抱住她，就在嘴上脸上啃起来。"想死我了，真想死我了，楠楠！"

丁楠一把推开马魁，"别假惺惺了！老实坐在那儿！"

马魁收敛一点赶紧说：你安排的事，我马不停蹄，现在终于弄清楚了，是有一个外地房地产老板，因在本地生意不顺，对国强早有嫉妒，不知从哪里了解了信息，就向检察院和公安部门举报。看样子国强十分麻烦，需要准备一笔钱，看能不能把人先捞出来。接着又说："丁楠你也别太伤心，大不了国强进去几年，你能过则过，不能过正好借机离婚，我那个婆娘也早想跟我离婚，岂不是成全你我的一桩好事。"说着又想去抱丁楠，但丁楠这次竟然没有反对，好像被马魁的诚恳打动。

丁楠让马魁静静抱了片刻，又挣开说：

"马魁，我们已经是这样了，你必须告诉我实情，否则我不会信任你！"

马魁顿了半天，竟厚颜地说："今夜我不走了，你如相信我，我会把一切告诉你！"

丁楠脸上露出一丝难以觉察的假笑，轻轻点了点头。

这一夜，丁楠暗咬银牙。她从马魁的话中已经印证了自己的预感，她喜欢马魁，是那副白面书生的温柔和善解人意，以及马魁那种爱她的疯狂。但她也逐步意识到，马魁好像在窥测着国强的资产，屡屡窥探国强公司各方面的情况，公司注资情况她也曾经无意间告诉过他。马魁在出事后的急切和有意的躲避，似乎让她看清了这个情人的卑劣和心计，坚定了丁楠揭开谜底的信心。她虚以应酬，软中带硬，决心豁出身子弄清马魁的真面目。

马魁欲火难当。之前看见丁楠的模样时，心里涌出过些许内疚，他以擅长勾引女人占有了丁楠，曾经想过只是玩玩，但不想丁楠这个女人还确实是痴情，她追求的男人既要有本事，又要很懂她。这样的女人还是值得一爱的。尤其是当他从丁楠口中知道国强公司初创时的一些内幕，特别是现在已拥有几千万资产时，马魁有几个晚上睡不好觉，感到自己太没本事，除了心机之外一无所长。而且家中老是纠纷不断，老婆在外也有绯闻，自己与几位女人有染，但自从勾引上丁楠后却真正收敛，再未与外界勾搭。随着与丁楠的交往日深，他越发喜欢和舍不得丢下丁楠，便常常有点茶饭不思，在脑子里勾画出几个预谋的图案。

此刻，马魁心急火燎，想着先跟丁楠过一把瘾，然后再施展如簧巧舌跟丁楠周旋。没等丁楠上床，马魁已经脱得光光，准备好了进攻的战略战术。

丁楠却迟迟不予。她和衣坐在床上，显出有些渴望但又悲哀的神色，主动在马魁脸上亲了一口，说：

"我等你的真话！"

马魁的手伸向了平原，想从这里慢慢走向高原，但他的手似乎被阻挡了。丁楠的手这回冰冷而有力，给了马魁第一道有力的阻止。马魁原本打算一路高歌猛进，占领丁楠，却不料出门受挫遇到阻力。但马魁此时已经欲火沸腾，他几乎完全相信，国强身陷囹圄，丁楠就跑不出他的手掌心。丁楠的痴情正是他利用的地

第十五章 好女勿忘

方，丁楠有情于他，要不怎会有今夜的春风暗度？

"告诉你吧！国强入狱已经铁板钉钉，这是我的哥儿们公安局某副局长告诉我的。检察院方面，我也有内线。"

"国强怎么才能不受折磨，才能保释出来？你先说说。"

"先拿五十万吧，我想五十万问题不大！"

"可以。为了救人，我给你五十万。"

一旦与丁楠进入金钱交易，马魁的欲火顿时减弱，丁楠心中也有了一个底线。于是，丁楠脱下了内衣，仰卧在马魁身边。马魁本想着能否马上开一张五十万的支票，但一看丁楠已躺在身边，欲火又窜出来，一翻身跃上丁楠的身体，丁楠说："你先别急，下来再说！"马魁也知道丁楠这个女人的脾气，她要不同意你最好别霸王硬上弓。丁楠又说：

"如果国强出不来，我该怎么办？"

"那咱就省去五十万，国强坐上三五年！"

"国强有高血压，如受不了罪出不来，咋办？"

马魁好高兴！丁楠的话就是他要说的。"那当然不好！但果然如此，我马魁完全可以与你把这个摊子挑起来，楠楠我请你放心，你就是我心中的神、心头的肉啊！"

丁楠突然说："我不仅是你心头的肉，我还是你的蛔虫，你老实告诉我，举报信是不是你弄的？"

"没、没有啊！我哪能弄那事啊？"

"好，看来你不相信我！那咱俩分手吧！"说着丁楠就要起身下床。

马魁这个时候料着这个女人抓不着他的证据，而且假如她死了心，能跟着自己合谋共处那该多好，就横了心说：

"是我弄的你咋办？不是我弄的你咋办？"

丁楠心中一惊！心一横。

"是你弄的举报信，便诚实，我今夜给你！不是你弄的举报信，你不诚实，咱一刀两断，各走各的路！"

马魁乘着话，又爬到丁楠身上，俯在耳边把一个阴谋的过程交代出来。

原来，马魁彻夜不眠，分析研究了国强公司的未来发展和公司现状，找出了农民企业家国强在最初发家时候的漏洞：嫂子惠萍的色诱腐蚀，银行干部的感情放贷，行政官员的违规放行——就是这些成就了国强公司的注册和发展。公司注资一千万，而实际注资资本仅三百万，这就叫虚假注资，这是一种违法行为，现在全国已经有了多起案例，虚假注资是要判处刑罚的。于是，马魁将所掌握的情况抓紧拟写举报材料，先寄给检察院接着又寄给公安局，因为他想让检察院转批给公安局，而他在公安局经侦科有一个堂兄弟在当科长，正好管经济犯罪的办理。当初，他就给兄弟许诺，事成之后他给兄弟三十万作为回报，为他出口气，当然也说是为国家主持了正义……

当马魁终于满足了兽欲，从一个没有任何反抗的冰冷的肉体上退却下来时，才发现丁楠已是泪流满面。

事后丁楠回忆，她不知道马魁在她身体上做了多少次进攻，她没有想到的是自己曾经给予过爱情的情人竟是如此卑鄙，没有想到社会如此复杂，更没想到自己在内心深处，还是对结发丈夫最痴情！

80 界生回到鑫州钢铁厂时已是深冬季节。鑫州的冬天，野外仍然有青绿黄紫橙各样斑杂之色，远处的山上，青松似黛点缀着白雪片片，近处的田野里，黄的是荒了草的山坡、枯了叶子的树木，青的是冬麦，枯黄伴着寒冬，冬麦在抗争着生机，期待着不远的春天。

上官好已经激动地等待好几天了。

她天天盼着界生回来，自从界生信中说他准备返回故土时，她就夜夜梦着界生。她孤独地守着一个家，守着两个孩子，两年多了，是怎么过来的她都不敢想象。界生走后她一个人流了多少眼泪，甚至恨界生心太硬，她了解界生，知道他小时候吃过很多苦，因此养成了独立生存和较为坚强的性格。特别是当界生在厂里捡拾废铁卖，为农民打工，在集市上等人雇工，为家境困难暗自悲伤时，她深为界生担忧和鸣不平。

界生是位好工人、好干部，干活从不偷懒，吃苦耐劳，钻研业务，认真负责，兢兢业业。在工人岗位上入党，在艰苦环境下支撑，在调度工作中创新。但就是这样，仍然落得受排挤被下岗的下场，上官又深为同情和心疼。她一人在家支撑，就是想着界生会有前途的，想着界生是不会负她的。她多次回娘家"化缘"，但绝不想依赖娘家，她上坡种蔬菜养鸡，到街上卖上百个鸡蛋自己舍不得吃，在煤场捡拾抛撒的小块煤渣拿回家冬天取暖。过去当姑娘时没吃的苦现在都吃过了。她唯一的愿望是，再苦再累，两口子再不分离；再苦再累，一定不能让孩子吃不饱穿不暖。她把三四百元钱精打细算细水长流，这么困难的家庭她一人竟撑了下来。

界生带着浓浓寒气回到家里，已经是晚上十二点了。上官已经睡下，听到敲门声赶紧拉亮电灯爬起身开门：

"界生，你受苦了！"

一句话没说完，自己先眼泪忍不住地流。她终于盼回来了自己的男人，终于见到了一个完整健康的老公，这就够了。

界生一把揽住妻子，深情地说：好，我对不起你！让你受罪了！两口子紧紧相拥，足足过了五分钟，上官止住泪水，抽身给界生倒好一杯开水：

"你先喝口水暖暖身子，我给你打鸡蛋！"

界生这才注意到，家里没有想象的那么难看，床铺上是干净的提花棉被，屋里收拾得还算整洁卫生，一只小煤炉被重新拉开风门，炉口飘起了蓝色火苗，两个孩子在里屋熟睡着，界生轻轻吻了一下女儿的脸，女儿嘴角动了动，好像荡起了一层笑靥。

这一夜，界生和上官几乎一夜未睡，叙着离别后的生活和界生的坎坷奇遇。上官还讲了钢厂一个下岗职工的悲惨遭遇：车间分配四个下岗名额，九人中保五人，本来那位技术员可以不下岗的，但是为了让一女职工同事保住名额，这位技术员主动要求下岗，结果下岗后原来答应接纳他工作的单位拒绝接收，钢厂这边也没了工作，家里妻子骂他蠢笨，就连父母也都指责他，那位技术员一时想不开，就给家里把水缸挑满后爬到坡上一间破落的茅草房里上吊自杀了。界生深深叹口气说我的命运还算不错啊！说起庆生表弟的帮助，感慨和叹息充满了心间，界生握住上官的手说：

"你说人生最难的是什么？"

"最难是生活，尤其是艰难的生活！"

"那你说人生最珍贵的是什么？"界生又问。

"应当是信任吧！夫妻间的信任是最珍贵的！"

界生又把妻子拥在怀里，深情地吻着，不由得眼泪又要落下，上官见了，用手摸着界生的脸说：

"不流泪了！你平安回来我就够幸福了！"

一夜的话还未说完，窗户上一抹曙光已经穿进室内。界生说："该叫孩子起来上学了！"上官说："你不用操心，孩子们会自己起床，从不迟到的。"

界生结束了两年多的流浪生活回到家里，仿佛变了一个人。过去他爱激动，现在不到万不得已，他绝不会像以往一样冲在前头。过去他爱给领导挑毛病，现在除非在特定情况下，他绝不会轻易地对某领导说一句否定的话。过去老有许多的牢骚和不满，现在体会到了当家的艰辛和人生的艰难。

生活对人的教育远胜于父母和书本。

界生回到鑫钢后，企业又一轮承包已经开始了。企业新承包人十分想用自己信得过的技术力量，恰好知道了刚从宝钢回来的界生，就放下身段，几次到界生家里请他回厂相助，界生被其诚所动，答应回厂。对界生一家来说，也确实是顿解饥渴。界生跟上官商议时，上官说你这下可要千万珍惜这个差事好好工作，界生说那好像我以前就没有珍惜工作没有好好干？上官温和地说想想我们这几年下岗的心酸路，你就知道该怎么干了。界生说你说得对，下岗工人的心酸过后说给别人，人家还以为你在说天书！但其实这都是事实啊！工厂是我们自己建起来的，是我们的命根，但这些年好像工人阶级不是工人阶级了，工厂也不是命根了，不知道中央知道不知道这些情况。说着眼睛湿润起来，上官好也就不再多说了。

"走着看吧！总是应该越来越好吧！"

"好，你放心，我会好好努力的，不说对得起党和组织，起码要对得起老婆孩子！"

到岗一周后，界生把情况写信告诉了表弟庆生。

81 不觉间，庆生到东江县任县委书记已经六个年头了。他勤政廉洁，务实敬业，站稳了脚跟，赢得了全县上下的一致好评。县城内基础设施建设状况大为提升，二级公路穿县而过，二十多个乡镇多数通了柏油路，大电网接通结束了电力不足的历史，程控电话开通连通了国际国内。县城建成面积扩大到六平方公里，纵横街区显示出规划的模样。以山区资源茶叶、烟叶、干果为主的三大农业产业化项目初具规模。县域工业突破十亿元。庆生在熟悉县情中不断深化认识，在思路上不断补充调整，先后撰写了《东江经济发展的再认识》《党政班子团结奋斗、共创东江美好明天》的体会文章在《鑫州日报》发表，进一步统一了全县干部群众的认识，鼓足了发展信心。

这年六月，一连两个多月未下雨，天气炎热干旱，山区边远村子眼看夏粮无收，指望着下雨能够插上秧苗，但天空依旧烈日高照。这一天，庆生带着办公室主任、农业局长和秘书四人，从早爬坡上岭，走了两个高山乡镇，傍晚时分到大河镇政府，刚吃过晚饭接到报告，一位村民被失偶的羚羊撞伤，犄角戳穿了肚子，肠子流了出来。要送到五十公里外的县城救治，镇卫生院无外科大夫，正急得无助。庆生立刻到卫生院检查抢救情况，一看情况，让卫生院大夫先包扎止血。一面紧急打电话给县委办通知县医院外科大夫紧急下乡救人。那时乡里程控电话未开通，一直到晚上十一点仍未来人。庆生情急之下紧急接通县医院外科大夫的电话命令道：

"请你务必立即赶来大河救人，如有延误拿你是问！"

夜里三点，大夫终于赶到，病人已经昏迷不醒。幸亏所来的刘大夫是县里有名的外科一把手，立即手术，天亮时分，病人转危为安。这时庆生一夜未曾合眼，天刚亮，吃一碗面，又叫上镇党委书记前往村上。一路又是蜿蜒的山路，爬过一坡又一坡，三小时的山路，耗尽了气力，实在走不动了坐在石头上休息一会儿。庆生想，东江的青山梦啊！这时有了感触，转过身给汗流浃背的秘书小邴说：

"小邴，你代我写篇散文吧，题目是《我的青山梦》。"

秘书小邴一怔，书记几乎从来不让他代笔写材料的，怎么这会儿要让我写青山梦了？赶紧说，贺书记我一定写，只怕是没有您的高度噢！庆生笑着说："你吃了苦，想着老百姓比你还苦，你就有了高度！"接着又说好吧，自己的感受自己写吧，我只是想给你们年轻人出个题，压压担子。同行几位也都轻松起来，说几句笑话。办公室主任的笑话是"山民告状"。说一位山里姑娘被招聘到县城做招待员，跟一位干部模样的人睡了一夜，临走时，干部拿出一张标有"555"的精致纸币样的东西给山姑说："这是卢布，外国钱，你去银行兑换了才能用。"山姑答应，事毕后就去银行兑换，营业员一看：你这哪里是卢布，这是"555"香烟皮嘛！山姑一急非同小可，拿上这张纸就去找县长，县长知其上当，又不好张扬，好说歹劝，说你这会儿到哪里去找那人呢？你又没有其他证据，我该咋办呢？山姑想着也无可奈何，就给县长说："我认了，权当叫狗日了一回！"

几个人听了，笑得前仰后合，农业局局长年龄大点，笑得在地上站不起来。

庆生也觉好笑，便又记起一些听过的荤段子，想这民间文化厉害着呢，骂干部骂得巧妙着呢！就问镇党委书记说：老百姓骂我们乡级领导，远看是条狼近看是乡长，骑摩托挎猎枪，村村都有丈母娘，夜夜都在入洞房。真有这样的领导吗？镇书记白家才说：那是老百姓作践干部的，哪里有那样的乡镇长！庆生沉吟一会儿，似有感触说：如今干群关系的确差了，群众文化把咱干部贬斥得一塌糊涂，不是好事，可要引起重视呢！

说着话，劳累倒减轻许多，在距离大古浴村长家还有一百多米时，镇书记白家才高叫起来：

"郝庆华，赶紧做饭！郝庆华，赶紧做饭！有人来了！"

大概是饿久饭香，那一顿土豆熏米饭，庆生足足吃了两大碗。好多年后，还常常回忆起那个香味！

那一年旱象严重，夏粮歉收，秋粮又因无水而水稻收获不足六成。山里村民生活出现了一些困难，县里及时安排了贫困救济，群众自助自救，总算没有出现冻饿死人的。俗话说"水淋收川天旱收山"，山里边气候多变，地域差距大，东山不收收西山，老百姓日子总算还过得去。

但一个乡镇还是出了个大事：石坝河乡一个农妇，没钱交三百元的税，乡干部说没钱就拿猪顶，于是把家里一头猪拉去卖了。农妇老太说，你们卖就卖吧，卖了交税款也好。结果老头子回来把农妇骂了个狗血淋头，非要让老婆子去乡里把猪要回来。老妇人便到乡政府要猪，乡上干部说谁卖你猪你找谁，老妇哪里还找得到人呢？天色已晚，老妇蹲在乡政府过道不走，谁知第二天清晨一看，老妇竟然吊死在了乡政府窗下。

人命关天。为了三百元税收，却逼死了农妇。

干部收税是对的，但强征硬夺、以猪顶税却违反了群众纪律。尤其是乡镇干部责任缺乏，没有接待和安排好农妇，没做好群众工作导致农妇上吊，是重大责任事件。

接到反映，庆生火速派公安局、县委农工部、农业局、民政局主要负责同志前往调查，慰问死者家属，调查事件过程和责任。

一周以后，县委研究给予具体责任人处分时，有同志说这类事过去也有过，干部不是故意的，总结教训第一处理处分还是从宽好。贺庆生知道涉及一名乡副

第十五章 好女勿忘

书记是县某领导的儿子，才有此说。便心里窝着火说："如果那位农妇是我们自己的母亲呢？我们会不会就轻易放过？我们的责任又在哪里呢？这绝不是小事，关系着党和政府形象，关系着老百姓一条生命，绝不能仅仅看作是一个普通农妇死亡，必须从严处理！"

最后县委通过决议，给予相关干部记大过处分，并同时给予乡党委分管书记分管乡长党内严重警告处分，给予乡长警告处分。

后来省市记者赶赴调查时，知道县上已经处理到位，也就没有在舆论方面掀起更大影响。贺庆生在全县干部大会上以此为例，讲了干群关系干部作风存在的若干问题，要求全县警觉起来，以此为教训，开展一次纪律作风整顿活动。

但是贺庆生却因此得罪了一位"老东江"。

82 春月回家，就急着给国强找律师。她叫来了企业常驻律师，又通过他们联系到了省会城市小有名气的律师石钟明。石律师看了相关资料，听了情况介绍，满有信心地表示愿意打一次成功的官司。春月又赶紧写信给庆生，亦请庆生通过官场渠道想想办法。庆生不久回信说已作考虑。春月忙活半月，才说要过问一下公司情况，却又接到二爸云峰去世的消息。

云峰本来有病，患有癌症，只是医生不让告诉家里，云峰的夫人文英和孩子们也都想着不告诉他，说不定还能维持一两年。却不料国强公司遭遇官司，云峰从文英和儿媳丁楠处早已看出破绽，追问之下就知道了事情的原委。云峰是有文化的人，从教多年，也见过不少世面，正想着好不容易儿女中总算出了一个人才，公司红火起来，也给赵家挣足了脸面。他也时常劝诫国强夫妇要遵纪守法，诚实做人，诚信做生意。有时看见国强夫妇的奢华生活大手大脚就想教训几句，奈何钱是儿子挣的，发展是儿子创的，深说吧儿子不听，浅说吧怕起不到作用。就说老子死了随着你们，老子活着说点话你们不要当了耳边风。说着说着儿子出事了，云峰说，我就有预感的，风吹高树，你们张扬总会出麻达的，不听老人言，吃亏在眼前，这下后悔也来不及了。丁楠听了心里也不高兴，说爸爸您只管看病吧，我们大不了回到从前赶毛驴车。云峰更是郁气攻心，病势顿重。竟然没过三个月便一口气绝，留下这一家子撒手西归了。

云峰家里祸不单行，儿子还在看守所里押着，父亲又病故了，家里只能由两个女流之辈做主安排。好在已经分家过的大儿子国兴尚能出主意帮忙，才不至于搞得一塌糊涂。云峰的尸体就放在了医院太平间冷冻起来。各路的报丧人跑遍周南通知亲戚，远处的春月、庆生等发电报告知。丧葬各项事宜基本准备停当。不到一周，主要亲属都已到齐，春月派了老公和三女赶到，庆生因赴省开会就把老母凌芬送到。凌芬一见弟弟，哭倒在地，说老姐没死，你怎么就死了呢？越哭越想起少年时姐弟相依、青年时一同上学、壮年时一同教书的情景，不由得更感伤怀。全靠着媳妇秀琴和侄媳上官好的劝慰，这才平静下来。反倒是云峰的夫人文英已经没有了眼泪，俗语说久病无孝子，久病无良妻，半年多也尽心尽力了，走就走吧。也许文英还多少记着点当年云峰差点因为程茜跟她离婚的过节呢！儿媳丁楠仍不能自拔于哀伤，见了哪个亲戚一说起国强就泪眼汪汪。

在一个阴沉沉的小雨天，云峰的遗体被埋葬于周南县北临江处的一面斜坡下面。那时还兴土葬，墓道做得挺大，用砖砌就，但坟墓外面没有立碑，只有自家人知道这是谁的坟墓。十多个各色花圈，在小雨中飒飒飘动。云峰就这样去了另一个世界。

春月安排好了一切，回过头召开了一次董事会议，听取了女婿女儿的经营情况汇报。胆大心细的春月敏锐地感觉到公司的经营状况出现了新的问题。主要是电器行业竞争更趋激烈，没有大的投入，眼看着电器元件订单日趋萎缩，而想要发展成为新型通讯工具手机产业，则需要有大笔资金投入，一时又没有可能，就有了一些愁肠。女儿王戈看出母亲的忧愁说妈你别愁，这股份中有三成是台湾老爸的，他也要想办法的。春月说老外光管投资和股份分成，他才不管你怎么发展呢！况且他也不了解国内市场，想管也管不上。中国的企业，得靠咱中国人自己！

晚上睡在床上，春月又把公司现状在脑子里理了一遍，她想着企业现在已经有了电器经营、酒店经营和规模尚未做大的房地产业，现在看来，国家发展了，百姓手头有了点钱，就会想到要修房造屋，而这几年建筑行业行情看好，自己能否把这块也做大起来？这未必不是未来发展的一大方向呢！脑子里思路清晰起来，春月很快就有了新的行动计划。

一个月后，春月带着王戈夫妇，专程赴东江，她要去拜访十多年来未曾见面的表弟庆生。春月比庆生大好些岁，当她还是娃娃头的时候，就曾跟小表弟一起玩过，也教过小表弟学戏。庆生那时说好姐姐我长大了也跟你去当演员，春月说那可不行，只能玩玩，当了戏子，身价就低了，会被人瞧不起，我表弟可不能干这行。由于春月从小性格开朗，待庆生也好，两表姊虽然来往较少，但还是偶有通信，也互相惦记着。

一路辛苦颠簸，终于到了东江。只见远处重峦叠嶂，近处丘陵沟壑连片，到处郁郁葱葱，一派南国景象。已是盛夏季节，但山里相对凉爽，山风一吹，充满凉爽的惬意。

庆生将表姐安排在河边的县政府招待所住下，陪着春月一家刚吃完饭，县委办电话叫他有急事回办公室，庆生只好给表姐表示歉意就急急回去了。春月领了儿女们去街头走走。看来这个山区县城还算不错，南北东西大街走向方正，街道尚算宽阔，布局整齐，几个大百货商店在中央大街的四角耸立，算是县城的标志性建筑。纵横有五六条大街，一条河流从城边穿过，河堤干净整洁，有两处小型公园绿树成荫，游人和市民正好歇憩。总之感觉很不错。春月为表弟的治理成果感到高兴，正待往回走时，庆生却又赶了过来。原来是上级发来一重要文件要求按时传达，于是回办公室做了安排，又过来专陪表姐。

这一天，庆生陪着表姐转了县城四周特别介绍了新开发规划的工程项目，顺便浏览了一下城区主要街道，傍晚时分，一行人爬上了城西子阳山上的革命烈士纪念碑。三四百个台阶拾级而上，来到碑前，已是大汗淋漓，表姐春月虽然胖些，但兴致蛮好，只是说"不累不累，景色太好了"！目之所及，山外有山，树木葱茏，城在画中，一条大河向东流去，恰似长链缠绕，血色的晚霞照耀着遥远的地平线，仿佛是暮色中的城郭。

"我们的祖国真美，到处都是好景观！"春月感慨地说。

"是啊！九百六十万平方公里的土地上有多少这样的美景啊！但是今天的中国还很贫穷，还得要拼命努力往前赶，人民也才能富裕起来啊！"庆生总是有些说话不离本行。

"妈，您总是看风景，人家庆生表舅可是想着人民呢！"

庆生望了一眼王戈，这小女子伶牙俐齿，竟然看出我这个官员的毛病，我说的话虚伪吗？我说人们富裕不是发自内心吗？这丫头！

"这个纪念碑，记载着这个县为革命求解放牺牲的一千多名烈士的姓名，其中也有赵、贺两姓的人，他们是为新中国的诞生献出生命的英雄中的一小部分，没有他们的牺牲，就不会有我们的今天！"

庆生仍然沿着县委书记的思路说，好像是专门说给王戈听的。

王戈笑了起来，"呀，表舅真不愧是党的好干部，又是一位优秀的红色接班人和宣传家！"接着又调皮地说："我可是真心话噢，在烈士的灵前起誓！"

庆生说：好啊，这正是我们两代人的一次对话和沟通啊！大家都笑了。这时，山下的城里已经点亮了灯光，虽未连成一片，却也像天上的银河，星星点点簇簇，若明若暗。

晚上，春月和庆生姐弟俩，从九点多一直谈到凌晨一点。从今天说到明天，从这辈说到上辈，从家庭说到亲戚，姐弟俩谈兴颇浓。最后庆生说：姐您休息吧，时间不早了，明天您到家里坐坐，看看想见的老姑姑，在家吃顿便饭。春月说好。

第二天中午，春月领着孩子去庆生在东江的家里看望了老姑凌芬，因为前不久云峰去世，凌芬回来后也生了一场病，这一阵在家休息，病情好转，只是人上年纪就喜怀旧，没事时忆起云峰心情就有些悲伤。春月见了姑姑，亲切的问候、爽朗的笑声，反倒感染了姑姑跟着春月说起了过去，与春月一起高兴起来。吃饭时，春月告诉表弟，她现在打算找一块投资地，搞点地产项目或建设项目，说她看这块地方虽是山区，但有很好的发展前景，是一块可以考虑的投资地。庆生当然表示欢迎，说谁来开发发展，只要项目好、投资实，我们都予以优惠，支持开发。

临走时，春月就说庆生我看你当县委书记，家里基本没个像样的家具，我给兄弟送五千元钱，只是表姐一个心意，你一定收下。但庆生却怎么说也不收，推来推去。秀琴说：姐，你不知庆生那脾气，我就收你一千元吧，算是给姑姑的一点心意。春月无奈只好如此。

庆生委托秀琴给春月送行，说下午开会传达文件。庆生说：兄弟真诚欢迎表姐来县里投资，欢迎表姐随时来东江观光！表姐春月带着一片欣喜，也带着一丝惆怅，于当天下午就离开东江了。

83 秦岚流落到了台湾，仍然先做导游工作，先后在几家旅游公司工作。两年多的时间里，她跳槽了四家旅游公司，就是凭借着她那带有美音的英译能

第十五章　好女勿忘

力、大方的待人接物和姣好的外表形象，工作还算没有费周折，也差不多跑遍了台湾所有的旅游线路。二十世纪九十年代初的台湾社会发展处在较快时期，但旅游者基本上是欧美国家和港澳方向的，大陆人还是极少的。刚开始时，秦岚觉得台湾很大，绕一圈得半个多月，跑几个来回后，却发现台湾其实不大，只是一个弹丸之地，这个时候就越发感到孤独和无助。但她越跳槽越大胆，越当导游就越发练就了能说会道的口才。但秦岚从来不坑蒙拐骗游客，只是竭诚尽力地为游客服务，博得了不少游客的好评。一位来自美国旧金山的美籍华人青年一眼就对这位导游产生了好感，一路十多天的游览中，这位青年知道秦岚是一位大陆女子且是一位高学历的知识女性，便对她充满了崇拜，一再表示要跟秦岚交朋友，邀请她以后去美国旧金山，双方留下了通讯地址。秦岚也对这位华人青年有了好感，认为他文质彬彬，尊重别人，不矫情，且显示了较高的文化修养。在台北分别时，华人青年握住秦岚的手久久不松，眼里流露出一种恋恋不舍，秦岚终于抽回自己的手，看着他说："再见吧，这个世界很大，但有缘我们还会再见！"青年绯红着脸，用英语说出一句：

"我爱你！秦小姐！相约再见！"

当夜，秦岚久已波澜不惊的心底被一股暖流激荡，不由得想到自己。她已经独身在这个世界里闯荡了七八个年头，已经是三十好几的人了。能支撑她勇敢面对的，是青年时代的艰苦岁月；能在心灵中牢牢占据一席之地的是她的庆生哥哥；能面对各种诱惑而心旌不摇，缘于对黎明父子的仇恨。一晃好几年梦境般地流过，秦岚竟是一无根二无家，而且被生活追逐驱赶，就像一个被放逐的囚犯，虽然身有自由但总感觉戴着枷锁，像一片飘落的秋叶，不知明天会落向哪里。青春年华将逝，她好像也习惯了孤身一人的漂泊生活，好在台湾地区青年男女大龄者甚多，谁也不在乎你结婚没有。于是秦岚只把一种痴望压在心底，仍然盼望着要与庆生见面。

后来，秦岚终于受聘于台北一个通讯机构台湾中通社。这个机构是由国民党中央直接管理的媒体，在台湾算是"第一媒体"。单在台北就有数十家分支机构，其触角延伸到数十个国家和地区，听说在大陆还设有地下联络小组，专门刺探大陆政治经济情报。也可能是台湾方面发现秦岚是个可利用之人，也可能是秦岚的阅历可以胜任通讯社工作需要，总之秦岚只是经过资质审查认定和一般的专业考试后成为了记者，她的职位是文化旅游版撰稿人。记者生涯，大开了秦岚的眼界，使她的思维触角伸得更宽，且更多地了解了社会上各类繁杂的现象和奇形怪状的人事交织，对许多事物有了更深切的体验和认识。

冬季，一个让秦岚激动万分、梦寐以求的信息传来：哥哥庆生被派遣去香港培训一个月。信是十多天前发出的，收到稍晚，但一周前就已接到了庆生打来的电话，说次月五号成行。接到来信，秦岚一周都未睡好觉，这时她在台湾，要想见庆生只能她回香港。秦岚试着给记者站长请假，但一说到要远离就被断然拒绝，后来秦岚软磨硬泡，把假期由半个月改为十天，再改为一周、改为五天，终于说报告社长再说。又过了一周，眼看庆生赴港日期临近，秦岚心一横，大不了不干了，但香港之行是不能动摇的。于是，秦岚将辞呈交给站长，说如果不能获准我将辞去工作。站长软硬不吃，说：你辞吧，不批就是不批。一气之下，秦岚把报告甩在站长面前，"你看着办吧，我走了！"

秦岚赶到香港时，庆生已经在港一周了。培训班正好在上水，那里有大片的沼泽地、芦苇荡，是大闸蟹、基围虾的海滩养殖基地，供培训班学员们实地参观学习。庆生到香港培训，是国家林业部安排的专项指标。初夏时节，庆生带领县林业局局长，以较为充分的文字和影像资料，以及省、市相关领导的批件，专程到国家林业部汇报县里为保护大熊猫所做出的贡献、付出的代价以及群众生活的贫困状况，寻求林业部帮助支持。庆生到了北京，把几千里外带去的东江特产一个个给司局长们送去，把山区贫困百姓艰难生活的照片和情景绘声绘色地报告给他们。几位司局长被感动了，说新中国成立几十年了，那里的百姓生活还如此困难，理应帮助，何况为保护国宝珍稀动物付出了代价，更应支援。便急急协调，由分管副部长召集了一个专题会议，认真听取了县委政府的汇报，讨论研究了帮助支持措施，最后敲定无偿帮助东江资金一百五十万元，另安排两千万低息贷款给予帮助扶持发展林特项目。庆生与部野保司郑司长和缪处长还交上了朋友。几天后，庆生满载而归，回到东江在一次干部大会上顺便汇报了赴京争取项目的感受，高度赞扬了首都干部严谨的工作作风和对人民群众的感情，同时也对过程中感受到的冷遇特别是个别处长的冷漠表示了抨击。

半年过后，庆生接到国家林业部专项学习培训通知，赴香港参加湿地培训。这在当时由部里直接通知一个县委书记参培尚属特例。后来听说是野保司司长提议安排，庆生十分感激，专程打电话表示了谢意。

后来香港回归祖国后，庆生又带过一个团到香港，还专程到了上水的培训基地故地重游。

秦岚终于如愿以偿，在香港见到了亲爱的哥哥，心里的高兴和离别的苦交织一起，酸甜苦辣五味杂陈，在湿地培训中心见到庆生时，秦岚只是轻声地叫了一声："庆生哥，你还记得我吗？"嘴角轻微地有些抽搐，然后笑容挂在了绯红的脸上。

"八年啊，我们终于又见面了！"

庆生也是内心激动，但毕竟已经是官场之人，感情不会轻易流露，只说：我们迟早会见面的，但是八年抗战都胜利了，我们还是见得晚了。妹妹一切可好？过得怎样？秦岚说：一言难尽，我会告诉你一切的。

第二天是周末，秦岚当导游，先就近去了上水的国民党老兵营，去找那位老兵时，却得知那位赵姓老兵已于一年前去世，听说老兵临咽气时，突然神志清醒，记起来他父亲叫赵林堃，家住周南县城。庆生一惊，世上竟有如此巧合之事，照这说法，这位老兵就是几十年前被国民党青年师拉走的二舅赵云儒啊！秦岚说：啊呀，他曾说过母亲是赵黄氏，一个姐姐叫茹儿，莫不就是大姨凌茹？

可惜这位老兵客死他乡，连尸骨也埋在异地，死在家乡的愿望未能实现。但是死后却由一位共产党官员认其归宗，也算是灵魂有安吧。庆生秦岚唏嘘一阵，买了花圈去到公墓坟头，在那块赵云儒的石碑上放好，烧一些纸钱，然后双手合十，默默地为老兵的灵魂祈祷。

这块墓碑，至今仍然安放于上水公墓之中。

晚上，庆生秦岚放不下老兵的话题，庆生无限感慨：

"历史的悲剧常常以喜剧开头，而喜剧又常常以悲剧结尾。国共两党演绎了中国近代史上的悲惨过去，未来或许以两岸统一、两党携手的喜剧终结，说不定我们还能看到那一天啊！"

秦岚听了哥哥的话，心想着人家共产党干部到底不一样，看问题就有那样的深度和高度，不由得对庆生更为钦佩。

"是啊！如果哪天我也能回大陆，跟哥哥和家人团聚，岂不也是喜剧结尾嘛！"

"历史自有规律，人生也自有规律，只不过这个规律深藏于社会和生活中，人们往往看不见。只有历史成为昨天，历史学家们才能从中找出些历史的轨迹来！"贺庆生仍然沉浸在历史悲剧的思索中，有些答非所问。

"哥哥你说得太深奥了，我们不是历史学家，我们是现实的人，是有血肉的男人和女人。"秦岚或许是故意不说"兄妹"，或许是想把庆生从太远的思绪中拉回来。

秦岚说着"男人和女人"，眼中便露出了些微的火苗，身上有些发热，但看一眼仍然深思着的庆生，热浪渐渐退去。庆生望着秦岚绯红着的脸，心中动了一下说："谢谢岚妹！我其实不该约你来港，你如果失去工作，叫我怎么放得下心？"

"哥哥你说得不对，为了八年一见我做了多少梦想了多少回啊！就是丢了工作我也要来！哥哥你知道吗？"

庆生把秦岚揽在怀里，秦岚静静地等待着，庆生的心剧烈地跳动几下，想亲吻一下秦岚，但他终于忍住了。过了一会儿秦岚说：

"哥哥你睡吧，我也困了。"

这一晚，他们说得太多，也是太累，兄妹俩都沉沉睡去。

过后的两天中，秦岚领着庆生，游览了九龙、旺角、铜锣湾，看了浅水湾上的妈祖庙，参观了港督府、海洋公园等景点，夜里，乘船游览了维多利亚港湾的夜景。国际都市的香港展示了她奇特的美丽和妖娆，高耸的银座大厦、流光溢彩的城市霓虹灯、川流不息的汽车，还有位于九龙湾的赌城、红灯区等，一个五光十色的花花世界，一个光怪陆离的海洋之舟，一个自由而有序、富有而贫穷、发达而奇特的城市里，人间的悲喜剧天天都在上演。

今天，庆生和秦岚目不暇接地看，耳不漏点地听，新奇和高兴，竟然不觉得累。快九点时，他们才回到酒店，秦岚高兴地提议喝点酒，庆生也乐意。秦岚想的是明天就将离开香港，庆生想的是借酒消离愁，借酒送妹别，两人想到了一块儿，一拍即合。

秦岚叫了一瓶红酒一瓶白酒，给两人各倒一杯，要来几个小菜，举起手中的杯子说：

"亲爱的庆生哥哥，妹妹秦岚敬你一杯！"

"妹妹，碰杯！祝你好运，开创未来！"

两杯红酒下肚，秦岚就有了一点热力。见庆生没任何反应，就想哥哥当领导肯定酒场多酒量大，就端起白酒再敬哥哥一杯，却不知庆生只能喝一种酒，从未红白酒混着喝过，一杯白酒下肚，脸色便发红起来，但正在兴头，倒也不觉得晕，又敬秦岚一杯，秦岚一饮而尽。

第十五章 好女勿忘

秦岚说:

"庆生哥,你这些年日子过得好吗?我嫂子待你如何?"

庆生不觉叹一口气:

"你嫂子真挚地爱我疼我,我过得很好!"

秦岚已经察觉到庆生的叹气声,忍不住又问:

"哥哥好像有些心事?"

庆生是个直肠子,就说:你嫂子唯一的不足就是性格过分刚愎,从来不承认自己有不足之处。秦岚说嫂子怎么看我?庆生说:对你有戒心,防着呢!

"这次见我她知道吗?"

"我没有告诉她,以后再给她说吧!"

"那你忘了这个妹妹吧,我不会影响你们!"

"你永远是我的好妹妹!"

庆生抬眼望去,却见秦岚脸上早已挂着两颗晶莹的泪珠,顿时慌了手脚,伸手拉妹妹一把:

"我心里永远有你,永远祝福你!"

秦岚抹一把眼泪,又端起一杯白酒,"干!永远祝福哥哥!"庆生也端起酒杯一口吞下。接下来两兄妹也都放开了酒量,一边说一边喝着。

两人是怎么回到房间的,庆生后来总是有点朦胧。他只记得后来秦岚说:哥哥,我不是你亲生妹妹,我可以给了你的,但你是我最尊敬的哥哥,我不会伤害你。今晚请允许我在你怀里睡上一夜,明天我就返回台湾。庆生心里不是滋味,打内心来说他也十分喜欢秦岚,而且是一种理性的喜欢,总有一种心心相印的感觉。这一点秀琴似乎做不到,她并不完全了解一个走过悲苦的人,为了这次相见,秦岚甘冒再次失去工作的风险从台湾赶赴香港,这是何等的深情啊!

秦岚在庆生的怀中发出呢喃的声音,她脱去了衣裤只留下贴身汗衫和一个小小的裤头。庆生也热得难受,脱了衣服睡在秦岚身边。

一会儿,秦岚一片热辣的嘴唇伸进了庆生的口中,战栗着的庆生竟也吸吮起来,两个灵魂越来越粘在一起,秦岚用手诱导着庆生,向着温热和山峦、平坦的丘陵腹地,向着一片湿露的芳草地走去……

第十六章　诸葛铜钱

84 贺庆生几次听母亲说过贺亚新家的一些情况，老辈人曾经通过几封信。贺亚新解放前曾在台湾中山大学求学，后来回大陆任教，与在台读书时的一位挚友顾义明先生几十年来情谊深厚。顾先生是国民党元老顾祝同的同门后裔，在台置有家业，亚新在台时曾去他家，两人情同兄弟，顾大一岁，亚新为弟。解放后天各一方，无法往来，后来终于通信，方才知道了各自的情况。"文革"时亚新在师大挨批斗，义明事业正如日中天，开办的几家企业蒸蒸日上，曾给亚新寄过一些台币，但亚新无颜将挨斗情况告知好友，只是说"文革"较乱云云。后面几年竟中断音讯，义明曾十分担心亚新处境。亚新去世前才告诉女儿玲子，如果将来遭到特大困难可去找义明，这是一位可以信赖的父辈。

就是因为这层关系，贺玲在"六四"学潮中被作为重点清理对象后萌生了出走的念头。

贺玲深感中国法制基础的薄弱，深感中国人治渊源深厚。几年的司法实践也让她感受到了人治往往是造成社会冤假错案的根源，而司法不公又不断地瓦解着社会公平正义的基础，使得民怨沸腾。贺玲坚持着她认定的观点，于是毅然投入到了学潮之中，却不料学潮平息后竟被作为重点清理对象，让她在精神上又一次承受着巨大的压力。研究生分配被推迟，又好像遥遥无期，贺玲面对未来再次迷惘起来。她把这些情况一一告诉了皇甫一清，一清告诉她世上没有过不去的坎儿，大不了回皇姑屯我们一起干，同样也能生活下去。但此时的贺玲已经不同于当年在北大荒的农垦知青，也已经不是几年前的法院助理，她已经是中国最高学府的法律硕士，她的认知层次已经远远超出了自己所处的社会环境。

一番深思后，贺玲想起父亲临终前的嘱咐，就试着给台湾的顾义明老伯写了一封信。

辗转一个月后，贺玲的信竟然到了顾义明手上。顾义明读罢来信双手颤抖，他没想到亚新是这样的下场，没想到当年的亚新之女竟已是法学硕士。思忖之后当即决定，在有生之年一定要帮助兄弟女儿一臂之力，以了几十年兄弟分别的思念之情。

七个月过后，贺玲终于办好出境赴台的一切手续，她没有回安排的原单位报到，辞去公职，拟去台湾打拼。

临行，贺玲与一清紧紧相拥，说：如果我还活着，就永远是你的妻子，如果能有发展，无论在台湾还是在大陆，我们都要一起奋斗。我在皇姑屯有了第二次生命，此生的爱就永远在皇姑屯。

临别之夜，一种悲壮的情怀充斥弥漫，贺玲似有一种不归的壮士之情，紧紧搂着一清，浑身燃烧着火焰，一清以强有力的拥吻传递着东北汉子的真情，以蓄积已久的热情燃烧着贺玲的身心，完成了人生又一次壮美的结合。

贺玲赴台后两个月，忽然发现了一个惊喜：她怀孕了！

结婚十三年来，贺玲始终处于不能松懈的紧张状态，上学四年不能养育，工作五年未能安家，硕士三年又是拼搏。要不就是有意节育，要不就是匆匆而别。后来逐渐习惯了，以为此生不再有生育希望，一清竟也充分尊重贺玲不急不慌。不料大陆一别，竟然与一清有此大喜，贺玲不禁欣喜若狂。伯父顾义明已经七十岁了，但身体仍然清癯硬朗，思路清晰反应迅速。贺玲高兴地告诉伯父这意外之喜，义明先是有点诧异，但很快就释然了。一周后，义明专为贺玲贺喜请客，说你今天是双喜临门，一是孕子之喜，二是"玲子律师事务所"筹建，好高兴的事！贺玲端起酒杯敬向伯父义明：

"向正义光明的伯父敬三杯酒！一杯代我故去的父母；一杯代我皇姑屯的乡亲和一清；一杯是玲子一片诚挚的谢意！"

伯父义明立直腰板，"谢谢玲子侄女带来故乡的亲情，两岸隔海相望，唯不能隔断血脉相通亲情相连。今闻故土今非昔比，何日得以寻根，也解我思念之情啊！"说着竟然滴下两颗老泪。贺玲赶忙用纸巾为义明伯父轻拭眼角。也深情地说：

"大伯义薄云天，成全我一落魄女子在台闯荡，他日如有机遇，侄女我陪伴大伯回江苏观摩省亲好吗？"

义明颔首连连：不说以往，只贺二喜，尽管安心在台，有我打点，再凭着你的天资和努力，相信律师所会日盛一日，前途可贺啊！

大伯义明和贺玲就此联手，竟把一个私家律师所筹建支撑了起来。

三年后，贺玲在台湾逐步站稳了脚跟。

皇姑屯的一清，自与妻子贺玲离别，无日不念着妻子。这是一个坚强的东北汉子，他心地善良单纯，宁让自己受累不让别人吃苦是他的为人信条。这个农村知识青年的心中装满了对妻子的爱，虽然一年中相见无几，虽然十几年里没有孩子，但他都坚定地相信着贺玲对他的爱。因为他的真挚，因为贺玲的家世和坎坷，他坚信，苦尽就会甘来，真爱总在人间。

在茫茫大雪的冬日，一清坚持走村入户，既当村里卫生员，又兼做计划生育工作，事儿一忙，就把个人感情搁在一边。冬夜长长，一清反复咀嚼着与玲子的数个日夜，想着玲子那个灾难之夜的苍白脸色和几乎触摸不到的微弱脉搏，想着见到玲子转危为安全家人的激动万分，想着玲子与他分别后多少次信中的火热眷恋，想着玲子去台后可能遇到的若干困难自己不能分担，就多了些格外的牵挂。

当春天来到东北，黑土地上的青纱帐连到天边，奔腾不息的嫩江流水清清，看着两岸翠柳成行、百花争艳的美景，以及皇姑屯悠远的牧歌和袅袅的炊烟，一清多么想与妻子儿女一道骑马放情，驰骋于白山黑水，忘情于北国平原。但是不能啊，他不能因情影响到一位北京知青的前途和归宿，更不能断送一位才女未来的希望和发展！

一清凡事想着玲子，很少想他自己。总是想着爱情，绝不去想背叛，痴情默默，一心相随，这便是一清。

后来，一清担任了皇姑屯村党支部书记，还兼着卫生员，因为村里目前还没有人能顶得了他。所以，一清更忙，操心更多。姐姐远嫁，年老的父母也要靠他照顾，里里外外，一清却是靠着一片冰心、一腔热血、一副强壮的身体支撑着。偶尔，也有人说，远方的大雁会南飞，远方的媳妇靠不住，干脆在当地另找一个吧。一清总是笑着回答，谢谢你们的好意，大雁飞走还会回来，北京的媳妇会永远不离不弃！

85 国强的案子从三月拖到十月，半年过去了，检察院的公诉已交到县法院，而县法院审查认为事实不清、证据不足，发回检察院补证。人已在押，检察院骑虎难下，加上来自省里的高水平律师的几次征询，例如：虚报注资罪是何时入刑的？什么情况下的注资算是虚报？虚报注资罪构成的要件是哪些等，一下子使得案件复杂起来。本来注资三百万骗取工商开户，另有偷漏税款，构罪没有问题。但证据中的银行注资三百万属实，并未隐瞒和抽逃，工商开户违规尚无力证，偷漏税款数额计算争议不下难以定论，公诉主罪的法律理由，即虚报注资罪只是当时国内有过案例，但尚未进入国家刑法，构罪要件举证不足，等等。检察院召开检务会讨论，又一次具体分析案情，认为建筑公司注册于二十世纪九十年代初，当时注册资金验资三百万元属实，且已经超出企业法定最低注资一百万元的标准，所以当时工商发证是对的，但后来的经营过程中，在两年内未能将所欠注册资金补齐这是问题。但与虚报注资罪要件不合，责任分散无法定罪，加之案发时国家仍未将虚报注资罪入刑，就凭这些基本法理，判定此案有失。但人已抓，羁押过久没有个说法检察院难脱干系。讨论结果是，分管检察长仍坚持以虚报注资罪补证公诉，由法院判决。理由是相差注资七百万元，数额较大，且有腐蚀国家公务人员嫌疑也应予惩处。一个月后，检察院补证公诉，法院受理。

这样一个案件，在复杂的经济案件中只能算是一个个例，但由于公安经侦、检察院公诉，就使得案情扑朔迷离起来。

终于开庭。那日国强弟兄姐妹五人、妻子丁楠以及公司另外几位出资者出庭旁听。已经被关押半年的国强脸色苍白，已经没有了往日桀骜不驯的神气，显出一种悲哀的无奈。丁楠陪着律师进入法庭，见到国强的模样心里充满懊恼和悲伤。她已明白，马魁为了达到进一步占有她，不惜设计谋害，可能已经买通司法人员，欲置国强于死地。但当她要求马魁出具文字材料时，马魁一口回绝，他不至于笨到出卖自己的地步，所以丁楠一边虚与委蛇，一边配合律师取证，对案情已有了基本把握。

法庭庭审开始了。

当公诉方将公司注资、验资证据、工商执照以及历年上交税金及偷逃税金数额一一举证后，法官要求律师答辩时，律师石钟明不慌不忙地站起来说：

"尊敬的法官和检察官，我对本案的举证均不表示异议，我需要明了两个核心问题：一是虚报注册资本罪构成的要件是虚报和故意，这两个要件均不构成；二是两年后未能补齐注册资金责任究竟在谁。"

公诉人回答："注册三百万实有资金，而以一千万注册资本对外，本身就包含了客观故意。两年后仍未补齐额定，更显示出企业法人恶意违规的故意，因此构成此罪。"

石律师说："实际注资三百万之后并未抽逃就已经否定了办企业时有意虚注资金的故意，这恐怕是法律常识。而后来两年未补齐额定注册资金亦非故意，因为工商局和银行都具监督责任，可公诉人未能提供上述两家曾经有过通知、公函以及催促。正是在这个意义上，作为农民企业家才失之于法。但要说法人故意未免牵强，而且注资未补责任分散，究竟是惩处国家机关还是只惩处个人，更涉及为谁服务的问题，请法官三思！"

公诉人说："企业法人对企业行为负法律责任，两年未补齐注资第一责任人应是法人赵国强。"

石律师又一次站起身来，他先出示了两个证据，然后说道：

"请法官和公诉人注意：国强房屋建筑有限责任公司一九九二年四月十九日注册，而检察院批捕带走赵国强是一九九四年三月三十日，距法定要求补足注资时间相差近一个月，如果有谁告诉了补充注资的违法后果，那么公司凭借实力完全可以在一个月内补充资金七百万元，这里面是否存在我们工作的疏漏和违规呢？"

石律师侃侃而论，句句切中要害，只是几个核心问题便把案件剥离得线条清晰起来，至于腐蚀公务人员和争议较多的偷漏税款问题已与公诉主罪无任何直接联系。

法庭里人们开始议论纷纷，显示出不安。公诉人无法解释，公务工作上一点小的疏漏显示了执法水平的差距。

此时的法官，已经明白了案子中存在的纰漏，也明知目前刑法中尚未纳入此罪，全国虽有案例但量刑依据不清，加之对民营企业仍需施行保护之责。面对律师的据理申诉辩驳，同情公司的意识已占上风，于是便停审并当庭稍作合议后宣布：

"虚报注册资金罪目前国内案例日多，但鉴于企业发展法制规范尚处于完善阶段，同时本罪要件构成不能成立，经本庭审理合议判决国强房屋建筑有限责任公司法人赵国强无罪，当庭释放！"

一阵热烈的掌声中，赵国强热泪横流。丁楠泪如泉涌，拉住石律师的手，一迭声地说："谢谢石律师，谢谢石律师！"听证的人们也纷纷对法庭的判决由衷地高兴。

回家当晚，国强全家摆宴席三桌招待前来恭贺的客人，大家唏嘘一番，国强说这次官司让我学了不少知识，也全是靠着各位亲朋好友相帮才转危为安，以后千万要引以为戒！亲戚们说这次全亏了春月请的律师厉害；有的说也亏了庆生给有关方面打了招呼；也有的说这次可辛苦了夫人丁楠，上下操心左右打点，这才有了好的结局。

母亲文英说：明天去你爸坟上烧纸，也告诉他国强无罪的好消息，让他在天之灵安息。说得国强又流下泪来，说儿子不孝，连累父亲早逝。

但大家一直不解的是，谁举报诬陷了国强？丁楠欲言又止，说大家先吃好喝好，然后东山再起，把话岔开一边。

两个月后，被查封的国强房屋建筑有限责任公司重新隆重开业，鞭炮声中，公司老总赵国强一袭黑衣黑领带黑皮鞋闪亮登场，他对党和政府的英明表示了感谢，对各位同仁的帮助表示了感谢，最后挥起胳膊说：

"共产党给了我们大好的发展时代，我们农民也要跟上潮流把家乡建设得更美好！"

几个哥儿们一齐喊着：

"跟着强哥，重振国强！"

"跟着强哥，重振国强！"

到了一九九七年前后，周南县国强房屋建筑有限责任公司已经在鑫州市占有了一席之地，公司注资已达三千万元。这期间，国强两口子投入到恢复和重建公司之中，重新清理家底，恢复营业执照，尤其是千方百计重聚工程技术人员，甚至高薪临时聘请紧缺人员。好在有丁楠，几个高工人员基本未散。而且还应付了媒体的采访。国强说虽被判无罪，但我还是有过错的，希望媒体理解不要炒作。媒体记者问你无辜被押半年是否要起诉，国强表示暂不考虑。媒体记者多少有些失望，也只好不再火上浇油。紧张的工作又把一对艰苦创业的夫妇重新凝聚起来，国强决心要把家业做大，丁楠也把精力和感情投入了新的目标之中。国强感到妻子是个好帮手，丁楠却一直负疚于心，觉得对不起丈夫和家庭。

终于有一天，丁楠将马魁的阴谋合盘兜给了国强。丁楠担心无法交代但又如鲠在喉，担心国强不会原谅她，不说吧心里一块石头压着不舒服，终于说了出来。但是国强却原谅了丁楠的不贞，毕竟他们夫妻一块儿打拼奋斗，也才有了今天，国强也意识到自己忙得顾不上家对丁楠照顾不到。国强在商海里也见得多了，哪个老板守身如玉？哪个老板的家里能没有是非？嫂子惠萍不是也不清不楚吗？只是作为公司老总的国强，的确顾了事业尚未花心，加之在押半年，也学习了一些法律知识，思考了人生的坎坷，包括对前人的经历也都作了一番分析，沉淀了一些善良和诚实的为人品格。他能原谅妻子，还因为妻子在事业中起到了十分重要的作用：联络县里各层次官员和关系网络，在他出狱和官司中竭尽心力，在夫妻感情上始终站在他这边。

但男人毕竟是男人，国强要出这口恶气。思考几天后，国强与丁楠想出了一个报复的主意。

马魁自国强官司打赢后就生怕事情败露，每天惴惴不安，又怕丁楠一旦变心，也会给他带来麻烦。故此在国强刚刚出狱一周里就上门看望，后就再未露面。但是半年过去了，国强企业重新开张，一切都很平静。丁楠虽然没有再见过，但通过一两次电话也没异常反应。马魁想女人家好面子，总不会把屎往自己脸上抹的。这样一想，也慢慢平静了下来，但久不见丁楠心里还是痒痒的。

这天晚上马魁正与一伙人喝酒时突然接到丁楠的电话：

"马经理吗？你好！今天可有空？"

"哎呀！天神，我还以为妹子失踪了呢！有空有空，有事尽管吩咐！"

马魁用手机赶紧回话，并用酒店公用电话回给丁楠，问有何事吩咐。那边丁楠声音有点变样，马魁以为丁楠可能是久未见面有些激动。

"那你晚上八点来家一趟！"丁楠在电话那边说。

"国强老板好吗？最近在家吗？"

"他去鑫州了，说得三四天才回来。"

马魁心里怦怦跳动：这女人，到底撑不住了！亲妹子哟，你可知我快想疯了。

回了电话马魁抓起酒杯给酒友告假：各位哥儿们，马魁忽有急事，抱歉抱歉，喝杯罚酒。一个满杯被马魁一口吞入，随即风一般外出。

马魁照样神出鬼没地潜入小楼时，突然脚下一绊差点摔倒，一看却是一只黑猫卧在那里，马魁一惊酒都吓醒了。暗想我喝了酒正好，借酒走错路，借酒抱美人，借酒烧欲火，好！

进入卧室，马魁原以为丁楠会迎上来热吻一番，却不想门开着，丁楠已经躺在床上，半个身子露在外面，高耸的胸脯上两坨奶子在灯影下明显诱人。只听丁楠说道：

"突然间有点头疼，就先躺下了，你自己倒点水吧！"

马魁哪里还能按捺住自己，看一眼卧室门已锁上，就褪去衣裤，急不可耐地扑了上去。

"鬼急啥？今晚有你的。先洗澡去吧！"

马魁待要吻丁楠时，丁楠用手挡住了：

"先去刷牙，臭烘烘的！"

马魁只好到卫生间，急急地刷牙，洗脸，正要进入澡盆时，背后的门悄然打开，马魁说：别急，快了快了！没有回声，刚一回头，眼前一黑，"咔哒"一声镁光灯闪处，接着一棒子抢头打来，马魁还未看清什么人，头上身上腿上一齐被皮带抽打起来，那带铁的环扣猛一下打在嘴上，一股血腥味立刻涌出。马魁遭到袭击不敢声张，大脑一片空白，等清醒过来，才明白自己中了美人计，遭遇了暗算。

"打折他一条腿，看他还骚情不！"

马魁听到一个陌生的口音。接着就一声大叫：

"妈呀，我的腿断了！"

……

后来是怎么回到自己家里的，马魁不知道。一阵断腿的疼痛使马魁暂时休克了，醒来时已趴在自家门口，半身精赤。是谁下的毒手，打折了他一条腿，马魁还是不知道，虽然感到是有两三个人，但究竟是谁，在熄灭了电灯的房子里只能看到几条黑影。马魁精赤着敲门，精赤着爬回自己家里。老婆大吃一惊，但一见马魁半身精光旋即明白：

"偷野食嫖风，你活该！"

第二天天亮后，叫疼一夜的马魁才被老婆送去医院检查，马魁一颗门牙折断，右腿大腿骨折，其余受伤部位软组织挫伤。马魁告诉别人是自己喝醉酒一不小心摔的。直到年底，马魁才能拄着拐杖行走，但从此，那条右腿就短了一截。

马魁是个明白人，他本想着把国强告上法庭，告国强故意伤害罪，但证据呢？自己精赤的照片、一身的衣服这些证据都在人家手中啊！而且马魁想得更深远：一旦事情败露，闹不好很可能会把自己陷害国强的事大白于天下，那就惹下更大麻烦，还会害了自己在公安上的兄弟。

马魁认了，马魁今生都没把这件事的真相透露给任何人。他想，我不说这件事，世界上就不会有这件事存在。马魁的自欺欺人不仅保全了自己，而且也保全了国强的违法行为。

这个世界还真是无奇不有，当然，这还只能算是社会万花筒中的一鳞半爪。

两年后，国强房屋建筑有限责任公司走出周南县，进军鑫州府。这个过亿资产的房地产商，已经在汉江边上耸立起数十栋楼房，把自己的业绩历史性地写入了地方发展的史册。

86 云峰的女儿国华嫁了一个新疆石河子农垦师的兵团战士，跟着以内地知青的名义参加了工作。

那时候云峰十分喜欢这个唯一的女儿，放学回家留的饭里，有云峰偷偷放进去的一块肉，云峰在外参加了婚礼，一定记得给女儿带几颗酥心糖回来，还常常把女儿抱在腿上说："爸爸最喜欢谁？"女儿却说：

"国华最爱爸爸，最喜欢爸爸！"

国华到了新疆，爸爸云峰先后去看望过三次，总之爱女心切，胜过儿子！

云峰的女儿国华是个温文尔雅的人，跟魏刚结婚后在石河子一晃十年已过。北疆那广袤辽远、万里平畴的山河，使得这个南方女子逐渐成熟和坚强起来，她的国字脸很红润，眉宇间显出一种男性的阳刚，一米六五的身材一头墨黑的秀发披肩，常常诱得兵团男人侧目回头。国华三十岁出头，有点英姿飒爽的自豪。

国华的丈夫魏刚是个孤儿，出生于火热的大跃进年代，父母早亡，一个姐姐被送给人家断了音讯。他幼年家庭就被饥馑笼罩，父母病饿死于乡野，姐姐送人后七八岁的魏刚幸遇"社教"运动，被大队收养，放在大队小学校里，一方面帮老师干点杂活，一方面老师教他认字学习。他十分聪明，读书识字竟超出同龄学生。他除了常常在教室外偷偷听老师讲课，还帮助小学校烧水拾柴，古道热肠的小学女校长就干脆让他跟班学习。后来小学毕业，再上初中都是一路优秀。魏刚是国家供养出来的穷孩子，一辈子都对党和政府充满了感激之情。"文革"结束后内地招收一批军垦战士魏刚就应征入疆。魏刚去了北疆的石河子农垦师，第三年就当了班长，六年后当了排长，那时石河子兵团号召学习的对象新时代的雷锋就是魏刚。后来提升到副连长回家乡探亲时经人介绍，对国华一见钟情，不到半年就办了结婚手续。国华也很满意，说他是她心中的许文强，国华爸爸云峰亲自赶赴北疆考察，支持了女儿的婚事。

说魏刚是"许文强"还真说准了，魏刚从小无依靠，养成了遇事有主见、处事坚定执着的性格，碰上公家安排的事，不吃饭睡觉也要拼命干，回到家里却是惜话如金，累了倒头就睡，醒来起身就走，不仅很少跟国华交流，而且还有点不修边幅，除了军装还是军装，好像这样才有形象和威严。日子最难天天过，小两口的性格摩擦便多了起来。

国华去兵团后当了幼儿园老师，天天与小孩子厮磨，非但不腻烦，反而干得得心应手。她喜欢小孩，尤其是喜欢调皮的男孩，她认为循规蹈矩的孩子不如调皮的孩子将来有出息。所以像小朋友似的跟孩子们交流，唱儿歌教舞蹈。她会顺着小男孩调皮的思路跟你走一回，但第二回便会吸引着他们跟着她去跑去做，好像手里有个魔术棒似的。最调皮的小男孩叫她"阿姨姐姐"，叫她"阿姨妈妈"，她都会给他们一个微笑或亲吻。

团政委柳宇无意间发现调皮的儿子变得喜欢学习和喜欢提问，猜到是受幼儿园阿姨的影响，一次他问：

"你告诉爸爸，你最喜欢的阿姨老师是谁？"

"国华阿姨姐姐，国华阿姨妈妈！"

"为什么又叫阿姨，又叫姐姐和妈妈？"

"因为她就像阿姨姐姐和妈妈呀！"

与儿子的对话，让政委产生了很大兴趣，政委决定哪天去视察慰问幼儿园，顺便看看那位阿姨姐姐和妈妈。

几周后六一儿童节到了，团幼儿园里张灯结彩，悬挂了标语：热烈欢迎首长莅临检查指导！幼儿园的各个教室和游戏室被装饰一新，孩子们穿上节日盛装列队欢迎。夏日的阳光下，团营连三级首长带着玩具、书包和儿童书籍与幼儿园师生见面，并现场观看了小朋友演出的《拔萝卜》《小蜜蜂》等少儿节目。程序进行完毕后，小调皮拉着政委爸爸的手，到了国华跟前说："爸爸，这就是国华阿姨妈妈！"

"你好啊！国华阿姨、妈妈，还有姐姐，谢谢您啊！"

政委补充上了"姐姐"是为了不显尴尬，但国华的脸却一下子红到耳根。说来也怪，国华喜欢小调皮，而一见政委和蔼可亲，反倒有些羞涩起来，小调皮给政委介绍时偏偏省去了姐姐而只介绍了"妈妈"，让她心里流出一股泉水，既舒展又清凉。政委拉住国华伸过来的一双温热的手，好像有些忘情地连说了几个"谢谢老师"，直到看见国华满面羞赧时才放开紧握的手，以至于幼儿园的其他老师也投过来几束激动和惊讶的目光。

深秋的一天，团部院子里一片红红的杨树叶，可以与红枫比肩，高大粗壮的白杨更加挺拔和壮伟。国华被小调皮牵到了家里，是应政委之邀还是应小调皮之邀国华都乐意答应，在这大漠边陲地带，一个团政委的威力甚至跟内地一个县的书记丝毫不差。

团政委夫妇热情地接待了国华，问长问短，问起国华的爸爸妈妈、家庭历史，问他爱人魏刚的工作情况。知道了国华的爷爷是革命烈士爸爸是教师时，唏嘘不已，说一定要把烈士们打下的这个江山保卫好建设好。政委夫妇留下国华吃了一顿便饭，临走告诉国华，有什么困难问题随时可以找来，会尽力相帮，并留下电话号码，让国华有事可以联系。国华千恩万谢地走了。

丈夫魏刚后来知道了说以后不许你再去政委家里，否则别怪我无情！为这事两口子干起仗来，国华只有哭，而魏刚却是几天不回家。

国华给表哥庆生写过几封信，汇报了她在北疆的生活和婚姻情况，表哥很高兴地回信鼓励她好好努力，干出一番事业，但后来国华生了孩子，拖累一多也就不再通信。到后来农垦兵团体制变动国华内调回周南县城，这才又恢复联系，而这个时候，魏刚已经"失踪"一年多了。

87 春月去东江县做了一次考察，回家后即与老公、女儿、女婿再盘家底，议决投资之策。大家一致同意春月的提议，拿出一千万去东江购地，顺利的话，可拿回百十亩地，先在东江搞一个楼盘，估计最低可以有一两个亿的收益，但要拿到必须要有庆生帮助，如他能出手，则事成一半。春月凭着对庆生的感情和在东江见面的感觉，觉得应当没有问题。但也不能让庆生白白帮忙，甚至将来在利润中也可分成。但在拿地之前一定要先把庆生这一关打通。

思谋已定，春月就给庆生打了电话，庆生表示欢迎所有客商投资开发当然包括春月公司，县里将会以最大真诚提供优惠和服务。春月说那我就派王戈王华两位经理前往洽谈，请你一定接洽。庆生说那没有问题，但你们不要说是我亲戚，春月说那是当然，不会给你带来不便。

这次王戈王华夫妇开着高档轿车，带着一个密码箱长途跋涉六百余里，赶到了东江时，接待他们的不是庆生而是县里的分管领导和发改委及土地局。庆生就在县里，但他不宜出面，让分管县长接待，按规定办。县里第二天上午就安排了会议，听取了王戈二人的投资意向和初步计划，也通报了县里目前对外开放开发的主要优惠政策。如果是新上工业项目，地价可在优惠之后再下浮百分之五，但房地产项目必须实行三家以上法人招标，按招标程序办理，先交押金然后公开竞标。交谈中，县城房地产土地价大约二十万一亩。晚上，王戈王华夫妇悄悄来到县委家属院的庆生家里，他们已经是第二次来，到庆生家算是熟门熟路了。庆生热情地接待了二位晚辈，跟他们谈起未来东江的规划和发展，庆生侃侃而谈如数家珍，好像一幅蓝图已绘制在心。王戈夫妇不由为表舅的敬业和努力而钦佩，说了一些戴高帽子的恭维话：

"表舅绘制的东江未来，一定是一幅中国山区县的现代美图！我们为表舅而自豪！"

庆生摆着手，表示年轻人太夸张了。

"图归图，要变成现实，是要流血流汗、拼命工作的。我们现在正在抓作风抓落实，一步一个脚印地努力！"

趁着王戈与庆生谈话，台湾人王华从车中将密码箱提到房里，庆生一见立即警觉起来：

"欢迎你们来东江投资兴业，可不欢迎你们送礼送物噢！"

"这是我妈让给表舅带来的一份心意。我妈还说如果这个工程弄成了，要给表舅您记一大功、分股份呢！"王戈放低了声音给庆生说着。

庆生一见密码箱就示意先放在客厅。他说，县里对外开放，谁有亲戚来开发都行，但必须要按文件规定办，公开透明，绝不允许有舞弊行为，更不允许行贿受贿。我是县委书记必须自己做到。所以你们第一必须参与招投标，第二不允许送任何礼品、现金，否则取消投标资格！

王戈给王华丢个眼色，王华上前用流利的普通话说表舅是好领导，但当今投资中哪个没有背后的活动，只是心照不宣罢了，我们台湾也是这样啊！

"台湾是台湾，大陆是大陆，你那里是国民党执政，我这里是共产党执政，是不一样的！"庆生有点生气起来。屋子里的气氛显示出沉闷和紧张。王戈提议说那就先留表舅这里吧，万一不行，等我妈下次来取吧。

庆生看着两位年轻晚辈，深深叹了一口气，又说：

"告诉你妈，我们都是在苦水里泡过的，我们有今天，全是共产党带来的，天下用鲜血和头颅换来了，而今天能否守住大业，就得靠我们一代代的青年来努力、来支撑！你们富了，但千万不能忘了中国还有几千万的贫困人口！我如果拿了钱，我的良心就将背上沉重的十字架，终生不安啊！"

庆生这番中肯的肺腑之言，尽管让王戈夫妇听来有点说教，但他们的确被表舅的坚定打动了。人都说共产党腐败，但像表舅这样的共产党员才是铮铮铁骨的真共产党啊！王戈也内疚起来，想到这些年光顾挣钱，对政治和人生的许多道理的确是忽略了。如果执政的共产党都成了贪腐官员，那这个政权还能受到人民的拥戴吗？

不觉间，两个小时过去了。十点了，庆生送王戈夫妇到车边，王华仍提着那个密码箱，感到箱子很沉，而自己轻飘飘的，有点站立不稳。

河风轻轻吹来。庆生目送着小汽车离去，仰望天空，满天繁星闪烁，北斗星亮光依旧，他感到了一阵轻松。

后来，在即将举行招标的前三天，春月通知东江县，已交的投标押金三十万元请转投建希望小学一所，公司不再参与土地拍卖招标。年底，一个整洁干净的村级小学建成了，命名为：东江县东河春月希望小学。

但从此，春月就再不愿跟庆生打交道，直到三年后庆生的母亲凌芬去世，姐弟俩才慢慢解开了这个疙瘩。

88

正当庆生的手在秦岚引导下缓缓游弋时，庆生突然一个激灵：他分明看见了妻子秀琴黑亮却幽怨的眼睛！那黑黑的眸子在流泪！在怨恨地瞪着他！

庆生的头嗡的一声，好像是天灵盖响起了炸雷，游动的手停止了，浑身的火焰渐渐褪去，头脑冷静下来。

秦岚迅速地觉察到了，她正闭着眼睛，感觉幸福将要降临，自己终于有了归宿时，忽然感到了冰冷：庆生清醒了。

秦岚停止了动作，静静地躺在庆生身边。此刻，她仿佛等待了一千年，她渴望着黎明前的寂静，渴望着平静后的暴风雨，她有这个信心。

终于，庆生轻轻地脱开了秦岚的拥抱坐了起来，自言自语地说：

"我不能对不起她！也不能对不起妹妹！"

秦岚的等待顿时遭到毁灭，像掉入万丈冰窟之中。她明白了，自己太过自信，而庆生心里只有他的妻子秀琴。至于她，自始至终都只能是妹妹！秦岚也坐了起来，似乎再要听他的自言自语，但是庆生却陷入沉思。终于，她把绝望的脸颊轻轻贴在哥哥庆生的肩上说：

"哥哥，是妹妹不好，您原谅我吧！"

庆生转过身把瑟瑟发抖的秦岚揽在怀里说：

"是哥哥不好！是哥哥坏！"

秦岚用温柔的手轻轻堵住庆生的嘴，"不许这么说！"接着说，"哥哥我理解你的心情，嫂子是你的患难妻子，你们感情很深，我不能与她相比！"

庆生深深叹口气，平静下来。终于又说：

"你是我的异姓妹妹，是我一直以来难以忘怀的亲人，或许，在我心中，你才是我追求的理想女人。但是，我已经跟秀琴结婚了，无论怎样，我都要对她负责到底，况且她是在我们最困难的日子里给了我爱情和帮助的人，我不能忘本！"

秦岚此时已是泪眼婆娑。庆生的话那么真挚，而且说她是他心目中理想的女人，就说明我在他心中的位置啊！一个男人为妻子承担一切，负责到底，而且一生不变，这是多好的男人！但秦岚又想，哥哥内心深处的矛盾甚或是封建保守、一成不变又岂不是作茧自缚？思想过后，秦岚抹一把悄悄流淌的眼泪，还是坚定地给庆生说：

"哥哥，我理解你！你是个好男人！但妹子今天也告诉你：等你到地老天荒，我也不会嫁人！"

庆生心里涌起一阵钻心的疼痛，他忍住又想抱抱秦岚的欲望站起身走下床去，穿好了衣服，给秦岚说：你好好休息一会儿，哥哥看会儿书。秦岚没有回声，一任心中汹涌的潮水涌动，嘴角咬住被子，免得哭出声来。

庆生送走了秦岚，半个月后就结束了湿地培训，然后直飞浙江宁波，东江的一拨干部正在那里参加一个招商洽谈会。庆生正好参加了东江县的项目签约仪式。结束以后有同志建议去一下诸葛亮后裔的老家兰溪县诸葛村，庆生知道诸葛亮曾在汉中屯兵八年六出祁山，为什么在浙江兰溪竟有一个后裔村？也是顺道，于是就一同去了兰溪。

原来浙江兰溪诸葛村是诸葛亮二十七代后裔诸葛计，按先师八卦九宫阵图设计，以村中心的道教图为中心，向四周八巷辐射，形成内八卦，而村外八座小山环绕成外八卦，建筑以明清徽派为主，"青砖、灰瓦、马头墙、肥梁、胖柱、小围房"是其风格，厅堂二百多处，雕梁画栋，古朴典雅。诸葛后裔们遵循祖训："不为良相，便为良医。"行医安家，集聚于此。传说当年日本飞机轰炸没发现这里，大队人马经过也没找到这里，所以村落保存完整，八卦村日愈成为传奇，到近代成为了旅游观光的好去处。

一行人进入宫殿般的村落，在导游引导下层层观赏，到了村中的八卦图，庆生站在黑色花岗岩铺成的半面"蝌蚪"上，看着仿佛蝌蚪眼睛却是一眼碧清的泉井，享受着片刻宁静带来的沉寂，往事越千年，历史淹没了多少英雄豪杰，但人们还会永远地祭拜他们的祖先。人类繁衍，民族兴衰，人间烽火，自有规律存在。诸葛亮鞠躬尽瘁，死而后已，而我们今天的一些官员开始浮躁，哪里还有祖先的躬耕精神？

一路观看一路思索，庆生的脑子一直处在兴奋之中。要说他这个人爱思索、动脑子、穷思苦想，倒确是一个个性特征。他惊叹那砖壁上的龙图，惊叹厅堂门上精细雕刻的栩栩如生，想着古人的聪明才智不亚于今人，想着古人那样一种执着和追求，唏嘘不已。

走到一个厅间，厅堂里香气弥漫，人们在静静地听着算命先生的八卦预测。庆生自信是唯物主义者，压根儿不信什么算命先生。但同行的几位同事说八卦村算命很灵验的，当作玩玩，算他一卦吧。其实这里算卦用的是"诸葛铜钱"，五枚铜钱已被使用得锃光亮亮。庆生一看这个好弄，问明方法，五枚铜钱全部正面向上则为"上上签"，四正一负为中上签，全负为下下签，然后再拿出卦签由算卦人讲解。庆生心中忽然闪过秦岚的影子，便想着不妨一试，结果却是四正一负，

第十六章 诸葛铜钱

中上签。算卦人解说的内容大意是有峰回路转柳暗花明之意。庆生大约记着一句卦辞是"舟楫之险，小人诉讼；云过天晴，路遇麒麟"，心里停留片刻。又看到一位抽下下签的同志一脸沮丧，就笑着说，算命先生也是哲学家啊，那卦辞都是一分为二的，好坏都说到，提醒你自己把握。信则灵不信则失，不必过虑。

回到东江三个月后，庆生接到消息，鑫州市委免去其县委书记职务，调市另行安排。趁着市委未宣布之前，庆生安排了几个协调会，对几个乡镇扶贫项目的落实工作进行了交代，还赶赴自己包联的大河镇栗树村参加了村支部书记儿子的婚礼。庆生跟支书很熟，在其家里住过几次，吃洋芋饭喝苞谷酒，尤其是基层干部之情他看得很重，就欣然应允参加。几年后，那位支书还专程到市里看望庆生，让庆生体味到了来自人民的真挚感情。

接着，原县长接任了县委书记。五月初，又是一个山花烂漫的季节，庆生没有举行告别仪式，没有接受众多单位的送行要求，在一个清晨，静静地离开了他生活和工作了七年的东江。

第十七章　世纪之光

89 二十世纪的最后十年是中国改革开放艰难的十年，农业连续丰收稳定着人心，而城市工业面临着生死抉择。"三铁"被砸，领导的"铁心肠铁面孔铁手腕"促进了厂长的"金交椅金工资金饭碗"。工人说毛主席给我们的社会主义铁饭碗被改革砸了，官员们的"三铁"却是百炼成钢了。但是，十年的国退民进、十年的破茧之举终于把中国经济带上了一条生路，中国成为了世界的加工厂，经济总量突破万亿美元，居世界第六位，国家外汇储备达到一千六百多亿美元，走在世界各国前列。十年间，中国富人中千万元级已经崭露而百万级富人已呈燎原之势。国家经营的资产少了，但是国家发展了，税收增多了。贫富两极分化已初露端倪，人们有了许多不满。中国的反腐斗争已近十年，但腐败上升的势头并未被遏制。

中国共产党率领人民摸着石头过河，走过了破茧重生的十年，迎来了新的世纪。中国特色的社会主义旗帜仍然在指引着前进的方向，人们向二十一世纪发出呼喊：小康、法制和民主！

谁顺应了历史潮流，谁就有资格走在前头。

庆生在被免职后两个月中，有一些小的复杂情形：刚一被免职，就有一封人民来信被送到了市委领导的案头。信中反映的主要问题是贺庆生为人刚愎自用、打击迫害当地干部等。市委书记一看就笑了，庆生不是个刚愎狭小之人，这点他太了解了，至于迫害打击当地干部，可能是事出有因，也可能是个别人一面之词。暂时没有安置庆生，是因为人事调整，市委考虑到庆生同志曾有过车祸，长期的山区工作会影响身体，拟将他调整回市任市纪委副书记兼监察局局长，因为纪委是双重管理，审批手续需时较长，故此未能及时安排而不是因为庆生有什么问题。然而这个期间，东江个别心怀不满的人误以为是个时机，就胡乱写上几句，贴上几分钱的邮票就寄给了市委。没想到共产党的组织并不是容易糊弄的，一封信反倒坚定了市委对贺庆生的看法。

庆生后来知道了，心想这可能就是诸葛村"诉讼遇小人"的铜钱所示吧。也觉好笑，便不放在心上，反而在干部任用上做了一番自我检讨。

到纪委工作，原是庆生没有准备的。庆生知道自己对组织、宣传、教育这些工作熟悉，市委分管书记给他谈话时说市委组织部目前领导满编，否则的话他也是合适人选。庆生说我去政研室吧，我还喜欢写些东西。书记说你是县委书记，我们要慎重安排。到市纪委去，庆生想想也就释然了。记得二十世纪八十年代国家成立监察部招干时，自己还跃跃欲试呢，这不正好应了所想吗？其实，把庆生放在纪委工作，市委还真是知人善任呢。庆生后来十年的纪检工作实践充分证实了市委这一决策的正确。

一到纪委，庆生便接手啃了几块硬骨头，接连打了几个胜仗。那时的党内违纪案件查处，已经由二十世纪九十年代初期的三五千元上升到三五万元甚至更多。一个县委常务副书记的受贿案交到了庆生手上。庆生调集了所有材料，分析了这个副书记走过的路径，他感到在拿下外围证据之后，案件能否办成功关键在于攻心，要让这位犯错误的同志主动交代。于是，在这位副书记被"双规"之后，庆生亲自出马，几个白天晚上，庆生与他同吃同住，谈父辈们解放前的英勇牺牲浴血奋斗，比今天的幸福日子；谈家里父母妻儿的悲痛和希望；找走上错误道路的思想根源，讲党的教育和争取从宽的政策。仅仅三天时间，那位副书记主动交代了组织上尚未掌握的受贿七万元的事实，案件很快告结，那位副书记被撤销职务开除党籍，但鉴于积极交代积极退款，被免于刑事处理。

还有一件更为复杂的案例：中考泄密。当时满城风雨，全市中考推倒重来，造成大量人力物力损失且影响恶劣。这类案件涉及面宽，责任分散，线索多而凌乱，破案几率很小。

鑫州市长下令，选定时任监察局局长的贺庆生挂帅破案。担子一下压在庆生身上。他下决心从蛛丝马迹入手，认真排查细致工作，不相信无法弄清真相。庆生抽调了公安、纪检、教育的二十名同志，组成三个组开展工作，日夜兼程，不舍昼夜，十七天终于成功告破，受到政府嘉奖。

原来是几名教师为了利益，串通印刷厂老板娘，从保险柜里偷出考试原卷，翻印卖钱而案发。庆生组织办案人员全面排查，层层剥茧，抓住线索果断决策迅速出击，终于短期告破。《鑫州日报》以《中考泄密迷雾中的"五朵金花"》为题作了全面报道。

庆生由一名县级党政领导，逐步变成了一名纪检骨干、办案能手。庆生想，干一行就要研究一行，精通一行，绝不当"南郭先生"。

这时，庆生的母亲凌芬身体突然垮了下来。七十多岁的老母亲，也许是看到儿子已经成才自己完成了任务，也许是与媳妇秀琴的疙瘩积郁不解，也许是生死有命的夙愿，凌芬说：我该走了，你外婆活了七十三，你大舅活了七十三，这是门槛啊！我跟他们去了！庆生说母亲你就安心治病，儿子不能没有您呐！母亲说我自己知道不行了，你赶紧通知你姐回来。噢，艳儿如能回来我想见她。说着母亲又陷入昏迷。庆生充满歉疚，平时只顾忙工作，忘记陪伴老母亲和调解家庭矛盾，也没陪着母亲去大城市医院治疗。作为儿子尽孝不够啊！早年出嫁的姐姐把母亲伺候了一周，她说：没希望了，准备后事吧。但母亲又清醒了，嘴里念叨着"艳儿艳儿"。

就在凌芬行将咽气的时候，秦岚终于从台湾赶回来了，这是秦岚离开村子后第三次回来。一次是上学时回家看望父亲，第二次是柱子结婚，这次是专程回鑫州城见一眼临终的母亲，秦岚从来没有把凌芬当过后母。

"妈妈，您睁开眼睛看看吧，您的女儿艳艳回来了！"秦岚呜咽着，泪水静静流淌，看着行将咽气的母亲。

突然间，凌芬嘴角嚅动了一下，接着眼睛果然睁开了。她从地狱回来，是因为还有几句没交代的话。儿子庆生说：妈，您想见的艳儿回来了！秦岚扑在母亲身上大声痛哭起来。凌芬终于抬起手，摸一下秦岚的头说：

"艳儿，你太苦了，妈想你啊……告诉你爸，我们阴、阴间见！"

秦岚只顾着点头，她多么想给妈妈讲讲这些年吃过的苦和对她深深的思念，多么想给母亲说出自己对哥哥埋藏在心底的喜欢啊，但老人垂垂临终她只有流泪。

又过几分钟，凌芬竟然叫庆生和秀琴，已十分微弱但却清晰地说：

"庆生，妈要你一生幸福，做好人；秀琴，你是庆生的好帮手，你们白头到、到老！"

说完，凌芬头一歪，咽气了。庆生、姐姐、秀琴、秦岚一齐恸哭起来，许久方住。姐姐有些经验，让庆生赶紧安排灵堂，并带上孝袖亲自去请贺家户族和赵家户族亲戚，同时立即给青海单位发电报通知，请人参加治丧，以及安排客人吃住等细节。一时间家里忙得一塌糊涂，秦岚也就投入忙乱之中。

幸而已是深秋，秋雨绵绵不去，像亲人的泪水，天气已有凉意，方便尸体停放。五天以后，凌芬单位的领导和西海州老干局治丧同志赶到。上午，在蒙蒙细雨中，送灵的车队和人群在哀乐声中把凌芬的尸体送进了火化炉。

庆生站在母亲灵前致悼词说：

"亲爱的母亲，您一生艰难没有给我们留下什么财物，但是您留给了我们正直、善良和宽容的美德，这是无尽的财富！您勤奋、坚韧甚至屈辱的一生，给了我们做人的根基和奋斗的精神。您是平凡的中国女性，更是伟大的中国女性！

永别了，亲爱的母亲！"

……

母亲凌芬走完了她的一生，她平静地走了，走在了世纪之交的前夜，走在了一个新的太阳升起的黎明。

送走了母亲，庆生夫妇又送了各方亲友，最后送走了远道的秦岚。

90 国强闯进鑫州，正逢鑫州市大发展的十年。鑫州市依托清江，规划了一江两岸的发展蓝图，跨江的新大桥和蓄水的桥闸工程相继竣工，宽阔的清江五平方公里的水面碧波荡漾，两岸绿柳成行，花簇和翠竹交映，各种景观树各展婀娜，鑫州城一派滨江风光。江南江北，一大片的新建住宅群中，至少十之一二是国强公司所建，国强房屋建筑有限责任公司已经达到三级建筑资质，二十多层的楼房两年就起了。国强在发奋中进取，在新天地中舒展，已经牢牢在鑫州站住了脚根。国强做得风生水起，踌躇满志。

丁楠在一次失足教训后变得清醒起来，她学业务，学电脑，对财务越来越精通，越来越多地监管起公司的财务。人一忙，打扮也就少了，奢侈少了，应酬少了，老得快了。本来四十上下的妇人，应该还有徐娘半老风韵犹存的靓丽，但此刻的丁楠，身材多少有些发福，脸上有了皱纹，打扮日少，就显得老成多了。

国强原谅了丁楠，但也留着心眼儿，防着女人一手。他那商人的头脑告诉他，一旦红杏出墙回头总是很难。自那次跟丁楠合计让马魁吃了一个哑巴亏以后，国强就防着马魁报复，就打算着离开伤心之地。他没有向司法机关讨要公道，也是想着让人一步自己宽，就是赔偿那么点钱他还看不上。马魁被打折腿成了拐子后县里曾有过一阵风波，但最后都烟消云散。几年过去了，丁楠再无是非，国强就放下心来，想自己的好女人是让马魁给害了的。那天和丁楠在客厅看电视，电视里正演出婚外情情节，国强就问丁楠，婚外情你说怪谁？丁楠说怪男人太坏，天下没有几个好男人！国强说那我也坏吗？丁楠说你现在也许还算好男人，但男人有钱就变坏。国强想起一句话"女人变坏就有钱，男人有钱就变坏"，想想真有道理。

家里一直由母亲文英看顾，雇用的小保姆经常更换，农村姑娘多的是，一招手就是一个班，但国强还是每个至少用半年的。有的是不太理想，有的是家中有事自己要回，国强便不强求多发点工资打发走人。这几年孩子大了，考中学考大学竞争激烈，不少人家请家教。丁楠就说咱也请一个家教吧，孩子要考大学了。但合适的教师哪里能找到呢？还是丁楠出主意说：现在流行在大学生中找家教，大学生中有很优秀的，需要钱。国强就说那你就请一个来吧。

几周以后，丁楠果然请来一位人见人爱的女大学生。她姓氏不好，刁德一的刁，但人长得一表人才，柳叶眉瓜子脸，一口白牙，见人亲热，手眼灵活，被丁楠一眼看上。国强见了竟有些脸红，心里说真是个美女，太好了！

女学生刁雨晴一周来三天，给国强的女儿补习功课，常常逢上周末，国强夫妇就留她在家一同吃饭，雨晴推辞不过，也就吃了。几次以后便熟络起来，原来这位姑娘是鑫州人，家在农村，还有一年就大学毕业了，毕业后准备报考研究生。爸爸教乡中学，妈妈是家属，还有一个弟弟。

女儿在雨晴的辅导下进步很快，两人也谈得来，雨晴比女儿大五六岁，女儿就管雨晴叫老师和姐姐。后来一个周末天下起大雨，女儿留雨晴和她一块儿住，丁楠也挽留，雨晴便也住了下来。后来越来越熟，国强一有机会，便主动联系，开车去接雨晴来家里，雨晴的聪明漂亮和矜持越来越引起了国强的兴趣，心想能弄来公司岂不美哉，就几次试探。雨晴沉思片刻回答国强："赵总能瞧得起我，当然感激不尽，但我学专业是文学，恐在公司没有对口部门。"国强就说文学更好，公司需要文案策划，更需要文化建设啊！雨晴望一眼赵总，两人四目相对，竟碰出一星火花，雨晴迅速低下头去，国强却有点心猿意马起来。

半年在快乐中随风飘逝，国强已有几次机会与雨晴接触谈话，有几次大胆的眉目传情，国强有点动心了，他想到丁楠，但丁楠却从来没有过异样表示，而且丁楠不是也出轨了吗？国强决心要试试了。

一个周末下午，雨晴较早地结束了补习正欲回校时，恰巧门外汽车声响起，是国强回来了。国强见雨晴要走，就留吃饭，雨晴说阿姨没回来，天早我回去了。国强见留不住就调转车头说那我送你！雨晴坐着车走，国强说：我要回办公室取个东西，雨晴你跟我一块儿去一趟，耽误一阵好不好？雨晴答应了，两人回到国强办公室。

雨晴有些惊诧于办公室如此豪华，办公桌后边墙上一面大玻璃镜框中写着横幅：海纳百川。雨晴不由心动，好像看到了一个文化老总的宽阔胸怀和无边未来。看着雨晴对着横幅沉思，国强说雨晴是鉴赏家，卧室还有一幅美图你去看看。雨晴点点头走进卧室，里面是一幅欧洲油画《后宫佳丽》，一个金发美女，裸身躺在床上，半倚的身上两只丰乳高耸。雨晴脸一红，正待转身，却看见一双微红的哀求的眼睛，国强颤抖着的双手抱住了自己：

"雨晴，我太爱你了，留下吧，我一定让你幸福！"

雨晴本能地战栗起来，"赵总，叔叔，我也喜欢你！但不行啊，我不能害了你！"雨晴却也没有表示强烈的反抗。

国强料想着雨晴不会拒绝或反抗，饥渴的嘴唇迅速抵进了雨晴的香唇，疯狂的手迅速进入到最危险的地方。雨晴呻吟起来，国强抱着她软绵绵的身体放在席梦思床上剥光了衣服，把一具不很沉重的身体压了上去。

……

雨晴在无意间进入了这个家庭，她有些失落，但更多的是满足。她是一个很有心计也爱虚荣的姑娘，她羡慕国强的财富和家庭。她也知道自己早已不是处女，这些年大学生对贞操已不是十分看重。她们在大庭广众之下拥抱接吻，甚至在学院的柳荫树下趁着夜色做爱。雨晴已经放弃过一个男孩，因为他欺骗她喜欢上了别人。

没过多久，妻子丁楠就发现了丈夫的不忠。但她没有发作，她想在一个适当的机会与丈夫说清楚。在一次与丈夫做爱后，她告诉国强已知道了他与雨晴的关系。国强开始很紧张，想着自己怎么解释。但却听到丁楠平静地说：

"现在，我们扯平了！"接着又说：

"就当是我给你的补偿吧！"

91 贺玲生了个儿子取名皇甫玉明。名字是贺玲起的，可能包含着对一清品格的继承吧。贺玲赴台后，一边紧张地筹备事务所工作，一边精心地呵护肚子里的孩子。她必须取得台湾的律师资质方能具备基本条件。因为她是北京大学法律专业硕士，在台湾法律界这样的学历还是可以的，又有一段司法实践，加上顾老的帮忙，总算没费很大的事就办下证了。接下来是定地点租房子的事，这就需要一笔不小的开支，贺玲工作不足十年积蓄甚少，一清能力亦十分有限。顾老执意帮忙出资，但贺玲坚持请顾老担保由她借贷，也算把资金问题顺利解决了。然而最难的，是对台湾法律知识的欠缺，她很难一下子就打开局面。贺玲以攻坚的状态重新投入学习，几乎用了一年时间学习法律文本，专访业界长辈，钻研办案实例。正好这一年中，孕育孩子也需要环境，贺玲就在这样的努力中迎来了渴盼十三年的新生命的出生。

然而，远在大陆的皇甫一清却未能目睹孩子出生的情景，但他同样感到激动。临产前，贺玲接通了一清的电话，说终于盼来了属于我们的新生命。虽远隔千里隔着大海，但我们的心是共通的。一清只是激动地嘱咐贺玲千万顺利千万保重，我和全家人祈祷你们母子平安顺利！

躁动于母腹的孩子，根本不知道他的出生竟是母亲的一次磨难。当贺玲想着一清想着孩子甚至想着死亡的时候，她鼓足了全身只剩下的最后一点力气的时候，终于让一个新生命的肉体脱胎而出。医生做好了剖腹产的准备，四十岁的孕妇顺产头胎风险很大，但贺玲竟成功了。

过了一会儿，医生把孩子抱来，贺玲看着那张粉嘟嘟的小脸，多像一清啊！她接通了一清的电话：

"一清，孩子生了，是个男孩，像你！"

一清那边，好像有点轻轻的啜泣声，稍有停顿说：

"玲子，苦了你了！感谢老天让你顺利产子！手续办好后，我就去看望你们母子！"

又是一年，台湾众多律师事务所中又新添"玲子律师事务所"。贺玲将不满一岁的儿子交给奶妈，一门心思地投入到新的工作之中，乃至于和一清的联系都显得少了一些。

此后的几年中，贺玲如鱼得水。她的法律功底不错，工作作风细致，为人办事又忠恳，在台湾律师界崭露头角，逐渐小有名气。她全身心地投入业务和管理，把已有的两岸法律知识和司法实践逐渐地融会贯通，分析提炼，深感深悟，对比提升，一步步地提高自己，一步步地站住了脚跟。

贺玲接手了一起强奸案辩护。案诉台北地区某公司老总违背女方意志，强行将某女职工在宾馆奸污。但某老总买通司法逍遥法外，被奸职员身受威胁声名狼藉却誓死控诉，经律师协会推荐，由贺玲担任该女子的辩护律师。女职员控诉证据仅为内裤上存留的精斑，这一点双方都承认，而案件的焦点在于是否违背女方意愿。尽管大陆与台湾律法处理有所不同，但中、台律法均强调性关系中的非自愿原则。贺玲调阅了各种证据，抓住非自愿要害，反复询问当时情景，捕捉突破要领，质询被告一方，终于找到了突破口。这就是被告一方始终未能提供出女子与其通信与联系的证据。说明女子与其原来就不存在暧昧的关系，因而也就失去自愿的基础；更重要的是，女子夫妇感情笃深，受辱后当即报警也说明并非自愿。而被告方辩称女子是为了谋其财产双方未达成协议才报案控诉，并有录音为证。贺玲凭着长期办案经验，反复推演案件情节，最后终于以技术手段揭穿录音系拼接伪证。接着贺玲穷追猛打，竟又带出被告另一桩强奸案情，终于为两名女子伸张了正义。被告受到了法律惩处。

这一刑事诉讼案，使贺玲在台律师界产生了影响。

几年后，贺玲逐步成为专业律师，担任过几起跨国经济诉讼案，她往返涉案国家，静心分析把握国与国之间法律的异同点，细致调查取证核心部位证据资料，公正地提出律师答辩意见，成功办理和化解了几起跨国经济案件和多起经济纠纷案件。

贺玲办案的特点是：精研法律，深入调查，细致取证，辩辞准确犀利，且善于与司法沟通。展示出了深厚的法律知识和执着认真的态度。

由于贺玲的特殊经历和司法实践，大陆律师协会也曾与她协作，成功办理了几起中国纺织服装业和煤炭业欧美反倾销案例。在中国大陆成为世界加工厂过程中遭遇欧美不平等反倾销制裁时，使中国在世界赢得了话语权和利益。因为她了解中国，也了解西方的法律"漏洞"，其实反倾销的核心是产品价格的计算。

贺玲在台日久，为扩大影响力和拓展更多的联系，也是在顾老的提议和鼓励下，她开始策划一个"贺氏家谱录"。要把海内外贺家的家谱来由大致排清，更着重于把世界各地科技界、文化界、经济界、政界等有一定影响力的人物囊括其中，成为一幅世界性的贺氏联络图。

两年后，这个《当代贺氏英才录》诞生了。贺玲由此知道了父亲贺亚新及其同门人及后裔们的情况，由此联系上了时任鑫州市纪委书记的贺庆生，并通过庆生联系到了春月以及在台的周氏三兄弟。后来，秦岚以记者身份拜会了贺玲，两人经历相似，相见恨晚，贺玲的发展有了一个得力的喉舌，秦岚在台有了一个可以诉说心事的姐妹，走动得日益频繁起来。

92 春月有些记恨庆生，自己的亲表姐连一点面子都不给，非得坚持让春月公司参与竞标，而且基本不过问不作为，终于让她投资东江的计划泡汤。

当然春月也知道庆生的难处，庆生好不容易官至县委书记，这在封建社会里被叫作"七品县令"，但今天管辖着几千平方公里土地和几十万人口，作为一县最高统帅也是值得骄傲的，何况庆生既无后台庇护又无钱财通关，全靠着兢兢业业努力工作。连春月给的一点心意钱都不肯收，足见是清官一个。但清官归清官，也不能不食人间烟火，不能六亲不认啊！春月在心里给庆生记下一笔，也就决心要做出样子给庆生看看。

凌芬丧葬时，春月得知了界生企业的经营情况，也得知了界生在宝钢的一年多锤炼，对界生的了解加深了一些。但是由于送葬匆忙，也没放在心上。这时突然想起，萌生了一个念头：听说省内几家钢铁企业正在破产重组，如鑫钢也是这样，可否转投鑫钢？

当春月从界生那里正式得到鑫钢即将破产拍卖的消息时，她几个夜晚都睡不着觉。眼看着这几年国家发展，城市基础建设和房地产投资方兴未艾，为钢铁市场提供了绝好机遇。如聚拢公司资金投入鑫钢一搏，成则几年大变，公司资产将呈几何倍数增长；但如失败，春月公司就将从此出局。

春月是个对市场十分敏感的人，更是一个敢于决策拍板的人。一旦想好，马上出击，这是春月的性格。

靠着界生提供的内部消息，春月三次赴鑫州，与鑫州市国资委、经贸委接洽，与鑫州市委市政府分管领导甚至约见两个"一把手"。并进行了若干幕后工作。经过三轮协商谈判，一个租赁鑫钢的协议初步达成：投入九千万元（分两期），接纳和安置企业职工四千人，可占鑫钢股份百分之四十七。待后续投入可控股。

庆生后来知道了，自己虽未涉局其中，但也只好表示支持。因为这关系到鑫州几千工人的吃饭问题，他理应支持。在此期间，春月高薪聘请了省钢一位副厂长和一位财务总监分别挂任公司经理和财务老总，自己亲自出马，组建了鑫州钢铁股份有限责任公司，自任董事长，并特邀了界生担任副总工程师。其他职工愿意留守工作的一律安排，不愿工作的一律做自愿辞工和退养安置。随后即正式签约，注入资金，修复高炉，改进技术装备，编制新的工艺流程，所有员工一律打破原固有职工的身份界限，一律签订劳动合同，公司依股份制企业管理。暂由国家控股，公司运作。

其实，这个企业创办几十年来，就只出过铁而未出过钢，更没有型钢产品。几千人就是靠着国家计划和输血过日子，国企改革由承包开始，三轮承包让企业更为虚脱，以银行贷款还旧账欠新账，职工意见尖锐，纷纷反映富了承包人垮了企业苦了工人，一两千人上访县、市委，已到了非破产不可的地步。所以从市里领导到企业主管也都急于寻找新的合作伙伴或独资企业，宁可把一个拥有上十亿固定资产原值的国有企业破产重组，但务求几千工人有生活之路不再上访闹事。春月算是捷足先登，也算是决心一赌。放在国家的大盘子上，正是顺应了世纪之交改革开放的需要，顺应了开放搞活国有企业的时代潮流。

一年后，鑫钢结束了几十年未出钢的历史，不仅生产出了钢坯，而且生产出了螺纹钢等十几个品种的型钢。全厂职工欢欣鼓舞，敲锣打鼓给市委市政府送去喜报。

整整一年，春月吃在鑫钢住在鑫钢，与工人和技术员们一起辛苦一起流汗一起攻关。人瘦了一圈，但她高兴，她看到了成果，享受到了成功的喜悦。

春月最喜欢毛泽东的一句话是：

"敢上九天揽月，敢下五洋捉鳖。世上无难事，只要肯攀登！"

第三年，鑫钢的产量达到八十万吨，产值近三十个亿。春月又先后投了六个多亿用于技术改造，并运用燃煤汽化技术补充炼钢所需，进一步完善改进和提升了生产水平。

到了新世纪的第五年时，春月已控股了鑫钢，占股达百分之六十五，鑫钢已经成为一个私有化的股份制企业。技术改造后的高炉产能达到三百万吨，年产值已近一百个亿。

春月成功了，她充分利用了时代赋予的机遇，以低成本扩张更为迅速地完成了资本增值。春月已经是一个私营的"资本家"了，但几千工人却因之获得了生存机会，市县有了税收，企业有了发展。

中国的这段历史，也许要过若干年后才能说得清。但事实就是这样：国企半死不活，私企却迎风雄壮起来。改革造就了一批富人，开放发展了中国。虽然贫富差距拉大了，但人民的日子比过去好多了。同时，市场经济让社会活了起来，人们的精神和文化生活变得多元复杂。

有的人，只要能掘到一桶金，就可以凭借这桶金飞黄腾达；也有的人，却在如日中天的时候一头栽倒。

社会成了万花筒，世界变得充满利益、铜臭和陷阱。

春月公司迅速发展，只用了不到二十年时间，便走过了白手起家、原始积累、迅速扩张的几个资本发展阶段。春月这个女子，就是凭着大胆、敏锐、敢闯敢试的勇气取得了成功，她在戏剧舞台上没有成功，但却在人生舞台上收获了成功。

六十多岁后，她给儿女们说：

"路是人走出来的，有文化的人靠文化没文化的人靠胆量；知识让人聪明，但实践让人勇敢！"

93 贺玉宁所在的鑫州大学，已是一所百年老校，由抗战时期南京国民政府西迁过来的一所高校演化而成，是一个文理兼设的综合型大学。贺玉宁是上海交大毕业后主动要求回故乡鑫州大学教书的，一教就是数十年，从教师到系主任，再到副校长，直到头发开始麻花的时候，五十三岁的他当上了校长。他继承了父辈教书的事业，虽未经历战乱，但却是经历了几次学潮的考验。

一次是"八九"动乱，全校几乎百分之九十的学生均参加了响应"北京学潮"的大游行，也出现了少量的打砸抢，动乱平息后，学校即按上级要求开展内部清理，当时初步摸排了全校约一百名骨干成员，最后只查出五名骨干与北京大学学运指挥部保持联系，校方拟将五名学生中的三名开除。此时贺玉宁已是校党委委员、校务委员兼校宣传部长，他极力主张疏导化解，孤立重中之重，欢迎幡然悔悟的"软处理"，他亲自与五名骨干学生一一谈话，了解其思想动机，了解学生家庭和本人的政治认识，肯定本校学生响应学潮的爱国爱党之情，和风细雨地帮助学生分析"北京学潮"的根源，分析其政治危害及社会影响，动员他们提高认识，主动向校党委汇报检讨，争取谅解。尤其当他了解到拟被开除的三名骨干学生是学生会主席、中文系党支部书记和机械系团支部书记时，恻隐之心油然而生，毁了学生前程学校就光荣了吗？学校党团的责任又在哪里？于是贺玉宁将几名骨干所犯错误的认识，各自家庭背景、客观环境，以及个人意见等向校党委写了专题报告，并表示自己愿意承担责任请求处分，但希望校方允许几名学生悔过改正免予开除。贺玉宁的意见在当时是有相当风险的，但却受到校长的重视。后来校党委会认真讨论，慎重研究，建议不作开除处理，并报省教育厅党组。

这次事件的处理，使他赢得了全校师生的称赞并最终得到了省厅支持，几名骨干学生后来在校现身说法，宣传启示，反而成为了学校思想政治稳定的重要因素。校党委书记老方慧眼识珠，第二年就选拔贺玉宁担任了校党委副书记兼副校长。

到后来，学校发生小规模反日游行时，贺玉宁已当了校长，可以说事态完全在他的掌控之中，他有意借学生上街之举支持舆论给日方以压力，但他一到学生中间，便能立即聚合起学生领袖们跟着他走。贺玉宁对学生的爱和献身精神，已经成为校风和强大的影响力。

那天，贺玉宁无意中在江边见了逢秋母女，一眼瞅中了媛媛，并终于促成了喜事，媛媛成为了自己的儿媳，且又是新时期的贺赵联姻，玉宁感到满意和欣慰。几年后，当他在《当代贺氏英才录》上发现了庆生和在台的贺玲，随即联系，方知原本系贺湾村同族同根的同堂姊妹，更觉分外亲热起来。

贺玉宁的儿子贺涛与媛媛结婚后，媛媛为照顾贺涛，在分居两年后调入省城，在省教育厅教育工会工作。小夫妻相亲相爱，各自努力于本职工作，贺涛三十六岁就晋升副教授，媛媛三十四岁提升副处长。

第十八章　岁月悠悠

94 反腐败斗争从一九九三年开始进入一个新的时期，中央全面部署，反腐败写入政府工作报告，并列入了立法时间表。然而到了新世纪初年，腐败犹如脱缰野马没有被遏制，反而势头更猛。经济犯罪数额上升，色情腐败吏治腐败开始泛滥，社会精神和文化乱象让人眼花缭乱。纪委书记要当黑脸包公还要当红脸关公，要坚决查处腐败分子，还得看领导脸色行事，否则，你非但查不了案件，还得担心自己的板凳坐得稳不稳。

纪委书记的帽子是拿在同级党委手中，确切地说是拿在一把手书记的手中。一把手书记是反腐的风向标。

这个时候，贺庆生顺利升任鑫州市委常委市纪律检查委员会书记，走上厅级领导岗位，距离大学毕业正好是二十年。

有了做市长、县委书记、市监察局局长的工作经历，贺庆生此刻虽然对腐败治理忧心不解，但他不怕，他干一行爱一行。贺庆生认真钻研中国古代监察史和中共纪检史，学习列宁和毛泽东关于监督的理论，分析研究了当代中国纪检监察体制的优势和弊端，逐步理出工作头绪，提出了市纪委一手抓教育、一手抓惩治的"两手抓"思路，教育先行，教而诛之，坚决惩治坏中之坏。

三年多时间里，贺庆生巡回在县区和十余个市直系统单位作反腐败斗争形势和任务的报告，《关于当前反腐败斗争几个认识问题》的演说，把历史和现实联系起来，把当今腐败的表现、特征和产生的根源进行归纳和概括，把党内腐败和社会腐败的特征做了界定和辨证分析。贺庆生说：当今腐败现象丛生，渗透之广，危害之大，深植于经济因素之中，其实是利益驱动下的物质反映，是经济关系所产生出的精神文化现象，也与我们的体制机制有关。有不少人本心不想腐败，由于各种原因不慎失足，如不挽救就将成为罪犯，我们培养起来的干部就将毁于一旦，党的损失就会更大。因此，他主张打击重中之重、坏中之坏，严厉惩处干部群众中口碑差、违纪重的干部，不管涉及谁，都要敢查敢处。但对偶尔失足、群众反映好、违纪程度较轻的干部，则正面警戒，只要充分认识、及时改正的，都给予开脱或轻处。

一个颇为棘手的案件发生在世纪之初。

有一名省里下派的县长，在市县声名极差，调市后利用部门职权谋私敛财，群众反映强烈，人大代表、政协委员联名举报，贺庆生安排快速查处，很快查获了其滥用职权以权谋私、贪污受贿并销毁会计凭证的违纪违法证据。免职后等待结案处理时，这个县长却在解除双规后神秘失踪了。电话不通手机关闭单位不知去向，结案处理被暂时搁置下来。

三个月后，一封封从外地寄来的申诉控告信寄到了省市领导手上，控告市纪委办案人员收受贿赂、违法逼供、迫害干部。那天，市纪委接待了一位北京客人，其真实身份是国家某部监察专员，要求查看那个县长的违纪案卷。庆生解释说无省纪委通知不能看卷。接着省纪委一位处级领导打电话透露"上边的意思"，让放那县长一马。

同一时间里，一封状告市纪委和贺庆生本人接受贿赂、违法办案、打击迫害领导干部的信件放在了市委书记的案头，原来是与县长同案的私企老板也已翻供，反而控告纪检监察动用司法手段冻结银行资金、以纪检手段查处企业法人的行为违法。紧接着省里某区人民法院发出传票通知市监察局作为被告出庭应诉。

市委书记钟杨叫来贺庆生，他了解贺庆生，贺庆生是他鼎力支持提拔的，但也对这样的压力感到有些棘手。钟杨说：

"庆生啊，要不把这个案子先放放？"

贺庆生在书记办公桌对面直盯着书记，他对书记充满了感激，因为没有书记的知遇之恩他就没有今天。但贺庆生坚定地摇了摇头说：

"我反复查核了案件证据，检查了办案的程序和方法，核对了有关政策法规，这是一个比较复杂的恶意翻供的违纪违法案件，必须以更大决心从严查处！"贺庆生接过书记递来的水喝了一口，定了定神又说：

"上级如问您就说过问了。我豁出这个官不要也绝不放过这样的腐败分子！"

钟杨有些激动地看着这个他一手提拔起来的纪委书记欣慰地笑着说：

"还没那么严重。当然我们也得讲究方法，也要保护自己啊！"

市委书记默认和支持了庆生。

晚上回家，几年没见过的姐姐贺珍珍正等着庆生，一见面，姐姐就眼泪哗哗地拉着弟弟的手说请你务必行行好，放人一马。原来这位曾做过巴水县长的张某竟是父亲贺文雍同学兼同事张万德的儿子，且又是贺珍珍婆家姐姐的亲戚，不知怎么弄清这层关系就找上门来说情。张万德当年被打成右派后摘帽回城，儿子上大学后一步步走上仕途，从省下派市县，在两县均反映不佳，这次撞到枪口本应老实悔过却自恃有势力、有后盾，出尔反尔全部翻供。他错误地认为只要老板翻供，他再多方运作便可挽狂澜于既倒，于是失踪数月，导演出这幕活剧。

秀琴还提出一个礼盒，说是刘副市长司机所送，里面还有一个信封。庆生拿出一看就知又是正在翻案的县长捣的鬼。他知道那县长跟刘副市长原来关系好，而刘副市长与自己也有很深的交情，打发司机送礼是意在荆州。还听说那县长有个同学在国家某部委任要职，关系很铁，所以才敢胆大妄为，搞出这一系列反攻动作。

庆生有气，说你为啥接下这礼盒？秀琴很委屈，说刘市长跟咱这关系我没法拒绝，以为只是个信啊，我又没打开！

贺庆生沉思起来。论公，张是下派干部也为市县做了不少工作，人也年轻实在可惜；论私，张与自己有相同身世对其多有同情。办，就将得罪父辈世交甚至上下左右的某些领导；不办，则是对腐败的放纵！而目前这位县长上下结网来势汹汹，甚至不惜以司法手段要挟，的确让庆生忧心起来。

送走姐姐睡到床上，贺庆生给秀琴说了一些情况，说这招很恶毒，竟然把我们告上法庭，要有打虎不成反被咬的准备。秀琴见庆生忧郁，说他还真的佛大卵子大？咱走端行正，还能把咱弄回去当农民？真去当农民我还跟着你！庆生深情地看妻子一眼有些激动就笑了：

"看来你还是当年的周秀琴！"

第二天贺庆生通过纪委把司机送来的礼盒原封不动地退了回去并打电话告诉了刘副市长。刘市长说我不知道啊，看我怎么收拾这家伙！

接着贺庆生亲自带队去省纪委汇报，一面找律师准备应诉。他决计豁出来打一场共和国监察与司法的官司。

但最终邪不压正。后来省纪委听取了汇报调阅了案卷，认为查案程序合法，运用条规准确，案件证据确凿，遂要求坚定不移坚决严惩。法院在弄清党纪与法纪条规衔接之后依法退诉。贺庆生顶住压力，不为利诱所动，在失去口供的情况下，再次取证，稳固证据链条，办成了无口供铁案，那个县长最终也受到了法纪的惩处。

但司法受理收案的内幕也就无人问津了。

十年之后有人说，贺庆生把一件难办的事做得领导高兴群众满意！

也有人说贺庆生太正直太认真，所以才在纪委一干十年！

有了党组织的充分肯定，又有人民群众的口碑支持，贺庆生顺利通过省委考察，担任了市委副书记，成为鑫州市政治经济的核心领导人之一。

95 和平岁月，长夜漫漫，孝敬老人，携妻教子，家庭琐事，情感矛盾……人到中年的贺庆生仿佛生活才刚刚开始。

母亲凌芬舍不得这个家，这个家是他们历经磨难建起来的，是母亲看着儿子和儿媳一步步拼命奋斗建起来的。尽管婆媳之间有些矛盾，但也都为了家庭、为了庆生工作忍让过去了。婆媳有矛盾了，凌芬不吃饭，秀琴就难受，非要看着母亲端上碗自己才吃饭；庆生回家再晚秀琴也不睡觉，而且总是给庆生盖家里最好的被子。母亲年龄大了耳朵背，秀琴说我晚上要去开会，母亲说你要去约会？秀琴不高兴母亲也不高兴。庆生知道了两头劝说，秀琴说我知道你心中只有娘。母亲心里也难受，知道儿子谁也不好得罪。母亲凌芬去世，在庆生心中留下很大遗憾，他想母亲一生呕心沥血培养和陪伴着自己，母亲生病时靠媳妇秀琴照顾，他很少通宵陪伴，就生出许多内疚。母亲生病，本来可以送到省城乃至北京去检查治疗，但庆生没有时间安排，况且母亲也坚决不同意，便只在市医院住院治疗，市级医院毕竟医疗设施和技术水平有限，母亲仅是患高血压就不治而故。后来庆生分析是母亲精神垮了，母亲与儿媳的矛盾是其一；更多的是母亲对许多社会现象没有了评判分析能力，深感自己已经不适应新时代的需要；再就是儿子已经成才，她可以放心去了。

总之，母亲走了，但许多的遗憾却留在了儿子心里。

媳妇秀琴为了这个家，为了庆生的工作，竭尽全力，孝敬老人，抚育儿女，亲戚往来，乃至家庭生计、健康卫生、缝洗浆补全是一个人操持，还不算自己的那份工作。可以说，秀琴付出了全部身心，付出了超大的代价。每当庆生看着整齐干净、井然有序的家时，就心存对秀琴的几分感激。

秀琴的性格中，最强硬的部分坚如磐石。几十年前，当她一眼看中庆生时，她决定要跟着庆生过一生，再大的压力、父母的反对都改变不了她的选择。她一生忠贞于庆生，一生钟情于庆生，从未改变，从来坚定不移。但其性格的另一面就是认识很难改变。她认为母亲跟她的矛盾就是家里谁做主的问题，所以宁肯把母亲供起来，也不让她插手力所能及的事情；对庆生，她认为我把一切给了你，你就必须对我绝对忠诚。其实秀琴的要求是对的，但她往往把事物看得一成不变，往往固守传统而拒绝承认事物的复杂性，却显示了性格中的弱点。她甚至认为母亲凌芬的遭遇是应该的，是不能从一而终的报应，这点她常常与庆生发生尖锐的矛盾，甚至让庆生感到侮辱。庆生和秦岚的兄妹感情更让秀琴不能接受，异姓兄妹情感过多就是一种男女诱惑，就是一种非正常关系，难道还有其他解释吗？秀琴见过秦岚写给庆生的信，知道他们多年的联系就有嫉妒情绪产生，后来庆生讲了香港相遇，更让秀琴有些妒火中烧。秦岚老女不嫁，庆生一生牵挂，充分证明他们之间是有约定有默契的。

要说影响秀琴一生幸福的，恐怕莫过于对秦岚的防范了。

女人啊，有许多感觉是说不清楚的。你能说秀琴说的没有道理？

那天，接到秦岚来信，庆生看过后递给秀琴，秀琴匆匆扫过就还给了庆生。但庆生再要找信时却怎么也找不到。庆生问秀琴见没？秀琴说我给你了！庆生说你再找找，秀琴说一封破信，值得你那么上心？庆生急了，说一定是你收藏起来了！秀琴说你那么想就去香港吧，和秦岚一起过去吧。

终于有一天，秀琴承认说："我把它烧了！"

庆生火从心头起，那是给我的信啊，你凭什么烧掉？庆生把拳头扬了起来，秀琴一动不动地等着拳头，庆生的拳头砸了下来，没落到秀琴头上，却把写字台的玻璃板砸碎了。

两天后，他们和解了。当庆生把媳妇揽在怀里讲了一通大小道理后，秀琴黑

第十八章　岁月悠悠

黝黝的眼睛闪过一泓光亮，她说：

"嗯。我知道了！"

是知道错了还是对了？知道改进还是坚持？秀琴没有说。但庆生明白，这就是媳妇特有的认错方式。

96 此时的秦岚，已经由台湾中央通讯社跳槽到苹果日报社任了记者。秦岚从香港与庆生见面后匆匆赶回台湾已经过了两周，本身因请假就与站长产生了冲突，又因超假两天不好交代。秦岚在香港的最后两天，正好见到苹果报社拟办台湾版的招聘广告，就前往联系，因她本身已经是台中社记者，所以一谈就成。秦岚回台后，给站长说声对不起，就主动辞了工作，站长却有不舍，露出少有的笑脸告诉秦岚，本想培养你，既然主意已决，便不作扭瓜之强。如哪天想回来，我还是欢迎的。

秦岚在港时，动情之下原想把自己交付给庆生。一是把一生心愿做个痴情了断，也让哥哥没有了念想；二是自己万一在港在台再遇什么风险，反正已把贞操给了心仪之人，也不再对哥哥惭愧。但那一夜的燃烧却被冰水熄灭，这让秦岚更加感受到贺庆生这个共产党信徒意志的坚定，同时也激起她更为疯狂的欲望，她决心一生不嫁，哪怕等到八十岁，也要把自己的一生情爱、一生忠贞献给庆生哥哥。

与秀琴一样的爱和一样的固执，体现着这个时代女性奇特的坚韧和追求。

工作任务忙，生活节奏快，秦岚无暇顾及自己的年龄和情感生活。有点闲暇，她偶与同仁们逛逛公园、海滩，但很少去商店购物。公休假中，秦岚去了近处的日本、韩国等一些国家和地区，丰富着自己的阅历，锻炼着胆识，也在磨炼着观察社会、撰写新闻的视角和笔触。工作之余，秦岚常常回忆母亲凌芬临终前的那次回归故里，那是她一生中流泪最多的一次。秦岚对后母凌芬的感情是真挚的，她两岁时失去母亲，三岁时就跟后母凌芬一起生活。大些了，一起与母亲和哥哥上山割草挖野菜，一起喝泉水背背篓，一起晒太阳迎风雨；凌芬待她视如己出，百般呵护，仿佛把对姐姐珍珍应有的一份爱全给了她。母亲流泪时，她在怀抱中跟着流泪，母亲干活儿时，她总是拣能干的活儿帮着干。甚至在父亲光明死皮赖脸地对待母亲、凌芬欲死不能时，她都站在母亲一边，鄙视父亲，慰藉母亲。儿时的记忆一直珍藏，这么多年的牵念记挂和梦中相见，都促使她必须回故土给母亲送别。秦岚终于赶在母亲断气之前回了家，而且母亲在等着她。拉着她的手说让她转告父亲阴间相见的话语时，秦岚心如刀绞。她看到了一位老人原谅一切的胸襟，忽然便有了许多的人生感悟。

由于忙于丧葬，秦岚与庆生只是默契于理解，且有碍于嫂子那警觉的敏感，在母亲安葬后即离开了鑫州府，回到周南见到同样已经垂老的父亲，看见父亲仍然贪婪的眼光，留下两千元后说："不要想我，我会活得很好，您保重身体。"秦岚告诉了凌芬临终托付她转告给父亲的话，秦光明听了，浑浊的眼里流出两颗眼泪说：

"她是个好人，我没有好好待她……我也没几年活头了，阴间里，兴许能见上！"

秦岚告别父亲后见了哥哥柱子一面，哥哥此时已经担任了阳坝村村长，正忙于村上的工作，回来晚些，说了些村里发展、办企业开砖厂的话。柱子比秦岚大两岁，有些木讷，相比之下，秦岚好像更亲庆生。与柱子二十多年中很少见面，见了面好像没啥可说。秦岚也就不再深问，只是在心里想：过去的狗崽子、地富子孙，今天却当了这个村的村长，不知当年的贫下中农们如何想？世道真的变了，也正应了母亲常说的一句话："人世沧桑，三十年河东三十年河西！"

回到台湾后的第二年夏天，秦岚在中国新华通讯网上发现一篇署名庆生的通讯稿《来自东江灾区的报道》和一篇采访庆生的通讯《老县委书记的两天两夜——访东江水灾中的纪委书记》。一篇是庆生亲历水灾一线的见闻和采写，描写灾情逼真，采写人物动人，讴歌了干群抗灾的英雄事迹，语言凝练结构精巧，通篇充满着深情和感动。另一篇是《鑫州日报》记者采访庆生的。文中主要写前东江县委书记、现任市纪委书记贺庆生去东江灾区抗洪救灾的亲历见闻和形成《来自东江灾区的报道》的思考和感悟，突出宣扬了在灾害面前干群一心齐心抗灾的精神风貌。两篇通讯先后在网上刊发，引起一些反响，对国家支援灾区东江县也起到了促进作用。

秦岚为庆生的精神感动着，她从庆生的执着和责任心中更深地理解了庆生，从庆生对人民群众的感情中感悟了他的内在品质，感到自己爱庆生值得，似乎也看到了庆生的未来和发展。秦岚想，如果我能在灾区，也一定像哥哥那样，写出一流的作品，写出真挚的感情。

97 丁楠对自己背叛国强，害得男人遭受半年牢狱之灾，一直怀着歉疚，感到对不起男人，也对不起他们一起创造起来的家业。国强跟雨晴偷情后，丁楠对他与雨晴的变化早已察觉。但她不予揭穿，直到一次与丈夫做爱后，才平静地告诉丈夫她已知情但不打算追究，是因为她觉得丈夫得到了回报，他们各不相欠了。但对于未来，丁楠可是想好了的，玩玩可以，但也只能到此为止，绝不能再向前走！她跟国强约法三章：一、此后与雨晴断绝关系，辞退回校；二、以后不许相互揭短、家丑外扬；三、今后恢复正常夫妻关系，互不欺骗。以上三条，各自遵守，如有违背，法庭上见。国强理亏嘴软，连连答应照办，丁楠也就不再追究。

雨晴被辞回到学校，一肚子气无处发泄，心想我付出了身子什么好处没得到，你们把我一推了之，天底下哪有这么傻的人？一个念头蹿上来，第二天就给国强打电话说有事要告诉他，让国强约定地点。这边国强本来就是对付夫人的权宜之计，一个如花似玉的女大学生刚到手，他哪里肯就此罢手？其实男女偷情就像吸食大麻，一旦上瘾就很难戒掉。一接雨晴电话正中下怀，赶紧约好地点下午见面。

与雨晴见面的地点比较隐秘，是在一家新开张不久的酒店。雨晴如约，刚一进门就扑进国强怀里哭起来，说你太狠心，占有了我就一脚踹我出门！国强揽住雨晴，用舌头舔着泪水，一大摞子的安慰话方才止住了雨晴的眼泪，国强看一眼梨花带雨的雨晴，心里早已绵软软的，就百般温柔抚摸起来。雨晴却娇嗔地说，我知道你喜欢我，我已委身于你了，也就是你的女人，只要你对我好我就永远当你的女人，否则会让你身败名裂。又说，但请你相信，我是不会害你的。国强听了，心里又喜又惊，但想想雨晴也是可怜，他也舍不得抛下雨晴，就说我给你开了一张五万元的支票，有困难再找我，毕业后如果愿到我公司优先进入。但我们只能心照不宣，夫人那里的工作我去协调。

雨晴把支票装进提包，调皮地说："谢谢老公。"她故意把"老"字说得重些，因为国强大她十多岁，而雨晴毕竟年轻太多。

天黑后，他们做爱一次，国强安排雨晴睡好后赶紧开车回家。他怕丁楠不放心盯着他，晚上得回家睡觉。

一个月后，雨晴告诉国强她怀孕了，国强有些吃惊，说检查过了？雨晴说恶心呕吐不想吃东西是什么？国强信了。怎么办呢？你还在上学呀！雨晴说她怀孕反应很重，怕同学看出问题，恐怕得临时找房子暂避一阵。国强一想反正这样了，就租一个房间吧，也免得自己常常找宾馆不方便。外面有个屋子，既能把雨晴藏起来，更方便他去探望，一间套房租金也就几千块钱，不成问题。

一周后，雨晴住进了临江区的一个小套间。房子虽小点，但所需物件一应俱全，还有中央空调，也足够两个人生活玩乐之需了。

雨晴便过起了被"包养"的生活。过了一段，国强见雨晴起居正常无怀孕征兆，硬是动员雨晴去医院检查，却是未曾怀孕虚惊一场。雨晴说多谢老天，太好太好了。国强却疑心起来，暗自给雨晴记了一笔账。他刮一把雨晴的小鼻子说：

"你骗了我！你根本就没怀孕！"

"可能是我太害怕了，把感冒恶心当成了怀孕。"

"也许吧！但愿你不是成心骗我！"

雨晴亲一口国强说：

"我骗过你吗？你说说！什么时候？"说着又钻进国强怀里，扭动着身子，呻吟起来。国强欲火燃烧，抱起轻飘飘的雨晴搁在床上快速褪去衣裤，两个银白色的山峰在灯光下朦胧神秘，国强早已忍不住一口吞了下去……

这时候，国强的公司正红运当头，城市改造，房屋拆迁，一片片的住宅园区如雨后春笋，一座座的高楼商厦拔地而起。国强的公司在鑫州房地产建设史上创造了几个第一：拆迁速度第一，工程进度第一，房产质量第一，声名鹊起。进入二十一世纪以后，房地产持续火爆，社会上传出了房产公司拆迁与黑社会勾结、对故意不拆迁的"拦路虎"一夜之间连打带哄夷为平地的传闻。于是，一些拆迁户对市领导拦车、堵门、上访、告状不断。控诉房产商强拆强买，有的家里老人失踪，有的敢怒不敢告官。

其实，国强公司的"拆迁第一"，也有以非正常手段达到的，国强公司知道几家专门的拆迁公司神通广大，几个月动迁不了的钉子户，竟轻而易举地几天内迁出，不知他们用了什么方法，但效果好。便与其中某家签订合同，以不到预算一半的价格，就完成了一些钉子户的动迁，只不过后来社会上多了几个上访户罢了。

后来新闻媒体曝光：原来是一些专业拆迁公司雇用了一批物业人员甚至是专业打手，先对拆迁钉子户威胁，那些胆小的赶紧搬走不敢惹黑，个别大胆的就是不搬，在家留上个七八十岁的老人守着。却没料到第二天老人被丢弃在远处的村落或河堤上，房子却已被推土机连夜推平。

大部分的老百姓只好多拿一点补偿费息事宁人忍气吞声，那些顽强的、见多识广的、不怕事或者豁出去了的老百姓，从此走上了漫长的上访之路，找共产党和政府讨要公道。后来，一些黑社会分子被绳之以法。但城市拆迁的难度却是越来越大，一间十来平方米的破房子要一百万补偿费，甚至就有那么一半间破房子十年了还缩头缩脑地残存于已经改造过了的新耸立起来的大楼旁边，进行着无奈的抗争。

国强曾吃过一次官司，处事更为谨慎小心，还没有发生过明显的违法行为，很多情况下他宁肯多出点钱也不愿轻易采取强拆措施，因为国强公司的财富比起那些刚刚起步、资本不足而急于推进工程的企业，实力雄厚多了。

98 界生和春月联手，使一个濒临破产的钢厂起死回生。几年中已上缴税金上亿元，厂里工人有饭吃有活干，人心稳定了下来，用工数量由原来的四千人减到两千六百人，剩下的一千多人多数买断了工龄，最多的拿到七八万块钱，少的也拿到四五万元，也就回去另谋职业；一部分享受退养待遇，发较少的工资等待退休；还有一部分被送去培训或临时待岗，但全厂工人都有了生活着落。工厂管理水平迅速提高，车间工段井然有序，厂区卫生环境大为改善，绿化树和罕见的草坪点缀着环境。人们说资本家还是厉害，就来那么几个人，却把工厂变了模样，虽然人家赚了钱，但咱工人有饭吃了，总比下岗失业饿肚子强吧。

扫地的工人说：

"管他红爷绿爷，能给咱吃饱饭就是大爷！"

界生目睹了这一切变化，与他在上海宝钢的情况作了对比，他感到就是制度在起作用，公有制的大锅饭吃垮了企业，而私有的责任制救活了企业。但宝钢仍是公有制为主，为什么做大做强了？界生感到一是国家的重点支持，二是股份公司的运作模式。鑫钢的起死回生，靠的就是注入资金进行技术改造和现代公司管理模式，所以厂还是这个厂，还是这些工人，就来了几位当家人，企业便活了起来。

界生运用他所学到的理论知识，比较分析，他感到这些年国家改革开放，真正把产业工人亏了，把工人利益出卖了，多好的工人阶级啊，有觉悟守纪律能吃苦。现在没有了主人翁地位，在资本家的工厂里拼命干活，才拿到一份养家糊口的工资。我们的国家怎么啦？我们的党和工人阶级怎么啦？

界生受教育程度低些，但下岗失业再就业这一路的艰辛和磨砺，给一个企业共产党干部留下的许多思考，却正是最底层人民的心声啊。

中国工人阶级总有一天会重新在历史舞台上发出呐喊："不靠神仙皇帝，全靠我们自己！"

春月并没有陶醉于成功之中，她的平生经历告诉自己：唯有拼搏才有未来，企业永远处在生存和死亡线上。春月从小吃了很多苦，被戏班主用鞭子抽打过，她虽没掉眼泪却牢牢记住了那一幕。怨只怨自己没上几天学，所以台词记不下背不了，只能当"吼娃娃"跑龙套。但她被压抑的雄心，却在劳动服务局工作时逐渐成熟和释放出来，春月相信，实践永远是知识的老师。她在人生的舞台上不断地努力着，从不打算停歇，也从不畏惧困难。她从办歌舞厅办酒店开始，就时刻不忘关注市场变化，她对市场有着特殊的敏感，一有风吹草动她就会迅速捕捉到动静。她判断准确，一见到台湾亲家立即判断他有可能投资大陆，于是竭力促成；她判断钢铁业将有十数年时间的辉煌岁月；她甚至判断，她的庆生表弟充其量只是一个忠诚老实的勤奋干部，但却不大可能有辉煌的仕途。

她说：月盈则亏，月损则圆。钢铁行业这些年重复建设太多，产能过剩必然会埋下下行的危险。因此她决定每年投入上亿元技改资金，扩大高炉产能，增加合金钢生产项目，利用废品回炉，努力循环发展，创造竞争优势。果然几年后，国家压缩钢铁产能，凡三百立方米高炉以下产能的钢铁企业关停并转。而这时的鑫钢，已经收购了另外两家钢厂，高炉产能已达六百万吨。这个时候春月才放大口气说：这下咱不怕了，十几个亿的资产、百多亿的产值放在这里，市里县里都得看重，国家要并购就得给我一大笔钱，企业已经上路，未来前途无量。

春月给企业员工讲话做报告，有理论有思想有激情备受欢迎，员工们以为春月一定是某大学出来的，而实际上，春月从来就没有一张正式文凭，也没有人知道她的学历究竟是什么。只有女儿调侃母亲时，春月才说：

"你妈是莫斯科（没事科）大学毕业，从小无师自通！"

后来，春月被推选担任了省政协委员，她是非党又是企业代表，她说这个委员好，我这人说话发言随便些，当这个代表适合我，但我还不是一个很好的委员！

春月虽富有了，但是吃穿却很简单，爱吃粗粮红薯，爱穿宽大土布衫。家里，除了压迫着老公王戈她爹外，绝无绯闻，王戈她爸跟春月开玩笑说：

"老板，你这么大个人物了，身边咋也不带个小秘啊？"

春月说："你个坏老公，我的小秘正在外国培养着呢，回来个洋秘不气死你！"

老公说："得了吧，我能看上你就不错了！还想洋秘？"

春月大笑起来，"奶奶个脚，还嫌我胖？老娘啥时给你打扮一下，没准是个唐朝的杨贵妃呢！"

明亮的客厅里，看着春月胖乎乎的身子和胖乎乎的光脚丫子，一家人都笑得前仰后合。

99 三月以后，台北的气候回暖，到了四五月时便有温柔的小雨飘飘洒洒。贺玲最喜欢台北这个季节。这个季节的细雨比北京和东北都要来得早些，这是台北的地理特点决定的。贺玲喜欢春季，因为春天带来生命的复苏万物的新生，春天带来万紫千红和大地披绿，春天让人脱掉厚重的冬装变得洒脱，让人走出沉闷的房屋来到一个充满生机的天地。

小雨勾起了贺玲对故乡的思念，她轻轻地把一首唐代诗人韩愈的《早春呈水部张十八员外》随口念出：

天街小雨润如酥，草色遥看近却无。

最是一年春好处，绝胜烟柳满皇都。

而此时的台北，已是"莺飞草长春满园，烟柳随风伴人间"之景观，只是烟雨霏霏，更勾起思绪绵绵。

不觉间已来台六年。六年来，贺玲凭着扎实的法律知识和司法实践的功底，苦苦学习，顽强拼搏；靠着对亲人一清和五岁小儿子玉明的炽热挚情，也倚仗着顾老伯亲朋们的联络帮助，她终于站稳了脚跟有了立足之地。她购买了一处不算大的房产，雇用了一个保姆，经营着一处面积不大但装点别致的律师所。一清终于决定赴台，他已办理好基本手续。因此，这个春天是贺玲心情格外舒展和激动的时候。她几乎是天天盘算着时间，老感觉一个月过得太慢。

六年间，皇甫一清只在她赴台三年后到过一次台湾探亲，那次是专程来台看望妻子和已经出生一年的儿子，这次颇费周折终于成行。赴台后见到贺玲自是五味杂陈，悲喜交加。

一清父亲在儿子赴台当年去世，一清没有告诉贺玲，怕影响她的情绪，初来台湾困难重重。后来事情已过，贺玲也只好安慰一清。这次见面，想起父亲死时仍惦记着贺玲，要儿子把家里珍藏的鹿茸给儿媳带去，说儿媳是好人，愿你们永做好夫妻等，说得贺玲泪下。一清见到儿子玉明，才真正感到舐犊之情油然而生，想到贺玲的双重辛苦，不由得倍加珍重这份爱情。后来家里只剩了一个老母，年逾七旬，但身体硬朗思维清晰，家里家外的活儿还都能干，心闲手不闲，陪着儿子清闲度日。老人有时也有些怕儿媳变心，说清儿你去吧，我可以自己生活，实在不行时就去你姐家住。你爸走了我也活不了多少日子，最大的心愿就是你们一家团圆，我死了也闭眼。说得儿子心里困巴巴的，只好劝慰母亲。

又过两年，一清才与母亲说好，先去台住一段，如能适应，就在台湾帮助贺玲干些事业照顾家庭，然后把母亲接去台湾。如不能适应则仍回家乡，或带回孩子再做商量。待办好签证后就安排好母亲暂住姐家，一清便第二次到了台湾。

这次相聚，久别重逢，夫妻恩爱，几筐言语，好几个夜晚的深夜长叙，好几个日子的缠缠绵绵。这时候，贺玲才有了条件和心绪，带着一清和儿子由南到北环岛一周，跑了七天，把台湾主要景点游览一遍，回到家里，方觉台湾太小、珍珠一般，也觉得台湾这些年的发展比不了大陆。大陆日新月异，台湾几年不变；大陆城市亮丽，北京上海广州今非昔比，台北略逊一筹。但贺玲的事业却如日中天，正赶上大发展的好时代。

贺玲的律师事业，正缺少一个最放心的、有能力的人。贺玲不忍心让一清扔下年迈的母亲为她服务，但她又深知一清其实就是那个她最需要的人。一清待人诚实善良，会结好的人缘；他勤学好思文化基础较好，认真细致已经有一定管理方面的经验，而且担任村支书具有一定的协调处事能力和水准。如果一清留台，夫妻协力经营，说不定还有更好的发展。

贺玲把这个思考放在心里难以出口。过了几天，贺玲以夫妇名义请顾老伯吃饭，顾老一口允诺。在饭桌上，顾老以睿智的眼光，认定一清是一位可依靠可作为的东北汉子。就建议一清能办理入台投亲的长期签证，可来台帮助贺玲料理事业。贺玲见顾老伯正好说出自己要说的话，也就分析了当下急之所需，表达了希望一清来台的愿望。一清的主要顾虑是母亲孤身一人，需要一个好的安置，贺玲说她正有此思考，如母亲愿意可以接她来台共居，老人入台手续更容易办成。这事解决了，一清也就当着顾老伯和妻子表示：

"为了玲子的事业和未来，一清义不容辞！"

在一个月的相聚中，一清粗略地了解了贺玲的律师所目前的运行状态和业绩，亦对未来发展充满了信心。这时，他才更加全面地体会到了贺玲的胸襟和进取精神，更深地感到了贺玲为事业所付出的辛勤和努力。而且一清把与贺玲相处的一个个片段连接起来，才深深地感悟到了贺玲这代人执着的追求和牺牲精神。一清更为主动地帮贺玲收集和整理材料，完善一些管理措施，贺玲在感到温暖的同时，也更深地理解到一清的为人品格和敬业精神。贺玲还抽出时间，专门陪着一清拜访秦岚和三位台湾籍老乡。走访中，一清深感这些身居台湾的老乡的浓浓乡情和孤独，体会到了他们渴盼祖国统一的心愿。

突然有一天，一清心中萌生一个念头：

"游子思故乡，我们可否在适当时候开办一个联谊会所，既是人际的拓展，又可为办实体经营积累一些关系，你看如何？"

贺玲思罢，心中顿开一扇天窗：这正是海外华人、台湾同胞的一个心愿啊！这个题目被一清首先提了出来，可以看出一清的抱负。贺玲不由得亲了一下丈夫说：老公你真聪明，一敲就到点子上了！

"想个名称，我们明年就办！"贺玲兴奋地说。

第十九章　游子之心

100 秦岚自为《苹果日报》记者后，才华日渐显露，又因精熟英语，更为记者生活添彩生色。后来作为外派记者，秦岚先后到过英国和加拿大。她曾积极要求做战地记者，差点被派往海湾战争前线，但未能成行。不是因为怕死，而是秦岚被国安局瞄上，差点成了台湾间谍。

在台湾，《苹果日报》立场中立，主要以大版面的广告和画面吸引读者，而且最喜连篇累牍地刊登社会秘闻档案，这就使得报纸在台湾比香港还红火。港台报纸多为争取读者各展绝招，为吸引眼球别出心裁。故作为记者，要耳听六路眼观八方，能吃亏能受累，甚至还常受委屈受威胁。但记者又有很大自由，只要忠于事实不违法律便是无冕之王，被称为"第四种"力量。记者们无孔不入，常常借监督官员、爆料明星一夜成名，而也时有记者被杀害、失踪的情况发生。记者是一个极具挑战性的职业。记者流动性也强，跳槽者亦很多。

秦岚做记者，大约就是她性格使然。她是一个风风火火的姑娘，又是一个有了相当经历的英语翻译，但由于旅游翻译要求相对较低秦岚有些不屑，加之旅游职业流动性大且不稳定，她才放弃做导游而试着当记者。也是靠着一口流利的英语，她才有跳槽的资本和做记者的条件。秦岚生性胆大泼辣，不畏挑战，很快适应了记者工作。两年以后，她已经成为了一名资深记者，撰稿水平也大为提升。她先后分管过几个栏目，对报刊的主旨、特点、管理等均有了解。事业的忙乱，生活节奏的快速，使得秦岚忘记了年龄忘记了情爱。只是在心灵深处为庆生保留了一块净土。

突然有一天，已经久不见面的中通社台北站长竟然找上门来，秦岚十分诧异。站长很高兴地称赞了秦岚在《苹果日报》的成就和水平，说是中通社无意间流失了一位优秀人才。而中通社社长知道秦岚是业内记者时，就调集了秦岚的档案和主要业绩，让台北站长非把秦岚找来一见。原来如此，多个熟人多条路，秦岚便欣然应允。

秦岚去中通社后，并未见到社长，而是由社长助理杜某接待。助理表示遗憾说：社长办要事外出，委托我接洽女士，请千万谅解。杜助理是一位五十上下的男子，印堂很高戴眼镜，目光锐利，身材适中但背微驼。致歉过后助理语气微沉地说：

"我们了解您的过去和您的业绩，十分器重您的才华，故想请您担任我社特邀记者，月薪和待遇很好。但需您本人填写自传履历表，并接受三个月至半年的专业培训。"

秦岚欣喜而又迷惑：中通社人才济济，我一孤身女子，业务尚不娴熟，何能何德，竟能成为特聘记者？这一思考突然就多了一些警惕，忽然想起军区大院的一幕，不由警觉起来。

"特聘记者主要职责是什么？接受培训是何方式？我想请问尊敬的助理。"秦岚接过话题客气地问道。

助理扶了一下眼镜，镜片下深邃的目光一闪，仿佛要将秦岚浑身剥光。旋即，语气和缓下来：

"至于具体情况嘛，要等协约合同签字，才能全面了解。就我理解的啦，特聘就是特别聘任，培训当然是相关业务方面啦。秦小姐不必顾虑，这种好的职位未必人人可遇的啦！"接着说："我代表中通社社长的意思，跟小姐初步接洽，您不必着急，一周后我们再见好吗？"

秦岚客气地点头，"谢谢助理，那我告辞啦！"

这天夜里，秦岚陷入深思：中通社特聘记者，毫无疑问职位诱人，而且职业长期稳定，待遇也不菲。这么好的职业，怎么就会看中我呢？是因为我是《苹果日报》记者，是女子？或是因为我来自大陆？那么很有可能与大陆有关。与大陆有关的特聘记者是什么呢？情报记者？双栖记者？还有相关专业培训，什么专业呢？谁来培训呢？还有那位助理深沉锐利的目光，似乎透出某种寒意，什么寒意呢？应当说在秦岚动荡漂泊的生涯中，供她选择的余地不是很大，中意的职位更不会轻易得到，怎么办呢？秦岚脑子里似清似乱，她忽然想到一个人——贺玲，她采访过她，知道贺玲的法律功底，又是同乡，更是同样的天涯游子，可否跟她商讨一下？

秦岚主意已定，也就暂时放下做战地记者的要求，与贺玲约定某天晚上见面。

当两位天涯游女在贺玲已经试营业的咖啡屋里见面时，其实最多的话题却是故乡的明月故乡的情、故乡的山水故乡的人。许多事情都在两人心里隐隐作痛，而秦岚心中珍藏之人远在天边。两姐妹话语投缘，相诉着各自的生活和憧憬，诉说着内心的苦闷与欢乐，真是时间恨短！

贺玲终于问："岚妹子，你今天约谈的任务呢？"

秦岚大笑，"啊呀玲姐，你不提我还反倒忘了，真是！"

于是秦岚把中通社助理的邀请之事原原本本地说给了贺玲。贺玲沉思一会儿，放小声音给秦岚说：

"不会是让你做间谍吧？"

秦岚一惊，"特务！是想让我当台湾特务？"

贺玲进一步分析说：根据我的经验，根据你大陆公务员流落台湾的履历，你又精通英语，具备记者的才华，台湾谍报机关很有可能已经物色到你。而中央通讯社本为国民党中央通讯机关，其中就有间谍以记者名义活动于世界各地，里边必然会有国民党谍报机关专门安插的人员。这些情况，外界一般是不知道的。

秦岚有些紧张，忙问该如何应对。

贺玲说：当今世界，各国政治集团为了政党和国家利益，都有自己的谍报组织，美国的联邦调查局、俄罗斯的克格勃、中国的国安部都是一样。也都在不同领域相互掌握和窃取情报，公秘结合的情报信息和地下活动从未中止。这些人，国家叫国安人员，民间叫"间谍"，中国人叫"特务"。当然，也的确需要一批忠诚于国家的有识之士从事这些工作，为国家为民族甚至牺牲自己。

贺玲的一席话，倒确实让秦岚相信，中通社那个助理闪烁其词，要她一周后再行决定，原来竟是想让她当"特务"，当台湾间谍机关的走狗。秦岚一下子想到电影中的美蒋特务的形象，在心里说：你们瞎了眼了，我秦岚虽然流落异乡，但还不至于沦落到当特务的境地。我靠自己的劳动吃饭，干吗要去做那不人不鬼的间谍呢！

秦岚佩服贺玲看问题的准确和深刻，就说果真如此，我该咋办呢？贺玲说，当代社会，已经不同于过去战争年代，你只要不同意，他也拿你没办法，当然也不要惹他们，否则会有很大麻烦的。秦岚说我知道了，一周后再见若果真如此，就婉言拒绝吧。贺玲说不要把这个情况告诉任何人，免惹麻烦。秦岚连连点头。

一周后秦岚应约，回话说我打算下半年回大陆探亲，不能应允受聘，务请见谅。见面的还是那位助理，见秦岚断然拒绝，也就不再多说，只说好吧，我给社长汇报。像你这样有才华的青年，我们还是十分需要的，如有什么困难，我们还会给予帮助。

于是这个危险就算过去了，但秦岚也因此没能去成伊拉克战场。

101 贺玲和一清办咖啡馆的构想在一年后真的实现了，叫"两岸咖啡会馆"，起这个名字，是一清想了很久，又与贺玲一起构思的。"两岸"即海峡两岸之意，它包含了两岸血浓于水山水相依的深情，两岸横隔海峡不得团圆的现实，两岸人民同根同文、渴盼团圆的心情；也包含了海外游子的一片思乡之情。这个名字，也得到了顾老的赞同，说名字好啊，也包含了我们老一辈大陆来的台湾人的心愿啊。

开业这天，贺玲请来了顾老的老朋友、七八个老一辈；请了十余个律师界的同仁，还有就是贺玲的朋辈乡党姐妹；秦岚和另外三位女留学生、周天佑三兄弟夫妇，也都应邀参加。人不算很多，但开业气氛还是很浓，尤其是两岸话题，聚集起了浓浓的思乡情绪，几位老一辈们说起几十年两岸隔绝、台湾老兵们思乡的哀伤，竟然泪流满面。周氏两兄弟讲了回归故里祭祖探亲的经过，讲得绘声绘色，听者跟着激动，一颗心也跟着越过海峡走进了改革开放的大陆。

一清担任了会馆总监，其实就是管理那为数不多的雇员，比起在皇姑屯村管的那些事还是少了许多。但要做计划，派任务，做广告，稳客源，图发展，却也有诸多的不熟悉不了解。一清是个爱好学习之人，除了会馆事项外，还竭力帮贺玲，但他感到有力无处使，他对电脑不熟悉，而贺玲很多工作需要用电脑。于是一清也便更多地操心于咖啡馆业务。

说来也怪，这个位置并不起眼的咖啡屋，却在不断地吸引着客源。学生、商人、劳工、企业家、老人，乃至官员、情侣，傍晚时分纷纷入馆，要上一个小小包间，一杯咖啡一点甜点，竟一泡两三个小时，让本来为数不多的小包间客满为患。咖啡屋里，一个官员模样的中年男子问一清：

"请问老板，您是台湾人还是大陆人？"

一清回答说我是大陆人，刚来台不久。中年男子遂表现出更大的热情，要一清介绍一下这些年大陆的发展和变化，一清说一两句话说不全，我明天请您看一个画册吧。画册在家，明天带来。中年男子连声致谢，留下电话号码，说我来时一定先跟您联系好。

后来那位中年男子携妻来咖啡屋，看了两本一清从大陆带来的《瞭望画刊》《吉林画报》，激动不已。说：我太爷爷就是辽宁人，我一定要找机会去大陆看看。你这个"两岸"会馆很好，建议您能建一个小小的书屋，能反映两岸的发展、民情和关系，对您的经营或许有利。一清说非常感谢您的建议。

这个中年男子不经意间的建议，却在一清心中留下印记，为后来咖啡会馆发展及创办的期刊《两岸咖啡屋》提供了创意。这个商业季刊，为未来企业发展和两岸关系产生了较好的作用和影响力，也让贺玲对一清的工作业绩充满了敬意。

一晃，历史已经走入了二十一世纪的第一个十年中。一清从皇姑屯终于走了出来，一对风雪之夜相遇的夫妇，终于在海峡彼岸幸福团圆。夜里夫妻俩平静四顾时，总是思绪万千，总是万语千言。贺玲说，如果今天我们在大陆会不会团聚？会不会有此发展？一清说，中国改革开放几十年，国家变化翻天覆地，人们观念有极大改变，多少政策已被废止。如果在大陆，我们也已团聚。贺玲说是啊，我一个法律大学生，国家培养了我，却不能为祖国和人民尽一份心力自感有愧啊！一清说那可不对，你在台湾服务也是为祖国啊！贺玲笑了说：

"在台湾的十多年啊，总有一种寄人篱下之感，总有些过得不踏实。我生在北京，长在大陆，那里才是我的根啊！"

这句话也戳到了一清的痛处。他离村四年多了，但村里的景象无数次地进入梦中。母亲执意不来台湾，除偶尔去姐家住上几天，至今一人孤单生活，终让他牵肠挂肚。好在母亲身体康健，能吃能睡，眼下过得还自在。想到这里，一清动情，转身搂住妻子说：

"我们回家一趟吧，也回去考察一下，看能否在内地也办间咖啡屋？也可看看家人和亲戚！"

贺玲沉思一会儿说我并非不想回去，只是一想到十多年前的悲伤和一气之下赴台，就感到无颜面见师长和同学。现在情况变化了，倒也想回去看看。贺玲想了想说："要不我们约一下秦岚，如能同回再好不过。"一清高兴地说明天就跟秦岚联络一下，如有可能，真是天公作美了。

一个月后，秦岚兴致勃勃地来到咖啡屋，说我已成功请假，说要回大陆完婚，一个老姑娘了，报社还算人道主义：特批！这之后两家人都紧张地准备起来。忽然间贺玲说起曾给顾老伯说下的话，要陪老伯回大陆探亲观光，这一忙竟然忘了。赶紧前往顾老伯处探望并邀老伯一路返回故里。老伯虽然年过九旬，但身体尚可就欣然答应。

后面的事，就是办理审批，申请签证，预定日程等。一切就绪，正好又是一年春暖花开、风和日丽的季节。

102 春月的鑫钢股份有限公司差不多红火了十年，一下子让春月总公司的资产总值突破了二十亿，仅自有流动资金就有了两个多亿。春月富起来了，给孤儿院捐资，修希望小学，给家乡人铺路修桥乃至给佛门捐香等，算起来差不多达到千万元之巨。春月也被推选为省政协委员，光环和记者不断来顾，还让春月烦起来。一次她有些气愤，一个报社记者要写一篇长篇通讯《春天的明月》，一些素材和构架已经搭好，就是需要与春月面谈几次即可成稿，但春月忙于事务，几次都被挡驾。那记者急了，有一日竟冒失地闯进公司办公室，见到春月说，老总大了见面难啊。春月正在为一批工人要求提薪的事烦心，听记者话中带刺，迎头就是一句：你大记者能为工人提高薪水我就天天听你采访！如不能解决问题就请您离开吧，我正忙着！记者一听，就觉着这个老板缺少文化修养。我是来为你立传的，给你解决什么问题？就儒雅地说：对不起春月老总，没想到您这么忙，我这就告辞。

一周后，鑫州日报和鑫州贴吧上均出现一篇报道——《鑫钢工人备受剥削纷纷上访要求提薪》，署名"代言"。这篇报道以偏概全，以虚代实，添油加醋煽风点火，完全无视企业发展全厂稳定的基本事实，肆意扩大工人生活困难，一时间影响了企业生产，出现了停工停产苗头，工人围在经理办公室不走。

客观地说，这些年企业有了大的发展，也积累了相当的家底，但陆续技改投入十多亿，工人月均工资已由初期的一千八百元增加到三千多元，最高的月工资达到六千多元，绝大部分工人家庭生活水平大为提高，个别因灾困难家庭也给予了特别照顾。春月说我是贫困出身，不能亏了工人们。问题在于企业工种不同，出现了一些工种工资待遇较高，但一般工种的工人月工资仅两千多元的情形，这部分人对工资是不满意的，认为发展没有让他们获得利益，加上个别人说现在的发展是"穷了国家亏了工人富了老板"，心态就不平衡起来，而一旦给他们加薪，就又涉及热线工种的攀比和提高，企业成本就会提高。春月正为此挠头，思考着对策，没料想那个被得罪了的记者火上浇油，点燃工人情绪，影响到企业生产。春月十分生气，但还没有应对记者的办法，只好先应对工人这头。

界生在厂几十年，熟知厂里内部一些问题，他知道企业的工种设置随着生产发展需调整，原有薪酬较高的工种随着技术的升级改造劳动强度减弱就需要及时调整改进。原来一些普通工种在企业的地位发生新的转移，例如安全岗位等。但又鉴于工种变动牵一发而动全身又将损伤部分人员利益，所以只能采取稳步缓改的办法逐步到位。当春月与界生商量对策时，界生别出心裁，说："发红包吧，用这个办法先稳一下。"春月说你快说怎么个发法，我正急着呢！界生说老板急了就好，咱工人阶级就有盼头了。春月轻轻拍一下界生，"你个老弟，快说，怎么发法？"界生这才说出了一套"红包思路"。

"红包"办法是一种鼓励职工努力工作、创新业绩和帮助解决职工困难的临时办法，由厂部领导讨论决定。即个人的红包因人因情况而异，情况不同红包数额不同。相互不得攀比和打听。只有老板知道给你发了多少，但这是秘密不公开的。春月说好那就办吧先稳稳再说。

"红包"办法实行后，工人情绪稳定下来。每个人每个家庭情况各有不同，工作业绩厂部掌握，发放红包数额的确不好对比，且是由老板随机发放，别人无法掌握，于是渐渐习惯起来。"红包"其实调节了工种工薪矛盾，也调节了劳资矛盾，年支出几十万元，大大节约了成本而且稳定了队伍。

界生说这个办法他在宝钢就见过，没想到一用还真灵。他跟春月开玩笑说：这不过是当年资本家跟工人争利益玩游戏的一个手段罢了。看来我们社会主义也还要学习资本家的一些手段呢！春月哈哈大笑说：

"表弟说我是资本家了？那我就是社会主义的红色资本家！谢谢小老弟！"

那年夏天，庆生根据市委变动的工作分工，由分管农业改为分管工业。庆生对工业不懂，按他说"纯粹是外行"。但作为市委分管只是一种宏观的指导，并不像市长一样直接分管企业。庆生仍是干一行爱一行，半年中跑了三十多家地方企业和十几家中省企业，他深深感到地方企业技术落后负担沉重。改革后私企已占企业总数多半以上，国企改革后虽活力显现，但技改却往往走重复投入之路，缺乏清晰的市场定位和产品方向。他主张地方企业一定要瞄准市场定位，做亮本地特色，走捆绑式集团化的发展路子。他组织市发改委、经贸委、财政局、商务局等部门领导座谈讨论，鼓励大家畅所欲言。共谋良策。同志们感同身受，分析了鑫州工业结构较为完备但工业产品小而分散没有拳头、相关企业各设壁垒争夺市场、企业外向不足内向不清、一窝蜂上一窝蜂下、资源浪费等问题。一致认为庆生所提思路与外地企业发展路子一致，符合本地企业发展实际，需要统一认识加大力度，整合资源，走集约发展之路。后来，庆生把这些思考写入一篇文章《鑫州工业企业结构布局问题和未来发展的思考》，较为完整和清晰地提出了本市工业走集群之路集约发展、走创新之路做强本地特色的主张和思路，被省委工作通讯刊用，为鑫州市工业发展和市委决策起到了良好的作用。

庆生到鑫钢调研，正逢企业少数工人上访，便听取了春月及经理们的汇报分析，肯定了鑫钢改制后取得的巨大成绩，感谢他们为市县发展所做的贡献，但要求公司高度重视企业职工利益，尽最大可能改善职工生产生活条件。

在春月办公室，庆生告诉春月，要按照初来鑫钢时的约定高度保密他们的亲属关系，绝对不可利用他任市委副书记的影响力谋事办事。同时也善意劝慰表姐春月，中国的富人差不多都是靠低成本扩张之路走出来的，说内心话其中包含着"原罪"，表姐你已发达起来，适可而止，过好晚年生活。春月静静听完庆生的话，说迄今为止鑫州市没有人知道我们的亲戚关系，我严守了约定，从没利用你的影响力谋利办事。接着又说，自从你不接受我给你的一点心意起，我就认定我们不是一路人，但我不会影响你，你是共产党的好干部，我是社会主义的资本家，我们井水不犯河水。我告诉你吧，我还打算集聚资金投房地产开发，那年在东江没办成的事，会在今后变成现实。顿了顿，春月说：

"我选定的路，绝不回头！"

庆生没想到表姐春月竟认真起来，心想一定是吃了东江之气，使得姐弟情分如此生疏，一片肺腑之言，却引来如此尴尬。为缓和情绪，庆生说：

"哈，表姐是铁娘子，绝不回头！"

"什么'铁娘子'？老姐心还没铁！"

庆生赶紧解释铁娘子是英国首相撒切尔夫人的外号美称，她的名言就是"绝不回头"！

春月恢复了豪气和浪漫：

"那还不错，我就想着当中国的撒切尔呢！"

庆生和表姐都笑了。

那晚，庆生辗转反侧，他想了很多，过去和未来，又想到表姐春月对他的误解，由她去吧！时间会回答一切也会化解一切。中国的事真怪，文化高的人卖茶叶蛋，而没多少文化的人当大老板。接着他又释然了，实践是文化之父啊，和尚朱元璋没读过什么书，还做了明太祖呢！

103 庆生任副书记后特别忙，除市委给他的副书记分工外，由于常务副书记年届退休不想多管事，新来的一把手书记靳强看庆生不错，就把本来由常务副书记分管的信访也交给了他，好在庆生是个埋头苦干的人，组织交给自己什么就努力干好什么。从不偷懒，尽职尽责，所以书记也放心。庆生年轻一些也该多干点工作，便不再推辞。这样庆生的分管工作主要就是政法、工业和信访三大块。庆生在担任纪委书记时就附带分管过农业，庆生当过农民，也在东江当过县委书记，分管农业还游刃有余，他关于农业产业化的观点在二十世纪九十年代做东江书记时就有了思路，到市里分管农业，给了他更多思考和实践的机会，关于鑫州农业走产业化、特色化的思路在他分管农业的几年中得到了有效实施。分管工业以来，他调研所形成的工作思路已不仅是抓本地工业的集群化发展，而更应发挥中省工业特别是军工企业的引擎作用，走军地联合促发展之路。这些观点，都是深入调研分析的结晶，也都基本符合鑫州实际，因此受到市直部门领导和书记、市长的称赞。领导的信任更加激发了庆生的工作热情，他差不多每天都工作十个小时以上。

庆生不怕信访群众，他与上访群众面对面地对话，也热情地接待上访人员，他在高原时就有了一点经验。鑫州纺织厂垮了，几百工人闹事，市里区里踢皮球，这天几十人堵了市委楼道，甚至把市委书记的办公室都堵住，书记不得已由公安干警围护着才走出门去。庆生接手信访后主动与工人代表座谈对话，拿出三个办法：一是协调民政部门对确有困难的工人家庭进行救助；二是组织公安、检察院和纪委协同调查群众反映企业领导的二十多个问题，给群众明确回复；三是主动报省，争取纳入国家企业破产计划。后来终于使得纺织厂逐渐平稳起来。

那天贺庆生刚从基层回到办公室，秘书方卓英告诉庆生，听外面人传省委组织部要来市考察因年龄到届而出缺半年的市政协主席人选，一时传言纷纷，有的说不论从任职先后或是工作资历都应是庆生任此职合适，有的说常务副市长正做工作努力争取，花落谁家，还很难说呢。

庆生见秘书有些吞吞吐吐，就从几天的报纸堆上移开眼睛问道：

"都是谁在操这份闲心？"

方卓英说："走了几天刚一回来，就有几个同志在问不知庆生书记忙什么呢，人家都快活动到家了，他还没动静。"

"谁说的这话？"

方秘书吭哧了一会儿，终于说是宣传部和政法委某领导听到议论后告诉他的，意思是让他给庆生吹吹风。因为他们知道如当面给庆生说是会挨批评的。

庆生坐在办公皮椅上，喝了一口自己接好的矿泉水，平静地说：

"不要听信传言，更不能活动拉票，相信组织会公道用干部的！"

顿了一下，又说：

"卓英你一定要注意，不听信传言，也不要传播传言。干什么事都要有定力！"

方秘书脸红起来，本来想给庆生书记提个醒，干部中就有人说庆生光会干工作，不会拉关系，会吃亏的。他也知道贺庆生有很强的原则性。但因庆生对他们这些秘书司机都十分关心，工作上严格要求，人际上当兄弟一般看待，只要求当秘书的平时多读书多学习，多在调研实践中、在与领导接触中、在协调工作中多学善思，但坚决不允许秘书当开车门端水杯的小跑，坚决反对秘书做唯唯诺诺的奴才，而要求勤于思考，敢提工作意见建议。方秘书出于一种真挚的关心和感激，才说出这番话。庆生虽没明确批评，但语言中的"定力"所指，就有点轻微的指责之意，所以方卓英红了脸。

第二周，省组织部干部考察组果然到市。

考察推荐大会如期举行。工作组简要说明来意，对提名人选提出了原则要求：在现任副市级干部中推选一名拟任政协主席人选，对年龄和任职资格均提出要求，请参加会议的同志独立思考，认真填写推荐票。参加会议的有市县两个一把手、市直部门党政一把手、纪委常委等。

接下来，就是谈话推荐，一人三分钟。光说被推荐人选的姓名即可，虽然谈话人数达八九十人之多，但时间紧凑，差不多半天就结束了。但考察还是有相关程序的：投票推荐，谈话推荐，统计选票后将票数集中的人选与地方党委一把手交换意见，取得初步意见后即报组织部，省相关领导同意后，考察组再接着进行定向考察，然后再按一定范围进行重点谈话，查阅被推荐人相关资料，以及与被推荐人谈话等等一套程序是严密的，简单时快复杂时慢，既要体现民意，也要对组织负责。这种中国式的干部考察既是对过去传统的继承，又有了民主化进程的新推进，是有中国特色的。

第三天，考察组通知庆生谈话，但此时贺庆生却在东方县卷烟厂被厂里几百名职工围困不能出厂。

当时情况还是很紧急的，省烟草公司老总已经被困烟厂三天，烟厂工人坚决不同意关闭，但由于产量达不到十万大箱，按中央烟产行业要求必须关闭。于是来厂做关闭工作的省烟局局长、省烟总公司老总被工人软禁起来，给你端吃端喝，就是不答应条件不放人。省里十分恼火，这不是无法无天吗？省政府下令，必须解救出被困人员，否则拿鑫州问责。庆生和分管副市长一早就赶去工厂，为确保万无一失，公安局长亲自随同，并调集几十名公安干警着便衣并携带钢锯，准备万不得已哪怕排成人墙锯掉窗上的铁条也要救出局长。

庆生与分管市长先后到达，这时工厂已经聚集起三四百人，大门口贴着黑色大幅标语：千名职工誓与企业共存亡！把守大门的已经由老头老太太换成了强壮年轻人，夏天的炎热使厂里的情绪更加紧张。

庆生和分管市长站在群众中间，庆生说：

"请大家安静，我和分管副市长李胜利同志今天受市委市政府委派，来厂听取大家意见，请同志们选派代表集中意见建议，我们一起跟省局局长协商沟通。现在先请李副市长讲话好不好？"

人群开始七嘴八舌地嚷嚷着：我们要吃饭，我们要工作！誓死与工厂共存亡！乱七八糟的嘈杂声中，庆生向身边一位工人师傅借来小板凳站了上去，用电喇叭高声说："企业是我们国家的，工人是国家的主人翁，我们的目的是要发展，

第十九章 游子之心

是要工人过上更好的生活，大家说对不对？"工人群众的呼喊声一致起来："对！我们要发展！我们要生活！"

"那么，怎么发展和生活得更好，能请我们李副市长跟大家说说吗？"

"好！"工人群众的意见趋于一致了。

接着，李胜利副市长从国家关于烟草行业整顿的意义和政策讲起，说了全国全省的烟草发展形势和问题以及整顿后未来的发展趋势。说了不到十分钟的话，群众中又开始了新的躁动：

"我们不听空话，我们要省局承诺！"

……

对话终于还是起了一些作用，又经过随同同志私底下做工作，工人们终于同意下午推选五名代表，面对面与省局局长见面协商。

省局高焕局长一肚子气。他已被工人群众扣押软禁在厂三天了。厂里厂长辞职不干，县里领导也因烟厂关闭税收受损而态度暧昧，所以才让工人们胆大妄为，就不放他出厂。软禁扣押国家工作人员是违法行为，工人群众也知道。但他们说你是省烟大领导，不解决问题你来干什么？企业被撤销砍掉了我们生活怎么办？局长在厂活动自由但想出厂大门却不行，一律由老头老太太把门，一有情况就换上年轻力壮的，态度十分认真，工作十分仔细，你休想混出厂去！

谈判三个小时过去了，工人们所提的核心问题有三条：一是省烟总局承认该厂一个有些名气的烟草品牌的价值五千万；二是全厂在岗工人需全部安置；三是每个退养下岗职工家庭在全省系统内安置一名子女。高焕局长说这些问题我只能带回省里集体研究，我非常理解和同情你们，但关闭是国家规定，工人群众所提的问题只要是规定内的，我们落实。

这时候，工人群众又在酝酿着新的想法。既然市县领导都来了，那么干脆一并羁留，力逼表态。庆生和胜利市长也防着这一手，一方面调集了公安力量，一方面积极与高焕局长沟通协商。

夏天天黑得晚，下午七点了，西边天空还是一片片火烧云，伴着夕阳落山，预示着明天是个好天气。

带着工人们的一些意愿，经过庆生、胜利、县领导与高焕局长的反复协商，高焕终于原则上同意，停工期间按人均一千五百元的临时工资额度发放，青年工

母亲河

254

人全省调剂系统内安置，退休退养人员按系统待遇并原则同意安置一名子女，困难和因病家庭给予一定补助等。这些意见被迅速整理为"省局主要领导原则意见"，终于在太阳快要落山时与工人群众见面了。高焕局长站在人群中用电喇叭高声宣读了"五条意见"，突然间人群中有人高呼口号：

"坚决拥护高总五条决定！

高总的决定代表了我们工人的心声！"

口号声此起彼伏，秘书方卓英却在庆生耳边悄声说："今晚怕出不去了呢！"

突然，一股人流涌动，接着，贺庆生、高焕局长在口号声中被公安局长和十数名便衣干警挟持着从正在欢呼胜利而放松门禁的大门急急拥出。外面街道上，准备好的干警和汽车迅速动作，拉着高焕局长、庆生和胜利市长一行，趁着夜幕，像逃跑似的一溜烟驰向鑫州。

晚十点，在鑫州大酒店，市委、市政府为省局高焕局长准备好了压惊晚宴。觥筹交错间，惊魂稍定的高焕老总说起一晃间被簇拥出门的感觉：

"真好像逃跑一样，生怕又被工人们追上！"

庆生苦笑着指着市局李局长告诉高焕说："要好好谢谢这位公安局长，最后这个逃跑是李局长导演的，总算解救首长成功！"

原来这位经验老到的公安局长布置好借机呼喊口号趁人群还没反应过来时，簇拥着省局局长趁机而出，总算完成了解救任务。

贺庆生后来说起来时总是有一种莫名的心酸。

省委干部考察组回省城后打给庆生一个电话，说征求一下庆生的个人意见，庆生说：那天解救省烟局高局长，误了谈话请予谅解。至于个人意见，组织咋说就咋办，个人完全服从组织！

第十九章 游子之心

第二十章　雾满龙岗

104 新世纪的十年，中国发生了几大变化：国内经济总量超过日本位居全球第二；全国城市高速发展与农村差距更大；人民生活水平普遍提高但意见更多；十年上访形成了当代中国的生态奇观。政治生态舆论剧烈变化，腐败升级新官场现形愈显。忠诚于毛泽东的人们痛心疾首，社会乱象让人们目不暇接，多少知识精英惊呼：中国怎么啦？有人说中国病得不轻、摇摇欲坠，也有人说中国现在强大了，可比肩美国。

老百姓说："现在肚子咥饱了，但贫富差距更大了！"

不管怎么说，中国的确发展了，人们生活改善了，国力强大了，中国在国际舞台上说话声音大了。中国人到了国外腰板挺直，财大气壮，对外国指指点点，说这不如咱北京、这不如咱上海。有的还说：

"尿！这还不胜咱华西村！"

议论繁杂，意见纷纷。精神殇泛、贫富差距、文化乱象、民主民生等等等等，一齐在这个时代中产生，在这个时代中冲突和碰撞。这样的历史，以前不是没有，以后仍还会有。中国共产党人的中流砥柱与守业艰难，和平年代的蜕变与新生、腐朽与光明的博弈也都将写入当代、写入历史。

贺庆生在升任纪委书记和市委副书记时不是没有竞争，但都顺利走过，庆生当时压根儿没有想过，只是顺其自然。后来分析起来，其实是水到渠成的事。贺庆生任过两个市县的副书记、市长，又任过东江书记，回市后却任纪委副书记监察局长，应当说安置得不是很理想，但那是由当时的条件和机遇决定，庆生毫无怨言。但也恰是因此"塞翁失马，焉知非福"，提升市纪委书记时得到高度认可。后来纪委书记按副书记配置也只是兼任，并不涉及职级调升，所以也都显得顺畅。要说庆生最大的强项，恐怕还是他的忠诚老实、不挑不拣、干一行爱一行的品质。如果他从东江回市因安排不很理想而消极起来，恐怕就不会有今天了。庆生相信组织上的公道正派，他也做过组织工作，正当组织考察政协主席人选时，他还在一线处理企业闹事，他没有搞任何私下活动，更没有时间去请客拉关系，他对党组织坚信不疑，认为自己是符合提任正职条件的。

后来的情况是那位常务副市长接任了政协主席的空缺职位，机关里纷纷扬起评说：我早就断定了这盘棋局的结果，不是工作好不好，而是关系硬不硬，工作再努力，不会拉关系肯定是输家！不少干部为庆生叫屈，说组织上亏了干事的人，亏了老实干部，亏了庆生。

庆生知道了结果，听了议论后说："不让老实干部吃亏是组织原则，长远看也是这样的。但老实人有时吃点亏也是正常的，因为你为了工作忘了关系就已经棋失一招。但对组织的信念还是要坚定不移，认准的路子自己走！"

进入新的世纪，国家走向新的发展时期，但正像一个多子的母亲，在生活中难免有些对孩子顾不到的地方；正像车轮前行，难免会有无数的颠簸乃至倾轧；也正如一种新的文明总是伴随着破坏和冲撞成长，这个时代总是充满着矛盾和斗争：传统与现代、政治与经济、官场与民间、物质与文化、物与物、人与人等。

社会高度复杂起来，社会中积郁起来的矛盾随时能点燃。

庆生分管政法、信访，维护社会稳定是第一位的工作，政治责任重大，维稳时时忧心。二十世纪七十年代民办教师转正尚未结尾，人民公社"八大员"问题接踵而至，接着是复员、退伍、转业军人上访，计划生育手术后遗症人员上访，农村征用土地上访，城市拆迁户上访，涉法涉诉，三线铁路人员上访……这些涉及面宽、内容庞杂的上访问题持续了十年多，牵制了各级党政组织很大一块精力。老的问题解决了，新的矛盾产生了，而且由个体到集体由小规模到大规模此起彼伏，成为当代中国的奇观。

一个上访人员问村支书，说你去过北京吗？想去北京吧？如果想去我会让你去的！村支书不屑一顾，说你那个尿样还能让我去北京，做梦去吧！结果一个月后村支书被通知去北京接上访人员，村支书从北京接回来这个村民，村民说："你

第二十章 雾满龙岗

257

去了北京，是因为我说叫村长来接我，否则我碰死在纪念碑上！怎么样？我一个平头百姓说到做到啊！"村支书明白了，说那我想去上海广州呢？你能做到吗？村民傻眼了，说我只能给你省张去北京的机票，其他地方，你还是自掏腰包吧！

东方卷烟厂最终还是被上级批准关闭了，近千名职工中有一半多年轻职工在全省行业内安置，一少半五十岁以上人员统统按规定退休退养。家中没有就业人员的优先安置一名人员在系统内就业。群众的维权要求基本实现，至于所提五千万元的无形品牌费，由于不涉及个人利益也就没有人去过分追究了。东方卷烟厂终于平静下来。但厂里有两百多名年轻工人要被分派到鑫州市烟厂，新的问题又接踵而来。

鑫烟厂本来是在东方厂的支持和带动下做起来的，但儿子很快就超过老子，气候逐渐大起来，成为了全市重点企业、财政税收大户。为了建这个厂，当初在征地拆迁方面地方县、乡、村均给予支持，当地一批农民也随着耕地被占而以农民合同工身份进入烟厂。一晃二十年过去，娃娃成了爸爸，姑娘成了老婆，都一大家子人了。因东方厂两百人要进入鑫烟厂，鑫烟就必须按省要求解雇原来的农民合同工一百八十人。这样鑫烟又炸锅了，一百八十三个农民合同工联名抗议，在厂里置之不理的情况下封堵了大门，一批主要工作骨干停止了作业，一个好端端的厂，被迫停产四十天。

这天，接到紧急通知，国家重要领导人途经鑫州，要去江南开发区视察，鑫烟地处这个区域，故必须全力以赴做好安保工作。对于分管政法的庆生而言，他知道这位重要领导人就是当今的国务院总理。他连夜召集会议做重点安排，要求万无一失，绝不允许出现拦路挡车乃至于下跪上访等问题。尤其鑫烟厂处在视察区域内，务必保证不出问题。

第二天一早，庆生就与政法委书记驱车去了鑫烟，厂区门口一派乱象，十数名老头老太太兢兢业业地守着大门，不让生人进入厂区。庆生和政法委书记的车刚往门前远处一停，人下车欲进厂里，却不料高度警惕的人们立即围堵上来。人们不知道他是谁，但一见气派的小车就知道是领导来了。庆生一见进厂不利就主动将车开至不远处的县军干所大院，正好被人群堵住了大门。怎么办？军干所领导急得团团转，一位当年的中学同学给庆生说你从我家后门出去吧，只有这个办法了。庆生这时没有慌乱，他已经多次与群众对话，有了一些处置群体性上访的经验，他不怕群众，因为他问心无愧，而不像有的干部，见了这种场面就避之不及。庆生跟政法委书记耳语几句，走到大门口对围堵的人群说：

"请把厂里停工的同志们都请来这里，我们在军干所会议室开座谈会听取意见。我是市委副书记，这位是市委政法委孙书记。"

不到二十分钟，一个足可容纳百人的会议室已挤满了人，后来在会议室外又聚集起一层人。群众很乐意见领导，尤其是市委副书记，当然更是一传十十传百，男女老少聚集起一二百人。

政法委孙书记主持会议，介绍了身份后说：我们代表市委充分尊重大家的民主权利，一定认真听取大家意见，但请先允许市委副书记贺庆生同志讲话好不好？

掌声过后，庆生清理一下有些沙哑的嗓子，站起身来先向大家鞠躬后，不要麦克风大声地说：

"首先向大家致歉，我们工作没有做好，让大家吃苦受累了，因为我是分管工业和政法的副书记，所以向大家致歉！"

乱纷纷的会场竟一下子安静起来，仿佛许多人在屏住呼吸，听庆生讲下面的话：

"我们国家的农副工问题是个历史问题，是我国经济发展过程中的正常现象。农副工，同样是我们国家的主人，同样是为经济发展做出贡献的有功之人！"

一个穿黄短袖衬衫的年轻人打断庆生的话，"我们不听戴高帽的话，不要狗皮膏药，我们要工作！"

一群人开始起哄："对，我们要工作，我们要吃饭！"

庆生说："同志们静一静。清退农副工是省烟总局根据国家'压缩烟草提高质量，关停小企发展大企，打造烟草行业大户，促进经济发展'的精神提出的。我们每个同志可以得到相当的补偿金，保证生活不受影响。同时，省上拟批准企业整合后调剂安排本企业二十万大箱生产量，就将比目前产量扩大一倍，将产生翻番的经济总量和效益。厂里发展了，可以拿出更多的资金帮助大家反哺农业，同志们一定要有大局意识，为发展统一思想，为发展牺牲局部利益。同志们有什么意见，可以一个个地发表，有多少说多少，但不许乱口当家，大家说好不好？"

人们又一次安静下来，几位做了些准备的工人发言说：

"我们为企业工作了三十年，从建厂到现在，出了多少力流了多少汗，为什么现在不让我们在厂工作？这是谁的政策规定？我们从姑娘小伙子干到现在都已经是五十岁左右的人了，为啥不能让我们干到退休？你们说人民政府为人民，为什么不替我们老百姓打算？"

一位中年模样的女工说：

"温总理是个好总理，哪里有灾他去哪里，最为老百姓着想，他知不知道我们的心酸！我们贡献了土地，贡献了青春，到老了却被厂里一脚踢开。你们国家公务员有国家保障，企业工人有企业保障，而我们农民工就什么保障都没有？我们在厂干了三十年啊！我们算不算工人？我们该不该要工作的权利？"

庆生听着这些农民工的话，其实是句句在理啊！三十年的农民工就不算工人吗？不是工人阶级吗？为了国家利益就可以随便牺牲这些农民工的利益吗？如果东方烟厂不被关闭，鑫烟这批农民工不是可以干到退休吗？为何非要在他们五十岁后还要被推向农村？我们党和政府的责任呢？庆生下意识地陷入了沉思，人群中又开始骚乱起来：

"现在当官的哪个还能给咱农民说话？十个官员九个坏，还有一个在倒彩！"

"不听他的，咱们就是不复工不生产，天王老子来了看他把咱能咋办！"

人们有些乱哄哄起来，穿黄衬衫的年轻人坐在桌子上喊起来：

"农民兄弟姐妹们，我们不听那一套，把这个书记也扣起来！"群众中乱哄哄的声音越来越大。

贺庆生"嚯"地站立起来，指着那个黄衬衫说：

"你叫什么名字？你上来讲，你敢站在我这儿把你刚才说的话重复一遍吗？无法无天！你能代表大家吗？你是要搞乱人心呢还是要解决问题呢？"

也许是庆生话讲得严厉，也许是他心虚，没过一会儿，黄衬衫就消失不见了。庆生压住激动，又深情地对群众说：

"农民是我们的衣食父母，农民是国家的主人，农民的利益就是党和政府要保护的利益，请大家坚信我们的党和政府，一定会把大家安置好，做不到这点我们谁也不会答应！"

庆生缓了缓气，用平静的口吻告诉大家，"我也当过农民，犁过田打过麦，我深知农民是我国最弱势的群体。中国共产党就是靠工农联盟、农村包围城市才取得革命胜利。农民支援了国家工业建设，支援了国家工业化和城市化，没有农民的支持，可以说革命战争和和平建设就一事无成！我向大家发誓，如果大家的合法利益不能得到保证，如果安置不好这一百八十三名兄弟姐妹，我这个副书记就不配再当！"

庆生又接着讲了当前国家调整烟草行业的方针政策、目标任务，以及这个政策调整可能带来的一些问题和解决办法，并强调说群体性哄闹是无视法律没有素质的表现，是一种无政府主义。哄闹是不能解决问题的，还有可能给坏人可乘之机。只有面对现实，以主人翁的态度向党和政府提出意见建议，坚决相信党和政府能为民做主，事情总会圆满解决的。

对话整整持续了四个小时，下午一时，剩下来的一百多群众鼓着掌把庆生和政法委书记送出了军干所大门。回到机关，知道总理完成视察已离开鑫州，庆生感到自己能为国家最高领导人默默无闻地工作，主动为党和政府分忧而释怀。但在庆生心中，对人民群众的理性和觉悟有了更深的体会，对人民群众维权的艰难又有了一些新的认识。

后来，在市县党政的沟通努力下，这一百八十三名烟厂农民工平均拿到了十一万元的补偿金，被全部清退了。鑫烟后来年产量达到五十万大箱，新的发展载入了鑫州工业史册。

然而，已经被大工业培养了三十年的农民工，还能够真正回归土地、回归到过去的农民时代吗？贺庆生过后还常常扪心自问地纠结着。

清江边上，龙岗坡头。周末清晨，贺庆生偕夫人爬上坡顶，俯瞰山下晨雾飘绕，大江蜿蜒似链，向着东方千里流淌。雾霭蒙蒙中，流动着的阳光照射着江水闪耀着金色霞光。庆生站在山头，眺望着脚下这块热土这个开始耸立起来的城市陷入沉思，他忽然想，这条大江不正象征着历史、象征着改革开放吗？它奔腾喧嚣千里万里曲曲折折总要流向海洋，它不正是今天和未来的象征吗？她不就是母亲吗？多少艰难曲折，多少污泥浊水，她忍辱负重从来不卑不亢！当你融入她的怀抱，你就能感受她的宽阔和博大；你走入她的心灵，才能触摸到她那永不衰竭的灵魂！贺庆生在龙岗坡头逐渐升高的太阳下激动着，为了自己能参与其中贡献力量而自豪，为了能为家乡出力流汗而欣慰。

他的思维在太阳照耀下开始燃烧。

夫人秀琴看着庆生问，你看什么呢？这么专心！庆生这才回过神来：

"看这条流动的河！"

夫人知道他说的是汉江，回话说：

"废话！河不流动就死了！"

庆生忽然就回望妻子一眼，他相信，她并不知道自己说出了一句哲言。

105 春月的钢铁事业如日中天，赚了个盆满钵满的时候，公司副总经理刘文山却另起炉灶，伸手承包了一个已经破产的鑫州铜矿，而转产锌冶炼。刘文山是老钢人，在故交圈子中很有威信，在钢厂经营工作中出了很大力气，但也与春月结下一些肚皮官司。可能是觉得春月控制了企业的核心利益，而自己所得不公，但他告诉春月，是想去把这个锌业做起来后为钢厂生产合金钢打基础。不管怎么说，刘文山是决计要走。刘文山走倒不怕，但估摸着有十余名骨干人员也要跟着走。刘文山已经敲定了一个班子计划和入伙投资计划。在这点上，他与春月发生了尖锐的冲突。

春月说："文山你走可以，但骨干人员不能带走！"

文山说："老总，春月大姐，你让我光杆一个谁去跟我入股、谁去跟我炼锌呢？您也为兄弟着想一下好吗？"

春月恼火刘文山这一切计划都已预谋好后才对她发难，她最见不得这种背叛自己的小人，尤其是刘文山，她待之如亲兄弟，给他的持股分红也是不菲，他还要带走骨干技术人员，这岂不是过河拆桥、落井下石吗？

"文山你不够朋友，你想砸老姐一炮！"

"哪里的话，春月姐，文山也是不甘人下，您知道。但我的目的也是为您留条路子，一旦成功也将是您的一片江山啊！您入股更好，您不入股兄弟我给您留着股份，老姐您就成全兄弟吧！"

春月看文山去意已决，就冒出一句：

"好吧！你刘文山能创出一个锌炼厂，我赵春月迟早吃掉你！你去吧，我不再留你！"

刘文山出厂后，即与何义新夫妇、李儒林、靳伟等五人组成了承包班子，入股贷款，从东方资产公司买来了这个破产铜矿的经营权。刘文山干过矿山，对鑫州以及附近的锌矿资源了如指掌，又搞炼钢，一套冶炼流程他都烂熟于心，这才敢下此决心，独自闯荡。刘文山很有把握，他熟知锌锭目前价格已从八千元升至两万多元一吨，他们租下一搬迁的国防工厂厂址，花很少一点钱稍加改造，新增冶炼高炉和几套设备，如能年产十万吨产值就是二十个亿，抓住机遇，三年就可收益翻番。

刘文山是条汉子。三年后，鑫州锌业公司产值超过三十亿，纯利润达到三个亿。刘文山成功了，他兑现自己的诺言，给春月配股百分之十，其实春月只是借给刘文山三百万元资金，而刘文山则是靠着春月鑫钢公司的影响力和他掌握的鑫钢客户网络来一步步地实现着自己的梦想。

亚洲金融风暴、美国次贷危机、欧洲欧元危机，在世界市场上刮起罡风，华尔街五大金融霸主恐慌，摩根、花旗相继破产拍卖，世界一片恐慌，仿佛末日就要到来。

这股罡风传到中国，就已经成了强弩之末。尽管这样，欧美市场保护主义旺盛，经济摩擦日强，制裁和反倾销不绝于耳。中国的制造业终于放慢了步子，钢铁业面临重组的巨大压力。

普钢价格下降了百分之五十，特钢价格亦跳水。中国工业一片"狼来了"的呼声。

但久经沙场的春月洞悉了中国钢铁业的趋势，更坚定地相信中国的城市化是钢铁业未来发展的基石。春月充满信心，她不但要闯过难关，而且还要达到她曾夸下的海口——她要吞并锌炼公司。

谈判十分艰难地进行着，国营钢厂的领导一旦成为私企的老板，就变得欲壑难填和狡猾多端。刘文山先是几次避而不见春月，一次春月甚至吃了闭门羹。他要压压春月这个女强人的火气，想让她回到平等的谈判桌上。

春月的确有点盛气凌人，她说如果不是我当初给你的三百万垫资你能有今天？如果不是你利用我的销售网络和影响力你能顺利发展？我不要借你的钱，也不要配给的股份收益，给你一个亿，把锌公司收购过来。春月想的是我当初九千万就拿下了鑫钢，今天你才三四年就白赚一个亿，这不是天上掉馅饼吗？但刘文山却坚持要以账算账，给两个亿你才能拿走。

几次谈判陷入僵局，春月和刘文山争红了脸，撕破了皮，春月拍着桌子骂道："老娘当初瞎了眼，养下一个白眼狼，吃里爬外，真不是东西！"

刘云山反唇相讥："春月大姐是吃惯了蟠桃的王母娘娘，今天见了一个烂桃子竟然你争我夺，可谓仪态万方啊！"

"放你的屁！老娘从不吃烂桃子，老娘专啃狼骨头！"

谈判迟迟未果，一个月后突然传来一个消息：刘云山在鑫州自己的家中被歹徒杀害，歹徒作案手段娴熟，似乎有意与公安周旋。现场经过清理清洗，没有留下作案痕迹，杀手从窗户逃离是故意制造的假象。这个不算小案的爆炸性新闻迅速传遍全城，各种说法纷纷扬扬。市公安局立为重案侦破，庆生听了汇报，并收到刘文山家属控告春月的信件，突然感到自己将面临重大的难题。

此刻，五年一度的市级换届考察准备工作正在进行。本案偏偏涉及表姐春月，自己作为分管政法的书记，如何处理？对表姐春月，庆生坚定地相信她不会因利益杀人，但据刘文山家属控告所述她确有重大嫌疑。庆生紧张分析思考后指示公安局长：

"快速侦破，不管涉及谁，坚决依法办案！"

106 国强公司在鑫州市站稳脚跟，正值房地产市场上升时期，但因有了雨晴，国强却把心思转移到了小屋密会、外出旅游、讨取她欢心上，自己的市场份额缩小，原先跑关系争地盘的劲头不再，于是三年还做不了一个楼盘，公司效益下滑，利润缩水。要不是整体的楼市上升，国强公司已经出现危机，好在这些年楼市强劲，有人说只要有一杆旗买一块地，疏通一家银行承贷，就有人趋之若鹜，交定金签合同。房地产公司用客户的钱给你建楼，欠厂家材料款缓交赖付，有人说这是房地产商的"空手道"，仔细一想，这真是那么回事。就是这个样子，国强公司一年竟也能收获纯利润千八百万。中国的房地产商财富迅猛积累，福布斯榜上地产商越来越多，这就是中国的怪诞之处。

丁楠对丈夫尚算忠诚，虽然因闲生事走弯路一段，但教训使她幡然悔悟回归家庭，为了回报丈夫，加上也还喜欢大学生雨晴，便睁只眼闭只眼，成全了丈夫与雨晴的地下恋情，但没想到结果却是引狼入室，祸害自己，丁楠好心恶报，后悔晚矣。

雨晴终于被国强招进了公司。为此丁楠与国强干了两仗，但终于让步。国强说雨晴是大学生，公司紧缺人才，雨晴对我们忠诚可靠，还说你如果执意阻拦那我就丢下公司给你，我与雨晴同去海南。这下还真把丁楠弄个欲哭无泪。无奈之下，与国强协议有条件准入：一是任何情况下坚定维护双方夫妻关系守卫创业成果；二是雨晴进入后除财务总监外可任其他助理职务；三是与雨晴姊妹相称，永远不可变更关系。这几条夫妻协约，据说丁楠要求国强立据，国强亦表示同意。但多年以后，除丁楠电脑中存有类似文件记载外，再未找到正式签字原件，就成了国强公司的一段私下秘闻。

那天日暮时分，窗外江色濛濛，沿江两岸路灯明亮，鳞次栉比的高楼装点着霓虹灯，江城鑫州展示着夜的魅力。国强与丁楠在二十二层的楼房客厅里，算是心平气和地商讨雨晴来公司的事。国强说，发展要靠运作，公司人才紧缺，雨晴颇具公关能力，只要人家肯来我们求之不得！丁楠说："你那点鬼心眼儿瞒得了别人瞒不了我，你有几根花花肠子我不知道？"末了说："依了你一是为公司发展，二来人家毕竟是晚辈，不可能与你长久，可用不可亲，你要记住。否则你可别怪我不留情面！"

丁楠问："雨晴工资咋开？"

"半年期内月资三千，之后月资五千，不算多吧？"

"你准备让她任什么职位？"

"宣传部长，或者先任老总助理！"

"想得美吧！先任部长助理看看怎样！"

国强见目的已经达到，笑着说一切听从夫人安排，只是偶尔我跑项目时还得带着雨晴，不算为过吧？丁楠瞅丈夫一眼：

"总是想给你当助理用着方便！人家共产党干部都不允许配女秘书呢！"

"谁让我是老总呢！这条规定管不着我啊！"

"就这样办，特殊情况特殊处理。要记住：不许瞒着我！"

丁楠结束了非正式谈判，困倦地打起哈欠，国强已经两周没有与老婆住在一起了，就说老婆今夜需要我伺候吗？丁楠白了国强一眼径自去了卧室更衣洗浴。国强看了一会儿电视，知道丁楠已经洗完，也就脱光了身子走进浴室。哗哗的水声正如国强此刻愉快的心情……

雨晴留在公司，也是于心不甘的事。中文专业是长线专业，近些年分配更难，不像其他工科专业运用广泛。只有文化教育文秘宣传公文写作之类的工作对口，竞争激烈。公务员岗位百里选一，显然雨晴缺乏耐力。对于国强的真心挽留，雨晴开始含混表态说走着看吧，但随着国强开出的条件和待遇，雨晴感到了诱惑产生了一些奇特的想法，比方说将来可能占有公司一定股份啊，将来有钱了可以把父母接来居住啊，也说不定哪天真的成了老板娘，虽然不似公务员光鲜但只要有钱同样能比公务员过得潇洒。如此，也不失为一生追求！这个出身农家的秀丽姑娘想得那么实际那么天真，你就不难理解她做出委身国强的选择了。

雨晴有心计也还真有本事。到公司宣传部后不到半年，就拿出了一个比较完整的公司形象设计；出一份不定期的宣传画册；打出几幅既生动又形象的街面广告；一年开一次主请机关官员、老乡同学、客户代表参加的联谊宴会。这些构想都得到了国强夫妇的充分肯定，指示让雨晴加快实施，也从此给了雨晴更多的器重和信任。

为了拿下临江的一块楼盘，必须要做通市区两级城建委局的工作，而且还要市里至少是分管领导的默许。国强通过关系终于请到了相关领导的赴宴承诺，国强心生一计，要把丁楠和雨晴两位美女的公关能力展示一下。这天晚宴活动所请官员全部到齐，主客有分管副市长和市区两个城建局局长，鑫新宾馆最豪华的宴会厅金碧辉煌，偌大的旋转餐桌只坐了十个人，显得有些空阔。但气氛却是热烈的，由于有了两位美女主宾，几位官员不再矜持，甚至争相展示自己。酒过三巡，丁楠雨晴各敬一圈，然后又合敬一圈，各位官员均要求凡敬者必碰，竟看见两位女士凡碰必喝。十余杯下肚，分管牛副市长就已经把持不住，一双鹰隼般的眼睛露出色眯眯的光彩，说我讲个故事，两位美女谁回答对了酒我喝，回答不上美女喝。大家鼓起掌来，牛副市长对着丁楠说：

"在一个荒岛上，有十个男人和一个女人，三个月后，只见男人们做了一顶轿子，抬着那女人玩，女人面若桃花。后来又把十个女人和一个男人放在荒岛，三个月后，只见女人们围着椰子树上瘦得像猴子似的那个男人用果子和牛奶往下哄，男人紧抱树干，死活却不肯下来。你说这是为什么？"

丁楠想了想说："女人比男人厉害！"

"好啊！丁夫人一语中的，这酒我喝了。但也只说对一半，你也喝一杯吧！"市长与丁楠碰杯后都一饮而尽。市长又说："完整的答案是：男人当家社会和谐，女人当家风险加大。男人当家时女人面若桃花说明和谐；女人当家时男人瘦得像猴儿，恐怕摔下来是死摔不下来还是死，是不是风险很大啊！"

"有道理有道理！"大家齐声附和着笑起来。

市长转向雨晴道："国强有福气，有如此漂亮的夫人和美女助理，心满意足了啊！只是美女名好姓不好，雨后天晴的太阳，死了男人的婆娘，都厉害啊，加上姓刁就更厉害了，国强老总你可要小心点噢！"

国强只是憨憨地笑着，任由他们嬉笑。

饭后，丁楠又安排了两个小时的唱歌，一伙人借着酒兴，又唱又跳。市长搂住雨晴，肚皮贴了上去，满嘴酒臭，雨晴只是笑眯眯地作陪，头偏向一边。一圈舞下来，雨晴挨着市长坐下，"市长你好有才啊！又会讲故事又会唱歌跳舞！"牛市长高兴地拍拍雨晴的大腿，"哪里呀，即兴即兴！"雨晴一双好看的眼睛在若明若暗的灯光下闪动，终于雨晴说："市长啊，我们报的临江那块地皮您可要多多关照啊！"牛市长顺势把雨晴搂住在耳边说："你放心，改天你来取批件就是！"

三天以后，雨晴果然取到了地块批件。国强高兴而又有些忧郁地问雨晴："市长没、没说啥吧？"雨晴明白国强的意思，回答说："市长只是把我瞅了几眼，说我很忙，你以后有空可来坐坐啊！"雨晴又说看来市长不喝酒时还是很严肃很清醒的，幸亏那天喝酒市长高兴，要不批文可能下不来哩。国强说，其实要感谢你啊，雨晴，但官员们都是假正经，你也要小心点啊！雨晴眨了下眼，"放心吧，我的强哥，雨晴不是那种女人！"国强见夫人不在，偷偷在雨晴脸上吻了两下，欲火忽地蹿了起来，但他压住了，只对雨晴又说了一句：

"晚上我找你啊！"

107 贺玲、一清和秦岚一同回到大陆，正是初夏时节。飞机越过海峡，降落在北京首都机场，三个人都有一种共同的感觉：

啊！终于回家了！

只可惜顾义明老伯突感不适没能如愿成行。贺玲十几岁的儿子玉明正上初中，只好又托付给顾老家里。

在北京，贺玲已经没有了什么牵挂，妹妹和弟弟均已成家，妹妹仍在广东任教。弟弟在北京有一家工厂，继承了父母留下来的一个小胡同里的四合院，进出不太方便，但小院安静仿佛与世无争，几间青砖瓦屋虽然陈旧但不失坚固，弟弟弟媳两人在不同单位工作，但晚上仍回到家里。屋子里显得有点凌乱，听说城市改造这一片已被纳入规划，所以房子仍然保持着传统的模样。

第二十章　雾满龙岗

贺玲在北大荒时弟弟尚小，贺玲上大学、工作以后，回家较少，除母亲去世后回家，平时很难见面。因此刚开始的确有点陌生。贺玲更多的感觉是自己照顾弟弟少，年龄相差也大点，老有点歉疚。一回京就将弟弟弟媳叫回老屋，一家人见面热闹一番。贺玲把礼品拿出，这个送给侄子，那个送给弟弟，又专门把那一块精致的女表送给弟媳，弟媳感激不尽。末了又聊起陈年往事，说起父母为这个家庭遭受的不幸和辛劳，说得贺玲眼泪汪汪。姐弟俩这才显得亲近起来。秦岚见了，也不由得想起已经年迈的父亲和当村长的哥哥，心里想着回家看看。

接着贺玲陪着一清和秦岚，在北京整整游览了三天：一天逛了颐和园、故宫和天安门广场；第二天去了卢沟桥、圆明园，顺便带着大家去游览了一下母校北京大学；第三天去了八达岭长城。

初夏季节，北京风和日丽、蓝天白云、高楼林立、商贾繁荣，一派祥和气氛。

贺玲秦岚穿上了黑色的短裙和白、红色的上装，两位已经不算年轻的女人穿上时装，竟然像回到了青年时代。她们身材姣好，丝毫不显年长女性的臃肿，尤其是秦岚仍保持着姑娘般的身材。两人仿佛亲姐妹一对，不时引得广场的游人回眸。秦岚说啊呀，这一打扮，还真是两位美女呢！贺玲轻轻捏一把秦岚黑裙裹着的大腿说：

"你还是美女！"

秦岚高兴地趴在贺玲耳边说：

"两位资深美女！陪着一个哥哥！"

一清听了很惬意，笑着说：我真幸福！

八达岭上，远望长城逶迤，盘踞在了绿色山脊之上，真如长龙一般。山岭上红花簇簇在绿色中分外醒目。贺玲一路上讲着北京的历史和一些她知道的典故，包括闯王进京、孟姜女哭倒长城、八国联军火烧圆明园等。秦岚从未上过八达岭，此刻心潮涌动，忽然间庆生的影子袭入大脑，庆生曾给她说过登上长城的感觉：万里长城蜿蜒千里，巍然于祖国北部，俨然一条中华巨龙！据说在月球上唯一能看到地球表面的物体是长城。但长城是为防御北部匈奴人而修的，如今长城内外民族纷争的时代已经过去，留下的是一部民族战争史以及中华民族坚忍不拔的史诗。秦岚想，何时大陆与台湾统一，我在台湾做的工作也就成为了中华民族的一部分，也可以洗刷我私自去台的屈辱啊！

"岚妹你在想什么？"贺玲打断秦岚的沉思问。

"想台湾海峡何时能用长城连接起来！"

"岚妹还是一位赤子啊！可敬可敬！"

"秦岚妹子这会儿还在想一个人吧？"一清突然插嘴说道。

秦岚脸上一丝阴影掠过，片刻，她说：

"想一个像一清哥一样的人，你和玲姐的幸福我真羡慕！"

"怪不得秦岚在台湾连个男朋友都不谈，原来早已心有所属啊！能告诉一下老姐那位在哪儿吗？"贺玲问道。

"那个人只在我心里，但是我已经把他忘了！"

一阵风吹来，秦岚的头发被风卷起来掠过眼睛，于是她揉一把眼。"玲子姐，你安排好后，我们就回一趟老家吧，我是探亲，你是寻根，好吗？"

"当然。我知岚妹着急，我们后天出发好吗？"

"太谢谢玲姐了！你让我认识了北京开了眼界，感受到了祖国的巨大变化，不虚此行，令人兴奋啊！"

一周后，直达鑫州的火车徐徐进站。站台上庆生夫妇、界生夫妇俩对表姊妹早已提前等候。庆生与贺玲是本家堂姊妹，加上妹妹秦岚回来，正好都由庆生接待安排远方归客。上官好认不得秦岚，但听说过。庆生的夫人秀琴悄悄给上官说："秦岚是庆生的妹妹，但更是他心中的恋人。"上官没听明白地点着头。一行人被两辆小轿车接进鑫州航天宾馆，庆生的秘书卓英和市委办对口分工、配合庆生工作的副秘书长梁斌迅速安置好了住宿房间，然后又一一迎接到餐厅。晚餐虽不奢华，但充满家乡风味的菜肴，让贺玲、秦岚赞口连连。晚宴充满了故乡的情谊和亲人间的温馨，庆生频频起身给堂姐、表哥和妹妹秦岚敬酒，给表嫂上官敬酒。加上夫人秀琴、秘书长和秘书敬酒，贺玲秦岚深感热情，也就举杯几次，表示谢意。席间，贺玲问起春月，庆生顿了一下说春月没在鑫州，今天外出没来，我一定会安排你们见面的。贺玲不胜酒力，许多酒都是一清代喝，东北汉子一清喝得豪爽，庆生自知不是对手，也就适可而止。说堂姐一路劳顿，今晚好好休息，行程我已安排，明天一早来接。等贺玲一行人安顿就绪，贺庆生走出宾馆，已是晚上十点半了。

回家路上，副秘书长梁斌说庆生书记，你太保密了，你这几个亲戚，尤其是春月老总大名鼎鼎，我们可从来没有听你说过。庆生说：你和卓英知道就行了，不要对外传播，我一贯要求这些亲戚们不要打我的旗号，更不许违法违纪，大家互不干扰。这次堂姐回乡，几十年没见过面，又是从台湾回来，故此热情接待，吃饭、住宿费用全部由我承担，你和卓英两人按我的意见办理。梁斌和卓英知道庆生的倔脾气，只是没吭声。夫人秀琴却抢话说："庆生你没喝糊涂吧！"

庆生说："我回家跟你说！"

回到家里，庆生酒已经差不多醒了。他有较好的酒量，是在青海牧区锻炼的，但庆生从不馋酒，适可而止，所以没有人见他醉过。秀琴说庆生醉是有根据的。总有那么几次，特别是在东江的时候，庆生一天接待了六批客人，每批接待时都得喝几杯酒，六批接待下来，庆生装了一肚子酒而没吃一口饭，晚上回到家里，终于吐了出来。夫人把脸盆接在床边，庆生过一会儿吐几口过一会儿吐几口。这样的情形总是有过五六次的，夫人虽说嫌恶心，但都是精心伺候料理，弄得干净利索。

秀琴说庆生喝糊涂倒是另有所指，她对庆生说住宿吃饭的费用自己承担的话很有意见。平时庆生来了同学朋友，刚开始都是自己安排，后来沾点公事的对公接待，庆生还从家里拿酒，想让公家少出点钱。他说这样心理平衡，因为那些酒多数也是下属们送的，实在推辞不掉的就放在家里，但庆生在家里从不喝一滴酒，所以来了私交宴请吃饭时就拿出来充公。但公家接待熟人朋友在市里也是司空见惯的，其他领导没听说自己掏过腰包，秀琴有意见就在这里。人家都没你觉悟高！你就这么操心着公家这么廉洁人家谁给你记着好了？提拔时还不照样吃亏？秀琴一肚子气，回到家里，就有些不快乐，更想到庆生对秦岚的那种亲热劲，无意中就添加了醋意，回家刚一坐定，秀琴就说：

"看你今天高兴的啊，一见秦岚就不知自己在哪里了！接待费还要自己掏，真是共产党的好干部！"

庆生知道秀琴只要听到秦岚就不高兴，今天这么热情接待她肯定更有气，妻子啥都好，就是见不得男人对别的女人热情，更不能容你对女性殷勤，她就是这个脾气，或者说就是这个性格。庆生忍住火气，劝秀琴说："堂姐秦岚她们从台湾回来，这是多大的喜事，我们的热情不仅仅是亲戚关系，也要体现大陆的亲情和大气，就像前次春月和你接待台湾兄弟一样，道理一样啊，你应当理解！"

秀琴一边用抹布擦着茶几一边说我理解，但就是见不得你跟秦岚的那份亲热劲。庆生说秦岚算是亲妹妹，如果一个人回来还得安排住在家里呢！这无意间的一句话却惹恼了秀琴：

"那好！你把秦岚接来家里跟你住一起，我离开就是了！"秀琴把抹布甩在了茶几上。

一股无名火忽地蹿上庆生的心头，他感到头开始发蒙，情绪难以控制：

"你怎么能这么不讲理、不顾大义呢？为什么一见秦岚就耿耿于怀呢？人都这个年龄了还这么个气量，你这不让人心寒吗？"

"你心寒什么？你心正热呢！见到恋人情人你心都不知有多热呢！"秀琴放下手中的活针锋相对、寸步不让地说。

"你混蛋！心胸太窄，器量太小！不高兴了，要去要留随你的便！"贺庆生愤怒是因为秀琴把秦岚说成他的情人。他至今都未把秦岚的云南遭遇告诉秀琴。秀琴一旦知道，非但不会理解秦岚还会对秦岚另眼看待的。

"好！这是你说的，终于说出口了，我明天就走，今天太晚了！"说完秀琴走进卧室"砰"的一声关了门。留下庆生一个人斜躺在沙发上苦苦发呆。庆生忽然感到全身无力、头脑发胀，感到这一生走错了一步路。当初要不是没有哪个姑娘敢跟他而偏偏黑眼睛的秀琴坚定不移、不顾家人和全村人的反对跟了他，那也许就没有今天这个结果；当初如果不把秀琴从农村接出来就有可能不是这个结局。秀琴太性硬了，性硬成全了他们，但性硬也成了今天矛盾的根由。当然，那个时候他与秦岚的关系还谈不上有任何恋情，因为秦岚当工农兵学员在云南上大学时庆生还在农村，后来做了公社通干。但庆生从来就没有想过自己会跟继父的女儿产生恋情，他对妹妹的好是哥哥的本分。当他中学毕业时，与秦岚接触中偶尔产生的心灵悸动也只是年轻人的正常反应，没有想到其他。而当他出手打了继父一巴掌后秦岚愤怒地质问、举起拳头和在他怀中颤抖时，庆生也产生过一种难以名状的冲动。后来秦岚多少封信中隐隐流露出来的感情庆生也曾意识到过，只是那时秀琴已经闯入了他的心灵。但现在，秦岚妹妹多么需要心灵的抚慰和创伤的抚平啊！秀琴你怎么连这些都容不下呢？

庆生痛苦地用手蒙住有些发烫的额头继续想：我的婚姻是幸福的吗？应当说是幸福的。秀琴一生忠于他，一生勤奋持家，生儿育女，操碎了心，承担起了家庭几乎所有的家务担子，一心支持他的工作和进步，她没有错啊！难道贫困中的患难与共不是爱情？抑或是爱情做了贫困的奴仆，我在重拾青春时代的迷恋？要说我们之间的矛盾，一是妻子性子太刚，再就是他后来确实对秦岚产生了恋情，香港上水之夜，虽然没有发生肉体关系，但从此后秦岚就在心里占据位置。庆生常拿秦岚来比较秀琴，感到她们两人都对他好，若论生活秀琴好，若论理解秦岚好。贺庆生内心自忖：我心目中理想的人究竟是谁呢？恐怕应当是秦岚。而秀琴只是个文化很低的女子，许多事情莫不与此有关。但这你能怪得了她吗？他对秀琴说过，如果你上个大学，不说大学哪怕上个高中，你就是个了不得的女子，因为你有武则天一样的性格啊！但秀琴有时那尖刻的语言，乃至于教育子女的简单方式，都常常让庆生失落。两个优秀的女子，都让庆生遇到了，秀琴是多年夫妻，秦岚已经为他独守孤身，怎么办呢？

庆生终于感到头慢慢不疼了，身上也暖和起来，突然见秦岚推门进来，见他躺在沙发上，叫一声庆生哥哥就哭了起来。接着飘身而出，急得庆生大声喊着"秦岚秦岚"，出了一身急汗，却是做了个梦。

庆生睁开眼，面前站的是秀琴，身上盖着夏天用的薄毯，这才知道是秀琴给他盖上的。他说："我做梦了！"秀琴说："梦里还喊着秦岚秦岚，是不是人家把你甩了？"庆生长叹一声："好梦难圆啊！"

庆生知道，他没睡下时，秀琴是不会睡下的。他看见秀琴穿着睡衣还在等他，气也消了。就说，都睡吧，明天还得安排！两口子脱去衣服，盖上各自的被子。床宽，两个人各盖各的被子已经习惯了。

第二十一章　根在何方

108 第二天七点半，庆生准时到了航天宾馆，还没见到贺玲，却见到了春月母女两人。春月一见庆生就大声说：

"哎呀，我的书记兄弟，你这就做得不对了，老姐没得罪你吧，为啥贺玲回来你不给我说一声呢？要不是昨夜里秦岚给我打电话，我还蒙在鼓里呢！"

庆生只是说对不起春月姐，我是想先把她们接下来安顿好后就马上通知你的。春月拍着皮沙发扶手说：

"告诉你吧书记兄弟，我跟贺玲的联系也不是一天两天了，你别一手遮天瞒着老姐，你知道老姐脾气不好，会骂你的！"

庆生说不出话来。自锌冶公司刘文山被杀案至今，他已经为案件侦破熬了几个夜，这个无头案很蹊跷，凶手几乎毁掉了所有痕迹，而现有证据中，疑点最大的却是春月的公司和春月本人。但庆生不相信春月会为利益出此下策，而且自己也洗不干净。春月的公司与刘文山确有矛盾，但在私人关系上春月与刘文山并无过节，春月有恩于刘文山，而刘文山因春月而发展，如果春月指使凶杀刘文山，岂不等于公然暴露自己吗？当然人为财死鸟为食亡，这个千古定律也还是没有过时的，但凭着庆生对春月根底的分析和性格的判断，他怎么都不会相信是春月杀害了刘文山。

"春月姐，有些事你也知道，兄弟我也有为难之处，有时还真得请你谅解呢！"

"噢，看来书记兄弟也信不过我！明着说吧，我与刘文山有经济上的矛盾，那小子背信弃义，要说该杀！但我绝不会杀他也绝不会派人杀他，我觉着不值！"春月敏感地顿了顿，看周围无人，接着又说："别看你管着政法，你那个队伍，稀松！老姐跟你打赌，你能破案，老姐负荆请罪！你破不了案，老姐罚酒十杯事小，只怕你前途受阻，影响不小呢！"

当天正好是周五，市委通常都是把常委会放在周五召开，但那天尚无市委办通知，起码上午不会开会。于是庆生便同车拉上贺玲秦岚，一清坐春月的汽车，两辆小车便向江南的周南县驰去。

江的北边，似有些烟雨濛濛，天空飘洒着雨滴，像要诉说什么。但车一过江，南边却是彩霞满天艳阳高照，好像专门迎接亲人回归。这种特别的天气景象，大约是因了这条汉江的缘故吧，但又有点像人生，甚至像许多的社会现象，贺庆生这么想着。

贺玲的父亲贺亚新早年离家，几十年间生活坎坷，兄弟间联系很少，还是"文革"前回过一次，见了在一所职业中专学校任校长的三弟贺成义，兄弟唏嘘，各叙思念。此后"文革"十年音信中断，兄弟俩都遭遇批斗，亚新自杀，成义"文革"后仍任校长，二十世纪八十年代初病故后埋在故乡。这一门亲弟兄三人皆已过世，后辈们联系甚少，只是到了某些特定时日，县里才邀请贺立挺烈士的亲属们参加一下纪念活动。但贺玲是第一次回父母的故里，确算是有些寻根之意。到了县里，亦只是一位县委女副书记出面接洽，第一站就先去紧靠县城的贺湾村。几十年发展后，贺湾村已与县城相接，一条宽阔的过境公路由东向西而去，贺湾村中的贺立挺烈士故居就坐落在公路南五百米处的村头。庆生贺玲秦岚等一行人在吴副书记带领下步行到烈士故居。

这是一处周南县解放前的民居院落：四合院由一大门入内，正屋四间瓦房坐南朝北，两厢是灶房和放农具的柴房和猪圈，天井由青砖铺成。大门上书"贺立挺烈士故居"，正屋中有父母卧室、儿女卧室、堂屋。由于经年日久，房屋显得破旧，已与当地新建的现代民居格格不入，县里出钱雇请一位当地同姓老人看管，权当一守夜更夫。由于没有资金投入，也由于要保持故居原样，就只好由它风雨吹打，在岁月中飘摇欲坠。

贺玲一行在大门前驻足，默然致敬，秘书为大家拍照留念，然后参观了故居的房间及陈设。贺玲想象不出她的大伯和父亲当时是怎样在这里生活的，更没想到的是故居如此破败风雨飘摇。庆生知道贺玲此刻的一些想法，说怎么样保护好文物又不致被毁，这点我们做得不够，这条路还是我要了点钱修的，县里已经把故居重建纳入红色旅游线建设项目，相信以后会好些的。贺玲点头，记在心上。贺玲给了守护老人三百元钱说感谢您的辛苦，给家人买点东西吧，老人感激得抹着泪水。后来才听县委副书记说那老人是个孤寡老人，但身体尚好，县里每月给两百元钱，老人已经看守院落三四十年了。贺玲听了就为老人有些伤感。贺玲提议走访附近几户群众，请他们谈些村里的过去，庆生说他来过几次了，这附近的住户有姓鲁姓刘的，贺姓反而不多了，原因是这些年贺湾成了县城近郊，不少外来户入迁，加之贺姓后人不少外出，村里老人存留寥寥，几乎没有几个能说清贺湾村历史的，更别说讲清楚贺氏家族的人脉关系了。庆生突然记起一人，鑫州大学现任院长贺玉宁，听说是贺湾贺根存一门的，那就与贺玲关系更近些。贺玲马上记起来贺玉宁曾与她通过一次电话，说起过家门关系，但贺玲当时还不清楚就没深问，现庆生提及，就想着抽空一见，庆生说我来安排。

真正对贺湾及贺姓家世了解较多的，反而是庆生的舅母、云峰的发妻蒋文英。蒋文英年近八十，四世同堂，正值年轻时与云峰姐姐凌芬相处较多，姐夫贺文雍对这个妻弟媳很好，就常在一块儿说起家族之事，文英年轻记性好，就记住了贺湾四大家门。说贺玲你们是大门贺根存之后，贺根存也是四个儿子：立、梁、庭、义。你爸为老三，但老二打仗死得早，你爸就成了实际上的老二，亚新是你爸上学后自己改的名字，实际他本名叫厚庭。贺玲听了知道她所说为真，因为她知道父亲确曾叫过厚庭一名，父亲也曾以"厚庭"一名写过一些文字。就对这位老人备加感谢，送老人一支玉镯祝福寿比南山。文英思维清晰，记忆力惊人，就讲了许多青年时代与庆生母亲的往事。贺玲这才知晓了庆生的身世与自己相同，不由对庆生更起敬意。

下午，贺庆生赶回市里参加了市委书记办公会，就没有去陪贺玲。但他交代好，在县由吴副书记全程作陪，秦岚跟随，回市由卓英秘书按计划安排，让贺玲秦岚回来多走走看看。秦岚可根据情况随时回家看望父亲和哥哥。交代好后这才驾车离去。

当晚八点，庆生结束了一天工作，安排好下周要办的事情，一想明天是星期天便又赶去看了舅母文英，就与贺玲长聊起来。这时秦岚已经外出一阵，两个贺

第二十一章 根在何方

湾的堂姐弟说起父辈们的命运和自己这辈的坎坷，似有说不完的话题。贺玲已经沉浸在对往事的回忆中，她说爸爸亚新那年回过故乡，看到那时村里人家家断炊上山砍树、砸锅献铁吃大食堂的火热景象，怀着一肚子疑惑回京。那时全国"大跃进"，放卫星超英美，以后听说饿死人父亲就再也没有机会回去。最后一次是临死前，爸爸叫我到他写检讨的桌前给我说：

"玲儿，爸爸带累你们了，如哪天有机会，你还要回贺湾看看，那里毕竟有过革命的火种，那里是我们的根啊！"

见贺玲因为父亲后来投湖自杀此刻伤怀，庆生深有感触地对贺玲说：

"玲姐你这次回贺湾就算是圆梦寻根啊，虽然我们境遇不同，但也都有过幸福的童年和辛酸的青少年，我们经历过坎坷没有倒下，是前人的精神支撑了我们，是人民群众在最困难时候给了我们关爱和生存的力量，就是像一清和秀琴这样的真挚和善良，才成就了我们的坚韧和奋斗。我想，这样的真挚善良不就是我们民族千百年的血脉和传承，不就是我们的根吗？"

此时，窗外万籁俱寂，舅母文英一家已经睡熟，只有无垠的星空在听着他们的话，两个贺湾的后代激情澎湃浮想联翩，贺玲激动地站起来伸出手说：

"庆生，你比我站得高想得远，这方面，我得以你为师！"

庆生紧紧握住堂姐的手，内心翻卷起滔滔巨澜……

109 秦岚回到周南的当天晚上就借故回阳坝看了父亲，她怕贺玲要去，就在贺玲跟舅母文英与国强夫妇热聊之时，说一小学同学有约，得趁晚去见一下，独身悄悄去了阳坝。其实阳坝村也在城郊，打出租车十分钟就到。秦岚回家让父亲秦光明感到意外，因为他没听说女儿要回来。女儿已经好几年没回过家了，秦光明满头白发，卧床不起已经两年，儿子柱子当了村长曾让光明自豪了几年，他腰板挺直，见人声音洪亮。但就是儿子忙，儿媳也顾他不上，就成了家里多余的人，但光明不甘寂寞，近七十岁了又找一老伴，引得儿子儿媳极度不满，没过两年老伴离他而去，光明又成为一个多余的人，这些情况秦岚多少知道一点，也对父亲七十再婚很表不满，于是除了寄些钱外，也就几年不回。倒是光明年老思女，人都说女儿是老人的贴心背心，但女儿远在千里，顾他不上，而且光明感到女儿与他没有感情。也许他从来都对女儿关心太少，也许秦岚两岁多就由后母凌芬带大，总之对生父不如对继母情深。这点光明也知道。这次回家，光明已感到身心衰竭，估计将不久于人世，便颤巍巍伸出手表示要女儿拉着，秦岚把手递过去时，父亲的手却垂了下去，秦岚抚在父亲手上，看着父亲那已经干瘪的脸，泪水忍不住流了下来，说："女儿不孝，女儿对不起爸爸！"

光明挣扎着睁开眼睛，缓缓地对女儿说：

"爸爸知道，你恨着我。你后妈死了，我多活了这几年。其实我、也死了。阴间里，我见了你妈，要索……索命……见了你后妈，也不会理我……我……我欠了两……两个女人。"

秦岚一个字一个字地听着，许多往日的情景在脑子里翻卷，泪水逐渐停了下来。她从父亲的语言中听出，父亲对她的亲生母亲欠下了不可饶恕的罪过，也对继母欠下了深深的负疚。人之将死其言也善，父亲总算良心未泯，将死之际表达了自己的罪孽和负疚，也算是对上帝的忏悔吧！秦岚把父亲的手放入被子，轻轻地说："爸爸你睡吧，女儿就坐在这儿！"

光明竟然昏昏睡去。哥哥柱子仍未回来，秦岚找出纸笔，给哥哥留下一封短信：

柱子哥你好：

　　当你回到家里时可能我已走了。

　　父亲年龄大了，看来已难熬过冬天，妹妹不孝，相距太远，只盼哥嫂尽孝细微，尽孝送终。妹妹不胜感激！留下三千元钱，以表心意。

　　另：人生不易，忠党爱国，厚德厚民。切记前辈教诲，走好自己的路。不贪不占当好村官，亦算不负选民所托。妹妹亡命天涯，仅此余想，盼哥顾念。

　　　　　　　　　　　　　　　　　　　　妹秦岚即日

写完信，秦岚取出三千元人民币装进信封，放在信纸上面，看见父亲正在昏睡，就悄声告诉嫂子说我回县城去了，远方人等着。嫂子见信、钱已留好，知道劝也没用，就悄悄送秦岚出门。出租司机已在车里睡了一觉，等秦岚一进车门，就顺着门前的小路缓缓向县城公路开去。秦岚在心里说：

"别了，我的父亲、哥哥；别了，阳坝！秦岚只为一错，今生漂流，情此一生，死不还家！"想着，泪水不由得又潸然而下。

果然，后来秦光明去世时秦岚因故无法再回，只好发唁电寄一些钱，算是给父亲送葬了。

回到县城时已经午夜，贺玲送走庆生刚刚睡下，见秦岚回来，又坐起身来，对秦岚说你有一个好哥哥庆生，秦岚点头。又说你与庆生是兄妹，但怎么很少听到你说过去的事情呢？回来后去看父母了没？到庆生哥哥家去了没？甚至问起秦岚为啥至今不结婚呢？不是因为工作忙碌吧？贺玲一连串的疑问反倒使秦岚刚刚忍住的眼泪又悄悄流了下来，好在夜里灯光可以掩饰一下。秦岚抹了一把泪水说：

"玲子姐，请你明天陪我去母亲灵前烧烧纸，好吗？凌芬是我的好继母，以她的柔弱培育出了一个坚强的庆生哥，我终生不会忘记她！"

秦岚慢慢停止流泪。贺玲在对面的床上倚着、静静地听：

"我和庆生哥哥不是亲兄妹是可以结为夫妻的，我也从小就发过誓要嫁庆生。但天不作美，我们天各一方，无法相聚。我们都有坎坷的经历和辛酸，但我怎么也忘不了的是母亲和庆生哥哥给予我的爱，那么真挚和无私！我深信庆生哥哥是爱我的，这是我活着的支撑，也是我不愿意也顾不得婚姻的理由，我甚至认为是唯一的理由。"

听着听着，贺玲也不由得泪眼婆娑起来，她想到自己，想到了一清，想到了北大荒的岁月，也想到了母亲。自己的母亲和庆生的母亲一样，一辈子含辛茹苦，正当可以过上好日子时却离开了人世。她们没有奢望，只是盼着儿女们能不受折磨过上好日子。她们含笑九泉，因为她们的儿女们今天已经成长起来。我们这一代共和国的守望者，虽饱受生活之苦，但比起夺取胜利建立共和国的老一代，比起我们的父辈们，已经很幸福了。但守业的担子已经压到了我们这一代人身上，我们就必须承担起来，就得像庆生这样，能担当起脊梁的责任担子。坎坷的生活造就了我们这一代人的忠诚和品格，像秦岚这样的女子，又何尝不是一种忠诚的典范呢？而我们的法律为什么在善良和弱者面前却显得软弱无力呢？

贺玲以其深厚的文化和法律功底，在心底发出一连串的疑问。

一阵沉默。秦岚以最少的语言，勾画出了一幅时代命运的风俗画：两个相同命运家庭的组合，仍旧在历史车轮的辗压下苦苦挣扎，在茫茫的人海中演绎着人生之梦……

第二天，秦岚、贺玲、丁楠，又接来了庆生的姐姐贺珍珍，几个女人一路买了香蜡、白纸和小鞭炮，一同去了位于南山上的公墓。南山公墓背靠大巴山系，身后是层峦叠嶂的逶迤群山，北望是汉水之滨的汉江平原，墓园苍松翠柏环绕绿树成荫，几十排墓冢石碑林立，有些杂乱。这里已是县里开发的一块公墓，起码已经容纳了几千个灵魂入驻。母亲去世后庆生就把父亲留下的照片连同母亲的骨灰安放一处，刻下一块石碑，占地不足五个平方米，但面朝着周南县城的贺湾方向，坟头种的两棵青松长得枝叶繁茂，庆生每逢节日总要来祭祀一番。贺玲虽与庆生及父亲贺文雍不算至亲，但也是同堂子孙，且听秦岚和文英舅母讲了家世，对贺文雍和凌芬的身世充满同情和敬重，乐意到此祭拜。一行人跪地叩头、烧香烧纸，各人所念不同，唯见秦岚流下两行泪水，秦岚跪在母亲陵前，心里默默地说：

"女儿未能尽孝，只盼母亲在天之灵保佑庆生哥哥一帆风顺、身体健康！女儿只要回来，总会来看望母亲！"

当晚，在庆生安排下，举行了与贺玲夫妇告别的宴请。逢秋夫妇、春月夫妇、贺玉宁夫妇、贺玲夫妇，以及国强丁楠和在家的几个晚辈，连同庆生夫妇和专门由秀琴请来的台湾三兄弟的叔伯等十七八个人，围坐在一个能容纳二十人的大圆桌前，一番浓浓的家人情谊，又一次真挚的亲缘亲情叙说，让贺玲、秦岚倍感亲切。尤其是鑫州大学校长贺玉宁见了通过几次电话的贺玲，虽都年过五旬，但都精神矍铄，十分高兴。贺玲知道了玉宁系同堂姐妹之辈甚为欣慰，感到贺家后继有人，人才辈出。玉宁劝贺玲多留几日，陪她好好转转。贺玲说离台已近十天但至今未回东北，必须抓紧时间回东北看望家母。庆生见玉宁苦留不住，就说我们体谅一下玲姐，也留下一些遗憾，下次再回。贺玲说我们还有机会，我们下次相聚台湾咖啡屋，来一个两岸煮酒怎么样？贺玲的提议得到了庆生、玉宁、秦岚和春月的高度赞同，春月举起酒杯说：

"来！为我们贺赵两家的亲友们举杯！为贺玲的提议、为台湾的煮酒相逢，干杯！"

大家一起响应，又是连连几杯。一个家庭宴会，使得亲情融汇交流，大家畅叙情怀。那晚，贺玲想了很多，后来还多次回忆起回村的见闻，尤其是与堂弟贺庆生的深夜畅谈，让她感到了思想的感动和升华。

要不是这次宴会，就不会有几年后的台湾煮酒，也就没有了后来贺玲的回归。

第二天贺玲和一清告别了大家，乘飞机从北京到东北，看望了年迈的婆母，专访了皇姑屯的乡亲，又是一番情义的纠结和叙怀，这是后话。

秦岚没有走，她还计划要去云南，去看望母校的师友，回一下外办。但她的计划还未来得及实现，一场深远地影响中国历史的大地震把她拖住，让她的心灵经受了一次重大的刺激和震撼。

110

庆生送走了贺玲夫妇，就把秦岚接到了家里。夫人秀琴有些不悦，想想刚为秦岚与庆生争吵但也说不出啥，就没表示反对也没表示赞同。她知道，庆生一旦决定了的事她是不能更改的，何况秦岚毕竟还是妹妹。就在家里把儿子的房间整理一下，换上新洗过的被褥。秦岚开始不愿住哥哥家里，她想父亲那里已经看过，柱子媳妇是个嗜财之人，她早年离家，对那个家已经陌生，就是看什么时候跟庆生哥哥深聊一次之后就去云南。但见庆生一天忙得顾头不顾尾，也就忍住，正好庆生说去住在家里，秦岚想着嫂子的猜疑本不愿去的，又想我不曾得罪嫂子，且秀琴大面上还是大度的，自己又是妹子，回去住了可能会有点时间跟庆生谈谈，于是便答应暂住几天。

秦岚住下后才感到，哥哥庆生的家远比她想象的大陆官员的家庭要差许多。一座不足百平米的房屋陈设十分普通：客厅是一个卧室加阳台改造的，大约不到二十平方米；庆生夫妇的主卧也是一间卧室加阳台改造的，十八个平方米还算宽敞；余下的就是一间小卧室，供儿子住宿；一间小书房，均不足十二个平方米；餐厅只有十个平方米，小厨房还是由后阳台改造而成的。家里也没个像样的家电。但是住在一楼，后面有一个十多平方米的小院，可摆存杂物等。比起台湾的官员，恐怕是要差一个档次的。秦岚就住在安置好的小侄子的房间。

庆生两天开了五个会，工业开发区的汇报会、统战部的人事通气会、鑫州区的协调会、计划生育领导小组会，还有公安上的案件汇报会。庆生曾计算过，自己担负的各类临时非临时领导小组、协调小组等职务有三十多个，有的是组长，有的是副组长，挂组长的是第一位的责任，挂副组长的是具体领导责任，因为组长是党政两个一把手，所以他都一点儿不敢马虎，一点儿不能松懈。

　　这天上午，公安局李局长专门被庆生叫到办公室汇报锌炼厂老总刘文山被杀案的进展情况。局长说此案进展很不理想，好像案情很复杂。第一，刘文山没有与他人发生过经济纠纷，没有他杀理由；第二，刘文山没有婚外情，没有情杀可能；第三，刘文山家庭经济状况较好，无内外债务，无经济压力，没有自杀动机；第四，刘文山与厂班子内部副职关系相处和谐，亦无被杀缘由。但刘文山却被杀在家里的沙发上，是用绳索强勒而死。那么谁能进屋？谁能动手？刘文山反抗亦无痕迹，而室内绳索和凶杀的痕迹也都灭失，地面经过清洗，除了留下几个拖鞋印外毫无残留。调查的唯一嫌疑是刘文山曾因办厂和收购问题与鑫钢的春月老总发生强烈冲突，赵春月就有相当大的嫌疑。但经过调查，一是春月曾与刘文山合作，交情较深，并无私人怨恨，春月公司资金雄厚，不会为收购锌厂达不成协议而动杀机；二是春月在案发当日一切活动均有证据。没有作案动机，作案时间也无法确立。局长说作案者好像颇具反侦能力，使得此案迷雾重重，难以进展。

　　庆生仔细听取了汇报，并与局长对一些案件情节反复分析，推想出几种可能，但仅是一种臆想，只能作为分析与假设。庆生说会不会是雇凶杀人？如有可能，则春月公司有更大嫌疑，你们可以采取侦查手段，深入调查取证，不管涉及谁，都要尽快破案，把凶手绳之以法。说到对春月公司采取侦查手段，局长面露难色，悄声说："听说春月公司有您熟悉的人？"庆生说："对局长我可交底，赵春月是我表姐，社会上没人知道。我既没为她办过事，也绝不袒护她犯罪。我谈的你们可以采取侦查手段就是指对嫌疑人可以采取的一切公安破案手段。当然有些需要报批的得按程序进行，这就是我表明的态度。"接着庆生又说："在案件侦破之前，请你注意不要扩散我与赵春月的亲戚关系！"局长点点头，"这我知道，我完全相信您！"

　　午休一会儿，一般情况下庆生只睡十多分钟就醒来了。午休是庆生的习惯，休息十分钟，下午就会精力充沛。庆生醒来一看，离两点上班还有一会儿时间，就倒杯水喝了一口，然后打开电脑，想借机浏览一下当日的新闻。正看着，突然间，电脑发出了很强的鸣叫声，一下子上不了网。他想是否是黑客侵入？接着又想会不会是隔壁建筑公司在打地桩产生的轰鸣？仅仅几秒钟，庆生感到办公室摇动起来，坐不稳椅子，接着电脑眼看要掉庆生赶紧按住，电脑却又回到了原位。

第二十一章　根在何方

庆生意识到了，是地震！他想得赶紧通知大家撤离，但此时办公室摇晃起来，站立不稳，看来已经出不去了。于是庆生想起自救办法，就钻进办公桌下，一手拉住办公皮椅的腿。这时候，庆生好像感到憋着的胸口在一个个的巨浪里打着漩涡，又像在海浪中忽上忽下。庆生心里说："再也不能摇了，停下吧！"接着又是几秒钟的摇动，接着大地恢复了平静。庆生这才从六楼办公室下到大楼前。只见百多名机关干部都处在极度的惊吓中，市委书记拿着手机，信号中断了。庆生是最后一个走出大楼的，第一书记靳强一见到他，就告诉他立即召开紧急会议。庆生随即找出人群中的秘书长吩咐道：

"召集市委常委会，紧急通知四点开会，人大政协领导参加！"

市委紧急会议决定了四个事项：一、立即成立抗震救灾领导小组，书记任组长，市长、副书记任副组长；二、立即分查灾、救灾、工作三个班子，由分管领导负责工作运行；三、迅速恢复城区供电、供水和通讯；四、及时向省委报告灾情信息，听取省委指示。当晚八时，庆生按照市委领导的分工要求，立即冒着余震的危险，驱车一百二十公里，赶赴到离震中最近的中宁县，晚上十点，召集了县委又一次紧急会议安排救灾部署。县委政府大楼均发生严重裂缝，供电、供水和通讯全面中断，办公人员全部撤出，县委在办公大院搭起临时指挥部，会议在救灾的露天帐篷中进行。

庆生传达了市委紧急会议精神，要求县委政府动员全县干部，层层带头，亲临重灾地方查看灾情，安抚群众，组织抗灾；全县干部总动员，全面落实各级责任，在紧急关头要冲在前干在前，给群众做出榜样。会议初步汇报了目前掌握的灾情，进一步明确了县级领导的责任，安排了下一步工作任务。会议快结束时，大地又摇晃起来，会议发生骚乱。庆生临危不乱，说：

"我们都是共产党员，现在是检验我们的时候了，就是面对死亡，我们也要走在群众前头！明天我去中川镇，哪位不怕死的领导和我一起去？"

只见蜡烛光影摇曳下，几十个拳头举了起来。刹那间，庆生感觉热血沸腾，感到浑身充满了力量。他眼睛有些湿润，思绪在急剧翻腾：有党的中流砥柱，有这么多的好党员好干部，何愁困难大，何惧地震灾害！

县委书记毛永明过后说，庆生书记在第一时间赶到灾区，使我们有了主心骨，使群众看到了榜样，看到了一个真实的共产党人的形象。

111 第二天天刚麻麻亮，已在县城查看十余处灾情、走访十余户群众的庆生只打了个盹，就又驱车五十公里，与县委书记和一名副县长及部门领导赶到了中川，这是灾情最重的乡。一路上几次余震，丝毫没有阻拦庆生一行的决心。当太阳升起、人民刚从惊恐的梦中醒来时，庆生已赶到了中川镇镇政府。当他看到一批房屋被毁、街上楼房裂开大口、好几处楼板斜吊在房梁时，庆生问镇党委书记：

"群众撤离完了没有？"

镇党委书记说还有少量群众舍不得坛坛罐罐，一些老年的爷爷奶奶不愿离家。庆生严肃起来道：

"生命高于一切！必须竭尽全力抢救被埋被困人员，必须说服群众坚决撤离，这是第一任务，必须完成！"

接着就让人领着去没有撤离的群众家里。一位战战兢兢的老太太呆坐在家里。庆生说："老奶奶，这里危险，赶快离开这里！"怕那老人听不清庆生又重复一遍，老人说："我老了，反正有走的一天，无所谓啊！"旁边的县委书记告诉老人："这是我们市里的贺书记，是来看望灾区群众的！"老人抬眼看了一下庆生，说：

"那你是大官吧，你快回家看老婆孩子吧，别管我老太婆了！"

庆生拉住老太太的手说："您就是我们的老奶奶，您今天不走，我们这么多人也都陪着你吧！"贺庆生看着房子豁出的裂口又给大家说："人民群众是我们的衣食父母，危难时候群众生命高于一切！"看老太太还是不动，就说："来吧，把老人给我背上，必须离开危房！"老人这才站起身说："我走，我走，哪能让人背哩！"

县委书记毛永明激动地对镇上干部说：

"就是贺书记这个样子，背也要把滞留在家的群众全部撤离出去！"

此后不到两小时，整个镇区街道的群众全部撤离到镇中学操场上搭起的临时帐篷中。下午，又一次余震中几处危房轰然倒下，避免了可能产生的伤亡。

下午，庆生又带领一支队伍赶赴中川镇最偏远的村落，看到一片片土坯房全部倒塌，一群无家可归的妇女孩子见到领导，齐刷刷跪倒在地，庆生赶紧扶起大家，高声给乡亲们说：

"乡亲们，我们是市、县委派来查灾救灾的，后面的救灾物资很快就到，有

第二十一章　根在何方

共产党在，就有饭吃有房住，我们与大家同甘共苦！大家要振作起来，齐心协力，抗灾救灾，就一定能战胜灾害！"

跪着的人们看见市委领导和大家一起，不怕还在发生的余震，与大家一起抗灾，也就行动起来，组织起来了。

庆生安排把几名重伤群众用汽车送回镇医院，赶紧又向另外一个村子走去，一直到晚上七点，太阳快要落山时，才吃了一天中的第二顿饭。吃完饭，又给村干部们做了安排后才返回镇上，按预定计划，去镇医院看望了几十位受伤群众。

在医院，庆生有些疲困，突然一个熟悉的影子出现在眼前：

"秦岚！是你吗？你怎么来了？真是你呀！"

庆生大声叫着，对一位身着浅灰色女装的女士吃惊地喊道。

秦岚转过身来，一脸激动和神秘：

"我是老天派来的，被风吹来的！被一种力量驱赶来的！"

庆生也顾不了许多，对身边工作人员介绍说这是一位台湾记者，既然来了，也让她感受一下灾区吧。秦岚你可以跟着我们走，但不可以到处乱跑，因为你的身份特殊，这一点是纪律要求。

接下来，庆生让秦岚挨着记下每位伤员的基本情况、受伤原因、家庭人口、经济状况等，说了许多安慰的话。几十名受伤人员庆生都一一问过，一位年长些的村民拉着庆生的手说："感谢共产党，没有共产党我早就死在倒塌的房屋里了，是干部们把我挖出来的，这才保住一条命！"说着哭了起来。庆生说：

"人民是共产党的父母，党员是老百姓的靠山，大家放心，我们一定要把损失减少到最小，一定要重建更好的家园！"

秦岚目不转睛，捕捉着每一个面孔每一份感情，仔细地在本子上记下每一个姓名、家庭和情况。仿佛又回到了共产党的队伍，又是一位战地记者，她为庆生感动，更为人们的真情所感动。

夜已深了，余震仍在一次次地发生着，秦岚坐在庆生他们四五个人睡觉的帐篷里，正在给庆生说她闻讯赶来的经过时，庆生却已和衣睡着了。秦岚轻轻给庆生盖上一条薄毛毯，就在旁边的一张长条连椅上靠着睡了。

天快亮时，秦岚感到自己好像跳进了一个暖暖的温泉中，却见庆生满脸是血冲她走来，一急之下惊醒过来，原来是做了一个小梦，但身上却盖着她盖在庆生身上的毛毯，怪不得身上暖洋洋的。秦岚赶紧揉了一把眼睛，提上背包就跑出帐篷。一问，才知庆生早在半小时前就出去了，可能是到镇下街的河边，也可能是去看哪户群众了，总之他没有让人跟着他去。

秦岚果然在镇河边见到了庆生。

一片乳白色的晨雾中，秦岚一眼就认出那个正在望着流水沉思的人是哥哥庆生。一路小跑，秦岚下到了街下的小河边，只见庆生手扶早已建成的河堤栏杆，正在极目远眺想什么问题。秦岚悄悄走近，庆生竟然没有发觉。突然，秦岚双手一下子蒙住了庆生的眼睛，庆生却没动：

"秦岚，你还这么调皮，我知道是你！"

秦岚仍未松手，却问：

"那你为啥不喊我？"

"你睡得正香。你可以多睡一会儿。"

"我问你刚才为啥不喊我？"

"刚才我不知你来呀！"

"那你怎么就知道是我蒙你的眼呢？"

"我从你手掌的大小和暖热度判断应该是你。"

秦岚松开了蒙在庆生眼睛上的手。说你在这看什么？

庆生说看明天！秦岚说你能看到明天？

庆生指着河堤边的一片开阔地说：

"灾后重建，我们可以在这里建一片居民住宅区。还可以建起一个十多亩地的农民公园。你看看这片地够吗？"

秦岚顺着庆生手指的方向望去，果然那儿有一片斜坡，用推土机推平，就可以盖一长排民居，用斜坡推下来的土回填几个荒芜的土坑，就能够有一块新地，就是庆生所想的公园用地了。

秦岚想着庆生这么早出来转悠，竟想着未来的事。一方面为庆生自豪，一方面又认为庆生太理想化了，目前地震还不断，你还想那么多未来，简直是个狂热的理想主义者。秦岚下意识地说：

"庆生哥，你对理想还那么执着吗？"

庆生说："什么理想？"接着明白了秦岚的话。

"我就是个理想主义者，但我不是空想主义者。"

"你就那么相信自己的理想？"

"不！岚妹，我相信的不是自己的理想，我相信的是马克思主义的世界观和方法论。它可以透视历史，透视未来，给人以穿透力的眼光和宽阔的胸怀。我不仅仅是相信我们这个党，我更相信的是党的理论，相信马克思主义哲学世界观和辩证法。在这点上，我自称是马克思的忠实信徒！"

"哥哥，你认为我相信吗？"

"这要你自己选择！"

这时候，东方的曙光已穿透了乳白色的雾，天慢慢亮了起来。秦岚回答说：

"哥哥，我相信你，但不相信共产党那些干部！他们给了我太大的伤害！"

"不！岚妹，你说比起我们的父辈们，我们的那点坎坷和不公正遭遇又算得了什么？他们付出的是事业和生命的代价。而我们正是因为前人的曲折，才更注重选择好自己应当走的路，我们应当揭过历史的前一页，站在历史的高度和人民的立场来审视过去、今天和未来，不知岚妹同意我的观点吗？"庆生激动地给妹妹说这通话，自己十分认真。似乎，连他自己都不可想象，在地震刚刚发生的第三天，面对着自己的妹妹，他竟能说出如此冷静而激越的话。

秦岚对庆生这些话基本是理解和赞同的，但她的确还不太懂得哲学和辩证法，她学过一点，对英语可以触类旁通，但却对哥哥说的什么哲学什么辩证法知之甚少。

庆生理解她，不怪她。庆生知道她是个好妹妹，刚才的沉思中甚至也想到她。而且，在庆生心目中，很多时候秦岚就是他心中的理想妻子。但他是哥哥，如果与妹子谈恋爱那就是不伦，尽管是异父异母，毕竟是一个家里的妹妹，但对秦岚自己却还总有些牵肠挂肚。

这时候，庆生感到辩证法甚至也说服不了自己。

秦岚告诉庆生，当她知道庆生在地震当日晚上就赶赴重灾县后，嫂子秀琴和她都非常不安。中午地震时，她正与嫂子在家，赶快跑出门外给庆生打电话但无法接通。只见房屋摇摆剧烈，眼看着要垮塌时地震却结束了。但晚上庆生走后，接连又震了几次，秀琴和秦岚就极为担心起来。秀琴说要不是家里有孩子，她就要跟着庆生一起去。秦岚说嫂子，我正想不行我去跟着哥哥，好歹也可为他做饭洗衣服跑跑腿啊！秀琴这时已顾不了许多，又不知庆生在外多少天，巴不得秦岚把她的关心带给庆生，于是就赶紧准备了几件衣物，又跟市委办联系到一辆去中宁的便车，秦岚便一路顺风地赶到了中宁，之后又赶到中川镇，接着就跟着大家照顾伤员，帮助群众抢救一些财物。没想到晚上正好见到哥哥，一时高兴无比，与庆生一起逐个看望伤员，逐人了解和记录情况。等到在帐篷中想告诉他这些情况时，庆生已经疲倦地睡去。

庆生听了，也对夫人秀琴充满了感激和理解，更对秦岚在这个关键时刻的勇敢表现感到安慰和温暖。但此刻容不得丝毫的个人感情，说既然你已来了，就多接触群众多做些群众工作，顺便掌握些灾区的第一手资料为写作和报道积累素材。秦岚一一答应。能跟着庆生一块儿为灾区人民工作，秦岚充满了激情和自豪，她了无牵挂，假期还早，这一线灾区灾情能亲历亲闻，亦可在国际报道中宣传出去，将产生多大的影响啊！秦岚此刻好高兴有这个机会在灾区和庆生在一起。

秦岚的脸，在初升的太阳光中显现着激动的光芒。庆生仿佛看到了几十年前的妹妹，而且在秦岚眼中，庆生还读出了一种特有的情怀。这种火热和真挚的感觉，让庆生充满了勇气，平添出许多的力量。

第二十一章 根在何方

287

第二十二章　欲望之门

112　春月已被鑫州市局公安刑侦队传唤了三次。春月和盘托出了她当时与刘文山经济纷争的由来，以及与刘文山在鑫钢的共同奋斗中结下的情谊。她反复强调说：我没有理由，而且也没有必要去杀害与自己共过患难、虽有矛盾但情同姐弟的刘文山。办案的同志全面分析了案件线索和证据，很快排除了春月作案的时间，因为她在刘文山被杀的那个时段正在厂里开会、与客商会谈，证据确凿，这就排除了春月自身作案的可能，但是否雇凶杀人，目前尚无任何证据。

公安局长李鸣有庆生书记的指示，在盘查了各条线索、分析了各方面情况后，才决定传唤春月，因为目前唯一的嫌疑人就是春月及春月公司。李鸣指示分管副局长和刑侦处长务要谨慎，扎实取证，绝不能有任何疏忽。他从贺庆生书记那里已知道庆生与春月的关系，就更为慎重行事。正好两天前分管公安的常务副市长柯明过问案情，要求尽快破案。虽为一普通凶杀案，但时间已过月余，案件毫无进展，也让他这个公安局长有点寝食难安，不得不亲自操心过问。庆生指示他可以采取侦查措施，他本想安排对春月本人的通讯进行监控，但春月是省政协委员，采取技侦手段要得到批准，况且在没有任何证据的情况下采取技侦手段也是不被允许的。但迫于案件进展的压力，他安排刑侦处秘密调查，必要时传讯春月。

春月在公司办公室两次接待了公安同志，就询问事项如实、无保留地回答并且在问询笔录上签了字。春月是个爽直坦荡的人，不但说了刘文山的性格和她对刘文山的小瞧之处，也说了她与刘文山虽无经济纠葛但为收购锌炼厂产生矛盾的实情，公安同志对春月的爽直和回答十分满意。

春月惊奇和迷惑，她估计刘文山可能与谁人结仇或者与人有利益冲突。所以当公安调查询问时，她就毫无遮拦地把所知和盘托出。原以为这事与己无关就此了了。却没想到后面公安机关竟连续几次传唤，春月这才感到自己被当作了嫌疑对象。她十分恼怒，又十分窝火，更恨刘文山生时背信弃义、死了还找麻烦。但春月毕竟是春月，没做亏心事不怕鬼敲门，关我屁事，随你们查吧！

这天，又有一批原来一次性安置了的工人找上门来，说是安置费太低，几年已经花光，现在日子没有着落，要求钢厂帮助解决。春月早就听说大庆油田铁人王进喜的战友也有被一次性安置的，如今也要求恢复工作。心想真够烦的，当初是按国家规定安置的，现在成了社会人国家却不管了，工人还回企业闹事，中国的企业特别是民营企业也真难。烦心窝火的春月抓起电话，拨通了表弟庆生的手机，只听"嘟嘟"声就是没人接。春月更火，好你个庆生，老姐打个电话你都不接，老姐偏不饶你，接着打。

直到两小时后，庆生把电话打了过来，连说对不起，中午一出去没闲着，这会儿一看有十几个未接电话。春月又有点火起：

"我知道表弟抗灾没闲着，但你知道老姐我也没闲着啊！本来也要为抗灾出力却让你们公安弄得团团转！"

庆生电话这头一听，就知道是为那个案件的事，便冷静地对春月说：

"春月姐，你现在可能已经是嫌疑人了，你必须如实地向公安机关反映问题，接受问询，配合公安查清案件。在这个问题上，你老弟绝不会以法殉情，尚请老姐原谅！"

"原谅个屁！好你个庆生！你以为你当官了就了不得了，就认不得人了！你记住：你老姐没找你办事，没请你帮忙，照样走到今天。日子过得比你强！"

这头春月发火的声音在安静的办公室显得很大很响，电话那头却在沉默着，好像在仔细地听着春月发火，又好像在反思着自己。春月见没回声，接着又说：

"庆生你给我听好！你老姐就差没逃荒要饭，什么苦都吃过，什么气都受过。我不会为钱杀人，更不会为钱丢掉良心！你管的什么狗屁公安，有什么证据？凭什么传讯我？"

庆生这才回话："春月姐，请你不要生气，应该说凭我对姐的了解，你不可能有这个嫌疑，但既然要破案，就会涉及所有有线索的人，公安方面如有不周不妥，我向你道歉。询问你的公安局长请示过我，我是同意的，这个责任在我，请春月姐理解！"

噢，原来如此！是你庆生批准传唤我的，你把老姐当成什么人了！地震前接待贺玲和秦岚时我们姐弟们谈笑风生，其乐融融，没想到一个月未过，竟是如此隔墙隔心。人说人当官脸就变，你不仅不给老姐说好话，反而同意让公安传讯我，你那什么狗屁公安，张口闭口就说你涉嫌犯罪，老实交代，因你有点名气，我们对你算客气呢！一想到这些，春月火冲脑门，对着话筒说：

"老姐不听你那套！惹火了，老姐出你的丑！"

"啪"的一声，春月挂断了电话。她余气未消，但心中更多的是委屈。春月有些手发抖、心发颤，欲恨不能，欲说无言。她一屁股坐在宽大的办公皮椅上陷入了沉思。

四川大地震后，鑫州地区好几个县受损严重，尤以中宁县为最。春月已经给老家周南县捐资三十万元，还正打算给中宁或四川震中灾区表达点心意时，公安却开始调查她春月，让她心中有些烦乱，加上处理工人上访，就把进一步捐资救灾的事搁置下来。春月受过苦难，虽然现在发财不小，但她深知如果不是遇上了好的时代好的政策，任她有多大本事也创不了这么大一个家业。她还是个有良心的企业家，拿自己的话说就是"社会主义的红色资本家"。春月其实理解这个表弟，在周南县，贺、赵两家族中，唯一就是表弟庆生一步一个脚印，在没有任何背景的情况下，靠着努力和奋斗，终于做到了鑫州市的副书记职位，他算很不错了。从接触中，春月知道庆生是个忠于党、忠于事业、忠于家庭和朋友的人，他是个好人，更算是个当代真正的共产党人。但庆生就是太死板，观念传统，对公不贪不占，对人不搞拉扯，对亲属们很少帮忙。当然庆生口碑不错，知道他的人对他评价都很高，说庆生忠诚无私，有较好理论水平，务实肯干，说他处事低调没官架子，待群众好，乐于帮助无助的人。在东江时为一上访人，庆生几次亲自到其家中探望，并动员妇联、团委捐资九千元为上访人的疯女儿治病，终于感化了上访人息诉罢访。平心而论，春月是佩服庆生的，庆生也很尊重春月，但春月创业发展起来庆生的确未曾给予帮助支持。那次东江之行后，春月的一点心意庆生不受，就对春月有些刺激；女儿女婿二次前去亦是碰了软钉子，故以后春月决计再不找庆生。但这次无端地被公安部门作为嫌疑人，而且庆生同意传唤，却让春月难以忍受。她感到庆生看扁了自己，感到庆生内心对她存有偏见，伤了她的自尊。作为私企作为商人，她可能有得到"第一桶金"的"原罪"，但那能是我们个人的责任吗？靠着这"第一桶金"，我们精心运作，大胆进取，确实是"低成本扩张"。但如果不是我们这样的"击浪人"敢于出手敢于拼搏，你那再大的国企还不是一堆废铜烂铁吗？而我们这些私企老板，往往被人戴着有色眼镜看扁，认为我们唯利是图浑身充满铜臭，你们哪里知道我们创业的艰难和痛苦？现在国家发达了，但这些辉煌中有我们的一份功劳啊！可以说，我们用自己的血肉和奉献，在支撑着这个社会的发展！那么今天，我是什么人？我应该有的人格尊严在哪里？

沉思中的春月，眼角竟涌出几滴泪水。

晚上，她把女儿王戈叫来，让王戈帮她整理了思路，把她的想法和痛苦写出来，以一封信寄给了庆生。

113 贺庆生在中宁县一待就是半月，秦岚也在这里忙了一周多。庆生几乎是徒步走遍了中宁县的五个重灾乡镇和县城所有的受灾单位和居民家庭，召开了数十个大大小小的会议，走访了几十户受灾家庭。他指导着县委、协助着县委，将县委政府全体县、科级干部分成查灾统计、救灾赈济、重伤救治、卫生防疫、宣传组织、维护稳定、对外联络、重建规划以及纪律监察等上十个小组，县级领导分头挂帅承担责任，相关部门领导和干部人人有分工任务。一周中，全县干部群众被组织起来，没有畏惧没有观望和等待，投入了一场轰轰烈烈而又扎实的抗震救灾之中。

秦岚虽是台湾记者，但因正在休假，又是庆生的妹妹，庆生就将秦岚交给了县委宣传部一位女副部长，让她帮着照顾和安排秦岚的起居，让她干些力所能及的事。秦岚高兴地答应了哥哥后就在县城和附近乡镇帮助工作兼顾采访。她发现，这个县从县委书记、县长到下面的部、局长们，在地震灾害面前都表现出了惊人的勇敢，他们不顾地面还在震动、山体随时滑坡的危险，赶赴到最边远的村庄里抢救伤员和组织群众，他们常常早上吃一顿饭晚上才吃第二顿饭，他们让出汽车拉送伤病人员而自己走路往返。一位名叫强晓刚的县民政局局长，硬是用手把一个压在土坯房里的妇女挖出来，背了足足一公里路，才送到乡间公路上的一辆拖拉机上并拉到十几里外的乡中心卫生院抢救治疗。这里离他农村的老家只有几公里，但他没有想到要回去看看家里的房屋倒塌没有、年迈的母亲伤着没有。因为他的工作岗位就在这里，他只能顾着一头，就是责任。晚上回到县城汇报灾情时，才知道自己家里也房倒屋塌，所幸年迈的老母亲无恙，欣慰和忧伤一起出现在那满是尘土的脸上。这些复杂的表情被秦岚捕捉到了，会议结束后她终于见到了那位强局长，在心里她为这些共产党员们又多打了一分，她想到境外媒体和民间对大陆共产党员的贬斥，心里便有些愤愤不平起来。她在内心里计划着，要为这里灾区的共产党人写出一首赞歌。

庆生已经三天没见到秦岚了。一忙就忘了，这几天里把各项工作排上了日程，县上抗震救灾工作全面开展。仅仅一周，时间仿佛凝固了，人们在一周中走过了一年甚至几年的路，但人与人之间的感情却被灾害拉近，爱心激起了活力激起了干劲，连接起了已经有些隔膜的干群关系。人们才更深地感受到了一个共识：

"有了共产党就有了靠山，有了共产党领导就不怕天塌地陷！"

仅仅一周，各路的救援人马，尤其是解放军战士一马当先：各路救援物资源源不断，老百姓没有吃不上饭喝不上水没地方住的。偌大一个中国，人民的目光都关注着灾区，一个小小灾区县，成千成亿的资金和物资都涌向这里。

庆生明显瘦了，脸上胡子拉碴，头发也有些长，身上的衬衣被汗渍印出了花纹，你这会儿怎么也看不出他像个市里的什么书记。但庆生感到了力量，感到了坚强，感到了共产党的伟大和人民的伟大！解放军战士战斗在最危险的地方，各方面齐心协力以最快时间恢复了通讯、供电和供水，中国人民仿佛被组成了一架高速运转的机器，正在紧张地运行；又仿佛是一支大合唱，正在汇聚起一首澎湃的时代壮歌！

庆生忽然想到秦岚，这么风风火火的妹妹、一往情深的妹妹，她怎么在这个时候回到大陆回到故乡？又怎么会恰好遇上这场地震大灾难？怎么会在重灾区的现场跟我并肩工作呢？真是有点不可思议，有点鬼使神差，甚至真有点天意啊！秦岚是个好妹妹，生性坚强倔强，个性独立率直，内涵中带点野性，野性中蕴含着沉稳，对事业执着，待人真挚诚恳，个人情感上外表粗犷其实内心细腻。最让庆生挂心的就是，秦岚已经四十好几了仍孤身一人，是一次失败的婚恋让她痛不回首？还是个人颠沛流离顾不上感情？庆生心里清楚，秦岚心目中的真正恋人其实就是自己！虽然从来把她当作妹妹，但也并非内心深处就没有产生过爱的冲动，曾记起过中学时代在一起的日子和曾经怦怦跳动过的心。记得那次背着秦岚过河时，秦岚突兀地说"我长大就嫁给哥哥"。只是因为他所受到的母亲的熏陶和道德教育，他才从未正面表示过对秦岚的恋情。加之最困难时候的无奈和秦岚十六七岁时就外出上学，这种朦胧的男女之情就始终处在压抑之中，尤其是后来秀琴的进入，庆生就早已把对秦岚的情感放置脑后，只是后来与秀琴的几次冲突和对比之下，才又不时地记起秦岚的情感。而自从香港的那个不眠之夜、那次荒唐的肌肤之亲之后，秦岚的影子就沾牢了他，而自己就越发感到歉疚秦岚。

夜已深了，庆生忙碌了一天，潦草地记载了一下当日的工作。他已养成习惯，工作笔记本上可以看到他每天的活动，从市里出发时忘带工作笔记，只好在县委给的一个临时本子上记下每天大致的工作内容，坚持这样做，其实只是个习惯。习惯成自然，就一天天地记了下来。庆生看看时间已经过了十一点，想了这一堆的感情之事，算是忙中偷闲。正待要上床睡觉时，却听到帐篷外面有人说话，庆生下意识一听，竟然是秦岚在问值班人员，而值班人员说领导休息了你明天再来。秦岚已经知道了庆生在县委院子里所住的帐篷且见到屋里透出的灯光，就与值班人员磨蹭着说话，好像是有意让庆生听见。庆生听准了，就外出招呼说这是一位记者，让她进屋来吧。

灯光下，秦岚和庆生都看到对方黑了瘦了，相视一笑，秦岚冲着庆生做了个鬼脸说：

"深夜来访，打扰首长大人！"

"鬼丫头，几天不见，长见识了！"

"是啊！我见识了伟大的中国人民！见识了你们一批忠实的共产党分子！"

"不是分子，是分母，分母大分子就多！"

秦岚听了哈哈笑起来，说你那数学太差，分母越大分子不变，分数就越小，反之越大！庆生也笑了，说我就是数学差生，却被你抓了漏洞。其实我是说共产党就像分母，要影响和繁殖出更多的分子。我是觉得你说的那个"共产党分子"有点逆耳，才接荏说的。比喻不准，说明人总有差距啊！庆生话锋一转：

"辛苦几天，你最大的体会是啥？"

"累！"秦岚答道。

"收获呢？"

"爱!"

秦岚毫不犹豫地答。庆生顿了一下,有些不敢正视秦岚,秦岚却敏感地觉察到了。

"这种爱不是小爱,不是男女间的情爱,这是一种无私的、真挚的、人类的爱,是大道之爱。否则,你无法解释生死关头舍生取义,无法解释那么多人情系灾区,那么多人志愿前往,那么多人牺牲自我、为灾区奉献!"秦岚严肃地进行着自我总结和思维提升。

"好啊!岚妹思想提升了,比我还会总结。但我们是想在一块儿的。就像你,如果没有这种爱,你是不会跑来灾区受累的!"

庆生感到秦岚的境界已经高度概括了一种灾区精神,内心十分高兴地想秦岚不愧是咱共产党培养出来的干部!虽然人在台湾,但心还是向着大陆的。但秦岚却又说:

"那可不一定,我没有那么高的思想认识,我只是冲着你来的!我和嫂子怕你遇到危险,怕你吃不好睡不好,这才是我来的原因。"

"那我是为谁来的?仅仅是工作原因吗?"

"你是为了责任和工作,为了灾区的救灾抗灾啊!"

庆生说:"你说对了,我们有的是为责任,有的是工作需要,有的是为亲人。但我们一旦走到这里,看到老百姓受苦、受伤或者死亡,看到干部与人民群众一起抢险救灾、一起吃粗饭住帐篷,就会在心中产生一种冲动和激情,升腾起一种为之付出、为之牺牲的精神和勇气,这是不是你说的那种爱呢?"庆生看着秦岚在思索和点头,接着说:"中华民族到了最危险的时候,每个人被迫着发出最后的吼声……这是我们的《国歌》,也正是我们此刻的心情啊!"

秦岚仿佛感受到庆生此刻的激情,静静地看着庆生。庆生恢复了常态,问秦岚还有什么见闻。

秦岚说见闻不少我积累了好些素材,准备写点报道发回去,也让台湾人民知道一点大陆的抗震救灾情况。庆生表示十分赞同。但当秦岚说把他的事迹当作素材时庆生坚决拒绝了,他告诉秦岚多反映干部群众齐心抗灾的事迹,但对于领导干部,千万不要轻易报道,"我自己更不能报道",他一再叮嘱秦岚,秦岚答应说好吧,但我觉得庆生哥是很好的素材!

庆生在灯光下看一眼朦胧中的秦岚,仿佛又看见了当初那个青春靓丽的妹妹，二十多年过去了，这个妹妹好像还是年轻时的模样，没有多大变化。几天的疲劳，好像也没有影响到她见到庆生的情绪。

庆生终于说："岚妹，你该有个家了！"

空气有点凝固了。稍过一会儿，秦岚说：

"我有家！在周南在鑫州在云南在香港在台湾，我都有家啊！你不是说过好男儿四海为家吗？"

"找一个合适的对象，结婚吧！"庆生又说。

帐篷里，一支十二瓦的台灯，把四周照得朦朦胧胧，不时可以听到外面刮起的几缕风声。室内，静静的，两颗心的跳动彼此都能听见。一阵难堪的静默后，秦岚像是给自己，也像是给庆生说：

"我有合适的人，他在我心里，我已经属于他了，此生无悔！"

一阵说不清楚的痛楚袭击着庆生，他心里明白，秦岚所说的"合适的人"是谁。十多年过去了，为什么秦岚的影子在心里越来越清晰？为什么每到思维有点模糊的时候第一个想到的就是秦岚？而秦岚至今不嫁、此生无悔的态度也清晰地表白着心底的秘密。

但庆生不能忘记过去，不能负了秀琴。两者不可兼得，他宁愿选择秀琴。但与秀琴常常产生的文化差异和心理冲突，又让他感到秦岚强烈的诱惑。作为一名领导，他的确做到了遇花心不迷、见钱眼不黑。这在很大程度上是一种心理的自我约束和纪律的强固自守，这也许就是贺庆生与当代一些领导干部的重大区别。但在面对秦岚的时候，他却总有那么深深的爱恋和歉疚，总有些纠缠不清的心绪。

"放弃吧！这是没有结局的等待！"庆生说。

秦岚抬起头，眼里闪动着泪光，一动不动地盯着庆生：

"我重复一句灾区的话：永不放弃！"

庆生不由得拉住了秦岚有些颤抖的手，说：委屈你了，岚妹！秦岚迟疑了一下突然扑进庆生的怀里。

长长的一分钟后，庆生说："妹妹，你回去吧！"

秦岚顺从地站立起来，"庆生哥你休息吧，明天还要忙！"

送走了秦岚，看一下表，时针已经过了一点，躺在床上，贺庆生又陷入了茫茫思绪之中。

114 鑫州市委市政府组织了一场声势浩大的支援灾区捐款捐物的"心系灾区奉献爱心捐款仪式"。市人民政府门前的广场上，彩旗飘扬，两个巨大的氢气球上飘扬着两幅红底白字的标语：

情系灾区奉献爱心，众志成城抗大灾！
全民动员抗震救灾，重建灾区新家园！

广场上站满了机关干部、单位职工、学校教师、企业代表以及居民学生等。

市委书记、市里几大班子领导走在捐资队伍的最前面，他们的捐资最低额度是一千元，其余副职最低也是八百元，处级干部有七八百的，也有三五百的，一般干部和其他人员捐资最低也是百元。

第二项是宣读接收兄弟省市捐款的名单，由庆生宣读，并代表市委市政府及全市人民给捐赠单位以很高的评价和衷心的感谢。

接下来是分管民政的副市长宣读已经捐资的企业和法人代表名单。在一批匆匆而过的名单中，最让庆生激动的是：鑫州钢铁有限责任公司法人代表赵春月捐款一百万元和国强房屋建筑有限责任公司法人代表赵国强捐款五十万元。庆生激动的是这两位自己的亲戚在关键时刻没有忘记昨天，表现出了对灾区人民的真挚情义。据庆生所知，春月公司如果加上给周南县的三十万元，就捐出了一百三十万元。这些外人不知道，但庆生却感到脸上非常光荣，他在内心感激春月和国强在关键时刻的慷慨捐赠，他们为周南人民争了光，为亲人和朋友们争了光！

在兄弟地市中，有几位鑫州本地籍市委书记、市长派来的捐赠代表，数额都在百万以上，也表达了强烈的抗灾情和故乡情。其实干部中大多数知道这些走出鑫州的领导人的名字，也都纷纷传扬着一种激动和自豪的感情。

一次捐赠灾区活动仪式，收到义款近千万元，加上各县的捐款，总数超过了两千万元。这次活动，有力地聚合了人民群众的抗灾积极性，显示了大灾无情人有情的大爱精神，更显示出了中国共产党领导下的民族力量的伟大。灾害给人民生命财产造成了重大损失，但千千万万人民的爱心，重新唤起了失去亲人家庭的人民的信心，在人们心中燃起了抗灾重建的勇气。灾害，使得更多的群众感到了共产党的伟大和力量，使得干群关系得到了有效的修复和提升。

事过几年之后，不少亲历过抗震救灾的干部群众感触很深地说："是共产党给了我们生活的勇气和重建的信心！共产党是人民的主心骨啊！"

接着，庆生又代表鑫州市委市政府及全市人民，把对灾区人民表达爱心的捐赠款物送到了四川重灾县。这次，秦岚苦苦要求，庆生终于答应，私自带着这位"记者"前往，秦岚在重灾现场抓拍了许多真实感人的灾情和场景，后来有一幅大版照片刊登在了台湾报头，引起港台地区不小反响。秦岚还以"青兰"的笔名，连续在《鑫州日报》刊发两篇通讯:《民政局局长的情怀》和《当生命就要逝去的时候》。第一篇写的是那位民政局长背着被救出来的妇女夺回一条生命的事迹；第二篇是秦岚采写的一个爸爸用自己的躯体支撑，死死顶住垮塌下来的楼板而终于拯救下不满一岁的女儿，自己勇赴死亡的故事。秦岚那朴实无华的文风、真挚的情感、细致而激情的描写和赞颂，在人民群众中引起了强烈共鸣。

庆生仔细地阅读了这两篇文章，除了对秦岚写作水平给予赞同和默认外，更多想到的是一大堆的"假如"。假如秦岚是大陆的记者，那一定是位称职而优秀的记者；假如秦岚能回归大陆，那他会尽其努力给予帮助支持；假如秦岚现在已经成家说不定也就没有了这种出色？假如秦岚不是自己的异姓妹妹，那么他们会否成为夫妻？……

一个很聪明的人，甚至一个智者，在他的思维开始进入山谷的时候，远处，逶迤的群山朦胧如黛；近处，清碧的河水蜿蜒迂回。这个时候，他会陷入遐想，会产生许多的欲望。

此刻，庆生在思维的山谷中正在留恋，突然被电话铃声惊醒。是秦岚的电话。秦岚告诉庆生，她的大陆休假时间即满，准备周末踏上返程的路。庆生接过电话，突然感到时间太快，感到有许多的话没跟秦岚说，甚至内心复杂的心绪都未及跟秦岚叙说，而妹妹却要走了。庆生回答说:

"岚妹，我希望你回归！哥哥最大愿望是希望你幸福！"说着揉了一下有些潮湿的眼睛又说:

"实在要走，周六给你送行！"

第二十二章　欲望之门

115 市里换届前的组织考察工作因地震而推延两月多，随着抗震救灾工作逐步转入重建阶段，换届考察又紧锣密鼓地开始了。

七月的鑫州，万木葱茏，田野里一片碧绿，清江江水经历了五月洪水的洗刷，把昔日积存的污泥浊水一扫而净，变得清澈起来。雨水把城市冲洗得清爽靓丽，站在高楼上俯瞰鑫州市，市区绿树环绕，江滨大道宽阔的绿化带环抱着一江清水，一幢幢高楼正在江边拔地而起，一座新的跨江大桥连通南北，把周南和市区连接起来，一个新的滨江城市正在成长。

七月的天气正是炎热的时候，鑫州地理位置优越，一般温度也就是三十度左右，极热天气也没超过三十七度。但这几天还是较热，加上干部考察，机关里的气氛也是燥热的。

庆生晚上下班回家吃饭，农工部长夏丰正从市政府出来迎面碰上，夏丰部长是庆生的老部下，便问庆生：

"书记，您知道最近市里最缺什么吗？"

庆生听了一怔，市里最缺什么？什么意思？

"缺酒！听说茅台酒已经脱销。"

"为什么？"庆生有些不解地问。

"请客吃饭呗！都请疯了！"

"怎么可能呢？不是有纪律吗？"

"纪律管老实人，管不住政治家！"

"什么政治家？"

"投机钻营、溜须拍马、上找靠山、下拉选票、买官卖官、请客送礼、为升迁不择手段的人。"

"那不叫政治家，那叫投机家！"

庆生明白夏丰部长故意歪曲了政治家的含义。

夏丰笑了，"我老了，不会去争什么了，但看不惯现在的一些人，不干实事只会当官，屁股没坐热，就看着上级职位哪个有空缺。尤其是这种换届，你看中省强调多厉害，但送礼请客照样，一切尽在不言中。书记你别批评我，我说的大部分是事实。你听老百姓怎么说？老百姓说是寡妇睡觉——上面没人不行；不跑不要瞎胡闹，只跑不送原地不动，又跑又送水到渠成！"

庆生听着这一席话，心里很沉重。他不能赞同这种观点，因为自己一路走来都是凭着忠诚和实干，共产党没亏咱。但这些年来，党风堪忧，吏治风气确实不好，他就曾听到一位职位不低的组织部长说过，你不找组织难道让组织找你不成？况且你不找不要，组织也不知道你的需要也不了解你呀！庆生曾在心里把这话思量了很久，真想说，怎么能让这样的人当组织部长呢？但人家就是当了，而且有的还管着你，你有什么办法？他又想起一年前为政协主席一职的竞争，确实感到内心矛盾。老实人在忙工作，人家在忙钻营，而果然就有那些钻营者成功。尽管上级一纸令下，社会上一阵风浪，但过一阵子风平浪静了，人家官照当，甚至还当得不错，有头有脸有魄力，敢干能干能成事，你还说什么呢？

庆生跟夏丰部长说："风气不好是事实，但也不至于那么严重，天下还得靠真干事的人支撑。政治上投机钻营的人历来都有，真正的坏人最终招老百姓唾骂。各行其道吧，历史自有它的规律。"

老夏摇摇头说："书记，您还是书生气太重啊！官场之中，政绩未必是最重要的因素。老夏无所求，才敢这样说；老夏尊重您，才这样提醒您。这次换届，您可千万总结教训噢！"

回到家里，庆生还在沉思中，老婆秀琴一见就说又有什么事啦？庆生说没有啥。秀琴说你那脸色能瞒过别人瞒不过我，你一进门我就知道你想什么！庆生说我想什么？老婆说你想两件事，第一是你的工作，第二是秦岚，对不对？庆生在肚里发笑，但又一想，还真有点道理。什么也没说接过老婆端过来的一杯茶水喝了一口，趁着老婆做饭，自己坐在沙发里又沉思起来。

他想到那个周末送秦岚差点与秀琴当面红脸。送行吃饭仍在家里，秀琴好意为妹子做了一桌子饭菜，心想吃完了明天送走了自己也松一口气。席间庆生几次给妹妹夹菜，那关心备至的情景秀琴有些看不过，心里想着你们在中宁一周多不知怎么亲热的，好后悔让秦岚去了中宁。这也就罢了，夹就夹吧，就说妹子你多吃点，以后你哥给你夹菜的机会不多。秦岚说谢谢嫂子盛情款待，你把我哥照顾好我就放心了。秀琴说照顾好不好庆生他知道，当然有些地方可能不如妹子你好！秦岚听出话中一点滋味，面色就有了一点忧郁。庆生见了，想了一下说：妹子其实你可以不回台湾的，如想回来我们都会帮忙的。我是真心希望你留下。秀琴听了说："对，秦岚你留下不走，就可以天天见到庆生了，是吧？"秦岚看了看秀琴难以掩饰的不满，笑了，说：

"嫂子，那我不工作了，天天伺候庆生哥！"

"那当然好！你们天天待在一起，想干啥干啥，多快乐啊！"

庆生见两人心里堵上了，生怕秀琴说出更刺人的话来，就给秀琴说：

"妹子明天要走，咱们抓紧吃饭，秦岚晚上早点休息！"

秀琴说："我知道你放不下秦岚，跟她去台湾吧，那里是自由世界！"

庆生听着，心火不由升了上来，心想秀琴你不该话中带刺，更不该在妹妹要离别的时候搞得心里别扭。就想制止或批评秀琴，但又深知秀琴是个不好转弯的人，弄不好大家都下不了台。就给秦岚使一个眼色，在心里说：你看怎么办？谁能解围？

秦岚却哈哈笑了起来，说好嫂子我看出来了，你对庆生哥是权威加领导，恩爱有加管理有方，我祝你们幸福。至于我嘛，只身漂泊四海为家已经习惯，你们也不必为妹子担心。我会永远记住你们，感谢你们。秦岚站起身，举起酒杯：

"庆生哥秀琴嫂子，妹子祝你们幸福如意，干杯！"

一场尴尬，被秦岚轻易化解，留下的遗憾，倒是庆生内心的沉重。

第二天在机场，庆生分明从秦岚眼中读出一种哀怨、深情和担忧。

……

"别想了，吃饭！秦岚一走你魂都跑了！"

秀琴把饭菜端到桌上，一句话把沉思中的庆生拉了回来。庆生说最近换届考察，请客送礼很厉害，我想的这些，你以为我光想着秦岚。秀琴听了说，他们拉票，咱也找人拉票。我也有几个熟人朋友能帮点忙。就是请客送礼，咱哪有礼送？真不知道那请客送礼的人哪来的钱！庆生说，那可不行，夫人不能干政，这是规矩。钱我们没有，咱也不会搞那一套，也绝不去为官送礼。但省里倒有一半个老领导关系近些，必要时可去找找。

"好吧，吃饭吃饭，别让这些事扰得心烦！"秀琴说。

其实，五年一届的班子换届总体方案是省委早就拟好了的。市委、人大、政府、政协以及市纪委、法检两院的班子职数、人员结构、素质要求、年龄搭配、文凭学历以及进退多少干部，市委市政府换届时间、代表大会名额分配、选举事项纪律要求等等一应细节都已就绪。最重要的任务和程序是换届前的干部考察，而最核心的机密在于考察后的推荐干部情况要与上级的基本把握相一致，使得上下既有群众基础，也有领导意志的充分融合，而且每个程序、每个细节都要求认真严谨、一丝不苟。在各个班子中，最核心的是市委、政府两个一把手的配置，然后是人大、政协、纪委、法检两院一把手的配置，各个班子中必须要有女干部，人大、政协必须有一定比例的非党干部、民主党派干部。如果市委和人大等几大班子换届同时进行，就一次考察一次报批方案；如两个大会先后日期不同，则统筹安排分别进行。总之，五年一度的换届，对国家来说是一个讨论国是、民主民生的过程；对地方来说是制定规划、描绘发展蓝图的会议；对于官员干部来说，却是一次择优选拔、锻炼党性、运作权谋、博弈竞争的机会。文化人称之为"又一次洗牌"。

古今中外，选举充满了诱惑和机遇，写下了多少惊心动魄的刀光剑影，迷失了多少千奇百怪的奇侠故事。而这一切，都源于"欲望"两个字，欲望之门一旦洞开，便呼唤出万千个鬼魅，搅得人心沸沸，搅得波诡云谲。

鑫州市委市政府的换届，最为关键的节点是市长人选。书记是三年前才由省里下派，而市长却因提拔调任已离开三个月，人们眼睁睁地等着看谁来任市长。因为鑫州市十年中已换了五位市长，差不多一年半换一任，市里干部群众意见很大，说调动频繁影响到了经济发展，市委书记也多次向省委报告说鑫州本地干部这些年提拔正职的很少，建议不要再派，据说省上也初步同意，这样就加剧了鑫州市内部干部的竞争，有相关资质和实力的领导之间展开明争暗斗，甚至一些八竿子打不着的人也为提升人气和制造条件出来搅局。各自围绕自己的欲望八仙过海施展伎俩，有的甚至半年前就已开始了谋划。人们心照不宣，见面照常嘻嘻哈哈，开会仍说大局第一。当然，真正的务实干部，绝大多数都是听党的话，顺其自然的。

庆生偶尔也在脑子里做些分析。从资历上排，他是条件最好的：本科文化、年龄正好，做过两个市县的市县长和东江县委书记，干过纪检监察，又作为市委机关目前唯一的管家婆市委副书记，多年分管过差不多各方面工作，具有较多方面的工作经历，应当说是很合适的人选。市委书记也曾在一次谈话中说要推荐他做市长，庆生感到自己工作从不偷懒，尽心尽责，得到了干部群众认可。但他也清楚地知道，自己不擅官场交际，见了上级只会谈工作，不会拉家常搞关系，平时也只是去省里开会时给主管领导带点鑫州地方特产，逢年过节从来没有专程或刻意地去给上级拜年送礼。他常想，送点土特产是表示尊敬和心意，送钱和重大礼品就是别有用心，就是品行问题。自己绝不同流合污，哪怕当不成官！但从若干披露出来的案件和许多生活现象看，中国的今天是利益渗透无孔不入，到了不送礼就不办事，甚至送礼不足同样不办事的地步！这也是事实。庆生也曾批评过几位给自己送礼的亲属或干部，也帮个别同学朋友办过事，但他坚决不收受现金和重大礼品，帮人办事恪守不求回报。他甚至为求职无门的大学生在山区找工作给县委书记写过信，为一父母双亡的孤儿亲自打电话让领导帮助解决调动问题，他都没有收受任何回馈。只是觉得自己不能忘本，想想当农民的艰苦日子，想想父辈们付出的牺牲和自己走过的坎坷路子，庆生就觉得满足，同时对老百姓办事难充满理解和同情。庆生做过组织工作，那时风气好，考察干部时充其量就是接待喝酒，利益诱惑几乎没有。但当今卖官鬻爵公案不断，贪污受贿数额大幅上升，官场风气堪忧，贺庆生不由得生出几分惆怅：党不是一再说要用忠诚可靠、务实勤勉、埋头苦干特别是在边远和艰苦地方工作并做出成绩的好干部吗？但为什么做起来就不一样呢？为什么党内腐败愈演愈烈之势仍在蔓延？庆生虽有担心但还是认为这是当今中国不可超越的特定的时代病，是中国共产党运用人类史上资本主义发展阶段的市场竞争和利益驱动来补中国资本主义发展不足的课，但共产党人的先进理念却又常常遇到资本主义生产生活方式的挑战，这只是一个历史阶段，也只会是一个特定的历史阶段，这个历史阶段必然会被未来的民主和法制所取代、所规范。

这样想着，庆生的心不觉又开阔起来，他还是坚信着党，坚信着人民，坚信着历史。

116 要说在鑫州市，目前能与庆生抗衡，甚至暗中较劲的还真有两人：一个是现任的常务副市长柯明，一个是现任的市政协主席何玉峰。这两人中，政协主席五十已过，从市区一步步提拔起来，已经与庆生比肩一次，这次也想竞争市长。其余有的常委也有为日后补缺做努力的，但不具直接竞争力。而这次最具实力的竞争对手恰好又是一个常务副市长。

柯明是外地人，祖籍山西，父辈们早年革命，随红军南下时留在鑫州。其实柯明也算是在本地生长，只是上大学后又回到鑫州。人长得帅气，虽然头发较少，但配上稍微隆起的肚皮，正显示出一副当官的福相。他也当过知青，下过工厂，二十世纪八十年代以照顾老干部名义从工厂调回市里，先后在民政、劳动、组织部门工作任职，后来下县做过县委书记，与庆生先后提拔，分别任市纪委书记和政府副市长。柯明少年老成，处事沉稳，性格内向，遇事轻易不表态，看似少言寡语但却精于世故，十分注意网罗关系。因曾任过市委组织部副部长，便与省组织部内关系融通，有些人气甚至有几个"铁哥儿们"。拥戴的人说柯明老成持重，精明强干，熟悉政府工作，身后关系较硬；反对和质疑的人说此人肚内空空，不思工作，不多表态是因为无态可表，靠的是后台和关系。

贺庆生在工作中与柯明多有接触，感到柯明原则性强，待人尚属谦虚正直，胸有城府深藏不露，遇事深思熟虑不轻易表态，与年龄有所不符。但庆生老感觉柯明与人说话时眼神飘忽不定，总让人有点难以捉摸。后来在共同分管信访时，信访部门领导遇事找到柯明，柯总说你们去给庆生书记汇报、给市委汇报，我这头太忙。当然政府工作具体繁杂，是要忙些，但还是要提点意见和看法嘛，他没有。刚开始庆生以为是柯明尊重自己，让部门领导多向市委这边汇报，后来听信访局长说柯明分管信访几乎从来没有认真听过汇报，没有帮助解决过具体问题。才慢慢对柯明有点感觉，感到此人心眼儿深耍滑头，遇到难事就甩手。偶尔也在一起交谈过一些事，从不多的言语中体味，庆生觉得这个人胸怀不是那么宽阔。例如一次偶尔评价一位市委副秘书长时，柯明婉转地说这人不地道，曾在别人面前说过他的坏话。庆生细想自己与柯明的特点，自己率直甚至刻意说有些太过老实，有不同意见时往往难以克制，而柯明沉稳绝不轻易表态；大家说庆生没架子，把同志当兄弟，真挚待人，能帮忙的不推诿不能帮的当面说，请示工作听仔细问明白，鼓励属下大胆工作，出点问题敢负责这都好。但就是遇事不设防，有时言语有激动和失当之处，尤其是不会利用关系，这些评价也属实。加上自己忙工作，顾着学习就不想去应酬；而柯明的长处恰恰是自己的短处，尤其是柯明处事的深沉和威严，庆生感到自己天生缺乏。

一次接待省里一位组织部领导时，那位领导当着庆生和柯明的面开玩笑说你俩是政治上的情敌啊！庆生说："我和柯明同志人际上是兄弟，政治上是竞争对手，我们公开公平竞争，不会伤到和气！"

柯明说："我不会跟你竞争，是兄弟就不竞争！"

再后来为刘文山凶杀案开的一次汇报会上，庆生主张进一步扩大线索，就案件线索嫌疑人可以采取技侦手段，力争尽快破案。但柯明却不置可否，说不管时间长短，务要办成铁案。但过后庆生才知道，其实柯明对此案还是多次过问的，要求公安局长李鸣随时报告案情进展情况，并对春月涉嫌情况特别关注，后来知道公安局长李鸣报告到春月与庆生书记的亲戚关系后，柯明特别关切地说："庆生书记与春月公司的关系要高度保密！"

换届干部考察按照"考察公告""换届全额推荐""个别谈话推荐""统计推荐结果""与主要领导沟通"几个程序进行。这些程序严谨而细致。只有个别谈话推荐，一般一人三分钟，只说推荐姓名职务，不说被推荐人的特点及评价，据说这个改革比过去深入谈话节省了时间，要与推荐票数综合分析，确定重点考察对象后才进行深入考察更科学。当然也有不同看法认为等到重点名单确定深入考察时其实已成定局，许多本想说的话也就不说了或者不好说了。也有理论观点认为这种做法是先集中后民主，影响干部考察的真正深入，公婆之理各有依据，一下也说不清楚。

一周以后，省委换届考察组接到指令，省委同意对考察组拟提人选进行深度考察。这期间，考察组已经将两次推荐意见以及与主要领导的沟通情况进行汇总整理，回省专题汇报给了省组织部部长会议，后经省委领导同意，以原则意见安排进行深度考察。这个过程进展得就顺利多了，差不多听不到更多的反对意见，如果一旦接到书面或口头反映的重点意见，则要由考察组专题调查，拿出结论性意见。

庆生和柯明都被列入了市长重点考察人选，考察公示贴在市委公示栏里，人们已经朦胧地从中猜测到一种可能。于是，换届考察的工作任务基本告结，接下来的具体人事配置，就等省委常委会讨论决定了。

第二十三章　云海茫茫

117 一封署名"鑫州人民"的匿名信件，同时送到了省委书记张瀚黎和省委组织部部长王敏儒的桌上。书记批示："请王部长阅，应核查一下。如属实，当作换届考虑。"王敏儒部长亦在收到的信件上批示："请鑫州市换届考察组调查核清后报部。"与此同时，省纪委也接到了相同的举报材料。

这封匿名信件，主要反映鑫州市委副书记贺庆生的四大问题：一是隐瞒家庭重要关系及亲属经商不报；二是违反规定在抗震救灾中私自安排台湾记者；三是任纪委书记时，收受贿赂迫害干部；四是春月公司雇凶杀人，贺庆生有重大责任。因为信中所说有名有姓，一些情节和线索也清楚，尽管是匿名举报，也是必须核查清楚的。

换届考察组把这个调查责任迅速交给了省纪委和省组织部干部监督处，要求尽快核查，一周内报告结论。省市纪委配合主查受贿和迫害干部，省组织部干部监督处主查隐瞒事项，雇凶杀人问题由市公安局出说明。核查同时进行。

贺庆生被省组织部叫去谈了情况并书写了有关问题的说明。关于春月和国强，确系亲属关系，但他们创业发展中庆生从未利用权力提供过任何支持，而且在其创业主要阶段庆生均在青海和外地工作。更重要的是春月、国强并非庆生直系亲属，更不是配偶和子女经商办企业，没有违背中央关于党员领导干部报告个人有关事项的规定，因而不构成违纪问题。至于台湾记者秦岚私自进入灾区，亦无规定不能进行个人采访，而且秦岚除以化名刊登两篇通讯报道均属实且经过当地宣传部门审阅，作为台湾居住的中国公民，只要无违法行为，享有出版权利和自由，且秦岚是个人假期中偶遇地震，在抗灾中做了积极工作，应当予以保护和肯定。

纪检方面的核查也较快有了结论，信中反映的一名被开除党籍并受法纪处理的县级干部以权谋私、贪污公款并有生活作风问题被市纪委查处，自恃有背景而抗拒调查，毁灭证据，反诬纪检办案件人员。所反映的庆生收受贿赂问题纯属无中生有和诬陷。

在向鑫州市的部分老干部、部分现职领导的走访中，听到的却是庆生清廉自守、坚持党性原则、务实敬业的良好反映，包括常务副市长柯明也说，虽然庆生书记与春月公司老总是亲戚关系，但庆生本人廉洁，且尚未发现春月公司老总雇凶杀人的证据。

《关于反映贺庆生同志几个问题的调查报告》经鑫州市换届考察组报送给了省委组织部王部长并省纪委。王敏儒部长审阅后即专送呈给了省委书记张瀚黎，张书记认真仔细地阅读了报告，认为问题已经讲清，随即批示：已阅。请组织部存。

中共的组织系统，包含着党的组织工作和组织部门，自建党以来就是一个最忠诚、最可靠、最受信赖的部门，它代表着党的政治路线，掌握着全国乃至各个基层的组织工作，掌握着各级、各部门、各方面的党政军干部，从而聚集和调动起千军万马，汇聚成一支强大的革命洪流。毛泽东就曾担任过早期的组织部长。这支队伍历经了战争年代残酷的血与火的洗礼，已经成长为了一支党性坚定、组织严密纪律严格素质极高的部队。但是，中国共产党长期执政以来，尤其是中国改革开放三十多年来，这支队伍正在经受着守成与创业的考验，他们今天面对的已经不是杀头的危险而是鲜花与笑脸、金钱与美色的诱惑，面对的是权力与利益的考验。因为，在他们手里，掌握着干部们进退升降的命运，从而，也就掌握着这个国家成败兴衰的命运！

省委组织部对鑫州市委市政府的换届是胸有成竹的，尽管平时就有把握，对一些干部有所思考，但还是要通过走群众路线的办法，集中群众的意见和智慧，听取来自各方的反映，然后汇集起来，形成一个整体的方案性意见。当然，这些年来，和平时期的鲜花和美酒见得多了，甚至利益诱惑、美色诱惑、权力诱惑的渗透和侵蚀也不可避免地在这个坚强的躯体里发生着作用。于是有的人被金钱美色俘虏，有的人跌倒在利益诱惑之下，形形色色的组织工作者案件也开始出现。它动摇着人心，影响着视野，也侵蚀着共和国大厦的根基。但要相信，他今天仍然是坚强牢固和忠诚正义的。把这个队伍的今天放入历史的长河，就会发现，这个船上总会有人落伍，总会有人掉水，然而它会永远向前航行。

因为，中国共产党在前面领航！

省委组织部在初步讨论鑫州市政府市长人选时，进行了较为充分的讨论，换届考核组基于考察中的总体反响和推荐得票情况，提出贺庆生同志拟任市长的意见，酝酿过程中为了充分听取意见，部长王敏儒先请其他三位副部长表示意见，结果有两位副部长提出是否可考虑更周详一些，把柯明副市长也作为人选纳入。主要理由是贺庆生是本地籍干部，而且现在已经有了一些亲属问题反映。但另外一名副部长则说庆生同志长期以来都在艰苦地方工作，兢兢业业，刚柔兼备，群众中口碑很好，推荐票领先很多，要尊重民意。且贺庆生主要成长地在青海，不应受到地域影响。王敏儒部长内心是赞同贺庆生的，他如表明态度也只是二比二平。于是就说那就再跟书记们汇报一下，听听意见吧。

在王敏儒内心，他知道持否定意见中的一位副部长正在活动想要去鑫州任市长，他本来有些看法，但鉴于这位部长是某省长一手提拔起来的，只好心照不宣。而更让他思考的是，省里一位已退下来几年的老同志两次委婉地告诉他，要他关照一下柯明，说这是个好后生，很有发展前景。王部长有些为难，干组织部长，要眼观六路耳听八方，明察各方来意，贯彻省委意图。在用人的问题上要坚持任人唯贤公道正派，但说来容易做起难，有时真有点下笔千钧呢！王部长有点儒生之气，高校毕业后在国企工作，后转入行政，干过两个市的组织部长，后升任某省副省长，省级换届交流任本省组织部长。职位一直未升，但不计个人功利，人品正直，理论素养较高，在干部中享有较好声誉。他想，公道正派地讲，贺庆生在几个关键时刻都表现不错，别人争升位升职，而他在干工作、研究工作。关于鑫州市工农业发展、城市建设、党的建设方面庆生多有研究，多有论文发表，这样的干部不用是不公道的。而且这十年中，鑫州本地干部中也很少有提为市级正职的，对当地干部的积极性确有挫伤，在这个意义上，庆生也是合适的人选。至于反映的问题，已经有了结论，不影响提拔使用。但是，在这个时候被举报，而且刀刀凶狠，足见鑫州干部内部争斗也是激烈的。

想了这些，部长决定去见张瀚黎书记，亲自做汇报，听取一下书记的意见。

当天晚上，省委西院月影朦胧，把一座小院装点得庄严和神秘。王敏儒部长看了看表，已经夜里九点。因他事先电话联系，书记在办公室伏案批阅文件，秘书长告诉说部长来了，张书记这才从文件堆里抬起头来，看了部长一眼说你请坐。接着自言自语说：

"文件真多，什么时候我们才能爬出文山会海？"

王敏儒部长轻叹一口气，说：书记辛苦，又添劳累！

书记点点头，"说吧。其实你们更辛苦！"

王敏儒汇报了省内日前两个市的换届考察进入第二阶段的简要情况，然后便较多地分析汇报鑫州市市长人选的争议。省委书记静静地听着，偶尔问上一句，最后问道：

"敏儒，你的意见呢？"

"我们目前四个部长，加上我的意见，就是半对半了！"

"那你就是'赞同贺庆生派'了？"书记笑了一下，王敏儒也笑了，说："算吧，但我也只是一票！"

张瀚黎书记把眼镜推高了一点，望着部长说：

"我再加你一票，就是三比二了！怎么样？"

王敏儒脸上的紧张松弛了下来，露出了真挚的笑容，说了声："谢谢书记！"

张书记接着说："你的意见是对的，看干部要看平时和关键时刻的表现，既要看选票但不唯选票，相信人民群众的眼睛比我们亮！干部异地交流也要实事求是，目的是有利于队伍建设、有利于事业发展！"

顿了顿，书记最后说：

"你那个副部长交流问题先放一放，等有机会了再说，鑫州有合适人选就不要多折腾！"

……

回到家里，王敏儒心里还有些不平静，他想幸亏我没有顺着那两位部长的想法，否则会形成别的结果，还可能错失一个好干部。书记的一番话，更增加了这位组织部长的豪情：共产党内，能多一批张书记这样的领导人，何患失去民心？何愁不能发展？

118

省委书记张瀚黎，其实年龄并不大，他一九五七年生。父辈是西北野战军某部干部，解放后曾任过地区行署专员，算是老革命中的年轻人。张瀚黎也算是"官二代"了，他当过知青，但已经是上山下乡时代的尾声了。下乡三年不到，中国恢复高考第二年，张瀚黎考入北京大学哲学系，毕业后分回到父亲任职的高原省东部地区的一座城市，在这里开始了他人生拼搏的起点。他先后进过工厂，做过技术工作。任了一个国营企业的团委书记后，走向仕途。先后任过国企老总、地区商业局长，三十四岁起任省商务厅厅长、省财政厅长，三十八岁时就做了这个高原省的省委组织部副部长、部长，接着任了省府所在市的市委书记，四十四岁时接任省长，两年后任书记。四十九岁时调任现在这个中部大省接任了省委书记。这是一位经历过多方锻炼的年轻干部，更是共和国老一辈们最为关心多方培养的接班人。

由于他的学业和背景，我们可以看到这位书记身上的某些特征：善思辨，顾民本，重实际，讲逻辑；尊孔孟，重君子，讲中庸，慎独。他较为深厚的哲学和思辨功底，无论是在西部高原的省份，还是在中部的 S 省，都体现出较为浓厚的民本思想、较为清晰的为民治政，以及细在多个环节的讲话、作风和生活细节。这是一位谦谨好学、做人低调、且有多方面工作经验的为官者，也算是共产党队伍中数量较少的有理论水平、有实践经验、有治政能力的政治家之一。

张瀚黎书记与贺庆生有过一面之交。一年前张瀚黎陪着中央一位领导人视察鑫州时，贺庆生分管政法，负责首长们的安全保卫。清晨吃早餐时庆生与市委书记等作陪。吃饭时张瀚黎书记知庆生在青海某县市工作过，有点高兴，说我也曾在高原省市工作，都有高原情结啊！吃罢饭后庆生就随着到书记下榻的房间看顾了一下，张书记示意庆生坐下，过了片刻问道：你在高原待了些年，收获最大的是什么？

庆生没想到书记会问高原收获问题，他心里有点紧张，但略一思索就如实说："那里地大物博天地广袤，我的最大感触是天地太大人太渺小！那里给人以较为宽广的胸怀！"

书记"噢"了一声。又问道：你现在的感觉呢？庆生仍如实回答道："太忙，时间过得太快！"

书记不置可否，又问了鑫州市目前农民人均收入多少？由哪些构成？庆生做了简明回答，书记说："农民收入中应该加上国家政策扶持的一块和农民财产性收入一块，就比较完整了……"

当王敏儒部长汇报鑫州市长人选时，张瀚黎清晰地记起了那次与贺庆生的谈话。他在心里打了八十分给庆生。是啊，在那块广袤的天地中，人只是一个小小星点，把你放在天上无鸟地上无草的环境中，你还能生存吗？"天地太大，人太渺小"，正是一种敬畏天地敬畏人民的境界，正是一种虚怀若谷、低调做人的胸襟啊！而且，百姓意志不可违，人民眼睛看得最清。书记还依稀记得抗震救灾中他在中宁县曾见到过一个满身泥土的市委副书记，只是当时都忙于抗灾，没有多话。

王敏儒走后，张瀚黎打开一份《国际舆情报摘》，突然浏览到一个信息：台湾《苹果报》记者晓岚的通讯《大陆灾区一位中共书记的三天两夜》，摘要记述的，正是中共鑫州市委副书记贺庆生的事迹，虽然摘要较短，但却正面报道了大陆抗灾中中共党员的先锋作用，甚至一些语句还充满着溢美之词。张瀚黎看了，心里一热，想：我没有看错，这个贺庆生是位好同志啊！

八月，鑫州市委市政府换届如期进行，贺庆生以几乎满票当选鑫州市长。

大热天的鑫州，突然降了一天大雨，暑热一下子退去，人们感到一身的凉爽，这才意识到秋天即将来临。农工部长夏丰站在政府主楼的办公室里，向尚能看到江边的一片天空望去，有感触地说：

"大江毕竟东流，看来鑫州今年是个丰收年啊！"

119 贺庆生任市长，柯明竞选失败。柯明妒火中烧，但又庆幸。他庆幸虽然自己暗中争夺，动员了不小的力量，且在最关键的时刻默许亲信，给贺庆生罗织了"四条罪状"，原想一棍子把贺庆生敲下来的，却没料到反而成全了贺庆生。幸而，是以匿名信的方式反映，相信怎么查也查不到，不过几张邮票，却让你忙一阵子。而且自己表面与庆生仍是一派亲热，我说过"是兄弟不争"的话。在市委班子投票庆生为副书记选票的时候，他还刻意让庆生看到他投庆生。他感到幸而自己没有明目张胆地与庆生竞争，否则让人认出真面目就惨了。

但柯明内心愤愤不平的是自己年轻几岁，而且一直在鑫州关键部门工作，怎么竟让一个长期在外地工作，又年长自己好几岁的贺庆生上去了呢？看来这个贺庆生真不是那么好对付的，自己还要多思慎行，在要害之处出手，一剑致敌于死地才行。柯明正在想着，却听到"嘭嘭"的敲门声，没等他叫进来时来人却自己推门走进了办公室。

来人邱义，民政局副局长，湖北人。此人年龄不大，四十四五岁，但资历不浅。曾先后在山区县林产品公司当过工人、会计，后上党校本科。回来后几经跳槽到乡镇任副镇长、镇长、书记，后又调鑫州所在县级市商贸局任正副职，不到三年就改任了这个县级市市长助理。多年以后，贺庆生才知道此人就是当年那位曾经得罪过的"老东江"的儿子。

邱义在柯明任常务副市长后得到赏识被调任市民政局副局长。柯明曾默许局长退休后由他接任局长。邱义为人义气，处事活络，仗义疏财，敢于出手，是那种为朋友两肋插刀之人。他被柯明那种深沉和威严所折服，而且相信柯明未来一定会执掌市里大权。加上几次到中省民政争取资金时，柯明不带老局长而只带邱义，老局长临近退休且知邱义擅长向上跑动，就顺水推舟不加多问。柯明去中省果然争取到了较多的资金，特别是震后报灾和安置上，先后几次得到六七个亿的资金扶持。邱义深谙争跑项目资金之窍门，先以地方产品敲门，只要能收下就可进一步联络。一般而言，中央部委的司局长们不拒绝土特产品而对收钱慎之又慎，而处长们则是来者不拒。其中个别的司局、处长们吃喝完了还问"还有别的节目吧？"这个"节目"是指唱歌跳舞洗脚搓背，乃至于小姐陪睡。刚开始时，邱义报些地方产品发票，柯明签字，民政局报销。后来开支大了，柯明指示可以打入项目经费，或叫灾民安置项目，或叫民政救济项目，或叫儿童、老人福利项目等，这样就可以用项目上的发票入账。当然许多的开支不是以原眉目入账而是以花样繁多的内容报账了，这些你就是去查，也得费九牛二虎之力。他说那个包工队解散了，你去哪里找？他说钢材用了一百吨，你又不能去称！总之，邱义越来越精通此道了，而柯明睁只眼闭只眼，不作深究。只是一次在京豪酒店过夜，酒酣歌尽之后，一位小姐挽着柯明进入房间，剥下柯明衣裤，以自己的身体揉醒柯明，柯明似梦似醒，未能尽兴地跟小姐缠绵一夜。第二天邱义敲门，小姐避之不及，又似不想避开地见到邱义，于是柯明与邱义就成了"铁哥儿们"。也从此，柯明一想到那次艳遇就有些魂不守舍，就想着还欠点痛快淋漓之感。而邱义，也

第二十三章　云海茫茫

就更近地匍匐在柯副市长脚下，甘当起一个忠实的仆人和马前卒了。

邱义不等市长召唤就闯进了办公室，这也不是第一次了。柯明一看就说：

"我就知道是你，冒失鬼！又有什么事？"

邱义"嘿嘿"一笑说：老打扰您，谁让您是我首长呢！没别的事，我看首长这几天精神欠爽，明天周末，要不我请您出去玩玩，散散心？

柯明脸一沉，"又有什么鬼点子啦？"

邱义假装没看见那张脸，却看了一眼柯明玻璃板下的一幅照片，照片上有十来个人，其中有三个美女，是柯明带着外出考察时大伙儿一起照的照片。邱义说：

"郝丽丽让我来请您，明天去云雾山庄赏赏秋景钓钓鱼，那儿的鱼做得不错，蒸炸煎烤样样可口。请您赏光吧！"

柯明正有些烦躁，本不想跟邱义去钓什么鱼，但一听是郝丽丽邀请，却不由自主地说：

"那好吧！人不要带多了，不要惊动地方！"

第二天一清早，两辆小车悄悄驰出了政府大院。丰田霸道车上，坐着柯明和郝丽丽两人，司机开车。另一辆黑色别克轿车上，坐着邱义和另外一个女人，邱义说是民政局下属单位的，叫什么"艳艳"，邱义自己驾车。一行五人，直奔邻省边界的卧云山而去。

太阳出来了，天格外晴朗，瓦蓝蓝的没有云彩。两岸的庄稼已经收割，稻田里有些灰黄，但树木依然青绿，远远望去，山上已经有了几种色彩，黄绿蓝斑驳，"秋老虎"还在。

在车上柯明是少有的兴奋，给郝丽丽讲了一个笑话。某县县委副书记怕老婆，每次外出活动都要给老婆请假搞得他很狼狈。那晚电视台女播音员邀请书记跳舞，书记默记于心，晚饭回到家里时，就把大衣一脱帽子一摘，冲着老婆说："妈的，这共产党的官当不成了，成天开会，白天开吧，晚上还要开！咱干脆不当这领导了，也免得整天开会！"老婆怔了一下，心里一想，这咋还能为晚上开会就把官不要了呢？赶紧给老公说："别发火，为了公家的事，你还是去开吧，咱一家子靠着你呐，你这个官还得当！"书记晚上如约而至跳舞至深夜。过了一天，和老婆一路见了播音员，播音员说：书记那晚回去迟了挨批没有？书记一听脸都变了，情急之下给播音员说：

"老婆说了，会再晚，该开不开也不对！谁让你吃着公家这碗饭呢！"

播音员望了一眼旁边的夫人，心领神会，说书记您夫人说得对，该开的会还要开的。夫人这才把播音员仔细看了一眼说："这谁呀？挺漂亮的！"书记说："办公室秘书。"老婆说："好像挺面熟的！跟电视台播音员像啊！"书记说："是像，那是她妹妹！"老婆笑了说："老公你还挺有眼福啊！"

故事逗得郝丽丽笑得高兴，丽丽说："市长真风趣，还能记得这么完整。县委书记先发制人，而老婆是大智若愚啊！"接下来又说：

"柯市长今天可请假了？"

柯明有点语塞，但很冷静地说：

"老婆没在家，出差去了！"

郝丽丽听了心里忒高兴，嘴里"噢"了一声，又听柯明说：

"丽丽把你拿手的也讲一段吧，路还远啊！"

郝丽丽想了想说："我哪能说得像您那么好啊，要不……我给您发个精彩段子吧！"

"好啊，你发过来吧！我也分享分享！"柯明答道。

正在这时，前面的别克车停了下来，邱义等柯明的车开到跟前，给柯明招手说："休息一下！方便一下！"

一行人都走下车来，柯明望着群山，心情也明朗起来，尤其是美女下级同车，他一路也显兴奋，这时下得车来舒展一下腰身，便向十来米开外的一处农家走去，正好一位农民走上前来，柯明见了就问：

"老大爷，您是这村的吧？"那位农民一听有人叫他"大爷"，就有点不那么乐意，他才五十不到的人啊。他说是啊，我是本村村长啊！柯明一看遇上了村干部，又见民房差不多都是改造过的红砖白墙一层两层小楼房，更是关心起来，就问：

"你们村建设得不错！村里 GDP 是多少啊？"

村长怔了一下说："我们村一千零几人，今年搞了'三个一'，养一百头牛，养一千头猪，养一万只鸡。其中母牛二十头、母猪五十头，但你说的那个'鸡的×'，我们倒还没有数过！没法子跟领导说清楚！"

柯明一听笑了，他知道村长理解错了，把 GDP 当成了"鸡的×"。于是耐心解释 GDP 是计算生产收入的一种数字。村长说，我没有听到过 GDP，只知道鸡分公母，但谁也没有认真数过那东西啊！

第二十三章　云海茫茫

这时候，上完厕所的人回来了，听完村长的解释也都乐得哈哈大笑，丽丽说你们别以为农民不会开玩笑，可会开你的玩笑呢！柯市长又多了一个笑料啊！

柯明这时才明白被这村长耍了，他沉下脸对丽丽和邱义说：

"回去再不准传这个笑话！"

一行几人，高高兴兴地从平原越过丘陵，爬上一千多米的山峰，然后又顺路而下，在山腰里一处绿草如茵炊烟袅袅的开阔地停了下来，两个女人照了几张照片。车再转过一个弯，在一个小河边上，一处风景秀丽、远近高低各有画面的庄园到了。两株庞大的常青树枝搭在蓬起的门牌上，几个金色的大字横着排列：卧云山庄园。仔细一看，庞大的常青树树干是水泥雕琢而成，树叶是人工制作的，倒是蛮绿的。一条小溪从庄园中流出，汇入不远处的一条无名河。目光所及，尽是青松翠柏、银杉杂木，缓坡地上的绿草以及远处已经有红叶点点的枫叶林，真是一处悠闲之地啊！

柯明几人先登记好房间，邱义一一察看，给柯明要了最好的套间，其余四人每人一个单间。虽然都在一栋小楼里，但彼此却有间隔，只把郝丽丽安排在柯明的隔壁，这是柯明后来才知道的。安顿好后，他们才各自活动，邱义与艳艳去了树林外的河边，司机小纪自由跑跑，在池塘垂钓；只有郝丽丽差不多一直陪着柯明，柯明给她拍了各种姿势的照片，但只给他两人自拍了一张小溪边的双人照，弄得丽丽有点不快。

郝丽丽是市政府外经贸委办公室秘书，本为鑫州附近人氏，嫁了个老公是鑫州人，也就调入鑫州，先在县里工作，后经爱人活动，调入市经贸委。她人长得漂亮，身材苗条，丹凤眼，一口白牙，笑起来两个酒窝，经贸委主任也很喜欢她，有些公关项目就常带着她一块儿去，多数也就办成了。据说一次喝酒时被省里一位领导难住，说你喝一杯我给你一万，丽丽说君子一言驷马难追，一气喝了二十几杯，吓得那位领导连说不用再喝了不用再喝了，我给三十万元。结果领导没有食言，而郝丽丽却差点出大问题，吐了个翻江倒海，但从此也就练出了酒量。一次外省考察中柯明点名要去了丽丽，一路上她过关斩将，杀出了威风。丽丽与柯明就成了很熟的上下级加朋友。柯明压在玻璃板下的那张照片，就是丽丽挤在柯明身边的合影。偶尔，柯明曾想：有机会的话我要上了她！

两人在溪边照了一张合影之后，柯明问："你不是说给我发段子吗？怎么不发？"郝丽丽露出甜甜的酒窝，"哦，我忘了，回去我翻出来发给你！"

晚饭时，邱义放开了酒量，与两位美女对着喝了不下六七两酒。邱义见酒就要喝，有酒瘾，两个女人看来也厉害，也就少喝邱义一半吧。柯明保持着清醒，他知道，一个大市长在女人面前喝醉酒是没有脸面的。

邱义喝多了，把酒杯端起来说：

"市长哥哥，老弟敬你一杯，祝你步步高升！"

柯明看他一眼，告诉艳艳：他喝多了，照顾他好好休息！艳艳笑着说，他喝醉了才好呢，醉了死狗一样就不折腾人了！邱义一个巴掌打过来，停在了艳艳脸上，说我不是看妹子脸蛋漂亮，一巴掌下去让你开花，你说我死狗，我醉了也照样收拾你！

郝丽丽也有些喝多了，只是拿眼睛瞅着柯明。一会说，柯市长，我要回屋。

柯明见时间已晚，就命令邱义：

"收摊，不许再喝！回房，好好休息！"

柯明回房，冲了澡，正浑身发热时，手机响了。却是郝丽丽的段子。果然发来了，虽然迟些，但也恰到好处。柯明粗略读了几句，便觉段子稀奇，便又从上看下来：

　　《科学命题：第四者》：指知识、兴趣、观念相近，相互吸引相互欣赏的男女。以相互之间的情感为前提，以不影响双方工作、生活为基础，以相知、相惜、精神享受为主，以吃饭、喝茶、旅游为辅，偶尔有顺其自然的肌肤之亲。不同于嫖娼卖淫，也不同于取正位代之的第三者，故称第四者。在社会竞争激烈、人际复杂、工作压力大的今天，理智的人们已经把与第四者交往作为释放工作压力和追求精神享受的美好形式。

　　第四者萌芽于战争年代的地下党，起始于和平年代的革命同志和知识青年，发展于改革开放。其层次高于办公室恋情、红颜知己、金屋藏娇、白领阶层的一夜情、合同夫妻。第四者现象是东西方文化相容的产物，既是对孔孟贞洁观的冲击，又是对西方性混乱的批判，对家庭和社会没有损害，能满足人们与物质生活相适应的精神世界需求，是在向共产主义奋斗过程中的一种有益探索，是有强大生命力的新生事物。第四者现象存在于社会上等阶层，从政府官员、企业老板、知识分子到各级金领、白领都踊跃加入。社会学家称：第四者积极探索着中国特色的婚外情道路，是对一夫一妻制的性生活、是对包二奶等腐败现象的根本遏制，应稳步推广。"

洋洋洒洒，如此具有"理论思维"的段子，如此剖析深刻、好似无懈可击的段子，柯明还是第一次看到。他想来想去，郝丽丽这时候发来这段子其意不是一目了然吗？原来她让邱义约他出来玩，心里早就有了打算啊！这些个男人女人啊，也真是用心良苦啊！

床头电话响了，柯明抓起来一听，却是郝丽丽软绵绵的声音。郝丽丽说："市长哥吔，我这会儿难受死了，你也不来看看我！"柯明想肯定是在骗我，说谁让你难受的你找谁去，我已经睡下了。又说，我没法去看你啊，自己吐吐吧。那头说：哪里吐得出来，就是心里难受啊！柯明听了，难免于心不忍，就说，那我过会儿去看看！

柯明在房间里喝了口水，把衬衣穿上刚准备出去时，门铃却响了。柯明以为是邱义，刚一开门，却见郝丽丽一头跌进了门里，身子软绵绵地扑在了柯明怀里。柯明见状，赶紧把门关上，将丽丽半抱半扶地扔在床上。这才看见郝丽丽穿着一身薄薄的丝绸睡衣，朦胧的灯光下，只见郝丽丽高耸的胸脯上有一对小山头在起伏着，半长的睡衣下一双雪白的美腿裸露在床边。柯明忽然感到喉头发紧，下面开始发胀，便俯下身子问："丽丽你咋啦？哪儿不舒服？"郝丽丽呢喃着，只是不睁眼。

看着丽丽红扑扑的脸蛋，似睡非睡、似梦非梦的神态和两个酒窝，忽然柯明明白了，人生行乐，就该大胆，曾经跟小姐睡过之后的那种诱惑，这会儿如此强烈，既是送上门来的猎物，不要白不要，要了也白要啊！柯明想到这里，便主动起来，他解开丽丽睡衣的两颗纽扣，一具雪白的女人胴体一览无余，于是便脱掉自己的衬衣衬裤，赤裸裸地爬了上去……

120 当人们告别饥饿，寻求更高级的物质或精神追求时，越来越多的人发现，填补情感的空虚、精神的空虚、性的空虚，竟让这个社会风气变得混乱不堪，能把文化变成商品文化、饮食文化和性文化。古人说"饱暖思淫欲，饥寒出盗贼"，今天又放射出哲学的光芒。

不知是哪一天，西方的性开放、同性恋意识传到了中国；不知在哪一天，电影电视上开始越来越多地出现一夜情婚外恋；也不知是哪一天，潘金莲被重演为受侮辱与被迫害的人而武二郎竟与嫂子调起情来；也不知是哪一天，各个朝代的皇帝都成了英雄，那些青楼妓女们也都成了拯救人类的精灵……

雨晴自从到了国强公司后，生活发生着巨大的变化。原本一个农家女，如今已变成了时髦的城里姑娘：头发染成了半咖啡色，配上那张甜美的椭圆脸恰到好处；一双半高跟皮凉鞋把身材撑得亭亭玉立；或是高档次的连衣裙或是精白短衫配黑蓝中短裙，怎么穿都显得既稳重端庄又青春靓丽。她给人的感觉，偶尔是文静的少妇，偶尔是调皮的丫头。雨晴已抓牢老板国强的心，也才有了她眼下潇洒的日子。雨晴是八〇后，接受的多是明星们的影响，心里的最大欲望是过有钱的日子。对于性开放，她们不敢苟同，但对于贞操观却是早已忘怀。她们是凭着感觉走的一代，是被社会文化撕裂的一代，是徘徊于理想追求和现实欲望之间的一代。

雨晴对国强，既因为国强满足了她虚荣的愿望，也有她对国强创业胆识的钦佩，还有依托国强实现梦想的考虑。而国强对于雨晴，则一是满足虚荣心和肉欲，二是表现一个公司的爱才揽才的形象，三是的确对雨晴产生了感情。但由于年龄相差二十岁上下，雨晴心中，始终不把国强当成可以托付终身的人，而国强也在内心深处只是把雨晴当作用用的物件、放着看的花瓶，而不是像丁楠那样跟着他一起艰难创业的夫妻和伴侣。

国强在公司给雨晴安排了一个单身公寓，然后又在南方一个海滨城市的临江地带购买了一套小单元房。这个房只是国强外出带着雨晴的安乐窝，平时都锁着没人居住。国强趁着刚开发海滨时的价格之优捷足先登，他估算着将来房价可以翻番，他算准了，而且告诉雨晴说这房子将来夏天避暑可用。雨晴说那你不给我买套房？国强说这房子就是为你买的。雨晴说地方好但房子小了点。国强说也只是出差了来住住，雨晴说那我以后就常住这里。国强说那不行，产权是你的名字，但常住不行。"为什么？"国强在雨晴鼻子上刮了一下，"那就成了包养情妇！"

雨晴听了说："那现在不算是包养吗？"

国强说："现在不算，你在公司工作，自己养自己！"

两人都笑起来。国强还说，我是企业家，包养情妇的是官员，我还奔不上呢。

雨晴这一切变化，丁楠可都看在眼里，几次在国强面前说：雨晴越来越漂亮，我看总有一天你会被牢牢粘住，趁现在有条件，把她推出去吧。国强说那可不行，你没见现在很多时候公关就靠她吗？你要是年轻些靠你，现在是半老黄花啦！丁楠怒指着国强：你嫌我老了？那你把雨晴娶了吧，我给你腾位子！国强自知失口，赶紧说夫人请息怒我是说了个实话，其实我也是个蔫黄瓜了，都一样啊！却不料更让丁楠气恼，连喝水的杯子都摔碎了。一连几天，就不给国强好脸色看。而且，慢慢又恢复了一周打三次麻将、一打打到深夜的坏习惯，而且公司连年盈利年年走红以后，她就慢慢放松了财务管理，只是偶尔去财务检查一下，把一堆的存款折子放在保密箱里紧紧看管。只为儿子女儿的上学操心费神，其他事眼不见心不烦。她一发火骂了国强，国强正好巴不得找借口不回家吃饭，悄悄与雨晴鬼混去了。

121 西南地震时，贺玲一清已回到北京，知道情况后十分担心。与秦岚庆生通话，知道他们正投入抗灾活动，他们着急回一清家，就回东北了。

六月，正是东北最漂亮的季节，满眼是青翠和碧绿，一望无际的丘陵缓坡和莽苍的平原上，全被青纱帐覆盖，树是红松和白皮松，满山粮食作物是玉米、大豆和高粱，难怪说东北是粮仓，一点不假。在飞机上鸟瞰，更是一望无际的绿和一条条蜿蜒流淌闪着银色光芒的河。东北夏天最美，昼夜温差大点，中午最高温度也就三十度左右，晚上是要盖被子睡觉的。

贺玲和一清从北京回到皇姑屯。母亲、姐姐和家里的大黄狗在暮色中迎接贺玲夫妇的回归，没过一个小时，屋子里竟聚起了不下二十人。母亲和姐姐找出了所有的凳子和能坐人的地方，大家高兴地要看一下这位当年的知青、今天的台湾律师界名人贺玲。贺玲也多年没回了，与一清结婚后，只是毕业工作后回家探望老人一次，那时父母都在，后来老父去世时贺玲正在台湾拼搏未能尽孝，只好让一清代为送葬。这次回大陆，除去看望北京的弟妹外，特别重要的是去皇姑屯看望尚且健在的婆母，看望一下皇姑屯的乡亲。贺玲把礼物双手捧着给婆母说："儿媳不能尽孝，只能以这套羊毛衣裤表达一点孝心，请母亲收下。"母亲笑眯了眼，连声称谢，说我身体还硬朗能劳动，只要你们在外工作干得好，我们就放心就高兴！说着高兴得眼泪竟流出来。一清把几袋台湾椰子糖、槟榔饴一一散给大家，让乡亲们尝尝台湾特产。几十个人问长问短，使贺玲一清感到暖暖的温情。贺玲已经多年没跟百姓们这么近距离地接触了，她感到更多的是人与人之间的隔膜和冰冷。她对知青时代皇姑屯人民给予她的保护乃至生命怀着毕生的感激，更对一清一家人怀着至深的感情，她经常想，没有一清一家人，就没有今天的贺玲，没有皇姑屯人民给予她的温暖和情义，也可能就没有今天仍旧刻骨铭心的对困难的理解和奋斗的坚定。她一想起那段艰苦的岁月、那个已经逝去的时代，就会充满一种既痛苦又惋惜又仇恨又怀念的复杂情感。怪谁呢？怨谁呢？只能怪那个错乱的时代，只能怨那时的历史现实，然而一切都已过去，今天的日子，难道不是对过去苦难的一种回馈和补偿吗？贺玲有一种深深的激动，感到她没有走与同学相同的路，没有那些城市生活的浪漫回忆以及事业成长中的阔步向前，而她走的是一条独自选择的路，选择在最困难时期和真挚的青年一生为伴，选择了知识荒芜岁月中与书为伴，选择了激情冲动走入游行队伍时的真诚和无畏，选择了人生路上遇到坎坷时的海外艰辛。贺玲同样是一位理想主义者，这点与庆生有相似之处。而对于未来，贺玲仍然没有忘记的是，两岸何时才能有通畅的大道和桥梁？

一清知道贺玲睡不着，他也想着他的事，他不愿打断贺玲的思绪，他总会站在贺玲的角度想问题，而且总会理解和支持妻子。妻子是一位忠贞于理想、忠贞于事业、忠贞于丈夫的好妻子，那么倾心事业，那么坚定不移。哪怕上学回城工作，乃至于去台北，都没有忘记过去，没有忘记皇姑屯，没有忘记父母，没有忘记一清！这种品质是一种特质啊！在当今社会中，恐怕有这种品质的人凤毛麟角，然而这却是事实，妻子就睡在身边，而且没有同床异梦。

贺玲陪伴了年迈的婆婆三天，也从婆婆嘴里知道了一清在皇姑屯十多年的一些生活琐事，说一清曾遇到邻村的一位姑娘，姑娘主动表示要尽力照顾好母亲，以支持一清在村里的工作，也不嫌弃一清已婚，只要一清同意与北京的贺玲离婚，她马上与一清结婚，而且不要彩礼。但一清就是不答应，一度那位姑娘为取得母亲支持，竟几天里与一清母亲白天一起干活晚上睡在一张床上陪说话，老母亲都感动了，但一清还是不答应。多少个傍晚时分，一清一个人坐在乌蒙河边的石头上，独自吹着口琴，痴痴地望着南方。一清对母亲说过："贺玲是位深明大义的媳妇，我一生相信她，绝不负她！"母亲还表示自己在屯子里生活习惯了，这儿的一切她都熟悉，不愿到外面陌生的地方去，母亲的理解是：吃苦就是享福，人一生能吃能睡就是幸福，儿女出息就是幸福，老人别无他求。

后来一清提议，他们一块儿上了长白山天池。那日，一夜的阵雨过后风和日丽，贺玲夫妇上到山顶竟然是蓝天白云，天池湖水如镜，神秘面纱揭去，却是一个高山湖泊。多少人为了一睹天池真容，但次次空空往返。人们说，能一睹天池风采的人都不是常人，因为常人一般见不上天池的。贺玲一清都很激动，在天池照了十多张照片，一清采了一束野花给贺玲献上，贺玲深深嗅着野花的清香味，深情地望着一清说：这里是我们的家了，总有一天，我们还会回来的！一清知道贺玲触景生情，说出了对大陆的眷恋之情。

回台一周后，贺玲告诉一清：

"我们好好合计一下，看能否在北京也开一间咖啡屋，还叫'两岸咖啡会馆'。"

一清高兴地咧开了大嘴，笑起来显示出一种憨直：

"太好了！坚决拥护夫人贺玲的提议！"

第二十四章　风雨潇潇

122 贺庆生主持市政府工作后，用了差不多一个月时间到基层调研，但常常被一些不稳定因素打断。一部分精力被分散在维护稳定化解矛盾方面。鑫州市国营企业已先后破产重组或兼并改制，端"铁饭碗"的工人阶级差不多都已变成了"合同工"。年龄大的被买断工龄或退休养老，年纪轻的与企业签订劳动合同，不想干的可以跳槽另谋高就，养老的进入养老统筹，有病的由企业或民政部门给予专项安排。总之，企业轻装上阵了，但"国企"没有了，就连一些国营商场、供销公司也都逐步股份化或私有化了。私企老板执掌了工人阶级的命运，好的企业还有党委、工会以及其他群团组织，较差的或者没有党委群团工作，或者党委工作名存实亡。股份制企业还算有个董事会，一些独资小型企业已经就是"家天下"或"老子"企业。"工人阶级"似乎一夜间消散于朝野，"工人阶级领导"也多年未被提及了。要不是有一批国营垄断企业还在那里，好像这个国家都被"私"化掉了。工人阶级尤其是产业工人，正在经受着身份地位变化的艰难和屈辱。而那些工人阶级中少量的顽固分子，却从自身的经历中思考社会的蜕变，忍受着主人翁地位衰落的痛苦，回想着过去的光荣，以及在老祖宗那里寻找着未来的理论。大多数人，已经在生活中逐步适应了改革的需要，适应了利益的调整和生活的变化。还有少数人，正在痛苦着、探索着、苟活着。

庆生想："三十年河东三十年河西，这世道变得认不得了。"他几经打听，才找到了当年的"冬妮娅"宋佳。

三十多年过去，"冬妮娅"已经没有了当年的风采，脸上爬出了皱纹，背也过早地稍稍有点驼了。她们一家四口，丈夫是工厂技术员，因为企业不景气提前退休。两个孩子都上技校，两口子一月工资总额八百多元，还是这几年慢慢涨起来的，刚退养时才三四百元。日子过得紧巴巴的，女儿穿的衣服，甚至还是母亲过去留下来的，但日子还得过。庆生与老婆一块儿找到她家，送去了一包日用品。当年的老同学见到庆生说早已知道你当了官，但现在我们混背了，不好意思见你，你来了也就看看吧，改革开放几十年了，我们工人阶级今天的日子倒不见得好了多少，话也说不起来了。过去是老大哥，现在连老二哥都算不上了。我们真想到农村分块田耕种呢！庆生见家里还是住着几十年前的筒子楼，真没想到国防工厂的职工如今过的是这样的日子。宋佳陪着庆生去了工厂车间，已是黄叶铺地，车间废弃，一派萧条之气。说厂里正打算把工厂的地卖了，换点钱给工人们交养老金，再修起楼房来，分给老职工老同志居住。庆生把情况暗自记在心里，回来时是一副沉甸甸的心情。他想，这些产业工人的境况真是要高度重视的问题。三四十年工龄的工人，两口子现在还拿不到一个新参加工作的高中生的工资，这合理吗？显然是在分配上走偏了，改革开放的成果没有让这些工人得到啊！

在一次常务会上，在讨论加大对外招商工作力度时，柯明讲出两个观点：接待是生产力，一定要提高接待水平，把北京的省里的特别是有权有钱的部门领导接待好，从他们那里拿到项目争取资金；要树立经营城市的理念，把从农民手里拿来的地卖出去，让有钱人和商人来发展城市。贺庆生听了就不高兴，心想这种观点怎么能在大会上公开宣传呢？会议最后总结时，庆生讲了他当年那位同学今天的境遇，说我们今天发展了，但还有不少老百姓甚至产业工人吃不饱饭，所以一定要节俭，从政府做起。有个流行的说法：接待是生产力，这个说法欠科学，马克思讲的生产力要素中没有这一条的。要认真推敲，同志们可以讨论。另外，经营城市的提法新颖，也需要做深入分析，城市要学会经营，学会宣传和推销自己，树立城市文化，更要学会管理。但如果把经营城市仅仅作为提升房地产价格来谋一时之利，那也是不可取的。而且在走内涵之路还是扩大外延上一定要科学规划、科学定位，不能单纯靠向农民拿地来扩大城市，这些涉及人民切身利益的事，一定要反复讨论慎重决策。招商是重要的，但更要安全，诚心待客。庆生要求研究室归集几个重要方面的问题印发给各领导，先统一大家的认识。

会上的批评，其实庆生是有所针对的。因为柯明已经在不少场合和会议上，多次讲接待是生产力的论调，引发了不小的思想混乱，助推了市内一定程度的吃喝风、奢侈风、攀比风，住要好宾馆，喝要茅台酒，车要高档次，此风不刹，百姓将戳我们的脊梁骨。经济发展会走偏方向啊！但这次会上庆生的非点名批评，却戳到了柯明的痛处，引起柯明的很大不满。他早就听背后有人说他没有理论水平，不像政治系毕业的大学生。今天庆生会上虽然未点名，但很明显话有所指，而且把他作为"接待论"的代表来批驳，他感到贺庆生欺人太甚。是可忍孰不可忍！你不也就是个学中文的吗？还动不动搬出马克思，马克思的书我比你读得多多了！不就是个市长嘛，不是老子让着你你还能当上？还又嫌我常务工作不力，新城市规划方案迟迟拿不出来，你以为老子是吃素的？会容忍你骑在头上拉屎拉尿？柯明越想越憋气，在心里骂道：

"总有一天老子整垮你！"

半个月后，市政府召开了工作务虚会。按照庆生市长的安排，政府办研究室在充分调研、广泛收集意见的基础上，拿出了一个涉及十几个方面的务虚讨论题目。主要有：中省关于今年总体工作、经济工作的核心精神；我市十次党代会人代会提出的今后五年的发展思路、重要举措问题；当前影响我市经济发展的主要问题；稳定和信访工作问题；对外开放、招商引资的当务之急；当前重点项目推进工作；城市建设规划问题；农村几大产业发展问题；政府党风廉政建设问题；学习和作风建设，等等。会议满满开了两天，市委书记靳强出席了会议，他对这次市政府班子以别开生面的工作务虚讨论方式统一认识研究工作、贯彻落实市十次党代会精神表示赞赏，不是忙忙碌碌地就工作抓工作，不是头绪不清、不分主次地忙工作，不是平铺直叙地没有亮点地完成任务；而是深入调研，理清思路，统一认识，结合实际，紧抓重点，全面推进，有所突破，有所创新的新的政府工作模式。靳书记给自己曾经的助手贺庆生市长在心里打了八十分，感到他没有看错人。

市政府各市长、秘书长和参加会议的部门主要负责同志都发了言。讨论气氛热烈，探讨深入真挚，发言各抒己见，民主氛围很浓。大家认为是市上两会之后，政府抓工作落实的有效举措，有效地统一了认识，明确了重点，振奋了信心，激励了斗志。

庆生的总结讲话是《凝聚共识，求真务实，做好当前九个方面的重要工作》。这其实是庆生一个多月调查研究所思所想的内容，是他任市长后的具体施政纲领，也是他所要把握的九大关系和重点突破的思路。庆生的总结讲话受到靳书记的高度评价，认为庆生的总结"有新意，有理论，有深度，实事求是，务实创新"。会后，一些同志议论：看来政府工作要有新变化了！鑫州有希望！

123 刘文山凶杀案在柯明副市长的督办下有了新的进展。案发半年后，在刘文山被杀房间衣橱柜的一个暗壁里，发现了一张借据：鑫钢老总赵春月借欠刘文山三百万元的借条。

案发时公安人员没有发现那个衣橱的底板下面竟还有个暗室。原来刘文山这个衣橱是在阳台被拆后与卧室连成一体的房间里制作的，卧室显得宽大，二十平方米左右，靠南窗的右侧，就着原阳台的几十公分原墙，让木工打造了一个贴墙衣橱，衣橱的木底板看起来是死的，与衣橱连钉在一起，而实际上是就着尺寸刚好卡在衣橱底层，不专门研究，很难发现衣橱底下会有这个小小的暗室。

这个暗室被打开，还是由于新任专案组长、市公安局位居第四的王副局长带队在又一次细致的勘察中发现，而且是在又一名女尸案发后细细排查中发现的。

刘文山被杀后，他的居所就被封存起来，倒不是公安要封存，而是刘文山老婆认为丈夫被杀，房子不吉利，就回到平时的另一处居所，这个房子就被自然地封存了起来。由于该案长期没有进展，公安方面认为此案很有可能是仇杀或者情杀，但却不可能是雇凶杀人，而且作案者有反侦查能力。公安局长李鸣压力很大，分管副局长表示无能为力。贺庆生任市长后，对该案过问少了一些，而分管政法的常务副市长柯明则更认真地紧抓不放。眼看半年时间过去了，柯明决定，由提拔不到一年的副局长王志中接管案件，而王副局长在接手后不到一个月，就有了新的案件线索。

王志中，山西人，与柯明系老乡，四十岁，少年得志，聪明过人，处事干练，鑫州党校大专毕业，后来又拿了个工商硕士文凭。从派出所工人、警员、派出所长到市交警车管所所长，后由车管所所长一路提升至市公安局最后一位副局长，本分管交通，但第四位副局长最近退休，他又兼管了局内公安干校等工作。已经是第五任的妻子在外经商只是幌子，其实这些年交管所所长收到的各种贿赂和好处费就足够他吃一辈子。王局长常常踌躇满志，"志中志中，志在中国也。"他偶尔做此念想。他什么都见过，什么都不怕，要说有怕的，一是怕晚上做噩梦被人追赶；二是怕纪检书记传唤。一有传唤，马上头皮发麻，心惊肉跳，但很快会冷静下来，他知道自己的事万无一失，纪委只知道他娶了五任老婆，但组织上也还在提拔任用他，民不告官不究，前任的老婆他也都用钱安抚了，没人找他的事。他现在需要的是能尽可能快地升迁，因为升得越高，他就越保险。按他的年龄推算，五十岁升至厅级应当没有问题，六十岁前说不定还可升至副省级。他早就与柯明因老乡关系相熟，常在一块儿吃喝打牌，光他给柯明打牌垫支的钱，少说也在五六万元。他对柯明，也是心知肚明。他看出柯明心机很重，官场虽然顺利，但这几年总是心气不畅，老是横着个脸让人生畏。但见了他，柯明还是得露出笑脸的，将他视作哥儿们，暗示明示的，志中都能明白。

那一日，柯明将志中叫到办公室。志中一见柯明脸阴沉着就知他心中有事。等柯明脸色缓了一些，这才说：

"首长最近辛苦啊，要注意休息！"

"休息个屁，我能像你那么潇洒倒好！"柯明说。

"是啊，首长忙，我却是一身力气没处使啊！"

"好！交给你个任务，让你忙而有功！"

柯明的话，让王志中一时摸不着头脑。他看了看办公室锁上的门，把凳子往前挪了挪，眼望着柯明说：

"有好事？首长说了，志中赴汤蹈火在所不辞！"

柯明喝了口茶，才把刘文山凶杀案的情况和进展一一告知王志中。王志中静静听着，想一个字都不落地记在心里。柯明无意中透露，鑫钢公司的春月跟贺庆生是表姐弟关系，这点十分重要，你要谨慎把握，小心惹火烧身！交代完毕，柯明露出笑容说：

"相信老弟定会马到成功！接替案件的分工，我给李鸣局长打招呼。你尽快熟悉全案，寻找突破！有什么问题随时找我！"

下来后柯明把接案意见电话告知了局长李鸣，李鸣表示同意但说王志中不管刑事侦破。柯明说那是分工，分工协作是可以变动调整的，况且王志中当过派出所所长，办过不少刑事案件，李鸣再未表示反对。

王志中接案后心情是复杂的，尤其是当他从柯明嘴里知道赵春月与贺庆生的关系后，心中吃了一惊：柯明告诉他这层意思是警告他小心办案，还是流露出与贺庆生微妙的那种关系？王志中当然知道柯明与贺庆生竞争市长职位的事，但是事情已成定局，已经过去了难道还在继续争斗？况且贺庆生已是市长，弄得不好自己两头作难。想到贺庆生，王志中记起一件事：贺庆生当纪委书记时，接到过反映王志中与现任老婆婚前有私情破坏别人家庭的举报，反映情况是清楚的，但查举报人却不是那女人的丈夫，只是匿名，但鉴于王志中已离过几次婚，故贺庆生通知让王志中来纪委谈谈。那次把王志中着实吓了一跳，原以为可能是经济上犯事，谈后方知是作风问题，于是便坦率承认了婚前的恋情却说并未越轨，后来双方离婚又双双结婚，这封信都是以前的事了。贺庆生说，人生婚姻是大事，千万不可马虎，干部尤要认真，遵规守矩，千万莫要因小失大，影响成长和进步。说完定定地瞅着王志中，让他出了一身冷汗。王志中说感谢书记教诲之情，一定铭记于心。想到这里，又不由得对贺庆生心生恼恨：

"狗屁教诲，都什么时代了！还是你那老一套说教，说给你娘听吧，我的婚事还能由你组织说了算？"

王志中果然厉害，接受任务后，他就只带了一个警员，亲自到那间被封的凶杀屋，细细查看每一个房间，尤其是刘文山的卧室，细细勘察每一个可疑之点，但没有发现新的问题。回到办公室，又调出案卷，细细分析每一个线索，他得出的结论仍然是：情杀或仇杀，不排除雇凶杀人。王志中还敏锐地发现：为什么刘文山已有新的居所，而他却被杀在老屋之中？为什么刘文山老婆常住新居而刘文山常住老居，是否另有隐情？如有隐情那么是谁呢？王志中根据逻辑推论：一般私企老板差不多都有婚外恋情，而私企老板的婚外情一般又是公司的老总助理、办公室女性。他不相信这个刘文山会超凡脱俗，天下没有不吃腥的猫。于是，王志中又去了此时已处于风雨飘摇的锌炼厂调查。他凭借着与多名女人打交道的经验，终于从锌炼厂厂部一女性嘴里得知刘文山虽在锌炼厂，但与原钢厂财务处一位女性多有联系，偶见过两人一起散步。

这一信息，让王志中欣喜异常，第二天他就秘密传唤了鑫钢公司财务处会计韦娜。韦娜承认，刘文山曾对她好过，并跟她要过一个条子，这时同来的干警外出接电话。王志中问：

"什么条子？内容是什么？现在还在吗？"王志中紧追不舍。

韦娜说那个条子是赵春月老总写给财务部长要给锌厂打款的。这张条子好像还在她的保险柜里。

王志中不失时机地从韦娜的保险柜里找到了那张条子，很快溜了一眼。条子是张带有公司文头的便函纸，内容写着：请公司财务借支刘文山锌炼厂资金三百万元，不计利息，待后归还。他趁着干警外出接电话和韦娜焦急忙乱之际，将条子悄悄收藏起来。他感到这张条子有秘密，他要独自研究。等韦娜再找时却怎么也找不见了。她又回忆说：好像刘文山后来要回了条据。

　　王志中问："这笔款打给锌炼厂后现在还给鑫钢公司没有？"

　　韦娜说："至今未还，已经三年多了。但听说后来作为公司的入股资金所以未还。"

　　"为什么你保管了这张条子？为什么后来刘文山跟你要那张条子？"

　　"因为当初是刘文山拿着这张条子找财务处打的款。后来款打过了，条子作为支出凭证保存下来，刘文山再跟我要的时候，我就没给他。"

　　"凭你跟刘文山的关系，你为什么不给他？"

　　"那时刘文山已经不跟我好了，听说有了别的女人。"

　　"那你为什么后来又给了他？"

　　"好像是后来几次索要，我想款已打过，是不是就给他了？现在记不起来，条子不在，可能是刘文山已经要去了。"

　　王志中心里打了一个结：刘文山要条据就是想在上面做文章。

　　这时，一幅图景出现在王志中的脑海：刘文山因要不到借条而恼恨韦娜，韦娜因刘文山抛弃她也产生了仇恨；或者，刘文山因索要借条而许诺给韦娜好处，韦娜得不到好处或不能满足，两人产生剧烈冲突，韦娜受刘文山威胁仇恨更大而要灭掉昔日情人刘文山。

　　有了这个线索和证据，王志中认定刘文山案应是情杀便突审了韦娜。但据交代和调查取证韦娜同样没有作案时间，可以排除韦娜亲自作案的可能。而韦娜亦只是承认与刘文山有过暧昧关系拒不交代雇人杀害刘文山，没有了口供，案子仍无进展。

　　王志中决定要对韦娜采取拘传措施。这次，韦娜被拘留了两天一夜，并且被侮辱诱供，后来竟用手铐铐在床头钢管上说是怕她跑掉，而看管人员却睡着了。王志中知道后把几个公安骂了一顿，说你们几个糊涂蛋，超时传讯已属违规，如有突破尚且可说，用手铐铐人已是违法，如拿不下来案子，人家告起你来，你拿什么说辞？看管人员连连认错，说我们太困了，眼皮抬不起，又怕人跑了，只好先铐会儿，没想到睡着了。

王志中上手了。他亲自审讯，表情已是相当严肃：

"韦娜你要老实交代！你是刘文山的情妇，杀害刘文山你脱不了干系，坦白交代才是你的出路！"

韦娜被传一个白天，一夜未能休息，而且被手铐铐得难以忍受，一见王志中就大哭起来，说你们冤枉了我，我跟刘文山虽为老上下级关系，但还不是情人，我没有理由杀害刘文山啊，请你们千万不要冤枉好人！

王志中见分量不够，就继续加压说："好吧，既然你不交代，我们只好采取非常措施，明天申请批捕你！"

韦娜一听批捕，头嗡的一声，感到眼前一黑，连累带吓，就晕了过去。王志中这才让两名公安将韦娜送去医院治疗，待韦娜清醒过来，就安排先送回家。临走时，王志中交代韦娜，不许向外透露任何一点传讯情况，否则罪上加罪。

韦娜在第二天晚上回到家里，又饿又累，饭到嘴边又吃不下去，躺在床上刚一闭上眼睛就看见王志中和几位公安的各种恐吓的脸孔。她又想家里老公常常半夜不归，儿子天天泡在网吧叫不回来。一想到再过几天，一旦公安批捕她，她有嘴说不清，跳到黄河洗不清。越想心越窄，拿出一张纸写下："我冤枉！"就晕头转向地走向家外的一条大渠，坐在渠边哭了一场。天是那样的墨黑，只能看到一丝渠水流动的亮光，韦娜喊了一声"冤啊！"就跳入了渠水。两三米宽的渠里水流很急，当第二天下午人们发现一具女尸时，韦娜已经在水渠里漂流了四五公里，来到了农民截水的闸口处。

一个爆炸性的新闻立即在鑫钢传开，接着又在鑫州市发生了连锁反应。

韦娜的丈夫和孩子，拿着她遗留下的"我冤枉"的纸条，非要找鑫钢的老总春月。春月听说死了人，立即接见，但她毫不知情，她并不知道公安方面的秘密调查和传讯。从财务处得知，有公安人员叫走过韦娜，但缺工的两天是请的事假，并无异常情况发生。春月让财务处先安抚家人，指示公司组织人事和保安方面全面收集情况，待后处理。

春月知道韦娜其人，也听说过这是个长相姣好胆子很小的女人，见过一两次面，但印象不深。刘文山死后虽有人传过曾与其相好，韦娜也无异常反应。那么却为何自杀？冤从何来？春月有些敏感地想，莫不是为刘文山死亡的案子，公安查过她？春月叫来财务处负责人仔细问询，这才知道公安的确找过韦娜，说是要调查个事情，是给财务处打了招呼的。因想到是公安调查取证，也就没有放在心上。两天前韦娜请假，结果就自杀了，应当与公安调查有关。春月了解了这些情况后，决定给表弟贺庆生说说。

晚上十点，春月拨通了贺庆生家里的电话，正好庆生接电话。春月说：

"市长大人，你可听说我公司一位女员工自杀的事了？"

庆生说下午已接到信息，情况正在调查之中。春月说听说好像公安叫过她调查取证，会不会与刘文山死亡案有联系？庆生说得看进一步的情况报告。春月就有点憋火，又不好深问，只告诉庆生：死的人涉及我公司，而且留字条叫冤，如果涉及公安，请你一定主持公道，为民做主！

贺庆生说："如果是这样，我们一定彻查，我关注此事！"

124

雨晴是在宴会桌上结识的柯明。

宴会是由国强公司做东的，为能请上常务副市长柯明，国强事先打发雨晴疏通了市发改委副主任苗靖的关系。苗靖与国强是同县老乡，国强公司新近报一矿山开发项目，因涉及立项、环评等几个部门，发改委基本同意立项，但矿管、环境方面还得协调，苗靖出主意说如能由常务副市长柯明出面协调，项目审批就会顺利得多。因为柯明主管发改委、环保局。国强几经努力，终于由发改委主任曾伟出面，请柯明副市长和几个部门领导吃饭。

曾伟见了柯明，说好久未跟领导一块儿聚聚，您看啥时间给个机会？柯明把头从电脑上移开，望一眼曾伟。

"有事说事，不要遮遮掩掩！"

曾伟迎着市长的目光，眼镜片下露出真诚的神情，"真没多大事。就是聚聚，喝杯小酒，大家想见您啊！"

"真想见我？哪些人？"柯明问道。

曾伟回答说都是您分管的部下，也就个把生人，不会给首长添乱的。柯明沉吟片刻说那就放周末吧。周末没事，让你们喝个痛快！曾伟高兴地应诺。

周末的宴会放在滨江大道的御园内，这里几百亩的楠竹参天，郁郁森森，曲径通幽，集宾馆餐饮服务垂钓休闲为一体，算是清江边上的世外桃源，是一处新开张一年多的休闲之所。

除了环保局一把手局长外出开会外，其余人员均已到齐。副市长柯明，市发改委曾、苗两位主任，国土局局长冯日新，环保局副局长董克，市政府副秘书长杨明六人，之外就是国强公司老总赵国强、助理刁雨晴，一共八人。一经介绍，柯明就已明白今天的东家是国强公司，他知道这些有管理权的部门领导接受企业方面的吃请也是常事。尤其一见有一位美女，柯明眼睛一亮。心想，又是一番景致，比起他见过的其他美女，比起郝丽丽，这个刁雨晴似乎更有诱惑力，是哪点呢？柯明一时还没弄清楚，但他决定不走了，与大家喝杯酒，舒畅一下郁闷，也想结识一下这位女郎。

席间，大家频频举杯，觥筹交错，为柯市长祝福干杯，为大家周末快乐干杯，为各位朋友的友谊干杯！三杯过后，各主任局长们又都轮番劝酒，当然主要是千方百计让柯市长多喝几杯，有的劝酒有能耐，既会说又会喝，也有的说首长您随意我喝干。十来杯酒下肚，宴会气氛开始活跃起来。发改委主任曾伟说现在出节目，谁说一个笑话少喝一杯。说不了就罚酒，大家说好。曾伟讲了一个北方笑话《你当你是谁？》大家一笑说你那笑话我们早听过了，那是老百姓骂官员的，说给驴听，见驴这边吃草那边吃草，就说你还以为你是官员哩，见什么都吃，你当你是谁呢！那个"什么"两字用的北方方言，用普通话就叫"拾嘛"或"十妈"。曾主任的笑话虽老，但北方方言讲得极像，大家还是笑了，各喝一杯酒。国土局局长冯日新接着讲了一个"寡妇搭车"的故事，说一天寡妇要去县里赶集，正好遇老汉驾毛驴车就要求搭乘一段，老汉一见寡妇颇有姿色就满口答应。走了没一会儿就说毛驴饿了要吃草，我们进树林歇一会儿吧。于是便去树林跟寡妇干了一次，寡妇依从。走了一程，寡妇说毛驴又要吃草了，咱们再去树林歇会儿吧，老汉心中窃喜就又去树林干了一次。又走不远，寡妇说，毛驴走累了，让它吃草咱们再去树林歇会儿吧！老汉一听，自己已经虚脱了还能再干？于是哀哀地说："那我去吃草，你跟毛驴去树林歇去吧！"大家听了，被逗得哄堂大笑。笑毕，杨副秘书长说："老冯局长，你说的那个老汉是谁呀？"大家相视一笑，正待猜说时，杨秘书长说："冯日新冯日新，那故事就是你吧，你一日几次新啊！"大家听了又乐起来。但冯局长显然能稳住阵脚，他大言不惭地解释道："你那个日新是日新月异的日新，我那个日不念日，念二。你们能想到其他的新上去，说明你们都有日新情结啊！哈哈！"大家又乐，又都举杯，喝！喝！

轮到环保局副局长了，局长说："我讲不了，我认罚。"把一杯酒一干而净。

但这一来，宴会倒有点冷清下来。柯明这时已经十多杯下肚，头开始晕乎起来，但脑子很清醒，一看轮到自己了，讲什么呢？太荤的段子有点不合身份，太次的段子又讲来索味。便起身提议说：咱换个方式吧，猜火柴棍，猜上的喝酒，猜不上的不喝。大家说好。一时桌上没有火柴棍，雨晴赶紧拿过八根牙签给柯明说用这个代替吧。柯明高兴地接过牙签在手中摩挲，然后两手在背后一捣鼓，伸出一只手说：顺着猜。你，杨秘！杨明秘书长说"一"，柯明说"过"，你，曾伟！曾伟思索一下说"三"，"过"。柯明一连过了好几个人，下来轮到雨晴了，雨晴说："还剩几个数？"柯明说："还有四、七、八。"雨晴不假思索地说"七"，柯明手掌一伸，正好是七支牙签，"抓住你了，丫头！"

雨晴喝一杯酒，然后拿到了发令权，又照柯明的办法弄一番，让各位领导们一一猜，但这个雨晴，偏偏将柯明市长放在最后一位猜，这时候，只剩下一和八了。雨晴露出雪白的牙齿，红红的脸上微露一点迷人的野性，把手伸给市长：

"还剩一和八，不是您喝就是我喝，请市长猜！"

"鬼丫头，你还能把我降住？"柯明在脑子里想了一下两个数字，眼里有点火焰燃起。

"八！"柯明屏住呼吸，色眯眯地看着雨晴，果断地说。

雨晴把手收住，好像已被柯明猜着说自己得喝的样子，手掌展开来牙签却正是八根！桌子上哄喊起来，"八"是"发"，市长好兆头啊，市长喝了吧！

雨晴端起酒杯表示代喝，柯明却压住了雨晴的手，"不行，这酒我得喝！"接着说："喝完后我再跟你碰三杯！"大家纷纷说：市长大丈夫，不能让小女子代！市长好酒量！雨晴你有好事了。

柯明一仰脖子一杯酒就下去了。然后拿起酒壶，倒下六个满杯，给雨晴说："我们碰杯！"

雨晴不失时机地说："柯市长与民同乐，我太高兴了，今天豁出一醉。第一杯，我先干！"说完一饮而尽。柯明也跟着干了一杯。

"第二杯，市长大哥好风度好酒量，雨晴就喜欢这样的男人，噢，是领导！"雨晴拉近了距离，把市长叫大哥了。第二杯又喝了下去。

这时候，柯明才意识到自己酒量可能不如这个女子，便举起第三杯酒说："雨晴好酒量，我再敬你三杯！"

好雨晴，这时未见得有一丝不爽，端上酒杯，"市长大哥说喝几杯我就喝几杯，只是不要忘了我这个妹子！"柯明说："喝下三杯，一切尽在不言中！"

雨晴把第三杯酒和另外的一杯酒一共四杯一齐倒入一个大玻璃杯中，说："市长大哥，小妹我喝了！"脖子一扬，半玻璃杯的白酒就灌了进去，这时候白酒已经不苦不辣了，雨晴只把它当作白开水。

其实副市长柯明并未过量，他得保持着清醒，并不是矜持，而是想着要乐就好好乐乐，下来还要唱歌跳舞呢！

歌厅是早已准备好了的。柯明等一行人来到歌厅，见这个歌厅足有四十平方米。于是又上来一打啤酒、几碟瓜子和爆米花，大家就又碰杯。雨晴去给柯明点了他要的歌《敖包相会》《妹妹你坐船头》。柯明唱歌还真不错，嗓音高亢雄浑，虽有个别音不准，但不愧是市长，样样不落人后。

唱了两曲，柯明拉了雨晴跳舞，没跳两步，把雨晴的脚轻踩了一下，雨晴没吭声，走几步听柯明在耳边说："你为什么叫雨晴？"雨晴说："雨过天晴太阳红。"柯明说："百姓怎么说雨晴呢？"顿了一下说："以后告诉你吧！"雨晴见状说："市长哥哥好酒量，把妹子灌醉了，我有点难受！"柯明说："再跳两曲我送你回屋休息！"雨晴好似有意无意地在柯明手内用力捏了一下，点了点头。

半小时后，雨晴感到难受，去卫生间吐了一次。柯明见状就说杨秘书长你把她送回房间休息。杨明就半搀半扶把雨晴送去了房间。转过头一看，柯明竟也不放心地跟着来了，杨明一见，知趣地说市长您在这看一会儿。

杨明一走，柯明就俯下身子问雨晴，"怎么样？不要紧吧？"雨晴脸色稍微惨白了一点，但在灯光下竟像琥珀一样，白里透光，柯明有点心猿意马起来。却见雨晴睁开眼睛看着他说："市长哥哥不是要告诉我什么吗？"

柯明一想就笑了，他说不告诉了吧，说了你会笑的。雨晴却挣着坐直了身子，"不！你一定要告诉我！"

柯明终于说："老百姓说雨晴就是雨后的太阳，没有男人的婆娘！""什么意思？"雨晴真的不懂。柯明伸手刮了下雨晴的鼻子，"那个比喻，就是说寡妇厉害，就是那个冯日新讲的，那就是雨晴！"雨晴这才明白，看一眼柯明那带火的眼睛，一头撞到柯明怀里说："你坏！市长哥哥！"

柯明趁势抱住雨晴，滚在了宽大的床上，很快，把舌尖顶进了雨晴嘴里。雨晴呻吟着，忽然挣脱开柯明的怀抱。

"不行，这里不行！以后吧，以后凭你召唤，好吧？市长哥哥！"

柯明本已被调动起来的激情尚未冷却，他也知道这时只能偷偷摸摸一会儿，还有那么多的眼睛。又一想，这么年轻貌美的女子已经被他俘获，就把激情收敛起来，又把雨晴抱住狂吻，将手伸到下面，但雨晴却扭动着身子，最终没让柯明那只手进入领界。

125

国强回到家里，就跟雨晴吵了起来，他愤怒地拍着桌子说："都他妈的什么公仆，一个项目跑得人腿都弯了，送礼送钱不说，还得送人！"雨晴说："你什么意思？"国强说我知你知，我不答应但你答应人家！雨晴说我答应什么了？国强说那个狗市长一脸色相，就不是好东西！雨晴说管他驴市长狗市长，不是人家能来，你那项目能过关？能批给你？我知道你嫌花了两万元钱，但现在这年头，谁不花钱能拿到项目？至于你说到我，我没答应柯明什么，他也没从我这里得到什么，我还不是为了你的事业、你的项目才豁出去喝酒、豁出去应酬的！人家柯副市长让下周再去一趟，你看去是不去？要不去了我正懒得跑呢！

国强发火，完全是冲着雨晴的。他也跟雨晴多次参加过一些项目活动甚至公关活动。但这次算是他从头到尾参与的，他见识了这些官员的嘴脸，见识了他们的水平，也见识到了大人物市长丑陋的另一面。但你能怎么样呢？雨晴说得没错，哪有不送礼白给你的项目？弄项目的人多着呢！人家给你也行给他也行，你没给人家好处人家凭什么非得给你？正所谓舍不得孩子套不着狼，你有啥办法呢？国强只不过是对雨晴的举动愤懑，竟然完全把他这个企业老板放在一边不闻不管，而只是对着一个女人纠缠不休，又是拼酒又是说黄段子，特别是后来去雨晴房间，不知干了些什么。总之，他感到不对头不正常。他不想把一个清白的女子也搭进去做牺牲品，他甚至还对雨晴寄予莫大的希望。但他感到雨晴好像没有想要他这份好心，好像在待人方面有见异思迁的感觉，你以为那些市长能给你真心啊，不过想玩玩你罢了，哪像我这样真情待你啊！

但又一想，雨晴是你什么人？跟你又是什么情感？不过就是在接触中相互产生了吸引，你占有了人家，把人家弄来当了你公司的一个特殊职员而已，你算什么真情真意？你又是什么正人君子？你不也就是这个时代中幸运一点的暴发户吗？当然我们也辛苦也奋斗，但我们就那么光明、正统？好像现在正经的东西越来越少、越来越不吃香，而不正经的、乌七八糟的东西越来越多，你有什么办法呢？

国强思来想去，想不出个道道来。最后气消了一些，给雨晴说："下周你还是去吧，不能让项目泡了汤！"雨晴说好。雨晴又说了一句：

"这叫有钱的不如有权的，有权的不如管他的，有钱有权的不顶有色的，这叫一物降一物！"

一周后，雨晴如约去了鑫州市政府柯明的办公室。一路顺风，雨晴说找柯副市长有事，没有人敢阻拦，她就进了柯明的办公室。

从炎热的街道一进入房间，一股凉意突然袭来，雨晴感到身上有些鸡皮疙瘩。环视一下，一张硕大的办公桌上，蓝色绒布上压着玻璃板，下面压着几张大小的照片和电话薄，几大盆时鲜的花卉摆在墙角，市长面前是一张中国大地图，背后是一排大书柜，书柜中摆放着不算整齐的书籍和杂物，办公桌上几乎放满了文件和书籍，倒显得压抑。

一进门，柯明立即起身，使劲握了一下雨晴的手，高兴地说："请坐请坐！"

雨晴说："市长，哥哥好！"雨晴声音很小，但柯明还是紧张地往门口看了看。

"说说你吧，把你的简历给我说说！"

雨晴一惊，柯明市长没说别的，一开口就问简历，真让她有点摸不着头脑，也只好说：

"雨晴简历十分简单，本省本市人，现年二十四岁，鑫州师大中文系毕业，现就职于鑫州国强房屋建筑有限责任公司，做总经理助理。报告完毕！"

"啊！这么简单，难怪难怪！"柯明说。

"难怪什么？请市长明示！"

"你经历太浅，尚不知世事艰难！"

"噢，谢谢市长，我正努力学习，了解社会！"

"你知道今天叫你来干什么吗？"

"不太清楚，总想着市长您这里有好消息啊！"

"你太聪明。告诉你吧，你们所报的项目已经批准。"

"哎呀！那太感谢柯市长，感谢您的关心和帮助！"

"不过这个项目审批的确是有难度的，锌矿走俏，大家都抢着上，还造成无序开采，破坏矿山，就控制很严。"柯明严肃地说完上面的话后，突然口气温柔起来，说：雨晴啊，你不简单，能让我给你们开绿灯也不是容易的噢，你真是要好好感谢我呐！

雨晴脸红起来，站起身似乎要把门锁上，柯明制止了，他示意雨晴去里间卧室。雨晴迟疑片刻就走了进去，刚一转身，一张热辣辣的嘴便堵住了雨晴的口，接着柯明一只手锁上了内室门锁，拥抱着雨晴倒在了宽大的席梦思床上。雨晴还有些不习惯地躲避着市长的进攻，市长却不顾一切地抱住她，连声说："我爱你，喜欢死你了！"

好一阵子，雨晴才喘过气来，望着满脸通红的柯明，喃喃地说："大哥，我……"

"你什么都别说！今晚到鑫州宾馆三〇一房来，记住，我九点钟在那儿等你！"

从市政府出来，雨晴步履轻盈，心情像大院树丛中的画眉鸟。一路走过长长的绿荫道，走到市政府门口，见门卫冲她一笑，心中一惊：难道他们窥测到了什么？但那是不可能的，市长房间的保密条件应当是相当好啊！也许是门卫对女同志都是笑容满面吧。这一想，雨晴也就放心了。出了门，雨晴打一辆出租车就往回走，她原想让国强用车来接她的，但是又怕国强吃醋，只好自己打车回去。

整整一个下午，雨晴既充满希望又矛盾斗争。与柯明副市长的相识和很快坠入情网，是她始料不及的，她不相信自己有那样的魅力能吸引市长大人，更不相信第一次相逢便已落入市长怀中。那么堂堂一个市长，能看上我一个小小企业家助理？她想市长一定家有妻室儿女，抱她亲她只是想揩揩油玩玩她。那么抱了亲了也就罢了，却还要求今晚去宾馆开房，看来这场戏得做下去了。雨晴忽然想到国强，虽然与国强不是夫妻，但从她当家教到后来跟国强发生关系，在这长长的几年中，她感到国强心地善良待她不薄，可以说她现在过得很舒服了。而国强还不时流露出希望她未来能在公司中有一番作为，甚至有意让她做未来的老板娘。而她在任助理工作时，也确实把企业视作自己的，努力策划营销，尽力协同攻关，企业发展也有她的汗水和贡献。所以她又不愿背叛国强。两相比较，一个是有权，一个是有钱，一个是官员，一个是草民；论真，是国强，论虚，是柯明。但是柯明却是可以帮她实现更大梦想的跳板，是一个很具诱惑力的男人啊！

晚上去还是不去？去，肯定是羊入狼口，难以回头；不去，则有可能断送未来，甚至影响公司今后发展。雨晴思考良久，终于决定晚上赴约。她内心还有一个保护防线：她正在例假之中。

终于等到晚上，正好国强夫妇约定晚上一同打牌，也没给雨晴安排别的差事。一俟天黑，雨晴就提前洗了澡，把例假防护做好，然后对着镜子精心化了妆，她才二十四五岁，正是女子漂亮的时候，雨晴对自己很满意。八点过后，街上灯火一片，在楼上向清江望去，半个江面波光粼粼在五彩之中，这个城市的繁华之夜好像才刚刚开始。

126
那是一个怎样疯狂而悲伤的夜晚啊！雨晴后来想起来就感到心里发堵，胃里仿佛钻了多少个虫子一样，恶心又吐不出来。

九点刚过，雨晴伸手按了三〇一门铃，一瞬间门就开了。刚一进门，还没等雨晴回过神来，一双强有力的手臂就从背后箍住了她，随即被这双强有力的手从背后抱住扔到了一张足够宽大的床上。雨晴迅速翻过身来，才看见只穿了一个裤头浑身精赤的柯明被欲火烧红了的眼睛瞪着她：

"为什么让我久等？"

"没有啊，我九点准时到的！"

"晚了九分钟！"

"让市长大人久等了！"雨晴看一眼欲火燃烧的柯明，接着说：

"市长哥哥，能否坐下来说说话？您的功夫还像个年轻人呢！"

"躺着别动。等我洗完澡再让你见功夫！"柯明说完径直走进卫生间哗哗的水声中。雨晴这才环顾四周，只见宽大的窗帘拉得严严实实，灯光开得若明若暗，卧室中一张大床，对面桌子上搁着液晶电视，靠窗处放着一张可以平躺的布艺沙发，不是很豪华但显得整洁。雨晴躺在床上正想着不知今夜将如何面对，想着既要能稳住柯明的热情、又要较好地保护自身的路子时，柯明已经洗完，朦胧中雨晴感到影子一闪，一个庞然大物就已扑在了她身上。一阵雨点般的激吻似乎没有激起雨晴热烈的响应，柯明发起了更猛的攻势，他快速而有力地剥开了雨晴的上衣，雨晴的两个青春的小山耸立在柯明面前，柯明一口咬住，雨晴"啊"了一声，方才制止了他，柯明却已把雨晴外裤扒掉，雨晴本能地用手捂住下部说："不行，我在例假！"燃烧着欲火的柯明早已没有了人前的形象，竟像一只匍匐的猎狗不断地撕扯着下面的裤头。

"不行，我月经来了！"雨晴边护着边对柯明说。

急火火的柯明突然跳下床，拿起似乎已经准备好了的窗帘拴绳，又将雨晴按住反绑了双手。雨晴的身子开始发抖，她不知柯明还将玩什么花样，又不敢公然反抗，只好任他在缚住手腕，任柯明趴在脊背上上下摩挲亲吻。雨晴左右躲闪着来袭，这种方式似乎更激起了柯明的疯狂。俄顷，柯明将雨晴翻转在床，强行剥下了雨晴的裤头，并把一簇白色卫生巾撕下扔了，要将一根棍子长驱直入。只听得雨晴大声喊叫道：

"不要啊！求求你了！求求你了！"

此时，柯明欲火蒸腾势不可当，想着就是劈开两座大山，也要打入这个洞穴。柯明正值壮年，精气茂壮，此时已是热血沸腾，像荷枪实弹攻占山头的士兵，充满一往无前的精神。

其实他也没有遇到多大抵抗。他胜利地进入了。

在遇到强烈抵抗时他横冲直撞，浑身热血沸腾，当没有了抵抗时，他却信心不足很快轰然倒下。他没有感到愉悦，但却展示了市长之威，他是反抗越强威力越猛，反倒害怕无声的抵抗。

柯明淫威泄了，看着雪白的床单上一片血迹时，柯明才相信雨晴并未撒谎。他看着一具雪白的肉体似乎已经死去，对雨晴说：

"国强老总上你高兴，我上你不高兴？别以为你还是金枝玉叶，其实是破铜烂铁！"

仿佛死去了的雨晴被柯明的话激活了过来，雨晴爬起身找到衣裤穿好，然后说：

"谢谢你市长，你让我真正认识你了！"

柯明："好啦好啦！不就是用了点功夫吗？你不是没经见过吧？"

雨晴："你不像个市长，你像个屠夫！"

柯明："好啦！我是屠夫是野兽，但是我得到了你！"

雨晴："你可能永远得不到的，是一个女人的真心！"

柯明："女人的心就是利益。你难道真的就想做一辈子老总的情人、企业的奴才吗？"

柯明这句话，竟像是触到了雨晴的痛处。雨晴眼泪刷刷地流了出来，说我命该如此有什么办法。柯明趁机又揽住雨晴，用舌头舔去雨晴脸上的泪水，温柔地告诉雨晴说今后就是自家人了，你有什么要求我会满足你的。说着又在雨晴身上揉摸起来，雨晴叹了口气，终于柔和地说：好吧，谢谢你了市长，我会找你的。我这会儿要回去了，说罢就站起身来。这时，柯明手机响了。

柯明的电话是公安局副局长王志中打来的，说已经查明，水渠里的死尸正是被公安局传讯的女人韦娜，系自杀身亡，涉嫌刘文山凶杀案，第一时间上报情况请示柯明下一步意见。柯明一听，说明天上午到我办公室详细汇报，就挂断了电话。

随后，柯明对雨晴说："好吧，我们都回家，你先走我后走！"

雨晴整理一下衣服，理理纷乱的头发，提上手提袋，说声再见就出了门。走到宾馆大厅，时针刚刚指到"十二"，午夜的凌晨钟声敲响。

街上，已经没有川流不息的车流，雨晴叫了出租车，抹了一把眼泪，消失霓虹闪烁的街头。

第二十五章　明枪易躲

127 柯明第二天一早就见了王志中，王志中大体汇报了秘密调查和两次传讯刘文山凶杀案嫌疑人韦娜的过程，但王志中隐瞒了干警铐押韦娜的情节。柯明听完汇报，阴沉沉的脸板得更紧：

"这么说，那个女人的自杀与你们传讯有关？"

王志中赶紧答道："有关系，但应当是畏罪自杀！"

"她为什么畏罪自杀？刘文山之死与她有什么关系？这点你能说清楚吗？"柯明有些发火。

王志中沉吟一会儿，才缓缓说："我有一个证据，就是在韦娜手中有一张赵春月借刘文山三百万现金的欠条，或许是赵春月指使韦娜干掉了刘文山，也或许是刘文山向赵春月要钱而赵春月雇人干掉了刘文山。不管咋说，都涉及韦娜，因此，韦娜畏罪自杀。"

柯明说："证据带着了吗？"王志中说证据在局内案卷中，不能随便带着。

这时，柯明语言缓和了下来：

"志中，你干得不错啊！看来赵春月嫌疑最大。如能破案，你将功不可没啊！"柯明又低声给王志中说：

"事关重大，也可能涉及其他人，务求稳、准、狠，尽快破案！"

王志中连连应诺，脑子在"可能涉及其他人"这句话上久久停留。接着急匆匆告辞而去。

同一天，市长贺庆生在市政府《信息快报》关于"鑫钢工人上访喊冤，女尸案涉及公安"的信息上批示："请市公安局李鸣局长彻查，如涉及公安内部问题不得回避，严格依法办事，维护人民利益。"

接着，贺庆生拿起电话拨给了公安局长李鸣，李鸣说市长您这会儿有空，我立即前来汇报情况。不到十分钟，公安局长李鸣来到办公室向贺庆生汇报说公安局内部已经有干警私下说死者韦娜曾在传讯中被铐，但一天后又改口，这其中好像有些蹊跷，我打算亲自调查询问。庆生一听，就问了当前谁在办刘文山凶杀案、进展如何等，李鸣一一作了回答，末了说：

"让王志中接办刘文山案，是副市长柯明亲自指示的，我没表示反对，但说了王志中不分管这方面的工作。"

这句话在贺庆生脑子里停了下来。送走李鸣后，贺庆生陷入沉思：为什么刘文山案在查办中途换人接手？为什么鑫钢工人喊冤要求查办公安？韦娜自杀冤在何处呢？

贺庆生想到那次常务会议上，他不点名批评了"接待生产力论"和"经营城市论"后，柯明明显表现出不满，散布说我们班子中不缺马克思主义理论家，缺的是实干家。而且还听说柯明正在省里活动，打算调省不愿在鑫州干了。那么这次案件查处中途换帅，刚没多久就又出一条人命，难道这些都是偶然现象？其中没有内在联系和逻辑关系吗？再者，自己虽然相信表姐春月不会违法违纪更不会为利杀人，但多年不见且眼下社会中唯利是图、谋财害命的案件比比皆是，你能保证春月公司没有问题吗？刘文山凶杀案至今半年已过，查不出眉目是公安能力不足呢还是凶手太狡猾不留痕迹呢？现在柯明已经安排了换帅，那就只好再查一段看结果吧，但当务之急是要查清韦娜死亡与公安的关系，这点他同意李鸣亲自调查，务求严格执法，公正为民。

秘书方卓英叫吃饭，把贺庆生从沉思中叫醒。去往食堂的路上，贺庆生正好遇上柯明，庆生说：

"柯市长辛苦，几天不见你上灶吃饭了！"

柯明露出少有的笑容说："市长最辛苦啊！但外面的饭没有我吃得多，我在大灶是三天打鱼两天晒网，但吃百家饭市长还要学习我啊！"

两人一齐笑着。庆生说："难怪老弟肚子越来越富态了，快赶上怀娃娃了！"柯明说这叫有本事把别人肚子弄大，没本事只好把自己肚子弄大啊！在场的人都一齐笑了起来。

王志中当天晚上又把三个值班干警叫来，说你们惹下大祸了，韦娜死了，现在家属上访喊冤，如果查出来公安铐人，你们就将承担巨大责任，要被开除处理的。接着又问，你们谁给人讲过这个情况没有？尤其是组织调查时？三位都说没有告诉过别人，就我们四人知道，千万请局长为我们做主，帮我们隐瞒过去，否则咱们都脱不了干系呀！王志中说，事已至此，只好把口封死，都不承认，我们现在是拴在一条船上了，谁坏了大家的事我饶不了他！几位同声说好！

统一好了口径，王志中从案卷里抽出了一纸证据，竟是赵春月亲笔写的欠条。

王志中把这张字条看了又看，无论从纸质、陈旧感，还是字迹上看，都是真迹。有了这个真迹证据，刘文山案就有告破的理由。赵春月因财杀人的案情才会进一步深入，韦娜涉嫌其中，明知赵春月借刘文山资金不还，且被刘文山威胁，于是配合赵春月雇凶杀人，到时只要找到凶手即可全案告破；就是一下子找不到凶手，亦可让嫌疑人有口难辩伏首就范。无头案大功告成，可算任局长以来第一炮打响！

128 贺玲办第二家咖啡屋的计划，经过了半年多的酝酿和安排，终于可以有个交代了。他们测算了一下，如果要在北京开一间四五十平方米的咖啡屋，最少也得有百十万元的投入，如果租房可减少一半，这样资金压力就小多了。接下来就是选址，贺玲知道，中国人真正喜欢咖啡的并不是很多，也只在高层次的人群中有些市场。而贺玲还有更深层的想法就是想通过这种经营方式联络更多朋友，也可为海峡两岸的交往沟通做点事情，同时也能圆了顾老伯的思乡之梦。一清在这方面虽然没有贺玲想得多，但他一想到回大陆经营就有劲，放哪儿就由夫人选址吧。最后贺玲经与北大留京同学联系，与母校师长联系，终于得到当年法律系一位系主任的支持。这位主任虽年事已高退休在家，但对贺玲尚有印象而且非常赞赏她的用心，就建议她在学府大街找一处合适的地方先开办起来，再图未来发展，老教授还热情地介绍了两处可供选址的地段。这些想法与贺玲不谋而合，学府大街高校集聚，不乏中国知识精英乃至政界精英，而且还有大批学生客源，应是十分理想的选择。

接下来，就由皇甫一清返回大陆，与当地接洽办理相关手续和商定房租价

第二十五章　明枪易躲

格。这些事并未大费周折，几乎是一路绿灯，显示出大陆人民对外开放的真挚和热情，加上当地大学教授们的影响力，不到三个月，便万事齐备只欠东风了。

所谓东风，其实是指咖啡馆的装修方案、装修风格和雇用人员。一清同意了贺玲台湾馆的基本风格，设定装修要体现两岸情感，体现血浓于水、根脉相连的意境，既有怀古味又有现代感的风格。一清还别出心裁地提出想请几位大学生志愿者参与运作和经营，既是感情联络又能锻炼市场能力。这一思路也得到了贺玲的赞赏。

处所选定在一个稍嫌偏僻的地方，那是一处华侨祖宅，多年来一直出租，刚好一年前租户搬走，就暂时空了出来，租金相对较低，但房主要求不能改变原屋主要结构，可做些简易装修。这处房宅门面朝街，只有两个开间，屋后有一个天井、三间厢房，总面积却达到一百五十多平方米，光一年租金就要三十万左右，而且租金合同要一签三年。贺玲一算，加上装修费用还得百万左右，且不算所需设施等。开弓没有回头箭，贺玲一咬牙，贷款也得干！

由于几位大学生热心参与，使得咖啡屋竟出现意想不到的高潮：某同学听说师姐要办咖啡屋，欣然加盟，领来了北大美术系女友参与艺术设计；女友又牵手了北广大的男生，他学播音与主持艺术；后来，又是一番联络，竟在短时间中聚集起来包括北大北师大清华中国传媒中国政法中央财大等一批名牌高校的男女学生十多人。有了这批学生志愿者参与和讨论，激动得贺玲彻夜难眠，仿佛自己又回到了三十年前青春时代的激情岁月。当她打开电脑与一清和几位男女同学沟通时，贺玲无比激动地说：

"我深深地感谢你们！在你们身上我看到了未来和希望！等到开业那天，我将同大家一起沐浴在欢庆的阳光下，一同见证成功的激动时刻！"

又一个春暖花开的季节，北京的五月末，杨柳飞花，桃红柳绿，树木吐出青芽，人们脱去了臃肿的冬衣，踏着春天的脚步，走进五月的花香世界。

北京，舒展开又一年的美丽容颜，为一朵盛开在学府大街的小小花蕾"两岸咖啡会所"的开业而微笑。五月是春的脚步，五月是劳动者的节日，五月是一个播种的季节。经过近一年的筹备和施工，贺玲的两岸咖啡屋终于开业了。

这天，阳光特别亮丽，天空万里无云。开业仪式在装饰一新的两间门面房进行，门外挂起两幅竖标："两岸手牵手，同建咖啡屋。"一个金字镂刻招牌"两岸咖啡会所"庄重醒目，横挂于门庭中央。彩带和气球烘托着气氛，屋内中央的开业庆典的横标下面，只设一个讲话的桌子和话筒，其余，是一排排横竖有致的单座钢管靠椅。开业仪式简朴而庄重。

来宾中，有满头银发的两位老人，一位是九十高龄的台湾老人顾义明，一位是北大法学院退休副院长、贺玲的系主任袁教授；有当地区委统战部副部长兼台办主任吕炜女士、当地台海商会会长安鹏先生，有应邀专程赶来北京参加仪式的鑫州市市长贺庆生、鑫州大学校长贺玉宁、鑫州市企业家赵春月，以及鑫州驻京办主任于涛、街办居委会领导，和一批大学生同学朋友等近百人。

皇甫一清主持了典礼仪式。由商会会长宣布开业批准和表示祝贺后，当一清宣布请两岸咖啡会所董事长贺玲致辞时，在一片热烈的掌声中贺玲走到讲话桌前。她穿着一身深红色的裙装，有点发福的身材配衬着较为肥胖的衣裙倒也不显臃肿反而显出庄重，淡淡的描眉和口红，使她绝不像六十上下的妇人神态，反而衬托出沉稳大方、温文尔雅的风度。贺玲向大家鞠躬致敬后，以标准的普通话说：

"今天是我最为高兴的一天，五十多年前我出生在这里，三十多年前我求学在北大，十多年前我离开北京。今天，我以一位台湾人士的身份回到故土。

"'两岸咖啡会所'其实是海峡两岸至爱亲朋共创的结晶，它凝聚着两岸儿女血浓于水、血肉相连的深情，希望两岸携手，共创民族未来和灿烂的明天！我们这一代人，是新中国的见证者，看着我们的祖国从满目疮痍走向今天的辉煌，虽然我们有过悲伤有过坎坷有过迷惘甚至有过苦难，但与中国的历史相比，我们十分幸福！我们是改革开放的见证者，虽然有过艰难坎坷，但我们已经分享到了成功的喜悦，我们一定要走过今天的胜利，迎接更美好的明天！

······

"咖啡屋一定会茁壮成长，咖啡屋欢迎大家光临，咖啡屋感谢大家支持！谢谢！"

一片更为热烈的掌声，表达了大家对这简单而又深情的致辞的高度认可！特别是贺庆生，此刻眼睛有些发潮，内心翻滚着激动，贺玲讲的话，竟与他的感触不谋而合！让他这位市长感受到了这一代人共同的情结，感悟到这一代人的责任和希望。贺玲饱受压抑、饥饿、痛苦和坎坷，身居海外但赤心不改，也让庆生深深感到了海峡两岸人民的情怀，以及贺玲对未来的期望。庆生激动又自豪，暗暗为贺玲大姐的讲话而叫好，暗暗为贺玲的这一举动鼓劲。

春月感慨着贺玲的用心和胆识，她想贺玲虽人在台湾，但在大陆生大陆长，根苗和情感都在大陆，要不是迫不得已流落台湾，也应是大陆一个顶呱呱的律师或企业家啊！贺玲还牵挂着故乡，牵挂着两岸团圆，在她身上有着老一辈人的情结，又有着新一代人的追求，也算是国共两党后人们的潜心之愿吧！春月又想，如果我能加盟助力，说不定能发展更快、创更大的业呢！在与庆生相约赴京时，她就想着借此机会，抽空与贺玲谈谈。这个新生的民族企业家脑子里总是装着生意经，至于政治上的什么两岸关系、什么国家统一，她说那是政治家的事，与我这个红色资本家关系不大。

开业仪式后面两项，一是由到会客人讲话，一是由区统战部副部长、区台办主任吕炜和贺玲共同揭牌。到会客人中的一位大学生代表讲话说要发扬爱国精神，努力办好会所，显示了新一代大学生的思考和追求。揭牌前却又出现两个小小的高潮——清瘦的高龄老人顾义明站起来用颤抖的声音说："盼了六十年，今天我终于回到内地了，我圆了一个国民党老兵的梦、一个台湾老人的梦！"大家热情鼓掌唏嘘不已。春月已经与贺玲耳语并得到同意，她自动站起来说："鑫州春月股份公司拿出意向：将加盟咖啡会所，开创会所辉煌！"

两位客人把一个小小的开业仪式又推向高潮。

当夜，贺玲领着几位亲戚朋友，一一拜望了顾义明老伯，大家都对顾老伯支持贺玲表示了崇高敬意，顾义明也为贺玲带着他回大陆探视和见到这么多亲朋感到高兴。贺玉宁提议适当时候，在北京咖啡屋举办一次"咖啡"论坛，邀请亲朋们再次聚聚，大家都高兴应诺。贺玲又一次倡议，明年相约台湾，共赏台海明月，相聚两岸咖啡屋，各位亦都表示了心意和承诺。

咖啡会所的开业仪式在鞭炮声中结束。留下的人们品尝咖啡，畅抒着梦想和人生。

几天后，贺玲陪护着老人顾义明去了江苏，圆了老人家思乡的梦。

可惜的是，秦岚出了远差无法参加，只发来一个贺电。甚至，连父亲秦光明去世秦岚都没能回家，还是后来寄些钱给柱子算是送葬。

129 秦岚此生咽不下去的气，是云南那场屈辱的情爱。这一深深的痛，造成她流落他乡。流血的伤口虽然愈合，但那伤疤却是永恒的恨和永远的痛。

故乡地震中的际遇，让她又一次与哥哥庆生相逢，那段短短的日子，在秦岚心中留下了许多难忘的片段和心灵的痛，以至于改变了她对共产党人的许多看法。在灾区，她的所见所闻，感动着她激励着她，她写出了几篇记叙共产党干部为民救民的真实故事；她与哥哥庆生的几天相处和共同的付出，让她对贺庆生执着的信仰和奉献精神有了更深的理解和钦佩。以至于刚回到台湾，就在报上发表了长篇通讯《一位中共书记的三天两夜——大陆灾区见闻》，由于事迹感人内容丰富，加上秦岚拍到的地震灾区大幅照片，引起民众较大反响，亦得到了报社的表扬。这会儿想起来，那时震撼的感觉，人们的无私无畏，仍然令人激动。在哥哥庆生身上，表现出来的是一位爱民务实、勇挑重担的品质，凝聚的是一种忠诚无私、大爱至深的精神品格。只有亲临现场，亲自经历了生和死场面，才会有更深的感触，才会有灵魂的升华，也才有灵魂的忏悔啊！哥哥庆生忠于他的信仰，忠于他的事业，忠于他的人民，真正是共产党的好干部。庆生的升迁，也足以说明共产党对干部的知人善任和英明。两相对比，黎明和他父亲的形象差之千里。同样是共产党的干部，同样是共产党的天下，为什么能允许这样污秽阴谋的共产党人存在呢？

一想到黎明，秦岚的牙根就咬起来。并不是她没有检讨过自己，她也曾想过，假若她对黎明更主动一点，假若她依从于黎明，那么会不会出现那样的龌龊结局呢？她甚至也检讨过可能由于自己心中对哥哥庆生的依恋导致而无形中对黎明有些傲气乃至虚娇。她这样检讨和分析自己，但总也得不出一个能充分说服自己的理由。自己负气滞留香港是错误的，但还回得去吗？如果回去，我能跳出黎明的手掌心吗？我又将面临怎样的可悲结局呢？而后来对自己的追究难道就没有黎明及其父亲的影响吗？人生就是这样，当迈出一步之后，就有可能决定一生的命运。秦岚虽然性格率直一些，但并非不能认识自身和原谅别人，只是即便如此，她也永远无法原谅黎明父子。特别是到了港台后，秦岚接触更多的是对大陆官员阴暗面的揭露，就更对大陆共产党人产生了不满和怨愤。

第二十五章 明枪易躲

秦岚原本打算回国后赴云南一趟，但恰遇地震受阻，遂一门心思追随庆生投入救灾，而后庆生家里的矛盾也搅得她心绪难平。她本能地依恋庆生，可能是因为幼年时期的青梅竹马，可能是因为凌芬母亲给她留下太深的影响，可能是对父亲秦光明对亲生母亲负罪的记恨，可能是她早年离开家乡留下的孤独，总之，她依恋庆生。这次大陆相逢，虽然只是短短数日，但她对庆生的性格和庆生在家中的难堪以及庆生与秀琴的性格摩擦和冲突的思考，使她对庆生哥哥的未来产生了很深的忧虑。她甚至无法想象庆生是怎样在不被理解和难以沟通的夫妻矛盾中生活的。如果是她，可能早就无法相处了。当然，她有时也站在嫂子秀琴的角度想，她忠贞不贰，深爱着庆生；她绝不能允许庆生心中存在第二个女人，尤其是秦岚；她一生勤劳，持家过日子，抚养孩子伺候母亲，就是为了给庆生减轻家务压力，让他一心扑在工作和事业上，难道她做得还不够吗？应当说她做得已经很出色了，她常说庆生的功劳中有她的一半，也真是这样的。但是，秀琴这种磐石般的性格和对男人的约束以及由此而来的对外部事物的认识，怎能满足内心感情丰富、较有文化层次的庆生忍受呢？文化的落差、喜好的不同、性格的差异，难道不是当初下乡劳动在社会底层生活时的误会吗？这会不会成为未来庆生夫妻生活中的隐忧？

秦岚已经不年轻了，她半生漂泊，在漂泊中碰撞，在碰撞中落魄，在落魄中挣扎。她爱故乡，爱父母，爱学习，爱生活，爱自由；她挚爱着、真诚痴爱着哥哥，乃至不顾世俗羁绊，一厢情愿地想要嫁给庆生，跟定哥哥，她错了吗？她傻了吗？不！只能说她太痴！

世上就有这样的痴女！

几次回内地，秦岚的观念开始有变化，她看到了大陆这几十年翻天覆地的巨大变化，也打内心深处钦佩共产党领导的这个国家取得的成就。尤其是看到哥哥庆生这样的共产党人形象，给了秦岚很大的安慰和希望。但同样，在大陆接触到的很多上访人群以及官员的贪腐和奢侈，又使她忧心忡忡。

也曾有一位美国男士追求过秦岚，虽然有过好感但只是萍水相逢，乡土意识仍然很重的秦岚不敢也不愿选择远涉重洋远漂异国他乡。而且后来通信中知道，那位美国男士已经有过一任妻子。秦岚也曾在疯狂的舞厅踯躅，但那灯红酒绿、醉生梦死的环境却让她望而却步。

在秦岚身上，一面是从小养成的火热和大胆，一面是与生俱来的真挚和谦卑。

渐渐地，秦岚的心归于平静。当她正处在朦胧的青春期时她依恋着哥哥庆生；

当她正处于热恋年龄时却遭遇心灵的巨大创伤；当她漂泊无助时唯一能支撑心灵的是哥哥的牵挂和温情；当她走过女人的黄金岁月后在心中流淌着的，仍然是哥哥庆生那份内心深处的火热和对自己的那份挚情。她平静了，没有了谈婚论嫁的念头，只想在事业上站稳脚跟。她平静了，她可以终身不嫁，但要默默地为庆生哥哥祈祷！

回台半年来，秦岚始终处于一种莫名的亢奋之中，兴奋过后却又是淡淡的忧虑。就在这种状态中，她两次去了咖啡屋，与贺玲大姐倾诉。一杯咖啡喝下去，那苦苦的味道，反而可以减轻一点内心的痛苦。贺玲从她的经历中感受到秦岚的苦闷。她理解秦岚与庆生的情感，但她劝说秦岚你们毕竟是异父母兄妹，这在传统的世俗观念中是有违道德的，当然父母离异或者一个家庭中的这种异姓兄妹结合的例子在中国还是不乏其例的，只是秦岚过早离家中断了这段发展的可能，而目前更是海峡两地相隔，难以有更多更深入的接触和了解，也就在客观上形成了感情联络上的重大障碍。这些善意的分析，秦岚也都表示接受。但她又表示，对哥哥庆生的夫妻关系存在隐忧，她心疼哥哥心底深处的孤独。她给贺玲说，庆生思想深处仍有浓厚的封建意识和小农思维传统，不敢面对现实，更怕人笑话，因而宁愿忍受痛苦而不敢走出羁绊。贺玲也表示了相同的感受，说中国是一个封建传统根深蒂固的国家，在国家民主和婚姻关系方面都会有明显的传统因袭，这在共产党的干部身上也会有所体现。这是一个十分复杂的历史和社会问题，只能随着历史和社会发展去逐步演进和改革。但这可能是一个较长的历史过程，这个过程中会有许多的痛苦和牺牲，应当是必然的。

秦岚仿佛从贺玲嘴里听到了庆生的语言，她想她们这一代身上十分可贵的品质就在这里，但也许他们精神上的枷锁也是相同的。

秦岚知道了贺玲夫妇有意在大陆开办两岸咖啡屋的事十分高兴，为贺玲夫妇的深情构思和大胆举措叹息，说我如有资金的话，就加盟进来，贺玲表示随时欢迎加盟，说有更多的人加盟入股，就有更多的感情联络和发展力量。那天走出咖啡屋的时候，秦岚感到心里有了浩大的亮光！她想着如何为未来落成的大陆咖啡屋做点什么有益的事，便觉得步履轻快起来，竟然徒步走了六公里路，回到了自己的居所。

130

国强与丁楠在艰难中创业，由一架毛驴车起家，经过二十多年的拼搏，现在终于闯入了城市，家产进入亿元俱乐部，应当算是周南县的首富，在鑫州市也数得上名目了。但他们的夫妻关系却日益疏远。

晚上回到家里，国强给了丁楠一个高兴的笑容，他已经在外跑了一周多了，今夜回来想好好休息一下。但丁楠说：

"你还记着这个家啊？别回来算了！"

国强听了压住火气说：

"怎么啦？你不需要我了？"

"不是我不需要你，是你有了雨晴就不需要我了！"丁楠说。

"你这人，雨晴能代替你吗？你是主人啊！"

"我怕不久人家就能当咱的家呢！"

国强不吭气了。回卧室脱掉衣裤去卫生间洗澡，见没有香皂，就给丁楠说："我上周才放的香皂呢？没有用完吧？"

没有回音，国强一身精赤又无法出去，就忍着气又问丁楠。丁楠说："那东西又不能吃，就在那里，你自己找！"国强找了一圈仍没有，于是只搓了搓就用毛巾擦干身子，憋着气上床睡觉。结果第二天早上洗脸时却见香皂果然在浴盆顶上的香皂盒里。

吃早饭了，丁楠喊吃饭，国强装没听见，想看丁楠说啥。果然丁楠说："外面野食吃惯了，家里饭不想吃了？"

国强压住的火终于爆出：

"妈的 X，你少他妈的家食野食的！难道你没有吃过野食吗？我看你倒是娃儿鸡鸡越刨越硬！不想过了你说！"

丁楠说："你想跟谁过跟谁过，不要猪八戒倒打一耙，你说明了，我让位！"

国强马上想到雨晴。其实跟雨晴好上后他的确对丁楠有些疏远。丁楠刚开始默认了雨晴，但接着是后悔对丈夫心软，答应了留下雨晴，给自己找了麻烦。加之，企业走上了顺路后，丁楠也就不把心太放在财务上，而不由自主地又回到麻将圈，当然鑫州市的麻将圈跟县里的又不一样了，麻将圈子里有熟女有妇人有商人，更有不少的官员和文化人。时间一长，自己周围竟有了十几个麻友，常常一玩好几个小时。这个东西又很具吸引力，不注意一打就是半夜。无形中正好放任了国强，丁楠又觉着不舒服了。于是生活细节上的冲突就多了起来。

对国强来说，他不愿亏待了丁楠，毕竟他们一同创业，而且丁楠为救他出了大力。一旦两口子反目，财产有丁楠一半。他本不愿放过丁楠红杏出墙，但丁楠与他设计痛揍了马魁，也表示本身与马魁真无感情，就原谅了丁楠，算是各自扯平了。但他也不打算轻易把家当交给雨晴，他要长期观察和考验雨晴，看她值不值得他放心。那次与市长聚会，让国强感到了耻辱和不安，一个老总的位置在领导眼里竟不如一位女子，而且雨晴竟然好像已与市长挂上了关系，偶尔有些现象也值得品味。因此，国强在两个女人中也处于不好把握和取舍的尴尬境地，真有点欲舍不能欲予不甘的处境。

雨晴在认识柯明副市长后，与其说是欣喜还不如说是害怕。柯明后来告诉她，凭着她的学历和人才，完全可以到更好的地方工作，并说可以帮忙。又一次开房时，雨晴更发现柯明是个占有狂。前一次的经历中，雨晴还想着是否由于她的例假扫了柯明的兴，才使得他做出一些性虐举动，但第二次的记忆却加深了雨晴的痛苦，柯明仗势欺人、不容分辩的个性和性过程中那种不可理喻的动作，让雨晴没有感到快乐反而充满惊悚。雨晴这才感到男人如此复杂多变和肮脏。人们多说的是老板财大气粗，发财就变坏，怎么共产党的官员中也有这么坏的人呢？表面看人模狗样，一现原形就是野兽。

柯明本来就没把雨晴当人看，一个小妓女还装模做样，摆出一副假矜持，还要你文质彬彬，待她像高等小姐，哪有这等好事！柯明的道理就是我给你办事，你就得由我摆布，尤其是一个跟老总睡过的女人，还讲什么温柔缠绵，见鬼去吧！柯明其实是把雨晴当作了玩物中的一个，根本不想去跟她谈什么感情。否则的话，女人一旦依附上你，会缠得你不得安宁，会影响大局。柯明宁愿让人害怕，也不愿让女人紧靠了自己。他的信条就是交易，我为你办事，你满足我性欲。那次一个动作弄疼了雨晴，雨晴稍有反抗时，他翻手就是两巴掌打在了雨晴赤裸的屁股上，十个指印在灯光下清晰可见，雨晴哭了，他没有一点怜香惜玉，反而更威猛地骑在雨晴身上发出淫荡的笑声。

这是一头动物，一只发情期的非洲狮子。它在追捕猎杀一只小羊时，从来不会有怜悯，有的只是胜利后的长啸。

雨晴陷入了混乱之中。她虽与国强过着不为人知的情妇生活，但国强真挚待她，处处依她照顾她和帮助支持她，她对国强还存留着一点激情。与柯明的交往，让雨晴对国强内疚起来。她知道国强也在怀疑自己甚至不想与柯明保持关系，但又怕国强一旦发现自己的行为后对她不利，也想着等待柯明带给她一个美

第二十五章　明枪易躲

好的未来。她在矛盾中徘徊和颤抖。

正在这时，手机响了，一看是柯明的电话。雨晴抖着手接通了电话：

"市长大人好！我是雨晴！"

"你下午来我办公室一趟，不许推诿！说好啦！"柯明在电话里说。

雨晴知道这是命令，就轻轻挂断电话，想象着下午见柯明的情景。

这次办公室相见，柯明却客气地接见了她，而且例外地没有抱她到里间啃咬她，但雨晴却更觉心中发抖。

"知道什么事吗？"柯明开门见山。

"不知道！"雨晴老实作答。

"你知道你那个国强老总是什么人吗？"柯明说着眼睛直瞪瞪地瞅着雨晴，雨晴没有反应过来，不就是公司老总吗？充其量你说是我情人吧，这你是明知故问。雨晴没有答上来。柯明把眼光移开雨晴的脸，手中翻着一本什么杂志。又说：

"你那个国强，是市长贺庆生的表弟，你知道吗？"

"噢，这个我听说过。"

"你没见过贺市长常去公司和赵国强家吧？"

"没有。他们几乎没什么来往！"

"骗我吧！我可知道他们有过很多来往！不要害怕，我只是了解一下，以后可以更多地照顾啊！"

"报告市长，我确实没见过他们有什么往来，一次也没见过。"

柯明脸上仍是一副不能相信的神态，但见雨晴没有改口，才说：

"没事。我告诉你，我是想了解公司与贺市长的关系后方便给予照顾。你以后注意一下，看庆生同志对你公司有什么关注的地方和什么要求，告诉我一声，我也好帮助协调。"

接着柯明话锋一转，"你的事我也时常挂心，一有适当时机我会告诉你的。"

雨晴一迭声说："谢谢柯市长，谢谢柯市长！"

柯明站起身，正待送雨晴出门时一下子扳转过雨晴的身子，将一张嘴巴堵住雨晴，用舌头在雨晴嘴里狠狠搅了几圈，然后才开门送走了雨晴。

雨晴刚一回家，就被国强叫去盘问，因外出时间短，且不敢把柯明所说情况告知，只好编了个谎说自己到一个美发厅去看了一下。看国强面露愁容，雨晴赶紧问什么事。国强告诉了她两件不快的事：一是有人告公司动用黑社会势力强拆居民房屋；二是新疆的妹妹国华多年失散的丈夫魏刚参加了社会动乱，正被通缉。这两件事本来国强不想告诉雨晴，但他已视雨晴为知己，必要时还得雨晴帮助疏通关系，故未隐瞒。雨晴听了，也为此担忧起来。

131 在此之前，只知道国华的丈夫魏刚是个孤儿，共产党和组织将他养大，后随着嫁出的姐姐到了新疆建设兵团，后来遇到国华，就结为夫妻，但没想到魏刚自幼不受约束，就爱结交哥儿们兄弟，疯野惯了。国华当时只看到魏刚敢做敢为的一面，还认为他是"许文强"，但婚后发现魏刚很难受约束。魏刚慢慢就对国华的家庭约束和孩子的羁绊感到很不习惯。后来，丈人赵云峰曾教训过他，他更为反感。魏刚更见不得的是国华爱往团政委家里跑，有些事往政委那里说。好像后来连里也批评过他，也不知是哪一天，魏刚突然失踪了。一晃竟是十年，如果不是这次通缉，家里还一直为这样一个没有责任心没有情感的女婿痛心疾首呢！可是这次魏刚的出现，反倒让一个安静的家庭蒙上了更大的阴影。

此后，随着新疆动乱情况的披露，各种信息的收集，这才对魏刚失踪的十年有了更多的了解。

十年前，魏刚在当地结识了一位少数民族小伙子叫达尔罕哈迪，据说达尔罕是一个哈萨克族和维吾尔族的混血儿，他生性刚烈，勇猛侠气，在村里是一位惹不起的主儿。兵团与村落相连，两人竟一见如故，达尔罕会一些汉语，魏刚与达尔罕兄弟相称，成莫逆之交。达尔罕的一个妹妹，与魏刚有了私情。魏刚在姐姐的撮合下与国华结了婚，但根本习惯不了国华那一套斯文与说教，婚后几年中私下里与达尔罕妹妹厮混，已经到了无法解脱的地步。这时国华却内调回了故乡，魏刚也被迫内调。但这个习惯了西部生活的汉子，根本无法适应内地的生活习惯和潮湿气候，生活不到两年，就在一个冬天里不辞而别，偷偷跑回故地，重又与达尔罕一家生活在一起。

这些年，西部地区的民族问题与社会发展交织在了一起，东西部的不平衡、边疆地区的民族问题也随着改革开放更加复杂，境外敌对势力在渗透和加强破坏活动。虽然这些都有幕后推手和背景，是少数人员地下发动的，但往往打着民族问题的旗号，搅得水混起来，边疆地区较长时间的安定局面逐步被破坏。加上边疆地区原本落后，建设条件差，国家投入少，人民生活水平虽然提升但难于赶上东部地区，也有个别汉族干部脱离当地实际，干一些不得人心的事情，就把一塘水搅得清白不分了。

　　这是一个说来话长的故事。

　　中国改革开放后，一拨有点文化知识有点胆魄不愿被家乡那块土地困死的年轻人，大胆地外出了。只是他们流动的方向并不十分清楚，有的是往有亲戚的地方去，有的是奔着同村在外的人相约而去，有的是看哪地方人少需要种庄稼而去。一个内地年轻人朝着西北那块最大面积的国土而去。当他颠沛流离，偷窃讨要，终于于一个月后到达新疆边城阿勒泰时，已经是穷途末路，想找的亲戚没找着，身上带的钱已花光。但小伙子一路走来虽经千辛万苦，却第一次见到了这样大的河山这样大的地方。而且他感到这里的风景不比家乡差，就是气候早凉午热。他计算着已经离家一个月，反正是回不去了，好男儿千秋雄鬼死不还家，就这样走吧，走哪算哪。已经两天没吃东西了，他终于饿昏在一个土围子墙边，仿佛睡着了一般。结果当土墙中的这家人发现他奄奄一息时给他吃了大饼喝了水，竟活过来了一位身材修长、面容英俊的小伙子。这家人是维吾尔族，长辫子的姑娘竟暗自喜欢上了这位小伙子，十分同情他的境遇，就与父母和哥哥商量收留了他。其实那个时代，还真有不少维吾尔族姑娘追求汉族男子。因为这个村落中混居着汉、哈、蒙、维几个族的人口，许多风俗混杂，男女姻亲也改变了不少传统风俗和习惯。这家人最大的风俗是不吃猪肉，而且信仰穆斯林教。小伙遇救已是感恩戴德，吃牛羊肉不吃猪肉并无大碍，宗教信仰对于一个不信教的汉族年轻人也不是问题。小伙也渐渐喜欢上了长辫子姑娘，喜欢上了姑娘的白皮肤、深眼窝、白牙齿、小酒窝。一年后，他们按维吾尔族仪式举行了婚礼，尽管也曾遭非议，但婚姻还是十分美满的。

　　二十年后，这个新时代盲流的小伙子已经是这个村落的中共党支部书记、三个孩子的父亲。自入党后小伙的信仰就与家里的宗教习俗产生了矛盾，只好各信各的，只要生活方面基本融入，也倒相安无事。只是这时候长辫子姑娘日渐老去，修长的腰身早已变成油桶一般，性格上的强悍随着年龄增长日显。而小伙子四十多岁，已经差不多忘记了过去忘记了故乡，忘记了吃过的苦。让他留恋的是这里风风火火、情欲燃烧的姑娘。在漫长的六个月的冬季里，最难熬的是小伙子憋着的情欲。小伙子还是与村中的少妇和姑娘们有了私情。当然这些姑娘多是因为对他手中权力的畏惧，也有中意于他自愿跟他好上的。但他不该的是偷恋上那位达尔罕的恋人、那个十分漂亮的维吾尔族姑娘。

达尔罕终于发现自己的恋人暗中与村支部书记有一腿时，怒不可遏，他早就对支书的品行憋着一腔子火，这下竟敢搞到我的头上，燃烧的愤怒之火把达尔罕的理智烧昏，一桩血案便发生了。

在那个白雪皑皑的夜晚，村委会办公室的灯还亮着，常常回家较晚的村支书刚刚忙完公务，忽见窗口有一团黑影闪过，顿生警惕。他对这里的情况已经相当熟悉了，几十年来这里民族融合，邻里邻居和谐相处，虽地处边陲但却平静安详。兵团与地方关系总体融洽，往来频繁，汉族与各少数民族鱼水相处。但改革开放以后，不觉间社会面貌一新，可民族之间、邻里之间、社会之间的纠纷和矛盾却越来越多。兵团军事化程度大大减弱，有的成立了农垦公司也进入市场；地与地、户与户之间，各方面差距日显；人与人之间相互失去信任，村里工作日渐削弱，对老百姓控制日渐松懈。自己几十年的努力和辛苦换来的却是家庭的重负和村子发展的艰难。支书迷惘了，也便更为入俗，工作之余逐渐热衷于婚外之情。但他十分小心和警惕，这是多少年来养成的习惯。

村支书熄灭了电灯，眼睛很快适应了黑暗，然后才锁上办公室。走出会议室大门一看，除了白茫茫的雪，什么也没有。他这才大着胆子往回走。但就在此时，猛的一股冷风袭来，支书机敏地刚回过头，就见一根重棒打来，躲闪时棍子已经重重扫过耳边落在肩上。支书"妈呀"一声，应声倒地。等他回过神来，才发现达尔罕凶神恶煞般用粗大的棍子顶住他的头说：

"想活就照实交代！你偷我未婚妻几次？怎么偷的？"

支书脑子清醒着，一下子感到生命快到尽头，就抖着声音说：

"兄弟饶了我吧，你要什么我都答应，都依你！"

"几次？"达尔罕把粗重的木棍向支书的太阳穴上压着问。

"三次！"

没等支书说完下面的话，达尔罕的棍子已强有力地顶入了支书的太阳穴，几乎没有多大声响，这位支书就一命呜呼了。

后来，在额尔齐斯河的一个回水湾里，人们发现了村支书的尸体，没有其他更多伤痕，就是肩胛脱落和左太阳穴一个窟窿。

当公安人员终于查找到凶手时，达尔罕已与魏刚双双逃亡。在新疆动乱中，

第二十五章　明枪易躲

达尔罕因参与打砸抢烧而被捕。魏刚又神出鬼没地消失了。直到通缉的消息传回内地，国华才知道魏刚失踪十年的情况。

132 春月第三次被传唤。

公安方面的几次传唤，方式有些不同，第一次是在公司，第二次是在县局，第三次已升至鑫州市局了。这次传唤，市局办案人员明确告诉春月，我们已经拿到了较为充分的证据，只是考虑到你的影响和身份，否则将以拘传方式进行。春月一听威胁，就想发泄一通光火，但一想是在国家机关公堂之上，就压下火气说："你们真的掌握了我的犯罪证据，那就批捕我吧！但我要看到证据！"办案人员交换了一下眼色，说："你是否记得跟刘文山有过经济纠纷？"春月说："这个问题你们已经问过多次，我跟刘文山没有经济纠纷，只是为收购锌炼厂尚未达成协议时他死了。"办案人员抓紧话机又问："这么说刘文山死因可能与收购锌炼厂有关？"春月说："我没收购成功，账也没有算清楚，他的死亡我也不知是什么原因，这是你们需要调查清楚的。"办案人员又问："你以往是否与刘文山有过经济往来？"春月说："经济往来是有过的，他办厂时我曾借给他资金三百万元，但后来作为锌炼厂入股资金算成了股份。""这有证据吗？""当然有，银行可以查到票据，后来转为股份有收据和文件。"办案人员又一次交换了眼色，一位询问人员起身走进里屋。片刻，进来一位像是公安官员的人，他告诉春月："我是专案组组长王志中，希望您能配合我们公安工作，说清楚问题。"春月仔细把组长看了看，见他一脸疲惫，脸色有些灰暗，心中就有些不舒服，说："你问吧！我会如实回答！"

王志中问："姓名、年龄、身份、家庭住址。请回答！"

春月答道："我已经多次回答了，没有必要重复！"

王志中说："这是公安传唤规定，请你配合！"

"好！我叫赵春月，五十七岁，鑫钢集团公司董事长兼总经理，家住本省省城，本地公司有临时住房！"春月忍住气回答。

王志中停顿片刻，问："你想知道我们掌握你与刘文山被杀案的证据吗？"

春月说："很想知道！"

王志中继续问："你是否借过刘文山三百万资金未还？"

"我从未借过刘文山资金，倒是曾借给刘文山办厂资金三百万元。"

"刘文山借给你三百万元没有？"

"肯定没有，从来没有！"

王志中不慌不忙地从文件夹中抽出一张纸，说："你看一下，这张借据是不是你写的？"

春月接过字条一看，一下傻眼了，上面写着："暂借刘文山锌炼厂资金三百万元，不计利息，待后返还。"

字是她的字，名是她的名。天下竟有这种奇事！春月的心在猛跳手在发抖，她拿起条子就要撕掉。

王志中说："这是复印件，你尽可以撕掉！"

春月陷入了苦苦思索之中，不可能的，绝对没有的事，一定是有人陷害，一定是弄错了。但她一时无言可辩，突然间，春月感到一丝冷气袭来。

王志中说："赵春月你好好听着，我们的政策是坦白从宽抗拒从严，刘文山怎么死的，你心里应当清楚。老实交代是你的唯一出路，否则下一步等着你的就是刑拘！"

春月怒从中来，"刑拘吧！我看你们敢拘我！"

王志中也有些火了，"你不要仗着有后台，法律面前是不认你有多大官的！"

春月一听，心里明白王志中暗指表弟庆生是她的后台，就想着这狗日的一定是个白眼狼，说不定暗中使坏，心里倒是一惊，就想试探看看他要什么花样。于是就问王志中：

"你要我都交代些什么？"

王志中说："因借款产生财产纠葛，因财发生矛盾冲突，然后谋杀刘文山！"

春月压住怒火听王志中说出要她交代的内容，心中对王志中的图谋有了把握，本想说放你的狗屁，老娘从不干那龌龊勾当，我行走端正，还怕你把我吃了不成！但却说：

"那好吧！你把这张条据给我，我回去核对！"

王志中警惕地说："不行，这是我们的证据不能交给涉案人！如果你记忆不清，可以回去回忆。但这一段你必须配合公安调查。不得远离，外出时要给我们专案组请假。如能做到，我们这就放你回去。"

春月原以为他们说不定还会把她控制几天，这样一听，也就想急着回去研究对策，就对王志中说："你不拘我啦？那我就走了！"说罢，头也不回，径直走出询问室。出到外间，仰头望一眼天空，天空瓦蓝瓦蓝，没有一丝云彩，春月突然感到心头一阵紧张，眼圈一下子湿了。

　　一回到家里，春月觉得好累好累，一下子瘫倒在沙发上，她闭上眼睛，那颗一直憋着的泪滴终于滚落下来。

　　春月是坚强的女性，不到十岁时就开始了独立的人生，演过戏，当惯了戏班里的小跑腿，也去餐厅做过端碗洗碟子的事，那种人下人的生活滋味也都尝过。但她不服输不怕事，胆大脸不薄，终于进入公家队伍但还不满足，下海经商开歌厅办企业，从县到市从市到省，企业一步步做大，各级政府给了她尊重和荣誉，当选了省政协委员，这才算有点扬眉吐气。她跑市跑省跑中央，跑项目跑资金跑关系；到港台到国外谈生意开眼界，也长了见识，文凭上还拿了几个大学的本本。她悟出几个道理：吃苦是宝，吃得苦中苦方为人上人；德善为本，以善待人以德从商才会有发展；几个不怕：不怕大人物，只要他是人，不怕鬼敲门，不做亏心事，不怕有失败，有钱买不来，不怕人找事，自己行得端。不过春月也是有怕的，她有句口头禅是："阎王好见，小鬼难缠！"她已记不清有多少次让"小鬼"忽悠得头皮发麻、叫苦不迭了。

　　春月绝不怕事。这一路走来，锻炼了她的意志，磨炼了她的能力。可以说，春月当属中国当代新型企业家中比较老成而有勇气的一代，也还正是由于这样一批中小企业家，才撑起了中国发展的半边天！只不过是当代不少人不愿或是没有认识到这一点。不仅如此，还有些不知尊重和保护这些企业家的官员和组织，他们认为民营企业家都是暴发户、都是寄生虫！而实际上，今天的一大批中小企业，恰恰是中国新时代工业生产力的代表之一，恰恰是中国当代工人阶级的写照。

　　当春月弄明白了王志中的意图后，她知道，她已陷入了一个可能发生、或者说已经发生的阴谋中。前两次公安询问过去了，春月心里除了对贺庆生有意见外并没有留下过多不快，因为她知道自己没有犯罪，她思考的是，怎样完成锌炼厂的收购，尽快做大这个产业。而这次的传讯和所谓"证据"，已清楚地显示：要么是她与刘文山产生尖锐冲突起了杀心，要么是刘文山可能被她雇凶杀害。公安这个推理不能说没有道理。问题在于，春月清楚自己没有也不可能干那种伤天害理的事。那么这个条据是怎么来的呢？春月给刘文山借款已经三四年了，她回忆起当初是出于对刘文山与自己在重振鑫钢中共同奋斗的一段感情帮了刘文山一把，才使刘文山有了资金办起了锌炼厂。自己给财务出具了支出借据，后来刘文山同意把三百万元资金作为企业股份投入，这是有文字记录的。为什么却变成了自己借刘文山三百万元资金呢？她要查个水落石出，要给自己一个交代。

春月沉思过后，立即亲自去财务室调阅资料档案。档案显示：是鑫钢借给了锌炼厂三百万元，财务有账表，银行有证据。后来这笔钱转为了股金，财务有核销，股金账面有收入也是对的。那么财务凭什么支给锌炼厂三百万元呢？依据是什么呢？据财务部长回忆说当时刘文山拿过一张条据，他给会计韦娜了。而会计韦娜死无对证。一个支出的财务链条至此出现破绽。春月苦苦思索，感到自己当初马虎了，三百万元的资金凭着自己的一支笔就开出去了，没上过什么会议研究，也就没有相关的文字记录和证人。如今这张条据变成了公安掌握的一张为财凶杀的证据，这怎么才能说得清呢？

又想起王志中说春月有后台的话，春月感到他话有所指，矛头所向是表弟庆生，莫不是这其中有官场争斗的隐情？思来想去，春月决定必须赶紧去找庆生沟通情况，也希望通过庆生的帮助洗清冤屈。

接到春月电话时，贺庆生正在省里开会。为了不影响市长开会，春月驱车三百公里赶到省城，晚上九点在榕西宾馆见到了庆生。此时，省城里灯火连绵，霓虹灯和巨大的广告灯箱散发着五彩的魅力，展示出城市的繁荣和吸引着夜晚不甘寂寞的人群。然而春月此时没有了观赏的兴趣。春月一进宾馆庆生的房门，顾不上寒暄和客套，直接把新近发生的情况一股脑儿告诉了庆生。末了特别强调说：

"你如果信得过老姐，老姐保证没有参与刘文山被杀事件；如果你相信老姐的判断，或许这是一出针对你的阴谋。"

庆生安静地听完了春月的叙述，沉吟片刻后说：

"我没有理由不相信春月姐，但也没有理由相信所谓的'阴谋'会针对我！这样吧，春月姐您先回去，该干啥干啥，我回市后立即过问一下此事。我们都要相信，组织是公正的，法律是公正的！"

春月生气的就是庆生的那种"盲从"，她认为庆生太诚实，对社会上的一些黑幕问题知之甚少，思想又太正统，总把社会想得跟他一般，就又说道：

"那如果他们真的要拘捕我，我该怎么办？"

贺庆生说："谅他不敢，没有充足的证据说你杀人或参与谋杀刘文山，公安不会拘捕你，检察院也不会批捕。况且你是省政协委员，要拘捕你还得有审批过程呢！"

"我说'万一'，万一他们抓我，搞逼供呢？这样的例子，今天的中国可是有的啊！"春月说。

"没有万一！只要你没有违法事实，谁也不敢把你怎么样！"

"好吧！谢谢老弟接见。不过老姐还是望你多想一点，千万不要像我一样被无端地牵进去！"

春月结束了与庆生的交谈，意犹未尽地告辞出来，庆生一直送到车前，握了握表姐的手说：相信法律，珍重保重！春月叹一口气说：市长兄弟保重！

第二十六章　重重黑幕

133 会议刚一结束，贺庆生便忧心忡忡地赶回鑫州了。当晚，他就叫来了市公安局李鸣局长。

李鸣局长说他已经安排几位干警调查了解，几位干警都同声一词说在询问韦娜过程中没有违规违法，当时的确施加过压力，韦娜一听可能要拘留她就吓昏了，王志中副局长立即安排把韦娜送去医院，治疗后就送回家去了。韦娜之死，很可能是畏罪自杀。但现在的问题是：王志中确已拿到了赵春月的欠条，写明赵春月借了刘文山三百万元。这张欠据是在刘文山被害的房子衣柜夹层中发现的。是刘文山向赵春月或韦娜要借款产生矛盾，还是刘文山给了韦娜好处他们两人之间为利益产生冲突？刘文山和韦娜已死，这个证据链断了，这是问题的结点，解开这个结点，也就可以找出韦娜的死因。李鸣局长的分析让贺庆生感到这个案件的复杂性。按常理推论，赵春月不会为区区三百万元谋杀刘文山，因为赵春月已经不把几百万放在眼里。而且供词中赵春月和韦娜均说是春月公司借给了刘文山钱，而不是欠了刘文山的钱，那么这张从刘文山家里查获的借据为什么刚好相反呢？刘文山账目中既无借春月公司款的收入账，也没有给春月公司借款的支出账，都是糊涂账，仍无法说清谁借了谁的钱。从证据上看，银行票据中有过锌炼厂收到鑫钢财务三百万元的转账，先后也有几次百万以上的大额资金往来，其中也确有过打入鑫钢三百万元的依据。但这张欠条是在锌炼厂建厂三年后了，又与春月公司借款跟锌炼厂开办时间不相吻合。那么这张条据的真伪就是问题的关键。李鸣说这张条据是王志中专案组从刘文山的卧室柜子的暗室中找到的，而且拍了暗室的照片和当时的借据，也应该没有问题。庆生问拿到证据是什么时间？李鸣说是韦娜死后第二天专案组调查韦娜死因时发现的新线索。由此也就说明韦娜果然与刘文山一案有重大关系：或者，是刘文山胁迫韦娜要钱发生冲突，韦娜因情恨杀了刘文山；或者，是韦娜与春月合谋雇凶杀了刘文山。但这仅仅是一种臆想和推测，不能说明问题。

贺庆生却感到了问题的重大，在李鸣汇报后指示三点：一是立即对欠条进行技术鉴定；二是组织公安纪委彻查韦娜的传讯和死亡过程；三是把案情向市委主要领导汇报。

同样关注着案情进展的，还有柯明和王志中。柯明对王志中破案的进展还是相当满意的，尽管又死了一个女人，但毕竟找到了一条重要证据，而这个证据对于突破案件至关重要，更对他心里策划着的整倒贺庆生的计划至关重要！死个人怕什么！况且死的女人很可能是畏罪自杀。他关注的，是能否找到拿住贺庆生尾巴的把柄。他私下里对王志中说了贺庆生与赵春月的亲戚关系，告诉王志中你心中有数就行了，不要有丝毫的外露。王志中这才彻底明白了当初柯副市长"事关重大，可能涉及其他人"这句话的意思。他早已看出柯明暗中跟贺市长较劲，也知道柯明背后台子很硬迟早要高升。更重要的是，王志中对贺庆生当纪委书记时对自己的教训耿耿于怀，这时正好遇到了报复的机会。王志中从看到那张字条起，就敏锐地发现这是个可以做文章的东西，所以悄悄将其留下细心研究。当他研究了这张字条的内容后，他想，刘文山之所以向韦娜索要条据肯定是想做条据的文章。他灵机一动：假若将条据伪造成赵春月借锌炼厂三百万元，这个案子岂不就有了杀人的动机和证据了吗？而且这条据很容易被模仿制作，只需要删减和修改小小的几处，就是一张原始的欠据了。于是他在办公室里偷偷地模拟了一下，觉得很成功。韦娜自杀后他开始感到责任重大压力大，随即一想，正是天赐良机，韦娜一死，只要这张在手的凭条是赵春月唯一的原件，那就等于石沉大海，再也找不到真正的原件了。以他的想法，只要仿制逼真，相信可以达到以假乱真的程度。而且拿上这张凭据，说不定可以好好敲赵春月一笔竹杠，这些发了财的老板随便敲上百十万还是容易的。王志中还想着借此案能立一功，既为自己提升奠定基础，更为柯明扳倒贺庆生立汗马之功，两全其美。于是他在韦娜死后的第二天一早，就先到达刘文山的卧室做好了手脚，等他们又一次细细勘察时，王志中有意地敲敲衣柜地板说："这下面好像有问题！"这才发现了机密暗室和一张借据，立即留下了拍摄证据。

其实，早在第一次勘察刘文山被杀的卧室时，王志中就已经发现了暗室，只是他不动声色，因为他想独自打开看里面有什么宝贝，结果一看却是空的，什么都没有，也就作罢。韦娜之死的责任，刺激了王志中突然想起这个机关，正好完成他的一个无懈可击的计划。

韦娜死后的第三天上午，王志中即按柯明的要求，去当面汇报了新发现的线索，受到了柯明的赞扬，他隐瞒了公安人员的违规情况，以一张巧簧之舌忽悠了上司柯明。接着，柯明指示让王志中再次传讯赵春月，并放出准备拘留赵春月的信息，迫使赵春月去找贺庆生。而这一切都已落入了柯明和王志中安排的陷阱之中。

134 韦娜已死两个月，韦娜的老公和儿子几乎过两天就要去找春月一次。春月刚开始好言相劝，说是韦娜没有理由自杀，肯定是有冤情的，她一定帮助查明申冤，并拿出一点钱安抚家属。两个月一过案件调查毫无结果，只传说是与刘文山凶杀案有关，韦娜是畏罪自杀，又说与春月公司有关该找赵春月，这下子就天天缠着春月要报仇申冤。春月被缠急了，就打发保安阻拦，保安又与一批家属产生了冲突，伤了韦娜的一个远房亲戚，又惹出一方事端，媒体热炒，看病治伤，公安调查，害得春月叫苦不迭。

没想到，时过不久，韦娜的老公、儿子与几名亲属竟两次赴省进京上访，打出的横幅是："状告鑫钢赵春月，谋财害命造冤案。"一时间各级信访、相关领导批示，新闻媒体追踪，把赵春月搞得焦头烂额，把韦娜案件弄得扑朔迷离。一时间，春月公司的生产受到影响，外部订单开始下滑。春月又两次找到庆生诉说。贺庆生既要顾及鑫钢是市里纳税大户生产不能受损，又要督查公安李鸣那头的调查进展；还要顾及与春月的亲属关系可能产生的影响。他也有点烦心挠头。尤其是媒体已有披露说春月公司是"有来头"的企业等。贺庆生也担心引火烧身，所以更多地只是说春月你千万不可违法，否则谁也救不了你！惹得表姐赵春月先是发火后是流泪，说我赵春月一人做事一人当，该坐牢坐牢该杀头杀头，不再求你！

这时候又一个油菜收割的季节到了，几月前金黄色花海一片，现在却是满地灰黄。农民把油菜穗子割下来，留下一尺半长的油菜秸秆，原来都当宝贝一样收回家里当柴火烧饭，这一二十年农民都改烧煤炭或沼气，不用秸秆，就成片在地里焚烧，一到晚上，清江两岸星星点点、烟雾弥漫，鑫州城里都闻到了烟熏味。贺庆生在傍晚时分开车沿公路察看，他在思考着，光是以行政命令不准焚烧是禁不住的，因为农时不等人，油菜一收很快就要翻田插秧，农民家中青壮年外出打工，家里缺劳力，把秸秆收回十分不划算，不如就地烧掉还可肥田。但却影响到城市空气质量甚至影响交通安全，怎样才能找到一个两全的办法呢？他正在想，能否由政府给造纸厂一定补贴，让造纸厂把秸秆用高一点的价格回收做造纸原料，对企业有利，也可增加一点农民的收入呢？正在想的时候，秘书说市委靳书记有事，让他马上回市委。

贺庆生掉转车头，即刻回返。他看着车窗外一簇簇的火团火星和火焰，有时仿佛开进了一个雾的迷宫。贺庆生想着靳书记这么晚了叫他一定是有紧急的事，究竟是什么事，他一时拿不准，就闭上眼睛在车里打一会儿瞌睡。

半小时后，贺庆生赶回市里，直奔书记办公室。敲门进去，却见靳书记仍埋头于文件堆里，好像什么事也没有发生。

靳书记给庆生说：

"贺市长辛苦，这么晚了还在外面检查工作！可要注意劳逸结合啊！"说罢，对这位老搭档投去深深的一瞥。

"谢谢您靳书记！这几天农村都在焚烧秸秆，想去看看，商量一下能有个什么更好的处理办法！"

靳书记话锋一转：

"庆生同志，今晚请你来，是要跟你沟通一个情况。最近中省首长有几件批示，要求尽快查明鑫钢公司韦娜自杀案。同时我也听到一点传闻，跟你一并沟通沟通。"

贺庆生略一沉吟，说道：

"韦娜案件及刘文山凶杀案的调查情况，的确拖时过久，地震前刘文山案发至今一年多了，近期又出韦娜自杀案，我以为这两案有一些联系。但案件调查两次换人，时至今日进展不快，我也感到有些歉疚。前不久我让公安局李鸣局长专题向您和市委汇报，不知靳书记知道具体情况吗？"

靳强书记说："前段出趟差，回来后一周前李鸣已向我汇报一次，最近见媒体炒作，中省批示，这才请你来议议。你对此案有何看法？"

贺庆生想了想说："第一，韦娜自杀与刘文山被杀案有无必然联系是一个关键；第二，刘文山处查获的那张欠条证据真伪难辨，尚需技术鉴定；第三，没有直接或十分有效的证据，无法证实刘文山被杀与赵春月有直接关系；第四，公安传讯韦娜过程中有可能存在违规问题，因为医院大夫有证据说当时见韦娜双手手腕有伤痕，且有一民警在案发当初承认过给韦娜戴过手铐。"

靳强书记静静地听着贺庆生的分析，感到他对案件分析得有理有据，但他的着眼点不在这里。靳强又问：

"听说你与鑫钢老总赵春月是表姐弟关系？"

贺庆生说："是的。这点我已在任职前原原本本地向组织作了报告，省组织部存有笔录。但我向组织保证，我与表姐公司无任何牵扯，也从未提供特殊帮助，更不会庇护他们的违法行为！"接着又说："因春月与我非直系亲属，所以在个人重大事项报告中未予提及。"

"噢，我也有些耳闻，你这一说我就清楚了。春月公司对鑫州经济发展是有贡献的，一定要保护发展，当然如有违规违法也是不能允许的。情是情法是法啊！"

靳强书记想起这些年鑫钢发展过程中自己也曾关心支持，也是有感情的，几句话流露出了同情和担忧。贺庆生说："春月公司租赁经营鑫钢时，我还在东江，压根儿不知也不曾参与过，回市后才去过两次。但我对表姐春月是了解的，她经历过苦难，有胆有识，我相信她不会做违法的事，更不可能杀害刘文山。"靳书记说，凭着我对你的了解，我还是相信你的判断。庆生说当务之急，应是从韦娜之死上打开突破口，或许是解开死结的有效途径。

末了，靳强书记敲定：一是由市纪委协助，着手调查韦娜的公安传讯过程；二是市委宣传部协调媒体，不要把一件刑事案件越炒越玄，影响工作大局；三是在领导层中通报案件查办情况，做好统一认识工作；四是由市委督办案件进展，加快案件侦破。贺庆生十分赞同靳书记的几条意见，并感谢书记的关怀和支持。

走出书记办公室，走到市委大院，贺庆生的心情仍很郁闷，抬头望去，只见灰蒙蒙的天空中偶尔还有几块清亮的地方，还能看到几颗星星在闪烁。

135 在媒体热炒的时间里，柯明专程到了一次省里。从他把握的情况看，刘文山案与赵春月有千丝万缕的联系，仅是经济上的纠葛就足以构成谋杀的动机或起因；已经查获的欠据证明，这起凶杀案很可能是因财而起，这个判断是可以成立的；这个期间赵春月与贺庆生频频接触、密商密议的情况，说明赵春月可能与贺庆生正在进行交易，有可能贺庆生会包庇赵春月。加上韦娜家属上访和媒体炒作，肯定会引起中省重视。如果这样，不管案件侦破与否，都会对贺庆生产生重大影响，自己如果这个时候还静坐一旁，则有可能与机遇失之交臂。因此，柯明决定要不露声色地做上面的工作。

其实，他没有带太多的东西，只带了当地产的山楂油、土蜂糖及富硒茶叶等土产品几份，这是"遮手用的"。真正的"东西"早已变成了三千五千一万元金额的商务卡。柯明有这个权力，有这个出处。论公，当今接待送礼规格越来越高，方法也越来越高级，下级给上级送礼已成潜规则。好像社会发展已经到了这一步，送三千元钱也就相当于多年前送的一两条烟，没什么稀罕的。拿上点遮手的土特产，加送点不显山露水的商务卡，就是拜年登个门，领导不好回绝也就笑纳。这与那种贪污受贿可是有根本区别的，只算是个心意吧。收惯了礼品的说声谢谢，没收惯的说这不行吧这不好吧，次数一多也就笑纳。这个支出，可以在接待费中安排，是属公款支出的。论私，市长有三五十万乃至百八十万的预备费，可任由个人支配，就像上级管钱管物管项目一样，是要论关系讲感情的，上级对下级而言，手心手背都是肉，谁也不想亏，但不熟的不敬的不勤快的关系远的就自然分得少点。下级对上级而言，有奶就是娘，有水都是爹，你喜欢什么给你什么，只要你给钱给物给项目，挖空心思、千方百计也要把你放倒摆平。

中国式的送礼源远流长，早在孔夫子时代就开始了。据说孔子要学生送他十条腊肉，他七十二弟子加起来就是七百二十条腊肉，足够孔夫子吃一年了。孔子曰："自行束以上，吾未尝无悔焉。"只要你交一束腊肉，我就可以给你教课了。当然，那时孔子可能已经下岗不做官了，收腊肉做学费也是公平的。只是此风一开，万世不绝，直到今天，竟成了人们送礼的经典理论，你说你收也不收？

由是，中国式送礼修行成长，长成了今天公务员的灰色收入，长成了中国式腐败的绿色土壤，造就了一批批的贪官污吏，推进了中国富有人群的增长和利益集团的诞生。

言归正传。柯明带上这批东西，坐上风驰电掣的丰田霸道车静悄悄地开进了省委大院，在一片林荫深处的院落停了下来，提着一个简单的礼盒走进院子，进入一个不算大气的会客厅。一位鹤发童颜的老人迎接了他。柯明赶紧上前扶住老人，"老首长别起来！您的侄子看您来了！"又说："您年纪大了，我给您带了一点润肺止咳的山里蜂糖，也提前给您拜个端午节！"说着，拿出一张红色小纸卡放在桌上。

"好！好！柯明啊，最近还好吧？工作顺吧？"

"托您的福，身体还好！工作嘛，也就那样吧！"

"你说什么？工作什么？"白发老人耳朵有点听不清，大声地问。

"还是老样子，没变！"柯明放大音量对老人说。

"噢噢，那就好，那就好！"旁边，首长夫人插话对柯明说："老了，耳朵不行了，他听不清！"

柯明大声说："感谢老首长栽培，您老还要继续关心晚辈啊！"

老首长听了，说："柯明是个好小伙子，当初是我下乡时发现的，那时还是个镇上小书记啊，经过培养提拔，如今已是大市长了，不简单啊！"

柯明说："当常务副市长都三四年了，老首长能否关照一下给我挪个窝？调省里也成啊！"

"你那个市长怎样？配合还好吗？"

"还可以吧。但给首长实话实说，只是思想有点保守，一副理论家的样子，其实啥也不懂，还不太干实事！这不是背后说人，不少干部都是这个看法。"柯明憋着气尽量全面地说。

老首长侧着一只好用的耳朵认真地听着，"噢"了一声。听柯明说完了，才说："要两分法啊，有不足就有长处，就看哪个多点哪个少点！你年轻聪明，学历也不错，要发扬长处弥补不足。"柯明赶紧说老首长说得对，不管怎样我都会鼎力配合的。

顿了一会儿老首长又说："这样吧，你去找找组织部乔部长，我会给他说说你的情况，看看有没有机会。啊！"柯明一听满心高兴，就说多谢老首长，我这一生进步都离不开您的关心，我会一辈子记着您的恩情。

不觉间一个多小时过去了，柯明又跟首长夫人聊了几句家常，问了问子女近况，一看时间不早老首长要休息了，就做依依不舍状，退了出来，走入了黑乎乎的林荫之中。

第二天，柯明上午赶早去拜访了两位老弟兄处长，把两千元的商卡和茶叶送上，表示说下次请吃饭，这次忙点就免了。大家也都高兴找着几个理由，相互致贺一番。柯明说：弟兄们多喜可贺，只老弟我原地踏步，无喜可贺啊！处长说：好事多磨，来年恭贺！

下午，柯明在宾馆睡了两个多小时，养足了精神。晚上，他约了组织部乔部长吃饭，乔部长说有接待，柯明说那我还是去家里拜个节吧。乔部长说可以，就是得稍晚点。

晚上九点，柯明装好了两张各一万元的商卡，他计划着要送个重礼，给老首长送五千元，毕竟退休了啊，但现职的部长虽是副的，却是正厅级，且分管着地方党政官员，是实权派啊。乔部长的家里，显然比老首长家里华丽得多，客厅近三十平米，皮沙发大茶几，落地大座钟，大玻璃鱼缸中养着一群红红的大尾金鱼，真像一群美女，柯明想着，被乔部长的招呼让座打断。

乔部长说："老首长祝书记给我打了电话说你要来，让我接待一下，老首长是我尊敬的领导和恩人。你有事不妨直说！"

"啊呀部长，您真是好部长，爽人快语。其实我是看望一下老首长祝书记，拜个早节。我年年都来的，对栽培我成长的首长，我永生不忘呢！我个人呢，也挺好的，不过是当副市长和常务市长也五年了，希望能有进步，也希望组织栽培！干任何工作我都会努力的！"柯明有点虚诺诺地说。

"噢。你市里今年经济形势怎样？"部长问道。

"应该是可以的，估计完成计划的百分之十二的增速没有问题。"

"不能说应该可以，现实情况就是现实情况。"部长说。

本来柯明想说几个数据，结果一时却记不起来了，就以常用的"应该"作回答，但部长显然有些不大满意，身上就发起毛来。柯明缓了缓说："今年以来，夏粮丰收，二产增速也快，三产发展喜人，整体经济形势还是不错的。"

"社会稳定方面呢？"乔部长转了话题问道。

"这方面有点小问题，有几个凶杀案未破；老百姓上访数量也有些上升。但总体稳控还是好的，没有大的闹事！"

"你跟贺庆生市长配合得好吗？贺市长人咋样？"

"配合不错。贺市长嘛，人不错，理论水平高，对当前有些提法爱发表不同看法，待人也还不错！"

"噢，对哪些提法有不同认识？"

"比方说，他用马克思的生产力几要素批驳人们常说的'接待也是生产力'；对当前的'经营城市'也有看法，认为提经营城市就是向农民要地。当然还有对GDP也有些看法。"柯明顿了一下，又说："贺市长爱在理论上搞说辞，其实我认为在基层工作主要是干实事，理论上没人爱听！"

"好像听说贺市长还挺务实的嘛！在抓农业产业化、工业园区、招商引资上都有作为嘛！抗震救灾中反映很好啊！"乔部长又像是问又像是自言自语地说。

"是啊，也倒算个干事的人，只是有些事上刚愎一些，听不进别人意见。"

"那你们配合不是很默契了？"乔部长话锋一转，"当然作为一把手没有主见那更糟糕！"接着又问：

"那你是想挪个窝了？"

柯明见终于落入正题，赶紧说：

"请部长多多栽培，地方能提升当然更好，地方如没位置，能安排到省里部门我就感激不尽了！"

乔部长站起来在客厅踱了两步，缓了缓才又说：

"看情况吧看情况吧！"

"谢谢乔部长！谢谢乔部长！"柯明一边从裤兜中随手掏出两张商卡，"给部长提前拜个端午节，请部长一定给个面子！"乔部长一见柯明手中拿着两张卡，心想可不是一个小数字，但又看不到数字，想了想说："这样吧，心意我领了，就收下你一张吧！否则你面上过不去！"

柯明见乔部长坚决只收一张，只好说乔部长要求严，十分感激部长的关心，提前祝部长节日快乐！说完赶紧告辞出来。

走到大街上，柯明心里很是高兴，此行目的基本达到，个人愿望已经提出，不显山水地铺排了贺庆生也显得自己公正全面，尤其是他的礼物全部都被接受了，让他感到心里有了底。看一眼满大街五彩的霓虹灯闪烁，他告诉司机："去万隆浴城！"他精神焕发，要去那个曾几次光顾的地方，享受一下小姐的温馨和销魂……

136 六月，鑫州市委市政府集中策划了两个大的活动：一是参加本月中下旬的福州交易会，二是接着参加全省在香港举办的七月招商会。这两个活动全都是面向海外提高声誉扩大影响，寻找经贸关系的经济举措。为了这两大活动，市里成立了筹备工作领导小组，贺庆生挂组长，市委副书记安相如和常务副市长柯明任副组长。后来又成立了活动组委会，安相儒和柯明任了正副主任。在组委会召开的汇报会上，贺庆生亲自参加，提出具体要求：一、福交会侧重展示，港招会侧重招商，各有侧重，务求准备充分；二、所展出的产品和项目，必须突出地方特色，产品要精，项目要实，集中重点推出；三、组织精干，落实责任分工，项目跟踪，务求稳妥。安相儒和柯明也都做了侧重分工，各有关部门负责人都一一落实了责任，各项筹备工作紧锣密鼓地进行着。

贺庆生去省府开会那天，通知九点到会，他八点半前就赶到省府东门，却见大门关闭，一大群人等待进入机关，乱糟糟的。好在车辆都已疏散，机关司机们都已知道，一旦大门被堵，只能绕道西门或北门进入，不能在上访人群处停留。贺庆生从市里来开会，对道路尚不甚熟悉，就下车来观望一下，却见是一二百个穿着黄色军装的人员围堵了省府大门，猛一看以为是解放军，细看一下才知道这批人都是过去的军人，穿着过去退伍时带回来的军装，从年龄和穿着的鞋子可以看出是各路人马统一聚集起来的。这些"军人"们打着横幅："我们要生存，我们要尊严，我们要政策！"贺庆生一看，就知道这是一批当年的人民子弟兵，退伍后在各条战线工作，很多都还在农村，由于近些年国家出台了对参加核工程建设身体受到影响的人员给予优抚和补贴的政策，又牵引出包括抗美援朝、老山前线以及农村复员退伍军人安置等诸多方面的不平衡问题。由是一些上访人员相互串联，约定了统一着装，统一上访，出现了围堵省府大门的问题。

坐在省府常务会议室里，贺庆生心里却不能平静。他从基层走来，眼看着中央一系列惠民政策给老百姓带来实惠，他十分拥护。但同时又看到，长期以来，各个历史时期遗留下来的许多社会和民生问题，已越来越多地表现为今天的不稳定因素，影响着经济发展和社会稳定。民办教师问题解决了，公社八大员问题解决了，复退军人问题突出了，计划生育方面的上访量增加了，而且，随着城市化推进，城市拆迁、农民在征地上引发的矛盾问题更是层出不穷，还有其他方面，像农民工待遇啊、涉法涉诉啊，过去安置的工人下岗离岗人员上访回潮，等等，简直有点按葫芦浮瓢。一位资深的人事干部说：现在就像女人和面，面多了加水，水多了加面，什么时候才能弄出细柔的面呢？这好像已是中国当今上访的奇观，怎么解决呢？贺庆生想到这里，赶紧悄悄给市政府副秘书长兼信访局长发去一条信息："速查我市复退军人赴省上访情况，全力做好稳定工作。于近期召开一次信访会议，分析研究全市信访问题，我参加会议。"

其实，省府会议只涉及鑫州的一件具体议程，但为重视和落实责任，专门通知市长亲自参加。这个会议一结束，贺庆生就离开会场走出了省府。这时候，省政府门前已经没有了上访人群，车来车往出入已经正常。贺庆生好像也松了一口气。

下午，贺庆生去看望了一下一直牵念着的前任省委副书记彭一民，这是一位正直的老同志，五年前退休后埋头著书立说，听说近期身体有点毛病。彭一民也曾在青海高原工作过，离开高原时老百姓给他送了一块很精致的匾框，上书四个大字：人民公仆。他的高原情结很重，对有过高原工作经历的同志很亲切，在下市县检查工作时贺庆生接待过，两人都有点文人气息，故而联谊日深，庆生每到省里开会或是年节前后，总要去看望总想去听听教诲。老书记学识渊博、经验丰富，纵论时事，思想精辟，见地深远，言简意赅；每聊一次都有醍醐灌顶茅塞顿开之感，庆生充满钦佩，也就常常想念这位老同志。

庆生到彭老书记办公室时，彭老仍伏案工作。见了庆生，不事寒暄径直就问庆生："你最近主要抓啥？对时政有何看法？"因为他知道庆生来看他从来不会谈个人或家庭，总是说市县的工作。庆生想了想说：我任市长后，深感压力很重，唯恐力不能及延误工作。我的主要精力是放在工业集约化规划和农业产业化发展上，另外在文化旅游和维护稳定上分一部分精力。彭书记听了似乎很满意，说工业集约化发展路子是趋势，但各地工业有不同，要瞄准国际国内产业方向，适应未来才能立足；农业产业化是你们市的长项，要持之以恒，逐步把产业做大，地方特色也就愈显，同样也能富民强市。庆生简要说了工业农业上的几个强项和未来走势及工作思路，末了彭书记语重心长地说：

"庆生啊，任何时候，都要一抓工作二抓思想，作为市长，带好班子更为重要！你是个好同志，从来到我这里都是只谈工作，不像我见过的某些人。但也不能只顾工作忽视身边的一些重要情况，要做到了然于心，运筹帷幄，才是成熟的领导干部啊！"

庆生连连点头，说老首长的教诲我一定牢记，努力学习，弥补不足，竭尽心力工作，请老首长相信。

关于时政，贺庆生自知功力不足不敢妄言，只是每每都想听听老首长的看法。

彭一民说："中国封建历史太长，积弱积贫，资本主义列强的侵略又加剧了中国的贫弱，中国资本主义很难发展起来。中国百年近代史是一部备受欺凌、备受屈辱和停滞的历史，也是一部民族崛起的奋斗史。但我们今天的改革开放，很多社会问题、历史积弊、精神文化，都有资本主义发展过程中的影子，都能在那个历史进程中找到答案。不过我们今天的时代又不完全等同于资本主义发展的那个时代，这样就更具有了多样性和复杂性。我们共产党人的责任，就是要胜利走过这个时代，开创一个中国历史的新纪元，这是我们的理想，也是时代的重任。我们的路，只能是勇往直前，没有退路！"

庆生对彭一民老书记的话很容易理解，他相信这是一代共产党人的理想和追求。往往在这个时候，他就感觉到了这种思想和精神的崇高，感觉到了自己的力量和自信。贺庆生一生中很多次地问自己："这是否应是一生的追求和目标？这种境界算不算空想马克思主义？是不是一种'左'的思潮？是不是'空中楼阁'？"但每次他都否定了这些疑问，他说："认准的路自己走，不彷徨不回头！"

告别彭一民书记后，贺庆生当晚七点就往回赶，十一点，庆生回到鑫州。老婆秀琴已经睡下，知他回来，赶紧把泡好的茶水端到面前，看庆生脸色还好，就说："见到喜欢的人了！看你高兴的！"

"喜欢的人在家里，见了当然高兴！"庆生说。

秀琴面露喜色，随即说：

"我还不了解你，你是想见的见不着，这才不得不见不想见的我！好了，洗澡，睡觉。知道你明天还忙着哩！"

庆生洗完澡后，在妻子身边躺下来。虽然有点累，但思维却还活跃，他先想了一阵明天的工作，又想了一会儿省上复退军人上访的情景。随后在朦胧中看了一眼熟睡的妻子。多好的黑眼睛姑娘啊！几十年的岁月几十年的辛苦，自从来到家里，差不多天天都是六点起床最晚睡觉，也难为她了！为了这个家，为了困难岁月中结成的夫妻感情，也为了母亲的临终嘱咐，我一定要恪守当初，一生厮守！于是，他把妻子轻轻吻了一下，或许是秀琴还未睡熟，她嘴里咕哝了一句，把身子转向庆生这边。庆生不想惊动妻子也就睡了。

137 这个期间，市纪委专门派出一名管案件查办的常委监察局副局长亲自上手，与公安纪委一道调查韦娜被拘的情节。在强大的压力下，那位曾经最先说出情况的干警又交代承认了对韦娜戴过手铐。一旦缺口打开，三名看管韦娜的公安，均无奈地供认了戴铐问题。但三人异口同声地说这是他们的疏忽，本是怕韦娜跑掉临时采取的措施，没想到值班的人也睡着了。

案情有了突破，公安纪委提出了对三名干警的处分意见：一名公安临聘警解除职务辞退工作，另两名干警记大过处分。但这个处理与韦娜死亡案区别对待，处理干警是属于违纪，而韦娜死亡案则要待案情清楚后定性。鉴于专案组长王志中的客观失职，提议给予其党内警告处分，但仍继续主管刘文山凶杀案，戴罪立功，加快破案进度。

王志中倒捏一把汗，暗中告诉三人，坚决不能供咬他人，案件未结，一切均有转机，有我王志中在，就有你们的保障和未来。王志中的打气，暂时稳住了三名公安，同时也把韦娜死亡案的深挖搁浅下来。

柯明叫来了王志中，见王志中的手老去脑后擦汗，就说你紧张什么？搞砸了我拿你是问！王志中这才慢慢冷静下来。柯明说你那几个公安干什么吃的？他们违法使用刑具你不知道？王志中说我确实不知道，这种情况在公安工作中不是没有先例，甚至还具有某些普遍性。柯明听了拍着办公桌说：

"这就是你们的水平和素质？人家韦娜的家人告你说是公安动用刑具威逼拷问，将其逼死，你怎么交代？"

"韦娜之死与戴铐可能有关，但她涉嫌刘文山凶杀案这是事实，这有铁的证据！"王志中辩驳说道。

"那张条据鉴定了吗？真假如何？"柯明问。

"正在请省公安厅做痕迹技术鉴定，估计近期可以有结论。"王志中回答道。

柯明不耐烦地说："好啦好啦！我不听你辩驳，我只要证据，只要结果。你什么时候可以破刘文山案？只有破了这个案，韦娜案也才能说得清，你们也才可以解脱，否则后果你是知道的！'螳螂捕蝉，黄雀在后'这个典故你听过没有？"

王志中只顾低头听训，只想着自己这会儿的委屈，没有听清什么典故。柯明问时，他有些结巴地问："什么螳螂雀啊？我哪有时间去捕啊！"

柯明这才发现王志中是个酒囊饭袋，连这么个谚语典故都不知道，一肚子火都没地方发。就狠狠说道：

"混尿！你去好好查查词典！告诉你，你再把事情办砸，我饶不了你，有人更饶不了你！"

王志中唯唯诺诺地退出柯明办公室，走在政府办公楼下的林荫道，"啪"地一口痰吐在绿草中，心里说："你他妈的半斤八两，你以为你是谁呀！给你跑腿还遭你骂，老子还想骂人呢！"

回到办公室，王志中才慢慢冷静下来。他原以为凭着自己多年的办案水平和经验，破这么个凶杀案是小菜一碟。韦娜涉嫌凶杀案是有根据的，刘文山为什么找你要条子？你又为什么不给刘文山？而且她还是刘文山的情人，就凭着这几条，就能判定你与刘文山案有重大嫌疑，我这个判断是没错的。一想到这里，王志中心里还真紧抽了一下，原想把这个条据神鬼不知地改过来，破了案可立一功，破不了案可以向韦娜甚至赵春月敲竹杠，随便诈它一笔。没想到，这几个干警坏事，连逼带吓，把韦娜吓死了，给我落下个责任不说，如果这张条据再出问题，那我可就惨了！王志中这才有了聪明反被聪明误的感觉。等他把这件事的前因后果再一梳理，他确定了几条：一是柯明副市长想拿这个案子说事，给市长贺庆生找茬；二是现在韦娜已死，死无对证，这张条据的真伪只有他心里清楚；三是他相信自己的条据"易容术"是有很高技术水准的，就是公安厅技术鉴定怕也未必能识别清楚。王志中反复思考，现在只有破釜沉舟一撑到底，才有挽回局势的希望，否则真的是柯、贺都饶不过他，那就太冤太屈了！

第二天，王志中先给省厅痕检处处长打了电话，随后专程赶到省城，到痕检处处长那里专题汇报了案件情况，谈了自己的分析判断，催促快些做出痕迹鉴定报告，末了给处长一张商卡，说是感谢之意。办完这一切，王志中才有些踏实地回到鑫州市。

市公安局李鸣局长向市委靳书记和市长贺庆生亲自做了检讨，说我没尽到责任，对局里干警教育管理不严，刘文山凶杀案侦破进展缓慢，我有领导责任。另外他还分析，认为韦娜死亡极有可能与传讯时违法使用刑具和逼供有关，是公安方面的违法造成的直接死亡，应当从严处理，纪委所提交的处理意见他都同意，考虑到王志中没有指示干警使用刑具的客观情节，加上案件查办频繁换人可能带来不利，也同意仍由王志中专案查办并建议给予行政警告处分。同时表示自己将加大案件督办力度，力争年内能查破案件，在此之前，先对韦娜死亡做一定善后处理。

市委靳强书记在公安专题汇报上批示："要从韦娜死亡案件汲取教训，从严治警。公安机关必须加强依法行政、依法办案法规教育，严防出现类似问题。违纪干警的处理意见，按党政条规办理。务要加大刘文山凶杀案的侦破力度，限期破案。并把握好媒体和舆论导向。"

市长贺庆生通过刘文山案，似乎隐约感到有些问题。从几次与表姐春月的交谈中，庆生感到春月的态度是诚恳和实在的。她作为一个身家过亿的民企老板，不会也不愿意为两三百万元的事去谋财害命违法杀人，而且这个三百万元应该是春月在刘文山锌炼厂开业时垫支给刘文山的资金，春月始终这样说，情理也当如此。但春月的过失在于没有在公司内部讨论商定，严格地讲与公司规定有悖，这恰恰造成了无据可查的困境，尽管家人知道但没有证据，韦娜一死，说不清道不明。虽说公司有锌炼厂入股文件，但日期对不上号，企业间财务往来不甚规范，也留下众多漏洞。这张条据为什么会与事实完全相反，虽值得怀疑，但无证据支撑。而且，刘文山案至今一年半都过了，毫无实质性进展，令人头疼。贺庆生记起老书记彭一民的话，感到自己在某些方面缺乏能力，对一些复杂事物背后的问题把握不准，缺少应对办法。从性格上讲，他不爱设防，对自己不设防，心里想的有事就说；对别人也不设防，总是爱以己之心度人之心，这可能是缺陷。古人说"害人之心不可有，防人之心不可无"，联系到市长岗位之争中的一些情况以及靳书记的夜谈，贺庆生方才把思维从日常繁杂的工作事务中收了回来。但当他运用联系的、逻辑的、辩证的思维来分析和对待目前的个人处境时，贺庆生又坦然了。不管前路多么艰险，他坚信着党和人民。任何事情，总有水落石出的时候，不做亏心事不怕鬼敲门。

庆生把眼前的人和事又捋了一遍，下意识地又想起了秦岚。

第二十六章　重重黑幕

第二十七章 山重水复

138 秦岚回台一年多，除了应付《苹果日报》的日常事务外，把相当一块心力用在了建一个小窝和小说的翻译上。春日里，台北小雨濛濛，勾起秦岚许多心事。她甚至把两代人的影片在脑子里几次播放，越来越觉得人各有命。凌芬是个多好的母亲，但却偏偏在政治旋涡中每况愈下遇上自己不争气的丈夫而屡受屈辱和痛苦；贺玲是个多么优秀的女士，虽患难中结下的真情弥补了感情上的若干缺失，但却终身陪伴着皇姑屯的一位农民；自己与庆生青梅竹马本可以成为一对恩爱夫妻，但上天却安排我们天各一方无法相聚。这都是命啊，冥冥之中，上帝给你安排好了一切，该走哪条路该吃哪些苦，都是命运注定了的。当然，她不相信世上有上帝，也不相信人的命运不可改变，否则她就不会在海外奔波个人奋斗。她不是个彻底的唯物论者，但也不是一个唯心论者，她就是一个有些知识文化的平凡女子。她总在从生活的现实中不断地认识总结和提升着。从庆生哥哥身上，她看到的是奋斗改变命运。庆生能有今天她不曾想到，能在几十年后做到这么大个官更不曾想到。也许，这是奋斗的结果；也许，庆生的命里就有。

总之，秦岚的思维深处，多的是现实的一面，但神秘主义的东西在心中常常出现。孔子说的"畏天命，畏大人，畏圣人之言"，在秦岚心目中占据了最神圣的位置。

秋天来了。台湾的秋天天高云淡，气候凉爽，山青水秀，在这里找不到内地秋天那种层林尽染、万木霜天的感觉。遍地青草随风摇曳，各色花卉仍然奔放盛开：青山隐隐，湖光山色，秋水绵绵。站在 101 台湾最高大楼上，整个台北地区尽收眼底。

秦岚终于在台北有了一个斗室小窝，四十平方米不到的一处住所。在台湾，这是最小的房屋，当地不叫平米，叫"坪"，一"坪"大约相当于三个多平方米。这个十三坪的斗室，就花去了四十多万人民币，相当于一平米一万多元，不算很贵，是地处台北县十多年的老房子。房子总体结构尚可，有一间卧室、小客厅和卫生间。小院落倒还整齐，花团锦簇，房向朝南，采光尚可，只是周边都是些旧时楼宇，最高四五层，一般只二三层。秦岚的房子在三层，是这栋房的顶层，屋子有漏痕，但经维修不再漏水。秦岚做记者，月资两万多台币，赴台十年来颠颠簸簸，也就积存下百十万台币，换算成人民币也就四五十万元。买来小屋花光了积蓄落下个宁静，给了秦岚一点慰藉。可以在这个安静的小窝里避避风雨，静悄悄地想东想西。不知从什么时候起，原先风风火火的秦岚变得喜欢独处。在家的时候，她一个人吃饭，一个人思考，一个人流泪，一个人听音乐，一个人看电视，生活一天天地平静过下去，心一天天地孤寂起来。

那天，是周末。秦岚睡到八点就没有了睡意，爬起身冲个澡，从冰箱里拿出一听牛奶，是大陆产品：蒙牛，内蒙古蒙牛乳业出品，思维却一下子到了青藏高原。她没有去过那里，但从资料图片中却知道那里有雪山草地，牛壮羊肥，因为庆生哥哥在那里，她的心也就多少次飞向那里；这个时候，庆生已经回到内地做了一方之主，但她觉着庆生还在高原。她曾经默默地做过高原相见梦，在广袤的草原上，与哥哥共骑一匹马飞奔。甚至，与哥哥庆生在一个蒙古包里生活，生儿育女，过天高皇帝远的自在生活。她的那些对青藏高原的憧憬，充满了孩子气的幻想，这会儿想起来仍然是那么甜蜜，秦岚独自笑了。

早餐吃罢，却见阳台外飘起细雨。一会儿天阴下来，周围陷入一片烟雨濛濛之中。望一眼床头的书——加西亚·马尔克斯的名著《百年孤独》，昨夜已看到接近尾声，马孔多正在消失，无数的白蚁将把一个孤独的世界啃噬一尽。秦岚眼里突然泪水盈盈。是啊，孤独的秦岚，半生漂泊居无定所，好不容易有了个窝，但孤独却是更深的陪伴。我错在哪里啊？哥哥庆生虽然官至五品，但同样是一个孤独的灵魂，他不得不把自由的爱藏在心底，他不得不把一颗飞翔的心拴在当年误入了的桩上！我们像两条平行线，看似相近却永远无法相交，这是为什么？

回到大陆的几周，秦岚似乎已窥测到了庆生内心的孤独，也感到了深藏在庆生心灵深处对自己的那团火热。地震时那个深夜庆生的拥抱，她是那么渴望永不松开，但只是一分钟，我们却毫不犹豫地松开了，因为那是一个怎样的时刻啊！如果我们放纵了私情，就是一种犯罪，就是对上帝的不贞啊！但那一分钟，却永远地闪耀着孤独的亮色！她又记起神秘羊皮书上的预言：爱情被捆绑在树杈上，最后一个人正被白蚁吃掉！她想，也许，人一生就是为了不孤独而要爱情要恋爱的。但爱了恋了才发现更孤独更痛苦，大概人的本性就是孤独的。各自为了追求和理想，都在坚持着自己，但好像最终都不能坚持到底。好像上帝总是不想让人们的美好如愿，才放出魔鬼来破坏一切，让每一个孤独的灵魂接受炼狱的炙烤。而越是这样，这个灵魂才越发感到痛苦，才越珍惜痛苦后的甜蜜和幸福。真是万能的上帝啊！

当泪水不再汹涌，灵魂沉入到最深的孤独之中时，就会有生机和火花的爆发。

秦岚不再流泪，她把所想的这些记录下来，并打算以书信的方式告诉庆生。同时，她也决定，自己要试着翻译一部小说，美国新作《白色之山》。这个孤独的女子，竟在心灵深处，燃起了一片负重登山的欲望。

139 王志中回到鑫州一周后，省公安厅条据痕检的结论出来了。经技术鉴定，所送条据为原件真迹。并通知说是运用了荧光光谱、液相光谱、光谱扫描的现代技术检测，结论是准确的，可作证据使用。

王志中心中窃喜，准确个屁呀！我早就知道你们那痕检手段，字迹完全逼真是用透光灯照模拟，然后对纸张和墨迹进行专业处理，我这个本事能过硬到一般专业人员根本辨别不出，更何况现在那几个痕检的毛孩子水平，能与我比吗？王志中越想越得意，有了省厅痕检结论，这个秘密就只有我一人知道了。他接通了省厅痕检处长的电话，表示了深深的谢意说这个鉴定将对破案起到至关重要的作用！紧接着下午就去把这一喜讯告诉了柯明副市长，柯明听了更是满心高兴，他拍着王志中的肩膀说：

"志中，你这人就是善于钻研。不是你找出这张条据，这案子怕是无头案了！这下，我们就不愁撬不开赵春月的口，大胆整吧，好戏还在后头！"

王志中一脸虔诚：

"谢谢首长夸奖！志中一定不负重托，乘胜追击，您就等着好消息吧！"

有了这张王牌，王志中带着一个亲信主动约见了赵春月。在春月办公室，王志中看一眼有些憔悴的赵春月，故意叹了口气，给春月说："赵总啊，事情到了这一步，你要想清楚啊！杀人偿命借债还钱，古来如此，当然现在杀人的直接证据还没找到，这个案子吧还有转机，俗话说舍财消灾，你恐怕得破破财了！"

赵春月心里像吃了苍蝇，铁青了脸说：

"没做亏心事，不怕见阎王！不过我倒奇怪的是假的成了真的、真的成了假的，这个社会看来没数了！"

"赵总莫激动，赵总莫激动！公安破案讲究的就是证据，没有刘文山被杀的证据，我们也不会错抓你的。老实说，公安上没破的凶杀案也不是一两件。这样吧，赵总你好好想想，过两天我们再找你！另外，你随时可以打电话给我！"说罢，把一张名片双手捧给春月，显示出随时愿意效劳的谦卑相。春月看了，心里产生了一点好感。

送走了王志中，春月按了按有些发胀的头皮，把一双手蒙在脸上，胳膊撑在办公桌上，心一点点往下沉。

赵春月怎么也不相信那张条据是真的，她怎么可能去借刘文山三百万元呢？事实是刘文山借了她三百万啊！那么刘文山是怎么把那张自己打的凭证拿去的呢？又怎么会变成了我借他的钱了呢？春月苦苦思索。突然想到：会不会是刘文山原来想赖账而从韦娜那里拿走了欠据，然后改成现在这个样子的？如果是这样，那刘文山就与韦娜可能有了同谋，会不会是为利益之争韦娜谋害了刘文山呢？但现在公安却怀疑是我杀了刘文山，这纸欠据就成了铁的证据，我有口难辩啊！冤枉了我事小，影响到表弟庆生就麻烦了。现在媒体就差没捅破这张纸了，他们认为庆生是我的后台，我在鑫州为非作歹，谋财害命！这真是天大的冤枉啊！但这个冤怎么才能澄清呢？想到这里，春月感到还是有必要给儿女们通报一下情况，大家分析一下，出出主意办法。她原本不打算把这些烦心事说给孩子们想自己承受的，现在迫不得已了。

当晚，春月就驾车急急赶回省城。她很多时候都是开夜行车的，想走就走，没人敢拦她。

春月悄悄一走，却让公安方面紧张起来。她走后第三天，王志中就又一次上门传唤，知道赵春月私自出走很是惊讶，因为他们曾告诉过春月如需外出提前联系他们，但赵春月压根儿就没理这个茬。王志中把电话打给春月时，电话却关机了，这一下王志中紧张起来，想赵春月会不会潜逃？如果赵春月潜藏起来，想敲竹杠连人都找不到了呢，更不要说破案了。那王志中就是竹篮打水一场空了。王志中当机立断，迅速把赵春月失踪的消息报告了局长李鸣和柯副市长。王志中分析说，赵春月可能会藏匿起来，想躲避可能采取的拘传措施，这样案子就会又搁浅下去。王志中请示下一步安排。李鸣局长因为柯副市长插手，就说王志中你直接请示柯副市长吧。

柯明一听说赵春月突然失踪，或者也可能会是潜逃，又听了王志中的分析推测，感到问题可能会有大突破。赵春月一旦逃匿就充分说明问题严重，那么可以采取公安通缉手段，而公安一旦通缉赵春月将无处可逃，她预谋杀人及与贺庆生的瓜葛都会被暴露出来。既可破案，又可将贺庆生推到台前，一举两得。于是他给王志中说：

"好啊！狐狸尾巴暴露了！迅速采取通缉措施，看她能往哪里逃！"

王志中说："赵春月是省政协委员，得报告省上批准方可通缉；另外，目前尚未抓到直接证据，怕一时不好办理！"

柯明思索一下说：

"那就这样，你们通过技侦手段先查到赵春月新的通讯号码，锁定方位，暂不打草惊蛇！同时，给媒体放风就说赵春月可能畏罪潜逃，给她布个口袋，逼着她现身投案！"

王志中拍拍自己的脑袋，说还是首长站得高，我这就安排下去。

赵春月悄悄回到省城，为了防止公安打扰，就关掉了常用手机，只是有事时开一下另一个备用手机。一回到省城的家，反而感到陌生起来，这几年她一心扑在鑫钢，很多时间都住厂里，家里的事，都交给老公打理，回来一看，家里显得有些凌乱，尤其女儿女婿们的卧室，春月一看心里就很不舒服。就叫来老头子和小保姆训了一顿，然后自己也动起手来收拾。一忙两天就过去了，这才记起来回家的要事。就让老头子赶紧把孩子们都叫回来，却不巧王戈王华一同去了内蒙古，一周以后才能回来。春月一想，只好等几天，自己也好好好休息一下，难得清净。

还没等到一周，省里一家民营报纸《商报》刊登了一篇题为《凶杀案离奇追踪，嫌疑人藏匿潜逃》的报道，以民间记者的口吻，记叙了鑫州市锌炼厂法人刘文山离奇被杀、其情妇韦某随后死亡、案件迟迟未破、近期案件嫌疑人潜逃失踪的案情，文中特别指出，这起凶杀案背景复杂，重大嫌疑人自恃靠山强大，拒不配合案件查办，是迟迟不能破案的重大原因。文中虽未提名赵春月，但点到了"某钢厂老总与刘文山存债务纠葛"，明眼人一看便知是谁。

这一信息还是贺庆生见到后通知春月的。贺庆生通过表姐夫告知了春月，并问究竟怎么回事。春月正焦急地等着儿女归来，偏偏出了这条消息。她一想坏了，自己虽听公安说过最近不要外出，但心想我又没触犯法律，凭什么限制我的自由，就没当回事。悄悄离开鑫州而且关闭了手机，这一下可能公安找不到人就认为我潜逃了。真他妈的越弄越糟糕！春月觉得自己落在了一个陷阱之中。便赶紧给庆生通话解释，说我明天就回鑫钢，看这些乌龟王八蛋能把老娘怎样！

等春月回到鑫州时，差不多已是满城风雨，熟悉的人都说近期市上风传赵春月老总畏罪潜逃，弄得公司人心惶惶。春月听了他们的话先哈哈大笑，说我休息几天竟惹来众多麻烦，看来我要成明星人物了！我这周就召开企业半年总结会，表彰好职工，鼓舞士气，邀请市里县里领导和相关部门、相关企业同行参加，亮一次相，看他们哪个还敢说老娘畏罪潜逃！

当晚，春月趁夜去表弟贺庆生家，分析了目前情况，谈了自己的安排，贺庆生表示赞同她的意见，也让她从各方面收集一些信息以作应对。

但是，从春月跟贺庆生省城通话，到晚上的所谓"密谈"，都已被王志中掌握。王志中在柯明的授意下，已经对赵春月手机通讯采取了技侦监控，就是说，赵春月走到哪儿，只要开机，王志中就能掌握到她在哪里说的什么话。

140 这股风潮，很快在鑫州市内产生了连锁反应。当年的贺庆生的秘书方卓英此时已升任市政府副秘书长，虽然两年没有再跟着贺庆生跑，但还是时常惦记和关心着他敬佩的首长贺庆生。这天方卓英知道贺庆生要回市参加一个会议，便赶着临开会前十多分钟敲开庆生办公室，轻声给庆生说：

"贺市长，最近的风传可能您已知道，政府内部、部门之间好像都有传闻，您要有所把握啊！"

贺庆生望着卓英说："还听到些什么？"

"有人说您在鑫州可能待不了了，也有人说您可能真的与鑫钢老板有瓜葛，也有部门局长明里暗里往柯副市长那儿跑，可能是一种讨好的意思吧！我知道的就是这些。"方卓英如实汇报说。

"噢，还这么大动静啊！看来树欲静而风不止啊！"贺庆生又说，"卓英你听着：信党不信邪，信真不信谣！身正不怕影子歪！"又说，最近，姜海秘书长忙于香港招商筹备，我下周准备再做些农业产业化调研，你正好分工协调这块，跟我一同去吧！

"太好了！我尽心协调好相关事项！"方卓英高兴能多有机会与贺市长一路工作。他是一个知恩报恩的干部，才说了这番话。

贺庆生站起身，拿上笔记本，与方卓英一同去了常务会议室。

这股风很快传到了市委书记靳强那，但靳强却没当回事。在这方面，他关心的只是案件的侦破。对贺庆生，凭着他的了解和观察，他是信任的；对赵春月，他虽然接触很少，但直觉告诉他，赵春月不是个看重小财的人，何况没有证据啊。当然嫌疑是有的，但司法规定疑罪从无，不能仅凭一纸借据就定罪抓人啊！但为什么老在贺庆生身上纠缠，倒是引起了他的警觉，这里边会不会有别的文章？

几天后一个晚上，靳强书记正在办公室看文件，忽然接到省委组织部分管地方党政干部的乔雪峰副部长的电话。乔部长在电话中先问了问最近市里工作发展变化、半年任务等，然后就问起最近有没有干部问题反映。

"没有啊！最近没有什么大的问题反映啊！"靳强在电话里说。

"听说你那个搭档市长贺庆生跟鑫钢公司赵春月是亲属关系，赵春月又涉嫌一个凶杀案，可有其事？"乔部长问。

"哦。这个凶杀案有些复杂，作案凶手有很强的反侦能力，已经是一个积案。贺庆生同志与赵春月是表姐弟关系，这点省组织部知道，赵春月的鑫钢对鑫州市的贡献功不可没。仅凭一个经济纠葛的借据，不能判定她有杀人嫌疑。当然最终还得靠事实说话。我们最近仍在下大气力侦破。请首长放心，我们会侦破这个案子的！"靳强书记一席话，把问题说得较清楚了。但乔部长又说：

"看来事情还较复杂，你对庆生同志多把握，该敲打的地方就敲打提醒一下，这是你做书记的责任哦！"

靳强明显感到乔部长话中有话，至少是对贺庆生流露出一种不很信任不很放心的情绪。他想，这是省里管地方干部的官，可是有很大影响力的，不敢马虎，也得罪不起啊！靳强还知道，这位乔部长是前任省委副书记提携起来的，有较深的人际关系。他的话，可不是随便说的。那么要我敲打贺庆生什么呢？靳强把这句话记在心里，好几天都没搁下。

后来，他决定还是找贺庆生谈谈。时间放在福州海交会前，接着他要带队与柯明副市长一起参加海交会。

贺庆生叫了方卓英，只带了农业、林业局局长、扶贫办主任、政府研究室主任几个人，坐一辆考斯特面包车，猛跑一周，差不多把几个农业大县的产业化基地全部跑遍了。

这个炎热的季节里，全市一百多万亩水稻有的已开始抽穗，田野里一片碧绿。一马平川处是万里平畴的绿；山峦起伏处，是层层叠叠的绿；青山绿水加翠绿的秧苗，透迤迤，装点了鑫州大地。行走在绿色的画廊中，贺庆生备感惬意：这样的风景，中国有多处，但是唯有这里有特色；这样的风景，画笔难描绘，但天成美景处处有。他到过欧洲，那里是万里平畴的草地，但看不见庄稼和山脉；他去过华北平原，那里想找个绿色的山都难！而这里有山有水，春有金黄的油菜花，夏有百万亩的绿色地毯，秋有万紫千红的壮丽姿彩，冬有青松映衬着的北国雪原。多美的家乡！他为自己能让家乡更美丽出力流汗而欣慰，也想着发挥农业优势，以产业化发展为经济一翼，以农促工，进而缩小城乡差别，走新型城市化发展的路子。他不由得高兴地笑了。

一周里，贺庆生先后察看了蚕桑产业的丝织厂、粮油产业的加工厂、油籽化工厂、春月公司、茶产业的几个大公司、水果业的柑橘梨桃果业公司、鑫兴药业集团、中药厂以及重点蔬菜批发市场等一批骨干项目。每个重点产业的基地、发展现状、未来发展思路、存在的问题和需要政府解决的问题，等等，都详细地询问察看和记录下来。能当场解决的，当时即提出意见或作出批示。一路上风尘仆仆，紧张有序。

这一天，他们徒步行走在西山县茶园基地的路上，这里虽是满目青翠，但他们还有些汗流浃背，农业局殷局长说："市长，您不累啊？"大家也都借机说歇歇吧，这片茶园两千多亩，走到顶要一个多小时呢！庆生指着前面坡上的茶山歇息亭说：到前面亭子里歇会儿。

站在茶山，庆生手搭凉棚，看着连绵的茶山，心有感触地对农业局长说："你们累吗？"

殷玉杰局长回答说："是啊！又热又累！"接着又说，"但看了这发展起来的一个茶产业，就不觉得累了！"扶贫办主任说："庆生市长过去当副书记时就抓农业产业化，任市长后还抓，现在全市已经有了至少十个龙头企业，茶产业已经接近百万亩了，正好是扶贫开发的新路子啊！"

庆生问研究室谢主任："目前称得上产业的有哪些？"

谢主任见市长在考自己，边想边说："粮、油、茶、菜、林、果、药！不是六个，应是七个主要产业呢！"

市长又问："那为什么我们还是一个穷市呢？"

谢主任说："无粮不稳，无工不富，我们工业腿短啊！"

"那为什么我们工业又上不去呢？"

"可能是因为我们基础差，人才少，国家给的项目少。加上国家南水北调、水源地保护，我们上项目的条件受限啊！"

"一旦我们更好地涵养起青山绿水，一旦我们的农业产业化做大做强了，它就能带动工业发展，带动农村致富，促进旅游开发，促进城乡一体化。而且我认为，当农业产品像工业产品一样走入市场，当美丽的田园生态与城市融为一体的时候，可不可以说，我们今天的农业产业化就是明天的工业化和未来的城市化！我还想说，如果我们发展得好，我们将会比一些工业发达的地区更早实现城乡一体化！"

林业局局长说："是啊！我们的大秦岭，就是中国一面巨大的水盆，就是中国未来的中央公园呀！"

研究室主任静静地听着大家片刻歇息时的对话，脑子在急速转动着，他在构思着一篇调研报告《走实事求是之路，做好发展这块大文章》。他似乎看到了市长贺庆生对未来城乡一体化所描绘的一幅图景，领会了市长带他一路出来考察农业工作的意图。

贺庆生心里也在翻卷着波澜，三四年前，当他提出市里农业产业化发展思路时，有的同志还在为究竟先发展龙头企业还是先发展产业基地而纠结，说是先有鸡还是先有蛋？他不去争论，而是把一批农业干部带到现场观看，坚持走基地加农户、基地连产业、基地带龙头、龙头促基地的路子，几年过去了，现在产业化方向已明，产业基地和龙头产业发展都有了大好势头，看着自己的家乡，庆生充满了欣喜和自豪，也对未来充满了自信。他看了老秘书方卓英一眼，问：

"卓英同志，你的看法呢？"

方卓英当惯了秘书，又是在老首长面前，故从不先说也不抢嘴，只是听着大家的，默默思考着。这时，他应着市长的问话说：

"我在思考着市长您的思路。您持之以恒地抓农业产业化，努力地研究我市的发展定位和举措，不遗余力地带着我们到赣州去苏南，殚精竭虑地思考着怎么走出一条地下资源贫乏、地面开发受限情况下的发展之路，顺应自然之路，着眼城乡和谐之路。我觉得你是在不断地思考着这个大题目。谢谢贺市长这次又让我们深化了认识，我的这点认识对不对请您批评指正！"

方卓英不愧是贺庆生带出来的秘书，不会开车门提水杯，但在研究问题上有认识有深度，某些方面还能站得较高，贺庆生内心是赞赏的。听了方卓英这席话，贺庆生说："卓英你长进了！会从联系和辨证的角度分析问题了，很好！但要注意，多提批评意见少唱赞歌，特别是对领导！"卓英笑了，说："我估计您要批评我的，好，我记下了！"

贺庆生就爱这样趁热打铁，他拿着手上的矿泉水瓶大大喝了一口，总结式地给大家说：

"这次农业调研快结束了，借这个时机我布置几个任务：农业局局长你回去写一个农业产业化目前发展和未来思考的文章；扶贫办主任你回去搞一个开发式扶贫的典型材料；研究室主任你回去整理一个这次考察的报告《鑫州市农业产业化发展的今天和未来》。卓英嘛，你做好市长分管协助工作，再深入思考，把你的认识形成理论文章，拿来让我学习！"顿了一下，又说，"就这么定了，回去不再开会。一周后我要见各位的大作。噢，我自己也有任务，回去写一篇调研报告！"

大家休息一阵，刚刚喘歇过来，一听市长又布置了这些文字任务，又感到有了压力。但领导都带了头，你还好意思不干吗？只听贺庆生又说：

"休息好了，再加一把劲，上到茶山顶，鸟瞰西山县！"

方卓英冒出一句："好！不到长城非好汉，不上山顶是熊蛋！"

大家哄笑起来，顿觉又添精神。

141

春月奇怪的是，当她从省城回到鑫州时，却无人找她。三天后，她召开了半年总结表彰大会，特别邀请了分管副市长、经贸局局长、国资委主任、商务局局长以及当地县委政府的分管领导，她还专门邀请了县公安局领导和当地派出所所长。本来她要邀请市公安局王志中的，电话打过后，王志中说他有事出差，就不参加了。鑫钢是个产值过百亿的企业，在鑫州市经济口还是举足轻重的，所以邀请的领导和单位基本都到场。表彰会隆重举行，春月公司拿出三十万奖励了职工，拿出五万元奖励上半年劳模。到会领导也都给予了鼓励和支持。

第二天，《鑫州日报》以较大版面在一版做了报道，还对鑫钢在全球金融风暴的形势下，逆流而上，奋力拼搏，贡献本市经济发展的事迹作为新闻特写发在第三版上。一张报纸两个版面、电视电台，会上市县领导与春月握手的照片赫然醒目。这一来，社会上一些谣言不攻自破。

也有人在底下说："怎么样？赵春月手眼通天，后台强大，看来两个命案侦破遥遥无期了！"

春月把老公和孩子们在鑫州聚集起来，商讨应对目前形势的办法和策略。

老公王富海说，如果公安再要传唤我们仍如实应答，如果公安采取拘传，我们就上告省委政府；但他担心妻子一旦被拘传，就可能被逼供，这样的例子太多。女儿王戈说中国是法治国家，没有确凿证据，任何人不敢随便抓人捕人。我们现在就可以向省、市委反映公安乱作为，反映王志中的威逼索贿。王华认为，现在还不是立即反映的时候，因为你是涉案人员，有责任配合公安。如果一旦公安要采取强硬措施，我们就有了充分理由控告公安不作为乱作为。讨论半天，大家共同的担心是如果司法不公，一旦形成冤案，春月公司受损事小，母亲安危事大。如果公安一旦采取强硬措施，我们就动员公司几千人上市委上访申冤，给省市施加压力，阻止公安作为。

春月最后敲定：一、做好企业内部干部工人工作，坚决维护企业稳定，在没有确凿证据情况下，绝不允许随便到企业抓人；二、一旦出现这种情况，坚决动员干部职工上访省市，公开申冤；三、要求将证据送北京鉴定；四、把商议情况跟庆生沟通报告。

赵春月随即召开了鑫钢中层以上干部会议，以一周多的谣言传播为由，向干部们公开了公安传唤的相关内容和所谓的公安掌握的"铁证"。赵春月以恳切的语言说：

"同志们，我们企业艰苦奋斗，终于有了今天的辉煌，同志们有了楼房住，工资提高了好多倍，吃饱了饭不再失业，今天又处在了一个发展的新阶段和重要路口，我向同志们掏心窝子说，我赵春月绝不会为三百万去杀人，就是三千万我也不会！我吃过苦受过罪，与大家一起奋斗才有今天，珍惜今天就是珍惜我们自己！请大家相信我赵春月绝不会干那种伤天害理的违法勾当！"

会场上炸了锅，"我们坚决相信赵总！我们坚决跟定赵总！公安乱作为我们不答应！赵总坐牢我们陪坐！赵总受累我们心疼！"异口同声，说出了这几十个企业中层干部的心声。因为利益相通，因为十指相连啊！几位副总提出，如果公安方面执意抓人，我们坚决护厂护人，厂里干部工人几千人集体上访，拦车堵门，看市委咋办！大家异口同声表示赞同。春月流下感动的泪水，她才更深地体会到了，原来真正强大的，是工人阶级的同心同德和齐心协力！

十多天没有动静，是因为柯明去了福州海交会，结束后又带人在外逛了一周。

柯明刚一回市，王志中就把情况汇报了，结果被柯明骂了个狗血喷头：

"你个笨熊，你不是说赵春月潜逃了吗？怎么她又冠冕堂皇地回到鑫州，而且在那么大的场合露面，你这不是打我的嘴巴打我的脸吗？真没想到你是个糊涂蛋！事到如今，你说咋办？"

王志中脸上青紫，说市长大人骂我，甚至打我我都不躲，但情况就是如此，证据如铁，人跑是实。况且我们不就是要逼她投案吗？她回鑫州这个目的已经达到，这也是首长您的意思吧！她露她的面，我干我的事，咱们谁治谁往后看。办法有的是，首长您咋说咋办！

柯明脸色缓了一点，说你倒还给我安排了？我就是要你出意见呢！

王志中沉思好一阵子，从牙缝里挤出一个字：

"抓！"

然后又接着说：

"舍不得孩子套不着狼，下不得狠招破不了案！如今迫不得已，只有这个路子，先抓起来再突审，不信她能扛过去一月俩月！"

柯明思考良久说："她是省政协委员，要报批的！请神容易送神难，一旦抓起来烂到手里，可就是黏糖一堆，洗都洗不掉啊！"

王志中说："不难，我们有充分的理由证据在手里，另外还发现刘文山临死前两天还与赵春月见过面，这有人证。再写上几个理由，检察院批准，省里只要报备就行了！"

柯明看了几眼王志中说道：

"你有把握？再砸了我就撤了你！"

柯明说罢口气缓和下来。说，志中啊，这也是为你负责，司法的事千万不敢马虎，粗心大意是要出乱子的。虽然辛苦受累，但谁让你是公安呢！王志中听着心里想：妈的，你还装得好，又想整人又想装好人，当婊子立牌坊，你以为我王志中是吃素的！但还是一副笑脸地感谢柯明市长的厚爱与信任。

回到办公室，王志中亲自动手搞了两个材料，一是报给李鸣局长要求对赵春月批准拘传，二是草拟了一份较为详细的递送检察院申请批捕赵春月的报告。王志中留了一手：先拘传，不动声色，有二十多个小时，还可再推迟一点；然后再宣布批捕，一举击垮你的思想防线，我就不相信一个女人还不败在我的手下。

他亲自去找了局长李鸣，说这是根据案情发展的需要和汇报柯副市长同意的。李鸣其实对这一案情况一知半解，也听到了不少对贺庆生市长不利的传言，思来想去，就在报告上签了同意拘传和同意报告批捕的意见。他心想，等成既成事实后再报告贺市长吧，而且贺市长应该回避。

一张阴谋之网，就这样悄悄地张开了。

142 福州，海峡两岸的"海交会"上，鑫州的主要负责人实际是柯明。市委那边本是副书记要挂帅的，但他正好出国去了，而书记靳强亲自出席，一下子加重了柯明的压力。他把几大局的局长召集起来，在滨河宾馆开了一个紧急会议，全面细致地安排了各项参展、外联、宣传、推销、招商及组织工作，提前进行了各展位的营销宣传演练，并请靳强书记一起到各参展大厅进行了视察。晚上召集各局长宴请他们一次，鼓劲打气。柯明算是细心的一类，用心工作起来还是有些办法的。靳强书记看了对柯明说：考虑细致，指挥有方。对柯明感到满意。柯明也想着第一次跟书记同行，就特别精细地安排，特别地照顾靳强，在宾馆挤出一个套间让书记住，而自己却住了一个单间。开幕式上又把原本安排他的主席台坐席换成靳强的。告诉靳强的秘书说每晚都安排了活动，靳书记有什么要求我全权包办。

"海交会"第一天，就迎接了十数批商客来访，商家们对鑫州的地方产品表示了浓厚的兴趣，鑫州的清茶、木耳、香菇展品被抢购一空，收到大额订单几批。工业方面的飞机陀螺、黑匣子项目吸引了商家驻足，竟然有九位鑫州故土的台湾客商专程造访，使得鑫州展团第一天就高潮迭起。

靳强和柯明亲自接见了几名故土台商，向他们表达了故乡亲人们的深深怀念之情，邀请他们回故乡探亲，来故里开发经商。一位白发苍苍的台湾妇女拉住靳强的手说，我十九岁时随国民党军队来台，六十年来思念故乡思念亲人，但几十年音信不通，故乡老人或早已不在，但我们仍忘不了故乡的山水啊！靳强详细询问了老人的家世，让秘书一一记载，表示邀请老人一家重回故土重温乡情。老人激动得流出了热泪。

第二天，柯明专门抽时间陪书记逛了福州的鼓山和金山寺。在鼓山大殿，柯明说靳书记我买炷香您敬个佛吧，靳强摇了摇头没有表态，柯明自己让秘书买了一大把香蜡，恭恭敬敬地烧香点蜡、跪地磕头，全然忘记了书记的感觉。走在路上，他给靳强说：

"逢山就拜，见庙叩头，是一种心灵安慰！我当然不是见庙叩头，但这个香是为台湾同胞烧的。"

靳书记笑笑，说："为什么？"

"图平安健康，求神灵保佑！"

靳书记听了心中顿了一下，又问：

"你相信神灵？"

"神灵在心中。你信则有，不信则无！"柯明说。

"噢！"靳强突然记起一件事，等柯明敬香完毕后问："你认识省组部乔部长吗？"

柯明听了不知书记问话用意何在，警惕地答：

"认识，但不熟悉。"

靳强说："他好像对你很熟悉，表示了关心！"

柯明说："那要感谢领导关心了！虽然认识几年了，但真正接触不多，听说他是一位很有水平的副部长。"靳强心里却想你明明熟悉,乔部长还说跟你很熟,盼多关照培养,怎么你说不熟呢?是有隐情还是故意不说破?这样一问一答靳强就感觉到了一点儿柯明的心计。

"随便问问,随便问问!"靳强微笑着给柯明说。

晚上,柯明安排了歌舞晚会,让秘书特意邀请靳强参加,但靳强推说跑累了执意未去。柯明心想这老狐狸还拉不出来,不去拉倒。

第三天晚上,靳强主动打电话给柯明时,柯明却关机了。让秘书打电话找也找不上,靳强心里就有些气,心里说看来这个柯明还要注意些呢。第二天吃过早餐,靳强告诉柯明说我要去厦门有些事今天就走,后面的几天你善始善终全权负责。柯明一一应诺,就与书记告别了。

原来这天晚上,柯明约了几个局长打了半夜麻将,随便赢一下万把块钱,他手气不错,基本上是光赢不输,当然连刚开始的本钱也都是下属垫的,所以次次上瘾,打到凌晨一点钟局长们走后,柯明躺在床上心中高兴睡不着时电话铃响,是小姐的骚扰电话问要不要服务。柯明想不到南方这么开放,这儿真是开放的前沿,说来就来吧,你们多来两个我挑选一下。不一刻,两位窈窕女郎翩然而至,柯明留下一个按摩销魂。怕人干扰,就关掉了手机。

这次福建"海交会"已是第十一届了。本届"海交会"主旨是两岸互动,共同发展,投资合作,贸易拓展。海峡两岸历经十年磨砺,终于形成了两岸合作规模最大的经贸展览会。鑫州市由于历史缘由,有一千多人至今还在台湾,参加"海交会"一是为了更多地联系台胞沟通感情,二是让鑫州的工业产品和特色产品能更好地打入海外市场。为了这一目标,市委市政府给予了高度重视,组织了较为强大的阵容。参加"海交会"打开了鑫州市与台湾商界更多的通道,结识了一批台湾新的客商,并把鑫州以丝织品和茶叶为主的特产推向了海外,还签订了一批工业合同。这次参会扩大了眼界,锻炼了干部,是鑫州本届市委市政府的第一台戏,应当说是收到了良好的效果。

第二十八章　国忧民怨

143 一个时代的前行，有时会伴随着阵痛和辛酸、污秽和肮脏，乃至于阴谋和血腥。在这个前行的列车中，会有迷失的、昏睡的，路遇障碍的停滞、到站下车的搁置、前行途中的迂回和颠簸等。

不管怎样这个列车总要开往它的目的地。

但人类这个列车、国家这个列车、社会这个列车，却是充满了奇幻，充满了惊险、充满了刺激、充满了传奇。

现世被宣扬的，后世却被否定，当代被粉碎了的，后世却又复辟，今天被肯定了的，明天却被批判，别人抛弃了的，却被自己视为珍宝，千年留存了的，现今却遭毁贬……问题是，人在红尘，数千个日子得过，柴米油盐得有。生生死死常在，爱爱恨恨不断，千奇百怪，悲欢离合，哪能由得了自己？

《圣经》说："茫茫人世，苦海无涯。"

《佛经》又说："立地成佛，回头是岸！"

柯明"海交会"成果颇丰，回市后兴高采烈，安排媒体大肆渲染成果和经验，一时间引起大的反响，柯明的声誉也大为提高。但听了王志中通缉春月的情况报告大为光火，把王志中臭训一顿，两人又设计出一场新的计划。

王志中拿到了局长批准拘传赵春月的指令，并提交了拟逮捕赵春月给检察院的报告，就按计划开始了新的行动。

389

春月自关掉原先用的手机后便再未开启,而一直用女儿王戈提供的一部新手机,除了家里几个人知道外,外面就没有人知道了。王志中对一时间掌握不到春月的去向犯傻,也只好采用原始办法:派人打听盯梢。他安排了县公安局干警以查询户籍人员的方式进厂打探,但接到的信息均是赵春月出差,至于到哪儿出差,都说不清楚。这一拖两周匆匆而过,时间已到了七月上旬,王志中正在怀疑是否赵春月与县公安局串通一气时,却接到县局急报:赵春月现身,明日将在厂内召开安全生产会议。王志中一听大喜,紧急安排专案组刑警队副队长先带两名干警次日一早前往厂里拘传赵春月。

七月十一日上午八时,市局专案组一行三人开车进入厂里。在警车开至厂区大门鸣笛要求进入时,值班室人员要求登记。坐在前面的副队长邢钢一见此情,禁不住火冒三丈,下车就向门卫人员吼道:

"没听到喇叭?没见是警车?把门打开!"

门卫室里两名门卫相互望了一眼。一位立即抓起电话拨打起来,另一位走出门卫室赔着笑脸说:

"公安同志,请您登记一下,我马上放行!"

邢钢哪里受过这种怠慢,下意识地手伸进上衣里摸了一把,一想糟糕,工作证件没带,昨夜接到通知时他酒后睡得迷迷瞪瞪,一早换件衣服就把公安证忘了。那位门卫吓了一跳,以为公安要掏武器,却见邢钢空着手没拿什么。这才又赔着笑说:

"要不,我打电话请示一下厂办?"

邢钢窝着心头之火说:"你请示归请示,我现在命令你把门打开!"

那年轻门卫不笑了,他望了一眼邢钢,不冷不热地说:"公安哥,你回去命令你的下属吧,我这儿好像不归你管!"

"反了你了!"邢钢伸手一把抓住门卫青年的衣领,再次命令道:"开门!"门卫青年也伸手扭住了邢钢的胳膊,两人撕扯起来。

这时候,厂里倒班的男女职工看见警察正跟门卫发生冲突,就围上来看热闹。当看见公安人员揪住门卫衣领大声呵斥命令时,几位工人走到邢钢身边嚷嚷起来:"公安有什么了不起,狐假虎威,你凭什么打人!"一群男女工人们随声附和:公安执法也应遵守制度,你亮证了没有?工厂有工厂的制度,你登记了没有?

邢钢没想到不大一会儿门口竟聚集起来这么大群人,他开始感到有压力,于是松开门卫的手站在门卫室外的水泥台阶上，高声对大家说：

"同志们安静一下，我是市公安局刑警队的邢钢，今天到厂里执行任务，请大家给予支持配合！"

一位工人说："执行任务，请你出示证件！"

邢钢满头大汗，正欲解释时，又有几位工人嚷嚷："现在假公安也有啊！你没有证件就是假公安！""对！对！说不定是假公安！大家不要放了他！"一群人乱哄哄吵吵嚷嚷，与警车上下来的另外几位干警争吵着。

人越来越多，很快里里外外竟有二三百人围成一团。邢钢被几名年轻男女挤挤扯扯，只听得一位男工说："你以为你是谁？想干什么就干什么？你以为你是大官，想怎么干就怎么干？你他妈不过是一只狗！"

邢钢心头之火燃烧，你们竟敢骂我是狗，老子今天豁出去犯个错，也让你们知道我邢钢的一点威风。他迅速拔出手枪举过头顶，怒吼着对大家说：

"工人同志们，我邢钢也是工人阶级家庭出身，父母也是工人，我当公安，是为了国家和人民的安全，我有错误你们打我骂我都行，但你们骂公安是狗我不答应！"

当邢钢举起手枪的一刹那间，全场静了下来，人们只在电影上看到过警察拔枪，但那是追捕敌人啊！人们没见过警察在工人群众中拔枪，现在真的见识了，一下子还未缓过神来。邢钢的几句话，又勾起了工人们复杂的情感。

"你是工人阶级的叛徒！我们骂的就是你这种背叛工人阶级利益、满嘴冠冕堂皇、一肚子男盗女娼的假公安！就是你这种腐败分子的走狗！"

一位提着饭盒穿一身蓝色工作服短发齐耳的年轻女子的出现，打破了片刻的寂静和对峙，她理性而又深刻的语言，点燃了工人心中潜伏多年的怒火：我们工人阶级如今算老几啊！改革最亏的就是我们工人阶级，就是我们这代产业工人！你们忘了我们不说，反倒想骑在我们头上拉屎拉尿，作威作福！你们把中国工人阶级太小看了啊！

一群人又冲动起来，不少人喊着"下了他的枪！下了他的枪！看他敢对我们开枪"！十来个青年工人，包括那位门卫，一下子把邢钢抱住。一位精瘦的工人以敏捷的动作，一把夺下了邢钢手中的枪。青年工人拥上来几下就把他打倒在地。

正在这个紧张时刻，厂外突然间响起警车声，五辆警车陆续一字排开，车上跳下来大约三十名警察，为首的正是公安局副局长、凶杀案专案组长王志中。

王志中一身戎装气势威严，左手手执公安执法工作证向着人群，右手举手做敬礼状，他保持着这一姿势，往早已打开了的大门内走去，人群自动让出一条路。王志中径直走向倒在厂门值班室门口的邢钢，扶起满脸是血但神志尚清醒的邢钢，命令跟着的几名干警说："抬厂卫生所，迅速抢救！"几名警察应声抬起邢钢送到一辆警车上，立即向厂卫生所开去。

这时候，警察已经拉开一道防线，封锁了大门的出入。人群中大胆的仍在观看，胆小怕事的都悄悄离开了。

原来是王志中接到邢钢一名同去干警的电话，说执法遇阻请求支援。王志中立即做出两手安排：自己紧急抽调刑侦处十名同志赶赴现场，同时电请县局支援十数名干警紧急配合；二是紧急报告李鸣局长组织预案。半路上，他打电话把知道的情况报告了柯明副市长，柯明说知道了，你们先按预定方案执行，随时报告。随后王志中亲自率队，五十公里的路只用了三十多分钟，火速赶到了现场。他一看邢钢被打，手枪也不知去向了，怒火中烧。但王志中毕竟是王志中，他以威严的方式迅速打开人群通道，封锁现场抢救出邢钢治疗。随即发出第二个指令：

"通知鑫钢所有厂级领导，立即召开紧急会议！立即疏散所有人群，回各自工作岗位。如有反抗，即刻抓人！"

此时，晨曦早已退去，天空却聚起一层厚厚的阴云，仿佛大雨将至。

144

也是春月该有此劫，她是在中午十一点才回到厂里的。

赵春月风风火火，在激烈的市场竞争中左冲右突、舍命拼杀，终于逐步站稳了脚跟，但自己却日感身体不适，后来一查，腰椎增生，病倒不是什么大病，但一疼起来却是要命。这一段心中不快，往返奔波，腰病便严重起来，女儿王戈看母亲身体不好，就留下来陪着。春月原定下午三点要召开一个厂级领导会议，专题传达上级安全生产的会议精神，通报几起不安全事故，进一步布置安全生产工作，不料上午刚一起床，就感到直不起腰，疼得厉害。王戈赶紧跟市医院联系，把母亲送到市中心医院住院，医生说目前状况暂可不做手术，先做牵引理疗缓解疼痛，注意休息不要劳累，尽量保守治疗，万一不行再考虑手术。王戈陪着母亲在中心医院，春月一时间就封闭起来，说如果不行就叫副总召集下午开会，我就不参加了。

十点刚过，突然王戈悄声告诉母亲说坏事了，厂里出事了，正在厂里做实习技术员的三妹王昕打来电话，说厂里与公安发生冲突，并打伤了公安人员，现已有大批警察封堵了大门。春月一听，心里一紧，翻身起床，挺直腰板说：

"马上回厂，快！"

正说着，副总张本立电话又到，通知春月速回。

在路上，春月与三女王昕通了电话，较仔细地了解了厂里发生的事情。她想，公安到厂里执法本无异议，但为什么会发生冲突呢？公安到厂执法是什么内容呢？为什么也没有给厂里打个招呼呢？她想，莫不是又与自己有关，或者果然对我下手？幸亏前不久做了些准备，但如果真的要抓我，又该怎么处置呢？

车轮在飞速地跑，春月的脑子也在飞快地旋转着。车窗外的车流和一晃而过的绿色，都不能进入春月的视野，她定下心：兵来将挡，水来土掩，我春月该砍头眉头都不皱一下！

王戈也在车里跟父亲通了电话，她说情况复杂，可能会影响到母亲，要父亲赶紧给王华和厂里另外几位老总商量通气。如果万一母亲遇到危险，就按上次所说办理。这个女子，在经商中成长，在年轮中成熟，如今也有些母亲当年的风范：有主见，不怕事。

十一点刚过，春月回到了厂部办公室。

办公室充斥着紧张沉闷的空气，五名厂级领导和两名工程师都已到齐，单等春月回来。大家都没说话，两人闷头抽烟，另外的端着水杯不时喝一口，还有的望着窗外。副总张本立终于说了一句：

"天快下雨了！"

话音落地，春月一阵风走进会议室，王戈等几个人也一并走了进来。

正在埋头以"事态已控，只等赵回"的信息发给柯明后刚刚抬起头来的王志中正好与赵春月目光相碰，一见赵春月那凛凛威势，不知怎么王志中竟有了些许的心虚。他站起身迎着赵春月伸出右手说：

"赵总终于回来了，我们等您许久了！"

赵春月没有和他握手，迅速回应说：

"王局长辛苦！您召集了我们班子会议，不知要宣布什么重大事项？"

王志中说："在你们厂里发生抗法事件，我们有权通知您召开紧急会议，处置事态！"

赵春月忽然露出咄咄逼人的眼光：

"好吧！既然你有权力召集厂班子的会议，那你就开会吧，我洗耳恭听！"

赵春月这一军，还真将住了王志中。王志中怔了一下，心想赵春月果然厉害，班子人已到齐，会怎么开呢？自己主持开会显然不合常理而且自讨没趣，如果马上宣布拘传赵春月呢，一是可能马上出现闹会，二是拘传通知书现在还在邢钢手里没拿过来。王志中想先稳住阵脚，脑子一转说：

"赵春月同志，我以市公安局副局长的名义，提请你立即主持会议，我来讲话！"

赵春月心中有数寸步不让，"我没有通知班子会议，我也不需要你在班子会议上讲话！因为你没有这个权力！我只告诉你，厂里出什么问题我会调查清楚，给市委市政府一个交代，但你无权召集我的班子会议，更无权以警力封堵我企业的大门！"

赵春月义正词严的回话让王志中一时理屈词穷，会议室气氛顿时剑拔弩张起来。

王志中站起身来，威严地说："赵总，你说话是要负责任的！我们公安执法是受国家法律保护的。你们抗法就是违法，是要受到国法惩处的！"

赵春月问："请问王局长，你们执的什么法？你们出示执法证件了吗？到现在为止你们派公安来干什么我们厂里未接到通知，你们也未出示执法证件，仅是在门卫处发生纠纷，公安干警示枪吓唬群众，我们抗了什么法？"

这时候，厂班子领导们才敢发问，纷纷质问王志中：

"是啊！我们抗的什么法？抗了你哪条法？"

王志中早已憋着的怒火欲要喷出。他什么时候受过这种冷遇？什么时候如此窝囊过？你赵春月不过就是个市长表姐嘛，你还大过了国法？火焰一经冲上脑门，王志中一副凶恶本相就露了出来。他缓缓坐下，喝一口水，然后"嚯"地站起来：

"赵春月你听着，你有多大后台我一清二楚，王某人今天无事不登三宝殿，今天来此，就是缉拿你这个杀人嫌疑犯归案！你不识相还恶言相逼，我今天执的法，就是对你进行拘传！"

春月听了心里反倒冷静下来，不就是这么一招吗？你们心怀鬼胎兴师动众，你们全然不顾真凭实据，全然不顾我赵春月对鑫钢和全市的贡献，全然不顾一个社会主义旗帜下私营企业的法人尊严，你们还要不要国法要不要公平？春月以冷静的口吻问王志中：

"尊敬的王局长，既然你宣布了我是凶杀嫌疑人要进行拘传，那你今天当着我们班子的面拿出我杀人的证据！当众宣布你的拘传通知！"

王志中脸色铁青，"证据在我们局里，不需要你来说，拘传你就是要落实证据！拘传通知一会儿就会交给你！"说罢转头给随同来的县公安局副局长耳语几句。公安局长应声缓缓退出会议室。

这时候，王戈也跟着走出了会议室。

天眼看着就要下雨了，乌云滚动着，天空越来越黑，西边天际被一道闪电撕开露出几道惨白。雷声从远处开始响起……

会议室静得可怕，壁顶的灯被开启，照在一屋子人惨白的脸上。赵春月静静地坐着，仿佛在等着宣判。王志中却明显发热，不时用手抹一把流到脖子上的汗水。

突然，王志中接到电话，县公安局长说：翻遍邢钢同志的衣物，未见到拘传通知书。问怎么办？王志中小声回答：不慌，我一会儿到！

这句小声的指示并未逃出赵春月那双特灵的耳朵，她从小学演戏，不仅善于观察，而且练就了一副能在嘈杂中辨听声音的本能。赵春月站起身说：

"请吧，王局长，知道您要下楼了！"

王志中习惯地往腋下摸了一把，起身气冲冲地朝楼梯走去。春月拦住他说："这里有电梯，免得你走路！"

当王志中、赵春月和班子会议室中的人走出电梯，下到鑫钢办公大楼外的广场时，才发现上百的工人正在聚集，天空的黑云越来越低，偌大一个工厂被笼罩在乌云下面，仿佛一只漂浮在海上的巨轮。

王志中敏锐地发现，工人们在有计划地集中，三三两两、十个八个、一队一队、一群一群，有的端着饭碗，有的拿着工具，都朝着大楼广场集合。十多分钟后，广场上竟有上千工人围住了他们。王志中见过不少场面，但他从未见过这么多的人敢于与公安抗法；他经历过多少次的秘密抓捕和公开抓捕，没想到在自己管辖的区域里拘传一个公民居然会遇到这种情况。一身热汗骤冷，王志中不由得打了一个冷战！

"你们这是干什么？是要组织暴乱？"王志中厉色地对赵春月说。

"你不用害怕，我们工人是有觉悟的，你只需要向他们说出道理，我们会保

第二十八章 国忧民怨

证你的安全！"赵春月说。心里一热，知道是女儿王戈启动了应急预案。

面对黑乎乎的一群民众，王志中又一次下意识地往腋下的手枪摸了一把，随即双手叉腰，站在大楼门厅外的台阶上，拿出威风凛凛的口气说：

"鑫钢厂的工人同志们！我是鑫州市公安局副局长王志中，我代表鑫州市公安局、局专案组，今天来厂宣布市局决定：因鑫钢公司赵春月涉嫌刘文山凶杀案，经市局批准予以拘留传讯！请同志们服从大局，遵守国法，协助配合我们！"

片刻安静之后，一个声音高声说："口说无凭，你拿出拘传文件！"大家大声地附和："对！宣读拘传文件！"

王志中知道把柄被人抓住，但他当然是知道局里已发出拘传通知的，而且是他亲手交给邢钢的，这会儿很有可能被厂里人在撕打中偷走，还哪来拘传文件啊！他镇定下来说：

"同志们：拘传文件是局长签发我亲手交给刑侦支队邢钢同志的，但邢钢同志负伤正在抢救，一时找不出来。但我是代表局里宣布的，我负这个责任！请同志们相信！"

人群中各种声音在嚷："没有文件你来干吗？你是吃干饭的？你们公安就是这样执法？"

还有人大喊："坚决保卫赵总！赵总无罪！"

群众齐声喊道："赵总无罪，公安不公！"

一个声音在话筒中传出："赵总无罪，拘传无理！""维护正义，保护赵总！"人群跟着呼喊着整齐的口号：

"赵总无罪，公安不公！"

"赵总无罪，拘传无理！"

"维护正义，保护赵总！"

这时候，一个女工挤到厅前，指着王志中的鼻子说："你这只狗，你还认得我吗？"转过身对大家说："这就是我以前的男人，他耍了我甩了我，他现在已经找了五个老婆啦！"

这颗火星一下点燃了大伙对王志中的愤怒火焰。什么领导局长，什么狗屁公安，男盗女娼，你就是披着公安外衣的坏蛋。人群中不知谁喊了一声，"打这个男盗女娼的坏蛋！"就有一伙儿年轻工人上去揪住了王志中。其实王志中一见那个女人，就暗说糟了，一见眼下这阵势，腿一软一屁股蹲在地上，一股尿水流了出来。

汹涌起来的口号声让赵春月热泪盈眶、喉头发紧，又见女工控诉王志中，知道群情激愤，她抹了一把如注的泪水，高举双手向大家摆动，请求大家平静下来，然后说道：

"兄弟姐妹们，我赵春月给大家鞠躬！感谢大家的信任和支持，我可能有对不起大家的地方，但我绝不会做伤天害理之事！刘文山是我的兄弟，我们曾经为鑫钢的发展一起流汗，我们有矛盾但更有情义，我没有理由杀害刘文山兄弟！如果我真犯罪了，绝不会连累一个同志！王志中还是公安领导，我们还得认这个人，希望大家理智和冷静，维护党纪国法！不要为难公安同志，让开一条路，让公安同志先回去好不好？"

本来赵春月的一席诚恳的话，可以基本平息当下紧张的情况，至少不会发生大的混乱。恰在这时，厂区门外警车鸣成一片，霎时间，一百多黑压压的特警荷枪持械，排着队向厂里开进。人群被镇住了，军警们所到之处，一条大道迅速让开。个别行动迟缓的人马上被推向一边。人群的包围圈迅速被撕开但很快又合拢。赵春月和站在大楼台阶上的厂级领导及躺在地下装死狗的王志中被特警战士很快包围了起来。而厂区外面，楼下广场，却又是层层叠叠的人群混成了新的包围圈。鑫钢四千多职工一万多家属，这天至少有两千人目睹了此事的发展，参与了这场奇特的"抗法"和"护法"的斗争。

头上的乌云越来越低，天好像一个锅盖扣在顶上，星点的雨滴飘过，沉闷的雷声在天边响起，由远及近。

混成的包围圈越来越大，工人们和特警战士在纠缠和对峙着……

"喀嚓嚓！喀嚓……"

一个炸雷过后，乌沉沉的天空像倒悬的大海被拉开一道口子，接着大雨如注。

大厅前院子里，特警围着里圈，工人围着外圈，大雨中谁也听不清说的什么。雨越下越大，眼睛都睁不开，人群混乱起来，一批年轻工人趁机掀翻两辆警车。大雨中，特警和公安们终于抓住了几名肇事者。人们在黑沉沉的院子里、在瓢泼的大雨中依然不愿离去，并以不同的方式混乱地发泄着……

足足一个小时，滂沱大雨过后，鑫钢院子里一片狼藉，人们的饭碗、脸盆、

第二十八章　国忧民怨

397

工具、砖块、棍子、鞋子以及妇女穿的衣裙，连同推翻的公安警车、撕扯下来的衣物等混乱地撒在大楼门前广场和厂区门口，好像是一次灾难的洗劫……

大雨过后，西边的太阳却露了出来，晚霞在天幕上放射出万道光芒，血红血红，像要迎接太阳的归来。

春月被带走了。

此刻，望着西部天际的血红色晚霞，春月心里升腾起一股豪情和无畏：

"我赵春月不会倒下去的！没有仇，但有恨！"

145 贺庆生终于被书记靳强叫来谈话，却已经是一个多月以后的事了。

在贺庆生下乡考察农业产业化建设的中途，靳强书记给贺庆生通过一次电话，贺庆生说书记如事出紧急，我立即返回市里，如不是很急能否等我调研完毕后回市见您？靳强书记说没要紧事就是想聊聊，你已下乡就别回来了，弄完后回来再说吧。待贺庆生回市后，靳强书记先是去省开会，接着就去福州参加了海交会，靳强也就忘了此事。

在海交会期间，贺庆生果然在一周中催交了农业局、扶贫办、林业局、研究室四份报告。他均仔细阅读并提修改建议，把一些重点认识和观点摘录下来，经过自己的一番体会和综合分析，贺庆生自己的调研文章《鑫州市突破发展的定位及当前举措的思考》就很快出炉了。在这个基础上，贺庆生召开了政府全体干部会议，亲自做了一场辅导报告。在报告中，贺庆生讲了自己对落实市委十次全会提出的突破发展的总体思路和若干举措的认识，阐发了自己对市情的深入分析、对贫困地区发展思路的依据基础。他说：我们属贫困省份的贫困地区，人家坐着飞机，已经走入新时代，我们坐的是汽车，目前还处于前工业化时代，必须以农业产业化推动工业发展，用工业发展带动农业现代化和推进城市化进程的思路和观点，来思考我们的工作，走出我们自己的发展之路。他提出要处理好农业与工业、工业化与城镇化、城市发展与稳定、农业内部层次、文化与精神文明、学习外地经验与走自己的路等"九大关系"。他实事求是的分析、入情入理的阐述打动了会场的干部。当他讲到处理好工业发展与农业产业化的关系时，贺庆生说：

"毛主席当年论十大关系，在今天仍然闪烁着光辉，仍具强烈的时代意义。我想在这里也说：如果你真的想发展工业，那么你就先发展农业产业化！如果你真的想推进城镇化，那么就先推进农业现代化！"

会场响起干部们由衷的掌声！也可能是被贺庆生那种毛泽东式的演讲激情所感染，也可能是对贺庆生从实际出发讲的九个关系认可的共鸣。总之，掌声一片，其中还夹杂着敲击桌面的声音。

下来，一些干部议论说："贺市长是'纯毛派'！"有的说："贺市长太务实了，现在谁还上十天的在农村跑？"也有的说："现在缺的就是贺市长这种干部，缺的就是有理想有干劲的领导干部！"

接下来，贺庆生又借着检查"港洽会"准备的机会，跑了十余家中省企业。这些企业，多是军工方面的，涉及航空、兵器、船舶、机械制造、仪器仪表等。贺庆生曾说过，在鑫州，只有这批企业是鑫州生产力的代表，集聚了大批人才，是鑫州工业的引擎。他高度重视与中省企业的关系，竭力支持中省企业发展，这次"港洽会"，他把这批企业的项目作为重点考虑，纳入全市大盘，力促海外引资。随后又提出定期召开联席会议、双方互派干部挂职、推进军地产品开发的建议和意见。贺庆生认为：中省军工企业虽然给地方缴纳税金较少，但做大做强了军工产业，本身就是对地方工业的带动，就是对地方发展的贡献。

那天，他钻进一个正在制造的飞机的肚子，看到的全是合金和铆钉、仪表和线路，贺庆生感触地说：

"一个飞机的外表是那么漂亮和整洁，但其实全是靠着一颗颗铆钉连接起来的；万里高空，始于足下，我们就做好一颗铆钉吧！"陪同的领导笑说您太谦谨，您是大市长啊！贺庆生笑着说："一颗大铆钉吧！"

鑫钢事件的当天晚上八点，贺庆生从省里开完"港洽会"最后一次筹备会后急急赶回。他已接到市府秘书长姜海的电话，说鑫钢发生了抗法事件，上千人围攻公安，市里不得已派出了公安特警维持秩序，方才平息事态。鑫钢老总赵春月被控制，公安一副局长和科长被打伤，五名肇事者被抓。贺庆生心里一沉：前不久春月曾打电话要见他，因他在企业检查工作没能如约。这一段公安侦破刘文山被杀案因涉嫌赵春月，自己也有避嫌之想，故此没多过问。至于怎么批准拘传赵春月的事他都一概不知。加上常务副市长柯明介入指挥他更不好过问，也就顺其自然，相信会有水落石出的一天。但听说鑫钢闹事，市委晚上通知紧急会议，才感到问题重大，甚至会影响到社会稳定和经济发展。便速速赶回鑫州，饭都顾不上吃，就赶到市委常委会议室。

市委常委会议室里，所有与会人员均已到齐，单等庆生到会。庆生走进会议室时，靳强书记示意他落座。庆生说对不起，刚刚赶回，就在靳强的左手座椅上坐了下来，并没有注意到投向自己的几种不同目光。靳强书记主持会议。他简要地说明今晚召集紧急会议的目的，就让市公安局李鸣汇报鑫钢事件的经过和处置过程。然后由常务副市长柯明补充讲话。

李鸣局长汇报了事件经过后强调说：

"拘传赵春月，是专案组呈报，经由我和柯明副市长批准的。拘传中王志中副局长先期派出三人实施遇阻，干警拔出枪，工人抢枪并殴打干警；接下来，王志中亲自带队出警遇更大阻挠，危急时分，经请示我同意出动特警一百五十人，平息了事件。我认为这是一起十分严重的抗法事件，是鑫钢厂有预谋有组织的闹事案件！"

靳强请柯明补充。

常务副市长柯明只说了三句话：

"第一，这是一起严重的抗法事件，必须从严追究；第二，要从鑫钢事件中分析我市当前的维稳形势，采取更为有效的防范措施；第三，鑫钢问题可能有其他背景，要一并追究。"

靳强书记听完上述汇报后，转向市委政法委书记孙奕说："孙奕同志，你们了解的情况怎样？"

孙奕是一位有过多年公安和检察工作经历的女同志，四十六七岁，心思缜密。她说：

"我们组织了初步调查，大体情节与公安汇报一致，但具体情节有几处出入：一是市局刑侦处科长邢钢进入鑫钢时始终未出示公安警官证件，是造成冲突的起因之一；二是拘传赵春月的文件至今没有出现；三是邢钢的手枪据说已被赵春月收藏；四是王志中副局长带队封堵鑫钢大门，引发人群大规模聚集的情况未能分析汇报。"

"好。大体情况公安、政法委都已汇报到了。柯明副市长也做了补充。同志们讨论一下，就这一事件统一认识，提出处置意见，哪位同志先说？"靳强小做概括，见大家沉思不语，就对贺庆生说："请贺市长说说吧！"

贺庆生的脑子在飞快地转动着，他把几位同志发言的几乎每一句话的大意都记下了，在脑子里不停地判别分析，他注意到了柯明的话中之意，尤其对政法委书记孙奕的补充感到可信。听到靳强书记要他发言，贺庆生看了一下墙上的挂钟正好指着十点，就说：

"听了情况汇报，各位的话我都十分仔细地听了记了，因为时间关系，我简要说几点认识：第一，查一下我们的工作有无疏漏环节，包括审批程序等，首先从我们的工作程序、工作环节、工作作风上看有没有违法违规问题；第二，慎重定性，是有预谋的严重抗法事件还是普通群众闹事，等事件调查清楚再定；第三，建议市委政法委牵头，公安、监察、经贸委等部门配合，组成事件调查组快速调查，提出意见；第四，建议市委将事件初步情况客观写实，上报省委。"

柯明此时站了起来：

"我不同意贺市长的观点，一个常委会连事件性质都定不下来还叫常委会？另外，建议市委专题上报省委，由省派调查组彻底调查此案！"柯明有些激动，他知道这次事件中自己的主导作用和应负的责任，所以有了豁出来的感觉，决心公开与贺庆生的矛盾，想把会议的导向牢牢抓住。他以往的老成持重有些把持不住了。

人大主任、政协主席、纪委书记和其他一些领导们明显感觉到了常委会上不同以往的气氛，嗅到了一点儿火药味，于是不便多谈，都说现在最要紧的是市委拿出几条意见。

已经马上十一点了，有的领导打起了哈欠，有的悄声说不行明天再开吧。

靳强察言观色，也感到今晚的会只是初步通报情况，是市委对事件的一个态度，至于定性则要等到调查后再谈结论。于是他喝了一口茶，把嗓子清了一下说：

"今晚常委会主要是通报情况，初步分析，提出预案。我看大家的认识还不一致，这也是可以理解的，但作为我们鑫州市近期的一件大事，必须引起高度重视，采取有效措施，快速处理问题。我想了几条，同志们如无异议，就定下来：一、同意成立以市委政法委牵头的调查组全面调查，实事求是，准确分析，提出处理意见，由孙奕同志负责。二、立即将事件情况书面上报省委并省政法委、省维稳办，材料尽量写实，客观报告，先别定性，由市公安局负责草拟，政法委参与，我审定后明日上报；初步情况，下午已快速电传报省。三、责成市公安局全面检查鑫钢执法过程中工作程序、工作作风方面的细节。四、立即收缴枪支，绝不允许枪支流出造成隐患。五、立即派出工作组驻厂帮助和维护正常生产生活秩序。"

常委会十一点十分结束。会后，靳强把贺庆生叫到办公室说：阴差阳错，本要进行的谈话拖到了这个时候，这样吧，时间也晚了，发生这个事件我们都想想怎么向省委交代！其他就不说了吧。

贺庆生拖着疲惫的身子踏进自己的家门，抬头望天，只见灰蒙蒙的没有一点亮色。夫人开了门问："开会这么晚，你干脆别回来嘛！"庆生皱了皱眉头，什么也没说。此刻他想着今晚会上的气氛，但更多想的是两天后就要起程参加的"港洽会"。

146 雨晴没有见到柯明已经三月有余了。她不想见柯明，因为她怕这位市长的说话口吻，也怕副市长那强迫和毫不怜惜的做爱方式。但她还得见他，因为柯明答应给她安排一个更好的工作。前一阵子，雨晴见了市上的报道和电视新闻，知道柯明在海交会上做出了成绩，产生了不小的影响力，暗自思忖这干部就是与众不同，跟你上床的时候像个畜生，哪管你情不情愿有没有感情；但人家工作时有魄力有办法，能拿出工作成绩，也真是与众不同，有厉害之处啊！他这一周好像在家里没有外出，我也得问问他许诺我的事落实得怎样了！

想到这里，雨晴有些胆怯地拨通了柯明的电话。

"我是柯明，你讲！"电话里明显是柯明的声音。

"我是雨晴啊，柯市长您好吗？"

"不是告诉你了，少打电话，你可以直接来找我嘛！"

"找您多困难啊！又是门卫又是秘书的！"雨晴委屈地说。

"这样吧，你今天晚上来鑫海大酒店吃饭，正好有几位客人，我们见面谈吧。地址我发你手机。就这样啊！"

柯明说完挂断了电话。

一个下午，雨晴都忐忑不安。柯明没管她答不答应就挂断电话，表示了对她拥有的绝对权力，雨晴却发现就没有喜欢过这个男人，他表面一副帅气模样，骨子里却根本不懂女人，甚至没把自己当回事，自己充其量只是他的性奴隶、性玩物，这是雨晴没有想到和不能理解的。过去，她只属于一个男人国强，现在，她属于了两个男人。但这又是两种不同的男人：一个知冷知热，细心照料，真心相待；一个强取豪夺，绝对权威，呼风唤雨。她把情用在国强这里，但把胆偷偷地交给柯明。她在这个危险的游戏中走钢丝，得罪了国强，这个暴发户有可能宰了她；得罪了柯明，则没有了未来的依托和希望。这个涉世未深的女子，开始走进了泥淖之中。

晚上的宴席是柯明委托经贸委主任安排在临江的鑫海大酒店招待台湾客商的，一共六个人：柯明和秘书两人，经委主任和雨晴两人，台商两人。因台商不习惯大的场面，只答应"小吃吃"，于是就简单一些。但酒是茅台酒，烟是中华烟，只是菜少得多了。两位台商见柯明这么好的烟酒招待很是感动，尤其是又有一位美女在旁，台商便放开了。不到一个小时，两瓶茅台已经喝完。柯明喝得高兴，说这是我在海交会上结识的台商，专门邀请来鑫做投资考察，我们应竭尽热情。他让雨晴先给大家敬一圈酒后又起来拉上雨晴说：

"我与雨晴美女一起给各位敬酒，各位不喝我们不走！每人三杯！"

两位台商已经喝了不少酒，但正到兴头，就举杯对碰，六杯酒顷刻下肚，柯明自知酒量好毫不推辞。一位台商露出色眯眯的样子给雨晴说：

"我与美女再碰三杯！三生有幸！"

雨晴心中有事，不愿放开酒量，但禁不得台商邀请，就端起酒杯说：

"谢董事长，雨晴这酒得喝，但投资项目也要敲定，您答应了，我陪您喝六杯！"

色眯眯的台商好高兴，连连应诺："美女豪爽，一言为定！"

雨晴将六个小杯的酒先倒入一个大杯，再又倒出六个小杯注入一个大杯。然后伸出纤纤玉指说：

"董事长请！"

色眯眯的台商可不是傻瓜，说："美女先喝，绝不食言！"

雨晴没有推辞，端起大杯一饮而尽。台商观之，遂也端了大杯伸直脖子，一口吞入肚里。

没过三分钟，台商的头耷拉了下来，另一位台商被经贸委主任赶紧扶着靠在客厅的大沙发上。接着雨晴也已经站立不稳。

柯明也感觉有些喝多了，一看台商已醉，目的已经达到，就给经委贸主任林一使了一个眼色，林主任便扶着雨晴跌跌撞撞地打开了一间预留的房间。

林一主任回到餐厅一看，宴席已散，台商和柯明都已不见，想出去看看柯明时，才又记起柯明交给他调动雨晴工作的委托和刚才的"雨晴交给你了！"那句话，心里明白，又转身回到雨晴房间，一见雨晴仍然仰卧，被子只盖了半截身子，裸露出一片雪白的肚皮，再往上，是紧绷着的绣花白衬衫下两团高高的乳峰和诱人的脖颈、带着酒窝的绯红的脸。林一咽下一口口水，定了定神，查看了一下紧锁的房门，然后轻手轻脚地解开了雨晴的上衣纽扣，自己三两下脱掉衣裤，像饿狼一样扑了上去……

147 二十世纪九十年代初期，新疆建设兵团有一部分成为农垦公司，兵团的铁饭碗端不下去了，国华劝丈夫内调回县，爸爸云峰想女心切，四处托人帮忙，终于将女儿调到县民政局下属的福利院，虽是财政供养单位，但工作性质却是伺候老人孩子，甚至还有残疾的小孩子。

国华内调后夫妻南北分居，魏刚在外酗酒，结交不良朋友，在农场结群打架，被农场处分降级，一气之下持刀威胁农场场长又险些被开除，于是干脆买断工龄。回到国华这里更是矛盾重重只好在外打工，一年多后突然失踪，十年间音信全无，使得国华欲哭无泪，一双儿女更因缺少父爱，儿子也像了他父亲，中学毕业后就开始游手好闲，云游附近几省，受到法律追究被少管劳教。国华更是心痛欲绝，不是看着父母在，早就寻了短见。

有人说，魏刚在省城做药材生意；又有人说，魏刚在鑫州，有人亲眼见过。但这都是传说，真正问时，却都说是"听人说"。国华调回内地，苦苦地守着两个孩子，幸亏靠了文英的辛苦和看顾。国华以泪洗面、含垢忍辱，才把一儿一女拉扯成人。女儿是老大，初中毕业后就失了学，早早上街卖菜经商，卖鞋袜服装，学了些经商之道，二十岁就跟了一个从商小伙背井离乡了，终于在南方的深圳市开起了一家门面，有了一个可以容身可以吃饭可以休憩的小窝。女儿觉得还算幸福，天天和老公一起进货卖货，一起把那些零零星星的小钱币抚平齐好，一百块一捆地整理出来，天天在一张刚能容纳两个人的床上相拥而眠。虽然辛苦但却自由。儿子只上了初中就失学了，偷了人家一双鞋，被人打了还关了一天一夜。国华把儿子保出来后母子俩抱头哭了一场，国华把丈夫被通缉的事告诉了他，儿子说那我去找爸爸，妈妈说傻孩子，你上哪里去找啊，我都找十年了。儿子默默流着眼泪说妈您不要伤心，我懂事了。又过了一年，儿子说妈妈我十八岁了，在美国十八岁的子女就要脱离家庭了，我要去挣钱然后去找爸爸，我总会找到爸爸的。一周后，儿子不辞而别。正当国华心碎欲裂的时候，儿子电话来了：妈妈不要担心，儿子不会饿死，儿子要给母亲分忧！国华又哭了一场，但倒觉得一块心病去了一半，有些宽慰起来。

七月的一天夜里，国华被母亲文英叫回家里，见到一位短发齐耳、描眉画眼的年轻姑娘，把文英叫奶奶，把自己叫姑姑，自我介绍说她是云松的女儿春月的三女儿王昕，国华终于弄明白这一串"亲戚"的来由，知道了这位漂亮干练的姑娘的来历，赶紧要去做饭。姑娘说我吃过了，我今天来是特地了解一个情况的："听说国华姑姑的丈夫叫魏刚吧？你们能否给我一张照片，并讲讲他的身材和特点，尽量详细一点好吗？"

国华听了，心中一怔，想她莫不是真的见到了魏刚？就赶紧回到自己家里取来几张曾经与魏刚在新疆时的照片，王昕一见就说："有点像有点像！"国华和母亲各自说了魏刚的特点和性格，王昕在脑子中画出了一幅图像：一米七五的个头，略瘦，脸长方，色黑红，讲普通话，目光锐利，行动快速；待人义气，能喝酒，能吃苦……这一形象正与当日鑫钢门卫冲突中一个身手敏捷勇敢夺枪的男工形象慢慢重叠。

冲突事件后，母亲被公安带走，家里乱了套。王昕心中没有忘记的是母亲从医院返回途中跟她通电话时告诉她务要赶紧查找那支枪的下落、千万不可再出大事的嘱托。她当时正要去厂接班，见了门岗冲突，见了那位公安刑警的威风和无礼，清清楚楚地目睹了冲突的全过程，而且自己骂了这个腐败分子是狗，起了很大的鼓动作用。当公安拔枪威胁时，这位男工身手敏捷，没容公安反应过来枪已被下，公安随即被打翻在地，这一情景她历历在目。随后她私下走访，终于在焦化车间找到这名男工，他说自己叫韦江，曾在新疆建设兵团工作，后买断工龄自谋职业，刚来公司焦化厂半年，也是有事去总厂路遇冲突，因早就看不惯公安那种蛮横作风，故在那个刑警公然出枪时迅速出手夺枪，避免走火伤人。王昕与韦江很对脾气，竟然一见如故。王昕说我是春月老总的女儿，原是教书的，我妈要我查找手枪的下落，既然相识，就请你把手枪给我，将来再做处理。韦江说，其实我已经知道你母亲的经历，她是个好人，我无意害她。但手枪我暂不能给你，我一人做事一人当，绝不推卸责任，也不给你们惹麻烦。你记住，我没有电话，要找你时我会用公用电话，平时你不用来找我，我也不会消失……

王昕想到这里，就知道此行的目的已经达到，自己所怀疑的情况得到了证实，那个韦江就是魏刚，她得赶紧把情况给爸爸和姐姐通报，以商对策。

王昕告辞时给文英和国华说："千万保密，魏刚可能就在鑫钢厂，关系重大，一定要慎而又慎，高度保密！"

文英、国华频频点头，说：只要他活着就好，我们也就放心一点了。

第二十九章　春月卦签

148 七月里，s省香港招商洽谈会如期举行。七月的香港，不是人们想象的那么火热，海洋性气候使这里气温低于广州，海风一来凉风习习。但怕的是台风，所以日期都是根据天气预报提前定的。

七月又是香港回归中国的纪念日，这已经是回归后第十二个年头了，尽管庆典气氛显得较为平淡一些，但政府总还是要借机做些经济和旅游方面的文章。内地逐步放开香港旅游后，香港经济有了新的血液，"港招会"与内地各省联系日密，每年总有好几个省在这个平台上招商引资。

让贺庆生高兴的是秦岚也在香港。

秦岚这半年正好轮着在香港驻站，当庆生知道了香港洽谈会期间秦岚也将参加采访时心里就盘算着要好好见见面、好好聊聊，把在地震时的日子回顾一番，把这一年多的情况交流一次，更想把心中的一点忧愁一块儿谈谈。秦岚知道了哥哥庆生将来港参会招商，更是欣喜若狂。又可以见到哥哥了，而且是在她有了稳定事业、建起了一个小家之时，她想与庆生美美地交谈一次，把地震中没说完的话说完，也想了解一下一年多来庆生在家里受委屈的全部情况，她甚至想同庆生一起重温一下几年前的那个不眠之夜。

两个相互牵挂的人总是心有灵犀，他们都在心里期待见面，都在做着温馨的梦。

鑫州市参加全省组团招商的官员和企业家们已经提前三天到达香港，安排展厅，布展立体宣传，演练表演和接待人员，确定每个具体项目的接洽方案，准备好相关的现场设备和资料等。按照贺市长的要求，所有宣传、表演、执行、布展人员统统一专多能、综合服务，所有参会人员争取全部选多面手，达到以精取质、以质取胜。

贺庆生到达香港时秦岚没去接站，不是因为别的而是贺庆生压根儿就没有告诉她具体时间。他想等把工作任务先完成后再见秦岚以免影响工作。秦岚电话打过来时，庆生已经投入工作，说晚上再联系吧。

第二天港洽会就开幕了，秦岚来电话说：哥哥今天可又见不上您了，我要全天候在会场值守报道。

第三天，秦岚没有来电话，庆生偶尔有些着急，电话打过去时，却是无法接通，庆生心烦起来。好在这时签约收获不错。S省准备了三百多个涉及工业、高新技术、医药、旅游、农林产业及房地产业、文化体育等投资方面的项目。三天的招商会上，就草签了八百多亿资金的合同。鑫州的特色农业、航空仪表、医药和旅游方面的项目，由于准备充分、宣传生动、组织精当、服务热情，竟然签定合同资金五十六亿元。这让亲自带团参加的贺庆生十分高兴，感到脸上贴金。

第四天，港洽会已近尾声，收获大局已定，庆生心里高兴，但仍未接到秦岚电话，他预感可能有点问题。四点钟电话终于打通，秦岚说：请哥哥晚上八点在中环鸿泰酒店见面，请您务必前来。

庆生把赴港同志召集起来，向大家通报了一下招商洽谈会的收获，大家高兴地鼓掌庆贺。接着，庆生又简单地总结了一下这次港洽会的几点成功的做法和认识上的提升，顺便表扬了几位积极踏实、工作表现好的同志，并做了回程安排。草草吃点饭，一看表，已经七点过了，这才赶紧乘地铁赶往中环，终于赶到饭店时已经八点二十了。

鸿泰酒店是中环一家老字号酒店，新近改造装修完毕，一派古朴高雅的风格，中华雕刻艺术在这里尽显风采，雕梁画栋，龙飞凤舞，"八骏图"变成金色浮雕一派辉煌大气地坐落在大堂中央，一条宽三米的白色花岗岩旋梯盘旋而上，连接起空间很高的大堂与二层餐厅。贺庆生想，来港几次，尚未见过这么上等的酒店，更没有享受过这样的高档待遇，这个秦岚怎么了？是发财了还是有重大喜事值得如此排场？庆生一边想着一边随着小姐从电梯上到二楼的芙蓉厅，小姐轻轻敲一下门然后推开朱红色的厚重大门，见到的却是一位绅士风度十足的男子，高大帅气，一脸和气谦卑的模样。

绅士男子没有自我介绍，只是伸出手来迎接庆生。庆生略一迟疑，马上转过神来轻轻与男子握一下手，问：

"是秦岚订的包间吗？"

绅士男子殷勤地答道："是的是的，秦岚刚下楼去了。"

话刚说完，秦岚推门进来，一见庆生，叫了一声"哥哥"，眼睛一下红了起来，秦岚赶紧掩饰说："哥哥，我下楼接你，没想到您却上来了！"庆生说我是从电梯上来的，可能你正好从楼梯下去了。秦岚说是。

秦岚拉着哥哥庆生坐在沙发上，把小姐递来的茶水轻轻放在庆生面前，略一沉吟，然后指着绅士男人说：

"这位绅士，就是我给您提过的黎明，云南的黎明！"

绅士男子赶紧趋步上前，"原来是秦岚的哥哥，真是有眼不识泰山！有失远迎！有失远迎！"

贺庆生绝对没有料到眼前这个男人就是秦岚刻骨仇恨的黎明！更不会想到秦岚居然在香港的酒店中让他会见这样的混蛋！庆生尴尬起来，一时间恢复不了正常，只说声："谢谢！"就独自端起水杯，一脸不屑的样子。

黎明明显感到了贺庆生表情中的蔑视，一下子激起了强烈的自尊心。他略一沉吟便恢复了昔日的傲气和神态，随即也呷了一口茶看着贺庆生说道：

"我已从港洽会会务组了解到了您的大名和职务，本人十分钦佩您！我这次陪云南省委柳书记来港，是专程考察一下香港的市场情况，也为我省的发展寻找海外伙伴！"

贺庆生听了黎明的大口气，方说道：

"看来你是官运亨通了！现在官居几品啊？"

黎明听出了话中盐味，遂不屑一顾地说：

"几品并不重要，重要的是能在政界和商界呼风唤雨，这才是本事！"

"口气不小啊！看来还真有这样的狂妄之徒呢！"没等黎明说完，庆生迅速刺出一刀！

"市长大哥误解了！小弟我是说像您这样的领导才是真有本事的领导。小弟不才在云南经贸厅任职，刚刚转正。说话不周处请多指教！"

几句话有盐有味，反唇相讥。贺庆生已经感觉到黎明的狂妄。遂独自转向秦岚说：

"看来这两天新闻不少啊，岚妹你可要认真对待，不可轻易放过啊！"

秦岚当然听出了哥哥的话中之话，就回道："不是冤家不聚首，没想到香港遇衙内。这不，跟我两天，邀请吃饭，想想也罢，正好让哥哥您也一睹风采，也是一篇新闻吧！"

两天前的下午，秦岚正忙着采访几家大陆商客和港商时，突然眼前走来一个西装革履、风度翩然的男人冲着她微笑，秦岚正要冲出一句"神经病！"时，那人却开口叫："红艳，你不认识我了？我黎明啊！"秦岚猛地一怔，一下子认出这正是自己咬牙切齿要生吞活剥的流氓黎明，遂狠狠瞪了一眼说：

"你认错人了！"

那个男人稍有尴尬但很快镇定地说："我没有认错，你就是红艳，秦岚还是你啊！"秦岚说："请不要干扰我的工作！"说罢转身走去。

这时候，秦岚心已经乱了，已经二十多年没见黎明了，黎明却比当年更具风采，俨然一副首长模样，他是偶尔碰上了还是追踪于我？几十年过去了，其实秦岚已经在岁月中淡忘了往事，已经在心灵中平静了自己和宽恕了黎明。此刻一见又激起了仇恨的火花，但转瞬之间又熄灭了。过去了的就让它永远过去吧，不再记他！但他来干什么？思维仍不肯听她指挥，于是草草结束了采访。

……

"渡尽劫波兄弟在，相逢一见泯恩仇！我今天诚邀二位兄妹在香港相聚，真是三生有幸！请二位入座吧！"黎明不失时机地接上秦岚的话，对着已经摆好了菜肴的饭桌说。

贺庆生又看了一眼黎明，问："你们怎么约到这儿？"

黎明说，前天我陪柳书记到你们省的港洽会学习取经，无意中见到老同学秦岚终于相认，真是天涯逢故人，可喜可贺啊，知你兄妹同在，相邀一叙，何其高兴！

庆生听着忍不住愤怒：

"我不知道你在这儿，今日冤家聚首分外眼红，我就不奉陪了吧。"说罢就起身离开。

黎明心中知道他对妹妹之事记仇在心，忙拉住庆生胳膊连说对不起对不起！我当年幼稚，一步走错，痛失同学之情，也害得秦岚流离失所，至今半生后悔不迭，还盼兄长您不计前嫌海涵小弟，容我折罪补过！

贺庆生强忍住猛蹿起来的怒火，说：

"你还有什么打算？"

"先坐先坐，小弟今日算是设宴赔罪、负荆请罪啊！"

秦岚拉着哥哥的手，终于坐上饭桌，她深深叹口气，像是对着两个正斗着气的男人，又像是给自己说：

"过去的就让它过去吧！过不去的却永远过不去！"

黎明赶紧端起一只酒杯恭敬地站到庆生面前：

"小弟恭请庆生市长喝一杯酒，黎明负荆请罪！"

庆生并不急着接酒，遂问黎明：

"你有什么罪？"

黎明一下语塞，心想这小子咄咄逼人，你不就是个小小市长嘛，牛上天啦！你这土包子软硬不吃，不是秦岚在场，我不收拾你才怪。心里想着，脸上却仍是一副谦卑模样：

"算作赔罪吧！我先干这一杯！"说罢一饮而尽。

秦岚看在眼里，心里一股难受和憋屈的感觉。她被黎明追逐两天，又经历了一次痛苦的回忆，她真想再狠狠给黎明一记耳光，但她毕竟已经不是当年年轻气盛的秦岚，而且黎明已是厅一级的官员了。她转念一想，这种道德水平的人平步青云，已是屡见不鲜，不妨让庆生哥见识一下这种人物，同时也让庆生哥帮她出出主意。因为黎明在两天纠缠中甚至说自己几十年的痛苦婚姻目前危在旦夕。香港相逢无疑使黎明认为是他和秦岚是天作之缘，他以无比的真诚请秦岚回归云南，相信他对秦岚的真情没变！黎明还流下了悔过的眼泪。

秦岚毕竟是女人，女人的弱点是既怕强悍的男人又怕流泪的男人。经过近两天的思索，更想的是让哥哥帮忙考察一下黎明。秦岚决定请哥哥见黎明然后再帮她拿主意。人世沧桑，相见是缘，何去何从，自由我定。此时见两个男人各不相让，自己倒又难受起来，秦岚对哥哥说：

"哥哥委屈您了！"

贺庆生一见秦岚的状况，这才接过了黎明又端起敬给自己的一只酒杯。但随即又放在桌上，他心里说："我绝不会跟你这样的劣种干杯！"但见秦岚伤心欲泪，只好暂时坐下端起茶杯给妹妹说：

"苦了你了，岚妹！"

　　贺庆生偶出的一句话，竟然让秦岚失声痛哭。两个男人停止了唇枪舌剑，陷入了紧张的沉默之中。

　　也许只有此刻，黎明才从心灵深处感到了羞愧，感到了战栗，感到对一个曾经深爱的女人的深深罪过！

　　黎明放下酒杯，走近秦岚身边，想抚摸一下那簌簌颤抖着的秦岚的肩膀，一个低沉而严厉的声音响起：

　　"放下你肮脏的手！"

　　是贺庆生的声音。黎明伸出的手停在了半空，随即收了回去。他也有些痛苦地用手抱住了脑袋。

　　贺庆生站起来，颤抖的手指着黎明：

　　"你不是人，更不是共产党人！你祸害了秦岚的一生！你以为她乐意背井离乡漂泊海外吗？你以为她是为你今生不嫁吗？不！她是为了对恶的仇恨，为了对爱的信仰！你毁灭了一颗原本善良的心，你更毁掉了共产党在人民心目中的形象！"

　　黎明慢慢松开双手抱着的头，皱巴着同样痛苦的脸回应贺庆生的指责。

　　"谢谢大哥的直言批评！但是，我确实是爱秦岚的啊！"

　　"不知羞耻！你的爱就是挖着陷阱的坑！你的爱就是官宦公子的游戏！你的爱就是卑鄙下作的占有！我敢说你已经不知用这种爱哄骗了多少善良的女子，并且还将制造多少人间悲剧！"

　　贺庆生愤怒的语言像火焰一样喷发着，句句刺中了黎明伪善而邪恶的心灵。此时，黎明却慢慢仰起了头，口气忽然强硬起来，他对贺庆生大声说道：

　　"不要以为你还在鑫州市，可以随意教训任何一个下属！你面前的是云南的官员！"

　　贺庆生一声冷笑：

　　"我为你感到耻辱！"

　　餐厅内的电视还在播放着男女接吻的镜头。

　　黎明这时已经压抑的心火终于再也按捺不住了。从来没有人敢在他面前放肆地羞辱他，他想：不就是个秦岚吗？年轻漂亮的女人有的是，你不给我折罪的机会，我也就对不起你了！他瞪起了灯笼似的大眼睛，狠狠地对庆生说：

　　"够了！别以为你口口声声冠冕堂皇，谁知你是不是个男盗女娼的伪君子！像你这样不通人情的草莽市长我也见过几个，别在这儿道貌岸然地教训我了，说不定你是个比我还花的市长！"

"嘭"的一声，一只重拳打在了黎明脸上，刹那间黎明的脸上开了花，一缕血水流入嘴巴，漂亮的眼镜不知去向。

这一拳，仿佛使出了庆生浑身的力气，仿佛凝聚了千年的仇恨。贺庆生动作敏捷、出手之快是年轻时代劳动锻炼的结果，这一拳凝聚着对妹妹秦岚深深的情义，凝聚着一名共产党人的正义之力，顿时将高大结实的黎明击倒在地。黎明没有还击之力，因为眼镜被打飞了，他不得不趴在地上找眼镜。而且，他还不敢大声喊叫，他不想成为报纸上的新闻，因为他是陪着省委书记来的，这将会影响他的前程。于是他忍着疼痛，嘴里说着：

"打得好！贺庆生，我会让你付出代价的！"

秦岚目睹了这一幕。她从两个男人的对话中读出的是本色和区别，但从这重重一拳中感受到的，却是对庆生哥哥那种更为深挚的爱和对黎明无耻的嘴脸更为清醒的恨！秦岚对黎明说：

"但愿你记住这一拳！"

说完，拉着哥哥贺庆生的胳膊，从宽大的花岗石台阶上大踏步走出酒店……

149 上次常委会上，柯明就想有意识地公开他与贺庆生的矛盾，他感到这次算是抓牢了贺庆生的尾巴：赵春月鼓动群众抗法闹事，并多次与贺庆生密商。他想先发制人更为主动地占据有利地位。但听了靳强书记的话，又将进攻的锋芒收敛起来，再没有过多地坚持事件定性而附和了常委会最后敲定的意见。

第二天，他就专程去医院看望了受伤的王志中和邢钢。他去医院后才知道贺庆生刚刚离开。

王志中的伤其实比邢钢更重些，他是在群众性混乱中被踩踏，断了两根肋骨，而邢钢基本上是外部创伤但无器质性损害。贺庆生在常委会后第二天一早就到了医院，他要求医院尽全力细致看护，保证伤员治疗。对王志中和邢钢则要求安心治疗，争取早日康复，并未问很多当时的情形。

柯明见了王志中，表示了安慰，说市委市政府坚决支持你们依法办案履行公务，坚决打击黑恶势力，你的行动展现了人民公安的英雄本色，要学习宣传云云。而此时的王志中，尚未从黑压压闹事人群那种排山倒海的惊涛骇浪中收回惊魂，自突然冒出他的前任老婆当场控告激起群情激愤，他就想着完了。要不是赵春月那一拨干部们极力阻挡和保护，他可能就不是躺在病床上这么幸运了。见了柯明，王志中羞愧难当，只是说感谢市长，我没有完成任务，对不起市长您的关心。

柯明说："你做得对！虽然你负伤了，但对暴露敌人、攻破案件将起到至关重要的作用！你安心养伤，我会给你做主的！"又说："一定要把闹事情节和掌握的闹事人员报告给调查组。说不定省里还要派人调查，你们一定要汇报好！"柯明又去看了邢钢，说了差不多同样的话，邢钢的头上缠着白纱布，手上也包着纱布，艰难地表示着对市长的感谢。

此后的一周中，柯明又专程赴省，拜访了老首长、省组织部乔部长，并顺便去省委政法委报告了鑫钢事件。特别强调了自己在事件中坚定的立场和果断的处置。强调说事件背后一定有非常复杂的背景，希望省里高度重视，务必派员彻底调查。柯明此去，一是给省里"吹风"，二是想顺便打听一下省里对事件的态度，他并不知道省委书记的批示已经在第二天就到了市里。

春月在事件当日被市公安局现场传唤带回了市里。春月目睹了事情的大部分过程，她清楚地感到如果不是公安特警大兵压境，那么当时的局势是完全可以控制的，至少不会出现群体性混乱和推翻警车的情况。一场混乱一场大雨，一下子毁掉了鑫钢正在上升的生产局面，浇凉了春月继续投入发展鑫州经济的心。对于她自己被公安带走，她倒是不怕的，自己没做亏心事，自己没有杀害刘文山，群众的闹事她也没有策划没有鼓动。要说心里有点虚的，是这次事件闹大了，肯定会牵连到表弟庆生，这倒是有点担心的。

当夜，春月被带回鑫州后，被安排住在一处不大的宾馆，当然周围都是安排的"保卫"人员，随时监视着她的一举一动。这一夜也没有人询问或审查，可能是公安顾不过来，也可能是故意晾她一个晚上，总之是可以安睡一夜的，但春月却怎么也睡不着。她突然记起来前次回省城在等候去内蒙古的王戈小两口时，她曾去道教名山终南山仙游寺游览一次，于是不经意抽一卦签，却是否卦，是一中中卦，卦象曰：

"虎落陷坑不堪言，进前容易退后难，谋望不遂自己便，疾病口舌事牵连。"

当时道长解释说中卦亦是好卦，意指否极泰来。春月当时就有些惊诧，尤其是"虎落陷坑"几个字，让她不安了几日。却不料此时几句卦辞都清晰记起，正应了那个卦签所言啊！

她后悔当时无论如何应该去找庆生，说说她们一家人后来商定的几条预案措施。加上春月内心感到庆生这个表弟太正统太胆小，你去征求意见，保不定他还要批评你呢。但现在出这么大的事，虽问心无愧，但厂里生产受损自己也被公安带走，下来还不知该怎么过得这一劫难？这些年东奔西跑历尽艰辛，总算有了这些家底，同时也为国家发展做了贡献。回想起来，靠的就是一种打拼精神，靠的是国家大好政策，自己抓住机遇，低成本扩张，才有了今天这个成果。但的确没有干过偷鸡摸狗的勾当，的确对得起一起打拼的弟兄、对得起一起奋斗的工人，这次工人闹事，很大程度可以看出工人群众对企业发展抱有希望，对生活改善满意，也包含了对赵春月本人的信赖和支持，我们算是新时期的工人阶级、新时期的产业工人啊！市委领导不会对我们企业的兴衰不做考虑的，鑫州人民也会支持鑫钢的发展和繁荣的。这么想着，春月倒觉心宽起来。

下一步怎么办？我该怎样说清事件的真相取得市委市政府的谅解和支持？怎样让公安相信我赵春月无辜？怎样能尽早地回到自己的亲人身边？赵春月总也想不出个头绪。最后，她在心里给自己说：

"我一定要跳出这个陷坑！"

150 鑫钢事件后的第二天，有一百多人的工人队伍到市委上访。这支上访队伍颇有纪律，排起队，打着鑫钢的旗帜，但没打标语横幅，没呼一声口号。到市委门口停住后，告诉信访局领导：我们选出代表五人，要反映重要情况，请求市委领导出面接见。否则这支队伍绝不解散。

信息很快由市信访办和维稳领导小组汇报给了市委书记靳强。靳强当时正要参加一个县区的会议，但他立即安排：由市委副书记安相儒和市委政法委书记孙奕亲自接见。

一百多名上访人员被安置在信访接待大厅休息，五名上访代表在市委的一个小型会议室被市委副书记安相儒和市委政法委书记孙奕的接见。

这是一个掩映在绿树环抱中的小会议室，本来是市委开大会时用于领导候会的，此时临时用于接待这五位上访代表。鑫钢的几位代表中有一位女工，短发齐耳，身材苗条，面容姣好，大方而活跃，一笑时偶尔看见有颗虎牙，给人一种美中不足或有个性特色的感觉。五位代表按照要求坐在会议室西边的一排沙发上，两位书记、一位副秘书长、信访局长等坐在东边沙发上。见面会由市委副秘书长常丰主持。

五位代表由那位虎牙女工分别作了介绍，他们之中，有厂里副总经理张立本、厂副总工赵界生，其余三人为工人代表。女代表王昕自我介绍说是鑫钢总经理赵春月的女儿。这就是说，五名代表中，属赵春月亲属的有两位，其余为企业干部职工。

鑫钢副总张立本手拿出数百人签名的信笺，代表厂里全体干部职工向市委市政府领导提出五条上访要求：一、鑫钢老总赵春月无罪，应予立即释放。二、严厉惩处王志中、邢钢违规执法、引发群众闹事行为，整顿公安工作作风。三、要求市公安局尽快侦破刘文山被杀案，并给韦娜自杀案以明确结论。四、释放我厂被抓工人，由企业依据法规给予处分。五、鉴于目前企业停产和混乱，请市里派工作组帮助企业做好稳定工作，恢复正常生产秩序。

接下来，代表王昕介绍了鑫钢事件发生的大概过程。她说她自始至终都在事件现场，亲眼目睹了事件发生的全过程。王昕特别说：

"邢钢如果出示执法证件，和门卫的纷争就可避免；如果不是邢钢作风霸道，拔枪威胁群众，就不会出现群众性的所谓'抗法'；如果公安方面不连续两次出警，大兵压境，就不会有群众性闹事行为发生！我是目击证人，你们可以在门卫录像中看到我端着饭碗与邢钢争论的记录。"

其他几名代表以简短的发言表示上述要求是全厂干部职工的心声，我们相信党和政府，相信市委市政府为民做主，一定会主持公道，一定会秉公办事，一定会为企业发展操心服务。

听完五名代表的陈述，政法委书记孙奕心中暗想，看来鑫钢事件还不是一件简单的妨碍公务抗法事件，这其中好像还有更深的背景。副书记安相儒有了对事件更多一些了解，特别是对鑫钢工人上访的理智表示赞赏，听完代表们的陈诉后，他示意孙奕书记先作讲话。这既是尊重的姿态，更是一种工作方法。于是，孙奕说：

"非常感谢鑫钢五位代表有组织有纪律的上访，感谢鑫钢广大干部工人理智的态度和对市委市政府的信任！市委派出的事件调查组已经组成，昨天已开展工作，希望鑫钢的干部职工同志们全力支持和配合工作，相信党和政府会有一个正确的结论和妥善的处理。"接着，孙奕说，"我有一个希望，坚定地相信党和政府，全力做好厂内维护稳定工作，确保不出新的问题。尤其是配合公安，把抢去的手枪尽快查获缴归！"

话刚落地，代表王昕站起身来，从身后提过一个女用提包打开，拿出了那支蓝钢闪闪的手枪，双手捧给了孙奕书记说：

"这是我们这次的一个重要任务，刚顾了说话没来得及拿出。这支手枪，是工人从邢钢同志手中夺下来以后就交到公司的，没有藏匿，也没有扩散，我母亲从医院赶回厂里通电话时就说让我们及时收缴，今天也算是专程送交政府，请你们检查并打收据。"

孙奕接过交回来的手枪，动情地对王昕说：

"感谢你们的工作，感谢鑫钢工人同志们的觉悟！"

她哪里知道，王昕为了要回这支险些流失的枪，用了差不多整整一个晚上的时间，才说服了魏刚。而这主动交枪的一招，却又对后来事件的定性乃至对魏刚的处理，都起了至关重要的作用。

安相儒副书记作了总结式发言，他代表市委市政府，高度评价了鑫钢工人阶级的组织纪律性，评价了鑫钢对全市经济发展做出的贡献。同时也肯定了这次鑫钢上访的理智和秩序。他说市委市政府已经批准组织了事件调查组，孙奕同志亲任组长，这次等于当面听取了情况介绍，希望大家高度重视，全力配合支持调查工作。对于代表所提的五条要求，我认为总体是有道理的，但这都是有待调查的结论，也请大家理解。

最后他说：

"请同志们告诉全厂职工：市委市政府是人民的市委市政府，是为人民服务的，我们一定会实事求是主持公道为民做主！眼下的当务之急是维护稳定，尽快恢复生产秩序。大家代表厂里提的五点诉求和你们的联名信留下，我们会充分考虑。关于人的问题，可以告诉大家，赵春月没有被关禁闭，只是住在宾馆里接受传讯问话，考虑到目前的情况，这是一个保护性的措施。如果无罪，就不存在羁押问题。另外公安在现场扣留的几名工人，先按违反治安处罚条例予以拘留，待查清事实后一并处理，请同志们回去给大家解释，相信党和政府不会冤枉一个好人，也不会放过一个坏人！"

王昕、张立本、赵界生等几位代表，迅速地交换着眼色，他们见此行的主要

第二十九章　春月卦签

目的基本达到，尤其是见到了市委主要领导之一的安副书记和政法委书记，可以防止偏听偏信对企业带来的不利。把手枪主动上交，在违法情节上取得主动，两位领导对暂时扣留人员的说法也合情合理，于是便未再提出新的要求。只是界生提出一个请求，请安副书记和孙书记去见一下来的工人们，只见面，话由他们给大家讲，一定不会纠缠领导。

安、孙两位书记交换了一下意见，同意由孙奕书记代表市委市政府会见全体上访同志，因为她是调查组长，也便于开展调查工作。

孙奕书记与五位代表一同前去信访大厅面见了工人群众，介绍了与代表座谈的情况，并代表市委市政府和市委调查组就工人同志们组织纪律性和上访秩序给予高度评价，简要回答了几位同志提出的问题。半小时后，工人以热烈的掌声欢送走了孙奕书记，一百多人的队伍便井然有序地离开了上访地返回了。

后来，孙奕曾感叹地说，原来都说上访人不讲理难缠，鑫钢上访倒是让人感受到了当代工人阶级内在素质的提升，感受到了产业工人那种很强的组织性和纪律性。

151 鑫钢事件的当晚，已经十一点了，刚刚处理完手头文件，看了一阵国内要闻动态的省委书记张瀚黎回到家里匆匆洗把脸正要上床休息，住宅的电话响了。张瀚黎一把抓起电话，是省委秘书长来电话，报告鑫州市当日发生的严重群体性事件，两名公安人员被打伤、两辆警车被推翻等，目前事态已经控制，刚收到市委电传，是否马上将电传稿送请批示？张瀚黎回话："马上送我！"

十二点半，省委办公厅给鑫州市委发去电传，传达了省委书记张瀚黎的批示：

"速传鑫州市委靳强同志：一、高度重视，即派强有力的工作组驻厂工作，维护稳定，迅速恢复生产秩序；二、迅速拿出事件调查报告，客观求实讲清问题，准确定性分清责任，并提出初步处理意见报省；三、举一反三，摸排不稳定因素，未雨绸缪，做好防范，确保不再发生类似事件；四、省委政法委、省维稳办、省监察厅必要时介入调查，在事件定性上严肃把关。"

过后一周多里，省里接到的情况是事态基本平息，企业配合支持，调查正在进行，生产逐步恢复，公安伤员病情稳定，相关处理等待定性。

但这一周多里，偶尔还有点风闻传入张瀚黎耳中，有老同志带话说鑫州情况复杂，班子配置一定要多听听各方意见；机关里也有干部议论说鑫州之所以出现企业抗法，是因为鑫钢老总的后台是市里有关领导，所以不把公安放在眼里；也有的说看似是一件群体性闹事，幕后则是鑫州市班子内部矛盾的暴露，连常委会都开不下去，云云。作为一省之书记，能听到鑫州市这么多风传，张瀚黎有些留心了，尤其是一位老同志托组织部长王敏儒带给他的信息更让他深思起来。于是他通知了靳强书记到省，他想更深地了解一下鑫州市的班子情况。

省委书记晚上召见，靳强感到了压力，他知道肯定与鑫钢闹事事件有关，也可能与班子建设和廉政建设有关。靳强一个下午没出门，在宾馆理出一个头绪，八点过了，接到秘书通知，这才急急向省委赶去。好在住所离省委很近，十多分钟后，司机就把车开进了省委七号院。

这个省的省委西院一共有十数个这样的院落，都是常委们的办公小院和家庭小院。办公房全是平房，内外四个大间，一进门是秘书的小办公室和门厅，里面是首长的接待客厅占两间大小，再往里是首长办公室和临时卧室。省委一号首长多了两间侧房，一个是警卫员住的，还有一个是用于接待其他人的会客厅。常委们老一些的就住院内家属房，是两层小楼，现在大多数都住在省委二号小区的领导小楼了。只是由于换届和干部交流，有的退下来的老领导仍然占着原来的办公室，新任领导为了尊重前任，也就不好说话，这里面的房子已经不够用了，张瀚黎书记来后，省委办公厅想了很多办法，才在七号院安置了他的办公室。

靳强下车后，沿着黑森森的林荫道，向着亮灯的办公室走去，秘书已经在门口等候了。

靳强坐下来，秘书端来一杯热茶放在面前，就离开了。张瀚黎书记摘下老花镜放在办公桌上，然后走过来与靳强握了手，就坐在了侧面的沙发上。片刻后张瀚黎说：

"靳强同志，今晚占用你的休息时间，想和你聊聊鑫州的事！"

"谢谢书记！您关心关怀鑫州的工作和干部，这么晚了还不能休息，我很感动，也很激动！"靳强小心翼翼地回答。

"鑫州啊，这几年发展还是快的，农业产业、工业改制、城市发展等方面都有好的收获，省委对你们的工作是满意的。"

靳强想着，书记说了肯定工作的话，后面可能就要说不满意的话了，就说：

"谢谢张书记的关心和肯定，我们鑫州的工作还有很多的不足，也还存在不少矛盾和问题。"

"噢，还有些什么大的矛盾和问题呢？"张瀚黎书记接着靳强的话问道。

"大的矛盾和问题上，我感到有三点：一是经济发展后劲不足，缺乏大的项目支撑；二是城市化建设滞后，对农村拉动作用不明显；三是干部思想解放程度低，工作作风和精神面貌仍有较大差距。当然要具体说问题就更多了。"

"你说的这些是大的问题，那么矛盾呢？"张瀚黎书记好像故意把矛盾和问题拆分开来，接着又问。

"矛盾方面嘛，我认为这些年强调发展多了些，而对怎么协调发展、怎么照顾到人民群众切身利益上，有些重视不够，因此，较多的社会问题造成了当前维稳工作的巨大压力。"

"你说的对。那么鑫钢事件是否也与群众利益有关呢？"张瀚黎书记的问话逐步转向了鑫钢，这点靳强倒是有所准备的。

"鑫钢事件从表面上看是一件妨碍公务的抗法事件，还不完全涉及群众利益问题。但从深层次上分析，可能与我们自身的工作作风、工作程序上存在一些问题有关。而且，其中不乏一些复杂的背景因素。"靳强一边思索，一边小心回答着。

"说具体些。"张瀚黎说。

"现在可以落实的是，公安刑侦科长邢钢当时未出示执法证件，是造成群众闹事的直接原因；另外，两次调动警力也有些不够慎重的地方，目前我们正在检查审批环节。但是鑫钢公司老总赵春月公然抗法，这里头可能有些复杂因素。"

张瀚黎书记静静地听着靳强的介绍和分析，这时打断靳强的话头，说："复杂的因素是什么？"

靳强有些不情愿地说："有人说是贺庆生市长在后撑腰，因为贺庆生是赵春月的表弟。"

"你对贺庆生同志感觉怎样？他会是鑫钢工人抗法的后台吗？"张瀚黎继续问道。

"平心而论，贺市长是位好同志好市长，对党忠诚，事业心强，务实肯干，且有较强的理论素养。我们搭档几年，他的人品我是了解的。"靳强接着又说："说他是赵春月的后台，真有些牵强，但他们表姐弟关系好，而且有反映这一段时间两人多次机密谈话，所以才有后台之说。这些传言，又可能与班子内部某些矛盾有关联。"

张瀚黎随即问道："班子内部矛盾指什么？"

靳强说："班子总体是团结协调的，但有传言说认为常务副市长柯明与贺市长有些明争暗斗，我以往没太在意，鑫钢事件当晚的常委会上，我从柯明的发言中才有所感觉。"

张瀚黎注意到了柯明，因为一位老同志让组织部长王敏儒带话，就是让对柯明多加培养，于是就又问了柯明的情况。靳强介绍说柯明是老干部之后，曾在基层和多个岗位锻炼，任副市长和常务副市长也四五年了，属年轻有为、可培养提拔的"少壮派"干部。张瀚黎仍是静静地听着，面部无任何表情，但脑子里却在给鑫州的人和事不断地画像、链接和重复回放。

不觉间，闲聊式的谈话已经过去一个半小时了，看着谈兴正浓的张瀚黎书记，靳强觉得耽搁了首长太多宝贵的时间，就有点想打住汇报。张瀚黎察觉到了，这才说了较长的一段话：

"今晚的深聊我很有收获。我基本同意你对鑫州总体情况的把握，有些认识我们还是一致的。基层出现的一些不稳定因素和问题，都与我们今天的发展阶段、发展状态和社会生活有关，有些也与我们的体制机制有关。有些问题表面上看是群众工作问题，但实质上却可能与我们的思想作风和工作作风有关。

"作为领导者，想问题看事物，一定要有一个高度，只有站得高才能看得远；一定要有一个纵深度，你才能看到事物后面的各种缘由和本来面目。千万不可就事论事，陷入实用主义的泥淖。任何事物，有因必有果，因果相连；但因果关系又不是一成不变的，是随时处于变动之中的。作为领导者，在于把握事物的运动规律，明确时机，因势利导，要有利于发展和有利于人民的利益，这是我们的责任，也是领导的艺术。"

靳强听着书记的话，里面没有讲具体问题，但一联系到鑫州实际，却让人顿开茅塞，不觉心里亮堂起来。

告辞了书记，靳强回到宾馆，久久不能入睡。他把书记的问话仔细地回忆了一遍，尤其是张瀚黎书记最后那段总结式的谈话，仿佛车出秦岭开上平川的高速路，周围豁然开朗，心理上的压抑感顿然消失。又仿佛站在了开普敦的好望角，一望大海茫茫，天水相接，豁然间让人心胸宽广起来。于是，他在心里盘算着回市后工作的几个步骤，然后就睡熟了。

第三十章　正道沧桑

152 鑫钢事件调查报告终于在第八天放在了市委书记靳强的案头。
这次调查时间较长，用了足足五天。前面等省政法委、监察厅来人耽
搁了一天。第三天，以孙奕为组长的调查组就正式入驻鑫钢开始了调查，其实
真正的调查在孙奕接待鑫钢上访时就已经开始了。按照孙奕的工作思路，调查
组六名同志分为三块：一块负责调查现场情况，收集相关证据，重点是查厂里是
否有组织有预谋地事先安排和私下活动；第二块是调查公安工作程序、工作作
风、执法现场有无存在违规问题，重点是出警执行、审批环节和调动警力的批
准权限上；第三块是调查事件缘由、刘文山案进展，重点是刘文山案与群体性事
件的关联和作用，并综合分析，完成调查报告初稿。要求各小组分工协作、快速
推进。

调查组一进入岗位就夜以继日，先后谈话和走访干部群众、企业职工
一百三十六人次。孙奕亲自深入第一小组，她感到工作进展是顺利的。她将门卫
和公司办公大楼尽可能收集到的影视监控资料、公司近期召开会议的资料一一进
行复制，和几十个人的谈话，逐渐明确这基本上是一个突发性事件，起因于执法
人员工作作风粗暴、现场处置不当、使用警力，致使人群激愤诱发群众不满心
态。厂里干部职工几乎一边倒地认为是公安执法存在过错和作风问题。

公安方面的调查组人员一一走访了局领导、王志中、邢钢以及刘文山案专案
组人员，分析了办案程序、办案审批以及调动警力的审批过程，认为公安在拘传

嫌疑人赵春月上程序合法但工作不细，例如，应当通知省政协常委会却因故未能通知；王志中亲率公安干警未经局内通气商量，动用县级警力，存在执法随意性大的问题；批准特警出动是经常务副市长柯明和公安局长李鸣同意，程序是合法的，虽有随意性存在但目前尚无法定审批规定。调查组查明：邢钢的执法证件由于行动匆忙换衣服时忘记，属于干警执法不规范应由个人负责。拘传赵春月的文书原件未能查到，怀疑被鑫钢工人在混乱中抢走。调查还表明：刘文山凶杀案至今仍无实质进展，而拘传赵春月是突破此案的关键，由于拘传赵春月，才引发了一系列的事态发展，这是问题的关键。

有一重要信息引起了孙奕的高度重视，市长贺庆生的通讯受到了市公安局的秘密监听！她把这个信息封闭了，没让再扩散。

第三小组的工作实际上仍是孙奕进行的。主要是综合分析，要在一二两块工作的基础上进行，要对各方面的线索进行归集，要重复走访一些重要人证，要在全面综合的基础上条分缕析，从政策、制度和原则上分清是非责任，并给该定性定责的地方提出初步意见。由是，孙奕又重点约谈了公安局长李鸣、副局长王志中，还专门去宾馆看望赵春月。赵春月的谈话是真诚的。她承认在自己家里曾商讨过应对可能被抓的预案，如躲避、上访或者找媒体发声，等等。

第六天，调查报告初稿形成，孙奕看后将三方面的负责同志叫到一起，进一步统一了几个关键地方的几点意见建议，经修改后孙奕在《关于鑫钢公司群体性事件调查报告》初稿上签字："请送市委政法委打印待报。"

市委书记靳强从省里回到市里，就看到了专门呈送的报告，他把报告快速浏览一遍，有了一个初步印象。又记起省委书记张瀚黎的一些问话，思考了一下，然后又把材料细细看了一遍。调查报告分四大部分：一、鑫钢事件的发生经过和产生的影响；二、围绕事件的五个重点问题调查；三、事件引发的思考；四、几点意见建议。靳强看完后在报告第一页顶端空白处，写下这段文字：

"报告比较客观地反映了实际。要点之处：一、事件基本上系偶发性群体闹事，无幕后策划；二、公安作风粗暴、违规执法、脱离群众问题亟须加强整顿；三、事件的根由：刘文山凶杀案，嫌疑人赵春月；四、调动公安特警要有办法；五、维稳工作、企业发展是当务之急。"

写下这些文字后，靳强又回忆了一下省里谈话后自己的心里所想，一个工作步骤便在脑子里清晰出现：第一，召集一个专题会议，讨论定性，举一反三；第二，适当时候，在公安内部开展思想作风整顿，甚至处理几个害群之马；第三，开展群众路线思想教育，进行社会矛盾大排查；第四，加强市级领导班子建设和制度建设。

第三天，靳强便召集了一个专题会议：一是对鑫钢事件进行汇报和讨论定性及处理意见；二是顺便传达一下张瀚黎书记的相关指示精神。虽然是个专题会议，但市委市政府的在家领导、人大、政协主任主席、纪委书记、组织部长、法检两长、公安局长、调查组成员等都参加了会议。

因为贺庆生带团参加"港洽会"，市政府柯明被通知回市参加会议。其实柯明已经知道有人给省委书记打了招呼，知道张瀚黎找靳强谈话，他原以为可能会给他交底，但又没等到，心中也有烦闷，就去了一个山区小县检查工作，顺便也躲躲暑热的天气，没想到刚刚住下却又接到市委通知，就匆匆赶回市里。会议主持人靳强宣布会议开始后，调查组孙奕用了近一个小时汇报了调查情况。

调查组的汇报大大出乎柯明的预料，明明是那么大规模的群众闹事，却被敲定为"一般偶发性群体性事件"；明明打伤干警推翻警车公然抗法，却说成是公安不规范执法和出警不当诱发群众闹事；明明是赵春月幕后操纵公然抗法却被认为是嫌疑证据不足、拘传有失当之处。这就等于把基本事实都推翻了，就等于全盘否定了他的措施和指挥！就等于给了他一个响亮的耳光！是可忍孰不可忍！

柯明一改往日沉稳练达的风度，在孙奕刚刚代表调查组汇报结束，就压抑不住地站起来说：

"我认为这个调查报告存在方向性失误！在几个原则问题上让违法犯罪找到了通道！"

尽管柯明的口气还是平和的，但这句话的分量，顿时让会议充满了火药味，也让主持会议的靳强陷入了难堪。其他参会人员有的相互交换眼色，有的假装低头查看手机信息。片刻之后，靳强说：

"同志们可以围绕报告发表意见，调查组的同志也可以补充说明。好吧，大家议议吧，各抒己见嘛！"

会议室出现了长时间的沉默。

终于一个声音响起，是市政协何玉峰主席。他说：

"我同意请柯明同志把他的话说完！"

大家投过来一片不同的眼光，但没有人再说话。

柯明第二次站起来，把身边的小型皮质公文包往右推了推，调整了一下自己，才又说道：

"我们的调查，必须站在维护党和国家利益的立场上而不是一味迎合群众诉求，必须鲜明地支持人民公安依法行政，必须把策划这次严重抗法事件的幕后黑手找到！否则调查就是失败！

"我所说的几个原则问题：一是这么大规模的群体性事件没有人策划和预谋不合情理也不符合事实；二是拘传赵春月完全符合公安办案程序，绝不应以群众意愿代替法律；三是抢夺公安人员枪支和推翻执法警车本身就是重大犯罪行为，如果不予惩处，谁还来维护法律尊严！四是对这一事件背后的复杂背景无一涉及，说明调查有欠深入。一句话，我不同意这个报告！"

柯明振振有词，让在座一些同志有些迷惑和紧张起来。一些同志为调查组长孙奕捏一把汗，心里说孙奕啊，你以为调查组长就那么好当？然而熟悉孙奕的却认为她虽然是个女同志，但干过司法，精明能干，绝不是吃素之人。于是会议室有些人私下议论起来。

这时，政法委书记、调查组长孙奕悄声给靳强书记说，可不可以把收集的录像带放一下？靳强原不想在会上播放，见会议陷入僵局，于是说：

"同志们，那就让调查组把收集的现场录像资料给大家放放吧。"

不大一会儿，常委会议室的多媒体视频上，便出现了几个片段的录像播放：

鑫钢大门前，警车出现，邢钢下车走向门卫……

可以看到邢钢的威风形象、颐指气使，门卫谦恭回话，但邢钢未予出示证件，命令门卫开门；少量人员出入厂区，周围环境平静。

群众开始聚集，端饭盒的秀发齐耳女工争辩，邢钢突然出枪，一伙青年工人围攻，枪被夺下，邢钢被群殴……

警车封锁大门，一名警官敬礼，群众让道，邢钢被抬出抢救。

视频中断，空白。

接下来是厂部会议室：会议室有七八人，赵春月进入大家等候的会议室，与王志中对话……赵春月王志中等人下到厂部大楼大厅……

视频结束。

大家收回目光。调查组长孙奕说：

"这是一段事发当日门卫和厂会议室的完整录像。调查必须从事实开始，这段录像告诉我们四个事实：一、邢钢自始至终都没有出具执法证件，并已查清，他的警官证因换衣服忘在家里；二、邢钢拔枪示警，引发群众夺枪和群殴；三、事发当初现场平静，群众聚集是在警车封堵厂区大门之后；四、赵春月从市中心医院理疗科赶回后与王志中在会议室产生了语言冲突。以上情况，均有调查的证人证言和相关取证。"

"那后来呢？后来发生的情况呢？"好几个与会领导向孙奕问道。

"后来，赵春月、王志中一行人来到厂部大楼大厅外面，见到已经聚集起来的一二百人，王志中遭群众诘问，尤其是王志中前任妻子当面控诉，更引发群众性混乱。鑫钢老总赵春月全力维护秩序，让群众理智让开通道，这时候大批特警赶到，现场人群越聚越多。接着大雨倾盆，群众在混乱中砸推警车，特警在大雨中抓捕五名工人并带走了赵春月。这就是后面的过程，但大楼外无录像资料，所有证人证词基本到位。另外补充一点：工人群众所抢枪支已在事发第二天由厂里主动上交。画面上涉及的抢枪人员系企业临时工，身份待查。汇报完毕！"

录像资料和孙奕的一席解说，仿佛让大家一同亲历了现场风波。与会的领导方才从这场事件中看出了端倪，感到了羞愧，扪心自问：如果你是厂里的工人，你将如何对待？

人大副主任丁旭说话了：

"我们现在的公安，就有一些不正之风，有个别欺压群众、狐假虎威、对人民群众横眉冷对的害群之马，我们做得不好，还能代表人民、代表党和政府吗？"丁旭是时下主持人大工作的常务副主任。

纪委书记章仪也激动了：

"我们要维护稳定，但首先是要从人民的立场出发来主持公道和正义，我们的一言一行都代表着党和政府的形象，没有公平正义就会损伤党和政府的形象。我的意见：闹事必须查处，但危害群众利益、知法违法者也要查处！"

大多数的与会者表示了赞同，有几个人仍在沉思。柯明此刻已明显坐不住了，低着头，死死地看着面前的笔记本。

市委书记靳强又分别征求了每位与会者的意见后发表了自己的看法，他说：

"我们大家都听了调查组的汇报，看了录像资料，进行了讨论分析，总的看，意见基本是一致的。柯明同志也是从大局出发谈的一些认识，只要是在会议上的讨论，都可以畅所欲言，有不同认识是正常的，我们都应理解。这次专题会议是围绕当前全市稳定方面的一件大事召开的，应当说达到了预期的目的。

　　"我个人认为，在事件定性上一定要实事求是，既不夸大也不缩小。尤其在涉及群体性事件的时候，必须从维护政权和保护群众的利益出发，准确把握事实真相，准确定性事件性质。就目前调查情况来看，尚没有发现坏人操纵蓄意煽动群众闹事和蓄意妨碍公务抗法的事实，所以我以为定为偶发性群体性事件是可以的，这样既好处理事件本身，也好向省委政府作出交代。但是对趁混乱中抢夺枪支、推翻警车的违法行为必须从严打击，依法处理。

　　"我个人也原则上同意调查组提出的几条意见，综合了大家的讨论，提出以下几条：一、迅速审定调查报告，及时上报省委省政府和省维稳办；二、抓紧在鑫钢召开适当规模的干部职工大会，通报事件和处理结果，迅速全面恢复生产，确保全年计划任务完成，并开展全厂法制教育活动；三、依据'疑罪从无'司法规定，由于证据不足，建议立即释放赵春月，对于已经拘留的五名闹事人员，根据违法情节，依法处理；四、公安局两名受伤干警，在做好思想工作的前提下，给予纪律处分并调整相关工作，同时在市公安系统认真开展法纪和思想纪律作风整顿；五、由市公安局拟报公安特警调用审批办法，请示有关方面后报市委批准。以上意见，亦供同志们讨论。"

　　靳强书记讲完之后，大家心里豁然开朗，想着这一重大事件如此处理，定性准确平息民怨，对上对下都好交代，尤其是保护了鑫钢这个全市的企业大户和纳税大户，而且从公安入手整顿干部作风合乎人心，显示了市委领导的水平，于是纷纷表示赞同。

　　靳强书记拍板后又附加一句：

　　"鉴于市长贺庆生同志在外出差，请由市委市政府两办分别按会议决定传达精神。"

　　这次专题会议，据说成了后来鑫州市处置维稳事件的一次经验，对改进党群政群关系、改进干部作风起到了很大作用。而且，后来鑫钢的发展也证明了市委处置的正确。在后来的全省维稳会上，鑫州的做法得到了肯定和推广。

153

市长贺庆生在香港参加完"港洽会"后的一腔兴奋让黎明的宴请砸了个无影无踪。他盼望着与妹妹秦岚的久别一叙，也因之而破坏了心情。庆生原想见到妹妹后再次商讨一下秦岚的未来，当然也隐隐地想说一些内心深处的苦闷，但他等了三天，终于见面时却遇上一个充满仇恨的家伙。秦岚竟然相约见面，是她原谅了黎明旧情复燃？是出于无奈想让他帮她更深地观察了解黎明？还是有意让他见一下自己恨了几十年的仇人？秦岚在宴会现场心情复杂很少言语，但最终站在哥哥一边，沉重地打击黎明表现出最后的绝情，庆生是深深感觉到了的。他没有后悔打出的一拳，虽然这一拳打掉了黎明的眼镜打趴了黎明，但仍解不了他对黎明的心头之恨！贺庆生是一个性格温良的人，不在极端情况下是能够控制自己的，但是他出手了，而且是豁出一切地出手了！他几乎没有考虑什么后果，脑子里充斥的是对一个伪君子的愤怒，是对一个无耻的官宦子弟、一个假共产党员不可压抑的怒火！他把这些凝聚在拳头之上，重重地打在了黎明那看似漂亮的脸上！

他至今仍不后悔！

那晚，秦岚拉着哥哥的胳膊大踏步走出酒店，走在维多利亚港湾的路上，足有十多分钟，他们在默默走路，谁也没有说话，任思绪各自流淌。香港多彩的夜晚已经冲却了一些不快，而兄妹相逢的感情才慢慢聚集起来。

终于，他们停在了紫荆花广场，望着夜空中霓虹灯闪烁的中银大厦，看着海港两岸灯火映照着的波光粼粼的海水，秦岚把头依偎在哥哥庆生的右肩上，动情地说：

"真美啊！维多利亚港湾！"

哥哥庆生沉思良久，终于说道：

"是啊，我们都需要有一片宁静的港湾！"

"哥哥您就是我永远的港湾！"秦岚停顿片刻接着又说："你呢？"

庆生不由得用右胳膊揽住妹妹的肩，说：

"男人，事业是战场；女人，才是男人真正的港湾！"

"接着说，妹妹听着呢！"秦岚道。

"我有一个家的港湾，也有一个女人的港湾！"

"但你的心灵深处，一直是一只漂泊的船！"

秦岚与庆生的对话在这里顿住了。两个人又都不说话了，仿佛他们相互听到了对方的心跳。一阵微凉的海风吹来，秦岚下意识地揽住哥哥的腰，把身体贴得更紧一些了。

庆生又说："岚妹，你回内地吧！"

"我会回的，但不是现在。"秦岚说道。

"今晚，让我见识了一个无耻之徒的嘴脸，看到了一个官二代的无耻！但尚未解气！"

"今晚，让我看到了同一代人的两个不同的灵魂，看到了你们共产党人的风骨！我为哥哥骄傲！我值得！"

庆生深知秦岚"我值得"一句话的深切含义，他说："岚妹，真太苦了你！"

秦岚说：

"不！真正苦的，或许是哥哥你！"

"这次一别，不知何时才能相见！"庆生有些忧虑地说。

"我会永远地想着哥哥，等着哥哥！"秦岚接着说，"给我一个晚上吧，好吗？哥哥！"

庆生正待回话，手机铃声突然响起。是市委秘书长的电话，报告了市委专题会议的主要精神和几条决定。庆生心里"砰砰"跳了两下，听完后说请转告市委靳书记，我坚决拥护市委的正确决定。

秦岚听着是市委电话，就知道应当结束这次谈话了，就说哥哥我们回吧。正说着又一个电话，市政府秘书长的电话，同样是汇报了市委会议精神，但又通知一件事情：等待半年多的美国、加拿大考察之行已获批准，正好后天赴北京办理签证。

庆生心里闪烁起一片亮光，他随即决定，明日启程从香港直飞北京办理签证并随团飞赴美加考察。

当庆生把秦岚送回宾馆，强压着内心的高兴与冲动，把妹妹的头抱住，在额头上深深亲吻一下，对着不舍离去的妹妹说：

"相信我们还会见面的！"

秦岚眼里顿时充满泪水，在灯光下闪烁出一泓泪光，深情地给哥哥说：

429

第三十章　正道沧桑

"我等着那一天！"

返回宾馆的路上，深夜的香港仍然车流不息、灯红酒绿，仿佛生活刚刚开始。看着这些，庆生心里想，这个资本主义的香港为啥这么繁华呢？一看表，已经是凌晨一点半。庆生忽然有些倦意，就在出租车上睡着了。

154 鑫钢公司老总赵春月在被拘第九天后释放了。说是拘留呢也不准确，因为一直在一个小宾馆里住着，差不多有三五次的询问，其余时间都是看电视和看书，只是不能走出去，不能对外通讯。这期间只有丈夫和三女儿被传来见过一面，安慰了她并说枪支已交公安。春月反而劝慰老公说我清闲几天也好，你们在家就辛苦些，没多久我就回去了。春月不喜欢看电视，她说打开电视都是无聊的搂搂抱抱的镜头，她不爱看。尤其对电视上搞的那套人工设障擂台赛意见更大，搞什么人工水池、危险跳台、危险穿越，纯粹是吃饱饭撑的，闲得没事干，资产阶级那一套玩乐！我们工人天天流汗，给社会创造财富，你们却在那里玩得笑得要死，我看见那一套就闹心就反感！这哪是社会主义的文化啊！这不是倡导人们荒芜斗志、嬉行于乐吗？古人说：业精于勤荒于嬉，形成于思毁于随。玩乐会把一代年轻人教坏的，嬉戏和玩乐会毁了事业和发展的！春月牙根发痒，想骂人。

审查询问的事，春月基本上是尽知尽答，核桃板栗一锅端出，问得烦了她就发火：

"刘文山的死关我屁事，你有本事破案，没本事了回家给老婆抱娃去！"

"谁组织了闹事你找谁去！只要有证据是我，我接受杀头不皱眉头！"

"我的预案就是上访、控告、找领导，当然也包含了躲避、保护、找媒体等，但我不可能设违法预案，因为我还有企业，我还要谋求发展！"

春月文化程度不高，少年时代当演员，后来几十年都摸爬滚打，做老板以后虽然有了个大学文凭，但那只能算是"买下的顶子"；春月真正的学识还是实践中学到的企业管理知识和她那天生的"闯劲"。她不懂得哲学但她深知处理一切事情必须对事情了然于心有所见识；她不懂辩证法但她深知每个事物之间总是有分有合，有共同点也有不同点，必须区别情况不同对待；她不懂领导学说，但她常说当老总既要学刘备对人"满围"，还要学项羽敢说敢干，错了自己担当。

其实春月是一位粗犷的民间"哲学家"。

这天接到被放回的通知后，她告诉公安干警："我不回去！你们给我定罪了我就不走了，定不了罪得给我说明白，我不会这么走的！"干警无奈，公安局派来一政委，做了半天思想工作，说这算是拘传，闹这么大的事，你是有责任的。但考虑到你是省政协委员、是公司老总，对你分外照顾没关禁闭。春月说那你关我禁闭好啦！但要给我宣布犯了哪条罪！还是不走。硬是待了两天，直到公安局长李鸣和政法委副书记亲自登门，好说歹说，李局长说我们公安上这种以拘取证、以捕取证的例子还多，既有刑事案件办理取证的特殊情况，也有工作不甚规范、让个别人甚至个别好同志受委屈的时候，还请春月老总多多体谅，甚至还暗示说他与贺庆生市长交情很深，就是贺市长知道了，也会这样劝她息事宁人，等等。后来还是春月想着企业生产，想着家里人焦急，方才答应回去。临走时她说：

"我的事没完，我等着你们给我恢复名誉的一天！"

春月回家一周后，市里就安排由驻厂工作组配合召开了全厂职工大会，市县相关经贸委、信访局、组织纪检和公安局负责同志专门出席。大会设有主席台，市县商议仍由春月主持会议，调查组通报情况，赵春月代表厂里表态和市县相关部门表态性发言。

早晨的太阳放射着霞光，天气不是很热。同样是企业办公楼前的大广场上，两千多名钢铁职工头戴安全帽身着工装，排着整齐的方队入场，纪律严整，俨然像一支待命的军队。大家静心地捕捉着主席台上领导的每一句话，在内心深处默默地祈祷着企业和子弟们的平安。市调查组组长、政法委书记孙奕通报了事件调查的主要情况、结论和处理意见，末了代表市委市政府向全体职工致以慰问并对鑫钢为全市发展做出的贡献表示感谢，职工大会全场欢声雷动，会场上响起"感谢市委市政府为民做主！""感谢调查组主持公道！""遵守法纪、维护法律尊严！"等口号，口号声有些杂乱显然是没有组织的群众性自发的心声。

人们在心底发出：还是共产党伟大，还是人民政府好！

这心底卷起的波澜，是工人们对党委政府的感激，是对春月老总的祝福和对企业未来前途的欢呼啊！人们交头接耳，不少男女工人流下了激动的泪水。孙奕眼眶有些湿润，如果不是政法委书记的职务，她或许也会像那些工人女同志一样大声地哭起来。她深深理解工人们此刻的心情，公正和理解最催人泪下！

春月一回来就粗略地算了一笔账，企业停产半停产的一周里，生产环节和流通环节产生的亏损每天少说在一千万左右，这样巨额的损失不会由国家承担，不会由政府承担，更不会由任何一个执法部门承担，然而损失是存在的，只能由企业往回补还。好在自己回来了，市委和政府主持了公道，没有再抓人，企业基本上稳定住了，抓去的五位工人，春月已安排了厂里的慰问和必要的家属工作，并提请公安给予从轻处罚。这次市委安排召开的全厂职工大会，无疑是对事实真相的最终认定，是对企业职工最大的安慰，是对护法和守法的最好学习，是对工人阶级的充分信赖和素质教育！也是对全厂恢复生产秩序、推进全年生产任务完成的一次动员和鼓劲！

西水县县长姚琪代表县委县政府表示坚决拥护市委决定，竭尽全力维护社会稳定，全力支持鑫钢公司快速发展。

职工大会稳定了企业，鼓舞了全厂，也算是给了春月一个正名，赵春月用毛巾抹着不停流出的泪水给孙奕说：

"感谢市委！感谢孙书记！我给组织添麻烦了！"

春月在遐想中突然回过神来，县长请她代表公司讲话，春月走到主席台前，先向职工们深深鞠躬致谢，会场上响起热烈的掌声。然后，春月走向主席台侧的发言席上，对着麦克风，用她那略带虎虎生威的口吻平静地说：

"全厂的干部职工同志们：赵春月打内心感激几千名职工战友们！打内心感激鑫州市委市政府，感激西水县委县政府的所有领导！打内心感激市委调查组的领导和同志们对党的忠诚、对人民的深情和对工作的认真！"

全场又响起热烈而长时间的掌声！赵春月接着说：

"我和我的战友们坚决支持和拥护市委市政府关于鑫钢事件的定性和决议！这是一次正义的胜利，是一次人民的胜利，更是党和政府实事求是的胜利！我们虽然受了委屈，但我们经受了法制和纪律的考验，我们接受了教训，提高了民主素质；我们虽然有了巨大的损失，但我们一定要有信心，尽快把损失弥补回来！

"我们是民营企业，但我们的工人都是社会主义的工人，我们是新时代的工人阶级！我们的目标是前进和创业，今天，我们的口号是：脱皮掉肉，补回五千万；万众一心，谋求新发展！促西水经济，给鑫州人民再做贡献！"

……

整齐的掌声，有节奏的欢呼声，似乎在奏响着一支迎接新胜利的交响曲。赵春月胖胖的身体有些颤抖，嘴瘪成了豆角；县长姚琪激动地满脸红涨；市政法委书记孙奕，眼泪终于簌簌地流了下来，她没有用手擦，只在心里说："今天，我才更深地感觉到，党还在人民心中！"

155 鑫钢事件专题会议上，柯明迫不及待的发言暴露出政府领导班子内部主要领导间的分歧和矛盾，多数人不知内幕也听不出什么问题，但市委书记靳强和政法委书记孙奕却听出了弦外之音。孙奕是一位外表温柔但内心刚强认真的人，柯明那种武断和咄咄逼人的口吻和推断，让孙奕自尊心受到了刺激，心想你不尊重我可以，但你得尊重事实、尊重客观啊！她平时对柯明的为人和工作水平有所耳闻，但由于没在一块儿共事过没有切身感受，这次会上的冲突使孙奕对柯明的年轻气盛和骄横有了具体认识，更对柯明语言背后的用意产生了疑虑。她一直在思考着应不应该把调查过程中发现的市长贺庆生同志被监听的事报告给靳强书记，她当时封闭了这个情况就是多了一层留心，怕弄不好影响到政府团结不说，还会把市委牵涉进来。她对柯明的背景多少有所了解，也不愿在班子里得罪柯明。专题会上，靳强书记的发言和最后的决定，使她再次动了汇报的念头。她感到柯明与贺庆生似乎有更强的争斗，又似乎还包藏着更深的机巧，如果不把这个情况报告给书记，既是对工作的不负责任，更是对班子中一种不良作风的支持和放纵。

于是在专题会后，她抓紧对报告进行了修改，然后亲自将报告送给靳强书记审定，她望着靳书记说：

"有一个新的情况，我觉得必须给书记汇报。"

靳强把眼睛从材料上移开，定神看了看眼前的这位美女书记。他原先对孙奕的一些看法，通过这次调查组的工作和报告才形成了一个整体，他对这位女书记的认真工作是满意的，其实从他写在第一稿报告扉页上的文字就可以看出他的认识和赞同，只不过孙奕并不知道。他也从柯明的发言中听出了一些味道，但愿意更多地认为是年轻人的不成熟和缺少工作经验。此刻，孙奕有什么问题呢？

"孙奕同志，有什么就直说，不必有包袱！"靳强说道。

"在调查公安局工作程序和刘文山专案工作中，我们发现公安局监听了市长贺庆生同志的通话。"

"啊！"靳强一惊，随即问道："有多长时间了？公安局李鸣知道吗？"

"这一情况暂时未作深度调查，只我自己发现后做了保密处理。"

"你怎么看这个问题？"

"联系专题会上的情况，我估计应该与柯副市长有关。而且当我们发现后，公安方面表示是有关领导要求的。"

如果说靳强原先并未对刘文山案的复杂性看那么重，那么这时他已经认为此案有些棘手；如果说他原先对柯明还有好感，那么这时他就在心中打下了一个重重的问号：这是为什么？

靳强思考良久，对孙奕说：

"你秘密调查一下然后告诉我，注意慎重和方法！"

孙奕有些不情愿地接受了书记指派的任务，说："好！我按书记的指示办，必要时您得给我撑腰啊！"

靳强书记轻轻拍一下桌子：

"放心，这还是共产党的天下！"

柯明突然有些后悔在市委专题会议上的贸然出击。他原想这次会议一定要给鑫钢事件定个调子，一旦确定这是一次有预谋、有策划的抗法事件，那么收拾掉赵春月不说，追究事件后面的背景和后台，就足以将贺庆生赶下台。而且这次会议讨论恰逢贺庆生不在市里，一旦形成最后的结论意见他也难于否决。柯明想充分利用这次专题会议形成有利态势能稳操胜券，不料调查组抛出的报告却是为鑫钢事件开脱罪责，使他一下子热血上涌，头脑发胀，竟没能沉得住气。慷慨激昂的一席话甩了出去，却把自己明显跟孙奕的观点对立起来，再加上几个录像片段，激起了大家对厂里闹事人群的同情和对公安方面的不满，一下子把自己推到了十分尴尬的境地。这时候退显然是来不及了，只能顺势利导，看情势再说。所以在靳强书记给他打圆场敲定最后几条决定后便再未表示反对意见。

接下来的几天里，柯明烦躁不安，坐在办公室里，谁来电话都烦；有人来了，不管是汇报工作请示问题或是找他办事，柯明都是阴沉着脸，并不说话，让来人摸不着头脑，自觉没趣而告退。

突然间一个熟悉的电话号码来电，这是雨晴的号码，柯明正在烦躁，你个小婊子又找他妈的啥事？他略一思索，抓起话筒，里面传来一个熟悉的娇甜的声音：

"柯市长您好！还不至于就不接我的电话了吧？我是雨晴！"

柯明压了压心里的烦乱，压低了嗓音说：

"知道是你啊，有事就说吧！"

"市长大哥啊，您答应帮我调动工作的事要拖到何年何月啊？"雨晴的话中夹带着不满。

"你再不要找我了！我不是已当面告诉曾伟了吗（他其实是托给的林一）？你今后就找他……烦人！"柯明不经意间说出"烦人"两字时，自己也吃了一惊！

电话那头，瞬间断了声音，过了一会儿，才又响起声音：

"好吧，谢谢大市长！我再也不会烦你了！"

电话挂断了。柯明却把电话筒拿在手上，一任电话机"嘟嘟"地叫着，好一阵子才扔下了电话。

要让柯明轻易服输那的确不是他的性格。柯明是个很自信的人，他也下过乡，虽然已经是上山下乡的尾期了，但他还是去锻炼了两年，也吃过一些农活的苦，尝过一些底层生活的艰辛。柯明也进过工厂，接受过产业工人的素质熏陶，后来又上大学，工作后多岗锻炼，也任过一段县委书记。要论本质，也还真说不上坏。只是这些年里，官场跑要成风，不跑不要上级不知道，工作再好也是白搭，光干工作不行，得长心眼儿、找门道。想起这些年里自己的上升历程，有努力的成分，但也不乏借力和机巧的成分。从组织部副部长一步上到县委书记，就是上级组织部某首长的关照；任县委书记不到两年又升任副市长，同样是既有关照又有机巧。现在干部们有个口头禅：

"干得好不如干得巧，工作强不如跟人跑，抓机遇不如撬领导！"

这其中"撬领导"的"撬"字，是官场奥妙。就是说你当了科长，就要敢于盯着副处职位，有空你好补。当了副处级你能把你的正职领导"顶"上去或"撬"下来，你也就有了晋升的可能。但越往上升，从正处到副厅，从副厅到正厅，乃至于到副省、正省，那就一级比一级难。但不管怎么难，"顶"或是"撬"，仍然是基本秘诀。能"顶"上去的，说明这个副职与正职配合得好，正职心领神会，也拉兄弟一把，这种情况最好，互不为仇，皆大欢喜。但实在"顶"不了的，要挤掉他或者"撬"下他，就要颇费周折，要精心算计，寻找对方纰漏，或旁敲侧击，溃堤于蚁穴；或设障设陷，让他跳进去或把他推进去，以达目的。当然这样做是会担些风险的，弄不好会两败俱伤。怎么不显山水又能置对方于死地，就是一种斗智斗狠的心智角力了。心慈手软，干不成大事，就是失败者；只有心计足，下手狠，才能成功。成者王侯败者贼，差不多是历史规律。想当年项羽力拔山兮气盖世，但就败在哥儿们义气。

柯明或许正是在这个逻辑点上进入的，而且一旦进入这个误区，一个正常的善良的人就逐渐变了；一旦进入这个魔区，就使得千年官场充满了生死博弈、血腥污秽，阴谋诡计，也才使得千年历史跌宕起伏和扑朔迷离起来。

佛教说"苦海无边，回头是岸"。又有哲人说"宦海无涯，回头是岸"。其实都说的是一个意思。但有多少人能"回头"呢？而现实中利益的驱动和诱惑，却驱赶和鞭策着人们永远向着没有尽头的大海游去。

一阵强烈的躁动不安和心烦过后，新的思路和办法又在柯明的脑子里活跃起来……

156 几年的风调雨顺，使国强公司的实力陡然上升到新的水平。应该说，国强夫妇拥有的资本实力已经超过三个亿，也有人算过说光在江边黄金地段开发的几个楼盘少说净利润也有两个亿。这些尽管都是传说，但人们感到这几年房地产开发商是赚了大钱的。因为他们只需要从政府手中拿到地，怎么做都有利：土地地价打入成本，楼盘只要一被批准建设就可分期拿到客户上缴的预购金，开发商还可以从原材料购进的每个环节连拖带赖，也享受一番公务员吃拿卡要的"乐趣"；而相当一块资金是从国家银行贷款来的，开发商与银行俱荣俱损。当然，税是必须要缴纳的，政府拿到的土地收益和房地产交税占比越来越大，所以政府必须得保护房地产开发，而房地产开发越来越顽强，竟能一再抗衡政府的调控政策，越来越明显地"玩转"政府，倒是今天的一大奇观：按揭楼市空置率越高，楼市房价愈高！

老百姓是聪明的又是糊涂的。

糊涂人说：你把土地控制住不就得了！你把房屋预购彻底闸死看开发商不露馅儿才怪呢！

聪明人说：你看现在投入什么能够升值？房地产刺激经济发展，又能帮老百姓以钱赚钱。

　　谁说的对呢？还是更多的老百姓说：我一年挣四五万元，买一套房子得百余万元，二三十年嘴要挂起来的，怎么活啊？这是事实。

　　房地产开发的风头转向中小城市后，更为激烈的竞争反而使得国强公司这种中小企业感到危机加重。一批更强乃至于全国有些名气的大公司进入鑫州，让国强公司感到似乎末日当头。

　　国强也发现，雨晴这两年虽然帮公司又拿到几个项目，但都是竞争力弱的、地理位置不好的项目，且多是旧城改造，费事费力，光跟拆迁户打交道就弄得你一两年进展不了。甚至为拆一个钉子户，有时不得不动用一些非正常的手段，例如断电断水，甚至雇社会闲杂人员上门软磨硬缠，等等，差点没学有的公司把人家老头老太太扔到野外一夜间推平旧房的卑鄙手段了。

　　国强慢慢发现，雨晴的心思也不在工作上了。雨晴更爱打扮这能理解，也可以满足；但雨晴常常无故外出，乃至偶尔发现她夜不归宿，这却是国强不能容忍的。他完全信赖雨晴，也想把雨晴培养成为他事业的左膀右臂。但雨晴的变化令国强逐步担忧起来。后来他终于在一条手机信息中发现，雨晴跟常务副市长柯明竟然有了一腿，这使他大为吃惊。刚开始他想绝不可能，仅那么一次酒席交往就有了那么深的关系是不可能的，但事实胜于雄辩，雨晴接到的信息上明明写着：

　　"今晚八时，西海大酒店——○一号，等你！"

　　这一晚，雨晴彻夜未归。

　　后来国强曾悄悄跟踪过两次，结果是雨晴去了市政府，很快就回去了。一次是晚上去了宾馆，但十一点也回家了。国强一想人家真变了心你能跟踪有用吗？便与雨晴谈了一次，雨晴说你冤枉我了，便眼泪婆娑。国强一见女人的眼泪就觉自己愧对她，又加倍信任雨晴，更好地待雨晴。

　　这期间丁楠已经俨然成了"贵妇人"，她一身的珠光宝气，一块手表二十多万戴在左手，同时还又戴一昆仑玉镯，一件衣服随便几千上万元，买下时毫不吝惜。

　　除了外出旅游和邀友打牌，丁楠在私生活上倒还检点，也可能是多年前与马魁偷恋吃亏上当的教训，也可能是五十左右的女人性感官减弱，总之丁楠是没有花草之事，国强放心。但国强自己与雨晴的勾当，丁楠知道也阻挡不了，何况现在商界哪个老板没有几个情人？雨晴也算尽力为企业工作，立下汗马功劳，只要

第三十章　正道沧桑

看得过去，眼不见心不烦，也就罢了。再加上儿女都已长大，正在上大学读书，占去了丁楠很大一部分精力，于是便与国强相安无事，各管各的。但丁楠把家底弄清了，把家里大额资金的存票都牢牢控制，她知道，掌握了资金就掌握了国强，掌握了资金就掌握住了自己的命运。

雨晴在那天晚上陪外商喝酒，一是台商躁，有意挑衅喝酒；二是柯明逼迫让给代酒，所以喝得多了些，但按她自己的把握，喝上一斤白酒还是没有问题的。当她迷迷瞪瞪被人搀扶回房间后，就很快入睡了，心想我睡着了看你柯明把我咋办？不知过了多少时间，雨晴神志有了些清醒，感觉到自己被拖着，一只什么绵软的东西在身上滑动。她突然惊醒起来，朦胧的灯光里果然有一条白森森的狗，定神一看，马上感觉是人还迅速感觉到这是个男人，正在低着头伸出舌头在自己身上贪婪地舔着。雨晴下意识摸了一把裤头，下面光光的什么都没有，再一看胸前，已是白花花的一片，只两坨乳峰高耸。

雨晴知道坏了，她急得一下直起身，才看清是经贸委那年过半百的主任林一，光着大腹便便的身子跪伏在床上，小心翼翼地用嘴巴轻轻地一寸一寸地亲吻着一具洁白的肉体，仿佛怕这具圣洁的女神惊醒，更仿佛是在那个肥胖的躯体中集聚着冲锋的能量……

"啪"的一记重重的耳光掴了过去。雨晴看清楚了，忽然间怒火中烧，感到了莫大的屈辱。她一个耳光正中那经贸委主任胖乎乎的脸上。林一一下子从那匍匐着的草丛里、那光洁而美丽的山丘上惊跳起来，接着以一具沉重的身躯压在白色的山丘和沟壑上。突然的刺激使他像一座山峰倒塌，却听到了一声令他惊颤的声音：

"立刻爬起来滚出去，否则让你身败名裂！"

这是雨晴咬着牙的声音。

"宝贝，你千万别喊！柯市长把你交给我，我会让你高兴，为你办事，叫你满意的，好吗？"林一发出乞求的对白。

"你必须立刻滚出去！否则别怪我不客气！"

林一一边起身，摸来衣裤边穿边说：

"好！好！我也没有占你的身子。但既然已经睡在了一起，你也就认了吧。而且我还要为你的事帮忙呢！"

雨晴找到了胸罩、内裤迅速穿上，又跳下床迅速穿上裙子衬衫。见林一已经穿戴整齐，这才又说：

"你可能把我看成妓女了，但我告诉你，我雨晴绝不是一只任人抛掷的破鞋！我有尊严！"

接着说：

"你走吧，不要等着我高声赶你！"

"好！好！你个小姑娘还不知天高地厚，要知道你一旦惹翻了我，你会有什么下场！"

雨晴抓起一只茶杯，连杯带水朝林一甩去，林一衣服被茶水打湿了，杯子掉在地上竟然完好无损。林一迅速拿上手提包，说声"你往后看！"便悄声溜出了房间。

这一夜，雨晴死死扣上了门锁，却再也没有人骚扰。雨晴终于明白，柯明玩了自己，现在又把她甩给了林一，自己不过是一个被随意玩弄的角色，是一个根本不被尊重的人，是一个随意可扔的破瓷器。雨晴深感受骗，深感悲哀，深感屈辱。眼泪不停地流下来，打湿了被子。

直到天色微明，雨晴把哭肿了的眼睛洗洗干净，在脸上抹了一把油脂，没有化妆就走出宾馆，迎着黎明的晨曦，打出租车消失在街道尽头。

回到家，雨晴终于将这一幕哭诉给了国强。国强气极，怒目圆睁，双手发抖；又像吃了酸枣，恨得咬牙！但他还是原谅了雨晴，他抱住扑在怀里的身子说："好了。你有今天这个举动，我原谅你，更喜欢你！俗话说君子报仇，十年不晚，我会给你报仇雪恨的！"

第三十一章　峰谷回响

157 在香港国际机场，秦岚依依不舍地给哥哥庆生送行。庆生看着秦岚发红的眼睛怕她流下泪来，就说这里风不小，吹得人眼睛发酸，秦岚勉强笑了笑，说："这个机场叫赤腊角机场，人们到了这里容易流眼泪，所以又称'吃辣椒'机场。"

庆生听了说："那妹妹今天别再吃辣椒了！"

反倒是庆生这句笑话，让秦岚含着的泪水终于流出，秦岚拉着哥哥的胳膊悄声说：

"真不想让你走！"

突然间一股悲怆的情绪袭上心头，庆生越来越感觉他欠了妹妹秦岚，一个弱女子半生漂泊，却以一片童贞的痴情等待着异母的哥哥，而自己既无力帮助妹妹走出新路，又不敢越雷池摆脱羁绊。虽为内地一官员，却无能为力帮助妹妹。貌似男人，枷锁加身不敢自卸，一种无名哀伤油然而生，只是给秦岚说：

"岚妹，我们还会见面的！"

秦岚看出庆生内心的伤感，一泓清泉在眼中闪过，她望着庆生说：

"秦岚永远相信哥哥，我等着你！"

机场一别，贺庆生匆匆直飞北京办理了签证，返回鑫州安排好当下的工作任务，给书记靳强汇报了一下港洽会招商情况，三天后又从北京出发，随省府一副省长带团飞赴美国加拿大进行工作考察。

当考察组一行从太平洋中的夏威夷，飞到美国西海岸的旧金山、洛杉矶到首都华盛顿，往东去费城，到达东海岸的纽约，再飞赴加拿大多伦多市，不觉间十余天一晃而过。一幕幕的景观，没来得及消化的感触和收获，为数不多的几次公务活动，一路的学习和风土环境，让贺庆生应接不暇。他们在"走马观花"，但也不乏眼界大开和某些细处的观察。贺庆生每天都写下当天的主要见闻和收获，每天都在沉淀一些思考，他并未像国人评说官员出国"上车睡觉，下车尿尿，见了景点拍照，回来啥都不知道"，而是在细心地观察，对比分析，理性思考，甚至努力进行着东西方文化的探究和比照，他不放弃这次考察的极好机会，把大脑开足马力，进行摄录剪辑和评价，一些思考逐渐形成和清晰起来。

在飞回北京的途中，贺庆生趁着尚未在脑海中冷却的思考，一口气写下了考察纪行文章《大洋彼岸的思考》。这篇文章后来在《鑫州日报》发表后引起较大反响，尤其是文中对中西方政治经济文化特征的一些比较，对中国改革开放与西方世界相互影响渗透的分析，以及学习西方务实创业精神、国民民主素质和存在弊陋的思考等方面，产生了较强的共识，也让省府带团领导对贺庆生有了较深刻的印象。

八月下旬，贺庆生随同省府考察团顺利完成考察任务，返回北京。当天，贺庆生接到靳强书记电话，说省委决定，免去其市政府市长职务，调任省文化厅任党组书记。文件顺即下达。

接到电话，贺庆生一时有些诧异，脑子"嗡"的一下有点转不过弯来，感到太快了。但随即也就释然了，他觉得应该有这么一天，不过来得太早了点，甚至有点突然，让他多少有点猝不及防。当晚，贺庆生连夜乘飞机回到 S 省。第二天凌晨五时，他乘汽车回到离开半个月的鑫州市。

此时，东边天际正透着朦胧的晨曦，启明星尚能看见，这颗夜空中永远最亮的星，会在朝阳升起之前悄悄退去。

贺庆生的调任，其实是偶然中的必然。

一个多月前，省委接到了鑫州市委关于鑫钢事件的调查报告，几乎是同时，办公厅、省组织部和省信访局接到的反映贺庆生问题的信件也被放在了省委书记张瀚黎的案头。

面对这两个同时到达的材料，张瀚黎书记首先细细看了《鑫州市钢铁公司发生严重群体性闹事事件的调查报告》，他对报告中的事实经过发生、矛盾冲突分析、事件性质定性、事故责任的确定，以及处理意见、文字表述的准确、思维线条的清晰、整体框架结构的合理，暗自表示了赞赏，认为是一篇好的调查报告。同时，张瀚黎也为鑫州市和靳强书记处置这一事件所站的高度和用心表示了赞同。是啊，如果定性为暴力抗法事件，则很有可能引发更大的群体性对抗，经济损失不说，最根本的是庇护了我们执政中的弊陋和问题，更严重地破坏与人民群众的血肉联系。这样做，既要承担省里乃至中央问责的风险，还将给鑫州稳定留下很深的遗患，那就得不偿失了。事件和当事人处置必须稳妥，要严防新的不稳定事件发生。鑫州市的处理意见建议，既显示了市委处理重大问题实事求是的水平，又保护了市里的维稳成果和经济发展。作为领导，也不失为一高水平棋局。张瀚黎脸上有些喜色。

接着，他又看了反映贺庆生几个问题的信件，尽管信件文字粗糙，内容明显有罗织之处，但还是认真看了。信件有直接寄发给他本人的，有寄省组织部和省信访局的，主要反映五大问题：一是贺庆生在政府工作中畏首畏尾，过分看重农业工作，开放气度不够，不足以承担市长之责；二是贺庆生在政府人事安排中有任人唯亲问题，例如提拔秘书方卓英等人；三是贺庆生与老板和开发商有暗中勾结、收受贿赂嫌疑；四是贺庆生暗中支持表姐表弟操控钢铁、房地产业，以权谋私，是鑫钢闹事事件的后台；五是贺庆生有男女作风方面问题，与女记者有染，等等。张瀚黎一边看一边在做着肯定和否定的选择，有些他一看就明白是中伤，但有些反映，比方说支持亲属方面，他感到也有可能贺庆生会给表姐弟们以照顾和支持，要不他们怎么会迅速发展？恐怕不排除某些问题。于是眉头便又重新皱起。凭着对贺庆生的直觉，他认为这是一个有基层工作经历、人品正直、事业心强的好干部，那么为什么总有些反映呢？而且这次是在鑫钢事件报告送交省委的同时又有信访反映，说明什么问题？这其中是否会有幕后背景、干部竞争？张瀚黎似乎看出了这中间的一些机窍。撇开这些不说，贺庆生的亲属在当地对他工作的影响这是需要组织上考虑的问题啊！他又记起最近干部问题上组织部积压了几名没能安置好的，省长秘书也已酝酿过，这些都需要一省的书记权衡各方、统谋思考啊！

张瀚黎在信访件上写了"已阅。相关反映请省组织部敏儒部长阅处。张瀚黎×年×月×日"。干部需要培养教育，但也需要保护成长，绝不能轻易就否定一个干部，也要防止干部不警惕出问题。签完字后，一个思路在脑子中形成。他在办公室来回踱了几步，随即，拨通了组织部长王敏儒的电话：

"敏儒部长，关于贺庆生同志的反映信我已作了批示。我这样想：是不是考虑给贺庆生同志在省直厅局安排一下，离开那个是非之地，也是对干部的一种保护嘛！你们考虑一下，拿个通盘意见。"

电话那头，省组织部长王敏儒连连应诺：

"好，好。我们按书记指示办，迅速拟个初步意见！"

一周后，省组织部经过初步了解，认为反映问题多系捕风捉影无具体事实，应予否认，对于非直系亲属经商尚未发现有以权谋私和收受贿赂问题。但鉴于贺庆生系本地籍干部，确有需要回避交流，因此提议免去贺庆生市长、副书记职务，调任省文化厅任党组书记；鑫州市市长由省长原任秘书、现政府办公厅副秘书长朱启东提拔担任。

在调任贺庆生的职务上，事先省组织部与鑫州市委靳强书记原则性地交换了意见，而且说尚未定论。但省常委会议讨论之后，靳强知道贺庆生调任文化厅党组书记时，心里就有了点小小的疙瘩，认为有些亏待了庆生。这也许是与庆生搭档几年的缘故吧。省委会议通过后，靳强想透个信息给庆生，让庆生也能活动一下，但贺庆生说服从组织这是一辈子的纪律，他从不为个人的事找组织，尤其在任职上，组织定了自己毫无怨言。

在中国，官员的命运一般是掌握在上级手中，这个上级，决定着所辖范围中各级官员的升降，有着绝对权威。上级，就是中共一级级的组织，这个组织是以铁的纪律和对中央绝对服从为宗旨的。

这个组织，要求自己的党员和各级的官员，必须以为人民服务为天职，处处依靠人民、代表人民，而绝不能脱离人民、欺压人民。这就产生了一个实践问题，各级党的组织必须掌握在忠于党、忠于国家、忠于人民的好干部手里，而这个人谁来选定？是由他的上级来选定，还是由人民来选定？而人民又是众多的，如何集中起人民的意愿？

于是产生了各级为期五年的党委、人大、政协的代表会议，由这些选出的人们来掌管组织，领导社会。这其实是封建社会解体之后世界各国大体的管理制度和模式，是社会民主化进程的必然结果。

然而问题在于，任何一个国家的体制都离不开它所产生的基础：经济、政治、文化和历史进程。尤其是文化的影响，往往具有天然的滞后性。封建王权意识、特权利益作用、家长意识裙带观念等这些潜伏于人们心灵深处的文化传统并不会随着社会进步很快消失，也不会因为一个政党的目标理念先进而不受影响。这样便产生许多的不和谐音、许多的旁门左道、许多的官场混乱。尤其在中国改革开放以后，各种思维交汇交织、沉渣混杂，利益驱动利益诱惑等使得国家、政党、民众、组织和体制面临着新的情况和新的选择。

158 春月的腰椎又犯病了，她只好将手头紧张的工作交给副总张立本和界生他们，回到省城医院诊治。腰椎这个病是个慢性病，要不了命，但疼起来腰都伸不直，动都没法动。治疗的办法一是推拿，二是手术；理疗不能根治，手术却有较大风险。两个方案一对比，春月宁肯长期受疼却不愿冒险手术，只得采取牵引推拿疗法，倒也能临时奏效。最近听说省城附近的临阳市有个"神推"，只需做过检查确诊后，你平躺俯卧，"神推"在脊背上找准部位，聚"神力"于掌部，重重压下轻轻提起，只听得轻微的"咔嚓"一声，腰椎疼痛立即全无，患者立马下床走路，精神焕发。传闻神乎其神，春月已打发女儿王戈前往探访，果真如此，她必前往一试。

这几日秋天已至，"秋老虎"已经撤尾，早晚天气凉爽，但树木依然郁郁葱葱，只是偶见几片黄叶。尤其是那碎叶秦槐，树上一疙瘩一疙瘩的槐花已经结籽，一片片金红色在绿树映衬下格外夺目，方显出秋日的烂漫。这天病痛减轻，春月在三女儿王昕的陪同下，走在医院绿树成荫的大道上。

两年多里，春月经历了几次大的打击：企业员工韦娜之死及家属抬尸闹事，部分买断工龄人员上访要求复工，与公安人员冲突酿成鑫钢事件，自己无辜被抓拘留，企业停工造成巨额损失，紧接着是表弟庆生调离……春月最为痛心的是，自己为了家乡鑫州的发展几乎把全部精力投入到鑫钢，结果竟然屡次被当作嫌疑人传唤拘留，造成企业的巨大损失，造成声誉上的巨大不良影响；尤其是，在客观上影响了表弟贺庆生的仕途，使正处上升期的贺庆生被牵连调离。表弟有什么错啊？他一心为公，一心为鑫州发展，他本可以接任将来的市委书记更好地服务故乡、更好地发展和成长啊！但却由于我的嫌疑，特别是鑫钢闹事的影响，使得表弟壮志未酬离任鑫州，去省里一个文化单位。可惜呀！这都是我的原因，都是我的罪责啊！想到这里，她给身边的女儿王昕说：

"给你庆生表舅打个电话，如他在省城，请他这几天抽时间来医院一趟！"

说曹操曹操到。春月手机响了，一看正是庆生打来的，就接着电话说："表弟啊，鑫州人说是乌龟王八到，话丑理端，我刚还让王昕给你打电话请你过来呢，你电话就来了。我俩就当一次乌龟与王八吧！"

"好啊！乌龟王八本是一家，庄子说'楚有神龟'，我们也算楚人后裔，就当一次神龟吧！"电话那头的贺庆生巧妙地把乌龟王八的土俚之语转化为"神龟"，可能是他记起了曹操的《龟虽寿》，此时，他也正好到了曹操写诗的那个年龄。

"哈哈！表弟是神龟，老姐我是土龟！神龟弟弟想已到职了吧，也不见来看望一下老姐！怎么样，今天有空吗？"春月说道。

"我正准备上午去看一下表姐，但这会儿又有人来，这样吧，我晚上八点一准儿去看你，老姐等我吗？"

"别说八点，就是十点、十一点、一个晚上，老姐都等着你！好，一言为定！"

他们约定了见面的时间和地点，挂断了电话，春月抬眼望去，只见空中白云朵朵，蓝天深远，不由得有了些宽慰。

贺庆生接到省组织部王敏儒部长的谈话通知后，当天晚上就赶往省城，准备着第二天一上班王部长接见谈话。贺庆生知道这是例行组织程序。

当晚，贺庆生去看望了自己熟悉的老领导彭一民。他是想去老首长处汇报一下新的工作任职，想请老首长帮助分析一下目前的处境，对未来给一点指示。庆生越来越觉得，我们党正是有了这样一批忠心赤胆、富有经验、承前启后的老同志，才使得党和国家这个航船乘风破浪向前进。所以一到工作转折时期，他就自然地想要给老首长做点汇报聆听教诲。

由于中途堵车，贺庆生见到老首长彭一民时已经夜深。但彭一民仍在办公室读书，专候着庆生。看着时钟已敲响十一点，庆生说老首长我太抱歉了，让您久等了。彭一民也看了一下钟表说：

"人静夜深，正是思考问题的大好时光，我不到一点是睡不着的，正好等你啊！"

庆生不待寒暄，简要地给老首长汇报了一下这一段抓工业和招商的工作，自己的一点收获和体会，然后不无遗憾地说了自己工作的调整情况。

彭一民静静地听着庆生的汇报，没有一次打断他，直到庆生觉得自己应该停止。这时候彭一民才说：

"你的调整我是本周刚听说。严格地说，是个失误！"

彭一民停顿了一下接着说：

"你是一个务实的同志，在你们鑫州的具体环境下抓工业不忘农业、抓开放注重环境、抓城市带动农村，不论思路还是工作我认为都是对的。这是你们市委市政府的工作成绩。但你有几个方面的不足：书生气太浓，这在官场是一大忌。只顾工作不搞关系是对的，但不善处理各方面关系却又是个性上的不足。我曾对你说过要把握身边重要情况，了然于心，运筹帷幄，这样才是成熟的领导，这方面你做得不够。另外，个性稳重、不事张扬也是对的，但今天许多领导喜欢敢于争抢、敢于闯创的人，这点于你也是需要弥补的地方。

"我说的失误，是调离你的根本理由不足，你是在边远省份成长起来的干部，与本地虽有牵连但无人事上的根根绊绊；你是务实有为的干部，也正处在鑫州上升的时候，这时调整会损失于地方。再则，关键不在于是否是本地干部，而在于用忠心耿耿于事业于人民的人啊！以本地为理由，那中共总书记岂不是要在国际间交流了？所以，交流不是目的，而是为了巩固权力！"

贺庆生竖着耳朵，想一字不漏地记在心里。他见老书记顿下来，就试接着说了一句：

"我对复杂情况把握不足，总是以单纯善良之心对待事物，也是一大缺陷！"

彭一民听了，叹了一口气说：

"真善美本是中华民族的传统美德，但现在我们自己在糟蹋这些美德。孔夫子几千年的礼教我们打翻了，多年来马克思主义的学说我们不信了；中国土生土长的毛泽东思想，我们忘记了；当代的理论我们怀疑了。我们还有什么能够支撑思想的东西？可以说我们正在经历一个可怕的思想沙漠化时代！这就是当今中国思想上巨大的误区！没有了美的追求就没有了理想，没有了理想就没有了未来，可悲呀！但我们一些领导干部似乎并没有认识到！

"理想、追求、道德和信仰的缺失，是造成当今中国思想混乱的表象理由，而真正的根子是在今天这个经济体制中的。利益和诱惑强奸了美德和善良，贪腐和物欲冲击着党的肌体和社会道德的底线，于是正义和良知蒙羞，阴谋和腐化结盟，形成了今天非常复杂而奇特的社会现象，你一不小心，就会上当受骗，就会掉入陷阱！"

贺庆生听得内心波澜迭起，这位没有上过大学没有学位文凭的老领导，却是在引经据典地侃侃而谈：

"民主是对封建主义的反叛，是资产阶级发明的东西，它是资本主义的产物，又是资本主义的发展。希腊语中的民主就是人民，民主这个词最早产生于希腊，这个制度最早产生于雅典。最核心的意思是人民有超越立法者和政府的最高主权。而美国的《独立宣言》，又称'人权宣言'，所讲'天赋人权''主权在民'，成为了资产阶级民主共和国宪法最核心的内容。几百年资产阶级革命风起云涌，打翻了封建帝王，建立了民主共和，这是一种历史进步。我们无产阶级是从资产阶级营垒中脱颖而出的阶级，我们接过了民主革命的大旗，建立了人民共和国，这又是一个历史进步。但民主是一个历史进程，人民当家做主同样是一个历史进程。我们今天，正在领导人民努力创建一种人民当家作主的国体和政体，这就是今天历史进程中的重大难点。毛泽东说过，只有人民起来监督，政府才不会政息人亡。只有人民都具有了较高的民主意识，中国的事情才能办好，中国的官场也才能清廉！"

贺庆生发现，老首长一旦进入一种深入的思考状态，就有些像老教授一样思维敏捷而深邃；而老首长一旦进入一种理论状态，那就会口若悬河，引经据典深入浅出，让你既能进入理论，又对现实生活中的现象有所认识。

彭一民轻轻抿了一口忘喝了的茶水，又说：

"我们现在的问题是，民主意识不够，民主监督不力，对上级负责胜于对人民负责，官帽子常常掌握在少数人手中。因此，跑官要官、卖官鬻爵、跟人跟风、裙带关系、利益链条、投机钻营才有土壤和市场，才出现许多问题。我就听人说过：市长谁当都行，叫你当你就行，叫我当我就比你行！究竟谁真正能行？谁说了算？这怕是我们今后要创造的土壤和条件呢！"

贺庆生目不转睛地看着朦胧灯光下的首长，感到灯光越来越亮，眼前首长的形象越来越高大起来。彭一民一番抽象的话，却恰恰解了贺庆生心中的渴，他原来对突然调离还有些没完全想通，此刻，他已经心底透亮了：坚定地走自己的路，相信历史相信人民，力争做到无愧于党和人民！

夜已深，贺庆生告别了老首长回到宾馆却毫无睡意，闭着眼睛躺在床上细细地回味着彭一民说过的每一句话。

过了几天，贺庆生谢绝了市委办、市纪委、组织部、统战部、市政府办公室、国资委、农业局、教育局、人劳局、外经委、发改委、信访局等几十家部门和领导的送别酒宴，在九月七日这一天清晨，只带着秘书长和妻子秀琴，悄悄离开了鑫州，到省里报到。

安排好了工作交接，安排好了家里的临时居住地，看望了文化厅下属十余个单位的干部职工，部署好了当前的工作任务，他从夫人处知道表姐春月在省住院治病，赶紧拨通了电话。

当晚八时整，贺庆生与表姐赵春月在省城"春晖大酒店"相聚。这个酒店是春月公司所辖的酒店，也是她在省城唯一一家涉足餐饮服务业的酒店，本想叫"春月"酒店，后由于有些计较改称春晖酒店，春月一直说改得不好，"春月就是春月，谁说春天的月亮不好？"她说哪天总要给它改过来的。

姐弟俩几月未见，见后自然十分亲热。春月张开胖胖的双臂拥抱了表弟庆生，说我们没在鑫州拉过手却能在省城亲切拥抱，不失为人生快乐啊！庆生显然有些拘谨，动作不那么潇洒自如，差点让王昕笑出声来。

王昕说："老妈挺开放啊，还行的洋礼节！"

春月说："老姐抱市长，官民一家亲啊！"

庆生从春月姐身上闻出一股淡淡的清香，勉强抱住春月胖胖的腰身，感到一种母性的温暖。他松开手，请姐姐坐在宽大的皮沙发上，然后说：

"当妈难！当企业家更难，做好一个当今中国的企业家难上加难！"

一句话，竟让春月眼里闪出泪的光亮，春月轻叹一口气说：

"都像兄弟一样理解我们就好了！其实现在在一些官员眼里，我们就是盗贼，就是骗子，就是一群可以任意宰杀的羔羊！"

庆生理解春月说"羔羊"的意思。是啊，当今国人只看到城市高楼林立、生活繁华、交通发达，但往往看不到这些发展后面的努力和艰辛，看不到新时代企业家的风采和特点，反而常常以太多的不满和责难、以太多的摊派和刁难来对待他们，这难道公平吗？人们把当代的国企和企业老板都当成"资本家"，不给他们应有的尊重和包涵，难道这也是符合社会道德的吗？不也是对新时期主人翁、工人阶级定义不准的表现吗？庆生是多次感觉到了，但他也说不清楚。他对春月说：

"老姐，你受苦了！我有责任！"

"你和我都是受害者，我理解你！"

贺庆生认为自己在鑫钢事件中没有责任，但在对待春月公司方面自己尽管支持但还是有所顾虑，不敢也不愿鼎力帮助。但就这样，终究还是受了影响。当得知市公安局曾对他实行电话监控时，他愤怒地请求市委靳书记干预和调查此事，后来知道是柯明暗中支持王志中，因为涉嫌案件，而把自己也牵涉其中采取违规措施，也便看出其凶险用心。加之在常委会上与自己对峙的表现以及他在港招商时市里召开专题会议上柯明的发言，让贺庆生逐步地认识到了柯明这个人阴暗的一面，并开始意识到自己面临的仕途风险。他这次与春月见面，也是想一起分析商讨一下目前的状况和下一步对策。凭着他的分析和观察，他绝不相信春月会与刘文山被杀案有关，而且越来越觉察到是有一只黑手在操纵着案件查办，而这只黑手的目标就是想要把他和春月一网打尽。贺庆生脑子里想着老首长彭一民的话：你的致命弱点是书生气太浓！

春月见庆生沉思良久，便打破静默又说：

"我们恐怕得要有些防范措施，我看现在光以善良之心度人是不行了！"

"是的，是要认真分析一下谁是后面的推手，以及他们的目的何在、手段是什么。"贺庆生从沉思中回过神来说。

"那个王志中我看不是个好东西，还想敲公司的竹杠，让我顶了。"春月说，"这个人是个重要人物，鑫钢闹事由他而起。他审我几次，一是诱我招供，二是说案子在他手中，回旋余地大，要我花钱免灾，明显心中有鬼。"又说，"这个人是什么东西，光离婚就五六次，不知怎么还能当上公安副局长的？"

庆生沉吟着，想要不要把柯明的情况给春月说，但他又觉着没有必要把官场的事说给企业家。就说王志中如果有问题，其背后就一定会有背景，因为王志中调动不了特警，而调动特警一说是公安局长李鸣，一说是有市里领导表态，这么大的事谁能表态呢？看来还是柯明，因为他直接分管公安，并一直插手刘文山案的调查。但他还是不打算把这些说出口。

春月把腰部调整一下又说：

"我计划从两个方面入手给他们做点反击：一是找媒体就鑫钢事件做报道引发对真相的宣传和扩大影响；二是我要亲自给省政协主要领导汇报，为我伸张正义和维护公民权利。再必要时找省委政法委领导反映基层公安执法问题。兄弟你看如何？"

庆生没有立即表态。但他分析说虽然我离开了鑫州，但这个案件不查清就始终涉及鑫钢事件的起因。不仅影响自己及春月的声誉而且对鑫钢的长期发展都十分不利。这件事让媒体炒炒也许能促进社会关注和促进案件侦破。至于向政协反映情况，那是一个政协委员应该有的权利和义务，没有什么不当。

春月说："这回我不对恶人抱幻想了，也不会再躲避退让求太平了，我要让他们知道，我赵春月不仅会办企业，而且也会对付恶人！"

庆生内心还是矛盾，一方面因为已离开鑫州，不想再沾染是非，但同时又憋着一口气。一方面为表姐春月鸣不平，一方面也想把这个黑幕揭穿开来，于是告诉春月再多斟酌，想好了再行动；更要紧的是保重身体治好病，才有力气跟坏人作斗争。姐弟俩相互鼓励几句，又紧紧握手后才惜别离去。

159 那天雨晴给柯明打电话，本想告诉他林一的非礼和肮脏，却不料在电话中听到柯明"烦人"的话，就再也不愿找他了。事后不久，雨晴连续接到几个匿名电话和信息，电话是在公用电话亭打的，而信息则是用的一次性电话卡，用过之后，一般不会再用，而且是街头购卡，一般不会查到持卡人。

通话和信息方式大同小异，都是先表示曾在某个地方相识过雨晴，很想见面聊聊；接下来是污蔑谩骂，说雨晴是婊子。那个信息一直存于雨晴的手机中：

"你的美丽使我倾倒，你的风骚使我癫狂。如相好，你是我永远的快乐！如背叛，你后面便有一只看不见的手！"

雨晴毕竟是涉世未深的女孩子，只好把这些情况告诉了她信任的国强。国强一看，便知这是一种恐吓，他想肯定是那个经贸委主任偷腥不成就变着法欺负雨晴，就让雨晴尽管躲避不理静观其变。但没过几天，雨晴接到了柯明的电话，说要她明晚陪客人吃饭，也当面交代一下她的调动问题。雨晴这个时候，已经尝够了柯明把她当作妓女、当作破鞋、当作性工具的痛楚，她已不再相信柯明的甜言蜜语。雨晴当即表示，我不再留恋浮华，不再相信谎言，你的真实面目我已经看穿！柯明一听大怒，说你敢不听话，还拿你没辙了？命令雨晴"明晚必须来"！

正好国强听见了几句通话，包括"明晚必须"，就盘问雨晴。雨晴心里暗自落泪，我怎么好告诉你啊！告诉你了我就无脸在世做人，就说"还是那些威吓人的"。国强听了说："明晚我陪你，你去哪儿我去哪儿，看狗日的要什么花样！"

结果第二天雨晴没去。然而，躲避了痛楚和又一次的凌辱，她却也失去了一个真正的机会：柯明答应把她调去市北城开发区管委会办公室，说计划先任个办公室副主任。这是以后柯明在信息中告诉她的。但已经迟了，雨晴似乎认识到了官场中的污秽和黑暗，她感到自己如果去了，只会是一只花瓶被又一次摔碎和羔羊的又一次被宰割，因此决计要跳出这潭污泥。

那天傍晚雨晴正在江堤上陪国强夫妇散步，为不妨碍他们夫妇说话，雨晴就落在后面几米。突然间她感到有一种异样目光扫来，在路旁竹林中斜蹿出两个陌生男子，一下子胁持着雨晴就要进入竹林，雨晴挣扎着高声喊叫国强，幸好国强夫妇离得不远，而且国强此时对雨晴的喊声竟那么敏感，雨晴刚喊一声，国强回头一看，几个箭步就跑了过来，两个男人一看，说声"跑"就分别向不同方向逃窜。国强一见雨晴没有损伤也就不去追赶。丁楠跟着撵了过来见雨晴吓白了脸，就说可能是抢钱的毛贼。只有雨晴和国强心里想着，都极有可能是有计划的目标行动，也不说破，只好扫了兴头坐车回到家里。

此后还有一次雨晴差点让汽车撞了，正好一辆自行车斜插过来，替雨晴挡了汽车。

自此后，雨晴明显意识到了自己可能随时遭遇报复或是不测，就格外小心起来。之后又接到两次恐吓电话，闹得雨晴心惊胆战，不到半月，人瘦下去一截，精神萎靡不振。国强心疼，终日陪伴。一日午间，雨晴在国强处午休，突然一声惊叫，连国强也惊悚起来。却是白日一梦，遇到凶杀追击，走投无路，前是万丈悬崖，后是持刀凶手，雨晴双眼一黑一声惊叫，醒来却是在国强怀里。雨晴一头大汗，跟着眼泪汩汩流下，说我可能活不了了，可能会被人弄死，国强心中老大不忍，连连柔声劝慰，后来终于商议出一个应对之策。

一周后，"鑫州吧"上出现一网帖，署名"娟子"，内容是：

"鑫州官员柯X，收受贿赂，作风败坏，包养二奶，诱奸良家女子，遭反抗后欲行灭口，致某女失踪。"

这张网帖很快引发了几百条跟帖，其中"柯X即柯明，市政府常务副市长也""要求纪检严查柯X，公布真相""严查杀人灭口，保护良家女子""官员腐败，包养情妇，纪检不查，于法不容"等一批帖子，在鑫州传了个沸沸扬扬，也引起市委、市纪委、市政府领导的重视，靳强书记批示请市纪委先摸摸底，再谈谈话；同时要求公安方面坚决删帖维持稳定。

柯明坐不住了，主动找到靳强书记和市纪委章仪的反映汇报，信誓旦旦坦诚表白请组织相信绝无此事，有可能是某些利益不达的开发商所为，请求组织澄清是非和保护干部。

由于纪委找不到署名"娟子"的人，当时网络实名尚未通行，一时之间真假难辨，只好将情况封住不查。但柯明倒是着实吓了一跳，随即收敛了报复手段和步骤，他心里一直怀疑，这个帖子绝对是出自雨晴之手，于是暗自咬牙切齿，"好你个婊子，你等着瞧吧！"

一个月后，雨晴却突然失踪了。

后来有人说在机场见到过她，也有人说在省城见到过她，也有人说她早已不在人世了。不管咋说，在鑫州市，雨晴却是再未出现了。

第三十二章　夫妻之间

160 冬季到了，一场秋风过后，城里的大街悄悄变了颜色，黄叶随风吹落，第二天就被扫得干干净净；尽管城里还有不少的松柏、香樟之类的长青树木，还有不少的时鲜花卉点缀，但究竟还是挡不住瑟瑟寒风和枯枝黄叶。山里已经落过初雪，但城里却还不算很冷。

贺庆生在新的工作岗位已经四个多月了。对他来说，工作不累，因为厅长是非党干部、民盟党员，一个领导岗位书记厅长分设，一架马车两个人拉，当然轻松。庆生在市里忙惯了，到文化厅主要管党建干部人事，管厅里一些重大的决策，他既感轻松，又是轻车熟驾。但从事文化工作，他还是一丝不苟坚持从头学起。几个月里他从机关到下属单位、从干部到工人，跑了几个来回谈了百人的话，对厅班子和整个系统的思想工作状况有了了解和把握，一个月后在厅党组一次扩大会议上，他讲了七个方面的认识问题，一下子打动了厅班子和处室领导的心，尤其是讲厅机关实行首长负责制，厅长对行政工作负责，而党务工作、组织建设、思想政治工作要围绕行政工作服务，党组对重大问题集体决策，坚持一手抓班子一手促工作，党政齐心创新工作，就一定出成绩，出干部。

贺庆生说："就像拉车，人家一人拉一车，我们两人拉一车，我们多一个脑袋，多一份思维，多一份力气，只要团结协调，车就会跑得更快更好；但如果互不协调，各吹各的调，那就力量分散，两个力量反而拉不好车！"

大家心里亮堂了。清晰的工作定位、形象的理论思维，一下子切中了这个厅过去党政关系上一些纠缠不清的问题和不和谐的实践。同志们说贺庆生不愧是地方工作过的一把手，做党务也是行家里手！

贺庆生在充分调研的基础上，与非党女厅长肖洁沟通认识，提出在厅机关实施副处以上干部轮岗竞岗的意见和方案。这在当时的省直厅局里为数不多，而这个工作的实施，为后来省文化厅的班子和队伍建设、提升正气培养干部、改进作风推进工作，起到了很好的导向作用，被一些兄弟厅局学习和取经，这是后话。

贺庆生告别故乡鑫州，与妻子周秀琴一起到了省城，临时租住于城南的一个居民小区，便有了一个相对完整的临时的家。儿子在外省上大学，妻子在鑫州办理了退休，回到省城专门照顾丈夫。贺庆生下乡也少多了，家里常常是两个人，一起吃饭，一起散步，一起锻炼身体。妻子秀琴多少年盼望的日子终于实现了。

事少了，家闲了，两口子相处时间更多了。

贺庆生算是个拿得起放得下的人。父辈们屈辱的经历铸就了他忍辱负重、柔韧而刚毅的性格，几十年官场生活的历练给了他处事果断而又沉稳的风格，较为扎实的理论和文化功底又赋予他宽广的胸怀和细腻的情感。仿佛到了这个时候，贺庆生才要回过头总结一下过去，理一理思维的触角，回味一下生活的甘苦，细心品尝一下夫妻生活的甘甜。

秀琴没想到她能从一个小小的泉沟湾里终于走进了省城，这是她不曾梦想过的。丈夫对她真挚友爱，事业也算顺利，她也很满意。只是在内心，秀琴宁愿让丈夫就在故乡不要离开，秀琴在故乡也确实为亲戚朋友办了不少好事，她同情弱者，一些八竿子够不着的人找来的事她也都力所能及地帮忙，甚至有时跟庆生发生冲突。她是一个具有强烈乡土意识和传统思维的女性，并不十分在意官场的升迁而只求夫妻和谐相守永远。但你若认为秀琴是个土包子那就错了，她极善于从丈夫的脸色把握他的心理，常说一看你脸就知你今天遇到不顺心的事了。她又极爱料理家务，把家里所有家具摆放得恰到好处，把房间打扫得纤尘不染，每当庆生离家一次，回来总能看到家里新的变化，新添一床被子，新置几副碗筷或新添两件衣物，总会像变魔术似的让家里必需的日用品源源不断。她还十分善于打扮自己，略施粉黛使那张本来就有特点的脸显得不浓不淡；衣着穿戴不是高档但求得体新颖。而且在对外交往上常常弥补庆生的不足：给久不见面的朋友打打电话；安排一点亲近朋友间的小型聚会；甚或把父母当年工作而今尚在的老叔老姨们去看顾几次，等等，总之，秀琴是个十分聪明的女人。庆生曾戏说秀琴你如上了大学说不定是个大人物，甚至可以做国家卫生部长或外交部长，可惜呀可惜！当然只是笑谈。

冬至那天，贺庆生下午开完机关的一个会后，不到六点就回到家里，夫人秀琴欣喜地说：没见你这么早回家啊，今天有喜事啊？

庆生"啊"了一声。心想着机关开会，顺利通过了轮岗竞岗实施方案，感到高兴，没想到夫人也看出来了。

秀琴又说："遇上哪位漂亮女人了？看你脸就知道。"

"扯淡！你光知见了漂亮女人高兴，那我天天都高兴！"贺庆生有点郁郁地说。

"那你天天都见漂亮女人？"显然秀琴心有所感。

"是啊，天天回家就见到漂亮女人，你不知道吗？黑眼睛的漂亮女人！"

"滚你的蛋！我在你眼里算个啥？你眼里的漂亮女人就是秦岚那样的！"秀琴说了一句带刺儿的话，一想今天是冬至，老公回来高兴，就收住话头。

"今日是冬至，夜晚最长，今晚吃饺子！"

秀琴说罢，一会儿就把两盘热腾腾的饺子端到了桌上，看着男人先吃，自己把灶房里拾掇干净，才坐下来陪着庆生吃起来。这时候，庆生看见电视里正好出现一对男女接吻的镜头，给秀琴说：

"快看！"

秀琴掉过头扫了一眼，那个长长的拥吻镜头还未过去，就说：

"小心你在文化圈子里变坏了！"

庆生看着秀琴有些羞红的脸，心里荡起一层涟漪，就想亲夫人一下，但天还早，就放下念头，忽然想起好多年来都没有过这样的激情了！真是无事生淫欲、饱暖思淫欲啊！

好不容易等到晚上，秀琴先催促庆生洗了澡，然后自己才去洗澡。从浴室间裸着身子走了出来，进卧室找内衣内裤。庆生把头从书上移过来，一眼看到夫人那结实的双乳，还像姑娘时的模样甚或更大一些，浑圆的屁股上还带几滴水珠在灯光下闪亮，一股久违了的激情蹿起。庆生一翻身，没等秀琴拿出内衣，便将夫人一下子抱住按翻在床上，秀琴此时只是微闭了眼睛，一具仍然洁白的秀美胴体充满了诱惑。庆生好像从来没有仔细看过，从来没有发现过女人的美，这时把夫人从头至尾地细看一遍，心里说，怪啊，她竟几十年没有变，还像姑娘一样！

就用手轻轻地揉搓几下那丰满的乳头，接着用嘴含了进去，秀琴发出了轻轻的呻吟。这个呻吟更激起庆生的欲望，他突然脱开乳头，把舌头伸进秀琴渴望着的嘴里，手却像蛇一样游走在光滑起伏的丘陵间，那具早已扬起头颅的先锋径直朝着目标猛进……

前面是无垠的大海，天边是火红的云霞，似战舰又像飞船，正在自由地航行和驰骋；那是舞美的艺术，那是灵肉的交融；那里波涛滚滚，那里星光灿烂，那里是一个无边遐想的宇宙……

突然间战舰走入了峡谷，飞船被吸入了百慕大的 UFO……

庆生感到了有生以来最舒心最销魂的甜畅，那是从来没有过的感觉。

庆生想，人真奇怪，只有到了一种自由惬意的环境，才能生发出原本具有但尚未发现的本能、这只有人类才能感知到的美妙。看来人是需要舒展的，是需要在最放松的时刻实现完美的。

他们从爱的海洋和天空回来，一身的大汗淋漓，秀琴用枕巾轻轻擦去了庆生的汗水，眼睛里火光还未熄灭，但她什么也没说。庆生看着妻子那依然像当年的黑眼睛说：

"我爱你，知道吗？从未变过！"

秀琴轻轻点点头说：

"睡吧！再睡一觉，明天还要上班！"

161

鑫州市新市长到任，又一次打碎了柯明的升官梦。柯明原以为鑫钢事件足可以将贺庆生弄个焦头烂额，贺庆生不辞职也得受牵连，这个目的总算是基本达到了。但新派市长接任，这点却是他不好接受的。因为他知道，按他的资历，挤走了贺庆生市长是非他莫属，而且省组织部乔部长告诉说老首长已把他推荐给了书记，部里也有提名任用他接替市长一职的动议。柯明心头忐忑，既想大概已经水到渠成，又想不见文件变化仍然很多。结果确实出乎预料，省里下派一个市长，而且听说还是省长的前任秘书，这下可麻烦了，既不敢开罪又不能不努力支持。省里派干部的好处是对上听话，对下无根无绊，但干不上三年两载一镀金就走了，人们就说是干部下派费车费油。

柯明没争上市长，还摊上个领导身边来的秘书，不说费车费油，不熟悉基层工作，那些表面文章和花架子就让你受不了。但你还得干，谁让人家是领导呢？柯明越想越别扭，就索性来了个住院病休。这一来其他姑且不说，光一天接待探访就应接不暇，这个委那个局的，这个单位那个企业的，多则五千一万，少则一千两千，柯明也就不假客气，一一笑纳。一月下来，少说收下了二三十万现金，柯明也养得白白胖胖，体态更为富态。

还是在靳强书记和新任市长的亲自探望下，柯明终于上班。靳强告诉他说新任朱启东市长马上要到中央党校学习半年，家里工作就得靠他承担，柯明这一想，也算有了一个临时执掌权力的机会，这才回到机关。

柯明万没想到的是，有人竟然在网上发帖反映他收受贿赂和作风问题，一时间议论纷纷，机关中就有人传出一些背耳之音，让柯明十分恼火。经过仔细分析，他想自己虽然与郝丽丽是早年情伴，但丽丽从未有过越矩之处，两人配合默契。而唯有那个身份卑微却自命清高的雨晴，有些桀骜不驯，胆敢违抗他的意志不予配合！尤其是不给面子陪客吃饭也不接受调动的好意。他也曾暗示经委主任林一找人杀杀雨晴的傲气或者给她点厉害尝尝，后来又想很有可能是这小婊子害怕威吓所以上网求救转移视线；但这一来却给他带来很大的负面效果，弄得不好纪委上手就会翻船。柯明越想越生气，恨不能一口生吞了雨晴。柯明还想了几个万一，万一还有人跟帖揭发怎么办？万一雨晴揭发了他怎么办？万一组织调查起来怎么办？思来想去，柯明想出两条路子：一是主动向市委和纪委汇报表态，否定事实，接受调查，以试探组织；二是万不得已时，要采取断然措施掐掉雨晴这条线，防止事态暴露。

想到掐线的事，他就想到王志中，这个笨蛋不仅没有把事弄好，反而差点把自己也搞了进去，幸而在调动特警的主要责任由公安局长李鸣担了，加上当时程序不很规范，一时追不上个大的责任，就这也就够柯明应付的了。王志中被踩断肋骨治疗三个月就好了，但也被局里免去了专案组长的职责，还时常担心着最后的责任追究。好在刘文山凶杀案仍未破，一些责任尚难分清，他便仍在局里混混当当着。

柯明拨通了王志中的电话后，说已几月未见身体好了吗？现在心情怎样？王志中说身体基本痊愈但心情很差，没想到堂堂的公安竟落得如此下场，寒心透了。但知你老兄市长现在大权在握，说不定将来造化不小，可不要忘了老弟的汗马之劳啊！

第三十二章 夫妻之间

柯明听了说：

"看来志中兄弟身在卧榻心在全市啊！我现在是临时支桩，不顶大用啊！"

王志中一听，知道柯明又有擦屁股之事，但仍作诚惶诚恐状说："志中是市长的家犬，市长让我干什么，志中在所不辞！"

柯明心里高兴，想不愧还是铁哥儿们，嘴里说："没事没事，有好事咱兄弟同喝酒，有坏事咱兄弟共承担。真有事我会找你！"

接着又补了一句：

"哪天弟兄们聚一下，也为你的康复干杯！"

"谢谢市长老兄！我安排好后请您！一言为定！"王志中放下电话，嘴里悄悄骂了一句：

"狗日的，还市长哩，真正出问题你跑得比兔子还快！"

几日后的宴席上，酒酣之后柯明把王志中叫到隔壁房间，拿出一张彩色照片，指着上面的女子说："这个小婊子得修理修理！"

王志中看了看这漂亮的美女，问：

"换零件还是焊口？"

柯明咬了一下牙，说：

"看着办！"

162 当王志中调查清楚了雨晴的来龙去脉时，雨晴却突然在鑫州市人间蒸发了。

原来，雨晴跟国强商量，在贴吧上曝光了柯明后，过了一段相对平静的日子，他们也感到了网络的力量和些微的喜悦。但没多久就发现有人在盯梢和调查雨晴，而且还有公安人员的影子，这下就让国强和雨晴大大警惕起来。面对这样两股压力，雨晴的神经都快绷断了，她害怕自己会在鑫州出事，也害怕会牵连到国强。终于在一个夜里把她跟柯明前前后后的事说给了国强，原本想国强会抽打她，但国强忍住了。因为雨晴对他的诚实，是他信任和依赖雨晴最根本的地方，雨晴越是不隐瞒他，他就越是觉着欠了雨晴什么。此时他也有些害怕了，害怕失去雨晴；过后又想着雨晴现在已经可以脱离他了，她家乡的一个小弟也由国强给予了照顾安排，家里父母什么也都不缺了，雨晴也快三十岁的人了，不结婚总是说不过去的，而且从目前情况看让雨晴代替丁楠显然是不可能的，更要紧的是雨晴必须离开此地才能安全。

这晚，雨晴在国强怀里流足了眼泪，雨晴最让国强感动的话是：

"国强哥，雨晴虽然现在不能跟你明媒正娶，但我已经是你的女人；也许我会遇到风险，也许我会流落天涯海角，但我会永远记住你，因为我真心地爱过你，现在也还是一样！"

蓦地，一个计划在国强心中产生。他搂着雨晴那仍在瑟瑟抖着的肩膀，抹去雨晴脸上的泪水，说：

"你去吧，我在北京还有一个关系。你一走就平安了，说不定还会有发展。但这事得有一个人帮忙，这个人就是我表哥贺庆生！我得去求他，只要他答应，事就成了！"

国强有了这个念头，顿觉心宽，就跟雨晴商量和分析今后和未来。雨晴只是隐隐约约地听说过北京的贺玲，这时候细细一分析，感到国强说的这条路的确可行，于是想好了路程和时间安排，让国强给庆生写了一封信。

在一个雾霭蒙蒙的清晨，雨晴揣着国强写给贺庆生的信，怀着一颗誓不回归的心，吻别了国强，踏上了未来的路……

省城，文化厅大院里，除了几十辆各色的汽车装点着氛围，院子里的树是枯黄的，六层的老楼房经过了装修，门窗和地板都换了新的，透露出一点机关的新景象。一进大厅，巨大的电子屏闪动着，播放着当日的头条新闻、厅里当前的重点工作内容、反映厅机关面貌的形象化标语：

> "和谐、创新，以机关新风促文化发展；
> 服务、实干，以文化成果献人民大众！"

厅党组书记贺庆生办公桌上电话铃响，是门卫打来的，说有一位鑫州来的女同志要见。贺庆生马上想起鑫州表弟赵国强打过电话，说有一事相求务请相帮，具体情况由来人叙说，就说让来人到办公室。

门开处，贺庆生眼睛一亮：一位身材窈窕、相貌姣好的女子走了进来。她穿一身羊绒绣花黑衣裙，脚蹬时髦长筒靴，一件米色风衣搭在挎着手提包的臂上。

贺庆生扫过一眼，就发现了这女子没有掩饰住的幽怨神态。

请坐，倒茶。贺庆生一边倒茶水，一边又扫了女子一眼，心里说：国强这小子，艳福不浅！

女子在贺庆生指给的沙发上坐下后，稍顿一下，望着贺庆生说：

"谢谢首长能予接见，雨晴万分感激！"

"你贵姓？找我有事吗？"贺庆生其实是明知故问。因为在鑫州时偶有耳闻而且前两天表弟国强还专门打过招呼。

"我姓刁，叫刁雨晴。现为鑫州市国强房屋建筑有限责任公司总经理助理。"雨晴答道。见贺庆生还在等待下文，就忽地红了脸，有些羞赧地说：

"首长可能听说过，我是农村孩子，大学毕业后为找工作，进了公司。当然，您可能也知道，我与公司老总赵国强有点特殊关系，但我绝不是个坏女子。"顿了顿又说，"最近我遇到恐吓乃至有生命危险，经与国强老总商量特来找您，万望您能伸出救援之手，雨晴永生不会忘记！"

说罢，雨晴掏出国强老总写给表哥的信。贺庆生快速将信浏览一遍，沉吟起来。信中写了雨晴的才干和困境，也明确说清楚了国强与她的深交与情谊，请表哥庆生从中搭桥，能让雨晴去北京找贺玲帮助摆脱困境。贺庆生感到虽没有太大难度，只是对雨晴这种角色有些天然反感，因此沉吟不语。雨晴似乎看出了他的心理，一汪眼泪不由流了出来，她悄悄抹了把眼泪，说道：

"我知道，首长您一定会看轻我的，这是我的命。但我们这代人的命运就都掌握在首长你们这代人手中，都掌握在这个社会手中啊！我的今天，正是同命运的抗争，也许我走了弯路，但我也在奋斗在努力啊！"

雨晴的这几句话，有力地改变了她在贺庆生心目中的形象，庆生看到了她的内在素质，听到了实际上是八零后一代人的矛盾心态和呐喊，也勾起了贺庆生关于命运的思考。他记起当年自己在阳坝村的屈辱和奋争，不过是境遇的不同，而命运中的沉浮和曲折却都是一样的啊！他还记起自己冲出秦光明的家而得到一位远亲帮助时，那位姑父说"酸酒同缸，臭肉连皮"，这不仅仅是一句亲戚相帮的话，而且也包含着命运的交织啊！想到这里，贺庆生看着雨晴说：

"我们是两代人，但也曾有过共同的命运和际遇，所以我同情你。但你要记住，命运很大程度上是掌握在自己手中的。希望你不要失去抗争的勇气！"

雨晴头低得更低，肩膀在明显地抖动着。看得出她理解了贺庆生的话，因此更加哀伤。

贺庆生突然问雨晴：

"国强信中说恐吓你的是位大人物，你能坦率地告诉我是谁吗？"

雨晴抬起泪眼，迟疑片刻后说：

"我信任您！那个大人物曾经是您的助手，柯明！"

贺庆生头脑中"轰"的一响，柯明，竟然是他！许多的镜头在脑海中不停滚动，接着连成一片，对柯明的认识在贺庆生脑子里更加清晰起来。他把这些记在心里，表面上仍不动声色：

"有这样的事？"顿一下又说，"这样吧，我一会儿给你写个条子，你交给贺玲大姐，她会帮助你的。至于大人物的话题，以后如有机会再细说吧，好吗？"

雨晴千恩万谢。她没想到这位在电视中常见的首长是这样的睿智和善良，是这样的充满同情心，是这样的高深而又简明。真是人间还是好人多，人间自有真情在啊！

正待告别时，贺庆生给雨晴说：

"我安排帮你买好车票，送你上车。但提醒你换掉手机卡，不要用原来鑫州的手机！"

雨晴说："我知道了！但票我自己买，车也不用送，我会安全到达，这点请您放心！"

"好吧，那就祝你一路顺利！"

雨晴伸出柔柔的小手，一握贺庆生那宽厚的手掌，深情地说：

"希望能再见到您！"

贺庆生说："一定，北京见！"

163 春月从女儿王昕处知道了魏刚被内部通缉和潜回鑫州在钢厂当临时雇工，并参与了闹事抢夺警察手枪的情节，一下子成了一块心病。

细查起来，鑫钢闹事过程中，的确没有人事先策划和组织，但事件的发展，也不能完全排除个别人别有用心的煽动，魏刚就属这种情况。他从新疆逃离后这一年多里，东躲西藏，到煤窑挖煤，在山里打工，烧锅炉拉粪桶，干了不少苦活。但不敢公开露面，他知道虽然自己没有人命命案，但协同达尔罕一同逃亡乌鲁木齐，又恰逢街头动乱也参与了打砸和放火。他是被动的，是出于对社会现象的许多不满而不自觉卷入的，特别是同情达尔罕的命运，感恩与达尔罕的交情以及与达尔罕妹妹的私情，自己懵懵懂懂、浑浑噩噩，要不是想到一双儿女还有等待自己的妻子国华，他在乌市逃离时就想到过投案或是自杀，但他没有这个勇气。鲁莽、无知和狭隘，使得这个孤儿出身的男人难以适应当今社会，而愈是与落后和愚昧的人相处便愈使他失去了正常生活的勇气。这个时候，妻子和孩子近在咫尺，但他不敢见面，也无脸面对。他不知从哪里知道了鑫钢老总赵春月跟妻子是堂姊妹，现在发达了，而厂里常有一些临时工招聘和出入，于是就经人介绍进入了鑫钢焦化车间烧锅炉，那天正好倒班去厂部找朋友，碰上警察在厂门口与人群发生冲突，一见警察掏枪，魏刚便本能施展敏捷的身手夺下了枪支，后来曾想把枪支藏匿起来，但老总赵春月的三姑娘王昕却找到了他反复劝说，他也就配合着顺当地把枪交回了厂里。他当然不知道这把手枪主动交回公安，免却了多大政治风险和追责查办，免却了赵春月及公司多少的麻烦。后来形势一吃紧，公安方面通过录像怀疑到他时，他又悄悄辞去工作钻入鑫州大山之中。但临走之时，他曾跟王昕见过一面，让王昕转告妻子国华说他还活着，没脸回家见儿女，并留下王昕的电话，说必要时我会联系你的，便又在鑫钢消失了。

赵春月知道了这些情况，左右为难起来。论公，她应将情况报告政府，拘捕魏刚归案；论私，魏刚是堂妹夫，将可能成为亲戚间恩怨的死结；而且，一旦把魏刚的事托给公安，又将对已经了结的鑫钢事件产生新的影响，对定性和处置都将带来重大不利，怎么办呢？赵春月陷入了烦乱和苦恼。思来想去，她又想到了表弟庆生，他是领导，更懂政策，又有经验，请他帮助出个主意吧。

贺庆生不知也便罢了，一经知道这事，便又将自己拴在了一桩不利的事态中。这使春月悔之晚矣！

贺庆生毕竟是贺庆生。他告诉春月两条意见：一、将情况主动报告鑫州市相关部门，争取主动，取得组织谅解；二、立即把魏刚的藏匿情况告诉国华，让她协助寻找并劝说魏刚归案自首，争取从宽。庆生说这是我的建议，也请一并告诉老舅母文英，由她们定夺，要怪就怪罪我好了。庆生给春月说：

"维护党纪国法，这是我们的责任，不能因为是亲戚而枉法，更不能因涉及自身利害而放弃原则！"

春月打发王昕又一次到了周南县，找到文英和国华，晓以利害，动以深情，说现在唯一的出路只有自首，请你们一定协助做好，也让魏刚重归正路早见天日。国华母女哪里有计，只听说是春月和庆生所商意见，就说那就照办，国华你想办法取得联系，带上儿女上山劝说，相信会感动魏刚那个孤魂回来的。

不久，鑫钢公司关于魏刚问题的自查报告送到了市委市政府和市政法委。市委政法委孙奕的态度是：表扬鑫钢公司知错即改、检举犯罪嫌疑人魏刚有功。市政府柯明这时正主持工作，一见报告计上心来，并提笔在报告上批示："速由公安捉拿归案，涉及鑫钢事件有关方面请市委决策。"

市委书记靳强也慎重地与孙奕交换了意见，认同孙奕的观点，认为这是鑫钢公司自查问题的表现，是对党和政府的真正支持。看了柯明的批示后，跟孙奕说：

"事情已经处理得较为平稳，就不要折腾了吧！但抓捕魏刚却是刻不容缓，一是公安迅速行动，二是做通家属工作，协助尽早归案！"孙奕完全赞同书记意见，迅速安排市公安摸排魏刚去向，并安排政法委派员前往周南做家属工作。

一个漆黑的夜晚，国华带着女儿终于在周南县南部高岭山区的一个远亲那里见到了丈夫魏刚。国华苦口婆心，以情苦劝，魏刚看着已经长成大姑娘的女儿苦苦哀求，终于流出了悔恨的眼泪。

第二天，国华母女陪着魏刚投案自首了。

春月在省里医院理疗一段，终于找到了那个"神推"，她让女儿王戈送去了重重的礼物但却遭到拒绝，当春月见到这位白发鹤颜的长者时，她知道遇到了救星。经过三次推拿理疗，春月果然感到腰椎不疼好像恢复了正常，于是千恩万谢给长者留下一部手机，才算结束了长达一月有余的病痛治疗，回到工作岗位。

不久，一份民间影响很大的报纸《商报》刊出一个大版面的文章《鑫州钢铁重整河山，挑战危机再谋发展》，接着又连篇刊发了《鑫钢事件启示录》《鑫钢公司老总赵春月访谈录》。这一下，又激起人们一阵议论热潮，《鑫州日报》转载了"启示录"和"访谈录"，在鑫州城区引发起街谈巷议，一些敏感的人感到：鑫州又有了山雨欲来风满楼的前兆。

赵春月结交了几位颇有影响的报界老总，家里多了几位报界文化人，虽然花了一些钱，但收获的是订货回升和影响力加大。这其中三女儿王昕表现不凡，她既有较好的处事协调能力，又兼所学文学专业相通之利。春月对初出茅庐的三女儿有点刮目相看了。

接下来，春月又拜访了省政协经济委员会主任，主要汇报了目前企业发展中存在的困难和问题；然后又专程找到了法制委员会主任并见到了分管工作的省政协副主席倪勇，春月就自己无辜涉案被拘传以及鑫钢群体性事件的主要情况作了汇报。倪主席说怎么不早说呢？我们只是知道个一鳞半爪，但我们政协有责任保护企业家及企业发展，我们不会对这件事袖手旁观的，既然省市委已经作了结论，你就大胆工作吧，我们支持你，也会以适当方式给你助力！

春月听了，深感组织的温暖，怨只怨自己学习不够，与省政协联系不够，尽委员之责不够。但现在心更明动力更足了。

告辞出来，汽车开出城区，上了三环高速，两旁树枝虽已干枯，但天空却是万里无云，一派碧空如洗。春月望着远处秦岭如黛，心想冬天就要过去，春天快要来了！

第三十三章　冬日思绪

164 现在的冬天，好像只有在东北三省、西部高原和内蒙古高原部分地方，才能看得见毛泽东当年描绘的"千里冰封，万里雪飘，望长城内外，惟余莽莽，大河上下，顿失滔滔。山舞银蛇，原驰蜡象"的那种景观，多数地方已少有大雪了。这些年气候变化无常，北方无雪，南方却大雪纷飞，南方少雨，北方却洪涝不断。反常而古怪的天气，加剧了人们心绪的烦乱和浮躁；而美国电影里的诺亚方舟，却在中国喜马拉雅山靠岸。

人们在问：这个世界怎么啦？

冬天是个严酷的季节，万物都沉睡了，只有人活着。

贺庆生在冬季的夜晚是痛苦的，夜太长，偶尔就失眠。但到了这个时候，他的思维才分外发散。站在夜空，你才会发现，原来宇宙是多么地空旷辽远、多么地深奥神秘！

贺庆生穿了一件长军大衣，爬上二十八层的楼顶，望着远处黑沉沉的天际和近处灯火通明的大街以及楼群中点亮的星星，久久地沉思着。

他想起几小时前的流泪。

已经九点，贺庆生沉浸在电影《长征》的镜头中：

草地上，疲惫不堪、以树皮草根果腹的红军战士在艰难前行；受伤的红军团长为了不再拖累大队前行，支走了通讯员而自己爬入了沼泽；周恩来，背着奄奄一息的战士，追赶着队伍；彭德怀，拔出手枪把自己心爱的白马一枪击毙；毛泽东和战士们手挽着手，唱着国际歌一齐冲向冰河……

泪水不断地涌出，贺庆生干脆任它流淌……

多好的战士、多好的领袖啊！共产党人用鲜血和牺牲换来了今天，而我们呢？有的人已经忘记了过去，甚至有的已经背叛！贺庆生边看边想，不由得热泪盈眶。他是个热血男儿，吃苦受罪没有眼泪，工作再重从不叫苦，恨的时候钢牙锉断，但却常常因受感动而泪流满面……

秀琴已睡了一觉，还不见庆生，出来看见庆生在流泪就有些冰冷地说：

"咋啦？不睡觉！我知你想谁，看你那德行！"

庆生没有理秀琴，什么也没说，一直把电影看完。秀琴睡了，庆生爬上楼顶。

他又想起了童年和少年，想起了去世十年的母亲，想起了模样朦胧的父亲，以及秦光明、大舅、小舅、大姨凌茹；想起黑眼睛姑娘秀琴和远在天涯的秦岚、贺玲以及春月、界生、国强夫妇等，在心里说："六十年啊，每个人都有一本故事，每个家庭都是一部电影，共和国六十岁了，不容易啊！"

贺庆生不由得记起那个黑塔民兵排长、那个生产队高个子队长、那位借给他《马克思传》的中学班主任、那位调他去当组织干部的金部长以及自己的同事县长书记、市长市委书记，还有省委组织部的王部长、省委书记，尤其是他最尊敬的彭老书记……

一个个影子在贺庆生脑海中不断闪过。他在内心感激的是人生遇到那么多的好人好领导，都有恩于自己，自己除了努力，无以报答！他感恩于自己最困难的时候遇到的那些好心肠的叔叔婶婶。贺庆生愿意记住遇到的每一个好人，愿意原谅遇到过的一切恶人，他始终相信善恶有报是个大哲理。

他忽然感到自己成熟了许多，心胸更开阔了。人生最快的是光阴，正所谓白驹过隙。百姓说"五十知天命"，自己已过了天命之年，这才有了天命之年的感慨。从政几十年了，细想一下，没有做出几件大事，略有自豪的事也屈指可数，但自己未曾偷懒，不敢懈怠。党和人民给予的多而自己付出的少，因此生怕贻误了工作荒废了岁月。

黑夜中，那目可远及条条灯火的大街和深夜中仍在闪烁着的霓虹灯、排排幢幢的高楼上若明若暗的灯光似满天繁星。贺庆生对这座城市是陌生而又熟悉的。说陌生，因为它已经变得天翻地覆；说熟悉，是因为他曾在这里上过四年大学，更由于父亲曾在这个城市工作和奋斗过。这座城市经历了几十年的艰辛和几十年的巨变。他们这代人是伴随着共和国成长的一代，更是改革开放践行的一代，想想过去，看看今天，真是翻天覆地啊！这个时候，贺庆生才感到了由衷的自豪和感动，也更有了新的压力和冲动。他任凭思绪飞越，浑身甚至发起热来……

"我就知道你，睡不着了不是看书就是爬楼顶！马上两点了，回屋睡吧！"

秀琴抱着一件大衣，拿着军用手电筒，终于在楼顶找着了庆生。

庆生见了秀琴，心里一点微微的冲击搏动了一下。他已经更多地了解了妻子的脾性：心疼丈夫，刀子嘴豆腐心。他不能原谅的，还是妻子那种乡下人特有的固执和绝不认错的性格。妻子几十年前对家庭抗婚的那种磐石般的倔强今天都对着了自己。

庆生说："你站过来看看，多美的夜景！"

秀琴说："再美我也不看。我只知道这会儿应该睡觉，明天还要上班！我还要早早起床给你做饭！"

夫妻俩一前一后，关好楼顶阳台的门，坐电梯回到家里。

省文化厅下属一大堆的馆、院、团、所以及中心：博物馆是收藏历史的，院主要是民族特色的演出剧院，团则主要是现代歌舞，所是研究机构，中心是文化上的实业集团或发展中心。这当然只是个大概分类，这个大的系统可以叫"文化圈"，也有的叫"文化人圈"。

文化人圈就是一个社会。它与大的社会有子系联系，与各个圈子有亲缘关系。有人说文化人圈就是千奇百怪的大杂烩，有人说文化人圈集聚了人中之杰，其实说的都有理，但不全是理。

在一次全系统逾三百人的副处级以上及机关干部理论学习大会上，贺庆生做了一次演讲或叫辅导报告，题目是《新时代与文化》，这是他在文化厅系统半年多调研的结晶，是他在文化厅系统加强思想政治建设的举措之一。贺庆生下了很大工夫，从中国文化的概念、起源讲到欧洲的文艺复兴，从拉丁语叫耕作土地的文化到今天的人文教化，从中国文化的传承讲到中西方文化的比较，从文化的本质"人"讲到古希腊罗马人日耳曼人和中国现代人，从文化的发展传承到现代变迁的轨迹讲到未来文化的走向和文化建设的任务。洋洋洒洒，大开大阖，生动有趣，把大家的思维引向了千年人文历史，引向了深厚的变迁因果，带进了神秘的文化崇拜，乃至于探讨着永恒的文化主体——男人和女人。

近三个小时的报告结束，在一阵阵热烈的掌声中，贺庆生眼睛有些湿润，因为他从大家的眼神和掌声中，看到了这群文化人对他这位新任党组书记的信任、理解和佩服。这时，几位年轻的文化干部和两名被邀请参加的文化报记者围住了他。一位年纪轻轻、乌发飘飘的女记者向贺庆生说：

"贺庆生书记，听了您的报告很受鼓舞，我想请问一下，作为文化系统党的领导，您是怎么给自己的工作定位的？"

"党的思想政治工作者，文化人的朋友，文化系统的后勤部长！"贺庆生不假思索地答道。

"那么，您对文化与政治的关系是如何看的？"

这一问题，提得比较尖锐，具有相当的挑战性。贺庆生略一思索说：

"文化离不开政治，政治也离不开文化。他们都属于上层建筑，都是一定经济基础的反映和产物，都是为经济基础和社会服务的。"

年轻女记者见贺庆生对答如流，便又提出一个尖锐的问题："那请问贺书记，为什么政治家总是与文学家过不去呢？"

贺庆生看了一眼女记者，心中好像响起"嘭"的一响，接着便笑了说：

"这应当是宣传部长们回答的问题了。我个人的理解是：他们认识的角度有所不同，文学家是从生活出发，而政治家则从政权出发，但他们谁也离不开谁。历史将会记住伟大的政治家和同样伟大的文学家！"

贺庆生说完再次直面这位年轻女记者说：我这只是讨论，错了你们年轻人批评啊！女记者意犹未尽，但想见识一下书记的目的基本达到，便同一帮年轻文化人簇拥着贺庆生走出了会场。

第三天，《文化周报》周末版头版刊出了大块文章《文化人圈的新朋友——省文化厅党组书记贺庆生访谈录》。这篇文章，较为忠实地记载了贺庆生演讲的主要观点。原来第二天一上班，那位女记者突然造访，要求单独对贺庆生采访一次，贺庆生考虑到文化厅系统思想工作的需要，便接待了她。他们的交谈和探讨，也都写入了这篇文章，在文化人圈里引起了较大反响。

贺庆生后来突然想到：这个叫欧阳意茹的女记者不仅面容有些像秦岚，而且举手投足乃至神情上都有些相仿于秦岚。于是便对这位记者有了些说不清楚的感觉。

165 鑫州市委书记靳强对贺庆生的安排心怀不平，他后来才知道内幕，省组织部王敏儒和分管干部工作的乔部长有认识上的分歧，乔部长认为为了工作连续性和稳定性宜由柯明任市长，而王敏儒又不便明说任朱启东是书记授意的，只说省上积压的这批干部需要及时安置。在对贺庆生的安排上，乔部长坚持认为贺庆生虽无明显问题但毕竟是一市之长，对鑫钢闹事负有领导责任，如按厅局长安排恐有说辞，不如安排在一个党政分设的单位任党组书记兼副厅长也不失为好的选择。于是各自让步，朱启东拟做市长，贺庆生便任了文化厅党组书记兼副厅长。在人们眼里，厅局实行首长负责制，党组书记不过是个虚职而已。

王敏儒却敏锐地感觉到了乔部长与柯明关系的非同一般，以后见了鑫州书记靳强时就有意无意地询问起柯明的情况。当靳强明确了王部长的询问目的后，对柯明做了这样一个评价：

"人还是不错的，工作能力也好，只是现在一些年轻干部身上的某些浮躁毛病，他身上也有表现。"

王敏儒部长问："哪些浮躁病？"

靳强想了想说：

"怎么说呢？例如把职务看得过重，把个人晋升看得过重，有时就有情绪上的冷热病吧！"

靳强心里知道，他的话可能拉一个人也可能害一个人，他本是不愿说这些的，但当组织部长问他时，他就不得不说点真话。因为政法委书记孙奕给他汇报，监控贺庆生通讯的事，已经查到是柯明授意的，对这一点靳强甚感恼火！你一个常务副市长怎么能指示监控市长通讯呢？这不是违法吗？这后面的背景又是什么？靳强有了这个印象，也正在为这个事烦恼，所以就不由得给王敏儒部长说了上面有所偏向又十分谨慎的话。关于网上传说的柯明的事，没有调查清楚，靳强绝不会轻易说出口。

王敏儒部长点了点头，也就没有再说什么。

柯明在鑫州市政府主持工作，让一些跟随的弟兄们受到鼓舞感到希望。能主持工作，不管是临时受命时间长短都是一种组织信任，甚或可以窥测到一种提拔的先兆。传闻在人们口中扩散，有时比传媒还快。有消息说柯明要调外市当市长了，也有说要调省做厅长了，目前只是一个短短的考验期。

经贸委主任林一专程到办公室找柯明汇报工作，一进门就打个哈哈说：

"老哥提前恭贺柯市长即将高升！"

柯明听了，脸色一沉：

"瞎说！谁告诉你我要高升！高升什么？"

林一一见首长的脸色阴沉下来，赶紧说道："社会传闻，请首长息怒！"林一说，"您没见当下惯例吗？不传不升，一传就升，多少干部任职不是先传一阵，正在大家快忘记时，果然传闻成真了！这也是大家拥戴您的一片心愿啊！您说是不？"

柯明听着觉得说的有理，说是大家拥戴之辞也听着顺畅，脸上颜色瞬间转暖，就好像川戏中的换脸，刚才是黑脸，头一摆竟然就是红脸了。柯明高兴地说：

"升不升还靠老弟兄们支持啊！陈胜说'苟富贵，勿相忘'，咱弟兄们也是一样啊！"

"当然当然。老弟升迁了，也要拉咱一把啊！"林一赶紧答道。

柯明好像突然记起了什么，说："我交给老兄的任务你未完成，听说那个人最近消失了？"

林一怔了一下，马上回过神来，知道柯明说的是雨晴。便显得有点尴尬，说："那个小婊子，我恨不能弄死她！"又说："她一消失，倒成了我们的一个隐患！"

柯明说："不怕，没有证据谁也没办法！不过倒是要防止她坏事，近期这类情况出事官员不少，要高度防范啊！"

林一连声应诺。

送走了林一，柯明坐在宽大的皮质沙发椅上，喝一口茶水，没感到这个高级铁观音的茶味，陷入了短暂的沉思。

其实，要调走提升的话是他有意识放出去的，他通过郝丽丽之口将之传了出去，人们口口相传也就不知风源何处了。柯明这样做也是有依据的，省里已有可靠的领导帮忙，虽然市长没当上，但还是刮了一股风的，也可给上级造成一种是下面的呼声的假象，况且已经把他作为了提拔对象公示过。正好新任市长上中央党校，自己临时执掌帅印，临时归临时吧，人们现今的流行说法就是"自己说了算，不办白不办"，过了这个坡就没有那个庙了。柯明已经利用影响力，将民政局副局长邱义运作成了兼军转安置办主任，算是提了半格为正处级了，邱义感激自不必说。柯明还打算一方面通过自己原工作过的组织部老关系，努力把几位铁杆哥儿们提拔安置好，一方面对政府党组下管的干部通过直接提拔和任命几个，进一步强化自己在政府中的地位。市长一学半年，总不能把事情拖半年不办吧！柯明在精心地计划着。

对于贺庆生调省，也算达到了目的的一半，终于把他"撬"走了，而且有职无权，等于空挂，也让他难受几年吧！贺庆生一走，那个刘文山被杀案能破则破，不能破拉倒！正好还可借此困住赵春月。新近《商报》所刊的大块文章，明显可以看到是赵春月有意组织的，也可以看作是向他发难的文章。一旦赵春月没有了罪责，那么拘传她就是失当，而且鑫钢事件上就将有更大的追责问题，这更是柯明的软肋所在。因此，在公安局长李鸣征求王志中被免组长后谁任凶杀案组长时，柯明就说你先看着办吧，能顾上就查查，凶杀案又不是个个必须破案，已经两年多了，破不了谁也没办法。于是这个案子实际上又被搁置了。

柯明想走的最大心病还在雨晴身上，他没料到这个年龄不大的丫头竟还倔强如此，原以为她只是一个逆来顺受的无知羔羊。却不料敢在网络上臭他，给了他很大的难堪和麻烦。不让其彻底缄口，说不定何时就坏了自己的好事，这才不得已让王志中"看着办"，结果雨晴却杳如黄鹤，消失得无影无踪。这不能不让柯明悬挂于心，如果哪天曝出冷门，媒体热炒，纪委追究，那将全盘皆输！柯明思来想去，内心觉得还是三十六计走为上策，便加大了这块儿的工作力度。

这时的柯明，暂时没有了竞争对手，反而没有了紧迫和激情。政府工作他任常务都已五年，工作了然于心，运筹自如。那些部门领导，时常在他那不断变换的脸色中诚惶诚恐，既佩服他胸有城府、高深莫测，又害怕他翻手为雨、覆手为云。一旦没有了压力，消遣和娱乐的念头随即上升。他抓起电话给好久没有联系过的邱义打了过去：

"邱局长吗？我是柯明！恭喜老兄啊！"

电话那头邱义高兴地说："呀！是市长老兄啊！感谢您首长惦记着老弟我啊！怎么，今天忙中偷闲，玩玩？"

"现在还敢玩什么呢？"柯明答道。

"不违法不违纪，兄弟们一块儿打打牌挖挖坑总是可以的吧！"邱义总是有好多的点子，而且都冠冕堂皇的。

"行！那就周末找个地方打牌挖坑！"

周末，上午十点，几辆黑色轿车悄悄驰进了城郊的月亮山庄。那里，邱义早已到达等候，又叫来两位企业老板：一个叫钱坤，系四川一房地产公司鑫州分公司老总；一个叫翟宇，鑫州市鸿宇实业公司总经理。二人都与邱义哥儿们相称，能一起与柯明市长见面并活动，深感高兴，两人各提一个黑皮提包，内装不下十万现金。他们要利用这个机会，不吝重金下饵，所需项目就有必胜的把握了。

最后到达的是柯明。大人物总是姗姗来迟，这其中是有一个讲究的：早来的，肯定是安排跑腿的，先要预定地方实地察看，吃什么饭喝什么酒、什么活动安排一一周全；再来的客人，都是提前约好能准时到达的重要人物；最后到达的，才是贵宾。贵宾到晚点儿，大家迎接也有派头，方显身份和威严。

柯明到了，与大家一一握手，两位老总一迭声的"久仰久仰"！那位翟总一见市长车上下来一美女，也没见市长介绍，就悄悄给邱义说："市长夫人真年轻漂亮！"邱义在腰上狠捏一把，"不知道别瞎说！那是市长下面的干部！"翟总忙说："对不起，对不起，市长下面的干部真漂亮！"他俩挤眉弄眼的私语，柯明有所觉察，这才指着郝丽丽介绍给两位老总说："这是市外办秘书小郝，名丽丽，我半个老乡。"两老总都说郝秘书名字好人漂亮。分别握手，那个胖胖的钱坤老板还有意无意地把丽丽的手狠捏一把，丽丽没吭声，只龇龇牙。

大家相互介绍，寒暄几句后分头坐定：柯明、两位老板各坐一边，邱义跟郝丽丽两人一个位子，邱义让郝丽丽先上，他当参谋，郝丽丽也不推辞。她说，今天是自家人玩，咋个玩法？钱坤说"打三个'动'"，郝丽丽听成了"洞"就有些羞赧。钱坤解释说"一百元"就是"要动动"，"三百元"就是"想动动"，"五百元"就是"我动动"，你选哪个动？郝丽丽说我选"想动动"（三百元）。大家看向柯明询问，柯明说你们定吧！邱义说，今天我做东，就选"吾动动"（五百元）吧，吾者我也，好算账！于是就敲定下来。邱义拿出四万元分别放入各人的桌兜，叫垫衣钱。

自动麻将机洗好了牌，柯明先出手，红五点，自做庄家，一盘下来，竟是自己给郝丽丽点了个头炮，郝丽丽高兴地收到了柯明输的五百元。

接下来，柯明又连发两炮，分别输给了两位老总。两人都有些不好意思，柯明却自嘲说："哎呀！我成炮手了！"大家一起笑起来，郝丽丽说市长打炮一炮一个准！邱义接话说那你让市长多给你打几个炮啊，那话就包含了明显的幽默，没想到郝丽丽说：

"欢迎市长放炮！我这里来者不拒！"

人们再一次哄笑起来！

再接下来，就出现拉锯状态，输赢不相上下。一个小时后柯明连和带炸，连赢几盘，几位纷纷出水，郝丽丽输的最多，说市长大人现在一不放炮就手气大硬，柯明说你以为我只放炮不收费啊，我这是欲擒故纵，先几炮把你打晕乎了！大家齐呼：

"高手！市长真是高手！"

这一天，几个人打了个昏天黑地，除了中午吃一个便餐外，晚饭一直拖到八点，两位老总已经从黑提包中取过两次二匝的百元大票，但还是连连叫输，输的竟然连借机要给市长谈的项目都忘了。他们没想到柯明市长牌技那么好、手气那么顺，却没注意到邱义在轮换郝丽丽后有意识地给柯明放炮，更不会注意邱义偶尔用手扒在郝丽丽肩上用手指的点窍功夫。其实是这三人在一块儿次数玩得多了，一个手势一个指头按点，就知道了该放什么牌该留什么牌，当然赢的机率就高了。

吃过晚饭，钱、翟二位老总眼见总是没有机会给柯明提要求，就提出晚上洗洗脚，搓搓背，解个乏。这时柯明老婆打来电话，说家有事情要他赶快回去，柯明一想今天收获颇丰也就不玩了。就跟两位老总和邱义说我得回去，家里来人了，二位老总有事，请到办公室面谈。二位老总连声说谢谢。又给郝丽丽说你没事就陪他们再玩玩吧，我先走一步。郝丽丽有些不舍，但一想有邱义在，也就跟柯明握手告别了。

166

北京的严冬，树木萧索，大地冰冷，街道上的人们，都裹着厚厚的冬衣，缩着头和手，来去匆匆。

清晨，雨晴准确地找到了位于北京学府大街的那个不算起眼的"两岸咖啡会馆"。昨夜里颇费周折，住在了一所大学招待所，多方打听，果然有学生知道这个会馆，于是提供了较为详细的路线图。雨晴对那位同学感激不尽，第二天一早转乘了两趟车，终于找到了这里。

十点，万里碧空如洗，早晨的阳光无私地照射大地，让雨晴顿时感到了温暖，仿佛有了回家的感觉。

咖啡会馆又经过了一次装修，在这条街上显示出自身的典雅和庄重，只要有些文化素养的人，光看一眼门楣装点和鎏金大字，就不由想进去坐一坐。由于这里出入的多为青年学生和大学教授，小屋偶尔显得拥挤，但看起来很有文化气息。咖啡屋已经扩大到隔壁的二楼，四五十平方米的一大间屋子，经过精心设计装修，变成了八个小间的咖啡屋和一个大间的论坛平台，有点像大学教师的讲台，这是用于每周的沙龙主题讨论，人们既可以喝喝咖啡，同时可参加沙龙主题讨论活动，都可以自由发表认识和评论。时间一长，这里的秩序就是素养和自觉。平时很安静，人结伴而来，相聚而去，来这里次数较多的教授，身边聚集起了一批咖友和学生。

经引荐，雨晴在一间小小的经理座见到了皇甫一清。一清看了贺庆生写给贺玲的信，此前也从电话中知道了贺庆生与贺玲沟通的情况。夫人贺玲说我眼下不能回京，但务要把庆生所托的来人妥为安置，余情待后面见再说。

憨厚的一清一见如此漂亮聪颖的女子，不禁有些羞涩起来，赶忙端茶倒水，嘘寒问暖，倒让雨晴不安起来。雨晴说请允许我叫您一清大哥，我是一个漂泊之人，如蒙大哥不弃，我可在此做招待服务，不要工钱，暂改名换姓，躲过一时之难后再作打算。雨晴说话时不禁又要伤感起来，一清说你的情况贺玲在电话中已告知过我，既然庆生信得过，我们就是自己人，你把这里权且当作自己家，视情况帮助工作，待来日贺玲回京后再做安排。雨晴好不感激，遂就稍作安顿，与一清商定，对外称"丁晴"，是远房亲戚。

不觉间几月匆匆而过。雨晴在京都的茫茫人海中埋名隐姓，在咖啡屋中认真而辛勤地埋头工作，从打扫卫生、清洗碗碟做起，到采购原料热情服务，计算成本会计核算，她都细致入微，尽心尽力。

她的助力赢得了一清的好评，一个多月后一清专门为雨晴腾出一间小屋，让她从旅社租屋中搬出，这更让雨晴感激不尽。两个月后，她在公用电话亭给国强和庆生分别打了电话，说了情况，让他们放心。

雨晴本是农家子弟，一点苦累根本不算什么，通过劳动和服务，她逐步结识了几位女大学生和一位女教师，也认真旁听了几次咖啡屋沙龙，像什么东西方文明的比较、中国民主进程讨论、人口问题论争，以及弗洛伊德泛性论，等等。雨晴毕竟是学中文的，有较好的文化基础，因此，有时候就因听讲入迷而耽误了工作，一清见了，也不多打扰，而雨晴一旦自觉，便加倍努力弥补回来。

慢慢地，雨晴开始对自己的过去有了更多反思：可以说自己为了虚荣和无知付出了惨痛的代价，走了长长的一段弯路。现在，自己来到一个新的天地，这里没有那么多物欲的追求，可以把思维和灵魂上升到天堂，可以对污秽和丑恶进行净化。她才明白，今天的遭遇其实是自己造成的。自己追求物质享受，追求虚荣和浮华，才一步步走向堕落走向危险走向毁灭。而那个憨厚的一清，勤奋踏实，务实敬业，谦和守拙，心地宽厚，不近女色的形象，逐步地在心中与贺庆生重合而高大起来。甚至她也想到国强，这个男人待她真诚但却总是把她视作掌中之物，随时准备交换点什么，似乎在爱她的背后，总有一只利益的手。

慢慢地，雨晴喜欢上了这里，心情也开始平静起来，她除了夜里想起自己几年来走过的道路深深忏悔外，几乎把一切时间都用在了具体事务的忙碌和学习上。她在等待着哪一天见到贺玲时，把自己的故事和盘托出，讲给一个心灵纯净的人。

167 又是阳春三月，鑫州大地已经是一片金黄，油菜花遍地飘香，与新枝嫩芽的碧绿描画出一幅幅春天的油画。一场春雨过后，清江的水开始涨起来、绿起来，清江两岸绿树黄花，装点得鑫州山美水美，吸引着百万的游人拥来，一时间宾馆爆满。据说有几位报社记者，一时找不到入住的地方，晚上就去了洗脚房，洗洗脚就躺在床上凑合一宿，既解了疲乏，又节省了店钱，还可以采访到一些花絮，几全其美。

春月和贺庆生都被邀请参加鑫州的油菜花节，在周南县花会现场，望着清江两岸青绿汇入金黄的景色，看见一江清水向着东方蜿蜒流淌，姐弟俩感慨万千。春月突然说：

"兄弟，我们合作一次，怎么样？"

庆生看一眼激动得脸色绯红的春月，说：

"相信我们能想到一块儿，你出题吧！"

春月说："我们合作，为家乡办一场文化演出，也为美丽的故乡贡献一份力量！"

"太好了，你出钱我出力，我们姐弟俩给家乡送一顿文化大餐！"

母亲河

"钱由我出，你负责演员出节目。具体策划就交给你，我们说办就办，争取'五一'演出。"

"正合我意。"庆生略一思索，接着说，"这场文化演唱会可否定名为'母亲河'？"

春月一听说："太好了，不愧是文化人，也不愧是汉江儿女，就定为'母亲河'文化演出！"

姐弟俩越说越高兴，春月自豪的是能以自己的实力为鑫州人民增添一份精神食粮，庆生高兴的是既为文化发展做了实事，又为故乡人民献了心意。尤其"母亲河"的选题，寄予了对长江最大支流汉江和对汉文化发祥地的膜拜和推崇之意，是十分具有深意的。庆生又考虑了具体的事，例如由他出面以官方名义跟市县联系接洽，并给省委宣传部汇报争取有力支持，文化厅方面做整体方案策划并邀请名角大腕，等等。春月很高兴与表弟第一次合作，决定拿出两百万到三百万元资金，办好这次文化活动，同时也是对鑫钢的一次更大的宣传和推介。

文化活动筹备紧张推进，各项工作进展甚为顺利。省委宣传部同意贺庆生提出的活动方案，非常赞赏"母亲河"这个主题构思，全力支持由文化厅协调策划。鑫州市委宣传部、市文化局更是非常欢迎，他们热情支持，提供方便，负责具体操作。周南县则表示愿意补贴资金办好这次活动，把它作为一次推介鑫州周南、弘扬精神文明的重大盛会。

四月三十日晚，汉江之滨的鑫州广场人头攒动，万人空巷，足有十万之众集聚江边。人们熙熙攘攘，看着江里的文化喷泉，欣赏着江城鑫州的美丽夜景，更多的人按照现场安排的区域，整齐地落座。露天舞台正前方的巨大电子屏上，展出一幅幅千里清江流淌、两岸画屏迭出、风景和人文景观交织循环的壮美图景，逐渐推出几个金光灿烂的大字:"《母亲河》——欢庆五一国际劳动节大型文化演唱会。"

按照预定议程，鑫州市委宣传部长主持开幕，周南县委书记讲话，省政协一名副主席、省被邀请各单位领导及毗邻市、县被邀请领导以及省委宣传部、省文化厅相关领导，市委及市几大领导班子上台亮相；贺庆生代表创办方讲话，发起人和赞助商赵春月的镜头在电子屏上滚动播出……

随着激越的鼓声擂响，上百名的少年儿童手持花束，迎着春光烂漫的朝霞翩翩起舞，拉开了演唱会的大幕。

江里，五彩缤纷的喷泉变幻着美妙的舞姿，台上，鑫州春天的美景激越着节日的气氛，融成了一派欣欣向荣、天地人和的繁华景观。

贺庆生挨着春月，在舞台下第一排中部的位置，看到演出成功启幕，内心充满激动。庆生在耳边给春月说："谢谢您表姐！谢谢您为家乡人民付出的一片心意！"春月听见了，动情地说："庆生，你是我的好兄弟，应当感谢你！"

一幕《大开通》的舞剧，以艺术的舞美表演了千年蜀道通高速的期盼、艰苦的建设历程和胜利的喜悦，歌颂和赞美了鑫州的巨大变迁和献身精神。人们凝神静气地随着演员的表演进入了千年蜀道、开山架桥、奉献牺牲、胜利狂欢之中。

歌舞《汉有游女》，把人们的思维一下子带到了中国古老的《诗经》故事中，讲述了这块文化故土上美丽的女神之恋，诗句融入舞美，汉游女那窈窕淑女、君子好逑的婀娜曼妙的表演深深打动着人们的心弦。

这时，画屏送出的大屏幕上缓缓推出了几个金色大字：母亲河。

S省著名女歌唱家杨力戈从蜿蜒千里的大江中走来，从伟岸千仞的群山中走来。啊，汩汩的清流，翻滚的波涛，总是永不停歇，奔向大海！几十名窈窕淑女深情地伴舞，一曲《汉江，我的母亲河》，由远及近，缓缓唱出：

哎，哎嗨依依哟哟嗬嗬嗨
……
母亲河，
遥远的河，
你从我身边流过，
蜿蜒千里，
一路坎坷，
滔滔波浪，
唱着儿女梦想的歌。

母亲河，
心中的河，
你用乳汁哺育我们，
默默无闻，
忍辱负重，

一生奉献，

以生命孕育辉煌明天！

母亲河，

永恒的河，

儿女心中，

有您真情的呼唤。

您就是地，

您就是天！

当您流向大江，

汇入海洋，

您就有了不灭的自由。

永生的今天！

哦！汉江，

我的母亲河！

我的永远！

……

画屏中，蜿蜒的清江缠绕青山，哺育着苍茫大地，呼啸着奔向海洋奔向天边。

舞美中，每个动作都表达着人们对母亲河深深的柔情和眷恋！

歌声中，那浓浓的乡音，句句都是对家乡山水的痴情和颂赞！

庆生和春月，此时已经是泪水涟涟。春月不由得抓住庆生的手，他们相互紧紧地握着，任泪水簌簌地流。

此时此刻，那片汩汩流淌的江水早已洗净了他们的心田。他们像两个离娘的孩子，备感母亲的温暖；又像天涯的游子，遥望着无垠的天际。

也许，只有对故乡那么深情的人，才能感受到这首歌唱母亲河带来的心的恬静和波澜，才会生发出一种永恒的敬畏和思念。

也许，只有炽热的游子情深，才会对这首歌理解得那样深沉和悠远！

此起彼伏的掌声和呼喊，展示了人们对故乡的情和爱，激发起了人们对家乡和事业的奉献和激情，显示出人们对精神文化的理解和赞赏。《母亲河》，掀起了演出的又一次高潮。庆生感到了成功的喜悦，春月竟然紧紧地拥抱了庆生，说：

"庆生，我们成功了，老姐感谢你！"

庆生动情地说："姐啊！为了故乡，我们流了太多的泪，但我们值！我们值啊！"

……

在漫天的高空焰火中，演出落下了帷幕。

文化演出的成功，极大地振奋了春月，仿佛两年多的晦气一扫而光，她有了容光焕发、神采奕奕之感。春月作为成功企业家的形象在鑫州人们心中树立了起来。春月收获了文化的成功，更收获了企业形象的提升、产品的畅销。下一步，春月决心要加大鑫钢技改投入，把钢产能提高到一千万吨，她想在世界金融危机中拼搏努力，想走在潮流的前头，立于不败之地。

庆生也被深深鼓舞，在心中勾画起新的文化蓝图。

第三十四章　孤独的泪

168 六月里，在贺庆生的精心策划和指导下，省话剧团终于将《凤城故事》搬上了舞台，并一炮走红，在省内外产生了深远影响，引起了文化界强烈震撼。《凤城故事》被国家文化部点名赴京汇报演出。

这部话剧，以一个城市与农村接合部的农民家庭为背景，描绘了新的历史时代带给农村生活的冲击，一个农民家庭在当代社会所遭遇到的屈辱、不平和抗争，是两代人之间理想追求的心灵碰撞和扭曲。展现了对民族精神、道德文化的坚守和对辛辣现实的批判，饱含着对底层人民群众最真挚的同情和深爱。这部作品，也凝聚了贺庆生在基层工作中的观察、思考和积淀，包含了贺庆生在鑫州《母亲河》主题演唱会中心灵冲击的灵感。几经讨论，反复修改，炉火淬炼，终于成功。文化部对其高度评价，一批文化人评论推广，一时间成为了话剧美谈。

借汇报演出，贺庆生约了贺玲回到大陆，并邀请鑫州师范大学贺玉宁校长、表姐春月等人齐聚北京。本来庆生邀约了秦岚，但由于秦岚在国外执行任务不能赶回，让庆生心中留下了深深遗憾。

六月的北京，已是夏季，花红柳绿，气候宜人，早晚还会稍凉一点，最高气温也就三十度左右，正是一个旅游的好季节。

贺玲是老北京，自然对北京的人文和风景名胜了解较多，相对到京少些的是贺玉宁和春月，庆生过去曾在北大一个培训班学习过三个月，对北京一些主要景点还算了解。贺玲便领了玉宁和春月，加上新来的雨晴一块儿转了两天，去了十三陵、八达岭、卢沟桥、西山、圆明园几个地方，两天下来觉得很累。庆生前几天集中精力忙于汇报演出的一些协调事项，无法分身陪同大家游玩，但特意为大家安排观看了给教育部的专场演出，算是锦上添花，让大家在京多了些感慨。贺玲几位看了演出，都为故事中的一家人心酸落泪，也为故事主人公坚守执着的奋斗精神而感动，仿佛看到了自己的某些影子。他们约定，次晚一齐聚集贺玲的咖啡屋，热闹一次。庆生说：好，我们来个"贺氏煮酒"，春月说你们都姓贺，你们去煮酒吧，我和雨晴煮咖啡！

第二天，雨晴代替贺玲和一清细致地安排好晚餐和一个咖啡吧，也让贺玲夫妇有更多一点的时间回家探望弟弟弟媳。贺玲从庆生的电话中已大略地知道了雨晴的情况，回京一见，就对这个不满三十岁的姑娘有了一个好的印象，不仅是长相，尤其是被雨晴那种柔情加执着、冷静加忧郁的神情所打动，感到这个女孩与同龄人有所不同，想到雨晴是个可以造就的年轻人，也就一见如故，视作亲人，带上她一同游览。又听一清介绍说雨晴如何聪明、善解人意、精于策划，更多了一份留意和欣赏。

晚间，鑫州四人、贺玲夫妇，加上贺玲的弟弟弟媳，一共八人围坐一桌。房间四周的墙上，各有四幅大小不一的画框，三幅是黑白照片：一幅中学生的毕业照，一幅边疆荒原的风景照，一幅男女结婚照。只是在一面宽大的墙上，镜框中镶嵌着一幅长约一米宽有二尺的彩色照片，那上面是一幅北京知青在火车站告别亲人、即将奔赴农村广阔天地的老照片：冒着蒸汽的火车，青年们身穿黄军衣，背着黄背包，扎着红卫兵袖章，有的戴着黄军帽，有的翘着小辫子，探出脑袋在车厢中向外招手；送行的爸爸妈妈和小弟妹，在火车临行前集体合影留念，扛着红旗走来的又一批知青队伍……这幅老照片，记录着贺玲那个时代知青奔赴北大荒时的镜头，也记录着庆生、玉宁和春月曾经留下的影子；只是贺庆生，他是回乡的，没有这样的经历，但他完全能体验和感受得到那种感受。

几个人猛一看到，心头就有一股热流涌起。是啊，那个火红的岁月一去不复返了，但那个时代的风貌和精神还在，勾起感情的激荡和心底的波澜！

"好！别有一番构思和情趣！这是一清策划的吧？"贺庆生最早看出了这个小厅的与众不同之处。

一清说："雨晴来后，说是搞一个怀旧咖啡厅，就搜集照片布置了这个屋子，功劳是雨晴的！"

贺玲点着头，说："这就是我们这代人啊！毕业照、荒原、结婚照，都是黑白，这是那个时代的印记啊！"

贺玉宁说："我晚了些，赶上那个时代的尾巴，但这个感情我是理解的！"

赵春月说："我没下过乡，但当过学徒，挨过戏班的尺子，我的结婚照当然也是黑白的。"

一直轮不上插话的雨晴这时才说：

"各位大哥大姐赞许，我太高兴了！我是八零后，是你们的晚辈，做这个构思，只是为了这里一批高校老三届们的怀恋所需，忽然冒出的想法。尽管我们算是两代人，但我今天也到了你们当年风华正茂的年龄，我也有理想和感情，但我们今天很迷惘啊！作为晚辈，或许从你们身上，我能找到路在哪里、情之所归！"

贺玲他们几位，不觉为雨晴的话鼓了掌，原来总以为两代人的"鸿沟"只会在年过五旬之后才可冰释，现在看来，"鸿沟"可以被时间所填、可以被感情弥合！

贺玲举起酒杯说："为了过去和未来，为了我们贺家后辈人在京团聚，为了我们每个兄弟姐妹的家庭和发展，我提议，大家干杯！"

大家一齐举起酒杯，都一饮而尽。

贺庆生拿起酒瓶说："这是牛栏山二锅头，北京正宗二锅头。传说二锅头发源于清代，几百年历史了，为什么叫'二锅头'？我曾查过，我理解的意思是不取头酒不取尾酒，只取中间之酒，取酒之精华部分，世人就叫了'二锅头'。"

春月接过话头，"这么说，我老弟庆生就是人之精华、家之精华了！"春月快人快语，说这句话并不带有揶揄的意思。

庆生听这话，就觉得带点讽刺，便说：

"我老姐财大气粗，可是父辈之福我辈骄傲啊！比起你来，兄弟买一套房还要贷款，真是惭愧啊！"

贺玉宁说："是啊！如今官员中清廉自守者有之，贪污腐败者多了，真正的好官不会发财的。"

贺庆生说："做官与发财，鱼和熊掌不能兼得。中国官本位观念太重，其实做官挺累的，做好官更累！"

春月说："我庆生老弟是个好官，但就是不会跑要，所以很可惜没大的发展，也没给我们这些亲属们办事帮忙，其结果还是被晾在一边，受穷受累！可你看人家还是忠心耿耿呢！"

庆生就有些尴尬之态，一时语塞。这时贺玲接话说：

"人世复杂，境遇不同；人各有志，建树不一。我倒赞赏庆生为官，不贪不占，心安理得，人前说话硬气，夜里不怕贼偷，见官腰板挺直，不怕上级纪检。这样的干部共产党放心、人民喜欢！当然，庆生在经济上不如春月，可能也不如我，但是他可以不以我们自豪，而我们却以他为自豪，这就是区别，就是官与民的区别。"顿了一下接着说，"现在有些贪官，原本也吃过苦受过罪的，但官当久了，就忘记了过去，把爹娘和村民百姓都忘了，就只图了钱。岂不知钱再多都是一张纸，生不带来死不带走。人啊，来世一趟，还是给百姓多干点好事，积德行善，让百姓说声好。那些遭百姓唾骂的，钱是有了，但命短了！"

庆生激动地站了起来，端上酒杯说：

"感谢贺玲大姐这番理解的话，我敬大姐和各位一杯，你们随意我干了！"说完一仰头把一满杯酒一饮而尽，趁着酒劲又说，"我自认还算个好官。能力不大，但尽职尽责，从没偷懒。也拿过百姓的土特产，收过朋友的少量礼品，甚至也收过实在推却不了的财物，但我没有卖过官出过格，没有出卖过良心和百姓，这点上我说得起话，挺得起腰！我始终认为自己是个普通的老百姓，职务只是一份责任。但又是一名共产党员，要忠诚于自己的信仰和事业，尽忠尽责于党和人民。但这些年也偶有忘记百姓疾苦的时候、没能坚守原则的现象，也说过一些违心的话，办过一点违心的事，但在大的方面，还自信没有忘记百姓，没有背叛人民！我这些话，不是官话假话，你们可以见证，历史可以证明！"

庆生激动地甚至想说几件为普通困难百姓办事帮忙的事，但他忍住了。心里记起辛弃疾的诗："多情山鸟不须啼，桃李无言，下自成蹊。"

大家喝酒吃菜，话题又转向当今人们议论最多的腐败问题，又扯到媒体和文化乱象。贺玲弟弟说当今作家笔下的官员差不多都是贪官，官场差不多都是黑幕，好像天下一片漆黑。老百姓说腐败治不住了，共产党没希望了呢！雨晴说这里的大学生和一些教师们慷慨激昂，差点没把咖啡吧当作抨击时政的论坛。庆生突然想起一句古语："知屋漏者在宇下，知政失者在草野。"现在的一些重要官员都知道这句话，但有谁去宇下和草野亲自聆听这些来自社会底层的呼声呢？

贺庆生又有些忍不住了，站起身来又坐下说：

"我们必须承认历史，是共产党带领人民建立了新中国，是共产党带领人民改革开放才有了今天中国的强大和人民的好日子，也才有了我们大家的今天。不错，今天的党内腐败和社会腐败已经非常严重，就像狄更斯所说‘这是最好的时代，也是最坏的时代’，就像红楼梦所言‘贫者为衣食所累，富者又怀不足之心’。但我还是坚定地相信，共产党能有关云长那样的刮骨疗伤的勇气、不断战胜自己的精神，就是因为它的宗旨理论和信仰是正确的和先进的。"贺庆生脸色发红语言犀利侃侃而谈，不管别人怎么看，他相信自己说的不是官话而是心里话，他还清晰地记得地震时与妹妹秦岚在小河边关于理想的对话。

贺玲有些叹息，她了解中国，对庆生的话多少有些微词，但感情上却更多地与庆生相通，他们有共同的遭遇和命运。贺玲就说原想通过咖啡屋更多地沟通两岸的了解，联络起两岸友谊的桥梁，现在看来这个理想的实现还差之甚远，台湾那边有了一些朋友，北京这边也有了一些朋友，但怎么能够产生更多的联络和友谊，发挥好民间的一些作用，还需组织更多的活动花更多的心力。便给庆生说什么时候邀请你们来台，我承办一次"两岸咖啡论坛"的民间活动，也为两岸将来的携手做点努力。庆生说贺玲姐人在台湾，但情归大陆啊！贺玲说我毕竟生在北京长在北京，北京是我的家啊！

晚上，大家喝一会儿咖啡，贺玲与庆生紧挨着坐，两人高一声低一声地谈了许多，末了贺玲突然问庆生：

"你跟秦岚的关系我知道一些，一定要处理好。秦岚是个好女子，为你默默等待半生，都已是老女子了，该怎么处理，你心里要有数啊！"

贺玲一句话，勾起了庆生许多的思绪和对秦岚的思念，就问起秦岚的近况，说起他对秦岚的情感和家里所处的矛盾状况。贺玲听罢，似乎把问题看得一目了然，就说：

"我们姐弟命运相同，都是艰苦岁月中结成的夫妻，都存着较为强大的报恩意识甚或是封建残余观念。我们的婚姻既是幸福的又有很深的痛苦，这谁都不怨，只是历史的必然。我们走过了几十年的路，今天，已经过了知天命的年龄。我想你会有一个思考的，但千万不要走极端，不要因情伤身，更不能因小失大。"

贺庆生连连点头，把贺玲的话记在心里。这时候雨晴过来给贺玲说：咖啡馆已经三岁了，现在发展势头尚好，能否早做考虑，改造提升，扩大发展？贺玲点头称是。

望着离开的雨晴，庆生说：

"这是下一代人啊，但在感情上走得比我们还远，真是可叹啊！"

贺玲说:"感情这个东西,有时超乎理智。但爱和恨都是具体的,不要说你那些超人的话。"

贺玲是法律专家,有很深的心理学素养,这几句话,庆生倒是费了心思。真正弄得明白,已是几年以后的事了。

堂姐弟说了一天的话,感到彼此向对方走得更近了。庆生邀请贺玲再访鑫州,贺玲答应了,但说这次未做安排,只能以后再说。

第二天,贺庆生、贺玉宁与春月同乘一机,一齐飞回了省里。庆生又请吃两位亲戚一次,并跟着春月分析了当下鑫州的一些情况,方才送走了玉宁和春月。

169 一晃半年过去,朱启东市长结束中央党校学习回市,便一头扎入市情调研中,工作忙忙碌碌,也觉辛苦。市长回来忙于调研,工作实际上还是柯明主持。柯明也还是尽职尽责地工作,不觉三月已过,心里就有些烦闷起来。

这天一清早,柯明刚坐在办公室电话铃就响了,他很烦,在心里说哪个混蛋,还没坐下你就来电话。扫了一下电话显示屏,一看是外地来电就抓起电话问:"谁呀?这么早就来电话!"

一俟听清那头的回话,柯明马上热情起来。原来是省组织部某处长、柯明的铁杆兄弟来电话,告诉他一个最新消息:部里将于近日去鑫州考察柯明。这个消息使柯明为之一振。这一段,柯明很为报纸电视上关于鑫钢和赵春月的轰炸式宣传恼火,也为雨晴突然消失心烦。宣传赵春月就等于否定自己,我那么坚决地抓赵春月,就是因为只有她,才是谋杀刘文山的唯一嫌疑人。抓住了赵春月,就可以把贺庆生攻下台。而今贺庆生虽给"撬"走了,但赵春月却红火起来,这岂不是给我难堪吗?这媒体他妈的也不像话,有奶便是娘,谁给钱给谁说话!真得好好收拾一下!只是这个小婊子雨晴还真得注意点,弄不好什么时候捅出个篓子也说不准!她忽然消失是自己跑了还是被弄没了?如果出个命案的话说不准会牵连到自己。柯明这样想着,突然接到省里电话,犹如一个快溺水的人抓住了一根竹竿。离开这里吧,这里已经没有什么可留恋的,市长位子已经被占,人大、政协请我都不去。这里拥护我的人不少,可反对我的人也还是有的,省里来考察,也说不定会有人搞我的蛋,向组织上反映我,那样也会对提拔产生影响。怎么办?柯明思忖一阵,一个是再打电话请几个哥儿们在考察时多多关照,一个是提前安排那几个铁杆反对派出差，哪怕派他们带几个人外省转转，避过考察日子后再回来。

柯明把其他事往后推，打电话叫市政府秘书长姜海过来。姜海满头大汗地推门进来，柯明头都没抬，给姜海说：

"先坐一会儿，我把这个报告看完。"

过一会儿，柯明才把眼光从手头的资料上移开，其实他并非在认真看报告，而是考虑怎么给姜海安排。

"姜秘书长，看你一头大汗，真是辛苦你了！"

姜海一边擦着汗一边赶紧说：

"人胖，虚汗就多！不能跟首长您比，您日理万机，却是沉着大气不慌不忙，哪里像我，芝麻大的事也要操心过问。不过朱市长这段不在您可重担在肩，头上都添几根白发！比我们劳神更多啊！"

姜海的确胖了点，裤腰尺寸比腿还长，肚子腆出来许多，走路样子很好看，像胖女人扭屁股，爬三层楼肯定一身汗。但这位秘书长是位心思缜密的人，这段柯明主政市府，他一点都不敢马虎，他还真有点怕柯明那张阴晴不定的脸。"有哥儿们说你是半个市长了呢！"姜海只堆着一脸笑说，摊上这差事，首长操不上的心你都得操，尤其是现在更马虎不得。他没说出来的意思是，贺庆生当市长时他处在执行位置，大的事情不用他操更多的心，新市长中央学习、柯明主政时，常常有些事似管不管，他得补台操心，所以加倍出力，有几次还挨柯明的训，必须格外小心。一接柯明的电话，便是一头大汗前来，但今天好像首长心情不错，并未有批评训斥之意。这会儿，又听柯明说道：

"姜海同志，你也算老资格了，任秘书长四五年了吧，遇个机会得提拔提拔了！"

姜海心中"嘎"地响了一声，似乎知道柯明要说的话，就笑着说：

"那得靠首长提携！当然我们要祝福首长早日高升啊！"

柯明说："谢谢秘书长！要说呀，我当常务副市长也有五六年了，也算有资格了。"顿了一下，柯明又说：

"听说近几天里省里要来市考察干部，可能是定向考察，如真是这样，可要承蒙老兄支持一把咯！"

姜海明白，赶紧说：

"请首长放心，我一定支持，而且还带动一批同志全力支持您！"

柯明笑吟吟说："那就好那就好！哥儿们兄弟相互捧场，相互支持，相互提携，古来如此啊！"接着又添一句："农工部农委和几个部门要求外出考察，我几日前已经批了，就不变了吧，你通知他们立即出发，不得拖延。我把批件马上给你。"

"好好！我马上通知！"姜海立声应到。

柯明见要说的话都已经交代，便又扯了几句工作上的事，让姜海多多操心多多展现。姜海知道柯明话已说完，就应诺着起身告辞。走时，顺便拿上了柯明的批件。只扫一眼，便知道了柯明的一番用心。

三天后，省委组织部干部考察组果然到了鑫州，考察组贴出了考察公告，考察提名一位可以提拔任职的正厅级干部人选，并留下工作地址和联系举报电话。考察过程中搞了大会无记名推荐和个别谈话推荐，都是只提人名不说理由。有的部局长下来说，原以为还要说个推荐理由，谈一下个人评价意见，结果一切全免，只提人选名字就行，一人三分钟，几十个部门和县区领导，只用半天全部谈完。考察组高效运行，只一天就结束了推荐，当晚汇总了提名结果立即汇报给了省组织部领导。第二天上午，一份关于考核柯明同志为正厅级干部的公示贴到了市委市政府的公告栏上，接着又进行了固定人员的集中谈话，又是一片赞扬的声音。只有个别同志张了张嘴，舌头在嘴里转了个弯，说：好着哩，组织看人没错。

第二天晚上，考核组一行就离开鑫州，因为明天是周末，要让大家休息一下，就匆匆返回省里。临走时，市委市政府两办给考核组每个同志安排了当地土特产，考核组不好拒绝，也就不声不响地接受了。

又是一周过后，省委常委会讨论后，任命柯明同志任省商贸厅厅长，公示一周。

公示期间，省组织部收到两封群众举报信件：一封反映柯明有收受贿赂问题，举例有三；一封反映柯明生活作风问题。省组织部组织了核查，结果均被否定：举报受贿情节不详，所述单位和人员均否认此事；举报柯明情妇查无此人，应为虚假。

柯明顺利地通过考核。旋即轻车简从地到省商贸厅报了个到，然后返回鑫州，向朱启东市长汇报了工作和想法，并顺便移交了工作，朱市长表达了恭贺之情，安排了市政府的酒宴和送行事宜。接下来是柯明一周多的弹冠相庆，部门单位、企业老板、哥儿们兄弟，一日两宴，吃得柯明兴高采烈，喝得他半醉半醒，说了一堆的弟兄告别话，收了一摊子的告别心意和贺礼。但柯明清醒的是，这时候绝不能再去招惹那些女情人，可不能因小失大。

柯明正式走马上任，已经是半个月以后了。

170 贺庆生知道柯明被提拔的信息，是在北京汇报演出后的一个月里，已经在考察之后了。贺庆生知道，柯明既已通过考察考核，就已经是板上钉钉了。他对日下这种干部考核是有保留意见的，程序是比过去严多了，设了几道关卡，尤其是公示和举报。但比起二十世纪八十年代那会儿的干部考核工作，贺庆生感到是多了些形式少了些深入。因为一旦这个干部被圈定和公示，就已经事先有了先导，这时候一些反面的意见就很难听到了；而举报的问题，多因缺乏细节和任用时间紧迫而不被重视；甚至有的考核材料还是由下级相关部门拿出的初稿，考核组只是加工润色一下，大约因为工作人员知道，拟任人选是领导已经敲定了的，材料有谁去认真推敲呢？

但对于柯明，一年多的相处和一系列的情况表明，这个人是一个城府很深、心机很重、又具野心的干部。贺庆生回省工作后抽时间把柯明对理论学习不认真、不严谨的态度，用人上讲圈子搞哥儿们弟兄的做派，以及在查处刘文山被杀案上对春月处理的失之偏颇，还有对他个人进行通讯监控这一系列的情况加以分析，感到此人人品道德皆不可信。尤其是从雨晴口中知道了柯明的作为后，庆生怒不可遏，原想鼓励雨晴举报柯明，又一想怕坏了一个年轻姑娘的声名，而且没有证据支持会涉及国强和自己，因此也就作罢。"久走夜路必碰鬼，多行不义必自毙"，庆生相信这一民谚古语的力量，把一腔怒火压在了心底。

没想到柯明这样的人居然还被提拔任用，这点却深深地刺激着庆生，刺穿了他正直和善良的底线。一连几个晚上，贺庆生辗转反侧难以成眠，他回忆了自己的一生，虽然感到自己没有做出多大贡献，但的确从未偷懒；自己在官场愚钝一些，不跑不要不送礼，但这不正是党对干部的要求吗？他甚至怀疑起自己一生的追求、怀疑执政党的知行不一。但当贺庆生又把自己走过的路，又把党对自己的培养、信任、提拔、任用做分析和对比时，他释然了，他还是那么坚定地拥护党组织的伟大光荣和正确，那么坚定地相信人民的力量终将荡涤腐朽和污秽。

夫人秀琴知道他睡不着一定有心事，就说：

"你想些什么白天想不够，晚上还想？那么吸引你！"

庆生没想到一边去，他知道妻子不问政治也不甚理解他的苦衷，但柯明这个人妻子是知道的，就说：

"柯明最近要提拔了，正厅级！"

秀琴听了说："人家提拔关你啥事？瞎操心！"

"这样的人根本就不该提拔！"庆生说。接着，庆生把与柯明相处的几件事简要给秀琴说了大概，说无论从人品、道德，还是理论、工作上说，提拔都是失误！

"你努力、忠诚、善良，把工作看得比什么都重，把家庭看得比什么都轻。"秀琴说，"结果就是现在这个样子，被晾在一边，无职无权，你也是该！"

庆生最不爱谁说他无职无权，职不是正厅吗？权不是管着一个省的文化战线吗？他气不打一处来，说：

"你心里的职权就是呼风唤雨收钱敛财？"

秀琴被刺激了，回说我就是想财想钱，但这辈子你给了我多少钱？说句羞人的话，跟着你，牙膏还用得开膛破肚。我嫌你没钱了？我只是看你活得不伸展，人家吃喝嫖赌照样升官，你不贪不腐干屁蛋！庆生说我们原来穷得什么样，现在已经强过了多少人家，我们都吃过苦受过罪，不能忘了那些苦日子，不能学那些贪官昏官混混官，更不能学那些投机钻营、拍马逢迎不择手段往上爬的人，不能丢了人格！

庆生跟夫人这么斗了一气嘴，倒觉得气消了一些，就说我还是相信共产党不会亏待了好人，不会让坏人得逞，某些人一时得逞，终会有失败的一天。庆生心里决定，要把这事跟鑫州市委书记、他的上司和搭档靳强说说，不管怎样，说出来是我的责任。

看看表，已经是凌晨快一点了，想想既然决定了说吧，于是试着拨通了靳强的手机，果然靳强书记接了电话：

"靳书记吗？我是庆生，打扰您休息，有点想法想跟您说说！"

"哎呀老伙计，你可是夙兴夜寐啊，这么晚了还不睡觉？我是二十四小时都开机，你随时可以叫通啊！"靳强高兴地说。

"我听说柯明最近要被提拔任用，不知您有没有听到一些反映？"贺庆生不想拐弯，就直接说了出来。

"噢，听到一些，也都做了调查，都否定了！你听到反映了吗？"靳强反问道。

"我听到一些。柯明同志有些值得研究之处。但我想知道书记对柯明的总体认识怎样？"贺庆生嘴上有点同级说话的味道。

"书记老弟，你是考我啊！我只想说的是，我没有说不字，但也不准备参加给他的送行宴会。"靳强没有正面回答庆生，只是隐晦地说这些话。

"那么是书记不想或不愿参加送行宴了？"贺庆生话里挑话地说，他对靳强处事的圆滑和有度是知道的，但也对他作为书记不能认真作为有意见，所以仍有些急迫地问。

"总之吧，我不能参加。"靳强保持了书记的威严，不好回答或是不愿回答庆生的追问。接着又说，"庆生同志，我知道你和柯明过去有些过节，有些事情，事过境迁才能明白，有些问题，只有历史才能给出答案。后人自有评说，历史自有结论。你说是吗？老弟！"

听到这里，贺庆生怒火中烧。他明白靳强的难处，你的下级不能得到提拔说明你作为书记不合格，不为干部的未来和前途着想，得不到拥护。时下流行的做法：先把你推上去，干好了有我一份恩情；你该下来的时候我也有我的说法，谁能保证人人都不出问题呢？庆生想你是一市之书记啊，你是党的化身和干部们的希望所在啊，你的任何一点疏忽带来的都将是与党的宗旨背离和与人民群众距离的加宽啊！我们现在干部任用上的不正之风，也表现在不坚持原则，好话多说好事多做，庸俗主义、自由主义盛行。当然，贺庆生又想，如果上级已经定了调子，作为下级的书记反对也是不好做的。好了起点阻碍作用，弄不好还会得罪同事，里外都不好做人。世风日下，党内风气也是这样，让人不由得生气！

贺庆生原想与书记交换一下看法，能在柯明任职上起一点反对作用，现在看来，一切为时已晚。除了自己生些闷气，无力改变现状！无力改变大局！

贺庆生说了几句问候的话就挂断了。肚子气得有些发胀，回头看一眼秀琴，准备关灯。秀琴却说："怎么样？又该生气了不是？"

贺庆生忽然觉得自己很孤单。他从没有感觉到工作上孤掌难鸣，也从未感觉到朋友疏远，此刻让他感到孤单的，是真理似乎都离得很远。

他关掉床头灯，躺下身子，把秀琴裸露着的胳膊摸了一把，有些凉森森的感觉，于是流出一滴泪来。

171 一觉醒来，春月感到精神很好。腰椎突出经"神推"治疗后果然半年未再犯，只要身体好了，春月就焕发出工作上的生机。她充分利用了媒体的造势宣传效应，不仅巩固了原来因查案声誉受损被拉走的客户，而且在边远省份新疆和青海打开了销路，产品的质量和价格反而回升。而且又出六千万元回购了此时已走下坡路的锌炼厂，成了鑫钢生产合金钢的依托，此时也开始产生效益。恰好赶上了国家扩大内需加大基础设施投入对钢材需求回升的机遇，加大技改，把产能扩大到了近千万吨，这样就使得鑫钢在国内市场跻身大中型钢厂的序列，再也不用担心被国家政策砍掉了。通过鑫钢事件的教训反思，春月加大了对职工法制教育和纪律教育的力度，更多更好地关心关怀企业职工，合理解决了一批早年买断工龄下岗的职工回厂工作，工资水平又有了较大幅度的提升。工厂兴旺，职工高兴，厂里面貌大变。加上鑫州市、县的支持帮助，企业上了一个新的台阶。

春月一高兴，就叫来了副总张立本、总工赵界生和这时已任总经理助理的王昕一块儿吃早餐。她让服务员在各位的桌前放了一只玻璃杯，说今天早晨破个例，喝点豆浆牛奶也行，喝点红酒啤酒也行，反正随意，菜点也好，主食随意，今天我请客。大家高兴起来，张立本说太阳从西边出来了，春月老总可抠门了，平时哪会舍得请大家吃早餐啊！春月说，我请过中餐晚餐，可请早餐是头一回，这下早中晚都请了，不算啬皮了吧！大家都笑。界生说：

"我看今天有喜事了，不然老姐是不会清早请客的！"

王昕说，我妈肯定昨晚梦到我爸了，你看她高兴的！春月刮了王昕一个鼻子，说：

"昨晚真做梦了，但把我吓死了，梦到一群人追我，我逃无处逃，躲无处躲，正要跳悬崖时，只见一年长妇女稳坐山崖，让我过去，用一支树枝向那拨追我的人轻轻一扫，那拨人立刻没了踪影。我急转身向那妇人道谢时，却只见霞光一闪，一股香气袭来，却是一个梦。醒来后我精神很好，就想，现在企业发展前景看好，唯一让人不顺心的就是刘文山被杀案迟迟未破，仍然像被人扼住脖子一样。我昨晚梦中被追，可能是遇上救苦救难的观音菩萨了，坏人被一扫而光，我却死里逃生，这会儿想来都像真的一样，你们说是喜事还是坏事？"

界生说我当年也做过噩梦，危难时机遇救星常常梦境成真，所谓天不绝人，菩萨慈悲，好人好报，恶人自有毁灭的一天，但愿好梦成真！大家也都说应该是喜事不是坏事。春月说：

"大家喝了这杯酒，我告诉大家一件喜事！"

几个鑫钢人一齐喝下了自己玻璃杯中的豆浆、牛奶、啤酒和红酒，都睁大眼睛望着春月，看她说啥。没想到春月说：

"今天，我做奶奶了。昨天女儿王戈给我生了个孙子，虽然迟点，但是个孙子啊！还有啊，后面的好事，还会一个一个地来到，只要大家一齐努力，喜事会更多！"

大家以为春月要说啥大喜事，一听是生了孙子，虽不是厂里大喜事，但也是可喜可贺，就纷纷给春月敬奶奶酒。一个平常的早餐，带来了一天的喜悦。

晚上七点半，王昕早早打开电视，说妈您今天看看新闻，看有什么喜事没有。过一会儿，两张很熟悉的漂亮面孔出现了，一男一女，都是鑫州有名的播音员。男播音员说，刚刚接到的消息，曾在鑫州市引起很大反响的凶杀案——刘文山凶杀案近日告破。刚一听到，春月母女便万分激动起来，生怕听错了。急切地等待着具体内容，到最后全文播出后，才知道是公安局在破获另一起凶杀案中，一名盗窃者被捕后坦白了两年前他们共同作案，在刘文山一个人居住的家中骗开家门，杀死了刘文山，并从家中搜出两万元现金拿走，杀人后精心伪造现场，消灭痕迹，然后悄然逃离。

春月和女儿王昕从愕然中醒来，春月钢牙欲碎，先是高兴，然后竟抱着女儿痛哭起来，说他们白白冤枉我两年半、侮辱我两年半啊！我的会计韦娜也是白白被他们逼死的啊！鑫钢事件又差点毁掉了我和大家，差点毁掉鑫钢啊！春月抹了一把眼泪狠狠地说：

"此仇不报非君子，我饶不了这帮混蛋！"

等心情稍稍平静下来，春月拨通表弟庆生的电话，告诉了他这个消息，庆生说我也刚接到过去秘书方卓英的电话，机关里已经知道了这个情况，总算是鑫州上空的一团阴霾扫清了，也可给人们一个明白，给冤屈者一个交代。庆生说，明日可能细节会见报，见报后我们好好分析一下，研究一下下一步怎么做，绝不能让这件事就这么轻易过去，要追究相关违法责任，给被逼死亡的灵魂祭奠！

春月的眼泪又一次流了出来，说表弟你也为这个案件受了委屈和拖累，为我受了牵连，这下总算真相大白，我太高兴了，高兴地直流眼泪。庆生说，表姐你坚持得好，终于有了今天，我们都可以扬眉吐气，看那些有愧的人又该怎么说，这次我也不会饶过他们了！

当晚，消息传出，企业里一批职工敲锣打鼓，奔走相告，欢庆这一重大新闻。

刘文山夫人把电话打到春月家里，说："大姐，我们对不住你，冤枉你了。我知道你跟文山的关系，但公安上这么怀疑和认定，我们也就信以为真了。对不起，真对不起！我也替死去的文山向你致歉！"春月劝了刘文山夫人，说这不能怪你们，谁家都盼着真相大白，盼着抓住真凶绳之以法，你就不要太自责了。

第二天一早，韦娜丈夫来到厂里，春月知道他来的目的，就亲自接待，告诉他已知的案情，劝慰说虽然案件告破凶手被抓，但审判尚有一个过程。韦娜不会白死，我一定要上告反映，还韦娜之死一个清白，让违法者受到惩处。但请你一定要冷静，一定要按政策和规定办事，不要胡打乱闹，一切有党和政府做主，我们一定要相信政府。

接着，《鑫州日报》刊登了这则消息，外加一条评论"真相大白后的思考"在三版刊出。第三天，省《商报》以一个整版之篇幅，刊登了围绕刘文山凶杀案引发的种种争斗和事件，隐隐呼唤内幕的曝光。一时间，竟成为了鑫州街谈巷议的一桩奇事、官场诡谲争斗的一桩秘闻。

原来，市公安在查破一件积案：市医药公司副总在家被杀也是事发于两年前，当时公安破案时认为罪犯十分狡猾，熟知侦破手段，消灭证据十分彻底，仅从现场取到两根毛发，经DNA鉴定后只是把资料保存下来，但却一直未发现犯罪分子的线索。最近，政府新任市长朱启东认为群众反映本市凶杀案积案多，社会治安不好，就下决心要查破几个积案，政法委孙奕书记亲自督办几个大案，却从一个刚刚破获的失窃案中找出与当年市医药公司老总被杀案相同的DNA。随即对这名案犯深挖细查，该案犯不仅交代了伙同另一案犯为谋财杀害医药公司老总的事实，还交代杀死锌炼厂老板刘文山一案。

因为一个盗窃案，却连着破获两起凶杀积案，鑫州市公安战线为之一振，连续召开几个会议总结经验教训，扩大破案战果，一个破大案挖积案的高潮在全市公安系统展开。市政法委书记、公安局党委书记（兼）孙奕指出：为什么两年前的积案今天能破？为什么当时认为作案者熟具反侦能力而实际仅为一蟊贼？讨论中大家共同找出了原因：干警素质不高，工作作风粗疏，破案设备落后，以及错失办案最佳时机等。

紧接着，鑫州公安系统开展了为期三个月的警风大整顿，这在鑫州公安史上被记载为"百日整风"。

第三十五章　峰回路转

172 鑫州市公安局一举告破两起杀人积案，但刘文山凶杀案告破，却把市公安局推入一个十分尴尬的境地。市公安局面临的一是要迅速重新给韦娜自杀案定性；二是赵春月被无辜拘押如果状告公安也将十分被动；三是因拘押赵春月引发的鑫钢事件，市公安局会成为被告。这几个问题立即成了局长李鸣的心头大病。但事实摆在这里，况且党委书记孙奕亲自抓的这一案件，绝不可能含混过去。

其实最急的还是王志中。这一段王志中主管公安警校，没有参与积案查破，但心里却想着刘文山案今生不破才好。这天王志中刚跟几个弟兄玩了几圈麻将，正在兴头上忽然接到邢钢的电话，说刘文山案破了，王志中心头一惊，赶紧说我有点事不能玩了你们继续。马上赶回局里，当他从李鸣口中确知刘文山案告破，一下就有些蒙了，定了定神，好半天才给局长说：

"我有责任，特别是韦娜之死与我办案有关，我请求局党委处分！"

李鸣说："现在还谈不上处分，但的确要好好反省我们自己。看后面情况再说吧！"王志中当天晚上就悄悄赶到省城，终于找到了百忙之中的柯明，汇报了刘文山案的情况，柯明一听也蒙了，连着声说：

"怎么可能！怎么可能呢！"

王志中说：

"原以为它就是无头案了，已经过去两年半了，这下把我们都装进去了！"

柯明狠狠吸了一口"熊猫"牌香烟，口中吐出一个大大的问号。头皮上也渗出了细细的汗渍，在电灯下闪着些微的光。

足足有十分钟，柯明就再也没听清王志中叨叨些什么，只是来回在办公室踱着，心里盘算着对策，这时终于开口说：

"志中，这件事我也有责任。但你们把事弄砸了，赵春月的借据让我们搞偏了破案思路。现在这个局面，看来得要做检讨了！"

半天没了声响，只静静地瞅着柯明吐烟圈的王志中一听柯明的话，知道他要推卸责任了，就说：

"我已向李鸣局长要求处分，因为韦娜的事我说不过去。但杀刘文山的人是否为赵春月所雇用，现在尚未弄清。我是来跟您商量一下，您是大领导，见多识广，给我拿个主意。"顿了一下，王志中又说："首长也请您放心，就是杀头，我王志中也会顶住！"没有说出口的话是你柯明的事我都会兜下来的。

柯明望了王志中一眼，用低沉的声音给王志中说：

"这个局面，尚未死棋，不能说丧气话！当然，万一公安内部要追究责任时，你可从侧面找些理由，必要时承担一些责任，公安办错案的事也是有的。'留得青山在，不怕没柴烧'，要尽最大可能保全自己！"

王志中明白柯明留得青山在的意思，又向柯明表白了自己的忠心，柯明表示必要时他会在上面做些工作，让王志中也不要过分担忧。劝了王志中几句，就说我今天太忙，困了，想休息，你就回吧，有情况随时联系，谁让我们是哥儿们呢！

王志中见时间已晚，就告辞出来，走到楼梯口一脚踏空，把脚崴了。当下还能坚持，坐上车回到宾馆时就下不来地了，脚肿得大起来，这才又找医院去了。

这头柯明烦躁不安。他怕从这个案件上往下追，就会追到他让公安监控贺庆生的电话通讯、他同意王志中带队抓人、并同意出动特警引发事件的责任。虽然已经调离提拔，但一旦被追究，后患无穷。思之再三，只有丢卒保帅。只要王志中不乱咬，一个人承担，加上还有个局长李鸣，就可能追不到他身上。柯明这样安慰自己。

173 春月也回了一趟省里。她先回家跟丈夫和王戈谈了情况交换了意见。王戈表示绝不示弱，坚决要清算到底。丈夫王富海却说感谢老天睁眼不冤枉好人，感谢共产党公安局破了积案还了我们清白，过去了就算了，不要太过追究，你见哪个民告官能告得赢？权在人家手上，人家咋说都有理，况且你就是告了人家，人家一拖几年，把个骆驼拖成个瘦马，谁给你赔偿损失呢？

春月最后说："好了好了！我自有主张！这口气不出我就不是赵春月！但怎么出这口气，我看还是得找庆生商量，人家毕竟是官场人士，何况还牵连了他。我们现在可以理直气壮地研究办法，一定要有理有据，办得合法！"

一家人都说好，你这就去吧。

又是晚上，春月带着王戈去了贺庆生家里。

贺庆生搬入这个新家已经三个月了，春月还是第一次上门。一进门，庆生的夫人秀琴就等在门口，拿出两双新拖鞋让两人换了，这才把春月母女俩迎进客厅。

房子不小，一百七八十平方米，光客厅就三十平方米，地板砖是仿花岗岩的乳白色瓷砖，沙发是皮质的，深圳产，电视机四十七吋，正在重播着新闻。秀琴说春月姐你来各个房间都看看，没啥家具，简简单单。春月一眼看过，果然简洁明了，没有一样多余的东西，但样样家具摆放合理、大方得体，房子里收拾得很干净，就夸奖秀琴治家有方。秀琴说当共产党干部的家属，又不让你经商办企业，又不懂得炒股搞投机，就只好退休在家搞卫生。这不，每天打扫一次，还有这么大的灰尘，现在省城空气质量差，建筑灰尘多，也够我这个家庭主妇忙的。春月把一个红包放在秀琴手上说这是一点心意，你们搬家也不告诉一声，今天打电话才知道已住了新房。恭贺一下，一定要收。秀琴推辞一阵就收下了。说庆生为买这套房子跟朋友借了二十万，东挪西凑简单装修一下就搬进来了。春月说兄弟这家是大方整齐，但装修很一般，与他的地位不般配啊！秀琴说你这还拿酒干吗？春月说这是给我和庆生的庆贺酒，我们喝的！秀琴也未再说啥。几个女人话说得欢，庆生连插话的空都没有，就只笑吟吟看着她们说笑，自己在沙发上先看电视。

春月坐下来，喝秀琴递的开水，王戈吃着秀琴削好的苹果，春月把她在鑫州知道的情况和回家商量的意见一一告诉了庆生。庆生静静地听完春月的叙说和意见，喝口水说：

"春月姐，让您蒙冤了！我也是有责任的，案发在我分管政法的时候，当时急着破案，但一时没有线索，接着又是地震，案件一拖就是两年多。现在想来，我那时还真是有点不放心呢！"

春月一听说：

"我知道兄弟当时对我有所怀疑，所以回避查案，想等结果。却没想，人家正好利用案件给你我设套，真是阴险啊！我看这中间跑不了王志中和那个局长李鸣！"

庆生沉吟一阵，叹口气说：

"这其中，很可能还会涉及常务副市长柯明。这是我分析的结果。只有这时候刘文山案破了，你清白了，我才能这么清楚地说这一点。如果仍是无头案，我还没有把这些事联系起来。虽然感情上相信老姐您，但总得水落石出才说得清楚啊！"

春月听了，感到庆生终于说了心里话，但没想到政府还有人算计庆生，就有些火了：

"这些狗日的，心太坏！算计我还要算计兄弟你，怪不得你正干得红火时突然调离。我这次绝不饶过他们！"

庆生让秀琴关小了电视机声音说：

"柯明这个人人品很坏，还得到提升。刚才电视上报道的中央某部一个大人物，受贿四千多万。让人看了心寒！"

"你老弟这才看到啊！我干企业这些年，送礼少说也送出去百十万啊！基本上来者不拒，只是那年你在东江时给你送的被退了回来，我才从你身上看到一点共产党人的骨气！说老实话，在刘文山被杀案中如果我按王志中的要求给了钱，那今天我就再没脸跟您老弟说这些话了！"春月激动地一口气说了许多。

贺庆生一边听一边在思考，综合分析着，这时他说：

"这就是说，王志中这人品行很坏，借破案谋私利，恐吓威胁韦娜，吓得韦娜自杀身亡。然后又咬死于你，试图威逼你承认或让你出钱摆平。进而强行拘传，派人进厂引发鑫钢闹事事件。我后来才知甚至连我的通讯都被监控了。现在看来，这一系列情况反映，刘文山案成了一起有预谋、有安排、有操纵的权力争夺战。只有把握了整个过程中的关键点，才能透视出那些恶人的真正嘴脸和图谋，才能有理有据地抓住要害，一击破敌！"

春月听着庆生丝丝入扣的分析，十分佩服说庆生你不愧是领导，是官场人物。那现在究竟采取啥行动呢？庆生说你先说说你的意见，春月就把自己想的几条和盘托出：一是媒体发功；二是信访上告；三是为韦娜申冤；四是要求市委追究责任。庆生听后说思路是对的，但要在几个环节上把握好。他说：

第三十五章　峰回路转

"第一，要以公司名义正式聘请律师，为自己被有预谋的迫害引发鑫钢闹事状告行政乱作为；为韦娜的死亡要求追究法律责任和赔偿，为错误决策追究相关领导责任。第二，以人民信访的方式，署名向省委、省政法委、市委、市政法委反映王志中违法办案、知法犯法，造成韦娜死亡和鑫钢事件的直接责任，并追究相关领导人责任。第三，请求对王志中掌握的借条证据进行国家勘验，请求公安部直接勘验。第四，专门聘请记者，就此案具体情节有步骤、分阶段地曝光，以引起社会关注造成舆论压力。"

贺庆生清晰地提出四条意见，让春月又一次激动起来。她没想到庆生对事情分析得那么透彻，对要害部位抓得那么准确，几条意见清晰明了，针针见血，而且在借据问题上打开新的思路。特别是请律师、依法上访、媒体运作等，于法有据于情合理，周全缜密。

春月下意识拍了庆生一掌，给王戈说：

"把我带的茅台酒拿出来，今晚老姐要跟兄弟喝一杯！"

庆生也有些激动。这些意见一经说出口来，他就要对此负责。这时他也下了决心，要当一次春月的后台，要给自己正名，要为真理斗争一次，也说：

"好，咱姐弟俩一醉方休！"

秀琴从冰箱中取出一盘花生米，切了一碟牛肉和一碟香肠放在茶几上，说：

"你们先喝着，我再炒几个菜！"

一个月后，省、市委和政法部门收到了鑫钢公司老总赵春月署名的上访控告信件，举报市公安局副局长王志中违法办案逼死人命、违法办案逼供诱供、强行拘传引发鑫钢事件的犯罪事实，要求依法追究相关责任和领导责任。省高级人民法院和市中院同时收到诉状：状告鑫州市公安局违法行政，要求为鑫钢赵春月正名和追究行政违法责任。

紧接着，《鑫州日报》、省《商报》、《法制周报》等媒体，连篇累牍地刊登出《一起凶杀案的艰难侦破》《刘文山凶杀案的背后》《鑫钢群体性事件说明什么》《鑫州市第一例行政诉讼案的来由》《一件普通刑事案件的幕后》《鑫钢公司赵春月访谈录之一之二》《民告官的忧思》等一批媒体文章，像一颗颗炸弹，炸得满城烟云滚滚，人们议论纷纷，乃至于全省范围内都产生了很大影响。随后，省委领导、省委政法委领导的批示也下到了鑫州。

鑫州街上，一个疯疯癫癫的上访老汉逢人便说：

"我做了好梦哩！

我做了好梦哩！

嘻嘻……嘻嘻……"

174 自从北京"咖啡屋煮酒"后，贺庆生一直比较忧郁。虽然来文化厅时间不长已赢得人们尊重，剧作《凤城故事》也被文化部评奖，一批古老文化艺术也被列入"申遗"和"非物质文化保护"，应当说他干得顺当，成绩也不错，但他高兴不起来。贺庆生自问：是与搭档的非党厅长相处不愉快吗？不是。贺庆生是个有理论素养和较好涵养的人，尊重别人是他的作风，不越权越位是他的准则，大事清楚小事糊涂是他的水平。他与厅长相处还是很好的，几乎没有为人、权、财产生过冲突。是为家里吗？也不是。尽管夫人秀琴时常不理解他，说一些令他接受不了的话，但他却能谅解她，毕竟多年夫妻，而且秀琴把家里料理得井井有条，也常常让庆生对秀琴的脾气一让再让，这不能怪她。是秦岚吗？这倒是有一点，自北京没见上秦岚，贺玲又说了那一番话后，他就一直有些心痛！多好的妹妹多好的女子，有文化有水平，情深意切，甘愿为情守候一生。怪只怪自己与她是兄妹，怪只怪自己解脱不了那捆绑在身的绳索，怪只怪上帝就是叫人情爱不得两全！罢罢，此生无缘只待来生吧！还有，他更为官场乱象怀有深深的担忧，像柯明这样的人难道组织上就没有听到过反映？明明这些人有"病"，但却能带"病"上岗带"病"提拔，这样下去后果严重！

庆生烦恼的时候常常在书中找答案。这时，他又下意识地从电脑上埋头阅读起《共产党宣言》。一百六十多年前，马克思写道：

资产阶级在历史上曾经起过非常革命的作用。

资产阶级在它已经取得了统治的地方把一切封建的、宗法的和田园般的关系都破坏了。它无情地斩断了把人们束缚于天然尊长的形形色色的封建羁绊，它使人和人之间除了赤裸裸的利害关系，除了冷酷无情的'现金交易'，就再也没有任何别的联系了。它把宗教虔诚、骑士热忱、小市民伤感这些情感的神圣发作，淹没在利己主义打算的冰水之中。它把人的尊严变成了交换价值，用一种没有良心的贸易自由代替了无数特许的和自力挣得的自由。总而言之，它用公开的、无耻的、直接的、露骨的剥削代替了由宗教幻想和政治幻想掩盖着的剥削。

贺庆生想，灾难深重的中国从半封建半殖民地的土壤里脱胎出来，外国列强的侵略，中国资本主义尚未发展起来，而今天中国的许多社会乱象和官场腐败，不正如马克思叙述的资本主义时代的现实吗？社会主义初级阶段也许将是一百年的历史，我们要走的路还很长！我们有多少同志能够认识或理解这些呢？我们共产党今天执政，如不能有历史的清醒，不能站在历史的潮头与人民一起奋斗，将失去存在的根基。我们对封建主义的残余、对资本主义腐朽的东西怎样才能有效地防止和革除呢？

贺庆生思路逐渐清晰了，他说服了自己。他写下一个题目：《〈共产党宣言〉在今天的启示和思考》，草拟了一个提纲，他想在适当时候做一场厅内干部的报告会。

又一个深夜，贺庆生想到自己。他想如果说父亲真正是个右派的话，那么他今天恰恰是个"左派"，走向了父亲的反面。但他却是从父亲那里继承了思维和奋斗。但今天的人们谁还总结这些？还有多少人讲理论思维？如果没有了思想，这个国家还有什么未来？人们被太多的事实蒙住了双眼，被利益迷住了心窍，老百姓娃娃上学都要走后门送礼，难怪官员要贪！这样的风气和土壤，就会长出退化的人性和贪欲的恶魔！乃至于产生一个民族的悲哀！柯明似乎就是这样的人，但他还会升迁还会被重用！真是党之悲哀人民之痛啊！而自己呢？自信勤奋忠诚，敬业为民，一生未敢忘忧，却不能施展抱负岂不是悲哀吗？人说不跑不要不叫不到，组织就把你忘了！这是真的吗？

也许，这才是贺庆生真正的心病所在。

贺庆生在现实面前抗争着，清醒的时候高兴，糊涂的时候就忧郁。

在同一时间里，贺庆生的表弟国强却颓废起来。他像丁楠一样，在麻将桌上一掷千金，甚至通宵达旦；回到家里找丁楠出气，砸桌子摔凳子，甚至醉倒在娱乐间小姐的怀里，惹得丁楠放声大哭。

那一日，国强终于告诉丁楠：

"我要外出一趟，我要去找雨晴！"

丁楠骂：你个没出息的东西，没有了雨晴你就垮了你就疯了。那个妖精勾走了你的魂，你敢再找她回来我绝不答应，除非我们离婚！

国强没把丁楠的话当回事，仍是我行我素。

终于，国强消失了一周。之后却又回到了鑫州。

他去了北京没有见到雨晴，但从此就有些失魂落魄，不管家务，也不料理企业的事情。

那天夜里，国强的叫声惊醒了丁楠，他在睡梦中喊道：

"雨晴，你个狠心的女人！"

……

第三十六章　北回归线

175 刘文山凶杀案告破后，鑫州市公安局李鸣局长坐不住了。"踏破铁鞋无觅处，得来全不费工夫"，一夜之间案件告破，却是两个蟊贼跟公安玩了一场游戏，要不是盗窃案中的两根头发，两年前的两起凶杀案均成了悬案。

在市委指示下，全市公安系统开展了百日整风和破案战役。全市上下正警风抓作风，深挖深查作风之弊，查处违纪事件和人员，整顿警风警纪，迅速破获了一批积案。人民群众对公安赞扬不断。一些老百姓和家属给公安局送去了感谢的信件和锦旗。媒体上不断地宣传公安破案的战果和整风整纪，社会治安明显好转，市里领导也很满意。李鸣既高兴又惭愧，感到他做六年的公安局长，这个时候才算真正扬眉吐气，体会了人民群众对公安的厚爱和支持。

李鸣几天没看报纸了，他亲自到附近的两个县局去检查工作，两天都没回家了。此刻，李鸣在办公室沏了一杯香茶，翻了翻中省大报，浏览标题，然后打开《鑫州日报》，大体看过一遍。突然，李鸣的眼光停留在了三版头条的一篇通讯《一起凶杀案的艰难侦破》及报评《人民的忧思》，一口气读完，感到嗓子眼儿里似乎堵了点什么，就喝了一口茶水，下咽时凉森森的。正在思索时电话响了，李鸣接到电话，是市委政法委孙奕打来的：

"李局，你好！听说你下县回来了。怎么样，县上动得还可以吧？"

"报告孙书记，我去了近处两个县，两家公安开展作风整顿都很认真，学习整顿非但没影响工作，反倒促进了案件侦破与其他工作，收效很好啊！"

孙奕听了说："这就好！我们要的就是这个效果，不要怕老百姓知道我们有失误，他们最不愿原谅我们的不是失误而是失职！噢，李局，你赶紧看一下昨天的报纸，《鑫州日报》和《商报》你都看看，涉及刘文山案。"

"我刚看过了市报，《商报》还没看到。看来报纸公开披露了刘文山案件过程，也涉及我们公安的一些事情。如果接下来继续报道，我怕会给当前工作带来负作用啊！"李鸣回答道。

"是啊，市报、省报有反映，网络上也会跟着炒一阵，对此要有一些准备和应对办法啊！"

"报上咱管不了，只有你跟宣传部商量一下加强一点管理，网络上我这里安排删帖，防止热炒！"

"我说的意思是，估计这事可能还会有些舆论和麻烦。咱们公安方面要借这次整顿，把它作为一个教训正面对待，站在主动的一面。"孙奕又说："这样吧，你先考虑一下，再看看发展，我们啥时交换下意见？"

"好好！谢谢孙书记关心！"李鸣听孙奕挂断了电话，这才把电话也放下。又赶紧翻出《商报》第四版大标题是《一件普通刑事案件的背后》，文章剑锋直指公安专案组，披露出公安办案引起韦娜自杀、专案组侦察方向失偏、鑫钢人员无辜死亡。

李鸣顿时紧张起来，打开电脑一看，贴吧上已经有百多条跟帖，里面的群众语言，许多把公安骂得一塌糊涂。

李鸣警觉起来，感到舆论所指可能会引发一场公安信任危机，引发对刘文山案一系列后果的追究甚至会涉及他的责任。

他突然感到窗口刮进一股凉风，不由打了个寒战。

接下来一周中，媒体的文章接二连三，网络舆情来势汹汹，把正在肃纪整风的公安一下子放在了火山口上，把李鸣烧了个猝不及防、焦头烂额。他突然又接到市委通知，请他明天去参加一个专题会议，李鸣知道，这次他将坐在被告席上了。

第二天一清早，李鸣把有关资料放在公文包中，坐着车就到了市委常委会议室。市委副书记安相儒、政法委书记孙奕、市委秘书长常丰、市纪委书记章仪、宣传部部长王育和、信访局长马申及组织部一名副部长已经就座。过一会儿，市长朱启东也到了会议室，因为他这时代管公安工作。

会议气氛一开始就有点拘谨，安相儒副书记说我受靳强书记委托召集一个专门会议，传达省委省政法委领导批示，讨论近期媒体重大舆情反映的研究处置办法和意见。接着就把省委省政法委领导的信访批件内容念了一遍。然后给信访局局长说你把接到的有关鑫钢信访的情况说说。信访局长就把赵春月韦娜家人揭发控告王志中及公安专案组违法办案要求追究责任的大概内容作了汇报，接下来又让孙奕汇报了整理的媒体主要反映、重要内容，以及所产生的影响。安相儒说，下来是否请启东市长先说说？朱启东见主持会议的副书记要他先说，那就是要先表个态，于是就说：

"同志们都听了，省委领导批示清楚。要坚决维护人民群众正当权益，严查违法违纪，查处害群之马，抚恤被害群众。以实际行动纠正错误，挽回不良影响。这就是说，在刘文山凶杀案上，公安有不可推卸的责任。要借这次公安整风肃纪，作为案例现身说法，提高干警保卫人民、为民服务的认识和水平。我表示坚决拥护省委领导批示，坚决从自身入手，有错纠错，查害群之马！"

听了朱启东市长的发言，安相儒说大家再议议，讨论一下，最后形成几条初步意见，给靳书记汇报。

大家沉默了一会儿，都在思考，想着刚才启东市长的话，想着报纸的内容，想着这场旷日持久凶杀案的结局。宣传部长说现在互联网技术把世界变成了平的，一些重大问题堵不如疏。我们政府做错了的，就要向人民道歉，更要相信人民、依靠人民。信访局长说赵春月信访反映的问题应当说事实清楚要求合理。韦娜冤死必须给予追究和给家属赔偿才是公正为民。纪委书记章仪说当初纪检曾介入调查过专案组逼供韦娜的违法情况后来不了了之，这次要彻查严惩。

政法委书记孙奕对情况应当是比较清楚的，她当过鑫钢事件调查组组长，对专案组侦破刘文山案存疑多，更对当初引发的鑫钢事件深感举措失当。但当时因为感觉到她坚持深究可能会跟柯明市长产生直接冲突，就没过多坚持。这时候凶案已告破，说明专案组从开始就出现问题，看来已经不是一件简单的办案失误，这里面还有其他情节。听了大家发言，孙奕说：

"这是我们公安工作的耻辱！但一件平常的刑事案却反映出了我们队伍中严重的官僚主义和脱离群众问题，视老百姓为草芥，草菅人命，威吓群众，甚至以权谋私，酿成一系列严重问题。现在看来，如果当初再将鑫钢事件上升为动乱事件会引发更大后果，那今天我们怎么向人民交代！幸亏市委从事实出发，把握大局，保护了老百姓和鑫钢。今天我们再不能被动了，一定要有刮骨疗伤的勇气，严肃认真查纠问题，坚决清除公安队伍中的个别害群之马。因此我建议：一、由信访牵头，公安配合，先安抚韦娜家属，再提处理意见；二、建议市委先免去王志中公安局副局长职务，待调查有结论后处分；三、建议市纪委对王志中立案调查；四、市公安局向赵春月赔礼道歉取得谅解。”

处在被告席上的局长李鸣始终惶恐不安，这时表示愿意接受教训，并接受市委给予的责任处分。

安相儒副书记见大家意见都已发表，就综合了一下，表示原则上同意将孙书记所提的几条意见作为初步意见，向靳强书记汇报，待后再做安排。最后他强调说：

“第一，不能因为案件曝光、舆论热炒就否定公安工作，这一段人民群众对公安的赞扬和肯定就说明了问题。要坚持开门整风肃纪，深入群众中听取意见，深化教育，加强整改，健全制度，使公安工作更好地服务人民，成为一支维护稳定、保卫人民的铁的部队。第二，防止媒体炒作，尽量减少社会不良影响，这点由宣传部负责协调。第三，市委政法委牵头，公安配合，深入细致地做好赵春月的思想工作，化解情绪，疏通意见，并全力支持鑫钢企业发展，宣传和保护企业合法权益。”

大家都对安相儒的总结表示了赞同，市委的一次专题会议就结束了。

靳强书记一回到鑫州就听取了助手安相儒的汇报，对专题会议的及时召开和所定的几条处置意见都表示了赞同。

一周后，王志中被市委组织部发文免去了市公安局副局长的职务。邢钢被市局撤销了刑警队副队长的职务。

远在省里的商贸厅厅长柯明，却一点没受影响，仍在呼风唤雨。

……

176 又是满山红叶时，贺庆生回了一趟鑫州市。他是回鑫州检查市文化局的文化体制改革工作，并应市文联之邀参加一个文化社团的成立活动。

那天，深秋的山峦在秋阳照耀下格外醒目，红色的枫叶、黄色的杨树叶、依然青绿的松柏斑驳杂陈。可能是秋色的感染，也可能是表姐春月的胜利，甚或是同车坐着一位跟着采访的记者欧阳意茹，贺庆生情绪很好，竟然谈笑风生，一改当书记时的严肃和拘谨，让同车的办公室秘书小弓都觉诧异。

三四个小时的路程，不说话可闷死了。

看着一晃而过的金灿灿的黄叶和远处烂漫的群山，贺庆生突然向坐在身边的欧阳问道：

"你为什么叫'意茹'？"

欧阳意茹收回了目光，想了一下，望了一眼贺庆生侧着的脸，说：

"心想有一个如意的家。"

"你结婚了没有？有孩子了吗？"

"我正在苦苦地寻觅着我的对象，但至今没有合适的！"欧阳说。

"噢！那你今年多大了？"

"报告首长，我比去年大了一岁！"欧阳眍眍眼调皮地说。

贺庆生和小弓都笑了。贺庆生想，人说女孩子最不愿别人问年龄，果然如此。就笑着说我会查到你的年龄的，便沉默下来。

过了一会儿，欧阳却忍不住问贺庆生：

"书记，想跟您讨论点问题，不知您有兴趣没？"

"好啊，一说讨论问题，我就没瞌睡了。你说吧，什么问题？"贺庆生说。

"为什么有点文化的女性单身的多，而文化圈子中的男人再婚的多？"欧阳缓缓地说。

贺庆生没想到欧阳提这样的问题，想了一下说：

"那是因为单身文化女人太骄傲，而男人都要求太低！"

"不对！是单身文化女人错过了最佳机遇。而文化男人是最会抓住机遇的！"

贺庆生望了一眼有点羞赧的欧阳，心知她在诡辩，也不揭穿，就没有回应反驳，而说道：

"有文化的人可能最讲精神感受，但农民可能不爱林妹妹的！"

欧阳迅速接上说：

"爱与不爱只是一种感受，爱在不断变化，有精神的爱，也有动物的爱，人是高等动物，就有动物的基因啊。要不，为啥今天那么多一夜情呢！"

贺庆生说："古希腊神话中爱和美的女神阿芙洛狄忒，本身就是大海的泡沫，一夜情就是爱情的泡沫吧！"

"哈！书记知道的真不少啊！爱神后来在罗马神话中变成了维纳斯，那你肯定又说那断掉的双臂就是应有的惩罚了！"

"不！维纳斯的断臂正是她的美丽之处，因为世界上没有绝对的完美，不完美才是完美。不相信的话，任你哪位艺术家去给她安上双臂，她都不是人们心中美的维纳斯！对吗？"贺庆生答非所问，想把话题引向另一个方向。

欧阳意茹听了又说：

"在希腊神话中，神和人是同等的，有人体美，有七情六欲，只不过是神寿命无限，而人的寿命有限，但他们都没有禁欲主义。"

汽车在高速路上拐了个弯，贺庆生等车平稳了一些才又说道：

"神话是人类童年的实践和梦想，是今天人类的教科书。但自从有了剩余价值和阶级，爱就有了若干的观念和形态。有欲望是人之天性，但不禁欲社会就会混乱成灾。就像有的文化人，把结婚离婚当儿戏，情欲泛滥就难免走向堕落！这也许是当代文化人的悲哀吧！"

欧阳意茹听了，颇有不平，缓缓说道：

"哎呀书记，敢问官场今天没有情欲泛滥的例子吗？有几个文化人能包得起'二奶'呢？我还想大胆问一句：贺书记您有过婚外情吗？"

欧阳意茹的话出乎贺庆生的意料，他突然感到自己被一个年轻姑娘牵绊住了思维，自觉地走向山谷。

他当然知道今天官场的乱象，但欧阳意茹一句大胆的话射向自己，还真让贺庆生为难。承认吧，确实有违良心，他是个爱着妻子的好丈夫；否认吧，他的确不愿把秦岚从心中排挤出去，他在婚外是有情的，只不过，这个"情"还未越界，于是他笑了，说：

"你这个娃娃，竟也大胆！你说我有婚外情人吗？我可以清楚地说没有！你说我婚外有有情的人吗？我可以说有。"

欧阳意茹说："书记，您可把我搞糊涂了。"

贺庆生说："这么说吧，我的理解就是说'情人'是已经超越于一般友好关系的男女，而有'情'则是在友情关系之内的，属于知心相交、情谊较深的。"

"我明白了，您说的'情人'等同于'情妇'，您说的后一种情，等同于红颜知己，是吗？"欧阳顿了顿又说："那只是一步之遥啊！"

贺庆生说："对，一步之遥。但'失之毫厘，差之千里'，这一步之遥逾越起来，并不容易。"

欧阳意茹却说：

"我看容易！"

贺庆生发现，自己很难说服别人，甚至连自己都很难说服。在感情问题上，的确是一道千古难题，男女情爱成为了亘古的文学主题，男女性爱演绎了多少人间悲剧！情性交融，爱恨交织，扯不清理还乱，只有凭个人的本能和观念去把握吧。蓦然，苏轼的《定风波》涌上脑际，他清了清嗓子，给欧阳说，我给你背首词，苏轼的《定风波》：

莫听穿林打叶声，
何妨吟啸且徐行。
竹杖芒鞋轻胜马，
谁怕？
一蓑烟雨任平生。

料峭春风吹酒醒，
微冷，
山头斜照却相迎。
回首向来萧瑟处，
归去，
也无风雨也无晴。

"好个'一蓑烟雨任平生''也无风雨也无晴'！这是书记的官场伤感之词吧！真是一种意境和胸怀啊！但似乎也听出了您的沉浮和离恨之感啊！"欧阳意茹仿佛身临其境感慨颇深地说。

贺庆生听了，知道这个聪明的女子不仅能感悟他此刻的心情，而且似乎还能透视自己的官场处境。他怕说下去总会被欧阳牵着走，就说声：

"谢谢欧阳！我想休息一会儿！"

汽车翻越秦岭，在千年的蜀道上飞奔。

到了鑫州，贺庆生马不停蹄，听取了鑫州文化体制改革的汇报，又在分管副市长和文化局长的陪同下，看了几家下属文化单位。当来到市歌剧团排练室看到地板未经更换维修，演员一跳就扬起一层灰尘时，立即表态从省厅帮助解决三十万元经费，把排练室和影剧院的地板全部换新。市里几位陪同领导表示感激不尽。

第二天，市文联的一个文化社团"鑫州诗社"召开成立大会，因特聘老市长贺庆生为名誉顾问，庆生推辞不过，想既是为鑫州文化事业，就答应下来。会上，他即席发表了短暂而精彩的演讲《鑫州文化的未来》，博得了与会文化代表的高度评价和赞扬。晚上又会见了昔日的几位老朋友，市长朱启东闻讯赶来，在宴会上代表外出的靳强书记，对老市长的关怀表示了感谢。贺庆生凭直觉认为朱启东还算真诚和厚道，就在宴席上表达了对书记市长的谢意和对鑫州文化事业的一点希望。对鑫州往事一概不提，他崇尚一句话："政声人去后，百姓心中留。"功过是非，自有人民评说。

当夜欧阳意茹到贺庆生的房间坐了一会儿，似有许多话要说，但见贺庆生喝了酒似乎没有精神就告辞了。

第三天一早，贺庆生与几位同车人员，又驱车赶回省里，这一路，也许是贺庆生回鑫州勾起许多往事回忆，或是又怕自己被欧阳牵着走向山谷，总之是一路小睡，快出山口时才自己醒来，竟一觉睡了两个小时。

回到家里，还没等贺庆生开口，秀琴说：

"这次回故乡快活啊！还带个漂亮的女记者，真过瘾！"

贺庆生本来要说故乡的变化和高兴的事，夫人这迎头一棒，打得他蔫头蔫脑，他也不愿多做解释，只是说：

"市里事忙，没顾上回你家看看！"

"我家有啥看的！哪能劳你这大官员看望。"

"你就是嫌我带女记者了吧？那是工作需要！"

"我明白，男人在需要的时候会有一百个理由！你为什么不带个男记者呢？"

庆生语塞了。

是啊，为什么不带个男记者呢？贺庆生回答不了。其实，他就是对欧阳有好感，也想带着她领略一下故乡鑫州的山水神韵。现在想起来，真是他点名让欧阳去的，他还真的找不出一个理由。夫人见了，进一步刺激他说：

"你们男人，都一个德行，败在漂亮女人怀里！"

贺庆生愤怒了，我有什么呀？我对你一生忠诚你难道就不知道好？我带个文化报记者又有什么错？他忍不住顶上一句：

"嫌我不好以后就少管！我们各自管好各自！"

秀琴接上火说："我一辈子都是自己管自己，我靠着你什么了？头疼脑热你问过了？家里孩子有病你管过了？亲戚朋友的事你问过了？你就知道个外面好，牵你一辈子的心。干得那么好，人家还不照样凉拌你还不照样贬你！本事再大，人家不用你跟我一个尿样呢！"

贺庆生一股无名火冲出，他真恨不得像年轻时候那样抽她一个耳光，巴掌捏了捏又松开，毕竟是知天命之人了，还那么幼稚和冲动？于是咽了一口气，给秀琴说：

"自己想想吧！看我哪里对不起你！"

秀琴撅给他一个屁股，一扭身进厨房去了。不大一会儿，一碗热腾腾的西红柿鸡蛋面端到桌上，秀琴喊一声：

"先吃饭，人呢？"

一见沙发上没了庆生，秀琴正待发作，却见庆生从卫生间出来，又说道：

"出差辛苦，先吃碗西红柿面！"

庆生一看秀琴又把面和菜搅和在一起，就不高兴。他一辈子的习惯是吃白水面夹菜，而夫人却总是不按自己的习惯办。庆生压着不高兴，闷着头吃完就去了办公室。

这一晚，庆生没有回家，秀琴也没有打电话找他。庆生是第一次无故没有回家，秀琴也是第一次没有找他。

177 春月知道了王志中被免职邢钢被撤职的消息后，总算出了口恶气。一想到自己当初被接二连三地传讯，最终因鑫钢事件被拘的委屈，心里就猫抓似的痛，痛过之后便是咬牙切齿地恨！他最恨的是王志中这条狗，老奸巨猾，如果当初自己屈从了王志中的淫威，给他送礼求得一时安宁，说不定今天还成了她赵春月无法洗刷的一个污点。但赵春月就是这样的人，我没干的事刀架脖子也不承认，绝不拿钱财交易！今日终于水落石出，你王志中终被惩罚，但是免职还远远不够，这是个品行极坏的人，一个公务员娶过五房老婆，这样的人竟然还能在公安队伍，竟然还能官场红火一再升迁！让这样的人得势，不知要祸害多少百姓！春月由此更想到，一定要坚持要求对那张欠条做国家级鉴定，这张条据不是刘文山伪造就是王志中伪造。这个证据仍然是春月的心头之患、心头之恨！

王志中被免职后的几天里，赵春月接到通知说市政法委、公安局要登门致歉，春月就不答应。说：你们致什么歉呀，我的问题还没解决呢。过了两天还是接待了来人。

这天上午阳光灿烂，春月仍然在厂里办公室接待了来人。市委政法委书记孙奕竟然亲自出面上门，让春月心里老大不安。她诚惶诚恐地把孙书记迎进办公室，赶紧沏茶亲手端到孙奕手上，说：

"孙书记，我没想到您会大驾光临，真是抱愧！其实你要我去，打电话我去就是了。我真该死！"

孙奕见赵春月虽然胖些但行动不失敏捷且快人快语，心里多了一份快意，她喝一口春月捧上的茶水，缓缓说道：

"赵总，不瞒您说，到您厂里来是我自己向靳书记要求的差事，我是代表市委靳书记、政府朱市长来问候您，向您致歉来了！"

就这一句话，说得赵春月眼泪刷的一下流了下来，她赶紧用手狠狠抹去，对着孙书记和同来的公安局第二副局长刘忠武说：

"感谢靳书记朱市长！感谢市里各位领导对我鑫钢的支持！更感谢市里为我赵春月洗刷耻辱！孙书记您一来，我这口气就下去了。我现在没有别的要求，不要求为我恢复名誉，也不要求给我赔偿损失，我只要求一条：把那个欠条证据拿国家公安部做鉴定，我赵春月发誓，我绝没有借欠过刘文山一分钱！"

孙奕书记说：

"赵总大气，是我女中豪杰！我们同为女人，我完全理解您此刻的心情！请您放心，证据送鉴之事已做安排，就是您不提出我们也要这样做的，这仍然是一个重要事情，牵涉的不止你一个人，请您相信我！"

从孙奕内心来说，她从一年前任鑫钢事件调查组组长起，就对赵春月有了一些了解，也对韦娜自杀有过怀疑，但当时她未兼任公安局党委书记，具体办案过程知之不多，且一些想法都因韦娜与刘文山曾有暧昧关系以及赵春月借据转不过弯来。但她还是坚持了实事求是的原则，从公安执法源头梳理，找到了公安干警作风粗暴违规执法，王志中动用公安推波助澜，直到李鸣局长批准公安特警行动引发与群众对峙，酿成重大事件。她坚持了执法为民、维护群众利益、维护稳定大局的原则，坚持从自身查找问题，准确判断事态，才使得鑫钢事件得到较为妥善的处置，没有引发更大动荡。孙奕觉得问心无愧。当然，她对赵春月曾计划过的预案准备，乃至于现场群众中个别人员煽动这些方面的情况并非视而不见，通过对被抓工人的教育惩戒也是一种方法。孙奕感到赵春月两点做得聪明：一是及时交回手枪，二是动员魏刚自首。既站住了法律的脚跟，也显示了真挚善良的本意。这对事件定性也起了至关重要的作用。孙奕感到刘文山案告破，证明了她的观点和做法的先见之明，她也很想再次与春月一会，深入认识这位女性，并代表市委市政府做好工作，促进企业新的发展，所以她主动要求了这个任务。没想到效果如此之好，赵春月没提一条为难的事。她深为赵春月的豁达大度而感叹，也为自己没有白跑一趟而庆幸。听了赵春月的话，她感到任务已经完成。便与赵春月扯了一阵家常话，打算告辞。

赵春月打从内心感激这位女书记为厂里主持公道正义，感激她亲自出面来厂致歉，就一再请求孙奕留下吃顿午饭，孙奕见盛情难却，加上心里知道赵春月与贺庆生的关系，便留了下来。

一顿午饭，就在厂部食堂的经理接待间进行。虽然没有山珍海味，但几道地方菜做得爽口，像什么"素面猴头""红藤酥肉""百合三欢"等，尤其是一盘"白蛇卧枕"却是用剥皮的山药肉作蛇形，静卧于青黝黝的嫩绿芹芽之上，叫人吃得顺口、心里舒畅。

春月点了一瓶茅台酒和一瓶周南地产"南宫御园"让各位分别品尝一下，评价评价。结果那位刘副局长还是品出了味道，他说两酒各有香味，但似乎南宫酒胜过茅台，大家都笑。还是赵春月单刀直入：

"刘局说得对呢！咱本地南宫酒虽没名气，但货真价实，而茅台酒闻名中外，我只怕咱今天喝的是假酒啊！实在对不起，我们没有那个本事从茅台酒厂搞来真酒，这酒还是从市里专卖店购进，可见真假难分啊！"

孙奕打圆场说："茅台酒产量也就四万多吨，中国国酒中有多少假冒茅台啊，酒假情真就是了！"春月说："是啊是啊，只有孙书记理解我们，不计较！"

席间，趁着刘副局长外出接电话，孙奕问春月说我们老市长贺庆生近来可好？春月回答说代表表弟感谢您，我会把您的心意带给庆生。孙奕说了些贺庆生在市时他们相互有些交情的话，春月说，说实话我与贺庆生还是因这次你们查案所逼，走动多了些，感情还深了些，要不的话，还真不如贺庆生跟您的交情深呢！孙奕听了觉得说的是真话，心里便多出几分对贺庆生的敬意。

178 转眼间到了十一月，内地已是深秋时分，秦岭上是红叶斑驳，树木开始凋零，省城才是树叶始黄。

贺庆生接到通知，本月中旬随团出访台湾。这本是梦寐以求的事，虽然这个团叫经贸考察团，但他还是报名争取，好在省里由一位厅级领导带团，是一个多单位的杂团。目的是这几年台海关系缓和后台湾旅游对大陆开放，而大陆也想通过旅游方式加强两岸交流沟通。台湾打的经济牌，大陆是算政治账，各有所谋。大陆对台旅游火爆，省里也支持官员们有机会赴台考察，贺庆生不费大事就获批访台，当然心里最想见的是秦岚和贺玲。上次去北京未能邀到秦岚，庆生就觉怅然若失，一时打不起精神，也让贺玲发现，问了他们的事。他一直把贺玲的话记在心里，反复回味，试图理解更深一些，但每每不得要领。这次批准赴台，别提他有多高兴了。他告诉秀琴说可以去台湾看看她的三个亲戚，秀琴说那我跟你一起去，庆生说那怎么行啊，这是公家组团，秀琴说我就知道，那里有你日思夜想的人我去了你不方便！庆生无可奈何，只能笑笑。接到出行通知后他便给秦岚通电话联系，报告了大体出行日期，让秦岚能腾出时间安排见面，并让秦岚转告贺玲。秦岚欣喜若狂，能在台湾见到亲爱的哥哥，在台湾见到她心中永远牵念的人，心里真是像吃了蜜糖，只是怨时间过得太慢。她调整工作安排，计划着十一月与庆生见面的细节。

终于接到了庆生的出行通知，秦岚高兴地在电话中说：

"亲爱的哥哥，你知道，我等这一刻等了多少天，我就盼着能在我自己的家里见到你，就盼着能跟你痛痛快快地说上三天三夜的话，就盼着能让我好好看看你……这一天终于盼到了。到时，我一早就去桃园机场接你！"

秦岚的话激起了庆生心中层层涟漪，临走几天前一颗心好像已经去了台湾，吃饭时忘了夹菜，秀琴用筷子敲一下饭桌说：

"看你急的，连菜都忘了夹！还有几天呢！别把魂都丢了！"

庆生赶紧夹一口菜，笑着对妻子说：

"我在想，给台湾亲戚们带去点什么东西？"

"亲戚你不用操心，对秦岚来讲你就是最好的礼物了！"秀琴说话总是那么直白，庆生多次感到被噎得喘不过气来，但也没有办法，只是在心里给秦岚添加些砝码。

十七日，贺庆生一行十五人从北京出发直飞台北，国航飞机经三个小时飞行，中午就整点到达台北桃园机场。

举着手牌的旅游公司接机人顺利地接上了大陆这个代表团，秦岚也很快找到了庆生。从机场前往台北圆山饭店还有一段路，贺庆生想随秦岚的车去圆山，但团长不允许，说组团有纪律，不能刚下飞机就随意离团，有亲戚朋友在饭店会面吧。贺庆生只好随团坐车，而秦岚独自驾车先到圆山饭店等候。

这个圆山饭店，原本是蒋介石和宋美龄到台湾后，苦于当时没有一个像样的接待场所，由宋美龄亲自主持设计建造的。这个饭店位居剑潭山西南的一个圆形土丘，高于盆地俯瞰台北，一个锥形伸出地块被称为"龙头"，酒店就建于龙头之上；这个酒店虽然陈旧，但却相当于北京的钓鱼台国宾馆，在台湾十分显赫。这里是台北住大陆游客最多的酒店。人们到这里来，主要是想见见当年总统及夫人留下的遗迹，听听这里神秘的故事。

庆生这级的官员，外出出访一般情况是安排单间住宿的，这主要看你的出资费用，掏钱多些就是单间，少于三万以下都是双人间。这个团均为副厅级以上官员，费用也高，所以都安排住单人间，这为贺庆生会见秦岚提供了方便。

秦岚帮庆生安顿好了房间，洗把脸，见时间还早，就拉了哥哥信步到大厅里，然后来到圆山的盘山道上，从这里，看见基隆河沿山而流，斜拉桥勾通两岸，城中央 101 大楼鹤立鸡群尽收眼底。秦岚娓娓地讲述着这里的神话和故事，什么圆山藏宝啊、大火烧冲啊、总统通道啊，等等。秦岚不顾哥哥庆生羞赧，拉着庆生的手，在整个圆山转了一圈，指着北边说：这下面是"士林官邸"，即蒋介石在台北的住地，你们也要去看的。

庆生在大饭店入口牌坊处跟秦岚合照一张照片，又在水池前面照了一张圆山饭店的侧景合影。随后吃自助晚餐，又外出照了几张台北夜景。几个小时过去，秦岚怕哥哥累了就说回房吧，庆生随着秦岚走回八〇七房间，用一支古鼎形的钥匙打开房门。

开灯，洗手。

突然间，秦岚扑在了庆生怀里。终于四目相对时，秦岚看着庆生说：

"哥哥，你显得老一些了！"

庆生说："是啊，岁月催人老！妹妹你还是容颜不老！"

"你知道吗，女人为何不老？"秦岚傻傻地问，接着自己答道："是因为她心中有永远牵挂的人！"

庆生把秦岚揽在怀里，喃喃地说："我知道，我知道妹妹你的心。我也永远牵挂着妹妹，只是，身不由己啊！"

"妹妹了解你，也理解你！知道你心里的苦楚。妹妹只要见到你在跟前，心里就充满幸福就什么都可以放下。哥哥，你说这是为什么？"

秦岚的头依偎在哥哥肩上，动情地说。

庆生心中卷起一阵巨澜，但还是压抑着心里的冲动，只是稍微把秦岚的肩膀搂得更紧了一点：

"岚妹，哥哥永远感谢你的牵念，你永远是我的好妹妹！"

秦岚慢慢脱出庆生的怀抱，用火辣辣的目光看着庆生：

"庆生哥，还记得香港那个夜晚吗？"

庆生点点头。秦岚说：

"从那天起我就属于了你。虽然我们没有发生什么，但我把自己给了你的决心从那时就定了。十多年了，我多少次告诫自己忘记这个念头，但我做不到。或许是孤身飘零，也许是心无旁骛，我更坚定地相信，我会等到这一天！"

正待庆生说话时，门铃响了，原来是副团长通知召集全团会议。贺庆生给副团长介绍了妹妹，让秦岚在宿舍先休息，便跟着副团长去开会了。

第二次见到秦岚，已经是两天之后的下午，在北回归线。

那个晚上的会议开了足足一个小时，主要内容是安排次日的台北公务活动和强调出访纪律。团长洪江在会议结束时给庆生开玩笑说：

"听说我们庆生同志在台有亲戚和几个表妹，我们真担心你会甩掉大伙啊！"

庆生听了，知道团长是委婉要求自己遵守纪律，也就笑着回答说："亲戚三个，还有一个不是表妹是亲妹妹！大家放心，我会遵守好组织纪律，绝不会给组织找麻烦的！"

回客房时，却不见了秦岚。一张条子留在桌上：

"哥哥，我走了。一是你们开会，二是你劳累一天，另外我要回去处理一个紧急稿件，故先走了。你回来后给我电话。妹岚，即。"

庆生把字条收好，然后洗个澡，冲去了一天的劳顿，躺到床上，这才拿出手机拨通秦岚的电话：

"岚妹，对不起！开会晚了，这会儿才给你电话。"

秦岚立即接通了电话，仿佛迫不及待，却说："哥哥，我见你有些累，你们风尘仆仆，就先休息吧，明天我陪你！"

庆生告知了明天的公务活动安排，上午公务活动之后就从基隆往南走，沿太平洋环岛一路游览野柳公园、太鲁阁，晚住花莲县。秦岚说好，我还没有去过那里，正好可以随你们玩玩。我自己驾车去，会找到你的。庆生一再告诉秦岚路上小心。

下午行程很紧。但野柳地质公园仅距基隆市十多公里，时间不长就到了公园。庆生就打电话给秦岚，秦岚说我早已到达，这会儿已经进入公园，我在女皇头像处等你吧。

野柳地质公园远望犹如一只离岸海龟，昂首拱肩，游弋在太平洋上。实际是海底沉积岩上升至海面，由于海风海浪的拍打和侵蚀，形成了众多的蜂窝岩、海烛岩、海溶洞、风化窗等众多的岩层景观，奇岩怪石，形状万千，酷似英伦伊丽莎白女皇美丽的头像，高贵典雅，一个个溶洞有的深藏海里有的露出水面。

庆生随团一边漫行一边拍照，急着见不上秦岚，看着一个风窗想钻进去看看，不料被人从后一掌推来，猛吓一跳。回头一看，却是秦岚笑吟吟的红着脸，庆生笑说你想把我推到海里喂鱼啊！秦岚说那我就跳下去救你！两人哈哈笑着，来到女皇头像前，请一位同事照一张照片，又看几处景观后二人便一路往公园出口走去，这里参观只留一个小时，很快就到集合时间了。

到了太鲁阁国家公园，却是沟壑幽深，洞穿山涧，曲径通幽，道路奇险，连峰峡谷，牌楼座座。原来这是蒋介石从大陆带来的一批士兵到台后开山凿石、架桥铺路，靠着千辛万苦和炸药钢钎，硬是在山里打造出的一处公园。这时，庆生和秦岚忽然想到国民党老兵赵云儒修建太鲁阁的事，不由得生出几许感慨。

妹妹秦岚一路跟随，终于让团长洪江动了感情，想到庆生见妹妹不易，就给了他一点小小的自由，允许他随秦岚参观完太鲁阁后自由活动，晚住花莲假日酒店，明早八点出发继续旅游。贺庆生高兴极了，总算有了点自由的时间，而且从团长话中听出，只要明日赶上出发即可，那么就等于有十多个小时可以与秦岚单独相处。于是便与秦岚一同乘车赶到海边公路上的北回归线纪念塔。这时已是夕阳西下，就赶紧在碑塔前留影，然后去海边的鹰嘴湾，两个人坐在礁石上，看海浪拍打岩石、卷起雪白的浪花，远处是蓝蓝的大海一望无际，不由得让人浮想联翩。

庆生静静地看着大海，好一阵才转过头对秦岚说：

"岚妹，你像海燕，飞得很高很远；但又像一只孤帆，茫茫大海，不知何日靠岸。"

秦岚在静静地听，也把思绪从很远的地方拉了回来说：

"哥哥的话，不是很哲理就是很忧伤，让我好有想哭的感觉。"

庆生也觉得自己语言沉闷，影响了秦岚的情绪，但却不由得说出就有些后悔。便换个话题问起秦岚近两年的工作和生活。秦岚说工作还是老样子，在台湾不怕别人笑你结不结婚，没人管你。只是笑你请不起客生活拮据，我也算得这一类吧。做记者虽然见多识广，但也辛苦，遇到的上司有好有坏，但总的说还算可以，特别在感情上还不会强人所难。自从上次请假回大陆，报道了大陆地震灾情后赢得社里赞扬受到社长表扬。也曾有同僚做感情进攻，都被秦岚婉拒，私下里就把她叫做了"资深冷女"，说资深是因为年龄，叫冷女包涵了"美女"之意。时间一长，也都知其心上人在大陆，便不再纠缠，偶尔开几句不咸不淡的玩笑罢了。

秦岚也问了庆生近况，知道他调省后工作顺利心情尚好，只是对庆生生活上有些放心不下。说庆生哥，嫂子对你还那样吗？生活还愉快吗？庆生喏喏着，说还过得去吧，嫂子的脾气你知道的，我让让就算了。秦岚便有些眼睛发红。

十一月的花莲，气候如春。秦岚在一个傍山靠海的村边小酒店里定下房间，不愿记下酒店名称，就叫"北回归线酒家"。酒店不算很大，但干净整洁、幽静清雅，站在阳台望去，下面一片如茵的花草和海边植物，远处是茫茫大海。兄妹俩在酒家要了几个当地菜肴，秦岚要来一瓶台湾高粱酒，庆生说不喝吧，你要开车，秦岚说咱按家乡习惯，亲人见面不沾酒不算，少喝点吧！庆生也知当晚不回去，就随着妹妹边吃边喝边聊，不觉间一大瓶高粱酒只剩下瓶底一点了，但他们谁也没醉。这酒上头快也去得快，庆生尽管让秦岚少喝，秦岚尽管着自己多喝，结果可能是半斤八两，两人差不多。

回到房间里已是夜里十点，秦岚让哥哥先洗澡。然后秦岚洗过之后淡淡化妆，镜中一看自感满意。走出浴室见庆生穿戴整齐独坐窗前发呆，叫声哥说你怎么不先休息呢？我今晚就睡沙发。庆生望着秦岚羞涩而发红的脸，感到秦岚依然那么年轻，依然风采照人，就想去拥抱一下，但他忍住了。听秦岚说她睡沙发，便说那不行，哥哥睡沙发，妹妹你睡床上吧！秦岚发起倔来说哥哥你入乡随俗吧，这里妹子说了算！庆生只好答应，就说再聊会儿吧，妹妹！两人相依着坐在沙发上，却谁也没有话了。

一阵难受的沉闷过后，还是庆生先说话了：

"岚妹，你还是回大陆吧，现在不用回鑫州了，回省里，我给你办好！"

秦岚右胳膊套住庆生的左胳膊，说：

"庆生哥，我只怕是回不去了。因为我怕回去会影响你的家庭，影响了嫂子和你的生活。这些年来，怎么孤独怎么辛苦，我都撑过来，因为心中有哥哥你啊！"

"这可能就是我的命！我一想着凌芬妈妈，就觉着我爸爸欠她的太多；一想到你和秀琴嫂子就为你的委屈和孤独而心疼。"秦岚说，"但我替不了嫂子，又放心不下，常常在矛盾中徘徊，只好想着远离你。你说，我还能回去吗？"

庆生听着不由得将秦岚侧过的身子揽在了怀里，喃喃地说：

"我对不起岚妹！对不起你呀！"

说着，两颗晶亮的泪珠滚落下来，庆生赶快用手抹了一把。秦岚感觉到了，知道是庆生出于对她的感情但又怜悯秀琴不由落泪，她的心又有些战栗，在心里说："多好的男人啊！"

忽然间，秦岚把嘴唇贴了上去，用舌头顶进庆生的嘴里。庆生停顿片刻，便紧紧地抱住秦岚的身子，两片嘴唇终于咬在一起。过了一刻，庆生毅然起身，将软软的秦岚抱起放在床上，自己先脱掉了衣服，秦岚闭着眼睛也脱下了贴身的衬衣，抱住庆生，贴在他耳朵上说：

"庆生哥！今夜给了你我死而无憾！"

庆生看着灯光下一具雪白的肉体，双乳依然高耸，光滑平坦的小腹，一双圆润的玉腿，和那双再熟悉不过的、此刻微闭着的美丽眼睛。他迟疑一下，终于不顾一切将赤裸的身子压在了秦岚身上。

再次紧紧相拥，再次深深亲吻……

秦岚扭动着身子，喃喃地低声叫着哥哥；贺庆生像一头野狼终于猎捕到羊羔。羊羔并不反抗，野狼也不想立即吃掉羊羔。瞬间，野狼变成了雄狮，把猎物从上到下舔了一遍，雄风开始鼓起，刮过了山坡刮过了草原，终于发起进攻。

秦岚扬起胳膊紧紧箍住哥哥，裸露出急迫的渴望……

忽然，庆生看到秦岚腋下一颗黑痣，不觉惊叫一声：

"秀琴！"

秦岚一个激灵忽地坐起身来：

"怎么了？庆生哥哥！"

贺庆生大汗淋漓，头脑渐渐清醒，鼓起的雄风渐渐远去。

庆生轻声说：

"从小长大，我怎么没发现你腋下这颗黑痣，跟秀琴的一模一样！都长在同一个地方！"

秦岚也从狂热中清醒过来，见庆生大汗淋漓，赶紧下床去浴间拿来热毛巾给庆生擦着头上脸上的汗水，然后从胸膛到脊背，一处一处地擦着擦着，眼泪不停地掉在毛巾上。庆生任由秦岚静静地擦着，闭上了眼睛。秦岚的泪水好像流进了他的心里。

……

这一夜，庆生和秦岚只是相拥而卧，时而互相劝慰，时而相拥而泣；拥抱得越是热烈，失败得越是彻底……

天快亮了，贺庆生说：

"岚妹，对不起你，我可能不行了！"

此时的秦岚已没有了眼泪。她平静地答非所问：

"哥，我想好了，我答应你，我回大陆！"

……

第二天清晨，秦岚开车把贺庆生送到花莲市假日酒店，随后又同车送至高雄，便告别哥哥返回台北。临走时她与团长洪江告别，洪江看着这位漂亮的女记者，就开玩笑地说：

"台湾妹子，以后不能忘了你庆生哥哥哟！"

秦岚说：

"我是大陆姐儿，说不定哪天，我会在家乡见到你们的。我会永远记得哥哥，也盼望你们日后再来台湾！"

庆生眼里好像吹进了沙子，他忍住欲出的泪说：

"岚妹，我在大陆等你！"

秦岚说：

"好的！"

第三十七章　彩虹过后

179 贺庆生送走了秦岚，就郁闷起来。从高雄再往北走，经台南到嘉义，又参加一次公务活动，然后便去了阿里山和日月潭。庆生情绪不好感到看景不如听景，阿里山跑两三个小时，就见了满山的槟榔树和一些茶园，买了很贵的茶叶做回家送人的礼品，有的厅长们一下买几千块钱的台湾高山茶。到了日月潭，才知是一个高山湖泊，水倒是十分清澈，景点不错，但远不比杭州西湖。孤岛上一块石碑，一面镌刻着"日月潭"，另一面刻写着"千秋苦旅"几个大字，庆生眼圈有点发红，就在石碑下照了一张相。

当晚住日月潭宾馆，靠山临水，风景十分优美，但庆生全然没有了兴致。晚上辗转反侧不能入睡。想着来台之前的缕缕情丝、北回归线的魂魄欲断、秦岚充满无奈和凄凉的眼神，他在心里骂着自己无能、没有勇气、伪君子。他甚至不明白为什么自己一见那颗黑痣便轰然溃败，为什么与秀琴过性生活时活力充沛？是自己老了，还是对秦岚不是真情？为什么自己豁出去想要接受秦岚时却是那么彻底的失败？同志们照相都选刻着"日月潭"三字的石碑，而自己却偏偏选择了"千秋苦旅"的背景做纪念。这么思来想去，贺庆生才感到自己过得悲苦，感到自己人格的两重分裂。他在心里承认自己是爱着两个女人，但又在心里说自己太自私太虚伪太没有男人气。

过了南投和台中市后贺庆生两次给团长洪江请假，要求提前返回台北，洪江知道庆生没有其他意图，也就同意庆生提前一天回到台北，第三天与代表团汇合时完成最终考察任务。

庆生急急赶回台北先去了秀琴在台北的侄子家里，带去了家乡的茶叶等礼品，见到了台北市和嘉义市的两兄弟。然后与秦岚联系去看堂姐贺玲，但秦岚说去执行公务答应晚上见。庆生只好由台北兄弟的车送，终于找到了贺玲的咖啡屋。姐弟相见自是非常高兴，相约晚上叫秦岚一块儿吃饭，庆生因想着秦岚也就答应，在高雄的台湾老三也答应晚上赶来参加。

是夜，台北灯火通明，101大楼在黑夜里仍然是明亮如炬，雄立于群星之中。贺玲、庆生、天佑、天齐和后来赶到的台湾三弟天亮加秦岚六人齐聚一堂，在一个较为繁华的地方找一酒店，居高临下观看夜景，故乡人相逢，热烈和兴奋溢于言表。除庆生外，其余五人都相互有过联系和照应，算是熟人。但庆生与贺玲秦岚，就比那三兄弟熟得多了。

大家一起合影留念，拉起家常，说起父母，说起几十年前的事，仿佛有说不完的话，只是贺玲发现秦岚话少了，贺庆生老在留意着秦岚，感到他们有些问题，只是不好道破。晚饭后给周氏三兄弟说你们先回，庆生和秦岚兄妹相逢不易，我留他们一晚让他们再叙叙。三兄弟便同车告辞。

留在贺玲处的庆生兄妹有些不自然起来，庆生说秦岚已经陪了我两天，说了很多话，秦岚说是啊是啊，庆生哥还给我上了政治课呢！庆生尴尬起来，望着秦岚只是苦笑。

贺玲想了想说：

"海外相逢是大缘分，兄妹海外相逢更是天缘，愿你们留下难忘的记忆！"

庆生忽然记起贺玲北京煮酒时的话，"感情这个东西，有时超乎理智，使人爱恨交织"，"千万注意不要走极端，不要因情伤身，更不能因小失大"。忽然觉得自己这"三不要"做得不错，符合了要求，但想想对秦岚的爱却还是那么深沉，只有爱和深深的歉疚。便接着贺玲的话说："贺玲姐放心，我和秦岚毕竟是兄妹，能在台湾相逢是前世修下的姻缘，我们兄妹一起吃过苦，有很多的共同点，我会十分珍惜这份兄妹之情，只盼望秦岚妹妹幸福如意！"

秦岚没有接庆生的话题，却给贺玲说：

"玲姐，我已经答应了庆生，准备回大陆去！"

秦岚没有叫哥而只叫了庆生的名字，让贺玲心里忽闪一下，又听说秦岚要回大陆，估计庆生与秦岚在台湾已发生关系，正在为回去后如何处置家庭矛盾和具体事宜考虑，因此显得偶有忧心。也就不再多想，说秦岚你如果要回大陆一定要办稳妥，千万不可疏忽大意；另外还说起计划在台办一次两岸论坛，把周南和鑫州在台人士都请来，到时还邀请你们二位一定参加。庆生秦岚都欣然答应。末了，秦岚说我送哥哥回圆山饭店，贺玲也觉很好，就没留他二人。

秦岚开车一路飞快，庆生知道秦岚心里难受但不知该说点什么，又怕影响秦岚开车也就无话。车窗外，大街上行人稀少，车流不断，不少台湾青年骑着摩托穿行于汽车丛林竟然如鱼入海，霓虹灯、电子屏，加汽车车灯，给驰过的车辆拉出一束束金红色的彩线，台湾夜景的确不错。一小时不到，秦岚把庆生送回到圆山饭店，庆生要秦岚到酒店歇息一会儿，秦岚说不了，要回家赶稿子，庆生说明天我去家里看看，秦岚说房子太小，哥哥不看也罢。

庆生见秦岚执意要走，知道自己伤透了秦岚的心，无奈只好将秦岚送到车上，却见秦岚泪流满面。庆生强拉住秦岚的手试图抱住她，但秦岚拒绝了。秦岚抹一把眼泪，平静地给庆生说：

"哥，请你相信妹子，再见！"

说着发动汽车朝着前方驰去。

贺庆生勉强从嗓子里挤出：

"岚妹再见……"

一阵冷飕飕的风吹来，贺庆生打个寒战，心里说：

"岚妹，对不起，不要怪我！"

"再见了，岚妹！"

180 几天后，访台团集体回到了省城。

贺庆生回到家里，秀琴自是高兴，赶紧端茶递水，庆生发现拖鞋已经换成新的，软绵绵的穿着很舒适，心里说还是夫人照料周详，便拿出两筒高山茶说是周家兄弟的礼物，然后拿出一条白色精致的珍珠项链给秀琴戴上，秀琴问你买的还是谁给的？庆生照实说是秦岚给买的，秀琴听了，就把项链从脖子上摘下来说："先放着吧！"

晚上，庆生注意到秀琴把床单也换成了一条流行的老土布床单，土红色底子加上几个黄白色的竖条，干净素雅；被子绵软又干爽，闻得出太阳味，心里又是一点感激。躺在床上，秀琴问起见到秦岚了。庆生才把赴台的大致游览和会见三兄弟、会见秦岚贺玲的细节说了一遍，当然他未如实地说出北回归线那一晚的情景，只说秦岚记挂着嫂子专门精心挑选了一条珍珠项链让带回。秀琴听了，突然问庆生：

"你说秦岚陪你两天？"

庆生说是的，也是应该的。秀琴似有不信，又问：

"你说秦岚想回大陆来？"

庆生说是的，叶落归根，这是传统和必然，秦岚也不小了，总还是想着故乡啊！秀琴说那倒是，谁想着我们老了却离开了故乡。最后说：

"你也跑累了，早点睡吧！"

庆生又想起了秦岚，想起她回大陆的话，想着想着，秦岚腋下那颗黑痣又浮现眼前。他一翻身抱住秀琴，说要看看她腋下那颗黑痣。秀琴也不反对就张开胳膊，庆生细细看着，想世间竟有这么奇事，就有一股冲动升起，他便更紧地抱住秀琴，更感到活力崛起。秀琴知是半月未见，便配合起来，喃喃地说："别猴急，慢点！"

庆生成功地驶入了大海，像一个勇敢的博浪者，迎着一个个巨浪，从峰谷冲向浪尖，驾着舢板自由地滑行在波峰之上，仿佛年轻时代自由而舒畅地游泳，他一会蝶泳一会蛙游，爬在波涛之上起伏跌宕，最后被冲上岸边，躺在细柔的沙滩上，静静地回味着胜利后的超越……

贺庆生恢复了男人的自信，但同时却有更深的自责。

过了两天，省委组织部干审处突然电话通知贺庆生去一趟。为什么事呢？贺庆生有点惴惴不安，心想反正去了就知道了，就按时去了干审处。干审处长接待了庆生，告诉他让他写一份关于鑫钢事件前后与赵春月联系的情况和与柯明共事时对他的印象及评价，写好后交干审处。

贺庆生有些摸不着头脑，是调查我吧，时间已过去一年多了，我和赵春月的事是清楚的。为什么又要写对柯明的评价？这不是为难人吗？人家官都升了，至今评价又有何用呢？但组织上要，只能写，硬着头皮也得写。

贺庆生在思考中与春月通了电话，从春月口中得知那份"证据"早已送国家公安部，听说最近已有消息。贺庆生想了想，就又拨通了孙奕的电话。孙奕说老领导不瞒您说，鉴定结果已经由国家公安部出具，欠条系伪造，最近正跟书记汇报拿意见。这就是说，很可能王志中伪造了证据。市委可能采取措施立案审查王志中。

知道了这些情况，贺庆生用了一个上午，就将一份说明写好。一是对鑫钢事件的基本看法和当时自己的责任；二是与赵春月的关系及那段时间的接触；三是对柯明的基本评价。在对柯明的评价中，贺庆生如实地反映了柯明违规监控自己和已知与某女发生婚外情的问题。贺庆生最大的优点也是缺点就是不会说假话，特别是对组织。他想，既然写，就要敢于承担反映的责任，哪怕当头对面，也要光明磊落。

贺庆生有点后悔的是把"某女"交代了出去，这不是出卖吗？其实"某女"就是雨晴。他觉得对组织要诚实，既要反映柯明就必须有实据。但对于一个八零后女子，这却是灾难。但是贺庆生仍然相信组织会妥当处置，仍然认为如实向组织反映问题是自己的责任。

这时的雨晴，在北京干得如鱼得水，她竭力把自己的经营经验、文化创意奉献给这家咖啡屋。雨晴担任了《两岸咖啡屋》刊的副主编，把小小期刊办得风生水起，逐步聚集起一批京城学子，志愿者前后承接，策划建议、沙龙讨论，也大大增长了雨晴的眼界和文思。她把反映两岸文化、旅游和交流为主要内容配以精美图片的季刊奉献给读者，在附近各高校一些教授和文化圈中产生了良好的影响。连贺玲也打电话表示了夸奖和感谢。雨晴与皇甫一清密切配合，设计着进一步扩大咖啡屋规模、发展城市连锁的构思和计划。

这时候一位高校年轻讲师终于闯入了雨晴的心中，但雨晴深藏于心十分谨慎，只在心中酝酿和渴盼着那份属于自己真正的爱情。她给国强写了十多封信，诉说自己的遭遇和幸运，劝说国强回归事业，甚至说国强不回归，自己绝不谈婚论嫁也绝不见他。说自己的追悔和今天的重生，说贺玲夫妇是再生父母，说自己在艰难前行中遇到过恶人，但还是遇到了更多的好人，国强、春月、庆生、贺玲和一清等……

一个鑫州女子到了北京，竟展现出了如此的生机和活力，的确是鑫州的骄傲！后来贺庆生想起来都觉奇怪，随后才慢慢释然，他相信鑫州这块孕育中华文化的土地，总会有一代代的人才在艰难曲折中成长起来。

雨晴后来平静地接受了组织调查，她简要地向组织叙述了与柯明认识及发生性关系的经过，讲述了她对柯明的认识和评价。她说这是事实，但她没有留下什么证据，因为她从来就不想归罪于他人。她说供述也只作参考而不做证据，后来，她还是在调查笔录上按要求签了字。调查人走后，雨晴痛哭了一场。

雨晴不怨任何人暴露了她的隐私，只把这段历史深深地锁在了记忆的耻辱柱上。

她从贺玲和皇甫一清身上，乃至于从贺庆生身上读出了一种道德的力量，读出了一种坚韧和宏大，也似乎看到了前行的巨大亮光。

181 王志中被鑫州市纪委立案调查了。市委政法委派专人送北京公安部痕迹鉴定的结果出来了："欠条"证据系高仿真伪造。经高科技手段鉴定，欠据上发现复旧处理痕迹，字迹部分与整体纸张存差异痕检。市委政法委即与市纪委沟通，提出立案建议，市委很快批准，对王志中采取了"双规"措施。

王志中被纪检人员带到一个不起眼的宾馆，被纪检人员三班倒地看管在一个小院里的平房里，房内两张床，一张是王志中的，一张是工作人员的。另有一张小书桌，可随时供谈话笔录所用。

王志中在被宣布"双规"的那刻起，就知道自己完了。他害怕的有可能被人举报收受贿赂，他知道这些年来无论是在车管所还是在现职岗位，他都不失时机地索要和收受过当事人不少钱财，要不他哪能玩得起女人和娶过五房老婆？所以，当纪检干部问他："知道为什么双规你吗？"他就说可能是有人举报我有经济问题吧。纪检干部说那你自己说说有什么问题。他说我给人办事后人家感激我，给我送过财物，逢年过节办喜事时熟人送过一些礼金礼品，除此之外没有收受什么。纪检干部说你大概收过多少礼金？王志中说记不清了，几十年总有几十万吧。纪检干部说好，那你如实回忆如实写出，只要交代了就好。

过一天，纪委核查了王志中及家庭银行账户，竟有六百多万。王志中傻眼了，这是不明巨额财产啊！

这样，王志中再也不要求在院子里转转了，睡在床上耍死狗，拒绝写交代材料。这时候，纪检干部才又问王志中，你还有其他问题吗？王志中说不知道。纪委办案副书记在王志中双规一周后的一个晚上给王志中提示说：

"鑫钢事件中你承担了什么角色？"

王志中一听又提到鑫钢事件，就说："专案组长。"

纪委副书记说："你把那张欠条怎么拿到手的？"

王志中一下子蒙了，说："我从韦娜保险柜查到的！"

纪委副书记拿出那张送检的条据说："是不是这张？"

王志中细看了一下，说："就是这张！"

副书记反问："记清楚了？没错？"

王答："没错。"纪委笔录员让他在笔录上摁了手印。

副书记跟两位干部交换一下眼色后反问：

"那么你在刘文山衣柜夹缝里拿到的是哪一张呢？"

王志中脸一下青白起来，感到钻入了圈套，怎么一发蒙就说出了从韦娜那里要出一张条据呢？他赶紧说：

"就这一张，就这一张！是我记错了！"

副书记提高声音说；

"王志中，我警告你，没有证据我们不会把你请到这里！现在回头老实交代，或许还来得及！"

王志中不吭气了，长时间沉默不语。

副书记站起身来，踱了两步，又对王志中说：

"打消你的侥幸心理吧，你所谓的证据我们已经做了权威鉴定，你也不要试想着谁能保你！想保你的人现在是泥菩萨过河自身难保。你违反党纪国法，唯一的出路是老实交代争取从宽！"

王志中差不多要崩溃了，看来纪委不仅掌握了自己的经济问题而且知法犯法的证据也都抓住了。现在他的唯一的寄托就是柯明。但如果柯明被调查，这会儿哪顾得上他呀！一想到柯明，王志中也觉得上了他的当，不是你逼我破案我会到这一步吗？去他妈的，鱼死网破，老子也拉上你！便说：

"办案的事，是柯明副市长直接指挥的，有些事，他才能说得清！"

副书记又一次与两位干部交换了眼色，然后不慌不忙地告诉王志中：

"告诉你，你的保护伞这会儿同样在接受审查，寄希望于某人，你会后悔的！"

室内静悄悄的，掉根针都能听见。双方都在紧张地进行着心理战。

王志中听得清楚，心里说完了完了真的完了！看来只能自己救自己了，就突然一下跪倒在地，痛哭流涕起来：

"我交代！借据是我造了假，但那是柯明逼的呀！我破不了案，他拿我是问，我破了案他答应给我升职呀！"

一旦溃败，就像是大堤决口。王志中就把自己如何用技术伪造、如何上省混过鉴定、如何与柯明商议监控市长、如何毁灭原证、如何试图向赵春月公司谋私索贿、如何下决心拘传春月，以及其间的一系列安排，和盘托出。

纪委副书记听得心惊肉跳，但却是一脸的庄重和严肃。纪委干部的笔下，只听见"刷刷"的写字声。

终于交代完毕，签字画押。王志中仿佛卸下了一副千斤重担，感到从未有过的轻松。副书记和干部们露出胜利的微笑，感到十多天的工夫没有白费。

王志中突然对副书记说：

"我彻底交代了，不图别的了，能否不让我进监狱？我家里还有不满三岁的女儿呢！"

此话正应了一句俗语："身后有余忘缩手，眼前无路想回头。"

副书记说："交代了才有出路，相信党和政府会给你合适的处分！"

差不多在同一时间，省商贸厅厅长柯明也在接受审查。

其实在贺庆生写说明前，省纪委、省委组织部同时接到某企业署名举报：柯明利用商贸厅厅长职权，在进出口贸易中收受大额贿赂，并有生活作风问题。接着省委组织部也在贺庆生的说明中证实了柯明滥用职权和玩弄女性问题。即与省纪委商酌，省纪委分管案件的书记和省委组织部分管干审处的部长一致同意立案调查。纪委的立案请示报告送到省委书记张瀚黎的案头，张瀚黎仔细审阅了报告，见纪检方面已经把握了重大问题的一些证据，而且反映问题严重，迟疑片刻，就提笔写下批示："同意立案调查。"

在自己任职内出现干部贪腐问题，自己是有责任的。张瀚黎书记之所以迟疑片刻，就是基于这个考虑。但他更知道，中央目前对他看重，也是因他忠诚可靠。也许新一届中央换届时会有新的考虑，此刻也绝不能为一名厅级干部出问题就害怕影响前途，恰恰相反，敢于在这个时候对腐败出手，正是表现了自己坚定的党性原则。

批文很快转到省纪委。

省纪委按照预案准备，抽调了两个案件室的力量，由分管案件的副书记文旭亲自指挥，精兵强将，决心要打一个反腐败的漂亮仗。

那天，省纪委两名同志在商贸厅办公室等了一个下午，说柯明去省政府找领导下班前回来。结果直到六点以后仍未见人，纪委同志只好直接给柯明打电话，但此时电话却接不通了。是柯明得到信息躲起来了？还是已经逃离？省纪委专案组分析了情况，估计柯明可能在转移证据，于是决定，暗中派人去柯明家属院先打探。如果回家立即果断采取检察手段拘传到案，然后宣布双规。

果然，夜里十一点半，接派出人员的紧急电话说柯明已回家。纪委干部领着省检察院办案人员带好拘留证静悄悄地去了柯明家。

午夜时分，柯明被专案组带走。在车上，柯明被收缴了手机，汽车在城里转了一个大圈，开进了一处秘密地点。天黑得很，柯明被转晕了，也不知道到了什么地方。他闭着眼一言不发！思考着没有来得及安排好的事，思考着次日的应对之策。

柯明没有想到的是，前脚他刚被带走，后脚纪委带的另一拨人就拿着搜查证开始了家里和办公室的搜查，一些没来得及转移的证据，尤其是一批现金和大额存款单据便被一网打尽。

柯明思考了一夜的应对之策在第一个回合中便一败涂地。

第二天清晨，院里的鸟叫让柯明格外烦恼，呱呱咕咕，好像叫魂似的，叫得柯明心惊肉跳！

专案组副组长林臻摆开架势，平心静气地问柯明道：

"柯明同志，专案组请你来的意图，想必你已经清楚了，不用我们多说。有什么问题你自己交代吧！"

柯明习惯性地把散开的一缕头发往回拢聚了聚，说："你们既然已经逮捕了我，为什么不送我去监狱？"

林臻笑了，"你还想到了这一步，但进去之前是必须要你交代清楚的。我们还得为你负责！"

"你们想知道什么？"柯明不假思索地说。

"想知道你利用职权谋取金钱利益的细节！"

柯明心里一怔，心想坏了。可能是那家医疗企业在申请境外办厂和出口药品贸易中曾几次给他送礼的事终于暴露了！柯明脸色有点发白，但很快就镇定了：我没有把柄抓在谁手里，只有死不认账，才能求得平安！这是柯明总结的经验。

他说：

"我在工作上可能得罪过一些人，但在经济上是从来不敢马虎的。请组织上相信，如果哪位得罪过的人说我拿了别人的钱，我敢跟他对质！"

"噢。你说曾得罪过人，请问你曾得罪过什么人？"

柯明一听心想你们瞎蒙吧！问不清经济问题却问人际问题，那我还是能说出个一二的。就说：

"其实我知道，有些人是不会放过我的！但我是坚持原则，我是秉公办事啊！不能说杀人案几年后破了不是这人杀的，就否定公安方面为破案付出的几年辛苦吧！"又说："说白了，就是过去在鑫州时与市长贺庆生在办案中有些误会，人家可能就记一辈子仇了！"

林臻问："你与贺市长怎么冲突了？"

柯明说："我原以为贺市长分管公安期间因其表姐赵春月涉案，贺市长有意庇护迟迟不破案。后来我分管公安时，的确曾指示专案组长监听过贺市长通讯，这是我的原则性问题，一方面想谁涉案都应采取措施，擅自动用技侦手段也是想尽快破案，没想到违反纪律，这点我估计贺市长是知道的！"

林臻说："贺市长知道后批评过你吗？"

"没有。"柯明突然觉得有点说漏了嘴，把自己跟贺庆生明争暗斗的事端了出来。又一想，可能就是贺庆生在背后日鬼他，听说王志中也规了，如果王志中咬出了他，他反倒是争取了主动。想想也就不觉后悔了。

一天里，柯明就围绕在鑫州时与贺庆生因不同观点发生摩擦、查办案件中自己费心费力、鑫钢事件中自己担当重任等事，尽情陈说。记录的干部低头记下二十多页，柯明看过一一签字。后面几天，柯明除了交代他和贺庆生的矛盾瓜葛外其他问题一律不谈。

又是一天审讯中，柯明突然听林臻说道：

"好吧。那么请你解释一下，你那么多资金存单和几十万元的现金都是从哪里来的？"

这一句淡淡的问话，却像一颗重磅炸弹，立即将柯明炸得粉身碎骨。他原以为纪委是试探想撬开他的嘴，没想到纪委竟然抢先在前，把握了他尚未来得及转移的现金和存单。这一下怎么能说得清啊！柯明一下子大汗淋漓，差点从凳子上溜下来。一位陪同的人伸手拉住了他。

林臻说："不要紧张，好好交代！"

柯明垮了。但还残存着侥幸：

"我不知道有多少资金需要说明？"

林臻道："一两千万吧！你好好想想，这些钱从哪里来的？"

柯明彻底傻眼了，他明白了，纪委已经查抄了办公室和家里。这就是说，光凭那些银行账户资金，他就要承担巨额不明财产的罪行。柯明脑子嗡嗡地响了几分钟，终于静了下来，想到大势已去，这才用乞怜的目光看着林臻说：

"我彻底坦白，争取从宽！"

纪委和检察机关联手办案，缜密、审慎地取证和巧妙地审讯，一举攻破了这起腐败案。后面的多起受贿取证、作风败坏玩弄女性的证据链条一一锁定。

从这时起，柯明的政治生涯宣布告终了，以他尚不算大的年龄，在铁窗中为自己的贪婪和野心赎罪。

……

柯明出事后，鑫州市老百姓不少人拍手叫好，那位老农工部长夏丰已经退休了，但还是打通了贺庆生的电话说："善恶有报啊，柯明这是自食其果，可惜呀！"

庆生说："老百姓手中虽无权，但眼睛雪亮、口中有毒啊！"

一时间，不少干部群众纷纷传扬着贺庆生市长为老百姓办的好事和为官清廉。就是在市委市政府领导班子内部，大家也都认为柯明出事是必然，开始怀念贺庆生。

省委组织部王敏儒部长在一次部务会上说："总结我们干部工作的得失，还是那些不事张扬、埋头工作、忠诚老实的干部可靠，对那些奸猾浮躁、德行不好的人要千万注意。"

第三十八章　不是尾声

182 红色中国走过了六十年的岁月，已经是整整一个甲子了。但在历史长河中，这或许是一瞬间的事。不管怎么说，她是站住了，不仅站住，而且站得很稳！中国共产党人为了这个大业的守成和发展，在和平的环境中经受住了风雨的搏击和考验，正带领着这个东方巨人在世界舞台上呼唤着风雷，迎接着全球性的挑战！

三十年来的改革开放，中国变得繁荣昌盛，变得强大，也变得复杂摇曳起来！

经历过战争洗礼的老一代人彻底告别了历史舞台，和平年代成长的一代接过了父辈们手中的接力棒。他们面对的是：

中国的航船能否胜利续航，

国际上那些视我为敌的虎视眈眈，

人们对物质欲望永不满足的追求，

文化对于民族之魂的重塑和发展，

……

共产党人能不能不蹈苏共的覆辙，能不能永居潮头的前列，能不能坚如磐石地长期执政，能不能不脱离群众永葆青春……

这，将是一个历史的答卷！

真正的风雷好像刚刚开始。

531

柯明进了监狱。

黎明也被"双规"。

中国反腐败的风雷正在把浓浓乌云撕裂开来，滚滚雷声越来越紧，大海卷起了万丈巨澜……

秦岚在得知黎明被处理的信息后回大陆了。

那是中国最冷的季节。秦岚没有等庆生为她办理好手续就回来了。一旦决心回归，秦岚就一天也待不下去了，她已经到了"天命"之年，回忆半生，突然感到活得太累，需要解脱，而且一下子感到没有了牵挂。自北回归线与庆生那狂热而痛苦的一夜之后，秦岚就开始清醒了，她终于看清了自己在庆生心目中的地位，终于看清了庆生虚幻的追求和懦弱的本能，终于看清了两代人恩爱情仇的结局。她决心回大陆，是要与庆生作一个了断，是要回故土作一个了断，是要作一个叶落归根的了断！

天很冷，零下十几度，呵气成霜，滴水成冰。

但秦岚似乎不冷。她从台湾归来时台湾还很热，回到大陆不得不穿上大衣戴上口罩，脖子上的红围巾偶尔飘起来，俨然像几十年前农村姑娘的样子。好在越走越暖和，元月末，故乡也开始转暖了。

庆生在省城接待了秦岚。他与夫人秀琴一起去机场接回秦岚，在酒店里吃了一餐。然后把秦岚领进他在省城的新居，吃了一顿自家人的饭。看了新居秦岚说：

"不错，是发达些了，大房子啊！我在台湾想都不敢想啊！"

嫂子秀琴说："妹子你光看房子大，你看家里有啥？"秦岚说："我看不缺啥啊！"秀琴接着说："秦岚你一来这儿就热了，就住家里吧，也给你庆生哥添点热气！"秦岚就听出一点盐味，说："我一会儿就住旅店吧，不给你们添柴火了！"庆生不答应，好不容易才将秦岚留下住在家里。

第三天，庆生和秀琴领着秦岚，去了兵马俑，秦岚说："这是我们秦家的祖宗哩，中国人真伟大！"又看了几处皇帝陵墓和大唐慈恩寺，在游城墙时，秀琴说我就不陪了，让庆生好好陪你说说话吧，就回家了。

在城墙上，庆生问了秦岚回归后的打算，也说了眼下秦岚回归后工作联系的情况。说是目前回大陆，凭着你的记者身份可以在省报或电视台工作，但只是临时聘用身份，要彻底解决正式在岗编制，还得从云南那边费些周折将外办关系转办过来，如果顺利，还可以恢复公务员身份。秦岚听后笑了，说："我还需要公务员身份吗？"庆生不解，秦岚说："你干了一辈子中国公务员，你不觉得缺了点什么吗？"庆生便有些不悦。过了一会儿，秦岚说：

"哥，你明天领我去一下南山寺吧，听说那里有些灵气的！"

"好！岚妹想去哪里哥都陪着你！"

第二天，贺庆生一个人陪着秦岚去了南山寺。这个南山寺位于终南山北麓的一个峪口，传说是老子当年传过经的地方，后来烟火鼎盛，寺庙扩大。改革开放以来，人们把这里开发为文化旅游景点，出资打造，山门大开，新修了灵光佛塔，整筑了楼台水榭和树木花园，远远望去云遮雾罩，一派神秘之象，进入后曲径通幽一时不分东西。

庆生和秦岚在灵光佛殿外照了几张相。秦岚烧了一炷香说是祝福哥哥，也祝福我自己。

出来时，一位道长拉住秦岚的袖子说你算个卦吧，我看你眉清目秀，很有缘分，愿给你卜上一卦不收分文。秦岚欲答应道长，庆生说不必了吧，我也曾卜过卦的，都是圆滑之词，不求也省却烦恼。其实庆生是怕秦岚卜卦反而影响心情。秦岚说也罢。那道长却将秦岚拉在一旁说了句悄悄话，秦岚脸色微红，谢了道长，便与庆生一块儿回城了。

一路上庆生几次问秦岚道长给她耳语些什么，但每次秦岚都打岔绕开话题，庆生一想秦岚不愿说也就不再问了。

他们约定，过年前一路去给父母上坟，先去母亲凌芬坟上，然后去父亲秦光明坟上。

183

秦岚回到了阳坝。

她对这里已经完全陌生了，原来前面不远处的机耕路没有了，代之而起的是一条黑色的柏油路面，平整而宽阔。村子里再也见不到草房，统统变成了两三层的红砖小楼房。后门不远处的大水塘还在，但已经是四面水泥砌就，四周栽满了香樟树，并摆放了不少茶桌凳子的现代鱼塘，这里是村长哥哥办的"农家乐"，听说一个月可以收入三四万元，当然这是在春夏季节的旅游旺季时。

哥哥柱子明显老了，脸上过早地爬出了横竖着的皱纹，肚子明显地鼓了起来，显示着一个村长的威严。柱子跟妹妹不是很亲，因为他们在一起生活的时间太少，但对秦岚还是热情的，毕竟是一母同胞。他用爬满皱纹的笑脸告诉秦岚这些年自己的进步和发展。秦岚说："你也算百万富翁了吧！"柱子说，哪里哪里，还有不少贷款呢！柱子媳妇就不失时机地告诉秦岚，柱子现在富了，但心也花了，麻将扎金花样样都会，虽不敢嫖女人但私下里也有几个相好的，钱也就用不到正道上！完了看着秦岚穿着的深咖色大衣，就啧啧称赞，秦岚说我给嫂子送一件吧，弟媳妇就高兴得眉开眼笑。

晚上，秦岚问哥哥：

"你现在有钱了，下一步打算是什么？"

柱子答：

"当地主，娶老婆，生孩子！"

"不是计划生育吗？你两个孩子了，还想生？"

柱子说："现在农村富人就显摆孩子哩，偷着生，也没人管，听说啥时生娃放开哩！"

柱子聪明起来，接着说："妹呀，你生个孩子抱回来，我帮你带！"

秦岚笑着说："我的指标都让你用了啊！"

睡在哥哥落成两年的小楼里，秦岚几乎一夜未眠。她彻底失眠了，她从小的时候想起，母亲凌芬的抚养、与庆生哥哥的欢乐岁月、缺吃少穿的愁苦日子，还有父亲光明的无赖和挣扎……想着上学后几十年来的颠沛流离，从云南到香港，从香港到台湾，自己拼命的奋斗和辛酸；想到自己一生婚姻不顺，唯一寄托情爱的哥哥最终的背叛，以及那些放不下的苦苦思恋，这都是命啊！命运让我一生不得归家，命运让我终生无嫁无子，我根在何处？情在哪里？魂归何方？秦岚不由得泪水潸然。

蓦地，她记起南山寺老道长的耳语：

"我观你有仙风道骨，只可惜今生红尘未绝！"

想着流着泪，第二天眼睛就红了起来。柱子媳妇见了就问怎么啦？柱子气你啦？

秦岚说："不是。可能气候一下子不适应，睡得不好！"

几日以后，就是农历年末了，周南的民俗，一进腊月门，远远近近的亲人们都要回到故乡给先人们上坟烧纸，差不多从腊月二十前后一直烧到正月初几，就是让死去的先人们也能跟着家人一起过年，并在另一个世界里保佑儿女亲人平安幸福。

庆生一行人分两辆车前往南山公墓。这个公墓始建于二十世纪九十年代，如今已聚集起几万余众，有的是古代式的凉亭廊柱，听说要花十余万元。大多数是仿西式的一块墓碑，占地四五平方米，花费万余元。庆生父母的坟墓选在半坡上，面朝周南县城的贺湾方向，墓碑上刻写着父母的生卒年月和立碑子女们的名字。庆生只是把一张父亲的照片与母亲凌芬的骨灰合葬在一起，也算是了却了儿女们的一个心愿。

庆生跪在墓前，叩了六个头，心里默默地说：

"我的父母啊，你们给了我生命，养育我成人，儿子今天无以回报啊！唯以此心向父母在天之灵告慰：儿子没有辜负你们！"

秀琴以儿媳的身份也给父母叩了六个头。

秦岚第三个跪下，一句"凌芬妈妈"没叫出声，竟然泪流满面。也许，她一到母亲坟前就想起了过去，也许，是为自己和母亲两个女人的命运跌宕而哀伤。秦岚把说不出来的话藏在心里，连着叩了九个头。

……

下午去阳坝村给秦岚生父上坟，秀琴说我不去了，秦岚庆生也不勉强，就他们两人去了坟头。这是一个土葬的坟，砖砌的拱形墓头上镶嵌一块石碑。占地足有一分，大约是村干部柱子的特殊权力，使得秦光明死后有了一块土葬之地。

作为亲生女儿，秦岚给父亲叩了三个头，说：

"父亲，女儿回来给您添土，你一生屈辱活得也是不易，女儿不孝，尚盼你在天之灵善良宽厚，也给我娘赎一回过！"说罢竟也掉下几滴清亮的泪水。

庆生给继父秦光明的坟头叩了三个头，站起来又鞠了一躬说：

"继父，我们曾经相互仇恨过，请你原谅我那时的无知和鲁莽！人生苦短，悲欢离合，都得走下去，我们无法选择，但我们终会谅解！"

庆生说着，喉咙也发紧起来，秦岚拉了他一把：

"哥，我们走吧！"

望着远山的夕阳，雨后的天空半边烟霞，一条彩虹横跨天际，给夕阳增添了壮丽。忽然看见这种景观，秦岚说哥哥我们小时候见过几次的，庆生说：

"是啊，人世沧桑转眼几十年，有过多少辛酸和回忆！但夕阳依旧云霞依旧啊！"

秦岚听了眼里又浮起一层雨雾。

184 春节期间，秦岚让庆生领着，先后去看了老舅妈文英、国强夫妇、逢秋一家。因春月回了省城，只通了电话。过了初六，秦岚说她要回云南一趟，见见故友和老师，庆生理解，就说你也顺便去外办办办自己的事，秦岚点点头。

正月初七，秦岚独自去了云南。

到云南后，庆生跟秦岚通了电话，秦岚说已顺利到达。一周后又通过两次电话，秦岚说一切安好勿念。一晃半月过去了，贺庆生坐在办公室里，看文件一扫而过，看电脑记不得看些什么，总感到烦躁不安。于是抓起电话给秦岚打去，那边却是忙音或无人接听，庆生越发躁动不安起来，总感觉有些事要发生。

回到家里，秀琴一看就知庆生心里有事，见他一声不吭，闷着不说话，秀琴就说：

"魂丢了！才几天不见，人家一走，你就魂不守舍！"

庆生想发火，瞪了秀琴一眼忍住了。

正在这时，手机"嘟嘟"叫起来，秀琴听了说："快接电话，你的亲人来电话了！"庆生没吱声，把手机打开，是秦岚的信息，一行字飞快地扑入眼帘：

亲爱的庆生哥！我终于明白，我只是你一生的精神牵挂。回到大陆，回到故乡，见了你们，我已了却心愿。

你很想知道那天南山寺道长的耳语吧，我告诉你，他说我可以了却尘缘。

庆生哥，就算是永别的话语吧，你不要找我，我不会死。如还有缘，说不定哪天，我们还会相见，那时，我已经无牵无挂。

保重！

妹岚

庆生飞快地看完手机屏幕上的信息，又赶紧翻回来细看一遍，不由得掩面而泣，泪水从指缝间流下来，掉在地板上，竟是一个小潭。

　　秀琴从厨房出来一见，大吃一惊，就问：

　　"怎么啦？秦岚怎么啦？"

　　庆生抬不起头，只把手机给了秀琴。秀琴扫了几眼终于明白这是秦岚给庆生的最后一封信，就是说今后再也不会见上了，便生出几许同情和哀伤来，感到自己有些对不起秦岚。

　　其后的两天里，庆生几乎没有吃饭，好像生了一场大病，急得秀琴不离身地伺候，也忍不住骂几句：

　　"勾魂的妖精！"

　　周末，庆生向单位请了年假，他决定要去云南找回秦岚，哪怕万水千山，他也要不远万里找到秦岚！

　　秀琴知道了庆生的打算，就有些气得发疯，说：

　　"你去哪里找，人家走了又不是死了，以后还会回来。你失魂落魄地去撵个破女人，你丢你的人还丢贺家的先人！"

　　庆生伸手就打了秀琴一个嘴巴，他恨透了秀琴说秦岚是破女人。

　　秀琴没有还手，那仍然黑黝黝的眼里闪动着泪花，说：

　　"你去追吧！去了就别回来！"

　　庆生收拾好行李，注意拿上银行卡，就回到办公室，接连打了数十个电话给秦岚，仍然是关机。又打了一些朋友的电话，接通后却无话可说，只是问候几句。竟又下意识地拨通了欧阳意茹的电话，欲言又止，终让欧阳摸不着头脑，说"我找你去"。

　　终于挂了电话，见窗外已是华灯初上，庆生下楼信步走向市政广场，向着北山的一条大街，漫无目的缓缓走去。街上行人不多，只有汽车风驰电掣般地驶过。

　　忽然间，后面一只手推了自己一把，贺庆生以为自己无意间撞着了别人呢，一回头，却是欧阳意茹。没等庆生发问，欧阳说：

　　"我从您出办公室就跟着您，看你神魂不守走到这里，怕出什么问题，这才叫你一下！"

　　贺庆生见了欧阳，忽有一种冲动，他把欧阳当作了秦岚，想把她紧紧抱住，再也不想松手。欧阳见了略有诧异，给庆生说：

"我们去找个茶座坐一会儿吧，好吗？"

庆生顺从地跟着欧阳走入一家茶吧，找一个小小包间坐了下来。这时欧阳才发现庆生眼含泪光瘦了一圈，就轻声问道：

"如果信得过，请告诉我。"

贺庆生终于将秦岚出走的事说给了欧阳。尽管叙述简洁，欧阳还是听明白了。停了片刻，欧阳意茹说：

"我陪你去云南！天涯海角，我陪着你走！"

庆生感到一股暖流在胸中穿过，终于回过神来，他忽然感到欧阳来得正是时候。是啊，去云南总得有个人啊！秀琴不能去，春月走不开，谁去？欧阳意茹的出现也许正是天意。

欧阳说："我今晚即给单位请假，也请年假，时间可以长点！"

贺庆生望着欧阳那酷似秦岚的眼睛，点点头说：

"好吧！你还真的像我的秦岚妹妹！"

185 两天后，贺庆生带着欧阳意茹一路赶到云南，秀琴赌气不给庆生送行，庆生也就正好不用解释欧阳意茹同行，只说有同事同机照顾不用操心。

二月里，云南昆明阳光明媚，气候如春，花团锦簇，气温二十多度，不热不冷，正是一个旅游的季节。

庆生与欧阳找一家饭店入住，顾不得观瞻市容，也不理大理、丽江的游玩之旅。赶着上班时间就先去省府外事办求见领导。欧阳给外办办公室同志说庆生是省文化厅的领导，这才受到了热情的接见。

庆生跟外办主任诉说了自己妹妹秦岚曾在云南的情况和当前回国后的工作问题，外办领导说前不久接待过秦岚，但她没有提出让单位提供什么帮助。庆生听了心里一阵发冷，看来秦岚就压根没想到要恢复大陆的工作。

接着庆生、欧阳找到了当年秦岚上学的外院，如今这里早已焕然一新，上千亩的校园走得人腿生疼，好不容易找到当年秦岚的英语系班主任，老教授已是风烛残年，口齿不清。终于记起秦岚时，老教授写下几个字：

"秦岚好，看我后走了。"

庆生失望了。原本想来云南通过外办和学校能找到秦岚或掌握她的去向，这下看来，已是鱼入大海，要寻起来，难上加难。

跑了两天，人困马乏，晚上两人相对无语。

休息一阵，欧阳似乎泄气，试着给庆生说：

"领导，这怎么办呢？怕只能尽尽心了！"

贺庆生抬头望一眼欧阳，有些生气：

"这么快就失望，这才是开头啊！就是天涯海角，我也必须找到她！"

欧阳一听，心里备感激动，她其实是想试探一下贺庆生的。

"多好的男人！"欧阳又在心里给庆生加分，不由接着庆生的话说：

"心至诚，铁树开花！心至诚，菩提发芽！我算是见到了一个真男人！"

说完脸不由得发起烧来，幸而灯光不亮，屋子里朦朦胧胧，不由得又偷看庆生一眼。

庆生全然没有发觉。他此时想到的是秦岚留下的信息"了却尘缘""无牵无绊"，断定秦岚可能已入空门。如果这样，秦岚就是回拜故土亲人，告别人世情缘，做入空门打算多日了。云南一行，算是一次对青春岁月的告别，此刻，应已出入佛门，与青灯黄卷为伴了。

这一夜，贺庆生打发走欧阳后，独自流泪叹息，想到自己对不起妹妹，竟然把一个痴情于自己的人逼上绝路，遁入空门，岂不是自己至深的罪过吗？这时，他才突然意识到，人的感情竟是如此复杂，在心爱与情爱之间说不清道不明。理想中的爱情往往让步于现实中的情爱，而突破现实却需要多大的勇气啊！他真爱着秦岚，但又感恩着秀琴，这究竟是传统美德还是封建羁绊？一个能为他痴守一生的女人，难道不应该享受至真的爱情吗？一个真挚坚贞一生奉献给自己的女人，难道不应永远珍惜吗？一个忠诚的男人难道非得厮守着逝去的爱情吗？庆生又想起贺玲的话：

"感情这东西，有时超乎理智，使人爱恨交织！"

庆生自问："我超乎理智了吗？"他无法回答。

天亮时分，庆生做了一个梦：仙岛之上，香烟袅袅；莲台之上，菩萨端坐，她一手抱瓶一手作揖，美目微睁；一群善男信女齐齐跪拜。庆生自在其中，忽然抬头，见菩萨脚下一位尼姑，明眸皓齿，双手合十，仔细看时却是秦岚。庆生顾不得许多，疾步上前，眼看快要拉住时，却见秦岚目不斜视飘然而去，空留庆生一个人站在菩萨脚下，庆生急得大喊：

"秦岚！秦岚！"

贺庆生从梦中醒来，顿感自己身上紧巴巴有些不适，也不在意，洗把脸，去隔壁叫起了欧阳说：

"买机票，飞厦门普陀山！"

当日晚七时许，贺庆生与欧阳意茹飞到了厦门。

此时，已是万家灯火、霓虹闪烁、车流不息之时，南国城市的夜景，映在海峡之中。海沧大桥在飞机上看去犹如一条弯曲的彩龙，无数座高楼大厦放射着五彩光芒，仿佛人间仙境。鼓浪屿如海里的一座仙山，闪耀着金色和墨绿的诱惑。

这座城市庆生来过至少三次，他十分喜欢它的干净漂亮。他飞这里，是断定厦门与台湾隔海相望，秦岚熟悉这里，很可能寄心于这里。

一夜无话。第二天凌晨五点，贺庆生发现自己浑身无力、眼冒金星，起不了身，这才感到是有病了。迫不得已他硬是熬到早上七点，才打电话叫醒了欧阳。

欧阳顾不上梳妆叫服务员打开庆生的房门，一摸庆生的额头说坏了，发高热，必须送医院。贺庆生却怎么都不愿去，欧阳只好叫来酒店医生诊治。医生给庆生量了体温，三十九度；量了血压，偏高；问了心脏血糖和两天的活动和饮食情况，说，我给你打针抗高热，如温度降不下来，必须去医院。庆生点头称是。

这天，庆生一度迷迷瞪瞪，嘴里喃喃地喊着秦岚、妹妹。欧阳就抓住庆生的手，试着答应。却见庆生又清醒了，说谢谢你，欧阳，不该连累你。欧阳说你别说话，我心甘情愿。

三瓶液输完，贺庆生的体温降了下来。午夜时分，贺庆生似乎完全清醒了。他看着趴在床边睡着了的欧阳，突然觉得好亲切！欧阳不仅相貌在某些地方酷像秦岚，而且善解人意，性格开朗。在一年多的交往中虽然接触次数不多，但每次都给人留下很好的印象。而且你越是进入她的内心世界才越发现这个八零后并非所谓"垮掉的一代"，她们疯狂地追星，执着地追求爱情的甜美；她们看不惯虚伪和浮华，甚至不相信父辈们的说教；她们只凭着感觉在苦苦地探索和寻找……

贺庆生摸了摸欧阳的头，不想欧阳却一下子醒了，她看到庆生有些羞赧地望着自己，高兴地一头扎入庆生的怀里，说：

"哦！太好了！我的首长，我的庆生——同志！您终于醒了，终于好了啊！"

一股冲动在庆生心里涌流。天涯海角啊！不是知己不碰头，不是红颜不聚首。多好的女子！差不多就是自己的女儿啊！你不正是秦岚的影子，不就是秦岚的化身吗？

贺庆生不由得把欧阳拥在怀中，感受着心的急剧跳动。

欧阳抬起头来，仿佛在等待着庆生的下一个行动。手腕的表跳得格外厉害，和心的跳动连在了一起。这个时刻好长啊！

终于，贺庆生轻轻地说：

"欧阳，你坐起来，我给你讲个故事好吗？"

欧阳不情愿地从庆生怀里脱了出来，拉过一个椅子坐在床边，又觉着很不舒服。庆生见了，往大床的一边挪挪说，坐上来吧，你就当我是父辈，靠在我的肩上。欧阳高兴地脱掉鞋子，紧紧地依偎着庆生，听他讲起了长长的故事。

"一条宽阔的大河，它的名字叫'汉江'。南方为江北方为河，周南这个地方地处南北交汇地带，因此就把江叫了'汉江河'。

"这是一条孕育了长江之水的河，又是一条挚子心中的母亲河。她以甘泉般的乳汁养育着大地和平原，又以汩汩清流沁入儿女的心田，因此这里的女子美丽真挚，男子善良勇敢，他们祖祖辈辈地守护着自己的家园……"

欧阳进入了那里的江河，庆生深深地沉浸于故事之中……

两代人，三个家庭，六十年；守成与创业，坎坷与欢笑，爱情与仇恨，阴谋与梦幻，前行与艰难……

长长的故事，从庆生的心底流出……

欧阳渐渐明白了，庆生是在讲述着上一代人和这一代人的故事，讲述着两代人的遭遇和梦幻，讲述着自己的故事……

此刻，世界仿佛只剩下了两个人：一个男人，一个女人。

欧阳被故事深深吸引和打动。她多想抱住这个男人不再松手！但她一动不动，只是任由心海的浪涛无边地翻卷……

天亮了，庆生看见欧阳静静地睡着了，于是轻轻地抽掉垫在头下的一个厚枕让她躺得舒服一些。而他却再也睡不着了，两颗清泪掉下来，落在了欧阳的脸上，欧阳似乎感觉到了，伸手抹了一把又睡去了。

第三天，贺庆生恢复了体力，与欧阳一起去了南普陀。庆生一路，见到了好几个秦岚似的尼姑，但走到跟前，却是那些清秀尼姑作揖问候。

"施主安康，阿弥陀佛！"

南普陀位于五老峰，依山傍海，历史悠久，建筑宏伟。天王、大雄、乐途、大悲四大宝殿沿中轴依次而建。大雄宝殿的观音菩萨，大悲宝殿的千手观音，无处不是人头攒动、熙熙攘攘、香烟缭绕。佛学院、养正院、图书馆、万寿塔、如来佛塔、藏经阁等建筑各具特色。

走到大悲殿，贺庆生望着"大悲殿"几个金色大字，就有些悲从中来，把持不住，却听欧阳指着牌匾上的文字问道：

"'住大慈悲'是什么意思？"

庆生收回思维想了想说：

"佛讲慈悲，大约就是：留住慈悲，宽恕一切吧！"欧阳有点理解了，点点头。他们边走边看边问，来到山下，一个巨大的"佛"字镌刻在一面山岩之上，庆生看了，给欧阳说：

"一个'佛'字，左边是人右边是弯弯曲曲的路，当你走完人生的曲折或许就可以成佛了吧！"

看着山岩上凌空高耸面对着人世沧桑的巨大的"佛"字，欧阳说：

"右边的字念'弗'，'弗'者不也，那意思是说不是所有人都可以成佛啊！"

庆生听了，点头称是，心想欧阳慧根不浅。想着自己虽然也走了不少路，但离成佛还太远太远。

整整一天，庆生两人几乎跑遍了所有的大殿，也见识了佛学院的上课。一见大师便要上前打听秦岚，但所有人几乎都是同一个口吻：

"阿弥陀佛！有缘自会相逢，无缘千里空寻！"

贺庆生终于失望了。

但他还是不想放弃。在离开佛学院的时候，他灵机一动，就要来笔墨，在学院留下一幅字帖，上边只写一个大字：

悟

落款是：

寻找吾妹秦岚，庆生题存。

　　庆生给学院交了一千元钱，请代为保存这幅字帖，说如果哪天有位女士见到并索要这张纸时就请交付与她。

　　随后就郁郁地失魂落魄地离开了普陀寺。

　　贺庆生终于没有找到秦岚。

　　那天晚上，庆生和欧阳都有些喝醉了。庆生喝得不多但却醉得厉害，欧阳却是想把自己喝醉。

　　明天就要离开了，欧阳突然在心里决定，想要把自己交给庆生，她想把庆生的灵魂找唤回来，她想成为庆生心里的秦岚……

　　夜深了，他们相拥而卧。

　　窗外月明星稀，大地宁静，大海的涛声由远及近。

　　房内很凉爽，没有激情和冲动，仿佛他们都在做着准备和选择。

　　庆生突然接到秀琴的电话，秀琴说有可靠消息，省委要交流他去南方某省任市委书记。

　　庆生静静地听了，只给秀琴说了声好，不要挂念，便挂断了电话。

　　庆生没有喜，也没有悲。也许他已经心死，也许他还在参悟什么。欧阳没有问也不想问。他想了一下还是告诉了欧阳。

　　欧阳说："那你去吧，你到哪里，我就去哪里等你！"

　　庆生给欧阳拉拉被子，仿佛自言自语地说：

　　"好吧！明天，总又是新的一天！"

（2013.2.21—2013.7.31 初稿完，
2014.8–2015.8 三次修改，2016.2 定稿）

第三十八章　不是尾声

图书在版编目（CIP）数据

母亲河 / 何振基 著. -- 北京：作家出版社，2016.7（2020.7重印）
ISBN 978-7-5063-9042-2

Ⅰ.①母… Ⅱ.①何… Ⅲ.①长篇小说 – 中国 – 当代 Ⅳ.①I247.5

中国版本图书馆CIP数据核字（2016）第171507号

母亲河

作　　者：何振基
责任编辑：郑建华　李　雯
装帧设计：叁　心
出版发行：作家出版社有限公司
社　　址：北京农展馆南里10号　　　　**邮　　编：**100125
电话传真：86-10-65067186（发行中心及邮购部）
　　　　　　86-10-65004079（总编室）
E-mail:zuojia@zuojia.net.cn
http://www.zuojiachubanshe.com
印　　刷：中煤（北京）印务有限公司
成品尺寸：170×240
字　　数：588千
印　　张：34.75
版　　次：2016年7月第1版
　　　　　　2020年7月第2版
印　　次：2020年7月第2次印刷
ISBN 978-7-5063-9042-2
定　　价：68.00元
